Владимир Набоков
Избранные сочинения

ЛОЛИТА
ВОЛШЕБНИК

ナボコフ・コレクション

ウラジーミル・ナボコフ

ロリータ

若島正 訳

魅惑者

後藤篤 訳

新潮社

目次

LOLITA
THE ENCHANTER
By Vladimir Nabokov

Лолита
Волшебник

Владимир Набоков

Japanese translation published by arrangement with
The Estate of Dmitri Nabokov
c/o The Wylie Agency（UK）LTD.

Design by Shinchosha Book Design Division

ナボコフ・コレクション

ロ リ ー タ
Лолита

魅惑者
Волшебник

ロ リ ー タ
Лолита

若島正 訳

ヴェーラに

序

『ロリータ、あるいは妻に先立たれた白人男性の告白録』。本序文の筆者が、以下に続く奇妙な原稿を受け取ったとき、そこに付されていた正題と副題がこれである。その作者「ハンバート・ハンバート」は勾留中に、初公判予定日の数日前に当たる一九五二年一一月一六日、冠状動脈血栓症で死亡した。彼の弁護士であり、私の親友かついとこでもある、高名なクラレンス・チョート・クラーク氏[*1]は、現在コロンビア特別区の法曹界に在籍しているが、『ロリータ』出版準備に関するあらゆる事柄についての裁量権を被告の遺書によって与えられ、その中の一条項に基づいて、原稿の編集を私に依頼してきたのである。クラーク氏の決定には、彼の選んだ編者がある種の病状および倒錯を論じた著作（「感覚《センス》は意味《センス》が通じるか？」）でポーリング賞を受賞したばかりだという事実が影響したのかもしれない。

我々二人が予想したよりも、私の任務は簡単だった。明らかな文法上の誤りの訂正や、「H・H」本人の苦労にもかかわらず、まだ本文中に（品位からすると隠したいし、人情として割愛したいような場所や人名を指し示す）道標や墓石として最後までしつこく残っていた細部を注意深く伏せた以外は、この驚くべき回想記は原文のままである。著者の奇怪な名字は本人の考案によるものであり、そしてもちろん、この仮面（そこから催眠術師みたいな二つの目が輝いているようだ）は、かぶっている人間の望みどおり、剝がされることはない。「ヘイズ」は女主人公の本当の姓と韻を踏むだけだが、ファーストネームのほうは本書の核心を織り成す糸と密接にからまっているので、変更することはできないし、また（読者もきっとお気づきになるとおり）そうする必要も実際にはないのである。「Ｈ・Ｈ」の犯罪[*2]とは如何《いか》なるものか、興味のある向きは、一九五二年九月から一〇月にかけての日刊紙をお調べいただきたい。それが如何なる原因と目的で引き起こされたのかは、もしこの回想記が私の読書灯の下に寄せられなければ、まったく謎のままになっていたであろう。「実話」のむこうにいる「実在」の人物たちの運命をたどりたいという、考え方の古い読者のために便宜を図って、ここで「ラムズデール」の「ウィンドミューラー」氏から寄せられた後日談をいささかご披露したいが、同氏は所属する地域社会に「この悲しくもあさましい事件の長い影」が伸びることを嫌って、実名を明かさないようにとの御希望である。彼の娘「ルイーズ」は目下大学の二年生であり、「モナ・ダール」はパリで学生をしている。「リタ」はフロリダのホテル経営者と最近結婚した。「リチャード・Ｆ・スキラー」夫人は一九五二年のクリスマスの日[*3]に、北西部最果ての入植地であるグレイ・スターで、出産中に亡くなり、生まれた女児も死亡していた。「ヴィヴィアン・ダークブルーム[*4]」はまもなく刊行される伝記『わたしのキュー』[*5]を書き上げ、原稿を熟読した評論家によれば彼女の最高傑作だという。関連するあちこちの共同墓地の管理人たちが伝えるところでは、幽霊は出没していない。

　単に小説として眺めれば、『ロリータ』が扱っている状況や感情は、ありきたりのぼやかしで表現が弱められたとすれば、読者には腹立たしいほど漠然としたものに映っただろう。たしかに、この著作全体には、猥褻《わいせつ》な言葉が一語として見つからない。それどころか、現代のならわしで、凡庸な小説中にふんだんに盛り込まれた四文字語を、条件反射で苦もなく受け入れてしまうたくましい俗物たちなら、ここにはそれがないのを知ってきっと激しいショックを受けるに違いない。しかしながら、この逆説的なすまし屋を安心させるために、ある種の心の持ち主なら「催淫的」と呼びそうな場面（この点に関しては、はるかに露骨な言葉が使われているもう一冊の書物に対して、ジョン・M・ウールジー裁判長が一九三三年一二月六日に下した記念碑的判決を参照のこと）を編者が薄めたり省いたりしたならば、『ロリータ』の出版は完全に断念せざるをえないだろうが、それというのも、そこだけを取り出せば官能的だとして不当にも非難を受けそうな場面は、悲劇的物語の展開において必要なものとして機能しているだけであり、その物語がまっすぐに向かう先は、道徳の賛美に他ならないからである。冷笑家なら、商業的ポルノグラフィーでも同じ言い逃れができると言うかもしれないし、博識家ならそれに対して反論し、「H・H」の心情溢れる告白は試験管の中の嵐であり、「H・H」がこれほどまでの絶望をおぼえながら記述している特殊体験を、アメリカの成人男性の少なくとも一二パーセント（言語コミュニケーション論専門のブランチ・シュヴァルツマン博士[*6]の説では「控え目」な見積もり）は、毎年なんらかの形で享受しているのであって、この錯乱した日記作者が一九四七年のあの運命的な夏に、有能な精神病理学者の診察を受けていたら、こんな悲劇もまったく起こらなかったはずだと主張するかもしれない。しかしその場合には、本書も存在しなかったはずなのである。

　筆者が著書や講演で強調してきた点をここで繰り返すことになるのをお許しいただきたいが、「不快感を与える」というのは「尋常ならざるもの」の同義語にすぎないことが往々にしてあり、偉大な芸術作品は言うまでもなくつねに独創的であって、そのまさしく本質により、いささかショッキングな驚きを与えずにはいないのである。私には「H・H」を美化するつもりは毛頭ない。たしかに、彼はおぞましく、下劣で、道徳的腐敗の輝ける見本であり、凶暴性と道化性を合わせ持っていて、そこにはおそらくこの上ない苦悩が読み取れるかもしれないが、それが魅力につながることはない。彼は仰々しいほどに気まぐれである。この国の人々や風景についての彼の何気ない見解の多くはばかげている。絶望的な率直さが告白の中に脈打っていようとも、悪魔のごとく狡猾な罪はけっして赦されることがない。彼は異常である。彼は紳士ではない。しかし、彼の奏でるヴァイオリンはまるで魔法のように、情愛《タンドレス》を、ロリータへの共感を呼び起こし、そのために我々は著者を嫌悪しながらも、本書にすっかり魅せられてしまうのだ！

症例として、『ロリータ』は精神医学界で間違いなく古典となることだろう。[*7] 芸術作品として、『ロリータ』はその贖罪《しょくざい》的側面を超越しているが、科学的重要性や文学的価値より我々にとってさらに大切なのは、本書が真面目な読者に与えるはずの倫理的な衝撃である。というのも、この痛ましい一個人の物語には、一般的な教訓が潜んでいるからだ。非行児、自分中心の母親、あえぐ異常者――こうした人物たちは、この希有《けう》な物語で活写されている登場人物にとどまるわけではない。彼らは危険な傾向を我々に警告し、強力な悪を指し示している。『ロリータ』は、子供を持つ親、ソーシャル・ワーカー、教育者などといった我々読者全員に対して、より良き世代をさらに安全な世界で育てるという責務に、いっそうの警戒と慧眼《けいがん》をもって邁進《まいしん》することを促してくれるに相違ない。

ジョン・レイ・ジュニア博士[*8]

マサチューセッツ州ウィドワース
一九五五年八月五日

第一部

I

ロリータ、我が命の光、我が腰の炎。我が罪、我が魂。ロ・リー・タ。舌の先が口蓋を三歩下がって、三歩めにそっと歯を叩く。ロ。リー。タ。

朝、四フィート一〇インチの背丈で靴下を片方だけはくとロー[*1]、ただのロー。スラックス姿ならローラ。学校ではドリー。署名欄の点線上だとドロレス。しかし、私の腕の中ではいつもロリータだった。

彼女には前身がいたか？ そう、もちろんそうだ。実のところ、ロリータはまったく存在しなかったかもしれないのだ、私がある夏に、最初の少女を愛さなかったら。海辺の公国で[*2]。いつのこと？ それからロリータが生まれるまでの年数は、あの夏の私の年齢にほぼ等しい。殺人者というものは決まって凝った文体を用いるものである。

陪審席の紳士淑女のみなさん、証拠品第一号は、熾天使《してんし》たち[*3]、あの浅識《せんしき》で、単純な、気高き翼の熾天使たちがうらやんだ品物であります。このもつれた荊《いばら》をご覧ください。

2

私は一九一〇年、パリに生まれた。父はやさしくて、呑気な人物であり、人種の遺伝子がサラダのように混ざっていた。つまり、フランスおよびオーストリアの祖先を持ち、血管にはドナウの水を数滴ふりかけてあるスイス市民だった。もうすぐみなさんに、つやつやした青色の美しい絵葉書を回覧いたします。父はリヴィエラにある贅沢なホテルの経営者だった。その父親と二人の祖父は、それぞれワイン、宝石、絹を商っていた。三〇歳のときに結婚した相手が英国人女性で、その父親はジェローム・ダンという登山家であり、祖父二人はどちらもドーセット州の牧師で、それぞれ古土壌学およびエオリアン・ハープというあまり知られていない分野の専門家だった。とても写真映りがよかった母は私が三歳のときに不慮の事故（ピクニック、稲妻）で亡くなり、過去の闇の奥にあるぬくもりの袋地を別にすれば、母の一切は記憶の窪地や谷間に残っていないし、読者がまだ私の文体に我慢してくれていればの話だが（これは監視下で書いている）、そこに私の幼年期の太陽が沈んだのである。みなさんもきっとご存知のことだろう、小虻《こあぶ》が飛び交うなか、花咲く生垣のあたりにあの芳《かぐわ》しい日の残りがただよい、そこへ突然散歩をしている人間がやってきて横切っていく、丘の麓《ふもと》の夏の夕暮れ時を。ふわふわしたぬくもり、金色の小虻。

母の姉シビルは、父のいとこが結婚してからかえりみなくなった女性で、私の一家では無給の女家庭教師兼家政婦の役を務めていた。後で誰かに聞いた話では、私の父に恋していて、ある雨の日、父はほんの軽い気持ちでそれにつけ込み、雨があがったときにはもう忘れていたという。私は彼女が大好きだったが、ただ彼女はいくつかの決まり事に致命的なほど厳格だった。おそらく、時が至れば、父よりもちゃんとした寡夫に私を育てあげたかったのだろう。シビル伯母さんは、ピンク色に縁どられた碧色《みどりいろ》の目をして、蠟《ろう》のような顔色だった。詩を書くのが好きで、詩的に迷信深かった。自分はきっと私が一六歳の誕生日を迎えた直後に死ぬと予言して、そのとおりになった。香水販売であちこちを旅していた彼女の夫は、大半をアメリカで暮らし、そこでとうとう会社を設立して、多少の不動産を儲けた。

私が育った幸せで健康な少年時代は、絵本の中のような輝く世界であり、きれいな砂や、オレンジの木や、人なつっこい犬や、見晴らしのいい海と笑顔に満ちていた。私のまわりには、豪華なホテル・ミラーナ[*1]がささやかな宇宙としてひろがり、その白塗りの宇宙の外には、ぎらぎらしたさらに大きな青い宇宙があった。エプロンをつけた皿洗いからフラノの夏服を着た君主まで、みんなが私のことを好いてくれて、みんなが可愛がってくれた。ステッキをついた年配のアメリカ人女性たちは、まるでピサの斜塔みたいに私の方へ倒れかかってきた。宿泊代を払えない落ちぶれたロシアの公妃たちも、私には高価なボンボンを買ってくれた。僕の大好きなパパ《モン・シェール・プティ・パパ》は、ボート遊びや自転車乗りに連れていってくれたり、水泳や潜水や水上スキーも教えてくれたり、大部の『ドン・キホーテ』や『ああ無情』も読んでくれたし、私は父を尊敬して、私をとても可愛がり、やさしい声をかけ、母親がいなくても健気《けなげ》な私に真珠の涙を流してくれる、美しくて親切な父の女友達たちのことを、使用人が噂しているのを立ち聞きすると、嬉しい気持ちになるのだった。

私は家から数マイル離れた英国式の幼年学校に通い、そこでラケッツやファイヴス[*2]といった球技をして、優秀な成績を取り、学友や教師のどちらともうまくやっていた。一三歳の誕生日を迎える前（つまり、初めてアナベルに会う前）に起こった、はっきりと性的な出来事として記憶しているのは、学校の薔薇《ばら》園でアメリカ生まれの男の子（当時有名だった映画女優の息子で、自分の母親を三次元の世界ではめったに目にしたことがないという）と交わした、思春期の予期しない現象に関する、おおまじめかつ礼儀正しく純粋に理論的な会話と、ホテルの閲覧室に積んであるマーブル紙で装丁された『グラフィック』誌[*3]の山の下にあるのをこっそり盗んできた、ピションの豪華な『人体の美《ラ・ボテ・ユメンヌ》』に載っている、この上なくやわらかな裂け目の入った、真珠と陰翳《いんえい》とも言うべき写真を眺めていたときに、私の身体の一部に起こった興味深い反応くらいしかなかった。後になって、父はいつもの陽気で屈託のない調子で、セックスについて必要と思われる情報をぜんぶ教えてくれた。それは一九二三年の秋、リヨンにある国立中学校《リセ》に私を送り込む直前のことだった（そこで私は三度の冬を過ごす予定になっていた）。ところがあの年の夏は、父がド・R夫人およびその令嬢と一緒にイタリアを旅行していて、私は誰に文句を言うこともできず、誰に相談することもできなかったのである。

3

アナベルは、筆者と同じで、血筋が混ざっていた。彼女の場合、半分英国人で半分オランダ人である。記憶の中にある彼女の顔立ちは、数年前の、私がロリータを知る以前に比べると、今はずいぶんぼやけている。視覚的な記憶には二種類ある。目を見開いて、心の実験室でイメージをみごとに再現する場合の記憶（そして私はアナベルを、「蜂蜜色の肌」とか「細い腕」とか「茶色のショートヘア」とか「長い睫毛」とか「大きくてきらきらした口」といった、一般的用語で思い浮かべてしまう）、それと、目を閉じると瞼の暗い内側にたちどころに浮かんでくるのが、愛する人の顔の客観的でまったく視覚的な復元であり、自然色で描いた小さな亡霊である場合の記憶だ（そして私はロリータをそんなふうに見る）。

そういうわけで、アナベルを描写するに際しては、数カ月年下の可愛らしい子だったといささかすまして述べるだけにとどめておきたい。彼女の両親は私の伯母の古くからの友人で、伯母と同じくらいに仰々しかった。一家はホテル・ミラーナから遠くない所で別荘を借りていた。禿《はげ》で褐色のリー氏と、太って白粉《おしろい》をまぶしたリー夫人（旧称ヴァネッサ・ヴァン・ネス）である。私は二人とも大嫌いだった。最初のうち、アナベルと私はあたりさわりのない話をした。彼女は細かい砂を手ですくってはまた指のあいだから流すのだった。私たちの頭脳は、あの時代のあの階級の、思春期前の知的なヨーロッパ人らしくできていて、人間の住む世界の複数性や、競技テニス、無限、唯我論といったものに関心があったからといって、それが天才の証だとは言えないだろう。やわらかくていたいけな赤ん坊の動物を見ると、私たちはどちらも激しい痛みを覚えた。彼女は飢餓に苦しむアジアの国で看護婦をするのが夢だった。そして私の夢は有名なスパイになることだった。

私たちはたちまちのうちに、狂おしく、不器用で、破廉恥《はれんち》で、悩ましい恋に落ちた。絶望的な恋、と付け加えておくほうがいいのは、お互いを我が物にしたいという熱情は、相手の魂と肉体をひとかけら残らず吸収し、同化して、初めて癒されるのかもしれなかったからだ。しかし私たちは、貧民街の子供たちなら事に及ぶ機会をごく簡単に見つけられるのに、それすらできなかった。夜に彼女の家の庭で会うという無謀な試みをした後（これについては後述する）、私たちに許されたプライヴァシーは、砂浜《プラージュ》の人の多い部分で耳は届かなくても目は届く場所しかなかった。やわらかな砂の上の、年長者たちからほんの数フィートしか離れていない所で、私たちは朝のあいだずっと腹這いになり、欲望のあまりに麻痺した状態で、時空間の隙をついてお互いに触れあおうと必死になっていた。砂に半分隠れた彼女の手が私の方に忍び寄り、その細い褐色の指が夢遊病のように近づいてくる。それから、オパールのように輝く膝がそろそろと長い旅を始める。時折、年下の子供たちがたまたま作った砂の城に隠れて、お互いのしょっぱい唇にかるく触れることもあった。こうした不完全な接触によって、私たちの健康かつ未経験な若い肉体はすっかり興奮の極みに達し、冷たく青い海の水につかっても、まだ私たちは互いの肉体をつかみあい、興奮が冷めることはなかった。

　大人になってからの放浪の歳月で失った宝物の中には、伯母が撮ったスナップ写真があり、そこにはアナベルとその両親、それからクーパー博士という謹厳そうな年配の紳士が、歩道に店を出したカフェのテーブルのまわりに集まっているところが写っていて、この脚が不自由な紳士はその夏、伯母に言い寄っていた人物である。あまり良く写っていないアナベルは、ちょうどアイスココアにかがみこもうとしているところで、ほっそりした剝き出しの肩と髪の分け目しか（記憶している写真では）見分けることができず、失われた愛らしさは明るい霞の中に溶けだしていた。しかし、みんなから少し離れて座っている私は、なぜか劇的に目立って写っているのだ。気難しそうな太い眉毛の少年で、暗い色のスポーツシャツに上等な仕立ての白いショートパンツを穿き、足を組んで、横顔を向けて座り、よそを見ている。その写真は運命的な夏の最後の日に撮られたもので、そのわずか数分後に私たちは、運命を阻止しようという二度目で最後の試みを行ったのだ。見え透いた口実を作って（これがまさしく最後のチャンスで、もうどうなろうがかまわなかった）、カフェを抜け出して浜辺に逃避し、人気のない砂の場所を見つけると、そこの一種の洞窟のようになった赤い岩が作っている菫色《すみれいろ》の陰の中で、つかのまの激しい抱擁を始め、それを目撃しているのは誰かが落としたサングラスだけだった。私が膝をつき、恋人を我がものにしようとしたまさしくその瞬間に、海の老人とその弟とも言うべき、顎髭《あごひげ》をはやした二人の海水浴客が海から現れて、卑猥な言葉ではやしたて、その四カ月後にアナベルは発疹チフスにかかってコルフで亡くなった。

4

私はこの惨めな記憶のページを何度も何度もめくり、己にこう問うてみる、我が人生に齟齬《そご》が生じだしたのは、あの輝かしい遠い夏のことだったのか、それともあの女の子に過剰な欲望を抱いたのは、生来の異常が現れた初めての徴候にすぎなかったのか、と。己の願望や、動機や、行動などを分析しようとしてみると、私はいわば遡及的想像力に身を委ねてしまい、それが分析能力に無限の選択肢を供給して、思い浮かべた道筋の一本一本が際限なく分岐につぐ分岐を遂げ、私の過去は気が狂いそうなほど複雑な様相を呈してしまうのだ。それでも私は、ある魔術的かつ宿命的な形で、ロリータはアナベルから始まったと確信している。

もう一つたしかなのは、アナベルの死によって受けたショックがあの悪夢のような夏の挫折感を強固なものにして、それが寒々とした青春時代のあいだずっと、ロマンスを体験する永遠の障害になってしまったということだ。直接的にしか物を見ず、粗野で、並みの頭脳しか持たない最近の若者たちにはきっと理解できないほど、私たち二人の中では精神的なものと肉体的なものが完璧に溶け合っていた。アナベルが死んでからずっと後になっても、彼女の思考が私の思考の中をただよい過ぎていくのをよく感じたものだ。私たちは出会うずっと前から、まったく同じ夢を見たことがあった。お互いに自分のことを話してみると、そこには奇妙な類似があった。同じ年（一九一九年）

の同じ六月に、迷子になったカナリアが彼女の家にも私の家にも飛び込んできたが、その二つの国は大きく離れていたのである。ああロリータ、おまえもアナベルのように私を愛してくれていたら！

　私の「アナベル」期を締めくくるにあたって、不首尾に終わった最初の密会の話を披露しておこう。ある夜、アナベルはうるさい家族の監視の目をうまくごまかした。一家の別荘の裏手にある、敏感な薄い葉をしたミモザの茂みに、低い石壁の崩れた跡があり、私たちはそこに腰を下ろした。闇と細やかな枝のすきまから、灯のともった窓のアラベスク模様が見えたが、そこは繊細な記憶のインクで彩色をほどこされて、今ではまるでトランプの絵模様のようになっている――これはおそらく敵がブリッジに夢中になっていたからだろう。半開きになった唇のすみと熱い耳朶《みみたぶ》に口づけると、彼女は震えて、身体をぴくりとさせた。頭上では、細長く薄い葉のシルエットのはざまで、星の群れが青白く光っていた。アナベルが薄物のワンピースの下には何も身につけていないのと同じで、その震える夜空も裸同然だった。空に浮かんだ彼女の顔は、不思議なほどにくっきりとしていて、まるでかすかな独自の光を放っているようだった。彼女の両脚、生きている愛おしい脚は、ぴったりとは閉じていなくて、私の手が求めていたものを探り当てると、半分快感で半分苦痛のような、夢見心地の奇妙な表情[*1]が、子供っぽい顔立ちの中に浮かんだ。彼女は私よりも少し高い所に座り、一人勝手に恍惚となりながら私に口づけようとするたびに、まるで眠いようにゆっくりと頭を垂らしてきて、それはほとんど苦痛に満ちた動作のようでもあり、剝き出しになった膝が私の手首をはさんでぎゅっと押しつけ、それからまた力が緩むのだった。そして震える口が、何か不思議な苦い薬を飲んだように歪み、歯のすきまから息を吸い込む音を立てながら、私の顔のそばに近づいた。彼女は愛の苦痛をやわらげようと、まず乾いた唇を私の唇に荒々しく擦り合わせた。そしてぎこちなく髪を振っていったん退き、それからまた闇の中を近づいて、開いた口を私がむさぼってもなすがままで、私はそのあいだに、我が心臓も、我が喉も、我が内臓も、すべてを捧げてもかまわないという気持ちになり、彼女の不器用な手の中に、我が情熱の笏杖を握らせた。

何か化粧品の匂いがしていたのを憶えている——きっとアナベルが母親の雇っていた女中のスペイン娘から拝借したものに違いなく、甘くて安物の麝香《じゃこう》の匂いがする香水だった。それが彼女のビスケットのような体臭と混ざり合い、私の感覚がいきなり縁まであふれてこぼれそうになったちょうどそのとき、突然そばの茂みでざわざわと音がして、私たちが身体を離し、まだずきずきと血を脈打たせながら、猫か何かが獲物を狙ってうろついているのかと調べてみようとしたら、家の方からアナベルの母親が次第に甲高くなっていく狂ったような声で彼女を呼んでいるのが聞こえ、そしてクーパー博士が重々しい足取りで庭に下りてきたのだ。しかしあのときのミモザの茂み、靄《もや》に包まれた星、疼き、炎、蜜のしたたり、そして痛みは記憶に残り、浜辺での肢体と情熱的な舌のあの少女はそれからずっと私に取り憑いて離れなかった——その呪文がついに解けたのは、二四年後になって、アナベルが別の少女に転生したときのことである。

5

若かりし頃の日々をふり返ってみると、まるで列車の乗客が、展望車の後ろで使用済みのちり紙が朝の吹雪のように舞っているのを眺めるみたいに、同じような白っぽい紙切れとなって飛び散っていくような気がする。女性との衛生的関係という点では、私は実際的で、冷笑的で、手短だった。

ロンドンとパリで学生時代を過ごしているあいだは、娼婦を買うだけで充分だった。学業にはじっくり取り組んだものの、とりたてて実を結んだわけではなかった。最初のうち、私は才能のない大勢の人間の例に漏れず、精神医学で学位を取るつもりでいた。ところが私はそんな才能すらなかった。ぼくはひどく落ち込んでるんです、先生、というような奇妙な疲労感に取り憑かれ、英文学に転向してみると、そこは世に認められない[*1]詩人たちが山といて、パイプをふかしツイードを着た教師として人生を終えようとしていた。パリは私にちょうどいい場所だった。私は国外在住者たちとソ連映画について論じ合った。ドゥ・マゴのカフェでウラニストたちと同席したりもした。あまり知られていない雑誌にもってまわった論考を何度か発表した。パスティーシュも作った[*2]。

……フロイライン・フォン・クルプはドアに手をかけ、ふり向くかもしれない。私はその後についていかない。フレスカも。あのカモメも。

「ベンジャミン・ベイリー宛のキーツの書簡におけるプルースト的主題」と題する私の論文は、それを読んだ六、七人の学者からおもしろいという評価を受けた。著名な出版社から『英《イストワール・》詩史概説《アブレジエ・ド・ラ・ポエジー・アングレーズ》』を出すべく取りかかり、さらには英語圏の学生のためのフランス文学入門書（英国作家と比較対照したもの）を編纂する作業を開始して、四〇年代はこれでずっと忙殺されるはずだった。そしてその最終巻は、私が逮捕された時点では、ほとんど出版の手筈が整っていたのである。

職も見つかった。オートゥイユ[3]で社会人に英語を教えるという仕事だ。それから、ある男子校が冬期に続けて雇ってくれた。ときおり、ソーシャル・ワーカーや精神療法医のつてを利用して、彼らと一緒に孤児院や感化院といった施設を訪問し、そこでもつれあった睫毛の、青白い肌をした思春期の少女たちをじろじろ見てもなんの咎めも受けないという、まるで夢の中のような体験もした。

さて今から、次のような理論を紹介したい。九歳から一四歳までの範囲で、その二倍も何倍も年上の魅せられた旅人に対してのみ、人間ではなくニンフの（すなわち悪魔の）本性を現すような乙女が発生する。そしてこの選ばれた生物を、「ニンフェット」と呼ぶことを私は提案したいのである。

ここで私が空間用語を時間用語で置き換えていることに、読者はお気づきになるだろう。実のところ、「九歳」や「一四歳」というのは島の境界線として思い浮かべていただきたい。鏡のような浅瀬と薔薇色の岩場がある魔法の島で、そこには我がニンフェットたちが棲息し、霧深い大海に囲まれている。その年齢の範囲内なら、どんな女の子でもニンフェットだろうか？　もちろん、答えは否《いな》。そうでなければ、我々事情通、我々孤独な航海者、我々ニンフェット狂は、とうの昔に気がおかしくなっているだろう。見目麗しさも判断基準にはならない。そして下品さというか、少なくともある社会がそう名付けるものも、ある種の不可思議な特徴を必ずしも損なうとはかぎらない。この世のものとは思えぬ優雅さ、つかみどころがなく、変幻自在で、魂を粉砕してしまうほどの邪悪な魅力、それこそが、たとえ年齢が同じでもニンフェットとそうでない者を分かつのであり、そうでない者は比較にならないほど一回限りの現象である空間世界に依存しているのに対して、ロリータとその同類たちは手で触れることのできない魅せられた時間の島で遊ぶのである。この同じ年齢範囲で、真のニンフェットの数は、目下のところ十人並みとか、単にいい子とか、「キュート」

だったり、たとえ「かわいい」とか「魅力的」であろうが、ごく普通で、ぽっちゃりして、不恰好で、冷たい肌で、本質的には人間にすぎない少女たち、お腹がふっくらして、おさげ髪で、大人になれば凄い美人になる者もいればそうでない者もいる（あの黒いストッキングに白い帽子姿のずんぐりむっくりした少女たちが、スクリーンの素敵なスターへと変身するのをご覧いただきたい）、そうした少女たちの数よりも圧倒的に少ない。女子生徒かガールスカウトの集合写真を渡されて、その中で誰がいちばん美人かと言われたら、正常な男性は必ずニンフェットを選ぶかというとそうともかぎらない。芸術家にして狂人、際限ないメランコリーの持ち主、下腹部には熱い毒が煮えたぎり、繊細な背骨にはとびきり淫猥な炎が永遠に燃えている（ああ、身をすくめて隠れていないと！）、そんな人間のみが、かすかに猫に似た頰骨の輪郭や、生毛《うぶげ》のはえたすらりとした手足や、絶望と恥辱とやさしさの涙のせいでここに列挙することもかなわぬその他の指標といった、消しようのないしるしを手がかりにして、ただちに識別することができるのだ——健全な子供たちの中に紛れ込んだ、命取りの悪魔を。彼女はみんなから悟られずに立っていて、自分が途方もない力を持っているとは夢にも思っていない。

さらに言うなら、この件では時間の概念が魔法の役割を演じているので、以下のような事実を知ったところで初学者は驚かないでもらいたいのだが、男性がニンフェットの魔力に屈するには、乙女と男との間に年齢差が必要で、それは一〇歳以下ではなく、一般的には三〇歳か四〇歳で、九〇歳の例もあったことが知られている。これは焦点調節の問題であり、内なる目が乗り越えようと興奮する距離、倒錯した歓喜のあえぎをもらしながら心が認識する対照の問題なのである。私が子供で彼女も子供だったとき、[*4]我がアナベルは私にとってニンフェットでもなんでもなかった。あの時間という魔法の島で、私は彼女と同格であり、私なりに小牧神であった。しかし、一九五二年九月の今日、二九年が経過した後で、私は彼女の中に我が人生で最初の宿命的な小妖精《エルフ》を見いだせるように思う。私たちは未熟な愛でお互いに愛し合ったけれども、その激しさは大人ならしばしば人生を破滅させるほどのものだった。私は強健な若者だったので生き残った。だが、傷口が毒に冒され、その傷口がずっと開いたままで、しばらくして、成人していく私が気づいたのは、この文明では二五歳の男性がつきあう相手として、一六歳の女の子ならかまわなくても、一二歳の女の子はいけないということだった。

そういうわけで、我が生涯のヨーロッパ時代に、大人になった私が奇怪なまでの二重生活を送っていたのは不思議でもなんでもない。外見的には、乳房の代わりにカボチャか洋梨をぶらさげているような、俗世間の女性たちといわゆる正常な関係を持ったことも何度もあるが、内心ではニンフェットが通り過ぎるたびに地獄の業火のような局所的情欲に身を焦がし、それなのに法を守る臆病者としてはけっして手出しができないのだった。ものにしてもかまわない人間の女性はほんの緩和剤にすぎなかった。自然な性交で得た快感は、正常な大人の男性が正常な大人の配偶者と交わるときの、世界を揺り動かすあのお決まりの往復運動で得るものとほぼ同じものだったと思う。問題はそうした紳士たちが、私が実際に体験したようなはるかに強烈な至福を垣間見たことなどないという点だ。私が見る淫夢の中でいちばんぼんやりしたものでも、この上なく絶倫の天才作家やこの上なく才能に恵まれた不能者が空想する姦淫場面と比べれば、一〇〇〇倍も豪華絢爛なのである。私の世界は真っ二つになった。目に映るのは一つではなく二つの性で、そのどちらも私のものではないのだ。解剖学者に言わせれば、両方とも女性だということになろう。しかし私にとっては、感覚というプリズムを通して見れば、*5「両者は霧《きり》と錐《きり》ほど違う」のである。以上は、今冷静に考えればの話だ。二〇代から三〇代前半にかけて、私は自分の苦悩をはっきり理解していたわけではなかった。肉体は何を渇望しているかわかっていても、肉体の訴えを心がことごとく退けてしまうのだった。あるときは羞恥心や恐怖を覚えても、またあるときには無軌道なまでに楽観的になってしまう。タブーで私は窒息しそうだった。精神分析学者は、偽リビドーの偽解放といった甘言をささやいた。私にとって、愛に震える唯一の対象がアナベルの妹たちであり、その侍女であり女小姓であるという事実が、精神錯乱の前兆かと思えたこともある。これは心の持ちようの問題にすぎず、少女に千々に乱れてしまうのはどこもおかしいところはない、と自分に言い聞かせたこともある。ここで読者に留意していただきたいが、英国では、一九三三年に児童青少年法が可決されたのに伴って、「少女」という用語は「八歳以上一四歳未満の女子」と定義されている（その先、一四歳から一七歳までは、法律上の定義は「青少年」になる）。アメリカ合衆国マサチューセッツ州では、それに対して、「非行児」とは厳密に言えば「七歳から一七歳まで」の（さらには、悪い人間または不道徳な人間と習慣的につきあっている）子供を指す。ジェイムズ一世の時代に、ヒュー・ブロートンは非難の的となった著作の中で、ラハブが一〇歳ですでに娼婦だったことを証明した。これはまさに興味津々で、私が発作を起こして口から泡を吹いている姿をきっと読者はご想像だと思うが、残念ながらそうではない。私はティドルウィンクスのカップに楽しい空想を投げ入れている[*6]だけなのである。もう少し写真をお見せしよう。これはウェルギリウスで、ニンフェットたちに声を揃えて歌わせることができた詩人だが[*7]、たぶん少年の会陰のほうがお好みだったのではなかろうか。これは国王アクナーテンと王妃ネフェルティティのあいだに生まれた、まだ結婚可能な年齢に達していないナイルの娘たち二人で（国王夫妻は同腹で六匹生んだ）、きらきらした珠《たま》の首飾りをいっぱいつけ、クッションに身体を休めた恰好で、三〇〇〇年経ってもそっくりそのまま保存され、子犬のような身体は薄茶色でふっくらして、髪は短く、目は切れ長で漆色をしている。これはまだ一〇歳の花嫁たちが、張形にまたがるよう強制されている図で、この男性器をかたどった象牙こそは、古典学教育の神殿を司るものである。思春期前の結婚および同棲は、インド東部のある地方ではさほど珍しくもない。レプチャ族では、八〇歳の老人が八歳の少女と交接したところで誰も気にしない。考えてみれば、ダンテがベアトリーチェに狂おしい恋をしたのは、彼女が九歳のころ、化粧をして愛らしく、深紅のドレスをまとって宝石をつけた、眩いばかりの少女だったわけで、時は一二七四年、場所はフィレンツェ、陽気な五月《メリー・メイ》の、私的な春の祭りのときであった。そしてペトラルカがラウラちゃんに狂おしい恋をしたとき、彼女は一二歳で金髪のニンフェットであり、風の中を駆け、花粉と塵が舞う中、風に舞う一輪の花の如く、美しい平野を走る姿はヴォークリューズの丘から見晴らしたものである。

しかしここは文明人としておとなしくふるまおうではないか。ハンバート・ハンバートは善良になろうと懸命に努力した。誠心誠意そうしたのである。彼は純真でいたいけな普通の子供たちに対して最大限の敬意を払い、ほんの少しでも悶着が起こりそうな危険性があれば、いかなる状況であろうが無垢な子供に手を出すのは慎んだ。だが、無邪気な群れの中に、「魅惑的にして狡猾な子《アンファン・シャルマント・エ・フルブ》」、遠くを見るような目に、つやつやした唇、じろじろ見つめていることを悟られただけでも懲役一〇年の小悪魔を目にしたとき、どれほど彼の心臓は激しく脈打ったことか。そうして日々が過ぎ去った。ハンバートはイヴとの性交を行うのになんの支障もなかったが、彼が熱望するのはリリスなのだった。乳房発達の蕾段階は、思春期に伴う身体的変化の初期（一〇・七歳）に発現する。そして次に起こる性徴は、濃い恥毛の発現（一一・二歳）である。私のカップはティドルであふれそうになっている。*8

難破。環礁。親が溺れて亡くなり、ぶるぶる震えている子供と二人きり。よしよしいい子だ、これはただのゲームなんだからね！　公園の堅いベンチに腰掛け、読書に夢中になって本を持つ手も震えているようなふりをしているとき、空想上の冒険はどれほどすばらしかったことか。物静かな学者の周囲では、ニンフェットたちが勝手気ままに遊びまわり、まるで彼のことを見慣れた銅像か、老木の影と輝きの一部みたいに思いこんでいるようだった。あるとき、タータンのワンピースを着た、申し分のない美少女が、重装備した足をベンチでばたんと私のそばに下ろし、ほっそりした剝き出しの両腕を私の中に浸すようにしてローラースケートのストラップを直そうとしたことがあり、少女の鳶色《とびいろ》の巻き毛がすりむけた膝の上に流れ落ちると、私は本をイチジクの葉代わりにして、陽光の中で融解していき、私のカメレオンのような頰のすぐそばには少女の眩い手足があり、私がその一部となった葉影もそれに触れてぴくぴくと脈動しながら溶けてしまったものだ。また別のときには、地下鉄《メトロ》で赤毛の女子生徒がこちらの方に前屈みになってきて、そのときにのぞかせた赤い腋毛が、数週間も私の血をたぎらせた。こういう一方的な小ロマンスならいくらでも挙げることができる。その中には、たっぷりと地獄の後味を残したものもある。たとえば、バルコニーから通りの向かい側を眺めていると、灯のついている窓があり、どうやらニンフェットらしき人影が、協力的な鏡の前で服を脱いでいる最中だったとする。こうして分離され、こうして遠ざけられていると、その光景にはことさら強烈な魅力が加わり、私は自己満足を遂げんものと全速力で走りだそうとする。ところが突然、意地悪なことに、見とれていた裸体のやわらかなパターンが変形して、電灯に照らされた、下着姿の男の吐き気を催すような剝き出しの腕に化けたかと思うと、その男は、蒸し暑くて絶望的な夏の夜に、開け放した窓のそばで新聞を読んでいるところなのである。

　縄跳び、石蹴り[*9]。ベンチで隣に座ったあの黒衣の老婆は、私が悦びに身悶えしているのを見て（なくしたビー玉を見つけようとして、ニンフェットが私の下でごそごそやっていたのだ）、お腹が痛むのですかとたずねてきた、あの忌々しい老婆め。ああ、我が思春期の公園で、我が春草萌える庭園で、どうか私にかまわないでほしい。私のまわりでニンフェットたちを永遠に遊ばせてやってほしい。けっして成長することもなく。

6

閑話休題。ときどき不思議に思うのは、あのニンフェットたちがその後どうなったのかということだ。原因と結果が鉄格子のように張りめぐらされたこの世界では、ニンフェットからこっそり頂戴したひそかな疼きが彼女たちの将来に影響を及ぼさないことなどあろうか？　ニンフェットを我がものにしても、相手はまったく気づかない。それは結構。だが、それがいつか後になって響いてはこないか？　彼女のイメージを我が官能に巻き込んだことで、その運命になんらかの形で干渉したことはなかっただろうか？　ああ、それがかつてもそうだったし、今もなお、大いなる恐ろしい疑問のもとなのである。

しかしながら、あの愛らしく、気を狂わせるような、ほっそりした腕のニンフェットたちが成人するとどうなるか、私は知ることになった。今でも記憶しているのは、春の曇り空の午後、マドレーヌ寺院の近く[*1]のにぎやかな通りを歩いていたときのことだ。小柄でほっそりした女性が、ハイヒールを履いて、軽やかな早足で通り過ぎようとして、私たちは同時にふりかえり、むこうが立ち止まり、私が話しかけた。彼女の背丈は私の胸毛までも行かないくらいで、顔はフランス女性によくある、えくぼがあって丸い小顔で、長い睫毛と身体にぴったり合った仕立服が気に入ったのだが、パールグレイのドレスに包まれた若い肢体は、いかにも商売女らしく小さな尻をぷりぷりとふってみせる仕草に混じって、どこか子供らしいところをまだ保っており、それこそがニンフの残響、快感の疼きであり、我が下腹部はぴくんと反応するのだった。値段をたずねると、彼女は銀の鈴を鳴らすような歌声で（小鳥、まさしく小鳥だ！）即座に「一〇〇《サン》」と答えた。値切ろうとしたら、はるか真下に向けられて彼女の丸い額と質素な帽子（帯、一輪の花）を見つめている私のうつむいた視線にうごめくうしろめたい欲望を彼女は見て取り、一度瞬きしてから、「お気の毒さま《タン・ピ》」と言って、立ち去るようなそぶりをした。ほんの三年前なら、彼女は学校帰りの途中だったかもしれない！　そんな想像をすると決心がついた。彼女の案内でいつものように急な階段をのぼり、殿方《ムッシュー》が別の殿方《ムッシュー》とはちあわせをしないようにといつものようにベルが鳴らされ、陰鬱な気分で入った汚い部屋にはベッドとビデがあるだけだった。いつものように、彼女はすぐ料金《プティ・カドー》を請求し、いつものように私は名前（モニーク）と年齢（一八歳）をたずねた。こういう場合に街娼が決まってどう答えるかはよくよく承知していた。連中はみな「一八《ディズユィット》」と答える——短いさえずりで、きっぱりとしたもの悲しい嘘を、この哀れな娼婦たちは一日に最高一〇回も発するのだ。しかしモニークの場合、本当の年齢はそれより一、二歳若いのは疑いなかった。そう推論したのは、小ぶりで引き締まった、奇妙にも未成熟な肉体に見られる多くの証拠からだ。みごとなまでのすばやさで衣服を脱ぐと、薄汚い紗のカーテンに半ば身をくるんでしばし窓際に立ち、それこそ絵本に出てくる子供のように嬉々として、埃にあふれた真下の中庭で男が弾く手風琴に耳を傾けていた。小さな手をつぶさに調べて、爪が汚いことに注意を向けてやると、彼女は素直に眉をひそめ、「うん《ウィ》、これじゃいけないわ《ス・ネ・パ・ビヤン》」と言って手を洗いに行ったが、いやかまわないんだ、まったくかまわないんだよ、と私は言ってやった。茶色の髪は短く、灰色の瞳はきらきらして、肌の青白い彼女は、申し分ないほどかわいかった。尻はしゃがんでいる少年の尻くらいしかない小ささだ。実際のところ、こう躊躇なく言ってもかまわないのだが（そしてもちろんそれが、紗の灰色をしたあの記憶の部屋で、小柄なモニークと一緒に、なぜ嬉しそうに長居をしているのかという理由でもある）、交渉を持った八〇人かそこらのフランス人娼婦《グリュ》の中で、彼女こそは本物の快楽を与えてくれた唯一の女性だったのである。「こんな手を思いついた男の人って頭がよかったのね《イレテ・マラン、スリュイ・キ・ア・アンヴァンテ・ス・トリュック・ラ》」と愛想よく言ってから、彼女はまた独特のすばやさで服を着た。

　私がもう一度、もっときちんとした形で、その日の夜に会わないかと申し出たら、彼女は角のカフェで九時に会いましょうと言って、これまでの若い人生で一度も男の人に待ちぼうけ《ポゼ・アン・ラパン》をくわせたことがないと誓った。私たちはふたたび同じ部屋に戻り、私が思わずきみはきれいだねと言うと、彼女はつつましく「そんなことを言ってくれるなんて、やさしい人ね《チュ・エ・ビヤン・ジャンティ・ド・ディール・サ》」と答え、そのとき、彼女が目にして、私も目にしたのは、私たちの狭いエデンの園を映し出していた鏡の中の、歯をくいしばるほどの愛情に口元をゆがめた私の恐ろしい表情で、仕事熱心なモニークは（ああ、たしかに彼女はかつてニンフェットだったのだ！）、もしキスするつもりなら、ベッドに行く前に《アヴァン・コン・ス・クーシュ》唇の口紅をぬぐっておくほうがいいかとたずねた。もちろんこちらはそのつもりだった。私はこれまでどんな若い女性を相手にしたときにもなかったほどすっかり夢中になり、あの夜の最後の記憶として残った、長い睫毛をしたモニークの姿は、私の恥ずかしく、あさましく、無言のままに終わる性生活のどんな出来事にもめったになかったような、楽しさに彩られている。のそのそ歩くハンバート・ハンバートを小さな尻の後に従えて、彼女が四月の夜の小糠雨《こぬかあめ》の中に軽やかに踏み出したとき、ボーナスとして五〇フランを渡すと、彼女はとても嬉しそうな表情になった。ある店のウィンドーの前で立ちどまり、さも楽しげに「わたし、ストッキングを買うわ！《ジュ・ヴェ・マシュテ・デ・バ》」と言った、あのときのパリ娘らしい子供っぽい唇がストッキングの"bas"《バ》という言葉をまるで爆発するように元気よく発音し、その"a"の音が"bot"《ボ》のような短くてはじける破裂音の"o"にほとんど変わってしまったのを、私はけっして忘れはしないだろう。

翌日、午後二時一五分に今度は私の部屋で会ったときには、前ほどうまくいかなかったのは、彼女が幼さを失い、一晩のうちに女になってしまったように見えたからだった。彼女からうつされた風邪で四度目はお流れになったが、心臓が止まりそうな妄想に悩まされることもしばしばで、退屈な失望へと先細りしつつあるこの一連の胸騒ぐ逢引を中断することに後悔はなかった。だから、スリムですらりとしたモニークには、しばしのあいだそのままの姿でいてもらおう。ビジネスライクな若い娼婦から透けて輝く、非行少女のニンフェットとして。

彼女との短い交際をきっかけにして、私がいかなることを思いついたか、事情通の読者ならおそらくご賢察のことであろう。猥褻雑誌に載った広告で、ある日大胆にも、私はマドモワゼル・エディットの事務所にたどりつき、そこでまず、汚いアルバムに集められているよそいきの写真の中から、一人選んでくれと言われた（「このかわいい黒髪の娘を見てちょうだい！《ルギャルデ・モワ・セット・ベル・ブリュヌ》*2」）。そのアルバムを押しのけ、犯罪者的な煩悶をやっとの思いで口走ると、彼女はまるで私を追い出そうとするような表情になった。それでも、いくら払う用意があるのかとたずねた後で、彼女は譲歩して、その手のことを段取りする《キ・プレ・アランジェ・ラ・ショーズ》人物を紹介してくれることになった。翌日、派手な化粧をして、にぎやかでニンニク臭く、お笑いのようなプロヴァンス地方訛りで、紫色の唇の上に黒い口髭をはやしている喘息持ちの女が、明らかに彼女の住み家らしい場所へ私を連れて行き、そこで、彼女の商品がいかに芳しい薔薇の蕾かを強調しようと、太い指の先をすぼめたところに音をたててキスしてから、芝居がかった動作でさっとカーテンを開けると、そこは大家族が気にもかけずにふだん寝室として使っている部屋の一部らしかった。そこは今ほとんど空っぽで、*3 とんでもなくでっぷりして、血色が悪く、ぞっとするほど不器量な、どう見ても一五歳は超えている、三つ編みにした太い黒髪を赤いリボンで束ねた女の子だけが、ぽつんと椅子に腰掛け、気乗りのしない様子で禿げた人形をあやしていた。私が首をふり、この罠から逃れようとすると、女主人は早口でまくしたてながら、若い大女の胴体から薄汚れたウールのジャージーを脱がしはじめ、出て行こうとする私の決心が堅いことを見て取ると、代金《ソン・アルジャン》を要求した。そのとき部屋の端にあったドアが開き、台所で食事をしていた二人の男が口論に加わった。二人は奇形で、首筋を剝き出し、とても浅黒くて、そのうちの一人は黒眼鏡をしていた。その背後には、小さな男の子と、がに股でよちよち歩く薄汚い幼児《リュイ》が控えていた。悪夢にはつきものの厚顔無恥な論理で、立腹した女主人は黒眼鏡の男を指さし、この人、警察に勤めてたことがあるのよ、だから言われたとおりにするのが身のためじゃないの、と言った。そこで私はマリー（それが彼女の綺羅《きら》びやかな源氏名だった）のところに近づいていった。彼女はもうそのときには何も言わずに重たい尻を台所の椅子に移し、一時おあずけになっていたスープをまた飲んでいるところで、そのあいだによちよち歩きの幼児が人形を拾いあげていた。憐れみの情に駆られて、愚かしい動作を芝居がかったものにしながら、私は彼女の無関心な手の中に紙幣を一枚押し込んだ。彼女がそのプレゼントを元刑事に渡したところで、私はようやく釈放の身となったのである。

7

女衒《ぜげん》のアルバムが、運命の編む雛菊《ひなぎく》の花輪の一つなぎになったのかどうかは知らないが、やがてまもなく、身の安全を考えて、私は結婚することに決めた。時間の規則正しい生活、手料理、結婚生活のありとあらゆる決まり事、予防措置的な閨房活動、そしてもしかするとそのうちに花開くかもしれない、道徳的価値観や精神的代用物が、私のあさましくも危うい欲望を、すっかり浄化するとまではいかなくとも、少なくとも穏やかに保っておく役に立つのではないかと思いついたのである。父が亡くなってちょっとした金が手に入り（大した額ではない――ホテル・ミラーナはとうの昔に売却されていた）、それに加えていささか獣めいてはいるが啞然とするほどの我が美貌のおかげで、私は後顧の憂いなく結婚相手探しに取りかかることができた。熟考した結果、選んだのはポーランド人医師の娘だった。この善良な医者は、たまたま私の眩暈《めまい》や頻脈を診てくれていたのである。私たちがチェスをしていると、彼の娘は画架のうしろから私の方を見ていて、私の目とか拳を拝借し、当時の教養ある淑女がライラックや子羊《ラム》の代わりに好んで画題にした、立体派風の駄作の中に描き入れたものだ。ここでもう一度、そっと念を押しておきたい。私はその当時、そして今もなお、さまざまな不幸《メ・マルール》にもかかわらず、とびぬけてハンサムな男性であった。動作は控えめで、背が高く、やわらかな黒髪をして、憂鬱ではあるがそれゆえいっそう魅力的な物腰をしていた。きわめて旺盛な精力は、しばしば当該男性の顕著な顔立ちに、どこか陰気で充血した印象として現れ、それは隠さねばならないものと関係している。そしてこれが私にぴったり当てはまるのだ。指をぱちんとならすだけで、お好みの成人女性を我がものにできることくらい、私はよくよく知り尽くしていた。実際のところ、女たちが熟れた果実のように、私の冷ややかな膝に転がり込んでくるのを防ぐために、あまり気のあるそぶりを見せないことがすっかり習慣になっていたほどなのだ。私が華やかな女性を好む平均的フランス人《フランセ・モワイヤン》であったなら、いかめしい表情をした我が岩にしぶきをあげて打ち寄せてくる熱狂した美女たちの中に、ヴァレリアよりもはるかに魅力的な生き物を見つけることなどたやすかっただろう。しかしながら、私が彼女を選んだのは計算ずくのことで、その本質は情けない妥協であることに気づいたときにはもう手遅れだった。以上のことが示すのは、哀れなハンバートがセックスに関してはつねに恐ろしいほど愚かだったという事実なのである。

8

おれが求めているのは、慰めになる存在、立派な家庭料理、生きた肉鞘《にくさや》でありさえすればいい、と私は己に言い聞かせていたが、ヴァレリアに惹かれた本当の原因は、彼女が見せるまがいものの少女らしさだった。べつに私のことを薄々勘づいたからではなく、それが単に彼女のスタイルだった――そして私はそれにはまったのだ。実際のところ、彼女は少なくとも二〇代の後半で（彼女はパスポートすら詐称していたので、正確な年齢はついにわからずじまいだった）、処女もどこかに捨ててきたし、その状況も思い出を語るときの気分によって変わった。私のほうはと言えば、いかにも変質者らしく、純真そのものだった。彼女はふわふわとした生毛がはえていて、ふざけてはしゃぎまわるのが好きで、おてんば娘《ア・ラ・ギャミヌ》のような服装をして、なめらかな脚を気前よく見せ、黒いビロードのスリッパを履けばあらわな白い甲が引き立つこともわかっていたし、ふくれっつらをしたり、えくぼをこしらえたり、はしゃぎまわったり、ティロル風のスカートでくるくる踊ったり、およそこれ以上かわいくて、これ以上ありきたりなのもないような仕草で、短い金髪の巻き毛をさっと一振りしたりするのだった。

市役所《メリー》での簡単な式がすんでから、借りておいた新しいアパートに彼女を連れて行き、これには彼女もいささか驚いたのだが、身体に触れる前に、孤児院の下着用戸棚からくすねてあった、地味な寝巻を着せた。私はその初夜でいささかの楽しみを得たし、日が昇るころには愚かな女をヒステリー状態にさせた。しかし現実がたちまち取って代わる。ブロンドに染めた巻き毛はよく見れば毛根が黒かった。生毛も実はすね毛の剃り残しだった。おしゃべりな湿った口は、どれほど私が愛で塞いだところで、彼女が宝物にしている、死んだママのヒキガエルみたいな写真の対応部分と破廉恥なほどの類似を見せるのだった。そしてやがて、青白い道端の少女の代わりに、ハンバート・ハンバートが手中にしているのは大柄で、肥満で、短足で、巨乳で、ほとんど脳なしの田舎女《バーバ》になってしまった。

こうした状況が一九三五年から一九三九年まで続いた。ヴァレリアの唯一の取柄はおとなしい性格で、そのおかげで狭くてむさくるしいフラットが妙な慰めになったのもたしかである。二部屋で、窓からの眺めは靄のかかった景色が一つと、煉瓦の壁がもう一つ、小さな台所、それと靴形をした浴槽があり、そこにつかるとマラーにでもなったような気分だが、私を刺し殺す白い首筋をした乙女はいないのだった。私たちは和気藹々《あいあい》とした夜を何度も一緒に過ごし、彼女は《パリ＝ソワール》紙を読みふけり、私はぐらぐらするテーブルで書きものをした。一緒に映画や、自転車レースや、ボクシングの試合も観に行った。彼女の味気ない肉体をたのみにしたことはごく稀で、欲望や絶望の極みの場合に限られていた。向かいに住む食料品屋には小さな娘がいて、その影が私を気も狂わんばかりにした。しかしヴァレリアの助けを借りて、私は想像を絶する苦難になんとか合法的なはけ口を見出したのであった。料理に関しては、私たちは暗黙のうちに家庭料理はやめにして、食事はたいていボナパルト通りの混雑した店でとることにしたが、そこはテーブルクロスもワインのしみだらけだし、外国語のおしゃべりで騒々しい所だった。そして隣の店で、画商がごたごたしたウィンドーに陳列していたのが、緑、赤、金、そしてインクの青と、色あざやかですばらしいアメリカの古い版画だった――描かれているのは、ばかでかい煙突に、凝った作りの大きなカンテラ、それからとんでもない排障器を付けた機関車で、それが薄紫色の客車を引っぱりながら嵐吹く夜の大平原を抜け、毛羽の立った雷雲に向かって火花を散らした黒煙をもうもうと巻き上げているのである。

その稲妻が燦《きら》めいた。一九三九年の夏、アメリカの伯父《モン・ノンクル・ダメリック》が亡くなり、もし合衆国に移住して商売を継ぐ気が多少でもあるならという条件付きで、年数千ドルの収入を私に遺贈したのだ。この話は渡りに舟だった。私は生活を刷新する必要があると感じていたのである。それともう一つ、結婚生活の慰めというフラシ天の布地に、蛾の食った穴があきだしていたのだ。数週間ほど前から、私は太ったヴァレリアの様子がいつもとは違うことに気づいていた。妙にそわそわして、ときには癇癪のようなものを見せたりすることさえあって、これは彼女がまねているはずの決まり役にはおよそ似つかわしくないものだった。もうじきニューヨークへ船旅で出かけるぞと告げると、彼女は困って当惑したような表情になった。彼女には書類上の手続きで面倒なことが多少あった。彼女が持っているのはナンセン（と言うよりナンセンス）旅券で、それがどういうわけか、夫が歴としたスイスの市民権を持っているとは言っても、簡単には書き換えられないのだ。そこで私は、県庁《プレフェクテュール》で列に並んだり、他の手続きをしたりするのもやむなしと腹をくくったが、そのせいで彼女はそんなにおちつきがないのに違いなく、辛抱強くアメリカという国の話をしてやって、そこでは子供たちは薔薇色で大きな樹木もあるし、うっとうしくて薄汚れたパリに比べればずっと生活もましになると言っても無駄だった。

　ある朝、書類もほぼ整い、役所の建物から出てきたとき、私の横でよちよちと歩いていたヴァレリアは、無言のままでプードル頭を激しくふりはじめた。私はしばらく放っておいて、それから何か身体の具合でも悪いのかとたずねた。彼女の答えはこうだった（彼女のフランス語から翻訳してみるが、それもまた何かスラブ語の決まり文句を翻訳したものだったのだろう）。「わたしの人生には他の男性がいる」

　さて、これは夫にとって耳ざわりの良くない言葉である。正直なところ、私は茫然とした。生真面目な俗人なら、そのとき即座に道端で殴りつけたところかもしれないが、そんなことはできない。何年も秘かに耐えてきたせいで、私は超人的な自制心を身につけていたのだ。そこで私は、ちょうど乗ってくださいと言わんばかりに歩道の縁石沿いに忍び寄っていたタクシーに彼女を押し込み、あまり人目に触れない中で、そのとんでもない話を詳しく説明してくれないかと静かに食い入るように言ってみた。こみあげる激怒で息がつまりそうだった——ただそれは、このお笑いにすぎないマダム・ウンベールに何らかの愛情を持っていたからではなく、関係が合法か違法かを決めるのはこの私だけであり、それなのに妻を演じるこの喜劇役者のヴァレリアときたら、破廉恥にも、私の慰めと運命を自分勝手に処理しようとしていたからだ。愛人の名前を教えろと私は迫った。その質問を繰り返しても、彼女は笑劇さながらの戯言《ざれごと》をしゃべりつづけ、私と一緒にいてどれほど不幸せだったかを語り、すぐに離婚するつもりだと宣言した。「でも、誰なんだ《メ・キ・エス》？」。私はついにどなりつけて、拳骨で膝を殴った。すると彼女は、ひるみもせずに、その答えは口に出すまでもないほど簡単だと言わんばかりに私をにらみ、くいっと肩をすくめてから、タクシー運転手の太い首を指さした。運転手は小さなカフェで車を停めて自己紹介した。彼の愚かしい名前は憶えていないけれども、これだけの歳月が過ぎてもまだその姿がはっきりと目に浮かぶ——ずんぐりした白軍の元大佐で、ふさふさした口髭をはやし、髪は角刈りにしていた。パリには、このばかな商売をしているロシア系亡命人が、数千人もあふれていたのである。私たちはテーブルに座った。帝政支持者はワインを注文し、ヴァレリアは濡れたナプキンを膝に当てた後でしゃべりつづけた——私に向かってというよりは私の中へという勢いで、まさか彼女にこんなところがあるとは思えるほど流暢なしゃべりっぷりで、この立派な器に言葉を注ぎ込んだのだ。そしてときおり、涼しい顔の愛人に向かってスラブ語[*1]をまくしたてるのだった。事の成り行きはまったくばかげていたが、タクシー大佐がいかにも我がもの顔の笑みを浮かべながらヴァレリアを制止して、自分の物の見方や将来計画を開陳するに及んで、ばかばかしさに拍車がかかった。悲惨きわまりない訛りのあるフランス語でゆっくりとしゃべりながら、これから幼な妻のヴァレリアと手に手を取って入っていく愛と労働の世界の輪郭を彼は描き出した。ヴァレリアは身繕いの真っ最中で、彼と私にはさまれて、すぼめた唇に紅をつけたり、顎を三重にしてブラウスの胸元を指でいじくったりしていたが、彼のほうはまるで彼女がそこにいないかのような調子で彼女についてしゃべり、まるで彼女が親のいない子で、その子のためを思って、ある賢い後見人からもっと賢い後見人へと移される途中みたいな塩梅《あんばい》だったし、私の遣り場のない怒りのせいで印象が誇張されたり歪められたりしているかもしれないにせよ、およそ信じられないことに、彼女の食事のとり方や、生理の周期や、衣装一式や、これまで読んだ本やこれから読むべき本のことまで、彼は私に相談してきた。「『ジャン・クリストフ』なんか気に入ると思うんですが」と彼は言った。いやはや、まったくたいした学者だよ、このタクソヴィチ氏は。

この戯言に終止符を打つべく、ヴァレリアにすぐ荷物をまとめるよう提案してみると、凡人の大佐は車の中に運びましょうと即座に気前よく申し出た。職業上の身分に戻って、彼はハンバート夫妻を家まで乗せ、そのあいだずっとヴァレリアはしゃべりつづけ、ハンバート雷帝はハンバート小心帝とじっくり議論しながら、ハンバート・ハンバートは妻か妻の愛人かどちらを殺すべきか、どちらも殺すか、どちらも生かしておくか、と思案した。あるとき、同級生が所持していた自動拳銃を一度手にしたことがあるのを憶えていて(その時期のことはまだ話していなかったけれども、まあいいだろう)、その頃、彼の妹である、黒いヘアボウをつけたあえかなニンフェットを慰みものにしてから、拳銃自殺をするのはどうかと夢想していたものだった。そこで私は今、ヴァレチカ(と大佐は彼女のことをそう呼ぶ)がはたして撃ち殺すか、絞め殺すか、溺れ死にさせるだけの値打ちがあるものかどうかと考えた。そして、彼女は脚がかよわいので、二人きりになったらすぐにこっぴどく痛めつけてやるだけにとどめておこうと心に決めたのである。

だがその機会は訪れなかった。滝のような涙を流し、化粧もぐしゃぐしゃの虹色になってしまったヴァレチカが、トランク一つにスーツケース二つ、それと破れかけの段ボール一箱をやっとの思いで荷造りしだすと、登山靴を履いて助走をつけながら思いっきりこいつの尻を蹴飛ばしてやろうかと思っても、忌々しい大佐がしじゅうそこらをうろうろしていては、それを実行に移すのはもちろん無理な相談だった。彼が横柄にふるまったとか、そんなことを言うつもりはない。その反対で、つい誘い込まれた素人芝居のちょっとした余興みたいに、彼は旧世界風の礼儀正しさを見せ、仕草のたびごとに誤った発音で詫びの言葉(すみませんが《ジェ・ドマンド・パルドンヌ》……もしよろしければ《エス・ク・ジェ・ピュイ》……等々)をはさみ、ヴァレチカが浴槽の上に渡してある物干し紐から大げさな身ぶりでピンクのパンティを取ると如才なく顔を背けたりしたが、この悪党《ル・グルダン》はまるでその場のあちこちに同時に現れるみたいで、その体軀をフラットの骨格に合わせ、私の椅子で私の新聞を読んでいたり、結んだ紐をほどいたり、煙草を巻いたり、ティースプーンの数を数えたり、便所に行ったり、情婦が父親からもらった扇風機[*2]を包装するのを手伝ったり、荷物を道に運び出したりした。私は腕組みして座り、片方の尻を窓の敷居にのせ、憎しみと退屈で死にそうだった。そしてとうとう二人は震えるアパートから出て行った——私が力まかせに閉めたドアの震動がまだ神経の隅々にまで鳴り響いていて、それは本来なら、映画の約束事に従って、彼女の頬骨にくらわせてやるべきバックハンドの平手打ちの情けない代わりだった。与えられた役を不器用に演じながら、私はどかどかとバスルームに入っていって、二人が私の英国製の化粧水を取っていかなかったかどうか点検した。幸いにも大丈夫だったが、元皇帝顧問がすっかり膀胱を空にした後で水を流さなかったことに気づいて、私は激しい憤りを覚えた。異邦人の小便でできたおごそかな水溜まりに、黄褐色の煙草の吸殻がばらばらになって浮いているのはこの上ない侮辱だと思えてきて、武器はないかとぎょろぎょろあたりを見まわしてみた。実際のところは、善良な大佐が（マクシモヴィチだ！　突然、この選択肢《せんタクシー》が記憶によみがえってきた）、いかにもその種の人間（たぶんアジア風）らしく作法にうるさくて、静かにちょろちょろと用を足した後で水洗の粗野な轟音を立ててこの住まいの狭さをことさら強調しないようにと、個人的な必要をおごそかな沈黙で包み隠したのは、きっと中流階級のロシア人らしい礼儀にすぎなかったのだろう。しかしその時には考えが及ばず、憤怒のうめき声をあげながら、私は箒よりましなものはないかと台所をひっかきまわした。それから、探すのを中止すると、素手で殴ってやろうと英雄的に決断して家を飛び出した。生まれつき腕力には自信があるけれども、私は拳闘家なんかじゃないし、一方の背丈が短くて肩幅の広いマクシモヴィチは、銑鉄《せんてつ》製の身体みたいに見えた。通りはからっぽで、妻が出て行った証拠となるものは、壊れた箱の中に不必要にも三年間しまっておいた後で泥の中に落としていった、模造宝石《ラインストーン》でできたボタン一個しかなく、そのおかげで私は鼻血を流さずにすんだのかもしれない。まあそれはどうでもいい。やがて私はささやかな復讐を成し遂げたのである。ある日パサデナから来た男が教えてくれた話では、マクシモヴィチ夫人、旧姓ズボロフスカヤは、一九四五年ごろ出産中に亡くなったという。二人はなんとかカリフォルニアまでたどり着き、高給で雇われて、高名なアメリカの民族学者が行う一年間にわたる実験の被験者となった。実験の内容は、食事をバナナとナツメヤシに制限し、つねに四つんばいの状態でいれば、人間は個人および人種としてどういう反応を示すかというものである。情報を提供してくれた医者は、でぶのヴァレチカとそのころにはすっかり白髪になり太ってしまった大佐が、照明が明るい数部屋(一番目の部屋には果実、二番目には水、三番目にはマットといった具合)の実験室で、貧乏でよるべのない集団から選ばれた他の雇われ四足類数人と一緒に、きれいに掃除された床の上をせっせと這いまわっているところを、まさしくこの目で見たと断言した。この実験結果が《人類学会報》に載っていないかと探してみたが、まだ出版されていないようだ。言うまでもなく、こうした科学上の成果は結実するまでに時間がかかるものである。出版された暁には、ぜひ写真付きで載せてもらいたいものだが、刑務所の閲覧室がそういった学術的著作物を収蔵するとは考えにくい。弁護士の好意にもかかわらず、最近私が読むことを許されているものは、刑務所の閲覧室における本選びがいかに無意味な折衷主義に支配されているかという好例である。まずもちろん聖書があり、それからディケンズ(古いセット本で、ニューヨーク、G・W・ディリンガム出版社、一八八七年)、『子供大百科』(髪が太陽に輝いている、ショートパンツ姿のガールスカウトたちのすてきな写真あり)、アガサ・クリスティの『予告殺人』といったところだが、中には燦めくような駄本もあり、たとえば『ヴェネチア再訪』（ボストン、一八六八年）の著者パーシー・エルフィンストーンによる『イタリア無宿』とか、比較的最近（一九四六年）の『演劇人名録』がそうで、これには俳優や、演出家や、脚本家や、舞台写真が載っている。それをぱらぱらめくっていて、昨晩私は、論理学者が嫌い詩人が愛する、あの眩いばかりの偶然の一致に恵まれた。そのページの大半をここに書き写そう。

ピム、ローランド。一九二二年、マサチューセッツ州ランディ生まれ。ニューヨーク州ダービーのエルシノア劇団で演技指導を受ける。『直射日光』でデビュー。『ここから二丁先』、『緑の少女』、『入れ替えられた夫たち』、『奇妙な茸』、『危機一髪』、『ジョン・ラヴリー』、『君を夢見て』など多数に出演。

クィルティ、クレア。米国の劇作家。一九一一年、ニュージャージー州オーシャンシティ生まれ。コロンビア大学卒。当初は商業分野に就いたが劇作に転向。著作に『幼い妖精《ニンフ》』、『稲妻を愛したレディ』（ヴィヴィアン・ダークブルームと共作）、『暗い年頃』、『奇妙な茸』、『父性愛』などがある。児童向けの演劇作品はとりわけ注目に値する。『幼い妖精《ニンフ》』（一九四〇）は、同年の冬、移動距離一四〇〇〇マイル、公演回数二八〇回に及ぶ地方公演を行った後、ニューヨークで幕を閉じた。趣味はスポーツカー、写真、ペット。

クワイン、ドロレス。一八八二年、オハイオ州デイトン生まれ。アメリカン・アカデミーで演技を学ぶ。一九〇〇年オタワで初舞台。ニューヨークでのデビューは一九〇四年の『知らない人とは口をきくな』。それ以降の失演作品は［約三〇の作品名が挙がっている］。

愛しい人の名前が年配の女優に付いているのを見ただけでも、いまだに私はこらえようのない苦痛に身をよじってしまうのだ！　おそらく、彼女は女優になったとしてもおかしくはなかっただろう。一九三五年生まれ。出演作品は（前の段落で筆がすべったのに気づいたが、クラレンスよ、どうか訂正しないでほしい）『殺害された劇作家』。食わせ者のクワイン。クィルティ殺しを悔いている。ああ、我がロリータよ、私には言葉しかもてあそぶものがないなんて！

9

離婚手続きで出航が延び、ふたたび世界大戦の闇が地球に訪れて、倦怠と肺炎の一冬をポルトガルで過ごした後、私はようやくアメリカにたどり着いた。ニューヨークで私は運命が提供した楽な職業を喜んで受け入れた。その仕事は主に、香水の広告を企画編集することだった。私はその浅薄さと似非《えせ》文学的側面を歓迎し、他にすることがないときはいつでもそれに没頭した。その一方で、ニューヨークにある戦時中にできたばかりの大学に督促されて、英語を話す学生向けに書いたフランス比較文学史の完成を急ぐことになった。第一巻は二年かかり、その間、注ぎ込んだ労働はめったに一日一五時間を下らなかった。当時をふりかえってみると、広い光と狭い影にきっちり分かれているのが見える。光とは宮殿の如き図書館で調べものをする慰めであり、影とは抑えがたい欲望と不眠症で、それについてはすでに言い尽くした。すでに私がどういう人間かをご存知の読者は、セントラル・パークで遊んでいるニンフェットたちの姿（ああ、いつも手の届かないところにいるのだ）を一目でも見ようとして、どれほど埃まみれの暑さの中で苦労したか、そして陽気な遊び好きの会社員がひっきりなしに運んでくる、臭い消しを使っている女子社員たちの燦めくような姿にどれだけ不快感を覚えたか、容易にご想像いただけるであろう。それはすべて省略させていただく。ひどい神経衰弱のために私は一年以上もサナトリウムで療養し、仕事に復帰したと思ったらまた病院送りになった。

外の空気を吸って丈夫な暮らしをすれば、多少の気晴らしになるかもしれない。お気に入りの医者の一人で、茶色の短い顎髭をはやした、愉快な皮肉屋がいて、その弟が今度探検隊を指揮して北極圏カナダへ行くという話だった。私は「精神的反応記録係」として同行することになった。二人の若い植物学者、それから年配の大工と一緒に、私は栄養学者の一人であるアニタ・ジョンソン博士の寵愛をときおり分かち合うことになった（うまく行ったためしはなかったが）——ただ幸いなことに、彼女はまもなく飛行機で帰国していった。いったい探検隊の目的が何だったのかは皆目見当がつかない。随行した気象学者の数から判断すると、いつもふらふらぐらぐらしている北磁極のねぐら（たしかプリンス・オブ・ウェールズ島のどこかだと思う）を突きとめようとしていたのかもしれない。あるグループは、カナダ人との共同作業で、メルヴィル海峡のピエール岬に測候所を建てた。別のグループは、これまた心得違いで、プランクトンを採集していた。第三のグループはツンドラ地帯における結核を研究していた。映画撮影技師のバートは、精神不安定な奴で、一時期私と一緒によく下働きをさせられたが（彼も心の悩みを抱えていた）、そいつが言うには、我々が一度もお目にかかったことのない、チームの本当のリーダーとも言うべき大物たちは、気候の温暖化が北極ギツネの毛皮に与える影響を主に調査中だという。

我々は先カンブリア代の花崗岩《かこうがん》地に建てられたプレハブの丸太小屋で生活していた。物資は豊富だった——《リーダーズ・ダイジェスト》誌、アイスクリームのミキサー、化学処理式トイレ、クリスマス用の紙帽子など。とんでもなく空虚で退屈な毎日にもかかわらずと言うべきか、それともそのおかげでと言うべきか、ともかく私は見違えるほど健康になった。辺り一面は柳の灌木や地衣類といった陰気な植物ばかりで、ヒューヒューと突風が吹きすさび、おそらくはそれで清められたのか、すっかり澄みきった空の下で（とは言っても、何もたいしたものは見えない）、丸石に腰掛けていると、奇妙なことに自分自身を一歩離れて見ているような感じがした。どんな誘惑にも心悩まされることがない。ふっくらして、つやつやしたエスキモーの少女たちが、魚くさい臭いをさせ、おぞましい鴉の濡れ羽色をした髪に、モルモットのような顔をしていても、ジョンソン博士以下の欲望しかかきたてなかった。ニンフェットは極地には出現しないのである。

　氷河堆積物や、ドラムリンやグレムリン、クレムリンの分析は専門家にまかせることにして、私はしばらくのあいだ巧妙にも「反応」と思えそうなものを書き留めることにした（たとえば、太陽が出ている白夜に見る夢は、色彩豊かになる傾向があるのに気づき、友人の撮影技師もこれに同意してくれた）。多くの重要問題についてさまざまな参加者に質問するのも仕事のうちで、たとえば郷愁だとか、未知の動物に対する恐怖、食物幻想、夢精、趣味、好きなラジオ番組、物の考え方の変化、などといった項目があった。誰もがこれにうんざりして、私はまもなくこの計画を完全に放棄してしまい、二〇カ月間の極制《きょくせい》労働（と植物学者の一人が冗談で呼んだ）も終わりに近づいてようやく、まったくのインチキできわめてカラフルな報告書をでっちあげたが、それは《成人精神物理学年報》の一九四五年度か一九四六年度版に掲載されているはずなのでご覧になっていただきたいし、この探検隊について特集号を組んだ《極地探検》誌にも載っている。結局のところこの探検隊は、後になって愛想のいい医師から聞いた話では、ヴィクトリア島の銅鉱とかそういうものに本当は興味がなかったらしい。というのも、本当の目的は俗に言う「極秘」であり、それがどういうものであれ、その目的は立派に達成されたとだけ付け加えさせていただきたい。

読者はきっと残念に思われるだろうが、文明社会に帰還してからすぐ後に、私はまた精神異常を来《きた》した（もし鬱病や耐えがたい圧迫感というものに対して、その残酷な用語しか当てはまらないのなら）。それがすっかり回復したのは、入院費の高額なサナトリウムで治療を受けていたあいだに発見したことのおかげである。つまり、精神科医をからかうと、健康的な楽しみを得るタネが無尽蔵にあるということを知ったのだ。巧妙に誘導してやること。こちらがこの商売の裏表を知り尽くしているのをけっして悟られないこと。まさしく古典的なスタイルとも呼ぶべき、手の込んだ夢を創作してやること（それで奴ら、夢強奪者たちは、悪夢を見て悲鳴をあげながら飛び起きることになる）。偽の「原光景」[*1]で奴らをからかってやること。それから、こちらの本当の性的な悩みは、絶対にこれっぽっちものぞかせないこと。看護婦に賄賂《わいろ》をやって、ファイルを閲覧する権利を手に入れた私は、自分のカードに「潜在的な同性愛者」とか「まったく勃起不能」と書かれているのを発見して大笑いした。お楽しみは最高だし、その結果も私の場合きわめて健康に良かったので、すっかり元気になってからも（快眠で、女子生徒みたいに快食）、まだ丸一カ月も滞在を続けた。それからさらに一週間延長したのは、ひとえに強力な新入りを欺くのが楽しかったからで、この避難民の（そして間違いなく錯乱民の）高名な教授[*2]は、自分の受胎の瞬間を目撃したと患者に思い込ませる術《すべ》を心得ていることで有名だったのである。

10

退院するとすぐに、私はどこかニューイングランドの田舎か眠りこけているような小さな町（楡《にれ》、白い教会）はないかと探し求めた。そこで一夏研究に励み、箱にぎっしり詰まっているこれまで蓄積してきたメモをたよりに暮らし、そばの湖で水浴するという生活がしたかったのだ。私はふたたび仕事に興味を持ちはじめた——つまり学問研究である。もう一つの、亡くなった伯父の香水商売に積極的に関与するほうは、そのころには最小限に切りつめられていた。

伯父の雇用人の一人で、立派な家系の子孫が、金に困っているいとこの家で数ヵ月過ごさないかと言ってきた。引退したマックー氏という人物とその妻が、上階に住んでいた病弱の叔母が亡くなり、そこを間貸ししたいのだという。そこには小さな娘が二人いて、一人はまだ赤ん坊、もう一人は一二歳の女の子で、きれいな庭もあるし、美しい湖からさほど離れていないという彼の話を聞いて、まったく申し分ないねと私は言った。

私は夫妻と手紙のやりとりをして、間借り慣れしていることを納得させ、列車で気も狂わんばかりの一夜を過ごし、まだ見ぬ謎のニンフェットにフランス語を指導したり、ハンバート流に愛撫したりと、ありとあらゆる場面を思い描いて空想にふけった。新品の高価な鞄を手にして、おもちゃのような駅に降り立ったとき、出迎えは誰もいなかったし、電話をかけても誰も出てこなかった。ところが、やがて緑とピンクのラムズデールでたった一軒しかないホテルに現れたマックーは、衣服がびしょぬれでうちひしがれていて、家がたった今全焼したばかりだという知らせを運んできた。おそらくは、私の血管で一晩中荒れ狂っていた猛火と同時発生した火災のせいだったのだろう。彼が言うには、家族は所有している農場に避難し、車に乗っていったが、家内の親友で、きさくな人物の、ローン街三四二番地に住むヘイズ夫人という女性が、私を泊めてあげようと申し出たそうな。ヘイズ夫人の向かいに住むご婦人がマックーにリムジンを貸してくれて、これがみごとなまでに旧式の箱型車で、運転手は陽気な黒人だ。こうなると、わざわざやってきた唯一の理由が消し飛んでしまい、前述の申し出はとんでもないように思えた。なるほどごもっとも、家はすっかり建て直さなくちゃならん、それがどうしたって言うんだ？　あんた、たっぷり保険をかけてたんじゃないのか？　私は頭にきていたし、がっかりしてうんざりしていたけれども、そこは礼儀正しいヨーロッパ人ゆえ、あの霊柩車に乗ってローン街に向かうことを嫌とは言えなかった。どのみち、マックーはもっと手の込んだ厄介払いの手段を考えつくだろうと感じたのである。彼がそそくさと立ち去っていくのを見ていると、お抱え運転手が首を横にふりながらクスクス笑った。行く道で、どんなことがあろうがラムズデールに泊まるなんて冗談じゃない、今日のうちにバミューダかバハマかブレイゼズかどこへでも飛行機で行ってしまおう、と私はぶつくさ言った。総天然色の浜辺でどんなすてきなことがあるやもしれぬ、という可能性はこれまでにもしばしば私の背筋にしたたり落ちてきたもので、実を言えば、そういう連想から急にカーブを切ってしまったのは、善意のつもりが今となってはまったくばかげたマックーのいとこの提案のせいだったのだ。

急にカーブを切ると言えば、ローン街に大きくカーブを切って入っていったときに、私たちはお節介な郊外の犬（車が来るのを待ち伏せしているやつ）をもう少しで轢きかけた。少し先に行くと、板張り白塗りというううんざりするようなへイズの家が現れ、みすぼらしくて古く、白というよりは灰色に見えた。こういう家は決まって、シャワーの代わりに、ゴムホース取り付け可能な蛇口だけ、としたものだ。私は運転手にチップをやり、こいつがすぐに消え失せてくれれば、誰にも見とがめられずに大急ぎでバッグの待つホテルへと引き返せるんだが、と願った。ところが、運転手は知らん顔で通りの向こう側へ渡っていった。年配の婦人がポーチから呼びかけていたのだ。やむをえない。私はベルのボタンを押した。

黒人の女中が私を通してくれた——のはいいが、私をマットのところで置き去りにしたまま、焦げてはいけないものが焦げているらしい台所へあわてて戻っていった。

　玄関ホールは、ドアのチャイムやら、メキシコ名産の白い目が描かれたなんとかいう木工品、それに芸術好きな中流階級御愛顧の、あの凡庸なヴァン・ゴッホの「アルルの女」で飾りたてられていた[*1]。右手に開いているドアをのぞくと居間がちらりと見え、そこにもまた隅のキャビネットにはメキシコ産のがらくたが並び、壁沿いには縞模様のソファが置かれている。玄関ホールの奥に階段があり、突っ立ったまま額の汗をぬぐいながら（そのときになってようやく、戸外がどれほど暑かったか気がついた）、何かに視線を落とさないと仕方がないので、オーク材でできたチェストの上に置いてある、古くなった灰色のテニスボールを見つめていると、階段の上からコントラルトの声が聞こえ、ヘイズ夫人が手すりから身を乗り出して、歌うようにこうたずねた。「あぁら、ムッシュー・ハンバートさんでいらっしゃいますの？」それと一緒に、少量の煙草の灰がそこから落ちてきた。まもなく当の女性が、サンダル、葡萄茶色《えびちゃいろ》のスラックス、黄色のシルクのブラウス、角張った顔という順で階段を下りてきて、人差し指がまだ煙草をかるく叩いていた。

　ここでただちにヘイズ夫人を描写するという仕事を片づけておいたほうがよかろう。この哀れな婦人は三〇代半ばで、額はてかてかして、眉は抜いてあり、ごく単純ではあるが魅力的でないとも言えない顔つきで、マレーネ・ディートリッヒを水で薄めたようなタイプとでも定義できそうな女性だった。ブロンズがかった茶色の束ねた髪に手をやりながら、彼女は私を客間に案内し、そこでしばらくマックー家の火災や、ラムズデールで暮らす利点について話し合った。両目のあいだが大きく離れた、アクアマリン色の目には奇妙な癖があって、こちらの全身をきょろきょろと眺めまわすのに、視線を合わせることだけは慎重に避けている。ほほえむときは片方の眉をくいっと不思議そうに吊り上げるだけで、しゃべりながらソファから身をねじり、三つの灰皿やそばの炉格子（そこには茶色くなったリンゴの芯がころがっていた）めがけて痙攣したような手つきで灰を落としつづけ、そこでまたソファに沈み込み、片足を折り曲げて座るのだった。彼女は、明らかに、磨かれた言葉遣いがブッククラブかブリッジクラブか、そういったたぐいの救いようのない月並みさを反映してはいても、けっして魂を映し出してはいないような、よくありがちな女性だった。ユーモアはまったく欠如している。客間での会話向きの、十余りの話題に、心の奥ではまったく興味がないくせに、そういった会話の決まりにはひどくうるさく、明るいうわべのセロハンからあまりこちらの欲をそそらないフラストレーションが容易に透けて見えている。もし万が一にも私がここの下宿人になったとしたら、彼女は腕によりをかけて、下宿人を置くということがそもそも彼女にとっておそらくどういう意味を持っていたかを、こちらに対して仕掛けてくるだろうし、そうなると、私が知り尽くしているあの退屈な情事にまたしても巻き込まれてしまうに違いない。

しかし、そこに居を構えることは問題外だった。どの椅子にもぼろぼろになった雑誌が散らかっていて、いわゆる「機能的な現代風家具」という喜劇と、年老いたロッキングチェアや死んだランプがのっかっているよろよろのランプテーブルという悲劇がおぞましく雑種混交している、そんなタイプの住居で幸せになれるはずがない。案内された二階の、左手にあるのが「私の」部屋だった。激しい嫌悪感の靄に曇った目でその部屋を点検してみると、「私の」ベッドの上にはルネ・プリネの「クロイツェル・ソナタ」が掛かっていることだけは見分けられた。おまけに、彼女はこの女中部屋を「セミ・スチューディオ」と呼ぶのだ！　ここから早いことずらかろう、そう私は、物思わしげな女主人が提案してきた食事付き宿泊費の異様なほど不吉な値段の安さに、しばし考え込むふりをしながら、自らに断固として言い聞かせたのだった。

しかしながら、そこは旧世界流のたしなみで、私は仕方なく苦行に耐えることにした。踊り場を横切って家の右側に移り（「わたしとローの部屋はこちらなんですの」――ローというのはたぶん女中のことだろう）、たった一つしかないバスルームを下見する光栄に浴したときに、きわめて潔癖な男性である下宿人兼愛人は、全身に震えが走るのを隠しおおすことができなかった。そこは踊り場と「ロー」の部屋にはさまれた小さな長方形で、怪しげな浴槽（内側には髪の毛が一本、疑問符のようにくっついている）には濡れた洗濯物がだらりと垂れ下がり、予想どおりにゴムホースがとぐろを巻き、それとお揃いに、ピンク色がかったカバーが便器の蓋をかわいらしく隠していた。「あまり好印象をお持ちじゃないようですわね」と、私の袖に一瞬手をやりながら女主人が言った。彼女は、ずうずうしい遠慮のなさ（これはいわゆる「自信」があふれたもの）と、話す言葉を念入りに選びすぎて、まるで「発声法」の教師みたいに不自然な抑揚になってしまうときに顔をのぞかせる、内気さと悲しさを合わせ持っていた。「たしかに、家の中は散らかってますけど」と、悲運の女《ひと》は続けた。「でもきっと［彼女は私の唇を見つめた］ここはとっても住み心地がよいと思いますわ、とっても。そうそう、庭[*2]をお見せしなくっちゃ」（最後の言葉は前よりも明るく、声を蠱惑《こわく》的にひょいと高くして。）

仕方なく、私はまた彼女の後について階段を下り、それから家の右側の、玄関の端にある台所を通り抜けた。こちらの側には食事室や客間もある（左側の「私の」部屋の下にはガレージしかない）。台所で、若くてふっくらした黒人の女中が、裏のポーチに通じるドアのノブに吊るしてあった、大きなつやつやの黒いハンドバッグを手にしながら、「それじゃおいとまします、ヘイズさん」と言った。「わかったわ、ルイーズ」とヘイズ夫人はため息をつきながら答えた。「金曜日に精算するから」。私たちは小さな食料品室を通ってから、すでに眺めた客間と並びの食事室に入った。床の上に白い靴下が片方落ちているのが目についた。やれやれというつぶやきを漏らしながら、ヘイズ夫人は立ち止まることもなく身をかがめて、それを食料品室の隣にあるクローゼットに投げ込んだ。私たちがあわただしく点検したマホガニー製のテーブルは、中央に果実鉢が置いてあり、そこにはまだつやつや光っているプラムの種一個しかなかった。私はできるだけ早く列車を見つけようと、ポケットの中にある時刻表を手探りしてこっそり取り出した。まだヘイズ夫人の後ろについて食事室を抜けようとしていると、その先で、突然緑の景色がどっと燃え上がった。「ピアッツァですの」と前を行く夫人が声をあげ、そのとき、なんの前ぶれもなく、青い海の波が私の心臓の下からわき起こり、日溜まりに置かれたマットから、半ば裸の恰好で、膝をつき、こちらをふり向いて、我がリヴィエラの恋人がサングラスごしに私を眺めていたのだ。

それはあのときと同じ子供だった——あのときと同じ、かよわくて、蜂蜜色をした肩、あのときと同じ、絹のようになめらかなあらわになった背中、あのときと同じ、栗毛色をした髪。胸のまわりに結んだ黒い水玉模様のカチーフが、老いた猿人*3のような私の目からは隠しているが、若い記憶の凝視に隠しおおせないのは、私がかつてあの永遠不滅の日に愛撫した幼い乳房だった。そして、あたかもお伽話で小さな王女の世話をする乳母にでもなったかのように（その王女は行方不明になり、誘拐されて、ジプシー娘の襤褸《ぼろ》を着ている姿で発見され、その衣装の下から裸の生身が国王と猟犬たちに向かってほほえみかけている）、私は彼女の脇腹に小さな褐色のほくろがあるのを見つけた。畏敬と歓喜の念に打たれて（国王は喜びの声をあげ、喇叭《らっぱ》が鳴り響き、乳母が酔いしれる）、私は南に向かう唇をしばらく停止させたあの愛らしくへこんだ腹部をふたたび見た。そして、ショートパンツのゴムでついたぎざぎざの跡に私が口づけた、あの子供らしい尻も——「薔薇色の岩」の陰で過ごした、あの狂おしい永遠不滅の最後の日に。そのときから私が生きてきた二五年の歳月が、だんだん遠ざかってゆらめく点になり、そして消え去った。

あの閃きを、あの震えを、あの情熱的な再会の衝撃を、どれほどの力をこめて表現すればいいのか、実に難しい。視線をひざまずく彼女の上にすべらせながら（彼女はいかめしいサングラスごしに瞬きしていた——私の痛みをすっかり治してくれるはずの、小さなお医者さん《ヘル・ドクトル》だ）、大人の変装をした姿で彼女のそばを通り過ぎていく（映画に出てきそうな、かっこよくて大きくてハンサムな男らしい男）、陽光が射すそのあいだに、我が魂の真空は彼女の燦めく美しさのありとあらゆる部分をなんとか吸い込み、それを私は死んだ花嫁の顔形と比べて照らし合わせた。しばらくすると、言うまでもなく、彼女、この新星《ヌーヴェル》、このロリータ、我がロリータは、彼女の原型をすっかり覆い隠してしまうことになる。ここで強調しておきたいのは、彼女を発見したのが、我が苦渋に満ちた過去における、あの「海辺の公国」の運命的な結果であったということだけだ。二つの出来事のあいだに起こったすべては、手探りと大失敗、そして喜悦の萌芽と見誤ったものの連続にすぎなかった。二つの出来事にはあまりに多くの共通点があり、一つになっていた。

　そうは言っても、私は何ら幻想を抱いていない。これまでの陳述を、青い果実《フリュイ・ヴェール》を露骨に好む狂人の戯言だと裁判官は見なすだろう。実際のところ《オ・フォン》、私はまったく気にしていない《サ・メ・ビヤン・エガル》。わかっているのはただ、ヘイズの奴と私が階段を下りて、息を押し殺す庭に出たとき、私の膝は波紋がひろがる水面に映った膝のようになり、私の唇は砂のようで——

「あれがわたしのロー」と彼女が言った。「それからこれがわたしの百合なんですのよ」

「ええ」と私は言った。「ええ。すばらしい、すばらしい、実にすばらしい！」

11

証拠品第二号は、黒い模造革製の携帯用日記帳で、左上隅には一九四七という年が階段状《アン・エスカリエ》に金色で刻まれている。マサチューセッツ州ナントカトンのナントカ・ナントカ会社製のこの瀟洒《しょうしゃ》な日記が、あたかも本当に目の前にあるかのように語っているが、実際は五年前に廃棄されており、今我々が（写真的記憶[*1]の御好意により）点検しているのはそれが瞬時のあいだ具現化したものにすぎず、翼のはえていないちっぽけなフェニックスでしかない。

この日記を正確に記憶しているのは、実は二度書いたからである。最初に、一日の記載事項を鉛筆で（何度も抹消や修正をしながら）「タイプライター用箋」という商品名で知られている紙[*2]の上に書いた。それから、これ以上小さい字はないという悪魔のような筆跡で、自明な省略形をまじえながら、たった今述べたばかりの小さな黒い日記帳にそれを書き写したのである。

五月三〇日はニューハンプシャー州では布告による断食日に当たるが、カロライナ両州だとそうではない。その日、「胃腸風邪」（とは何のことだか知らないが）の大流行で、ラムズデールではやむをえず夏季中の学校閉鎖を決定した。読者諸氏は《ラムズデール・ジャーナル》で一九四七年の気象データをお調べいただきたい[*3]。その数日前に私はヘイズ家に引っ越し、これから映写してご覧にいれる小さな日記帳は（ちょうどスパイが呑み込んだメモの中身を暗唱で伝達するようなものだ）、六月のほとんどの日を収録している。

木曜日。今日はひどく暑い。絶好の位置（バスルームの窓）から、ドロレスが家の裏手でアップルグリーンの光の中、洗濯物を取り入れているところを見た。ぶらりと外に出てみる。彼女は格子縞のシャツ、青のジーンズ、それにスニーカーという恰好だった。斑《まだら》になった陽光の中で彼女がする動作の一つ一つが、我があさましい肉体の内奥にある、秘められた敏感な琴線に触れた。しばらくして、裏手のポーチの下段で、彼女は私の隣に腰を下ろし、小石を両足の裏ではさんで拾い（なんと小石に、それから歪めた唇にそっくりな、牛乳瓶のガラスの曲がった破片）、それを空き缶めがけて放りはじめた。ピン。今度は無理だぞ——当たらない——これは責め苦だ——今度は。ピン。すばらしい肌——なんてすばらしい。やわらかくて日焼けしていて、しみ一つない。アイスクリームサンデー[*4]はニキビのもと。皮膚の毛小胞を育む皮脂と呼ばれる油性物質が過多になると、しばしば痒みを引き起こし、それが感染につながります。しかしニンフェットは、栄養価の高い食物をむさぼるくせに、ニキビが一つもできない。ああなんたる責め苦、額の上の、明るい茶色へとなめらかに移行する、あの絹のような燦めき。そして砂埃をまぶした足首の横で、ぴくりとする小さな骨[*5]。「マックーとこの女の子って？　ジニー・マックーのこと？　ああ、あの子ってキモいのよ。それにイジワルだし。それにビッコだし。小児麻痺で死にかけて」[*6]。ピン。前腕部にきらきらとつらなっている生毛。洗濯物を取り入れようと彼女が立ち上がったとき、私は裾を巻き上げたジーンズの色あせた臀部《でんぶ》を遠くから眺めるという機会に恵まれた。そのとき芝生から、退屈なヘイズ夫人がカメラ[*7]まで完備して、インドの行者がおったてるインチキな木みたいにするするとはえてきて、なにやら走日性の騒ぎたて方（悲しい目つきは上向き、嬉しい目つきは下向き）をした後で厚かましくも、美男子ハンバートが段のところに座って目をぱちくりさせている姿を写真に撮っていった。

金曜日。彼女がローズという黒髪の女の子とどこかに行くのを見た。なぜ彼女の歩き方が（子供なんだよ、いいかい、まだほんの子供なのに！）こんなにおぞましいほど私を興奮させるのだろうか？　分析してみよう。爪先がかすかに内側に反っているところ。膝から下がゆるんでよろけているような感じがあり、足が地面につくまでそれが引き延ばされる。足を引きずり気味。ひどく子供じみているくせに、限りなく淫ら。俗語をまじえたしゃべり方や甲高い声にも、ハンバート・ハンバートは限りなく心動かされる。後になって、塀のむこうで、彼女が品のない戯言をローズに連発しているのを聞いた。私の琴線が高まるリズムとなってかきならされる。小休止。「そんじゃね」

土曜日。（書き出しはおそらく修正されている。）この日記を書き続けるのは狂気の沙汰だとはわかっていても、奇妙なスリルがある。顕微鏡で見ないとわからないようなこの筆跡を解読できるのは、愛情あふれた妻だけだろう。涙ながらに言わせてもらうと、今日我がLがいわゆる「ピアッツァ」で日光浴をしていたのに、母親やら他の女たちがしじゅうその辺にいた。もちろん私は、そこにいてロッキングチェアに座り、本を読んでいるふりをすることもできただろう。だが安全策をとって近づかなかったのは、あの恐ろしく、狂おしく、愚かしく、哀れな震えで身体が麻痺して、いささかなりともさりげなさを装ってそこに入っていくことができなくなるのを心配したからだ。

日曜日。熱波が私たちと一緒にまだ腰をすえている。絶好の週。今回は作戦を練って場所を選び、Lがやってくる前に、分厚い日曜版の新聞と新しいパイプを手にして、ピアッツァのロッキングチェアに陣取っていた。ひどくがっかりしたことに、彼女は母親と一緒にやってきて、二人はどちらも黒のビキニで、私のパイプ同様に新品だった。我が愛しの人、我が恋人は、しばらく私のそばに立ち（漫画が読みたかったのだ）、その香りはもう一人の、リヴィエラの女の子とほとんど同じだったが、基調が荒いだけよけいに強烈で、つんとする匂いにたちまち我が男らしさがむくむく起き上がったものの、もう彼女はお好みのページを強引にひったくり、アザラシのようなママのそばにあるマットに退却していた。そこで我が美女は腹這いになって寝そべり、これ見よがしに、目だらけになった私の血管で大きく見開かれている千もの目に向かってこれ見よがしに、かすかに吊り上がった肩胛骨や、背骨の湾曲に沿った桃のような生毛や、黒に包まれた、引き締まって幅の狭い尻の盛り上がりや、海辺の景色を思わせる女子生徒らしい太腿を見せつけたのだ。ものも言わずに、七年生[*8]は緑・赤・青の漫画を楽しんでいた。緑・赤・青の豊饒神《ほうじょうしん》プリアーポス本人でも思いつかないような、最高にかわいいニンフェットだった。プリズムの層になった光を通して見守り、唇が乾き、我が情欲を一点に集中して、新聞の下でかすかに揺れていると、もしうまく視線を集中すれば、こうして見つめているだけで、ただちに乞食の至福に到達することくらいはできそうだと感じた。しかし、じっとしているやつよりは動いている餌食を好む捕食性の動物みたいに、彼女が漫画を読みながらときどきやる、たとえば背中のまんなかを掻こうとして、点描画みたいな腋の下をのぞかせたりするような、いかにも女の子らしいさまざまな仕草の一つに、嘆かわしき成就のタイミングを一致させようと私は狙った——ところが太ったヘイズが突然こっちを向いて、火を貸してくれとたのみ、人気のある偽作家のインチキ本についての会話ごっこを始めて、すべてを台無しにしてしまったのだ。

月曜日。罪深き愉しみ《デレクタチオ・モローサ》。悲しい日々を苦渋と苦痛のうちに過ごす[*9]。私たち（母親ヘイズ、ドロレス、私）は今日の午後にアワー・グラス湖[*10]に出かけて、水浴や日光浴をするはずだった。ところが真珠の光沢をした曙《あけぼの》が正午には雨に落ちぶれて、ローが大騒ぎした。

女子が思春期を迎える平均年齢は、ニューヨークおよびシカゴでは一三歳九カ月であることがわかっている。その年齢には個人差があり、一〇歳あるいはもっと早くから、一七歳までと幅がある。ヴァージニアはハリー・エドガーがものにしたときまだ一四歳にもなっていなかった。彼は代数を教えてやった。私には想像がつく《ジュ・ミマジヌ・スラ》。二人は新婚旅行をフロリダ州ピーターズバーグで過ごした。

「ムッシュー・ポー＝ポー」、ムッシュー・ハンバート・ハンバートがパリで教えたクラスのあの男子生徒が、その詩詩人《しーしー》のことをそう呼んでいた。

　子供が持つ性的関心について書かれた本によれば、私には少女に反応を引き起こす特徴がすべて備わっている。くっきりとした顎、筋肉質の手、響きのいい太い声、広い肩幅だ。おまけに、ローが首ったけの、甘い声で歌う男性歌手か男優[*11]と似ているらしい。

火曜日。雨。雨の湖。ママは買い物で外出。Lはどこかすぐそばにいるはずだ。隠密作戦の結果、母親の寝室で彼女とばったり出くわした。左目をこじあけて、埃か何かを取ろうとしているところだった。格子縞のワンピース。思わず陶然となるような、あの栗毛色の髪の香りをこの上なく愛してはいても、たまには髪を洗ってくれたらと本心で願わずにはいられない。一瞬、私たちは鏡のあたたかい緑の景色に一緒につかり、そこにはポプラの木のてっぺんが私たちとともに空の中で映し出されていた。ぐいっと肩をつかみ、それからやさしくこめかみをおさえて、彼女をぐるりとこちらに向けた。「すぐそこにあるの」と彼女は言った。「感じるんだもの」。「スイスの農婦だったら、舌の先を使うんだけどね」。「なめて取るの?」「そう。吸ってあげる?」「うん」。そっと私は震える棘を彼女のくるくる動くしょっぱい眼球に沿って押し当てた。「きっもちいい!」と彼女は瞬きしながら言った。「取れた」。「もう片方は?」「何言ってんの」と彼女は言いかけた。「そっちにはなんにも――[*12]」。そのとき彼女は私がすぼめた唇を近づけてくるのに気がついた。「いいわ」と彼女が承知して[*13]、上向きになったその薔薇色に火照った顔にかがみ込みながら、憂い顔のハンバートはぴくぴくしている瞼に唇を押しつけた。彼女は笑い出して、私のそばをかすめながら部屋から出て行った。まるで我が心臓が同時にいたるところにあるような気分だった。こんなことは今まで一度も――フランス[*14]であの少女を愛撫したときですら――一度も――

夜。こんな苦悩はこれまで一度も経験したことがない。彼女の顔を、身のこなしをここで描写してみたいと思うのに、それができないのは、彼女がそばにいると己の欲望で盲目になってしまうからだ。忌々しくも、私はニンフェットと一緒にいることに慣れていないのだ。目を閉じれば、見えるのは彼女の動きを止めた一部、映画のスチール写真で、タータンのスカートの下で片膝を立て、座って靴紐を結ぼうとするとき、ちらりとのぞくあのなめらかな下肢の愛らしさ。「ドロレス・ヘイズ、脚を見せちゃいけませんよ《ヌ・モントレ・パ・ヴォ・ザーンブ》」（これはフランス語ができると勝手に思いこんでいる母親の言葉。）

気の向いたときに《ア・メ・ザール》詩を書く私は、彼女の薄灰色をした虚ろな目の、煤のように黒い睫毛や、ツンと上を向いた鼻に非対称的についている五個のそばかすや、褐色の手足にはえているブロンドの生毛に捧げるマドリガルを作ったが、破り捨ててしまったので今となっては思い出せない。私にはとびきり陳腐な言葉でしか（また日記に戻る）ローの顔だちを描写することはできない。言うならば、髪は鳶色で、唇はなめた赤いキャンディのように赤く、その下唇は可愛らしくふっくらとして――ああ、もし私が女性作家だったら、裸の灯の下で裸でポーズを取らせることもできたのに！　しかしその代りに、私はひょろっとして、骨太で、もじゃもじゃと胸毛のはえたハンバート・ハンバートにすぎず、眉毛は濃くて黒く、奇妙な訛りがあり、少年のようなゆっくりとしたほほえみの背後には、汚水に浮かぶ腐肉と化した怪物たちを隠しているのである。そしてローのほうも、女性作家の小説に出てくるいたいけな子供ではない。私を狂わせるのは、このニンフェットの二重性だ――それはおそらく、すべてのニンフェットに共通するのだろう。我がロリータの内に混ざり合っているのは、やさしい夢見るような子供らしさと、一種不気味なまでの下品さで、それは広告や雑誌の挿絵に見られる獅子鼻をしたかわいい子供たちや、旧世界にいた、ぼやけた薔薇色の、年端もいかない女中たち（踏みつぶされた雛菊と汗の匂いがする）、それと田舎の売春宿にいる、子供になりすました幼い娼婦たちから枝分かれしている。そしてさらに、このすべてが、なんとしたことか、まったくなんとしたことか、麝香《じゃこう》と邪悪《じゃあく》の中に、そして残滓《ざんし》と死《し》の中にしみわたる、霊妙で汚《けが》れのないやさしさとすっかり混ざり合っているのだ。そしてきわめて特異なことに、彼女、このロリータ、我がロリータが、古代から作家によく歌われた情欲の対象を個別化してしまったので、あらゆるものの上に立っているのが——ロリータなのである。

水曜日。「ねえ、明日あなたとあたしをアワー・グラス湖に連れて行ってくれるように、お母さんにたのんでみて」。私が出て行くところ、彼女が入ってくるところで、正面のポーチでたまたま鉢合わせしたときに、一二歳の我が意中の姫君がくすぐるように囁いた、文字どおりの言葉がこれである。午後の太陽が、無数の虹色の棘を持つ眩いばかりの白いダイヤモンドとなり、その反射光が駐車している車の丸い背中で揺れていた。ヘイズ家の羽目板でできた壁には、たわわな楡の葉がやわらかな影を投げかけていた。二本のポプラが震えて揺れた。遠くで、車の往来の、形を持たない音が聞こえる気がする。誰か子供が「ナンシー、ナン・シー！」と呼んでいる。家の中では、ロリータがお気に入りの「小さなカルメン」というレコードをかけていて、それを私はよく「小人の車掌《カーメン》*15」と呼んでからかったものだが、するとロリータは私のわざとらしい洒落《しゃれ》に対してわざとらしくフンと鼻であしらったものだ。

木曜日。昨夜、私たちはピアッツァで座っていた。ヘイズの奴、ロリータ、それに私だ。*16あたたかい夕暮れがもうすっかり艶めかしい暗闇に変わっていた。女主人はたった今、いつか冬にLと一緒に観た映画の筋書きを事細かに語り終えたところだった。ボクサーがひどく落ち込んで、気のいい牧師に相談するという話だ（この牧師も屈強な若者だった頃はボクサーをしていて、まだ今でも罪人を殴り倒せる）。私たちは床に積んだクッションに座っていて、Lは女主人と私のあいだにいた（ペットみたいに割り込んできたのだ）。こちらの番になって、私は大爆笑物の北極探検の話を始めた。創作の女神が私にライフルを持たせて、私が白熊を撃つと、白熊は座り込んでこう言う。「ああ、やられた！」そのあいだじゅう、私はLがすぐそばにいるのを痛いほど意識していて、話しながら、都合のいい暗闇の中で仕草をまじえ、その見えない仕草を利用して、彼女の手や、肩や、彼女がもてあそび何度も私の膝元に押しつけてくる、ウールと紗でできたバレリーナの人形に触れた。そしてとうとう、光り輝く恋人をこのかりそめの愛撫の網にすっかり絡め取ると、彼女のあらわな脚をグーズベリーの綿毛のようなすね毛に沿って大胆にも撫で、自分の冗談に自分で笑って、震え、その身震いを隠し、軽く鼻をすりつけたり、滑稽な余談を言ったり、彼女の遊び道具を撫でたりしながら、一度か二度すばやい唇であたたかい髪に触れたのだった。彼女のほうもひどくくすぐったがり、しまいには母親が厳しい口調でやめなさいと言って、暗闇の中に人形を放り投げ、それで私は笑ってローの両脚ごしにヘイズに呼びかけ、我がニンフェットの細い背中に手を這わせて、男物のシャツごしに肌に触れた。

しかし、すべては叶わぬことだとわかっていたし、思いが募って気分が悪くなりそうなほどで、衣服も惨めなほど窮屈になってきていたので、母親が静かな声で暗闇の中でこう言ったのは、正直なところありがたかった。「わたしたちみんなの考えじゃ、ローはそろそろ寝る時間でしょ」。「お母さんってサイテー」とローが言った。「つまり、明日はピクニックなしってことね」とヘイズ。「ここは言論自由の国よ」とロー。怒ったローがブロンクス・チアー[*17]をたてながら消え去っても、私はだらだらとその場に残り、ヘイズは今晩一〇本目の煙草を吸いながら娘の愚痴を言った。

あの子はなんと一歳の時分から生意気で、ベビーベッドからしょっちゅうおもちゃを放り投げ、そのたびにかわいそうなママが拾ってやったものだ、あの悪い子ときたら！　それで、今一二歳になって、すっかり手を焼いている、とヘイズは言った。あの子の夢は、いつか、気取って行進するバトン・トワラーか、ジルバの踊り子になることだけ[*18]。成績は悪いが、それでもピスキーにいたときよりは、新しい学校になじんでくれている（ピスキーというのは、中西部にあるヘイズの故郷の町。ラムズデールの家は亡くなった義理の母のものだった。ラムズデールに移ってきてから、まだ二年にもなっていない）。「どうしてお嬢さんはそこで不幸せだったんですか？」「ええ」とヘイズ。「かわいそうなわたしにはわかりますわ、わたしも子供の頃にそうしたことを経験していますもの。男の子が腕をねじあげたり、本をたくさん抱えているところにわざとぶつかってきたり、髪の毛を引っぱったり、胸をつねったり、スカートをめくったりするでしょ。もちろん、情緒不安定というのは成長期によくある随伴現象ですけど、それにしてもローは大げさなんですのよ。むすっとして何を考えているのかわからない。生意気で反抗的だし。ヴァイオラというイタリア人のクラスメートのお尻を万年筆で突き刺したりして。実は少し考えてることがあるんですの。もしムッシューが、秋にもまだここにいらっしゃったら、あの子の勉強を見てやってほしいんです——あなたは地理とか、数学とか、フランス語とか、何でもご存知みたいですし」。「ええ、何でも」とムッシューは答えた。「ということは」とヘイズはすばやく言った。「ここにいてくださるんですね！」我が未来の生徒をときどき愛撫してもかまわないのなら、永遠にでもここにいますと叫びだしたいところだった。しかしヘイズは警戒しておくほうがいい。そこで私はただ咳払いをしただけで、手足を非随伴的に（うってつけの言葉《ル・モ・ジュスト》）伸ばして、やがて自室に戻った。しかしどうやらあの女はそれでおやすみにする気はなかったらしい。私がもう冷たいベッドで横になって、両手でロリータの芳しい幻を顔に押しつけていたら、疲れを知らない女主人がこっそりと戸口に忍び寄って、ドアごしに何か囁いているのが聞こえた——先日借りた《見てビックリ》という雑誌を私がもう読み終わったかどうか、ちょっとたしかめたくて、と彼女は言った。すると自分の部屋からローが、あたし持ってるわよと大声を出した。いやはやまったく、この家はまるで貸出図書館ではないか。

金曜日。自分の教科書に、ロンサールの「微かな朱色の割れ目《ラ・ヴェルメイエット・ファント》」とか、レミ・ベローの「柔らかく苔生す丘の、《アン・プティ・モン・フトレ・ド・ムース・デリカット》中央に深紅の一筋ありて《トラセ・シュル・ル・ミリュ・ダン・フィレ・エスカルラット》」などを引用したとすれば、大学出版局はいったい何と言うだろうか。もうこれ以上この家に長居したら、きっとまた神経衰弱を起こすだろう、この耐え難い誘惑で神経が張りつめて、我が愛しの人のそばにいると——我が愛しの人[*19]、我が命、我が花嫁。彼女は母なる自然によって初潮の神秘をもう教わったのだろうか？　お腹が張る感じ。アイルランドの呪い。屋根から落ちる。おばあちゃんがお越し。「シキュウさんは（女の子向けの雑誌から引用）、もしかすると赤ちゃんがそこに着床するかもしれないので、厚くてやわらかい壁を作りはじめます」。フェルトばりの独房にいる小さな狂人。

ちなみに、もし私が本気で殺人を犯すとしたら……。「もし」というところにご注意いただきたい。この衝動は、ヴァレリアに感じたのとは別物のはずだ。私はあのときにはまったく無能だったということを、くれぐれもご注意いただきたい。もし私を電気椅子送りにしたいとお考えなら、そのときにはぜひ思い出してほしい、一匹の野獣になるだけの単純な活力を私に与えてくれたのは、狂気の発作だけだったということを（この辺はおそらく訂正されている）。ときどき、私は夢の中で殺人を犯そうとする。それでどんなことが起こるかご存知だろうか？　たとえば、銃を持っているとする。たとえば、狙いをつけているのは、落ちつき払って、気のなさそうな表情の敵だとする。それで、たしかに引き金を引いても、おずおずとした銃口から発射された弾丸は次々と床の上に弱々しく落ちてしまうのだ。そうした夢の中で、私が考えているのはただ一つ、次第に怒りの表情になりつつある敵に、このヘマを悟られないようにすることだけなのである。

今夜の夕食の席で、古狸は母親らしい小馬鹿にしたような視線をローに向けてきらりと横目に投げかけながら、私に対してこう言った（ちょうど私は、ふざけた調子で、はやしたものかどうか決めかねている、楽しいチョビ髭のことを説明していたところだった）。「おやめになるほうがよろしいわよ、そうでないと、誰かさんがすっかりうつつをぬかしてしまいますからね」。するとたちまちローが煮魚の皿を押しやって、牛乳のコップをひっくりかえしそうになり、食事室から飛び出していった。「お嫌じゃなかったら」とヘイズが宣《のたま》った。「明日、わたしたちと一緒にアワー・グラス湖に泳ぎに行きません？　ローが失礼なことをしたのを謝ればの話ですけど」

後になって、ドアをバタンとさせる大きな音やら他の音が震える洞穴から聞こえてきて、どうやら二人の宿敵が激しく口論しているようだった。

彼女は謝らなかった。湖はとりやめ。おもしろそうだったのに。

土曜日。部屋にいるあいだドアを開けたままにしておくようになってから、もう数日になる。それで今日、ようやく罠にかかってくれた。呼ばれもしないのにやってくる恥ずかしさを隠そうと、がたごとごそごそとさんざやった後で、ローは入ってきてしばらくそこらをうろついてから、私が紙にペン書きした悪夢のような渦巻文字に興味を示した。どうか誤解なさらないように。それは我が段落と段落のあいだで一息入れて霊感を得た産物ではないのだから。それは我が致命的な情欲の（彼女には解読できない）醜悪な象形文字なのだ。私が座っている机に茶色い巻き毛が垂れて、かすれ声のハンバートは、血縁関係の惨めな真似事で彼女の身体に腕をまわした。すると、つかんでいる紙切れをいくぶん近視眼的にまだ調べながら、無邪気でかわいい訪問者はゆっくりと私の膝の上に半ば腰を下ろした姿勢になった。そのすてきな横顔、開いた唇、あたたかい髪は、私の剥き出しになった糸切り歯からほんの三インチしか離れていなかった。そして粗い感触のボーイッシュな衣服から、手足の熱が伝わってきた。すぐさま私は、ここで喉元か口元にキスしても、まったく何の咎めもないはずだと知った。きっと彼女はなすがままで、ハリウッド映画で教わったように目を閉じたりするはずだ。熱いチョコレートのシロップをかけたダブルのヴァニラ・アイスクリームみたいに、ごくありふれたことなのだ。我が学識ある読者（その眉毛は、思うに、もう今頃は吊り上がって、禿頭の後頭部へとはるばる移動しているのではないか）には申し上げられない、私がどうしてそんなことを知っていたのかを。おそらく猿人のような私の耳が、無意識のうちに、彼女の呼吸のリズムの微妙な変化を聞きつけたのだろう——というのも、彼女はもう殴り書きを見つめてはいずに、好奇心と冷静さでじっと待っていたのだ——ああ、我が透き通ったニンフェットよ！——魅力たっぷりの下宿人が、したくてたまらないことをするのを。今時の子供、映画雑誌の熱烈な愛読者で、夢のようにゆっくりとしたクローズアップの専門家なら、べつに不思議だとは思わないのだろう、もしハンサムで、とびきり男らしい大人の友達がいきなり——だが時すでに遅し。家は騒々しいルイーズの声で突然震動し、ちょうど帰宅したばかりのヘイズ夫人に、彼女とレスリー・トムスン[*20]が地下室で何か死んでいるのを見つけたという話をしているのが聞こえ、幼いロリータはそういう話を聞き逃す子ではなかった。

日曜日。移り気で、癇癪持ちで、陽気で、厄介で、一二歳のおてんば娘らしく辛辣に優雅で、頭のてっぺんから足の先までたまらなく欲望をそそるのだ（女性作家[*21]の筆がもらえるならニューイングランドぜんぶをくれてやってもいい！）、髪を留めておくありふれた黒の蝶リボンとヘアピンから、形のいいふくらはぎの下の方、粗い白の靴下から数インチ上にある、小さな傷まで（ピスキーで、ローラースケートをしていた子に蹴られてできた）。母親と一緒にハミルトン家へ出かけてしまった——お誕生パーティか何からしい。ギャザーが入ってスカートがふくらんだギンガムチェックのワンピース。彼女の小さな鳩はもうすっかりふくらんでいるようだ。おませなペット！

月曜日。雨の朝。「あのやわらかな灰色の朝《セ・マタン・グリ・シ・ドゥー》……」。私の白いパジャマには背中にライラックの模様がある。私は古い庭でよく見かける、あのふくれた青白い蜘蛛みたいだ。きらきらとした蜘蛛の巣の真ん中に座り、あっちやこっちの糸をちょっと引っぱる。私の蜘蛛の巣は家中に張りめぐらされ、私は術策に長《た》けた魔術師のようにどっかり腰を下ろした椅子から聞き耳を立てる。ローは自分の部屋にいるのかな？　絹糸をそっと手繰ってみる。いないのか。ちょうど、トイレットペーパーの芯がくるくるまわるスタッカートの音が聞こえた。広げた糸には、バスルームから部屋へと戻る足音が伝わってこない。まだ歯を磨いているのだろうか（ローが本気で取り組む衛生的な行動はそれだけ）？　違うな。バスルームのドアがバタンと音を立てたところで、ということは、暖色の美しい獲物を見つけ出そうと思うと、家のどこか他の場所に探りを入れなくては。絹糸を階段に垂らしてみよう。この方法で、台所にはいないのを納得する——冷蔵庫のドアをバタンと閉めたり、大嫌いなママに向かって金切り声をあげているのではない（たぶんママは、これで今朝三度目になる電話でのおしゃべりを楽しんでいる最中で、クックッと抑えた笑い声をたてているのだろう）。とにかく、手探りして幸運を祈るしかない。太陽光線《レイ》のように私は客間にすべり込み、ラジオが黙っているのを見つける（そしてママはまだチャットフィールド夫人かハミルトン夫人とお話し中で、声をひそめ、顔を赤らめ、ほほえみ、空いている手で受話器をおさえ、そんなおかしな下衆《げす》の勘ぐりを打ち消すのをそれとはなしに打ち消し、下衆、下宿《げしゅく》人、親しげなひそひそ声で、こんな姿は見たことがない、面と向かって話すときにはきっぱりとした口調なのに）。ということは、我がニンフェットは家にはいないのだ！　逃げてしまった！　プリズムのような網の目と思っていたものが実は灰色の古い蜘蛛の巣にすぎず、家は空っぽで死んでいる。するとそのとき、ロリータの甘くやわらかな笑い声が、半開きになったドアから聞こえてくる。「お母さんに言わないでね、あなたのベーコンぜんぶ食べちゃった」。あわてて部屋を出ると、もういない。ロリータ、どこにいるんだ？　女主人が愛情込めて準備した朝食のトレイが、早く部屋に持って入ってくれと言わんばかりに、歯の抜けた口をあけてこちらをにらみつけている。ローラ、ロリータ！

火曜日。曇り空で、あのどうしてもたどりつけない湖でのピクニックがまた邪魔された。これは運命の策略なのか？　昨日、鏡の前で、新しい海水パンツを試着してみた。

水曜日。午後、ヘイズ（常識的な靴、注文仕立てのドレス）が言うには、車で下町まで行って友達の友達にプレゼントを買うから、もしよければ一緒についてきてくれないか、布地と香水に関してはとても目利きでいらっしゃるし、とのことだった。「お好みの誘惑を選んでね」と彼女は猫撫で声で言った。香水業に携わるハンバートとしてはどうすることができようか？　私は正面のポーチと車のあいだに追いつめられていた。もぐり込むために大きな身体をなんとか折り曲げようとしたら、「急いでちょうだい」と彼女が言った（それでも私はまだ、逃げ出す手段を必死になって考え出そうとしていたのだ）。エンジンをかけると、身体の不自由な老嬢であるお向かいさんの前にいた、新品の車椅子を配達したばかりのトラックが後退して向きを変えていて、お上品に罵っていたところへ、我がロリータの鋭い声が客間の窓から聞こえてきた。「ちょっと！　どこ行くの？　あたしも行くっ！　待ってぇ！」「無視して」とヘイズが吠えた（モーターを切りながら）。我が美人運転手にとってはかわいそうなことに、ローはもう助手席のドアを開けようとしていた。「まったく我慢がならないわ」とヘイズが言いはじめたが、ローはとっくにごそごそと入り込み、嬉しさで震えていた。「ちょっと、尻《けつ》どけてくんない」とローが言った。「ロー！」とヘイズが叫んだ（私を横目で見ながら、無礼なローを追い出してくれないかと願っている）。「労多《ロー》くして、でしょ」とローが言い（そのときが初めてではない）、彼女がガクンとのけぞり、私もガクンとのけぞって、車がいきなりジャンプした。「まったく我慢がならないわ」とヘイズは言って、荒々しくセカンドギアに変え、「こんなに行儀の悪い子なんて。それに頑固だし。お呼びじゃないとわかっているくせに。それにお風呂にも入ってないし」

私の握り拳はローのジーパンに触れていた。彼女は裸足だった。その指の爪にはチェリーレッドのペディキュアの跡が残っていて、親指には絆創膏が貼ってあった。そして、ああ神よ、そのときその場で、この繊細な骨と細長い指の、お猿さんみたいな脚に口づけることができるのなら、何を犠牲にしても惜しくはなかったのだ！　突然、彼女の手がこっそり私の手の中にすべり込み、付き添い役が見ていないところで、私は店に着くまでずっとあの小さくて熱い前肢をつかみ、愛撫し、握りしめていた。運転者のマレーネ風の小鼻が光っていたのは、つけてあった白粉《パウダー》が落ちたのか燃え尽きたに相違なく、彼女はその辺りの交通量について上品な独り言を続けながら、横顔でほほえみ、横顔で口をとがらせ、横顔で化粧した睫毛を瞬かせ、そのあいだ私はこのまま店にたどりつかないようにと祈ったが無理だった。

ここに書き記すべきことは何もないが、ただ、第一に、帰り道で大ヘイズは小ヘイズを後部座席に座らせたこと、それから第二に、ハンバートのおすすめ品を、ヘイズは自分の恰好のいい耳朶の裏につけることに決めた、ということだけだ。

木曜日。今月の初めが熱帯の気候だった代わりに、激しい雨風。『若者大百科』という事典の中に、子供が鉛筆で薄い紙に写し書きした全米各州の地図を見つけ、その片側には、書きかけのままになっているフロリダと湾の輪郭に向かい合って、謄写版《とうしゃばん》印刷された名簿があり、それは明らかにラムズデールの学校の彼女がいるクラスのものだった。それはいわば詩であり、私はすっかり暗記している。

エンジェル、グレイス
オースティン、フロイド
ビール、ジャック
ビール、メアリー
バック、ダニエル
バイロン、マーガリート
キャンベル、アリス
カーマイン、ローズ
チャットフィールド、フィリス
クラーク、ゴードン
コーワン、ジョン
コーワン、マリオン
ダンカン、ウォルター
ファルター、テッド
ファンタジア、ステラ
フラッシュマン、アーヴィング
フォックス、ジョージ

グレイヴ、メイベル
グッデール、ドナルド
グリーン、ルシンダ
ハミルトン、メアリー・ローズ
ヘイズ、ドロレス
ホーネック、ロザリン
ナイト、ケネス
マックー、ヴァージニア
マックリスタル、ヴィヴィアン
マクフェイト、オーブリー
ミランダ、アントニー
ミランダ、ヴァイオラ
ロザート、エミール
シュレンカー、リーナ
スコット、ドナルド
シェリダン、アグネス
シェルヴァ、オレグ
スミス、ヘイゼル
タルボット、エドガー
タルボット、エドウィン

ウェイン、ラル
ウィリアムズ、ラルフ
ウィンドミューラー、ルイーズ[22]

まったくもって、これは詩だ、詩ではないか！　名前に囲まれた特殊なあずまやの中に、薔薇のボディガードたちを従えた「ヘイズ、ドロレス」（彼女のことだ！）を発見するのは、実に奇妙だし、甘美な思いがする――二人の侍女にはさまれた、お伽話の王女様なのだ。数ある中でこの名前が、なぜ背筋がぞくっとするような喜びをもたらすのか、分析してみたい。感極まって、涙（熱くて、オパールのような、詩人と恋人たちが流す大粒の涙）が出そうになるのはどうしてなのか？それはいったい何なんだろう？　形式的なヴェール（「ドロレス」）をつけたこの名前の優しい匿名性、それと姓名を抽象的に入れ換えているのが、まるで新調の薄い手袋か仮面をつけたみたいになっている点だろうか？　「仮面」がキーワードなのか？　半透明の謎には、なだらかなチャルシャフには、つねに喜びがあり、選ばれし者である君だけが知っている肉体と目が、通りすがりに君だけに向かってほほえみかけるからだろうか？　それとも、悲しみ《ドロラス》に沈み、霞《ヘイジイ》がかった我が愛しの人のまわりにいる、彩り豊かなクラスの残りの生徒たちをはっきりと想像できるからだろうか？　ぷっくらニキビのグレイス。のろのろ足のジニー[23]。オナニーやつれのゴードン[24]。ぷんぷん臭う道化師ダンカン。爪嚙みアグネス。ニキビだらけでバストをブルンブルンさせているヴァイオラ。美人のロザリン。黒髪のメアリー・ローズ[25]。見知らぬ人にも身体を触らせるすてきなステラ。いじめっ子で盗癖のあるラルフ[26]。同情せずにはいられないアーヴィング[27]。そして彼女がいる、まんなかに紛れ込み、鉛筆を嚙み、先生に嫌われ、男子生徒たちの全視線を髪と首筋に浴びている、我がロリータが。

金曜日。何か恐ろしい災害が起こらないものだろうか。地震。大爆発。半径数マイルに住む全員もろとも、母親が残忍にも、しかし瞬時にして永遠に抹殺される。ロリータが私の腕の中でしくしく泣く。自由の身になった私は、廃墟の中で彼女を満喫する。彼女が驚き、私が説明し、実演して、獣じみた声をあげる。なんたる無為で無茶な妄想！　勇敢なハンバートなら、彼女に破廉恥な行為を働いただろう（たとえば昨日、彼女がまた部屋にやってきて、学校の美術の時間に描いた絵を見せてくれたときに）。賄賂をやって、それで逃げおおせることができたかもしれない。もっと単純で世知に長けた奴なら、冷静になって、金で買えるいろいろな代用物にとどめておくだろう――どこに行けばいいのか知っていればの話だが、私は知らなかった。男性らしい風貌にもかかわらず、私はひどく内気なのだ。私のロマンチックな魂は、何かきわめて下品な厄介事に遭遇するのを想像しただけでも、すっかり汗だくでがたがた震えてしまうのである。あの卑猥な海の怪物たち。「それ行け《アレズィ》、やれ行け《アレズィ》！」アナベルが片足でスキップしてショートパンツを穿き、私は怒りで吐きそうになりながら、懸命に彼女を人目から遮ろうとしていたのだった。

同日、後になって、ずっと遅くに。夢を書き留めようと灯をつけた。夢の源をたどれば明らかだ。気象庁の予報では週末はお天気になるらしいから、日曜日に教会の後で湖に行きましょう、と夕食の席でヘイズが好意的にも宣言したのだ。ベッドで横になり、眠ろうとする前に淫らな夢想に耽っていると、私はこの間近に迫ったピクニックをどう利用するか、その最終計画を思いついた。我が愛しの人が私にやさしくするので、母親ヘイズがやきもちを焼いているのを私は勘づいていた。そこで湖行き当日の計画としては、まず母親を満足させることが肝腎。話しかける相手は母親だけにしよう。しかし適当な時を見計らって、腕時計かサングラスをあそこの森の空地に置き忘れてきたと言うのだ——そして我がニンフェットと一緒に森の中へ入っていくのである。その時点で現実が引き下がり、サングラス探求は静かでささやかな狂宴に変わって、とびぬけて訳知りで、陽気で、堕落して従順なロリータが、理性ではおよそ想像がつかないような乱れぶりを見せるのだ。午前三時[*28]。睡眠薬を飲むと、続篇ではなくパロディの夢がまもなく開演し、今まで行ったことのない湖がいかにも意味ありげにくっきりと見えてきた。そこは一面エメラルド色の氷で覆われ、あばた面のエスキモーが鶴嘴《つるはし》でその氷を割ろうと無駄骨を折り、砂利の多い土手にはどこから移植されたのかミモザや夾竹桃が花を咲かせていた。きっとブランチ・シュヴァルツマン博士なら、こういうリビドー夢をファイルに加えるのに、シリング貨幣[*29]をどっさり支払ってくれるのではないか。残念ながら、そこから先は露骨に折衷的だった。大ヘイズと小ヘイズが馬の背中に乗って湖をまわり、私も馬に乗っておとなしく上下に揺れているのに、がに股で跨っているはずの馬はそこにはなく、ただ伸び縮みする空気があるだけだった——こういうちょっとした手抜きはよくあることで、夢興行師のポカなのである。

土曜日。心臓がまだどきどきしている。思い出しては、恥ずかしさに身悶えして、低いうめき声をもらしてしまう。

背面図。Tシャツと白い体操用ショートパンツのすきまに、輝く肌がちらりと見えた。窓台から身を乗り出して、外のポプラの木から葉っぱをちぎろうとしているところで、そのあいだにも、とても正確なドサッという音をたててポーチの上に《ラムズデール・ジャーナル》を投げ込んだ、真下にいる新聞配達の男の子(たぶんケネス・ナイトではないか)と奔流のようなおしゃべりに夢中になっている。私は彼女に忍び寄りはじめた——無言劇の役者ならにじり寄ると言うところか。腕と足が凸面になり、それを支えにしてというよりはそれに挟まれるようにして、どっちつかずの移動手段で私はゆっくりと前進した。傷ついた蜘蛛のハンバートだ。この分なら、彼女にたどりつくのに何時間もかかるに違いない。まるで望遠鏡を反対にしてのぞいているようで、引き締まった小さな尻の方へ、ちょうど中風病みみたいに、ぐんにゃり曲がった手足で、ひどく緊張したまま近づいていった。そしてとうとうすぐ背後まで来ると、ちょっとばかしおどかすふりをしようかと好ましくないことを考えた——首根っこをつかんで揺さぶるとか、そういったことで本当の手口《マネージュ》を隠そうとしたら、彼女は短くて甲高い声で「よしてよっ！」と言い、小娘にそうきつく言われてしまうと、卑屈なハンバートは気味悪い苦笑を浮かべながら憂鬱そうに退却し、一方彼女は通りに向かって軽口を叩きつづけていたのだった。

しかし、それからどうなったか、お聞きいただきたい。昼食の後で、私は低い椅子にもたれて本でも読もうとしていた。すると突然、二本のすばしっこい手が私の目を隠した。私が朝に取った作戦を、あたかもバレエのシークエンスで再現するみたいに、彼女が背後から忍び寄ってきたのだった。彼女の指は太陽を消し去ろうとして深紅の光になり、私がもたれた姿勢を変えることなく腕を横や後ろに伸ばすと、彼女はしゃっくりしながら笑い転げ、あっちへこっちへとよろめいた。私の手が彼女のくすくす笑う機敏な脚をかすめ、本がまるで橇のように膝から滑り落ちたとき、ヘイズ夫人がぶらりとやってきて、寛大にもこう言った。「ご研究で考え事をなさっているのに、あの子が邪魔したら、思いっきり叩いてやればいいんですよ。この庭は大好き［その口調は感嘆符なし］。お日様が出ているときなんか、最高じゃありません［疑問符もなし］」。そして満足そうなふりをした溜息をもらして、この鼻持ちならない女は草の上に腰を下ろし、広げた両手にもたれかかって空を見上げ、しばらくすると飛んできた古いテニスボールが彼女を越えてバウンドして、生意気なローの声が家から聞こえてきた。「ごめんなさい《パルドネ》。お母さんを狙ったわけじゃないから」。もちろん違うよ、熱くて生毛のはえた、我が愛しの人よ。

12

これで二〇日分かそこらの最後になる。[*1] そこから見ると、悪魔がどれほど創意工夫に長けていようと、計略は日々同じであったことがわかるはずだ。まず悪魔は私を誘惑しようとする——それから裏をかいて、私は存在の根源に鈍い痛みを抱えたまま置き去りにされるのである。私は自分が何をしたいかわかっていたし、子供の純潔を侵すこともなく、どうすればいいかもわかっていた。結局のところ、これまでの人生で多少の幼児愛体験があり、公園で光と影の斑になったニンフェットたちを視覚でものにしたこともあるし、吊革につかまっている学童で満員になった都会のバスの、いちばん暑くて、いちばん混雑した隅に、我があさましい快楽を用心深く割り込ませたこともあったのだ。しかし、ほぼ三週間にわたって、哀れな策略はすべて中絶の憂き目にあっていた。そうした中絶の元凶はたいていヘイズの奴だった（読者がきっとお気づきになるとおり、彼女が恐れていたのは、私がローをもてあそぶことよりも、ローが私から何がしかの快楽を得ることだったのである）。私があのニンフェット（これまでの人生で初めての、不器用で、痛みに疼く、臆病な鉤爪がやっと届くニンフェット）にかきたてた情熱は、もし悪魔が私をもうしばらく慰みものにしたければ、いささかのはけ口を与えてやるのが必要だと気づいていなかったら、きっと私をふたたび療養所送りにしただろう。

読者はすでに、奇妙な「湖の蜃気楼」にもお気づきになったはずだ。オーブリー・マクフェイト[*2]

（と我が悪魔を名付けておきたい）の側からすれば、約束の浜辺で、仮定の森で、私にささやかなお楽しみを用意してやるほうが筋道が通っていただろう。実際には、ヘイズ夫人の約束は空手形だった。メアリー・ローズ・ハミルトン（この娘はこの娘なりに黒髪のかわいい美人）も一緒に行くことになっていて、二人のニンフェットたちが離れたところでひそひそ話をして、離れたところで遊んで二人だけで楽しんでいるあいだ、ヘイズ夫人とハンサムな下宿人は詮索好きな目からはるか遠くに逃れ、半裸の恰好で心穏やかにおしゃべりを楽しむ手筈になっているなんて、夫人は教えてくれなかったのだ。ついでに言うなら、目はたしかに詮索好きだったし、舌はたしかにおしゃべり好きだったのである。[*3] 人生とは実に妙なものではないか！　我々は口説き落とすつもりだった運命を、あわてて遠ざけようとするのだから。私が実際に到着する前に、我が女主人はミス・ファーレンという年配の独身女性（その母親はかつてヘイズ夫人の家で料理人をしていたことがある）を住み込みでロリータと私の世話係として雇い、そのあいだに心の奥底ではキャリアウーマンのヘイズ夫人は、最寄りの都会で何か適当な職を探す計画を立てていた。ヘイズ夫人は状況のすべてをはっきりと見通していたのである。眼鏡をかけ、背中が丸くなったハンバート氏は、中央ヨーロッパ製のトランクを携えてやってきて、古い書物の山に埋もれて隅っこで埃をかぶる。愛されていない、醜いアヒルの子の娘は、すでに一度我がローを禿鷹の翼下に置いたことがあるミス・ファーレンによって、厳重に監視される（ローはあの一九四四年の夏のことを、憤慨に震えながら思い出した）。そしてヘイズ夫人は、優美な大都会で受付嬢として働くという筋書きである。ところが、さほど複雑ではない出来事がその計画の邪魔をした。ミス・ファーレンは、私がラムズデールに到着したちょうどその日に、ジョージア州サヴァンナで腰の骨を折ってしまったのだ。

13

すでに書いた土曜の後の日曜は、天気予報士の言葉どおりに快晴となった。朝食のトレイを、我が善良な女主人にいつでも都合のいいときに下げてもらおうと、部屋の外にある椅子の上に戻したとき、私は古い寝室用のスリッパ（身のまわりの物のうち、それが唯一の使い古し）でこっそりと階段の手すりのところまで忍んでいき、踊り場から聞き耳を立てて、次のような状況をつかんだ。また口喧嘩があったらしい。ハミルトン夫人が電話してきて、娘が「熱を出している」と言った。ヘイズ夫人は自分の娘に対して、ピクニックは延期せざるをえないと告げた。熱い小ヘイズは冷たい大ヘイズに対して、もしそうなら、一緒に教会に行かないと言い返した。母親は勝手にしなさいと言って去った。

私が踊り場へ出てきたのは髭を剃った直後で、耳朶には石鹼がついていて、背中に青紫色の矢車草（ライラックではない）の絵柄がある白いパジャマ姿のままだった。そこでようやく石鹼をぬぐい、髪と腋の下に香水をつけ、紫色のシルクの化粧着に袖を通し、神経質そうにハミングしながら、ローを探しに階段を下りていった。

学識ある読者のみなさんには、これから再現する場面にぜひ加わっていただきたい。その細部の一つ一つを点検して、このワインのように芳しい出来事のすべてが、我が弁護士が二人だけで話す機会に言った「無私の共感」という目で眺めれば、どれほど慎重に組み立てられ、どれほど汚《けが》れがないか、ぜひご自分の目で確かめていただきたいのである。さてそれでは始めよう。この先は私にとって難物だ。

主役――ハミングするハンバート。時間――六月の日曜の朝。場所――日当たりのいい居間。舞台装置――キャンディ縞の古い大型ソファ、雑誌類、レコードプレーヤー、メキシコ製のがらくた(故ハロルド・E・ヘイズ氏が――良人《おっと》に神の祝福あれ――我が恋人を仕込んだのは、ベラ・クルスに新婚旅行に行ったときのシエスタの時間で、場所は青塗りの部屋、そしてドロレスをはじめとする形見の数々が部屋中に散らばっていた)。あの日彼女が着ていたのは、一度見たことがあるかわいいプリント地のワンピースで、スカートはたっぷりして、腰から上はきつく、半袖で、ピンク地に濃いピンクの格子縞が入り、配色を完成させようとして彼女は口紅を塗り、窪んだ両手の中に、美しく、陳腐で、エデンの園みたいに真っ赤なリンゴを持っていた。ただどう見ても、教会に行く履き物ではない。そして白いお出かけ用のハンドバッグが、レコードプレーヤーのそばに放ったらかしてあった。

彼女が涼しげにスカートを気球のようにふくらませて、またしぼませながら、ソファに腰を下ろしてそばに座り、つやつやした果実をもてあそんだとき、我が心臓はドラムのように高鳴った。陽光で塵が舞う空気の中にリンゴを放り上げ、つかむと、彼女のすぼめた両手の中でつるんとしたリンゴがスポッという音をたてた。

ハンバート・ハンバートが横合いからリンゴを取りあげた。

「返して!」と彼女は赤く斑になった両手のひらを差し出してたのんだ。私はデリシャスを取り出した。彼女がそれをつかんでかぶりつくと、我が心臓は薄い深紅の肌の下で溶ける雪のようになり、いかにもアメリカのニンフェットらしいお猿さんのようなすばしっこさで、彼女は私が開いていた雑誌をひったくった(私たちが同時に行った重なり合う動作が、ちょうどイニシャルの組み合わせ文字のようにつながったその奇妙な模様を、誰も映画に記録してくれなかったのが残念だ)。いきなり、手にしている損なわれたリンゴにもおかまいなしで、ローは荒々しくページを繰って、ハンバートに見せようと何かを探し、やっと見つけた。関心があるふりを装って頭を近づけると、彼女の髪が額に触れ、彼女が手首で唇をぬぐおうとしたときにその腕が頬をかすめた。つやのある霞のむこうにその写真をのぞき込んでいたものだから、私の反応が遅れて、彼女は剝き出しになった両膝をいらいらとこすり合わせたり、ぶつけ合ったりしていた。ぼんやりと視界に入ってきたのは、シュールレアリスムの画家が浜辺で仰向けに寝そべっていて、そのそばでやはり仰向けになったミロのヴィーナスの石膏像が、半分砂に埋もれているという図だった。今週の写真、とキャプションにはある。私はこの淫らなものをさっさと退けた。次の瞬間、彼女はそれを取り返そうというふりをして、私におおいかぶさってきた。私は彼女のごつごつした細い手首をつかんだ。雑誌があわてふためいた鶏みたいに床に逃げ出した。彼女は身をよじって私の手から逃れると、後ずさりして、ソファの右手の隅にもたれた。それから、実にさりげなく、両脚を大胆にも私の膝の上に伸ばした。

もうそのときには、私は興奮の極みで、狂気と紙一重だった。しかし私には、狂人の狡猾さも備わっている。ソファに腰掛けていながらも、私は一連のひそかな動きで、仮面をつけた我が情欲を彼女の無邪気な脚になんとかぴったり合わせた。幼い乙女の注意をそらしながら、もくろみの成功に必要となる微妙な調節を行うのは、そんなにたやすいことではない。早口でしゃべり、自分の呼吸の速さについていけずに、やっと追いつき、無駄口が途切れると急に歯が痛くなったんだと嘘の弁解をして——そのあいだじゅうずっと、狂人の内なる目を遥か彼方の金色に輝くゴールに注ぎながら、私は慎重に魔法の摩擦を強めていき、それはたとえ事実ではなくとも幻想の中では、膝の上に斜交《はすか》いに載っている日焼けした二本の脚の重みと、口に出せない情欲のひそかな膨らみとのあいだに存在する、物質的な仕切り（パジャマとローブ）の、物理的には除去不可能でも心理的にはきわめてもろい感触を消し去りつつあった。無駄口の途中で、うまいぐあいに機械的な文句を思いついて、当時流行していたばかばかしい歌の歌詞を、ほんの少しいじって口ずさんでみた――ああカルメン、ぼくのかわいいカルメン、なんとか、なんとか、あのなんとかな夜、星と、車と、バーと、バーメン。[*1] この機械的な戯言を何度も繰り返し、その特殊な呪文で彼女を虜《とりこ》にしながら（呪文というのは歌詞をいじったからだ）、そのあいだ死ぬほど恐れていたのは、何か神の御業が邪魔をしないか、私の全存在が集中しているように思える感覚の、輝ける重荷が取り除かれてしまわないかということで、その懸念のせいで、最初の一分かそこらは、意識的に調節した快感に歩調を合わせるよりもっと急いで事を進めた。きらめく星と、きしめく車と、バーと、バーメンも、やがて彼女に取って代わられた。彼女の声は、私がずたずたにした曲を盗んで元どおりに直した。彼女は歌がうまくて、リンゴの甘さに満ちていた。私の生きている膝の上に置かれた脚が少しぴくりと動いた。私はその脚を撫でた。右手の隅で、ほとんど大の字になって寝そべっている、ボビーソックス[*2]を穿いたローラは、太古の果実をかじり、その果汁をまだ口に含みながら歌い、スリッパはどこかに脱いでしまい、ボビーソックスがだらしなくたるんだ、そのスリッパなしの脚のかかとを、ソファの左手に積んである古雑誌の山にこすりつけている――そして彼女の動作の一つ一つ、ざわつきやさざめきの一つ一つが、野獣と美女とのあいだ[*3]に存在する秘密の触覚伝達システムを隠し通し、さらに向上させる役に立ってくれた――つまり、猿轡《さるぐつわ》をかまされ、はちきれそうになっている我が野獣と、無垢な綿のワンピースにえくぼのある身体を包んだ美女との。

　すばやい指先で、私は彼女の脛《すね》に沿ってかすかに逆立っている細かい毛を手探りした。まるで夏霞のように、小さなヘイズのまわりにただよう、つんと鼻をつくが健康的な熱気で、私は我を忘れ

た。どうぞのまま、どうぞのまま、行かないで……。食べ尽くしたリンゴの芯を炉格子に放り

投げようとして、彼女が身体に力を入れたそのとき、若い重みと、破廉恥なまでに無邪気な脛骨や

丸い尻が、拷問に耐えながらこっそりと仕事にいそしんでいる、張りつめた我が膝で位置を変えた。

すると突然に、不可思議な変化が感覚を襲った。我が肉体の中で沸き立つ喜びを煮出すこと以外は、

何事もどうでもよくなるような、そんな存在状態の平面に入ったのだ。初めのうちは我が内奥の根

源が甘美にも膨張しただけだったのに、燃えあがる疼きとなって、それが今や意識的な生活の他の

どこにも見つけられないほど絶対的な安心、自信、信頼の状態に到達したのである。濃厚で熱い甘

美さがこうして確立され、それが究極的な痙攣へと向かおうとしているさなか、私はその至福を長

持ちさせるために速度を落とそうかと思った。ロリータは無事に我が心象の中にとらえられていた。

暗示された太陽が提示されたポプラの木々にぴくぴく脈打っていた。私たちは空想としか思えない

ほど、神々しいまでに二人きりだった。薔薇色の、金粉をまぶした彼女を、調節された快楽のヴェ

ールごしに眺めても、彼女のほうはそれに気づかず、それとは無縁で、太陽が彼女の唇に輝き、そ

の唇はどうやらまだカルメン―バーメン*4の戯れ歌の歌詞をつぶやいているらしいが、それはもは

我が意識には届かなかった。もはや準備は完了していた。快楽の神経はもう剥き出しにされていた。

クラウゼ小体は狂乱の段階に入りつつあった。ほんの少しでも圧力を加えれば、楽園の扉がすべて

開け放たれてしまいそうだった。私はもはや、悲しい目をした野良犬で、ブーツにすがりついても

あっちへ行けと蹴飛ばされるだけの、猟犬ハンバートではなかった。愚弄されるという災難も、天

罰を受けるという可能性も、もはや問題外だった。自分で構築した後宮の中で、私は燦然たる最強

のトルコ人となり、すべては思うがままなのを充分に意識しつつ、奴隷女たちの中でいちばん若く

いちばんかよわい娘をついに手込めにする瞬間を、わざと引き延ばしているのだ。その官能の深淵

の際《きわ》で宙吊りになって（芸術におけるある種の技巧に比すべき、巧妙な生理学的バランス[*5]）、まるで眠っている最中にしゃべったり笑ったりするように、私は彼女の後について口から出まかせの言葉を何度も繰り返し（ぼくのかわいい人、ぼくのカルメン、カーメン、アーメン、アハハーメン）、そのあいだに幸せな我が手は陽光にあふれる彼女の脚を品位の影が許すかぎり這いのぼっていった。その前日、彼女は玄関ホールのどっしりした箪笥にぶつかってしまい、そして――「ほら、ほら！」と私はあえぎ声で言った。「なんてことしちゃったんだ、こんなことになっちゃって、ほら、見てごらん」というのも、かわいいニンフェットの太腿には黄味がかった紫色の痣《あざ》ができていたからで、そこを私の大きな毛むくじゃらの手が揉んで、ゆっくりと包み込んだ――彼女はほんのおざなりな下着しかつけていなかったので、たくましい親指が下腹部の熱い窪みにたどりつくのを妨げるものは何もなさそうだった――くすくす笑う子供をくすぐったり撫でてやったりするようなもの、ただそれだけのことではないか――すると、「ああ、どうってことないのよ」と不意に彼女は甲高い声で叫び、もぞもぞと身をくねらせ、頭をのけぞらせて、半分むこうを向いたときに濡れた下唇を歯が噛み、そして苦悩にうめく我が口が、陪審席にいらっしゃる紳士のみなさん、剝き出しになった首筋にもう少しで届こうとしたそのときに、人間か化物がかつて体験したことがないほど長い絶頂感の最後の脈動を、彼女の左の尻に思い切りぶちまけたのだった。

その後すぐに（まるで取っ組み合いの喧嘩をしていて、つかんでいた私の手の力がちょうど今ゆるんだみたいに）、彼女はソファから転がり落ちて、すばやく（片足で）起き上がり、恐ろしく大きな音で鳴っている電話に向かおうとしたが、私が気づかなかっただけでひょっとするとその電話はもう何年も鳴りつづけていたのかもしれなかった。彼女は電話口に立って瞬きし、頬を真っ赤に染め、髪は乱れ、視線は私をまるで家具みたいに軽く通り過ぎ、聞いたり話したりしているあいだ

（相手は母親で、チャットフィールド家で昼食に誘われているからおいでと言っているのだった——この時点では、ヘイズがどんなお節介をたくらんでいるのか、ローもハムも知らなかった）、手にしていたスリッパでテーブルの端をせわしなく叩いていた。ありがたや、彼女は何も気づいていなかったのだ！

話を聞いている彼女の視線がふと止まった、多色の絹のハンカチで私は額の汗をぬぐい、えもいわれぬ解放感に浸りながら、帝王然としたローブの乱れを直した。彼女はまだ電話口にいて、母親と押し問答をつづけているところで（ぼくのかわいいカルメンは、車で迎えに来てくれと言っていた）、高らかな声で歌いながら、私は階段を駆け上り、洪水のような熱湯をどくどくと浴槽に流し込んだ。

ここであのヒットソングの歌詞をそのまま掲げておきたいところだが、いくら考えても正しい歌詞にはなりそうにないので、思い出せる範囲内でそうしておく。それでは行ってみよう。

ああぼくのカルメン、ぼくのかわいいカルメン！
なんとか、なんとか、あのなんとかな夜、
星と、車と、バーと、バーメン——
ああぼくのかわいい人、何度も喧嘩したけど、
にぎやかななんとかの町、腕組みながら
行ったのに、それが最後の喧嘩になった、
おまえを殺した拳銃が、ああぼくのカルメン、
今もこの手の中にあるのさ。

（三二口径[*6]のコルトを抜いて、弾丸を情婦の目[*7]にみごと命中させたのだろう。）

14

町で昼食をとった。こんなに腹が減ったのは数年ぶりだ。ぶらぶらと歩いて戻ると、まだそこはローのいない家だった。午後は思索にふけったり、策略を練ったり、今朝の体験をかみしめて至福を味わったりしながら過ごした。

私は自分が誇らしい気分になった。未成年者のモラルを損なわずに、痙攣という蜜を盗んだのである。まったく何も危害を加えていない。若い女性が持っていた新品の白いハンドバッグの中に、奇術師がミルクと、糖蜜と、泡立つシャンペンを注ぎ込んだのに、見よ、[*1]バッグは元のままなのだ。かくして、下劣で、熱のこもった、罪深い夢を巧妙に組み立てても、それでもまだロリータは安全だし、私も安全なのだ。私が狂おしく我がものにしたのは彼女ではなく、私自身が創造したもので、もう一つの、幻想のロリータだった――おそらくそれは、ロリータよりももっとリアルなロリータだ。彼女と重なり合い、彼女を包み込む存在。私と彼女とのあいだにただよい、意志も持たず、意識もない――それどころか、自分の生命も持たないのである。

あの子は何も知らない。私は彼女に何もしなかった。そして彼女に少しも影響を及ぼさないふるまいを繰り返すのに、邪魔になるものは何もなく、まるでスクリーンに浮かぶ彼女の映像を見ながら、しがないせむし男の私は暗がりで自慰にふけっているようなものだった。午後は豊かな静寂に包まれてうつろい過ぎ、元気旺盛にさざめく背の高い木々はすべてを見抜いているようだった。[*2]そして以前よりも強烈な欲望が、ふたたび私を苛《さいな》みはじめた。彼女がまたここに現れますように、と私は借り物の神に呼びかけて祈り、ママが台所にいるあいだ、またソファ場面の繰り返しが舞台で再現されますように、どうかお願いです、おぞましいほど彼女を溺愛しているのですから、とも祈った。

いや、「おぞましい」というのは言葉が間違っている。新たな喜びを心に思い描くときの高揚感は、けっしておぞましいものではなく、哀れなものだ。私はそれを哀れなものだと形容する。なぜ哀れかと言えば、我が性欲の鎮められない炎にもかかわらず、私は渾身の力と洞察をこめて、一二歳の子供の純潔を守るつもりだったからである。

その苦労がどう報われたか、これからご覧いただこう。どのロリータも家に帰ってこなかった。チャットフィールド一家と一緒に映画に行っていたのだ。食卓の準備の仕方はふだんより上品だった。もしお好みなら、蠟燭の灯にしておこうか。この涙もろい雰囲気の中で、ヘイズ夫人はまるでピアノの鍵盤に触れるように皿の両側に置かれた銀器に軽く触れ、何もない皿を見つめてほほえみながら（ダイエット中だった）、サラダ（女性雑誌から拝借してきたレシピ）がお気に召したらいいんですけどと言った。コールド・カッツ[*3]もお気に召すかしら。今日は申し分のない一日だった。チャットフィールド夫人はすてきな方。娘のフィリスは、明日サマーキャンプに出かける。三週間。ロリータは木曜に出かけることに決めた。最初の予定では七月まで待つつもりだったけれども、それを変更して。フィリスが帰ってからもそこに残っている。学校が始まるまで。それはまた素敵な展望だな。

まったく私は不意を突かれた。それはつまり、我が愛しの人をこっそりとものにしたばかりだというのに、もう失いつつあるということではないのか？　むっつりしているのを弁解するために、私は今朝すでに使った仮病の歯痛を持ち出すしかなかった。きっと大臼歯で、マラスキーノに漬けたサクランボと同じくらい大きい膿がついているに違いない。

「ここには、上手な歯医者さんがいるんですのよ」とヘイズが言った。「実は、うちのお隣さんなの。クィルティ先生。たしか、脚本家の叔父かいとこで。痛みは止まりそう？　それじゃ、お好きなようになさって。秋には、うちの母がよく言っていた言葉を使うと、娘を『固定』してもらうつもり。これでローもちょっとは歯止めがきくかしら。このところ、あの子がずっとお邪魔をしてたでしょう。それに、行ってしまう前には、きっと嵐になる日が二、三日はあるんじゃないかしら。絶対に行かないと言い張るし、チャットフィールド家に残してきたのも、実を言えば、あの子に一人で面と向かって言うことがまだ怖くてできないからなんですの。映画でも観れば少しは気が晴れるかもしれませんわ。フィリスはとってもかわいい子で、ローがあの子を嫌いになるなんて、どう考えてもそんな理由はありませんし。本当に、ムッシュー、歯が痛いなんてお気の毒ですこと。もしまだ痛むようなら、ぜひ明日の朝いちばんに、アイヴァー・クィルティに電話をかけさせてくださいな、それがずっと道理に叶っていますから。それに、ほら、サマーキャンプのほうがずっと健康的だし、それに――その、こんな郊外の芝生の上でぐだぐだして、母親の口紅を使って、内気で勉強好きな紳士を追いかけまわして、ほんのちょっとしたことに腹を立てたりするよりは、ずっとずっと道理に叶ってるじゃありませんか」

「本当に、サマーキャンプに行ったら喜ぶんでしょうか？」と私はとうとう言った。（なんたる弱腰、嘆かわしいほど弱腰じゃないか！）

「そのほうがいいんですよ」とヘイズが言った。「それに、遊んでばっかしじゃありませんし。キャンプの主催者はシャーリー・ホームズで、ほら、『キャンプファイヤー・ガール』を書いた人。キャンプでは、いろんな面でドロレス・ヘイズが成長するように、教えてくれるそうですし——健康とか、知識とか、気性とか。それと特に、他人に対する責任の面で。そこの蠟燭を持って行って、しばらくピアッツァで座りませんか？　それとも、もうお休みになって、歯痛のお守りでもなさいます？」

歯痛のお守りをさせていただきます。

15

次の日、二人はキャンプに必要な品物を買いに、街まで車で出かけていった。何か身につけるものを買ってやると、ローは嘘みたいにすっかりご機嫌になるのだった。彼女は夕食の席ではいつもの皮肉っぽい娘だった。食べ終わるとすぐに、キャンプQ[*1]で雨が降ったときのために買っておいた漫画を読みに、部屋へ上がっていった（木曜までにはもうすっかり味見されて、出発するときには結局置いていくことになった）。私もねぐらに退いて、手紙を書いた。現在の計画は、海辺に旅行して、学校が始まると、またヘイズ家での生活を続けるというものだった。それというのも、もうあの子なしには生きていけないことがわかっていたからだ。[*2]火曜に二人はまた買い物に行き、私は二人がいないあいだにキャンプの女主催者から電話がかかってきたら出てほしいと言われていた。そのとおりに電話がかかってきた。そして一月かそこら後で、[*3]私たちはそのときの楽しい会話を思い出す機会に恵まれたのである。その火曜に、ローは夕食を自分の部屋でとった。母親とお決まりの喧嘩をした後でわんわん泣いて、以前もそうだったが、腫れ上がった目を私に見られたくなかったのだ。彼女は、ひとしきり泣いた後ではすべてがぼやけて朱に染まり、病的なまでに魅力的になる、そんなやわらかな顔の色をしていた。彼女が私の個人的な美学を勘違いしていたのは残念極まりないことで、あのボッティチェリ風のピンクに染まったところや、あの唇のあたりの艶めかしい薔薇色や、あの濡れて、もつれた睫毛を、私はひたすら愛していたのである。そして当然ながら、彼女がどういう気まぐれか恥ずかしがったりすることで、偽りの慰めを得る機会が何度も失われたのだった。*4 しかしそこには、私が思っていた以上のことがあった。ベランダの暗がりの中で座っていたときに（無礼な風が赤い蠟燭を吹き消したのだ）、ヘイズはもの悲しげに笑いながら、大好きなハンバートもキャンプの話に大賛成しているとローに告げたと言い、「そうしたら」とヘイズは付け加えて、「あの子は癇癪を起こしてるんですよ。口実は、あなたとわたしがあの子を追い出そうとしていること。本当の理由は、あの子がうるさく言ってわたしに買わせた、おしゃれすぎる寝間着を、もっと質素なものに明日取り替えようとあの子に言ったからなんです。ほら、あの子は自分のことを女優の卵だと思い込んでて。わたしから見れば、たくましくて、健康で、それでもびっくりするほど家庭的な子なのに。たぶんこれが喧嘩の根っこにあるんですわ」

水曜に、私はなんとかローを待ち伏せして数秒のあいだ呼び止めた。彼女は踊り場にいて、スウェットシャツに、緑色のしみがついた白のショートパンツという姿で、トランクをがさごそやっていた。私はくだけた軽口を言ったつもりなのに、彼女はこちらを見向きもせずにただフンと鼻をならしただけだった。必死の思いのハンバートが不器用に彼女の尾骨をぽんぽんと叩くと、彼女は故ヘイズ氏の靴型で思いっきり殴ってきた。私がいかにも悲しげに腕をさすりながらすごすごと階段を下りていくと、彼女は「裏切り者」と声をかけた。彼女はハムやママと一緒に夕食をとろうとはしなかった。そして髪を洗ってから、つまらない本を持って寝床に入った。そして木曜にこっそりと、ヘイズ夫人は彼女を車でキャンプQに送っていったのである。

私よりえらい作家たちの話では、「読者に想像させろ」とかいう。考え直してみると、そういう想像力を蹴飛ばしてやりたい気持ちになる。たしかに私はロリータに永遠の恋をした。しかし、彼女が永遠にロリータでいるわけはないこともわかっていた。彼女は一月一日に一三歳になる。二年もたてば、ニンフェットではなくなり、「若い娘」になって、それから「女子大生」になるのだ——想像するだけで恐ろしい。「永遠」という言葉が指すものは、我が情熱、我が血の中に映し出される永遠のロリータしかない。骨盤がまだ拡がっていないロリータ、今日触覚でも、嗅覚でも、聴覚でも、視覚でもとらえることのできるロリータ、甲高い声に濃い茶色の髪をしたロリータ——前は切り下げ、横にはウェーブをつけ、後ろはカールした髪、そして熱くねっとりした首筋、それに下品な言葉遣い（「ムカつく」「サイコー」「イケてる」「ダサい」「ウザい」）——あのロリータ、我がロリータを、哀れなカトゥルスは永遠に失うことになるのだ。だから、眠れぬ夏の二カ月を、どうして彼女に会わずに過ごせようか？　残りのニンフェット期間は二年しかないのに、そのうちの丸二カ月なのだ！　ここはひとつ変装して、陰気で古くさく、身体ばかりでかくて不器用なハンバート嬢になりすまし、キャンプQの周辺にテントを張って、小豆色のニンフェットたちが「あの野太い声をした難民を仲間に入れてあげましょうよ」と騒ぎたて、悲しい顔をして、恥ずかしそうにほほえむ大足《オー・グラン・ピエ》のバーサを鄙《ひな》びた炉端に引っぱってくる、そんな図を期待してみようか。バーサにはドロレス・ヘイズと同じベッドで寝てもらいましょうよ！

閑人の無味乾燥な夢想。美しさにあふれた二カ月、やさしさにあふれた二カ月が、永遠に空費されるのに、どうすることもできないとは。

しかしながら、木曜は妙なる蜂蜜をひとしずく、団栗《どんぐり》の受皿に注いでくれた。ヘイズは早朝に彼女をキャンプまで車で送るつもりでいた。出発の物音がいろいろと聞こえてきて、私はすぐさまベッドから転がり起き、窓から身をのりだした。ポプラの下に停めてある車はすでに始動状態だった。歩道にはルイーズが立っていて、あたかも小さな旅行者が低い朝の太陽に向かってもう旅立っているところみたいに、陽をさえぎろうと目のところに手をかざしていた。その仕草は早とちりだった。「急いで！」とヘイズが大声を出した。我がロリータは、身体が半分車の中で、車のドアを閉めようとしているところだったが、窓ガラスを下ろして、（二度と会うことのない）ルイーズとポプラに手を振り、運命の運動に待ったをかけた。こちらを見上げ――そして大急ぎで家に戻っていったのだ（ヘイズはカンカンになって呼びかけた）。その直後に、我が恋人が階段を駆け上がるのが聞こえた。我が心臓は、私をもう少しで抹殺しそうなまでに膨らんだ。私はあわててパジャマのズボンを引っぱり上げ、勢いよくドアを開けた。それと同時に、日曜用のワンピースを着たロリータが足音をたて、息を切らしながらたどりつき、腕の中に飛び込んできて、無邪気な唇が浅黒い男性の顎の荒々しい力で溶けていった。ああ、動悸にあえぐ我が恋人！　次の瞬間、私は彼女が、犯されることもなく生きたまま、階段を下りていくのを聞いた。運命の運動が再開された。ブロンド色の脚が引っぱりこまれ、車のドアが閉まり、もう一度バタンと閉められて、手荒にハンドルをつかんでいる運転席のヘイズが、ゴムのように赤い唇を怒りでゆがめ、聞き取れない言葉を吐きながら我が恋人を連れ去っていくあいだ、彼らやルイーズに気づかれることもなく、年老いた病人のお向かいさんが、弱々しく、しかし軽やかなリズムで、蔦におおわれたベランダから手を振っていた。

16

手の窪みには、まだロリータの象牙の感触が残っている——抱きながら手を上下させると、薄いワンピースを通して伝わってきた、思春期前の、内側に曲がった背中の、あの象牙のようにすべすべした、しなやかな肌の感触がまだこの手の中にあふれているのだ。私は乱雑になった彼女の部屋にずかずかと入っていって、クローゼットの扉を開け、くしゃくしゃになっている、彼女に触れたものたちの中に突入していった。とりわけ記憶に残っているのは一着のピンク色の布地で、着古して、穴があき、縫い目に沿ってかすかにつんとするような匂いが残っていた。私はそこにハンバートの大きく膨れあがった心臓を包み込んだ。激しく燃えるカオスが私の内に湧き上がってきた——しかしそのとき、階段からやさしく私を呼んでいる女中のなめらかな声に気づいて、私はすべてを捨て、あわてて平静を取り繕わねばならなかった。お手紙ですよと女中が言った。そして、私が機械的にありがとうと言ったのに「どういたしまして」と親切にも付け加えて、善良なルイーズは、切手が貼られていない、奇妙にきれいに見える手紙を私の震える手の中に残していった。

告白します。わたしはあなたを愛しています［と手紙は始まっていた。そしてすべてが歪んで見えた一瞬、そのヒステリックな筆跡を女子生徒の冗談書きかと私は勘違いした］。先週の日曜に教会で（あなたって悪い人、新しくなったすてきな窓を見にいらっしゃらなかったなんて！）、先週の日曜になってようやく、どうしたらいいのか神様におたずねしたら、こうするようにとお告げがあり、今そのとおりにしています。つまり、他に方法がなかったんです。わたしは初めて会ったそのときから、あなたを愛してきました。わたしは情熱的でさびしがりやの女で、あなたは最愛の男性です。

さあ、わたしの大好きな、大好きなあなた、わたしの愛しい人《モン・シェール》、愛しい《シェール》ムッシュー、もうここまでお読みになって、もうおわかりになったでしょう。だから、お願い、すぐに荷物をまとめて出ていってください。これは女主人の命令です。わたしは下宿人を追い払おうとしているのです。蹴り飛ばして。さあお行き！　消えて！　去って《デパルテ》！　もし往きも帰りも八〇マイル出して、事故がなかったら（でも、それはどうでもいいのかも）、わたしは夕食の頃までには戻ってきますから、そのときにはあなたを家の中で見たくはありません。お願い、お願いだから、今すぐ出ていって、この愚かな手紙を最後まで読まずに。行ってちょうだい。お別れね。

愛しい《シェリ》あなた、話はごく簡単です。もちろん、わたしがあなたにとってまったく取るに足らない、無に等しい人間であることは、よくよく承知しています。たしかに、あなたはわたしとおしゃべりする（そして哀れなわたしをからかう）のを楽しんだし、あたたかい雰囲気のわたしたちの家や、わたしが好きな本も、わたしのすてきな庭も、やかましいローのことでさえ、だんだん好きになってきたのでしょう――それでも、あなたにとってわたしは無に等しいのです。そうでしょ？　そうよね。まったく無に等しい。でも、もしわたしの「告白」を読んで、あなたが渋くてロマンチックな西欧人らしく、わたしもそこそこ魅力的だから、この手紙につけ込んでちょっとくどいてやろうかなんてお思いになったとしたら、あなたは犯罪者です――それも子供を誘拐してレイプする奴よりひどい。愛しい《シェリ》あなた、これでおわかりになったでしょう。もしここにとどまる気になって、もしわたしが帰ってきたときに家にいらっしゃったとしたら（そんなことはきっとない——だからこうやってどんどん書いているのです）、あなたがここに残っているという事実にはたった一つの意味しかありません。つまり、わたしの気持ちと同じくらい、あなたもわたしを求めているということ。一生のつれあいとして。そして、この先長く永遠に、あなたの人生とわたしの人生を結びつけ、わたしのかわいい娘の父親になってもかまわないということ。

もう少しだけ好き勝手にしゃべらせてね、愛しいあなた、この手紙はもう今頃はこなごなにちぎられて、そのかけらがトイレの渦巻に（判読不能）。大好きな、わたしの《モン》大《トレ》、大《トレ》好きなあなた《シェール》、この奇跡のような六月のあいだ、あなたのためにわたしがどんな愛の世界を築き上げたことでしょう！　あなたがどれほど慎み深いか、どれほど「英国的」かは知っています。旧世界の人間らしく口数が少なくて、礼儀をわきまえるあなたは、アメリカ人女性の大胆さにショックを受けたかもしれません！　どんなに激しい感情でも包み隠すあなたからすれば、哀れな傷ついた心をこうして広げてみせるなんて、恥知らずのおばかさんだときっとお思いになるはずです。過ぎ去りし歳月には、悲しい出来事が幾度となく訪れました。ヘイズ氏はすばらしい人で、立派な魂の持ち主でしたが、わたしより二〇歳も年上で、おまけに……でも、済んでしまったことの悪口は言わないでおきましょう。愛しいあなた、もしわたしの願いを無視して、この手紙を最後までお読みになったのなら、あなたの好奇心は充分に満たされたに違いありません。どうかお気になさらずに。破いて去ってください。部屋の机の上に鍵を置いておくのをお忘れなく。それと、いただいている今月末までの家賃一二ドルを払い戻しますので、住所を紙の切れ端にでも書いておいてください。さようなら、愛しい人。わたしのために祈ってください——もし祈ることがおありになるなら。

ここでお見せしているのは記憶による手紙の再現で、その記憶は原文どおりである（ひどいフランス語も含めて）。もともとの長さはこれの倍はあった。そのときにある程度読み飛ばした、抒情的な部分は省略させていただいたが、それはロリータが四歳のときに二歳で亡くなった弟に関する記述で、生きていたらきっと私がかわいがっただろうという話が書いてあった。他に言うべきことは？　そうそう。「トイレの渦巻」（手紙の行き着いた先）は私が事実をありのまま書いた可能性もある。彼女は特別な火で燃やしてくれとたのんでいたような気がする。

私の最初の反応は、嫌悪と後退だった。二番目の反応は、友達の冷静な手が私の肩に置かれて、まあゆっくりと考えてみろ、と教えてくれたようなものだった。私はそのとおりにした。放心状態から抜け出してみると、私はまだローの部屋にいることに気づいた。グラビア雑誌からちぎった一ページ分の全面広告が、ベッドの上の壁のところに、甘い声の男性歌手のまぬけ面《づら》と映画女優の睫毛のあいだにはさまれて貼ってあった。そこに載っているのは黒い髪の毛をした若い夫で、アイルランド人らしい目には疲れ果てた様子が浮かんでいる。彼がモデルになっているのは誰それ製のローブで、手にはどこそこ製の橋型をしたベッドトレイを持っていて、そこには二人分の朝食が載っている。トマス・モレル牧師から引用[*1]したキャプションは、彼のことを「勝利の英雄」と呼んでいた。すっかり征服されたご婦人（広告には描かれていない）は、おそらくトレイの半分を受け取ろうと身体を起こしているところなのだろう。彼女のベッド仲間がどうやってごたごたなしに橋の下にもぐり込めるのかは明らかではない。ローはふざけて、やつれた恋人の顔に矢印を書き込んでいて、ブロック体でH・Hと書いていた。なるほど、数年の年齢差にもかかわらず、驚くほど似ている。その下にはまた別の図があり、これも色付き広告だ。著名な脚本家がむっつりした表情でドロームを吸っている。彼の煙草はいつもドローム。似ているところはわずかだった。その下にローの無垢なベッドがあり、漫画がちらばっている。寝台架のエナメルがはげ落ちていて、白地に黒の、ほぼ丸い跡が残っていた。ルイーズがもういないことを確認してから、私はローのベッドにもぐり込んで手紙を読み返した。

17

陪審席にいらっしゃる紳士のみなさん！　手中の一件（こんな表現を使うのをお許しいただきたい）に関わるある種の感情が私の心をよぎったことがなかったとは断言できない。それが何か辻褄のあう形だったか、はっきりとした記憶としては心に残っていないが、（またしても表現をでっちあげると）思考の薄闇の中で、あるいは情熱の暗闇の中で、それと戯れたことがなかったとは、もう一度繰り返すが、断言できないのである。この広い灰色の世界で誰も身寄りがいない熟年の未亡人（たとえば、シャーロット・ヘイズ）と、その子供（ロー、ローラ、ロリータ）を思いのままにできるというそれだけの目的で結婚するというアイデアを、私心をまじえず検討台に載せたことが何度かあったかもしれないし、もし私がハンバートという人物を熟知していればの話だが、実際にあったに違いない。おそらくは一度か二度、シャーロットの珊瑚色の唇や、ブロンズ色の髪、そして胸元がはだけたきわどいドレスに、鑑定家の冷たい視線を投げかけたことがあったし、もっともらしい白昼夢に彼女をはめこもうとぼんやり考えたこともあったと、拷問者に告白してもかまわない。それは拷問中に告白しよう。おそらく架空の拷問ではあっても、だからこそいっそう恐ろしいのだ。ここでいささか脱線して、少年の頃、あれこれと本を読み漁っていたとき、たとえば「強く激しい痛み《ペンヌ・フォルト・エ・デュール》」（そんなものを発明した奴は拷問の天才に違いない！）だとか、「トラウマ」、「トラウマとなる出来事」、それに「横木《トランザム》」といった、恐ろしくて、不可思議で、陰険な言葉にたまたま出くわしてぎくりとした後で、夜になって私をおぞましいほどに苦しめたあの「夜　驚　症《パヴォール・ノクトゥルヌス》」について、もっと語ることができればいいのだが、残念ながらもう私の物語はかなり構成がまずくなっている。

しばらくして、手紙を破り捨て、自分の部屋に行き、思案に耽り、髪の毛をかきむしり、紫色のローブ姿でポーズを取りながらねり歩き、歯をくいしばりながらうめき声をあげていると、突然に（突然に、ですよ、陪審席の紳士のみなさん）ドストエフスキイ風の薄笑いが（唇を歪めた顔から）、遠くの恐ろしい太陽のように浮かび上がってくるのを感じた。私は（まったく新しい、完璧に見通せる条件下で）彼女の母親の夫が娘のロリータに惜しみなく注ぐさりげない愛撫を想像した。毎日、一日に三回は、彼女を抱きしめてやろう。悩みはすべて解消し、これで私も健康な人間になれる。「やさしい膝の上でおまえを軽く抱き、おまえのやわらかな頬に父親の口づけを刻む……[*1]」。読書量の豊かなハンバート！[*2]

それから、慎重に慎重を重ね、いわば頭の中で抜き足差し足しながら、私はシャーロットをつれあいの候補者として招喚してみた。すると驚いたことに、節約で半分に切ったグレープフルーツや、砂糖を抜いた朝食を、彼女に運んでやる場面まで想像できたのだ。

ぎらぎらした白光の中で汗をかき、こちらも汗をかいている警官たちにどなられ、踏みつけにされているハンバート・ハンバートは、良心を裏返しにさらけだして、そのいちばん奥深い裏当てを引きちぎり、さらなる「陳述」(なんたる言葉《ケル・モ》!)をする心づもりができている。哀れなシャーロットと結婚する計画を立てたのは、たとえば塩化水銀を五粒、食前のシェリー酒に混入させるといったような、下品で、残虐で、危険な方法で彼女を抹殺するためだったわけではない。しかし、巧妙に仕組まれた薬物学的なアイデアが、響きのいい洞窟のような私の曇った頭脳の中で、チリンと音を鳴らしたことはたしかである。控えめな、被服ごしの愛撫なら、すでに試みたことがあるのに、どうしてそれにとどまる必要があるだろうか? 他の淫らな夢想が揺れてほほえみながら私の前に姿を現した。私は強力な睡眠薬を母親と娘の両方に処方して、まったく何の咎めもなく後者を一晩じゅう愛撫する姿を想像してみた。シャーロットの鼾《いびき》が家中に響き渡り、その一方で、ロリータはほとんど呼吸もしないで眠りつづけ、絵に描かれた幼い少女のようにじっとしている。「お母さん、本当にケニーはあたしの身体に触れることすらしなかったのよ」。「ドロレス、あなたは嘘をついているか、それともそいつは夢魔だったのか、そのどちらかね」。いや、さすがにそこまでするのはやめておこう。

　そんなふうに夢魔ハンバートは策略を練り夢想した——そして願望と決意(生きた世界を作り上げる二つのもの)の赤い太陽がさらに高くのぼり、その一方で、無数のバルコニーでは無数の色事師たちが燦めくグラスを手にして、過去および未来の夜の至福に祝杯をあげていた。そして、比喩的に言えば、私はグラスを粉々に砕き、大胆な想像を働かせ(というのは、もうそのときにはすっかり夢想に酔っていて、自分がどれほどやさしい性格かを過小評価していたからだ)、そのうちに大ヘイズを脅迫して(いや、この言葉は強すぎるので、脅白というところか)、もし法律上の義理の娘と戯れることを邪魔するならおまえを捨てるぞ、と哀れにも愛に溺れた親鳩をやんわり脅し、小ヘイズを慰みものにするのを認めさせる、という図を思い描いた。一言で言うなら、こうした特別大奉仕[3]を前にして、こうした展望の尽きせぬ多彩さを前にして、林檎園に蜃気楼のように出現したオリエント[4]の歴史の始まりを垣間見たときのアダムのように、私はまったく無力だった。

さてここで次の重要な発言を書き留めていただきたい。私の内部では、芸術家の側面が紳士の側面よりもつねに優位に立ってきた。ヘイズ夫人が私にとって障害物でしかなかったときにつけていた日記の調子に、この回想記の文体を合わせるのは、大変な意志の力が必要だったのである。その日記はもはや存在しない。だが、その口調が今の私にはいかに誤りで残酷に思えても、それをそのまま伝えるのが芸術家としての義務だと考えてきた。幸いなことに、この物語はもう回顧的なもっともらしさのためにシャーロットを侮辱する必要がない地点に達したようだ。

哀れなシャーロットが曲がりくねった道でサスペンスの二、三時間を過ごさなくてもいいように（そしておそらく、我々の異夢を粉々にする正面衝突を避けるために）、私はキャンプにいる彼女に電話をかけるという、考え抜かれてはいても失敗に終わる試みをした。彼女は三〇分前に出発した[5]ところで、代わりに出たローに向かって、私はお母さんと結婚するつもりだと（運命をすっかり奴隷にした喜びで満ちあふれて震えながら）言った。どうも彼女には電話に集中できないことが何かあるらしく、私はその言葉を二度繰り返さなければならなかった。「ふーん、すごいじゃん」と彼女は笑いながら言った。「結婚式はいつ？　ちょっと待ってね、子犬が――この子犬が靴下にじゃれついてるの。ねえ――」そして彼女は、これからすっごく楽しいことになりそうねと付け加えた……そして電話を切ったときに気づいたのは、キャンプに二時間もいればもう新しい印象だらけで、ハンサムなハンバート・ハンバートの姿などロリータの頭の中から消え去っているということだった。しかしそれがどうしたというのだ。結婚してから適当な時間が経過すれば、すぐに彼女を取り戻しに行こう。「オレンジの花が墓場で枯れぬうちに」と詩人なら言いそうなところだ。ただし、私は詩人なんかではけっしてない。きわめて良心的な記録者にすぎない。

ルイーズが去った後で、私は冷蔵庫を調べ、それがあまりにも禁欲的なので、町へ出かけていちばん豪勢でこってりした食品を買った。それから上等の酒数本と、ビタミン剤も二、三種類買った。こうした刺激剤と体力の助けを借りれば、強烈なこらえきれない炎を発揮することが求められる段になって、気のなさから恥ずかしい目にあったりするのは避けられるだろう。何度も何度も、才に長けたハンバートはシャーロットを男性的想像力の覗き穴で見るように思い描いた。彼女はたしかにみだしなみも身体つきもよくて、我がロリータの姉なのだ――この着想をなんとか保つためには、ぼってりした尻や、丸い膝や、豊かな胸や、首のあたりの粗いピンク色の肌（「粗い」というのは、絹と蜂蜜に比べたときの話）や、あの哀れで退屈なしろもの（すなわち、見てくれのいい女）のその他もろもろをあまりにも現実的に思い浮かべないことが肝腎になる。

太陽がいつものように家のまわりをめぐって、午後は夕方へと熟していった。私は一杯飲んだ。また一杯。そしてまた一杯。ジンにパイナップルジュースという、お気に入りのカクテルは、いつも活力を倍増してくれる。私は伸び放題になっている芝生の手入れに精を出すことにした。ちょっとした世話《ユヌ・プティット・アタンシヨン》。そこはタンポポだらけで、忌々しい犬が（犬は大嫌いだ）かつて日時計が立っていた場所にある平らな石の上で粗相をしていた。タンポポのほとんどは太陽から月に変わっていた。ジンとロリータが私の身体の中で踊っていて、私は片づけようとした折りたたみ椅子につまずいてもう少しでひっくり返りそうになった。肉色の縞馬め！　ゲップが歓声みたいに聞こえることがあるけれども、少なくとも私のはそうだった。庭の裏手にある古い塀で、私たちはお隣のゴミ箱とライラックから区切られていたが、芝生（家の片側に沿ってゆるやかに傾斜している）の正面側と道とのあいだには何もない。そういうわけで、私はシャーロットの帰りを見張ることができた

（これから善行を行おうとする人間のように薄笑いを浮かべながら）。あの歯《は》をすぐに抜かなくては。

手動草刈り機を手にして前のめりになりながら前進し、草の葉が低い太陽の中であたかもさえずるように燦めいたとき、私は郊外の通りの一角をずっとにらんでいた。道は日よけ用の大木のアーチをくぐると内に湾曲し、それからこちらの方へとどんどん急勾配で下ってきて、蔦に囲まれ、煉瓦造りで、ひどく傾斜している芝生（うちの芝生よりずっと手入れが行き届いている）のあるお向かいさんの家を通り過ぎ、私が上機嫌でゲップしながら草刈りをしている場所からは見えない、うちの正面のポーチの背後に消えている。タンポポは抹殺された。そこから立ちのぼる液汁の香りがパイナップルと混ざり合った。私が最近機械的にその挙動を追いかけている二人の小さな女の子、マリオンとメイベル（とは言え、誰が我がロリータの代わりを務められるだろうか？）が、大通り（そこから私たちのローン街が流れ落ちている）へと向かい、一人は自転車を押し、もう一人は紙袋から何か食べていて、どちらも陽気な声をはりあげてしゃべっていた。お向かいさんの庭師兼お抱え運転手で、とても愛想がよくてたくましい黒人のレスリーが、遠くから私の方を見てにやりと笑い、呼びかけ、もう一度呼びかけ、今日はえらく元気がいいんだねと仕草でコメントしていた。隣に住む、金回りのいい廃品業者が飼っているばかな犬が、青い車を追いかけて飛び出してきた――シャーロットの車ではなかった。二人の女の子のうち美人のほう（たぶんメイベル）で、ショートパンツを穿き、押さえつけるだけのものがないくせにホルターをつけ、きらきらした髪の子が（まさしくニンフェットだ！）、紙袋をくしゃくしゃにしながら通りを走って戻り、ハンバート夫妻の住まいの正面のせいでこの緑山羊からは見えなくなってしまった。大通りの葉陰からステーションワゴン[*6]がひょっこり現れ、葉の影が途切れるまでその一部を屋根に載せて引きずり、狂ったような速さで通り過ぎ、シャツ姿の運転手が左手で屋根を押さえ、廃品業者の犬がその横に並んで突っ走っていた。ここでほほえみながら一呼吸入れ、それから動悸とともに、私は青いセダンの帰還を見守った。車は坂を下りていって、家の角の背後に消えた。私は彼女のおちつき払った青白い横顔をちらりと見た。二階へ上がって見る前には、私が出て行ったかどうかわからないのだ、と私は思いついた。一分後、激しい苦悩の表情を浮かべながら、彼女はローの部屋の窓から見下ろして、私を見た。階段を駆け上がって、私は彼女が出て行く前にその部屋にたどりついた。

18

新婦が未亡人で新郎が男やもめ。前者は「われらがふるさとの小さな町」に住んでまだ二年もたたず、後者は一カ月にもならない。ムッシューはこの忌々しい行事をできるだけ早く終わらせたいと思い、マダムはしかたなくほほえんで同意する。そういう場合には、読者のみなさん、結婚式は「しとやかな」ものになることが多いのです。新婦は指先までの丈のヴェールを留める、オレンジの花のティアラを省略してもいいし、手にした祈禱書には白い蘭が添えられていない。新婦の幼い娘は、HとHを婚姻で結ぶ儀式に、一点のあざやかな赤を加えたかもしれない。しかし、追いつめられたロリータにあまりにもやさしくするのは考えものなので、大好きなキャンプQから彼女をわざわざ引き離すことはないと私も同意した。

　自称《ソワ・ディザン》情熱的でさびしがりやの我がシャーロット[*1]は、日常生活では実際的で社交好きだった。そのうえ、胸の内や叫びをコントロールできないくせに、原則主義者なのを私は発見した。彼女が愛人同様になった直後（刺激剤を服用したのに、彼女の「神経質になって、気ばかりあせった愛しい《シェリ》あなた」――なんと英雄的な愛しい《シェリ》あなた！――は最初いささか手こずったものの、旧世界仕込みの愛技の数々を華麗に披露して、充分に埋め合わせをしたのだった）、善良なシャーロットは私と神との関係についてたずねてきた。その点に関しては開けた考えの持ち主だと答えてもよかったのだが、その代わりに、敬虔なる凡人に敬意を表して、宇宙霊というものを信じていますと私は言った。指の爪を見つめながら、彼女がもう一つたずねたのは、私の家系にはある奇妙な血が流れてはいないかということだった。これに対して私は、もし父の母方の祖父がたとえばトルコ人[*2]だったら、それでもまだ結婚するつもりですかと問い返してみた。それは少しも問題ではないと彼女は言った。ただし、もしわれらがキリスト教の神を私が信じていないことがわかったら、自殺するというのだ。その言い方がおおまじめなので、私は思わずぞっとした。原則主義者だと知ったのはそのときである。

たしかに、彼女はとてもお上品[*3]だった。立て板に水のようなおしゃべりがちょっとしたゲップでとぎれたら必ず「すみません」と言うし、封筒《エンヴェロープ》のことをフランス風にアーンヴェロープと発音するし、女友達とおしゃべりしているときは私のことをハンバート氏と呼んだ。私はもし魅力をふりまきながら[*4]地域社会に加われば彼女も喜ぶのではなかろうかと考えた。結婚式の当日、私のインタビュー記事が《ラムズデール・ジャーナル》の社交欄に載り、一緒に付いていたシャーロットの写真は、片方の眉毛が吊り上がり、名前に誤植（「ヘイザー」）があった。こうした不慮の出来事にもかかわらず、新聞に載ったことで磁器製のように頑なな心もなごみ、私のガラガラ蛇も身体を揺すって大笑いした。教会の慈善活動に精を出し、ローの学校友達の保護者仲間でましな母親たちとつきあうことで、シャーロットは二〇カ月かそこら[*5]で、有力者とまではいかなくても、少なくとも市民の一員として認められたが、そういう胸はずむ欄《リュブリック》に載ったことはこれまで一度もなく、すべては「作家兼探検家」エドガー・H・ハンバート氏のおかげだった(「エドガー」と書き加えたのは、ついその気になっただけのこと)。それをメモに書き留めたとき、マックーの兄は、私がどんなものを書いたのかとたずねた。何を言ったかは忘れたが、新聞に載ったときには「ピーコック、レインボー[*6]などの詩人たちに関する書物を数冊」となっていた。そこには、シャーロットと私が数年来の知り合いで、私が最初の夫の遠縁に当たるということも書いてあった。一三年前に彼女と関係を持ったことをほのめかしておいたのは、活字にはならなかった。社交欄には燦めく誤りがあってしかるべきだと私はシャーロットに言ってやった。

この奇妙な物語の先を続けよう。客人から愛人への昇格を享受するように求められたとき、私が体験したのは苦々しさと嫌悪感だけだっただろうか? 答えはノーだ。ハンバート氏は、いささか自尊心をくすぐられ、かすかな愛情を覚え、陰謀の短剣にも刃に沿って微妙な悔恨模様が走ったことを告白しておきたい。見てくれはいいが愚かしく、教会とブッククラブの教えを盲信し、しゃべり方はわざとらしく、腕に生毛がはえたかわいい一二歳の娘に対して過酷で、冷淡で、軽蔑した態度を取るヘイズ夫人が、ロリータの部屋の敷居のところで、私が手をかけると、たちまち哀れでいたいけな生き物に変身して、ぶるぶる震えながら後ずさりして「いけませんわ、やめて、お願い、やめて」と繰り返すとは思いもよらなかったのだ。

この変身で容貌もずっと美しくなった。あれほどぎこちなかったほほえみも、すっかり愛情にあふれた輝きとなった——その輝きにはどこかやわらかくしっとりとしたところがあり、それは驚いたことに、ソーダ・ファウンテン[*7]で新発売の飲み物をためつすがめつ眺めていたり、いつも新調の私の高価な衣服を黙ってうっとりと眺めているときの、あの愛らしく、ぼうっとして、我を忘れたようなローの表情にそっくりなのである。すっかり魅了されて私がシャーロットを眺めているあいだ、彼女のほうは誰か女友達と母親としての悩みを打ち明け合い、アメリカ人女性特有の、あきらめを表すしかめ面（目を丸くして上にあげ、口元を垂らす）をしてみせるのだが、その表情は、幼稚な形で、ローがときどきやっているのを見たことがある。私たちは床入りの前にハイボールを飲み、その助けを借りて、私は母親を愛撫しながらなんとか娘の姿を呼び起こした。この白いお腹の中には、我がニンフェットが、一九三四年にはまだ屈曲した小さな魚として入っていたのだ。この念入りに染めた髪は、匂いを嗅いでも手で触れてもなんの刺激にもならないが、四柱式ベッドの中で電灯の当たり加減によっては、ロリータの巻き毛の手触りとまではいかなくても色合いを獲得するのだった。新品で実物大の妻を乗りこなしながら、これが生物学的にはロリータにいちばん近いのだと、私は自分自身に何度も言い聞かせた。ロリータの年齢の時分は、ロッテも娘と同様に欲望をそそる女子生徒だったはずだし、ロリータの娘もいつかそうなるのだろう。ロッテが子供の頃はどんな姿だったか見てみたいと思い、私は妻に命じて、買い集めた靴の山から（どうやらヘイズ氏はそれが趣味だったらしい）、三〇歳になるアルバムを掘り出させた。光の加減も悪いし服装も品がないが、それでも脚や、頬骨や、ツンと上を向いた鼻のあたりに、ロリータの輪郭のかすかな第一版を見分けることができた。ロッテリータ、ロリッチェン。

　歳月の生垣ごしに、青白い小さな窓の中を、私は覗き見した。そして、哀れなまでに熱がこもり、うぶなまでに淫らな愛撫で、高貴な乳首と巨大な太腿の持ち主である彼女が、夜のお勤めをする私の態勢を整えてくれたとき、暗く朽ちつつある森の繁みを嗅ぎ分けて進む私が必死になって拾い上げようとしたのは、やはりニンフェットの匂いなのだった。

　哀れな妻がどれほどやさしく、どれほど感動的だったかは、筆舌に尽くしがたい。朝食の席では、気が滅入るほど明るい台所で、ぴかぴか光るクロームに金物屋のカレンダー[*8]、洒落た朝食用のコーナー（大学生の頃にシャーロットとハンバートがいつもよくいちゃいちゃしたコーヒーショップをまねたもの）があり、彼女は赤いローブ姿で座り、天板がプラスチックでできているテーブルに肘をつき、頬を拳の上にのせ、私がハム・アンド・エッグスをいただいているあいだ、耐えきれないほどの愛情のこもった目つきで私をじっと見つめていた。ハンバートの顔が神経痛で引きつっても、彼女の目には、美しさと動きの点で、白い冷蔵庫の表面にさざなみを描いている太陽や葉の影と競うものと映るのだ。私が不愉快で押し黙っていても、彼女にとってはそれは愛の沈黙だった。私のささやかな収入も、彼女のもっとささやかな収入に加えれば、光り輝く財産となってすっかり彼女に印象づけた。それはべつに合算した金額がたいていの中流階級の欲求を満たすものだったからではなく、私の金が男らしさのしるしとして魔法のように彼女の目の中で輝いたからで、彼女から見れば私たちの共同口座はいわば真昼時の南国の大通りで、片側にはこんもりとした木陰、もう片側にはなめらかな日光があり、どこまでも続くその道の遥か彼方には、ピンク色の山が聳えているのである。

一緒に住んだ五〇日間の中に、シャーロットは五〇年分の活動を詰め込んだ。哀れな女は、とうの昔になおざりにしたことや、たいして関心を持っていなかったことに、一挙に没頭するようになり、あたかも（プルースト的な調子をまだ延々と続けるなら）、私が愛している娘の母親と結婚することで、妻は代理権によってあり余る若さを取り戻したようだった。よくある若い花嫁の熱心さで、彼女は「家の美化」を始めた。家の隅から隅までを知り尽くしていたので（というのも、その頃は椅子に座りながら、ロリータが家の中でたどる軌跡を頭の中で描いていたからだ）、私はずっと前から、醜さも汚さも含めて、家と感情的なつながりのようなものができていて、シャーロットがこの家をベージュ色や黄土色やパテ色・バフ色・嗅ぎ煙草色で塗ろうと計画しているのに対して、それが嫌で我慢できずに家が身をすくめているのが感じられるような気がした。ありがたいことに、彼女はその計画を実行するまでには至らなかったが、窓の日よけを洗ったり、ブラインドの横板にワックスをかけたり、新しい日よけや新しいブラインドを買ったり、それをまた店に返品したり、他のものと交換したり、とかいったことに膨大な量のエネルギーを費やして、微笑と渋面、疑念と無念の明暗をたえず描いていた。彼女はクレトンやチンツといった更紗地に手を出し、ソファの色を変え(かつて私の中で楽園の泡がスローモーションではじけた、あの聖なるソファだ)、家具の配置を変えた——そして家事に関する記事で「ソファの両脇に置くコモードと、それに付随するランプは、別々に使うことも許される」とあるのを見つけて嬉しがった。『あなたの家はあなたです』を書いた女性に同調して、彼女もリクライニングチェアやスピンドルテーブルが嫌いになった。彼女に言わせれば、ガラスや高価な木製パネルをふんだんに使った部屋は男性的なタイプの部屋の例であり、それに対して女性的なタイプの特徴はもっと明るく見える窓ともっと華奢な木製品だという。私が引っ越してきたときに彼女が読んでいるのをみたことがある小説は、今では図版入りカタログと家事入門書に取って代わられていた。フィラデルフィア州ルーズベルト四六四〇番地にある会社から、彼女は私たちが使うダブルベッドとして「ダマスク織物コイル三一二本入りマットレス」を注文したが、私には今までのベッドでも弾力性があり、何を載せようが充分耐久力があるように思えた。

亡くなった夫と同様、彼女は中西部の出身で、東部の州の宝石とも呼ぶべきこの人目につかないラムズデールで暮らすようになってから月日が浅く、すてきな人たち全員とおつきあいするまでには至っていない。陽気な歯医者のことはほんの少し知っていて、この人は私たちの芝生の裏手にある、木でできたおんぼろの城館のようなものに住んでいる。教会のお茶の席で、当地の廃品業者の

「お高くとまった」奥さんに会ったことがあるが、そこの家は大通りの角にある、「コロニアル式」とやらの白塗りのしろものだ。年取ったお向かいさんの家にときどき「お呼ばれに行く」ことはあるが、家に行ったり、ガーデンパーティで会ったり、電話でおしゃべりしたりするなかでもっと高貴な奥様方（たとえばグレイヴ夫人、シェリダン夫人、マックリスタル夫人、ナイト夫人といった上品なご婦人たち）は、無視されている我がシャーロットをめったに訪問することがなかった。それどころか、下心《アリエール・パンセ》や打算なしに、本心からうちとけてつきあえる唯一の相手はファーロー夫妻で、この夫妻は商用で旅行したチリからわざわざ私たちの結婚式に出席するために戻ってきたばかりで、他の出席者はチャットフィールド夫妻、マックー夫妻とあと数人だったのである（廃品夫人も、さらに気位の高いタルボット夫人も出席しなかった）。ジョン・ファーローは中年の、物静かで、物静かにスポーツ好きで、物静かにスポーツ用品を売ってもうけている人物であり、四〇マイル離れたパーキントンに事務所を持っている。コルトの薬莢《やっきょう》を入手してくれたのは彼で、ある日曜に森を散歩したとき、その使い方を指導してくれた。ほほえみを浮かべながら語ってくれた話では、彼は自称パートタイムの弁護士でもあり、シャーロットの依頼を扱ったこともあるという。若そうな妻のジーン[*9]（二人はいとこ同士）は、手足の長い女性で、道化みたいな眼鏡をかけ、二匹のボクサー犬を飼い、乳房が突き出ていて、大きな赤い口をしていた。絵を描くのが趣味で（風景画と肖像画）、[*10]カクテルを飲みながら、彼女が描いた姪の肖像をほめたことを今でもはっきりと憶えていて、その子はロザリン・ホーネックという、ガールスカウトの制服を着た薔薇色のすてきな子で、緑のウステッド地のベレー帽をかぶり、緑の革紐のベルトをつけ、肩まで垂れた巻き髪が魅力的だった――そしてジョンは口にくわえていたパイプを取り、ドリー（我がドリータ）とロザリンが学校でお互いに批判的なのは残念だが、それぞれのキャンプから戻ってきたときにはもっと仲が良くなることを、自分もみんなも期待していると言った。私たちは学校のことを話し合った。学校には悪いところも、良いところもある。「もちろん、ここでは商売人にイタリア人が多すぎるんですよ」とジョンが言った。「でもその一方で、幸いにもまだ——」[*11]「わたしは」とジーンが笑いながら口をはさんだ。「ドリーとロザリンが夏を一緒に過ごしてくれたらいいのになと思うんだけど」。突然私はキャンプから戻ってくるローを思い浮かべ（日焼けして、温かく、薬を飲まされて、ぐったりしている）、情熱でこらえきれずに、今にも泣きそうになった。

19

成り行きが順調なあいだに、ハンバート夫人についてもう少し述べておこう（もうじき災難がふりかかるので）。彼女が所有欲の強い性格なのはずっと前から気づいていたが、私の人生の中で、彼女を除くすべてに対して、これほど狂的なまでに嫉妬するとは思ってもみなかった。私の過去に激しい好奇心を示して、きりがないくらいだったのである。私がこれまでに愛した女性たちをすべて甦らせ、それを侮辱し、踏みつけにし、すっかり排斥して縁を切り、私の過去を破壊するように彼女はしむけた。もちろんお笑い草でしかないヴァレリアとの結婚生活についてもぜんぶしゃべらせた。しかし私は、こういう話をすると病的なまでに喜ぶシャーロットに応えて、愛人たちをぞろぞろとでっちあげるというかひどく水増しせざるをえなかった。機嫌を取るために図版入りカタログにした愛人たちが、どれもうまく描き分けられていたのは、アメリカの広告の決まりに合わせたもので、そこでは生徒たちが人種の微妙な割合で載っていて、一人の（たった一人だが、できるかぎり可愛く描いてある）丸い目をしたチョコレート色の小さな男の子が、必ずと言っていいほど最前列のちょうどまんなかにいるのだ。そんなふうに私は女たちを描き、ほほえんで身体を揺らしているようにした——けだるそうなブロンド、燃えるようなブルネット、官能的な銅色の髪の女を、まるで売春宿でずらりと陳列しているように。女たちを通俗的で凡庸にすればするほど、ハンバート夫人はショーを楽しんだのである。

このときほど、こんなにたくさん告白をしたり、こんなにたくさん告白を聞かされたりしたことはなかった。初めてのネッキング[*1]から結婚生活のドッタンバッタンに至るまで、彼女が「愛情生活」と呼ぶものについて語るときのきまじめさと芸のなさは、倫理的に見て、私の口から出まかせの嘘と顕著な対照を成していたが、技術的にはこの両者は同種に属し、どちらも同じ題材（ソープオペラ[*2]、精神分析、安物の小説）から影響を受けていて、私がそこから登場人物たちを拝借したのに対して、彼女のほうは表現方法を拝借していたのだ。シャーロットが語る、善良なるハロルド・ヘイズ氏の驚くべき愛技の癖は実におもしろく、私がくすくす笑うと、彼女は不作法だと言ってたしなめた。しかしそれを除けば、彼女の自伝は彼女を死体解剖しているようなもので、まったくおもしろみに欠けていた。痩せるためのダイエットをしていたにもかかわらず、あれほど健康な女性は見たことがない。

我がロリータのことはめったに話さなかった——それよりもまだ話してくれたのは、我々の閑散とした寝室を飾るたった一枚の写真にぼやけて写っている、金髪の男の赤ん坊のことだった。いつもながらに味気ない夢想を語りながら、亡くなった幼子の魂がこの結婚で生まれる子供の形を取って、きっと地上に戻ってくるのよと彼女は予言した。そう言われても、ハンバートの血筋にハロルドがこしらえたのと瓜二つの子供（ロリータのことは、だんだん我が子のように思えてきて、それで近親相姦的な興奮を味わっていた）を提供したいとは特に思わなかったが、入院が延び、来年の春ごろにみごとな帝王切開やら複雑な処置を安全な産科病棟で受けるということになれば、我がロリータと二人きりでもしかすると何週間も過ごせるし、睡眠薬でぐったりしたニンフェットを思うがままにむさぼる機会も得られるだろう、と考えついた。

それにしても、いかに彼女が娘を嫌っていたことか！　とりわけ意地悪に思えたのは、シカゴで出版されたばかな本（『子供の成長の手引き』）に載っている質問表に、手間暇かけてわざわざ答えていたことだ。その長い質問表は一年ごとに分かれていて、子供が誕生日を迎えるたびに、母親は一覧表を埋めることになっている。ローの一二歳の誕生日である、一九四七年一月一日に、シャーロット・ヘイズ、旧姓ベッカーは、「お子様の個性」という項目にある、四〇個の形容詞のうち次の一〇個に下線を引いていた。攻撃的、突然荒れ狂う、批判的、人を信用しない、短気、怒りっぽい、詮索好き、おちつきがない、反抗的（下線二本）、頑固。残りの形容詞三〇個は無視してあり、その中には、快活、協調的、精力的、などがあった。まったく頭にくるではないか。我が愛しの妻の温厚な性格からするとめったにない激しさで、家のあちこちに散らばってそこで催眠術にかかった野ウサギみたいにじっとしているローのささいな持ち物を、彼女は強襲をかけてぶんどっていった。ある朝、胃の調子が悪くて（彼女が作ったソースをもっとよくしようと私が挑戦した結果だ）、教会へ一緒についていけなかったとき、私がこっそりとロリータの白い靴下の片方で不貞を働いたとは、この善良なる婦人は夢にも思わなかっただろう。それに、味のある我が恋人の手紙に対しても、なんとひどい態度を取ったことか！

大好きなマミーとハミーへ

お元気ですか。キャンディをありがとう。わたしは［消してまた書き直している］わたしは新しいセーターを森の中でなくしてしまいました。こちらはこの数日寒さがつづきました。わたしはとっても。

ドリー

「ばかな子ねえ」とハンバート夫人が言った。「とっても、の後を書き忘れてるじゃないの。あのセーターはウール一〇〇パーセントだし、キャンディを送るんだったらまずわたしに相談してからにしてちょうだいね」

20

ラムズデールから数マイル離れたところに森の湖（アワーグラス湖――私はアワー・グラス湖と勘違いしていた）があり、七月の終わりに猛暑がつづいた一週間のあいだ、私たちは毎日車でそこへ出かけた。ここで、熱帯のようなある火曜の朝に、一緒にそこで泳いだ最後のときの話を、退屈だが細かく述べておかねばならない。

道からさほど離れていない駐車区域で車を降り、松林から湖へと続いている小道を下っていったとき、シャーロットがしゃべった話では、先週の日曜の朝五時ごろ、ジーン・ファーローが珍しい光の効果を探していると（ジーンは絵画の古い流派に属していた）、レスリーが「黒衣姿」（これはジョンの軽口）で水浴びしているのを見たという。

「きっと水は冷たかったんじゃないのか」と私は言った。

「そういう問題じゃないの」と論理的な悲運の女が言った。「つまり、頭がいかれてるのよ。それに」と彼女は続けて（慎重に言葉を選ぶあのしゃべり方が、だんだん私の健康にこたえてきた）、「はっきりと感じがするの、うちのルイーズがあの低脳に恋をしてるんじゃないかって感じ。「最近ドリーの成績が良くないという感じがします」とか（古い通知表から）。

サンダルにローブという姿で、ハンバート夫妻は歩きつづけた。

「知ってる、ハム。わたしには大きな夢があるんだけど」とハム夫人は下を向いて（その夢が恥ずかしいのだろう）宣い、赤みがかった地面と話し込んだ。「タルボット夫妻が言ってた、あのドイツ人の娘みたいな、ちゃんと訓練を受けている女中をぜひ見つけて、住み込みで雇いたいの」

「部屋がないだろ」と私は言った。

「ねえ」と彼女はいつもの困惑したような笑みを浮かべて言った。「あなた《シェリ》、ハンバート家をどう変えられるか、その可能性を低く見積もってるんじゃないのかしら。その娘をローの部屋に入れるのよ。いずれにせよ、あの穴倉は客室にするつもりだったし。家の中でもあそこはいちばん寒くてみすぼらしいでしょ」

「いったい何の話だ？」私はそう言って、頬骨のあたりの皮膚を緊張させた（わざわざこんなことを書いているのは、信じられないとか、頭にくるとか、いらいらするといった感情を持ったとき、ローの肌も同じようになるからだ）。

「ロマンチックな連想を気にしてるの？」と妻はたずねた——初めて身体を許したときのことを指して。

「冗談じゃない」と私は言った。「客か女中が来たら、いったいきみの娘をどこに入れるつもりなんだ？」

「あら」とハンバート夫人は、夢見るようにほほえみ、片方の眉毛をぴくりと吊り上げ、そっと息を吐き出しながら、それと同時に「あら」を長く引っぱるように発音した。「かわいいローは、残念ながら、計画にまったく入っていないのよ。かわいいローはキャンプが終わったら、お勉強がきびしくて、宗教教育もきちんとしてくれる、全寮制のいい学校に直行するの。その後は、ビアズレー大学。ぜんぶ予定は立ててあるから、心配しないで」

さらに彼女が続けて言うには、彼女、すなわちハンバート夫人は、いつもの怠け癖を捨てて、セント・アルジェブラで教えているミス・ファーレンの妹に手紙を書いてみるとのことだった。まばゆい湖が出現した。車にサングラスを置き忘れてきたので、後で合流するよと私は言った。

両手をもみしぼるというのは、小説の中にしか出てこない仕草だと、これまでずっと思ってきた——たぶん中世の儀式の意味不明な結果なのだろうと。ところが、絶望しながらも必死に考えてみようとして、森にたどりついたときに、私の気分を無言のうちに表すものとして、いちばん近そうなのがこの仕草（「神よ、この鎖をご覧ください！」）だった。

もしシャーロットがヴァレリアなら、この状況にどうやって手をつければいいか、私はわかっていたはずだ。この「手をつける」というのはぴったりの言葉である。懐かしい良き時代には、太ったヴァレチカのもろい手首（彼女は自転車から落ちてそこを挫いたことがある）をねじあげるだけで、たちどころに彼女の気を変えることができた。ところがそんなふうなことは、相手がシャーロットだと想像できない。冷静沈着なアメリカ人シャーロットに私は怯えた。彼女が私に熱をあげているることを利用して、相手を意のままにしてやろうという気楽な夢は、まったくの誤りだった。彼女が勝手に作り上げて崇拝している私のイメージを損なうようなまねはできそうにない。彼女が我が恋人の怖い付き添い役だったときに、私は彼女にぺこぺこしていたが、そういう卑屈なところが彼女に対する私の態度の中にまだ残っていたのである。私が握っているたった一枚のエースは、私がローを途方もなく愛しているのを彼女がまったく知らないということだった。彼女はローが私を好いているのを気にしていた。しかし、私の気持ちは読めなかったのだ。相手がヴァレリアだったら、こんなふうに言ってみてもよかっただろう。「おい、このでぶのまぬけ、ドロレス・ハンバートにとって何がいいのか、それを決めるのはこのおれなんだぞ《セ・モワ・キ・デシード》」。相手がシャーロットなら、こんなふうに言うことさえできない（好感を与えるようにおちつきはらって）。「すまないがねえ、おまえ、その意見には賛成しかねるな。あの子にもう一度チャンスを与えてみてはどうだい。一年かそこら、私にあの子の家庭教師をやらせてくれ。前におまえもそう言ったじゃないか――」実際のところ、こちらの正体がばれることなく、あの子の話をシャーロットにするのはまったく無理な相談だ。こういう原則主義者の女性がどんなものか、読者の方にはご想像いただけないであろう（私にも想像できなかった）。日常の決まり事や、礼儀作法、それに食事や、書物や、彼女が大好きな人々が、なにもかもインチキだとは気づかないくせに、ローを手近に置いておこうと私が発言すれば、シャーロットはたちまちその声の調子がおかしいのに気づくだろう。彼女は、日常生活ではどうしようもなく下品な人間で、才気も審美眼もないのに、音楽だと悪魔のように正確な判断力でおかしい音を聞き分けられる音楽家のようだった。シャーロットの意志を挫くには、まず心を挫かねばならない。もし私が彼女の心を粉々にしたとすれば、彼女が私に抱いているイメージも粉々になってしまうだろう。「私がロリータを思うようにして、それを秘密にしておくのにきみも協力してくれるか、それとも私たちはすぐ別れるか、どっちかだ」と言ったとすれば、彼女は曇りガラスみたいに色を失って、こうゆっくりと答えるだろう。「わかりました。それ以上、あなたが何を付け加えようが、何を取り消そうが、もうこれでおしまいです」。そうなるとたしかにおしまいだ。

事態はそのような惨状だった。私は駐車区域にたどりつくと、ポンプから錆の味がする水を掬い、まるでそれを飲むと魔法のように叡智や、若さや、自由や、幼い妾《めかけ》が手に入るかのように、がぶがぶと飲み干したことを憶えている。しばらくのあいだ、紫のローブ姿で、踵を宙に浮かし、私はヒューッと音を立てている松林の下にある粗末なテーブルに腰掛けていた。景色の中程で、ショートパンツにホルターという恰好の幼い乙女が二人、陽光で斑になった、「女子」と書かれている屋外便所から出てきた。ガムを噛んでいるメイベル（あるいはメイベルの代役）が、ぼんやりした様子でのろのろと自転車にまたがり、マリオンが、蠅を追い払おうと髪をふりながら、両脚を大きく広げて後ろに座った。そしてよろけながら、二人はゆっくり、ぼんやり、光と影の中に溶け込んでいった。ロリータ！　森の中に溶けていく父と娘！　自然な解決策はハンバート夫人を抹殺することだ。でもどうやって？

完全殺人など誰にもできない。だが、偶然ならそれができる。一九世紀の終わりに、南仏のアルルで、ラクール夫人という人物が殺害された有名な事件があった。彼女がラクール大佐と結婚した直後のこと、髭をはやした、身長六フィートの謎の男（後の推測では、夫人のひそかな愛人）が、人通りの多い道で彼女に歩み寄り、背中を三度刺して殺したが、小さなブルドッグのような男である大佐は、殺人者の腕に食いついて放さなかった。奇跡的な美しい偶然で、犯人が怒った亭主の顎をようやくふりほどこうとしていた（そして数人の目撃者が三人のそばに近づこうとしていた）ちょうどそのとき、現場にいちばん近い家に住んでいた頭のおかしいイタリア人が、いじっていた火薬のようなものをまったくの偶然で爆発させてしまい、たちまち通りは煙と、落ちてくる煉瓦と、走り出す人々で阿鼻叫喚《あびきょうかん》の巷《ちまた》と化したのである。爆発で怪我をした人間は誰もいなかった（勇敢なラクール大佐がぶっ倒れたことを除けば）。しかし復讐心に燃えた愛人は、みんなが逃げたときに自分も逃げて、それからはいつまでも幸せに暮らしましたとさ。

さてそれでは、犯人自身が完全殺人を計画すればどうなるか、ご覧いただこう。

私はアワーグラス湖まで歩いていった。私たちや他の「すてきな」カップル（ファーロー夫妻やチャットフィールド夫妻）が水浴をする場所は、一種の小さな入江になっている。シャーロットが気に入った理由は、そこが「専用ビーチ」のようなものだったからだ。主な遊泳設備（あるいは、《ラムズデール・ジャーナル》がこう書いたことがあるように、「溺死設備」）は砂時計《アワーグラス》の左（東）の部分にあって、我々の小入江からは見えない。右手には、松林がすぐに湾曲した湿地帯となり、それがまた反対側の森につながっている。

私が音もたてずにそばに腰を下ろしたので、妻がびっくりした。

「そろそろ泳ぐ？」と彼女がたずねた。

「一分だけ待ってくれ。考えごとをしてるから」

私は考えた。一分以上が経過した。

「よし。行こうか[*1]」

「考えごとの中に、わたしも入ってたの？」

「もちろんだよ」

「だったらいいけど」とシャーロットは言って水の中に入っていった。水はすぐに彼女の太い腿の鳥肌のところまで達した。それから、頭上に伸ばした腕を組み合わせ、口をしっかり閉じ、黒いゴムの水泳帽をかぶってすっかり素顔になり、シャーロットは大きな水しぶきをあげながら飛び込んでいった。

ゆっくりと私たちは湖の燦めきの中に泳ぎだした。

対岸の、少なくとも一〇〇〇歩離れたところに（もし水上を歩いて渡れるとしたらの話だが）、浜辺で二人の男がまるでビーヴァーみたいに働いている小さな姿を目にした。いったい二人が何者だかは知っていた。退職したポーランド系の警官と、湖のそちら側の材木の大半を所有している退職した配管工である。それに、二人がつまらない道楽で埠頭《ふとう》をこしらえようとしているところなのも知っていた。こちらに聞こえてくる槌音は、あの小人のような腕や道具にしてはやけに大きく響いていて、おまけに、どうも遠方音響効果のディレクターが人形使いと折り合いが悪いらしく、小さな一撃がたてる重い音がその視覚版よりも遅れていた。

白い砂の短い区画になった「わたしたちの」ビーチ（もうそこから、私たちは少し行って、足のとどかないところまで来ていた）は、平日の朝だと閑散としている。反対側で忙しくしている二人の小さな人影と、頭上でぶーんと音をたて、それから紺碧の中に消えていった、暗い赤色の自家用飛行機を除いては、あたりに誰もいない。舞台設定はぶくぶくと泡立つ殺人にまさしくうってつけだし、ここが巧妙な点なのだが、法を司る男と水を司る男がちょうど事故を目撃できるくらい近くにいて、ちょうど犯罪だとわからないくらい遠くにいるのである。取り乱した水泳客が手足をばたばたさせ、妻が溺れかけているから誰か助けに来てくれと大声で叫ぶのが聞こえる程度には近くにいても、取り乱しているとはおよそ言えない水泳客が妻を足で踏んづけるのをおしまいにするところを（たとえ見るのが早すぎたとしても）見分けられないくらい遠すぎるのだ。私はまだその舞台には上がっていなかった。私はただ単に、その行為がどれほど簡単か、設定がどれほどうまくできているかを伝えたいだけなのである！　そういうわけで、シャーロットはきまじめな不器用さで泳いでいたが（彼女はひどく凡庸な人魚[*2]だった）、それなりにおごそかな楽しさがないわけでもないらしく（愛する雄人魚がそばにいるからだろうか？）、努力の甲斐もなくほとんど日焼けしていない濡れた顔のつややかな白さや、青ざめた唇、剝き出しになった凸状の額、ぴったりはりついた黒い水泳帽、それにふっくらとして濡れた首筋を、未来回想（つまり、物事を見るときに、見たことがあるのを未来の時点で思い出すという形で見る）の異様な鮮明さで眺めていると、ここで背後にまわり、大きく息を吸い込み、それから彼女の足首をつかんで、虜にした死体と一緒に一気に水中にもぐりさえすればいいのだと思った。死体と言うのは、驚愕と、パニックと、経験のなさから、きっと彼女[*3]はすぐ致死量の湖水を飲み込んでしまい、そのあいだ私のほうは水中で目をあけたまま、たっぷり一分間は我慢ができるからだ。この死に至る動作が、犯罪計画の暗闇をよぎる流れ星の尾のように通り過ぎていった。それはまるで恐ろしい無言のバレエのようで、男性ダンサーがバレリーナの足をつかんだまま、水中の薄闇を通り抜けていくのだった。私はまだ彼女を水中に押さえつけたまま息をしようと水面に顔を出し、それからまた必要なだけ何度ももぐり、彼女に永遠の帳《とばり》が下りたときになって、ようやく助けを呼ぶのだ。そして二〇分ほど経ってから、二人の人形の姿が徐々に大きくなり、片側に新しくペンキを塗ったばかりのボートで到着したときには、哀れなハンバート・ハンバート夫人は、痙攣か冠動脈閉塞症か、それともその両方で、笑みを浮かべているようなアワーグラス湖の水面から三〇フィート[*4]ほど下の、インキを流したような沈泥の中で逆さ吊りになっているのである。

どうです、簡単なことじゃありませんか？　ところがですよ、みなさん——私にはそれがどうしてもできなかったのです！

そばで泳いでいる彼女は、信頼しきっている鈍いアザラシで、私の耳に情熱の論理が絶叫していた。今だ！　それなのにみなさん、私にはどうしてもできなかったのです！　無言のまま私が岸の方を向くと、おおまじめに、おとなしく、彼女もそちらを向き、それでもまだ悪霊は下した裁定を叫んでいたが、それでもまだ私はこの哀れで、つるつるした、大きな体軀の生き物を溺れさせることができなかった。絶叫が次第に遠ざかり、私は明日も、金曜も、いやいつの昼でも夜でも、彼女を殺すなんてことはできないという憂鬱な事実を思い知ったのだった。たしかに、ヴァレリアの乳房を左右の釣り合いが崩れてしまうほど殴ったり、他の手段で彼女を痛めつける場面は思い描ける——そしてさらにはっきりと、彼女の愛人の下腹を拳銃で撃って、相手が「ああ、やられた！」と言って座り込む場面も想像できる。ところが私にはシャーロットは殺せない——とりわけ、あの惨めな朝に一見すると思えたほど、たぶん事態はさほど絶望的ではないにせよ。ばたばたする強い足をつかんだとする。驚きの表情を見て、恐ろしい声を聞いたとする。それでもまだ計画を完遂したとすれば、きっと私は彼女の亡霊に一生取り憑かれるだろう。もし今が一九四七年ではなく一四四七年だとすれば、やさしい性格を偽って、水入り瑪瑙《めのう》の指輪に忍ばせた古典的な毒液か、愛情込めた死の媚薬を彼女に飲ませることもできただろう。ところが、お節介な中流階級たちのこの時代では、錦織がはりめぐらされた宮殿のような過去とは違って、そううまく事は運ばない。今日では、人殺しになりたいと思ったら、まず科学者でないとだめなのである。いやいや、私はそのどちらでもなかった。陪審席にいらっしゃる紳士淑女のみなさん、震えるような、甘美なうめき声をあげるような、肉体的ではあっても必ずしもそのものずばりとは限らない関係を少女と結びたいと切望する性犯罪者のうち、大多数は人畜無害で、未熟で、受動的で、臆病なよそ者であり、常軌を逸したと言われるものの実際には無害なふるまいや、熱くて濡れた、ささやかで秘やかな性的逸脱行為を追求しても、警察や社会から弾圧を受けたりすることがないよう、地域社会にお願いしているだけなのである。我々はセックス狂ではないのだ！　我々は立派な兵士みたいに強姦したりはしない。

我々は不幸で、穏健で、犬みたいな目をした紳士であり、大人たちの目の前では衝動をコントロールできるくらい、充分に釣り合いは取れているが、ニンフェットに触れる機会を一度与えられるなら、何年懲役になってもかまわないという人間なのだ。断固として、我々は殺人者ではないのである。詩人はけっして人殺しをしないのだ。ああ、哀れな我がシャーロットよ、おまえは永遠の天国に住んでいて、アスファルトとゴムと金属と石（しかしありがたいことに、水は入らない、水は！）が永遠の錬金術で混ぜ合わさった世界にいるのだろうが、どうか私を憎まないでくれ。

それでもなお、まったく客観的に言えば、紙一重のきわどいところだった。さてここで、私の完全犯罪の寓話の勘所をお話ししよう。

貪欲な日射しの中で、私たちはタオルに腰を下ろした。彼女は辺りを見まわして、ブラをゆるめ、腹這いになって背中を太陽にさらした。そして愛してるわと言った。それから深く溜息をついた。彼女は片腕を伸ばして煙草はないかとローブのポケットをまさぐった。起き上がって煙草を吸った。右肩をじろじろ見た。そして煙たい口を開けて、べっとりと私にキスをした。そのとき不意に、砂でできた背後の土手を伝って、繁みや松林の下から、石ころが一つ、また一つところがり落ちてきた。

「まったくあのお節介な子供たちときたら」とシャーロットは言って、ブラを胸元で押さえながらまたうつぶせになった。「ピーター・クリストフスキイに言ってやらなきゃ」

石ころの流出口からざわざわと音がして、足音が聞こえたと思うと、ジーン・ファーローが画架と道具を抱えて下りてきた。

「びっくりするじゃないの」とシャーロットが言った。

ジーンが言うには、ずっとそこの、緑で隠された場所にいて、こっそり自然を偵察し（スパイはたいてい撃ち殺されるものだ）、湖景画を完成させようとしていたけれど、うまく行かなくて、自分にはまるで才能がないという（それはまったく正しかった）――「で、あなたは絵を描いてみたことある、ハンバート？[*5]」ジーンに少し嫉妬しているシャーロットは、ジョンも来るのかとたずねた。

　そのとおり。今日は昼食を食べに家に戻ってくる。パーキントンへ車で行く途中、彼女を降ろしていったので、もうすぐ彼女を拾いに来るはずだ。ほんとにすばらしい朝。こんなすてきな朝に、カヴァルとメラムプスを紐でつないで置き去りにしてくるなんて、裏切り者だといつも思ってしまう。彼女はシャーロットと私のあいだに割って入り、白い砂の上に腰を下ろした。ショートパンツ姿で、長い褐色の脚は栗毛の牝馬を見ているのと同じくらいの魅力だった。笑うときには歯茎がのぞく。

「あなたたちを二人とも、わたしの湖の中に描き入れてしまうところだったわ」と、彼女は言った。「あなたたちがうっかりしていたものにも気づいたわよ。あなたは「ハンバートに向かって話しかけて」腕時計をはめたまま泳いでたわね、そう、たしか」

「防水よ」とシャーロットは魚みたいな口をして小声で言った。

　ジーンは私の手首を取って彼女の膝に載せ、シャーロットの贈物をしげしげと眺めてから、手のひらを上向きにしてハンバートの手を砂の上に戻した。

「あそこからだと何でも見えちゃうんじゃないの」とシャーロットが艶めかしく言った。

　ジーンが溜息をついた。「わたし見たんだけど」と彼女は言った。「子供が二人、男の子と女の子が、日暮れ時に、ちょうどこの場所でセックスしてたのよ。二人の影が巨人みたいだった。明け方のときのトムスンさん[*6]の話はしたことがあったわね。今度はきっと、でぶのアイヴァーがアイヴォリー着姿でいるところに出くわすんじゃないかしら。あの人、ほんとに変人よ。この前なんか、彼の甥の話でまったくいやらしいことを聞かされて。なんでもその話じゃ――」

「やあ、こんにちは」とジョンの声がした。

21

不機嫌なときに黙り込むという私の癖、もっと正確に言えば、不機嫌な沈黙にある冷たい蛇のような性質は、よくヴァレリアをあわてふためくほど怖がらせたものだった。彼女は涙ながらにこう言ったものだ。「あなたがそんなに不機嫌だと、あなたが何を考えてるのかわからなくて、《ス・キ・ム・ラン・フォル・セ・ク・ジュ・ヌ・セ・ア・ク・ア・》それでもうわたしどうしていいのかわからなくなっちゃうの《チュ・ポン・ス・コン・チュ・エ・コム・サ》」。私は黙り込むという手をシャーロットにもためしてみた――ところが彼女は相変わらずさえずりつづけ、私の沈黙を顎であしらうだけだった。まったくとんでもない女だ！　学術書の執筆があるのでとつぶやきながら、今ではまともな「スチューディオ」となった[*1]元の部屋に退いても、シャーロットはご機嫌で家の美化にいそしみ、電話口でさえずり、手紙を書いていた。部屋の窓から、震えているつやつやしたポプラの葉ごしに眺めていると、彼女が道を横切り、ミス・ファーレンの妹に宛てた手紙を満足そうな表情で投函するところが見えた。

先日アワーグラス湖の静止した砂を訪れた後の、驟雨《しゅうう》と曇天が続いた一週間は、思い出せるなかでもいちばん憂鬱な週だった。それから二、三日ほど希望の陽光《レイ》が射し込み――そして強烈な太陽がついに顔を出すことになる。

優れた頭脳を持っていて、それが快調に動いているなら、それを使わない手はない、と私は思いついた。娘のために妻が立てた計画（娘は絶望的に遠く離れた場所で、快晴のなか、日々に肌が熱く褐色になっている）にはとうてい嘴《くちばし》をはさめないにしても、一般的な形で私の権利を主張しておき、それを後で特定の機会に利用できるような、そういう一般的な手をきっと何か考え出せるのではないかと思った。そしてある晩、シャーロット本人がその切り口を与えてくれたのである。

「びっくりする話があるのよ」と彼女はスプーンでスープを掬いながら、愛情のこもった目で私を見つめていった。「秋になったら、わたしたち二人でイギリスに行くの」

私は自分のスプーンのスープを思わず呑み込み、ピンク色の紙で唇をぬぐった。（ああ、ミラーナ・ホテルの、あのひんやりとして手触りのいいナプキンよ今いずこ！）

「きみにもびっくりする話があるんだ。わたしたち二人はイギリスに行かない」

「それ、どういうこと？」と彼女は言って、予想していたよりも驚いた表情で、私の手を見つめていた（つい私は、罪のないピンク色のナプキンを折って、引きちぎって、くしゃくしゃにして、また引きちぎっていたのである）。それでも、私のにこにこしている顔を見て、彼女も多少は安心したらしい。

「ごく簡単なことさ」と私は答えた。「うちみたいに、どんなに調和の取れた家庭でも、女性側がすべて決定を下すわけじゃない。夫が決定すべき問題もあるんだ。健康なアメリカ人女性であるきみが、バンブル夫人[*2]か、冷凍肉王サム・バンブル氏[*3]か、ハリウッドの娼婦と一緒に、同じ豪華客船に乗って大西洋を渡るときにどれほどわくわくするかは、充分に想像がつくよ。それに、きみと私は旅行業者の広告にちょうどお似合いで、宮殿警備兵か、深紅の衛兵か、ビーヴァー・イーターか、何と言うんだか知らないがそれを眺めていて、きみは目がすっかり星みたいになり、私はうらやましさを押し隠しているという、そんな図が絵になるのは間違いない。だがな、私は古き良きイギリスをはじめとして、ヨーロッパにはもううんざりなんだ。きみもよく知っているとおり、腐りつつある旧世界と言えば、私にはとても悲しい思い出しかない。きみの雑誌にどんな色刷り広告が載っていようが、私の気は変わらないからな」

「ねえあなた」とシャーロットが言った。「わたしほんとに――」

「いや、ちょっと待ってくれ。この件は偶発的な問題にすぎない。私が気になるのは、全般的な傾向だ。私が仕事をする代わりに、一緒に湖で日光浴して午後を過ごさないかときみがたのんだとき、私は喜んで承知して、学者であり、そのなんと言うか、教育者でありつづける代わりに、きみのために赤銅色の魅力たっぷりな男性になってやったじゃないか。愛想のいいファーロー夫妻と一緒にブリッジとバーボンの夕べを過ごさないかと言われれば、おとなしくついていくじゃないか。いや、たのむから、ちょっと待ってくれ。きみが室内装飾に凝っても、その配色に文句をつけたりはしない。きみが決定を下すとき──きみがあらゆる物事に決定を下すとき、私が全面的に、あるいは部分的に、なんというか、反対だったとしても、何も言わないだろ。個々の問題には目をつぶっているんだ。しかし全体の問題に目をつぶるわけにはいかない。きみの言いなりになるのは大好きだが、どんなゲームにも規則というものがあるだろう。べつに私は腹をたててるわけじゃない。まったく腹なんかたてていない。でも、それだけはやめてくれ。私もこの家の半分を担ってるんだし、ささやかながらはっきりと意見を言わせてもらいたいんだ」

彼女はそばに来てひざまずき、ゆっくりと、しかし激しく、頭を横にふりながら、私のズボンに爪を立ててしがみついていた。まったく気がつかなかったと彼女は言った。あなたこそ支配者だし神だと彼女は言った。ルイーズが帰ったから、今すぐに愛し合おうと彼女は言った。お願いだから許して、そうでないと死んでしまう、と彼女は言った。

この小さな出来事で、私はすっかり気分が昂揚した。許しを請うという問題じゃなくて、生活態度をどう変えるかという問題なんだ、と私は静かに言ってやった。そして優位に立ったところでさらに強気に出て、長い時間を一人で物思いに耽って過ごし、執筆を進めた——というか、仕事をしているふりをした。

元の部屋にあった「スチューディオ・ベッド」[*4]はかなり前からソファに変わっていて(もともと心の奥底ではずっとそうだった)、シャーロットは共同生活を始めたその日から、その部屋をだんだん「作家の巣窟」に変えていくことを警告していた。イギリス事件から二日後に、新しくてとても座り心地のいい肘掛け椅子に腰を下ろし、膝の上に大きな書物をのせていると、シャーロットが指輪をはめた指でドアをノックしてからぶらりと入ってきた。その身のこなしは、我がロリータが汚いブルージーンズを穿き、ニンフェット国の果樹園の匂いをただよわせながらよく入ってきたあのときの、不恰好でもあり妖精らしく、かすかに堕落して、シャツの下のボタンを留めていない姿と、なんと違っていたことだろう。ただ、ちょっとここで一言。生意気な小ヘイズと、もったいぶった大ヘイズの背後には、内気な命の水がかすかに流れ、それはどちらも同じ味がして、どちらも同じ囁き声をたてていたのだ。フランス人のえらい医者がかつて私の父に語った話では、近親だと腹部がぶくぶくとたてるかすかな音も同じ「声」を持っているのだという。

というわけで、シャーロットがぶらりと入ってきた。私たちの仲がうまく行っていないと彼女は感じていた。私は昨夜も、その前の夜も、寝床に入るとすぐに寝てしまったようなふりをしたし、明け方には起き出していたのである。[*5]

やさしく、彼女は「お邪魔」じゃないかしらとたずねた。

「今はべつに」と私は言って、『少女大百科』の「カ」の巻を開き、印刷屋の用語では裁ち切りに印刷された写真をじっくり眺めた。

シャーロットは抽斗が付いた偽マホガニー製の小テーブルのところに行った。そしてその上に手を置いた。小テーブルはたしかに醜いが、べつにこれまで彼女に対して何か気にさわるようなことをしたわけではない。

「前からたずねたいと思ってたんだけど」と彼女は言った（実務口調で、艶めかしさはなかった）。

「どうしてこれに鍵が掛けてあるの？　この部屋にどうしても置いておきたい？　ひどく見栄えが良くないし」

「そのままにしておいてくれ」と私は言った。私はカナダでキャンプ中だった。*6

「鍵あるの？」

「隠してある」

「まあハムったら」

「恋文をしまってあるのさ」

彼女は癪にさわるあの傷ついた牝鹿のような表情を見せ、それから、私が本気なのかどうか判断をつけかねてか、どうやって会話を保たせたらいいのかわからなくてか、私がゆっくりと数ページ（カナッペ、カヌー、カフェテリア、カメラ）*7 読むのを我慢しながら、窓の外を見るというよりは窓ガラスを見つめ、アーモンド形*8をして薔薇色の尖った爪でそれをトントンと叩いていた。

やがて（カモかカヤックのところで）彼女が私の椅子のところまでやってきて、ツイードの尻《おいど》*9でどっかりと肘のところに腰を下ろすと、最初の妻が使っていた香水の匂いに私は溺れそうになった。

「ご主人様は、秋をここで過ごそうかとお考えですの？」と彼女はたずねて、東部の保守的な州の秋の景色を撮った写真を小指で指した。「どうして？」（非常にはっきり、そしてゆっくりと。）彼女は肩をすくめた。（たぶんハロルドがその時期によく休暇を取ったのだろう。狩猟解禁の時期。[10]彼女にすれば条件反射なのだ。）

「そこがどこだか知ってるわ」と彼女はまだ指さしながら言った。「憶えているホテルがあるの、〈魅惑の狩人《エンチャンテッド・ハンターズ》〉といって、なかなか情緒がある名前でしょ？　それに食事がまるで夢みたいだし。それに誰も他人のことなど気にかけないし」

　彼女は頬を私の額にこすりつけた。ヴァレリアはすぐにそんなまねはしなくなったが。

「何か夕食に召し上がりたいものある？　ジョンとジーンが後でちょっと立ち寄るそうよ」

　私はフーッといううなり声で答えた。彼女が下唇にキスして、ケーキを焼くわと明るい声で言い（私は彼女のケーキが大好物だという伝説が、下宿人をしていたころからずっと生き残っているのだ）、出て行ってから、私はまた物思いに耽った。

　開いた事典を彼女が座っていたところに慎重に置くと（事典は回転する波を繰り出そうとしたが、はさんであった鉛筆がページを食い止めた）、鍵が隠してあった場所を点検してみた。鍵は古くて値段の高い安全剃刀の下で満足そうにじっとしていたが、その剃刀は、彼女がもっと性能が良くて値段の安いものを買ってくれる前に私が使っていたものだった。剃刀の下、ビロードの裏張りが付いたケースの溝に入れてあるというのは、はたして絶対安全な隠し場所だろうか？　ケースは仕事のいろんな書類を入れてある小さなトランクの中に置いてあった。もう少しましな手はないものか？　物を隠すのは実に難しい——とりわけ、妻がしょっちゅう家具の配置をいじっている場合には。

22

正午の便で二人目のミス・ファーレンからの手紙が届いたのは、最後に泳ぎに出かけた日からちょうど一週間後だったと思う。その婦人は姉の葬儀を済ませてセント・アルジェブラへ戻ってきたところだった。「腰の骨を折ってから、ユーフェミアは二度と元の健康状態を回復することはありませんでした」。ハンバート夫人の長女の件に関しては、今年中に入学させるのはもう無理だと申し上げたいとのことだった。しかし彼女、生き残ったファーレンとしては、もしハンバート夫妻がドロレスを一月に学校まで連れてくれれば、きっと入学の手筈が整えられると思うとのこと。[*1]

次の日、昼食の後で、「かかりつけ」の医者に会いにいったが、この医者は親しげな男で、臨床態度は申し分がないし、特許薬に全幅の信頼を置いているので、医学に対する無知と無関心をうまいぐあいに隠していた。ローがいったんラムズデールに戻ってこざるをえないという事実は、待ち遠しい宝物だった。[*2]そのときのために、私は準備を念入りにしておきたかったのだ。実を言えば、シャーロットが残酷な決断を下す前から、もう私は作戦を開始していた。我が愛しの娘が戻ってきたら、ただちにその晩も、そしてそれから毎晩、セント・アルジェブラが彼女を奪っていくまで、二人をぐっすり眠らせて、どれだけ音をたてようがどれだけ身体に触れようが目覚めないような、強力な手段を確実にものにしておきたかったのである。七月のほとんどずっと、私はいろいろな睡眠薬を実験して、薬を服用するのが大好きなシャーロットにためしていた。いちばん最後に投与した薬は（彼女はそれを神経鎮静のおだやかな臭化カリウム錠だと思っていた）丸四時間も昏睡状態にさせた。ラジオを最大音量でかけても、張形のような恰好をした懐中電灯で顔を照らしてみても、突いても、つねっても、つまんでも、おだやかで力強い呼吸のリズムは乱れることがなかった。ところが、ちょっとキスしてみただけで、[*3] 彼女はたちまち目を覚まし、蛸みたいに生き返って元気になった（私はやっとのことで逃れたのだった）。これはだめだ、と私は思った。もっと安全なものを手に入れないと。最初のうちは、この前処方してもらった薬では私の不眠症にはさっぱり効かなかったと言っても、バイロン先生はまったく信じてはくれなかった。もう一度ためしてみなさいと彼は言ってから、家族の写真を見せて、それで私の注意が一瞬そらされた。彼にはドリーとちょうど同じ年頃の、魅力的な子供がいたのだ。しかし私は彼の手口を見抜いて、世の中でいちばん強力な薬をくださいと食い下がった。ゴルフでもしてみたらいかがですかと彼は言った。しかし最後には折れて、「本当に効く」薬をあげましょうと言い、薬棚から、片方の端が濃い紫色の帯になっている青紫のカプセルが入ったガラス壜を取り出し、これは彼が言うにはちょうど市場に出たところで、正しく処方すれば一杯の水を飲むだけで治ってしまうような神経症の患者用ではなく、幾世紀も生きるためには数時間死ななければならない、不眠症を患う大芸術家専用だという。私は医者を騙すことならお手の物で、内心では大喜びしていたものの、疑り深そうに肩をすくめながらその薬をポケットにしまった。ついでに言うと、この医者には用心が必要だった。あるとき、別の機会に、ついうっかりして最後に療養所に入ったときのことを口にしたら、彼の耳の先がぴくりと動いたような気がしたのだ。シャーロットであれ誰であれ、過去のその時期のことは知られたくないので、狂人たちの中にいたのは小説を書く下調べのためだったと私はあわてて釈明した。しかしそれはどうでもいい。この老いぼれの娘は、たしかに可愛かったのである。[*4]

私は上機嫌で去った。妻の車を指一本で運転して、満ち足りた気分で家路をたどった。なんだかんだ言っても、やはりラムズデールは魅力にあふれている。セミが鳴いていた。街路は打ち水がされたばかりだった。絹の手触りのようになめらかに、私は急勾配になった我が家の前の道へとカーブを切った。その日にはすべてがあるべき姿だった。あまりにも青く、あまりにも緑で。太陽が照っているのは、フロントガラスにイグニションキー[*5]が映っているのでわかる。時刻がちょうど三時半なのは、毎日午後にお向かいさんをマッサージしにやってくる看護婦が、白いストッキングと靴を履いて、狭い歩道をとことこと下ってくるのでわかる。いつものように、坂を下ってくるときに廃品業者のヒステリックなセッターが追いかけてきて、いつものように、ケニーが放り投げたばかりの地方紙がポーチの上にころがっていた。

　昨日、私は自分に課していた他人を一切寄せつけない統治をやめ、今では居間のドアを開けながら、帰ってきたよという陽気な声をあげた。クリームホワイト色のうなじとブロンズ色の束ね髪をこちらに向け、初めて会ったときの黄色いブラウスに葡萄茶色のスラックスという姿で、シャーロットは隅の書き物机で手紙を書いていた。ノブに手をかけたまま、私はもう一度帰ってきたよと繰り返した。すると書いている彼女の手が止まった。彼女はしばらくじっとしたままだった。それからゆっくりと椅子の上で向き直り、曲がった背もたれに肘を休めた。顔は怒りで歪み、見られたものではないが、その彼女が私の足下を見つめながら言った。

「ヘイズの奴、でぶ、古狸、鼻持ちならないママ――おばかさんのヘイズは、もうあなたの言いなりなんかにはならないわよ。なにしろ――なにしろ……」

　我が美しき告発者は毒舌と涙を呑み込んで言葉を切った。そこでハンバート・ハンバートが何を言ったか、あるいは何を言おうとしたかは、さほど問題ではない。彼女は続けた。

「あなたって化け物よ。憎たらしくって、汚らしくって、犯罪的なインチキ野郎だわ。もしわたしのそばへ近づいたら、窓から大声を出すわよ。下がってちょうだい！」

Ｈ・Ｈがここでつぶやいた言葉も、省略させてもらってかまわないだろう。

「今晩わたしは出て行くから。この家はみんなあなたのものよ。ただし、あの惨めなガキにはもう二度と、二度と会わせませんからね！　この部屋から出ていって」

読者よ、私はそのとおりにしたのだ。私は元セミ・スチューディオに行った。そして両腕を腰にあてて、しばらく身じろぎもせずに平然と立ち尽くし、陵辱された小テーブルの抽斗が開いていて、鍵穴には鍵が挿したままで、テーブルの上には家の他の鍵が四本置かれているのを敷居から眺めた。踊り場を横切ってハンバート夫妻の寝室に行くと、私は悠然と彼女の枕の下から日記帳を取り上げ、ポケットに入れた。それから階段を下りはじめて、途中で止まった。たまたま居間のドアのすぐ外に接続されている電話で、彼女が話していたのだ。私は彼女が何をしゃべっているのか聞こうとした。彼女は何かの注文を取り消してから、客間に戻った。私は呼吸を整え、廊下を通って台所に行った。そこで私はスコッチのボトルを開けた。彼女はスコッチには抗えない。それから私は食事室に入って、半開きになったドアから、シャーロットの広い背中を眺めた。

「きみは我々の生活をめちゃくちゃにしてるんだぞ」と私は静かに言った。「ここはひとつ文明人らしくふるまおうじゃないか。これはぜんぶきみの妄想なんだ。頭がおかしいんじゃないのか、シャーロット。きみが見つけたのは小説の草稿の断片だ。きみや彼女の名前が出てくるのは、ただの偶然さ。手っ取り早いから使ったまでのこと。考え直してみてくれよ。飲み物を持ってきてやるから」

彼女は返事もふり向きもせずに、なりふりかまわない殴り書きで何かを書きつづけていた。たぶん三通目の手紙なのだろう（切手を貼った二通はもう机の上にきちんと並べられていた）。私は台所に戻った。

私はグラスを二つ並べ（セント・アルジェブラ宛？　ロー宛？）、冷蔵庫を開けた。その心臓から氷を取り出そうとすると、そいつは私に向かって獰猛なうなり声をあげた。書き直そう。それで彼女にもう一度読まそう。細かいところまでは思い出せないはずだ。修正して、捏造すること。小説の断片を書いてみて、彼女に見せるか、その辺に置いておくこと。どうして蛇口はときどき恐ろしい泣き声をたてるんだろう？　まったく恐ろしい状況だ。枕形をした小さな氷の塊（おまえが持っているぬいぐるみの白熊ちゃんの枕だよ、ロー）は、温水をかけられて仕切りから緩むと、ギシギシパチパチという拷問されているような音をたてた。二個のグラスをどしんと並べて置き、ウィスキーとソーダを注ぐ。私のパイジンを彼女は御法度《ごはっと》にしていた。冷蔵庫がまたうなってばたんと閉まった。グラスを持って、私は食事室を通り抜け、ほんのわずかしか開いていなくて肘を入れられない客間のドアから声をかけた。

「飲み物を作ってきたよ」と私は言った。

頭がいかれた奴は返事をしなかったので、私は鳴りはじめた電話のそばにあるサイドボードにグラスを置いた。

「レスリーですが。レスリー・トムスンです」と、明け方の水浴が趣味のレスリー・トムスンが言った。「ハンバート夫人が車に轢かれたんですよ、大急ぎで来てください」

私はちょっとむかっとして、うちの妻は元気でぴんぴんしてるよと返事すると、まだ受話器を持ったまま、ドアを押し開けて言った。

「きみが殺されたなんて電話がかかってるぞ、シャーロット」

しかし居間にシャーロットの姿はなかった。

23

私はあわてて飛び出した。勾配になった小さな道のむこう側には、異様な光景があった。大型で黒いぴかぴかのパッカードが、お向かいさんの傾斜している芝生に歩道から角度をつけて乗り上げ（そこにはタータンチェックの膝掛けがどさりと落ちていた）、太陽の光を浴びながらそこに停止し、ドアは翼のように開き、前輪は常緑の植え込みにめり込んでいた。車体から見て右手の、芝生が刈り込まれた部分に、白い口髭をはやし、きちんとした身なり（ダブルのグレイのスーツ、水玉模様の蝶ネクタイ）の老紳士が、まるで等死大の蠟人形みたいに、長い足をぴったり揃えて仰向けに倒れていた。私は一瞬の光景から受けた衝撃を、言葉の列に置き換えなくてはならないが、紙の上に言葉を積み重ねると、かえって実際の閃きや、印象の鮮明な統一感は損なわれてしまうことになろう。どさりとした膝掛け、車、老人人形、お向かいさんの看護婦が、半分空になったタンブラーを手にして、衣擦《きぬず》れの音をたてながら走ってきて、また網戸のついたポーチに戻っていく——そこには、車椅子に閉じ込められた、よぼよぼの老嬢が絶叫していると想像してみてもいいが、廃品業者のセッターがリズミカルにキャンキャンと吠える声をかき消すほどには大声でなく、この犬は人だかりから人だかりへと歩きまわり、すでに歩道に集まっていたご近所さんの群れを離れて、なにやら格子縞模様の物に近づき、それからついに追いつめて捕まえた車に戻り、それから芝生にいる別の人だかりのところへ行ったが、そこにいるのはレスリーと、警官二人、それにがっしりした体格で鼈甲《べっこう》の眼鏡をかけた男だった。この時点で説明しておくのがよさそうだが、事故が発生してから一分[*1]も経っていないのに、巡査がすぐに現れたのは、坂道を二丁下がったところにある交差路で不法駐車していた車に違反切符を切っていたからであり、眼鏡をかけた男はパッカードを運転していたフレデリック・ビール・ジュニアで、その七九歳になる父親は、倒れていた緑の土手でたった今看護婦に水を飲ませてもらったところで（いわば万苦《ばんく》を味わう銀行家といったところか）、べつに気絶していたわけではなく、軽い心臓発作かその可能性からゆっくりと段階を踏んで回復しつつあるところだったし、そして最後になるが、歩道に落ちている膝掛け（その歩道にくねくねと走っている緑の亀裂のことを、彼女はいかにも不満そうに何度も指摘したものだ）が隠していたものはシャーロット・ハンバートのぐじゃぐじゃになった死体で、彼女はお向かいさんの芝生の隅にあるポストに三通の手紙を投函しようとして、急いで道を横切ったときに、ビールの車に轢かれて数フィート引きずられたのだった。手紙の束を拾い集めて私に渡してくれたのは、汚いピンクのワンピースを着たかわいい子供で、私はそれをズボンのポケットの中で粉々に引きちぎって始末した。

しばらくして、三人の医者とファーロー夫妻が現場に現れ、事態を取り仕切った。妻を亡くした男は、とびぬけた自制心の持ち主で、泣きわめくことはなかった。たしかに、足下が多少ふらついてはいたが、口を開けても出てくる言葉は死人の身元や、検証や、処理に関してどうしても必要な事柄や指示だけで、その死人の上頭部は骨と、脳髄と、ブロンズ色の髪と、血の泥粥《どろがゆ》になっていた。太陽がまだ目もくらむほど赤いうちに、彼は二人の友人であるやさしいジョンと涙に曇った目のジーンによって、ドリーの部屋のベッドに寝かされた。ファーロー夫妻はそばにいようと、ハンバートの寝室で一夜を過ごしたが、私の知るかぎりでは、こういう場合にふさわしい清潔かつ厳粛な夜の過ごし方であったかどうかは疑わしい。

このきわめて特殊な回想記では、葬儀前にしなければならなかった手続きや、結婚式同様に静かなものであった葬儀そのものについて、贅言を費やす必要はなかろう。ただ、シャーロットがあっけなく死んでからの四、五日に関する出来事のいくつかは、ここで記しておかねばならない。

やもめになった最初の夜、私はすっかり酔っぱらい、そのベッドで寝ていた少女と同じくらいぐっすりと寝込んでしまった。翌朝、私はポケットの中にあった手紙の断片をあわてて調べてみた。それはすっかり混ざり合っていて、三通の完全な手紙に選り分けるのは無理な相談だった。おそらく、「……買ってあげられないから自分で探しなさい……」というのはローに宛てた手紙の一節だろうし、他の断片はどうやら、禿鷹に大切な子羊をさらわれないよう、ローと一緒にパーキントンか、ことによればピスキーまで逃げていこうとするシャーロットの心づもりを示唆しているようだった。ぼろぼろになった他の切れ端（私がこんな強力な鉤爪を持っていようとは思いもよらなかった）は明らかにセント・Aではなく別の寄宿学校への出願に関係したもので、そこは厳しく陰惨な教育方針で知られ（ただし楡の木の下でクローケーをするらしい）[*2]、「お嬢様用感化院」との仇名を頂戴していた。そして最後に、第三の書簡は明らかに私宛のものだった。判読できたのは、「……一年間の別居生活を送った後ではもしかすると……」「……ああ、わたしの大好きな、大好きな……」「……他に女をこしらえるよりもひどい……」「……あるいは、もしかすると、わたしは死んでしまうかも……」といったあたりだ。しかし、だいたいのところ、拾い集めた言葉はほとんど意味を成さなかった。この急いで書かれた三通の信書のさまざまな断片は、哀れなシャーロットの頭の中にあったときと同様に、私の手のひらの中でごちゃごちゃになっていた。

その日、ジョンは客に会う用事があり、ジーンは犬の食事の世話があって、一時的に友人たちがそばにいないことになった。心優しい夫妻はもし一人にしておくと私が自殺しないかと心配して、他の友人たちが役に立たないため（お向かいさんは面会謝絶だし、マックー夫妻は何マイルも離れたところで新居を建てるのに忙しいし、チャットフィールド夫妻は家庭内のごたごたでつい最近メイン州へ呼ばれていった）、身寄りのなくなった物を仕分けて荷造りするという口実で、レスリーとルイーズを私の付き添いとして雇ったのである。すばらしい霊感が湧いて、私は親切で信じやすいファーロー夫妻に対して（私たちは、レスリーがルイーズとの有給の逢引に現れるのを待っているところだった）、遺品の中から発見したシャーロットの小さな写真を一枚見せた。大岩に腰かけ、髪を風になびかせてほほえんでいる写真だ。撮ったのは一九三四年の四月、思い出の春のこと。商用で合衆国に旅したとき、私はたまたま数カ月をピスキーで過ごした。私たちは出会って、激しい恋に落ちたのだ。残念ながら、私は妻帯者だったし、彼女もヘイズと婚約していたが、私がヨーロッパに戻ってからも、私たちは今は亡くなっている友人を通じて手紙をやりとりしていたのである。噂を聞いたことがあるわとジーンはつぶやいて、スナップ写真を見つめ、そこから視線を放さずにジョンに渡すと、ジョンはパイプを口元から取り、愛らしく軽はずみなシャーロット・ベッカーを見つめ、私に返した。それから数時間のあいだ二人はいなくなった。幸せなルイーズが地下室で愛人をクックッと笑ったり叱ったりしていた。

ファーロー夫妻が出て行くとすぐに、青っぽい顎をした牧師が訪ねてきた――そこで私はそいつの気分を害することもなく、疑惑の念を起こさせることもないように注意しながら、できるだけその会見を短く切り上げようとした。ええ、あの子の面倒は一生見るつもりです。ちょっと話は逸れますが、この小さな十字架は、私たちがどちらもまだ若かったとき、シャーロット・ベッカーが私にくれたものなんですよ。私には女のいとこがいましてね、ニューヨークで一人暮らしをしている、立派な人間なんですが。そこでドリーをちゃんとした私立学校に入れてやろうと思っています。いやはや、なんとハンバートの狡賢いこと！

私はとんでもなく大きな声でみごとな演技の長距離電話をかけ、シャーリー・ホームズとしゃべっているふりをしたが、これはレスリーとルイーズがジョンとジーンに報告してくれるかもしれないと思ってのことである（そして思惑どおりにそうしてくれた）。ジョンとジーンが戻ってきたとき、私はわざとあわてふためいたつぶやき声で、ローが中級グループと一緒に五日間のハイキングに出かけ、連絡が取れないと言って、二人をすっかり騙すことに成功した。

「まあ」とジーンが言った。「どうしましょう？[*3]」

ごく簡単なことだとジョンが言った――クライマックス警察[*4]にたのんでハイカーを捜してもらえば、一時間もかからないと。実を言うと、その辺りはよく知っていて――

「そうだ」と彼は続けた。「ぼくが今から車でそこまで行くから、きみはジーンと一緒に寝たらいい」――（彼は本当にそんなことを付け加えたわけではなかったが、ジーンが彼の申し出を熱心に支持したので、そういう含みがあったのも同然だった）。

私は取り乱してみせた。どうかこのままそっとしておいてほしいとジョンにたのんだ。あの子が私に取りすがり、泣きながらしがみついてくるなんて耐えられない、あの子はとても感じやすい子だから、この体験が未来に影響を及ぼすかもしれないし、そういう症例は精神科医がよく分析している、と私は言った。そこで突然話がとぎれた。

「まあ、きみが決めることだからな」とジョンは少しぶっきらぼうに言った。「でも、ぼくはシャーロットの友人でもあり相談役でもあったんだ。きみがあの子をどうするのか、やはり知っておきたいんだよ」

「ジョン」とジーンが叫んだ。「あの子は彼の子よ、ハロルド・ヘイズの子じゃなくて。わからないの？　ハンバートはドリーの本当の父親なのよ」

「そうか」とジョンが言った。「すまない。そうか、そうだったのか。気がつかなかったなあ。だとすると、もちろん話は簡単だ。きみの思うとおりにすればそれで正しいんだ」

うちひしがれた父親は話を続けて、葬儀を終えたらすぐに感じやすい娘を連れ戻しに行って、今まではまったく違った環境の中で楽しい時を過ごすようにできるかぎりのことをしてやるつもりで、たとえばニューメキシコかカリフォルニアに旅行するかもしれない――もちろん、もし自分が生きていればの話だが、と言ってやった。

絶望のどん底に一転するまでの落ちつきというか、嵐の前の静けさを、あまりにも芸術的に演じて見せたので、非の打ち所がないファーロー夫妻は私を自宅に引き取ってくれた。彼らの家には、この国としてはましなワイン貯蔵室があり、それが助けになったのは、私が不眠症と亡霊を恐れていたからだ。

さてここで、どうしてドロレスを遠ざけたままにしておくのか、私の理由を説明しておこう。当然ながら、最初のうち、シャーロットが抹殺されたばかりで、自由になった父親として家の中にふたたび入り、作ってあったウィスキーのソーダ割二杯を飲み干して、さらに一パイントか二パイントの「パイジン」を飲んで、近所の連中や友人たちから逃れようとバスルームに行ったとき、私の頭と血管の中にはたった一つのことしかなかった――すなわち、これから数時間したら、あたたかくて、茶色の髪をした、我が、我が、我がロリータが腕の中にいて、その流す涙をあふれるよりもすばやく私のキスでぬぐってやれるのだという思いだった。しかし鏡の前で目を大きく見開き、顔を真っ赤にして立っていると、ジョン・ファーローがそっとノックして大丈夫ですかとたずねてきた――その瞬間、こういうお節介屋たちがうろうろして、彼女を私から奪い去ろうとたくらんでいるのに、そんな家の中へロリータを連れてくるなんて狂気の沙汰だと気づいたのである。もちろん、予測のつけがたいロー自身がひょっとして、愚かにも私を信じなくなったり、突然嫌悪感や、ぼんやりとした恐怖や、そういったものを感じるようになるかもしれないし、そうなれば魔法の褒美も今まさに勝利という瞬間に忽然と消えてしまうだろう。

お節介屋と言えば、訪ねてきた人間がもう一人いた——妻を抹殺してくれた奴、友人ビールである。ずんぐりとした体格にまじめくさった顔つきで、いわば死刑執行人の助手みたいに見え、ブルドッグのような垂れた下顎に、小さな黒い目、太縁の眼鏡に目立つ鼻孔をしたこの男を案内してきたジョンは、私たちを二人きりにしようと機転を利かしてドアを閉めて出て行った。彼には双子の子供がいて、私の義理の娘と同じクラスだと慇懃《いんぎん》に言いながら、グロテスクな訪問者は事故現場を再現した大きな図を広げた。おもしろい恰好の矢印やら点線やらが多色のインキでいっぱい描いてあり、うちの義理の娘だったら「めっちゃきれい」と言いそうなところだ。H・H夫人がたどった軌跡は数カ所の地点で人の形をしたシルエットとして図示されていた——統計の図表で使う、人形みたいな小さい職業婦人か陸軍婦人部隊だ。きわめて明瞭かつ決定的に、この道筋は二つの連続するカーブから成る曲がりくねった太線とぶつかっていた——最初のカーブは、ビールの車が廃品業者の犬（犬は描かれていない）を避けようとしたもので、それをさらに大げさにして続けたような次のカーブは、悲劇を回避するつもりのものだった。いかにも黒々とした十字架は、小さなシルエットがとうとう歩道で動かなくなった場所を示していた。巨大な蠟人形みたいな訪問者の父親が倒れていた土手の場所に、似たような印がしてあるか探してみたが、何もなかった。しかしながらこの書類で、あの紳士は目撃者として、レスリー・トムスン、お向かいさん、その他数人の下に署名を連ねていた。

あちらからこちらへと蜂鳥みたいに鉛筆を巧妙かつ微妙に飛びまわらせながら、フレデリックは自分にまったく落ち度はないこと、そして私の妻が無鉄砲だったことを実証した。彼が犬を避けようとしているときに、彼女は水を撒いたばかりのアスファルトで足をすべらせて前に倒れてきたが、前にではなく後ろに倒れていれば助かっていたところだった（フレッドは綿が入った肩をぎゅっとひねって実演してみせた）。たしかにあなたに落ち度はありませんと私は言ってやり、検死の結果もそのとおりだった。

真っ黒で緊張した鼻孔から激しく息をしながら、彼は首をふって私の手を握った。それから、申し分のない育ちの良さ《サヴォワール・ヴィーヴル》と紳士らしい気前の良さを見せて、葬儀の経費を払いたいと申し出た。どうやら私が断ると踏んでいたらしい。酔っぱらって感謝の涙を流しながら私がそれを受け入れると、相手はびっくりした。信じられないと言わんばかりに、彼はゆっくりと最初の言葉を繰り返した。私は最初のときよりももっと大げさに感謝した。

この妙な会見の結果、麻痺状態だった私の魂もしばらく元どおりになった。それもそのはず、運命の仲介人を実際に見たのだから。私は運命のまさしく肉体に触れ、その偽物の肩に触れたのだ。みごとで奇怪な突然変異が不意に起こり、そのきっかけがここにいるのだ。精妙に編まれた模様（あわてている主婦、すべりやすい舗道、うるさい犬、急勾配、大型車、運転している頓馬《とんま》）の中に、私も卑劣にも一枚加わっているのをぼんやり見て取ることができた。私があの日記を保管しておくような馬鹿（あるいは直観力に優れた天才）でなかったら、復讐してやるという怒りと身体が熱くなるような恥辱でもたらされた液体が、ポストへと駆けていくシャーロットの目を曇らせることもなかったはずなのに。しかし、涙で目が見えなくなったところで、それでもまだ何事も起こらなかったかもしれないのだ、もしも精密な運命が、あの時間をぴったりと測ったような幻が、その蒸留器の中で、車と犬と太陽と影と濡れたものと弱いものと強いものと石を混ぜ合わさなければ。

さらば、マレーネよ！　うんと太った運命のおざなりな握手（ビールが部屋を出て行く前に再現したもの）で、私は昏睡状態から醒め、そして泣いた。陪審席の紳士淑女のみなさん、私は泣いたのであります。

24

俄《にわか》の突風に吹きさらされて楡とポプラがぶるぶると背を向け、これで見納めと私がふり向くと、ラムズデールの教会の白い塔の上には黒い雷雲が聳えていた。わずか一〇週間前に部屋を借りたばかりの、土色の顔をしたこの家を今出て行くところで、この先にどんな冒険が待ち受けているのかは知らない。日よけ（慎ましい、実用的な竹製の日よけ）がすでに下ろされていた。「ポーチでも家の中でも、この贅沢な材質が現代風のドラマチックな彩りを添えるでしょう」。それと比べれば、天国の家はごくあっさりしているように見えるはずだ。雨が一粒、私の拳に落ちた。私は忘れ物を取りに家の中に戻ったが、そのかたわらでジョンは私の荷物を車に詰め込んでいて、そのとき妙なことが起こった。この悲劇的な手記の中で、筆者の美貌（ケルトまがいで、魅力的に猿人ふうであり、少年らしさもある男性美）が、いかなる年齢層および環境の女性にも「しびれる」効果を与えるということを、ここまで充分に強調してきたかどうかはわからない。もちろん、そういう話を一人称で書くのはばかげて聞こえるかもしれない。しかし、職業的小説家がある登場人物に癖やら犬を与えると、物語の途中でその人物が現れるたびにその犬やら癖をまたぞろ持ち出してしまうのと同じで、私もときどきは私の容貌に読者の注意を喚起せずにはいられないのである。今の場合だと、それだけでは済まないのかもしれない。この物語を正しく理解するには、私の憂いをたたえた麗しい美貌が読者の心眼にしっかりと刻まれていなくてはならないのだ。思春期のローは、しゃっくりみたいな音楽にうっとりしてしまうように、ハンバートの魅力に恍惚となった。大人のロッテは、成熟した、所有欲の強い情熱で私を愛したが、それを今では筆舌に尽くせないほど申し訳ないと思うし、敬意を表したい。三一歳で、まったく神経のいかれたジーン・ファーローも、どうやら私に強い好意を抱くようになっていたらしい。*1 彼女は木彫りのインディアン像によく似た美しさで、顔色も濃く日焼けしていた。唇は大きな深紅の磯巾着のようで、独特の吠えるような笑い声をたてるときには、大きなつやのない歯と血の気がない歯茎をのぞかせた。*2

長身で、スラックスにサンダルかひらひらしたスカートにバレエ靴という恰好をしていて、強い酒をいくらでも飲み、流産の経験が二回あり、動物を扱った物語を書き、読者がご存知のとおり湖*3景画を描き、すでに癌を抱えていてそれがもとで三三歳で亡くなることになり、私にとってはどうしようもなく魅力のない女性だった。だから次のようなことが起こったときに、私がどれほどぞっとしたかをご想像いただきたいが、私が立ち去る数秒前に（彼女と私は玄関ホールに立っていた）、ジーンはいつも震えている指で私の両方のこめかみをおさえ、明るい青色の目に涙をためながら、私の唇にべっとりと口づけようとした（がうまくいかなかった）。

「気をつけてね」と彼女が言った。「娘さんにもキスを送るから、代わりによろしく」

雷鳴が家じゅうに響きわたり、彼女はこう言い添えた。

「もしかすると、どこかで、またいつか、こんなに辛くないときに、また会えるかもしれないわね」（ジーン、きみは今どんな姿で、どこにいるのかは知らないが、マイナスの時空間にいるにせよ、あるいはプラスの魂時間にいるにせよ、*4 どうかすべてを許してほしい、この括弧書きも含めて。）

　そしてまもなく私は急勾配の道で二人と握手を交わし、接近する白雨を前にしてすべてが巻き上げられ飛び散って、フィラデルフィアから来た、マットレスを載せているトラックが自信たっぷりに空き家までたどりつき、埃がうねるように舞っている敷石はちょうど、身元確認で膝掛けが取り除かれたとき、シャーロットの死体が現れたその場所で、あのとき彼女は身体を丸くして、目は無傷のまま、その黒い睫毛はまだ濡れて、もつれ合っていた、ちょうどおまえの睫毛のように、ロリータ。

25

　すべての障害物が取り除かれて、眩暈がするような際限ない快楽が行く手に広がっているとすれば、私が精神的にいわば深々ともたれて、甘美な安堵の溜息をついたとご想像になるのではないか。ところが、それが大違いなのだ《エ・ビャン・パ・デュ・トゥ》！　にこにこと笑う幸運の光線を浴びる代わりに、私は純粋に倫理的なありとあらゆる疑念や恐怖に取り憑かれた。たとえば、ローが一家の冠婚葬祭事への出席を一貫して禁じられていたと聞くと、まわりの人々は驚くかもしれない。ご記憶のとおり、私たちは結婚式に彼女を呼ばなかったのだ。あるいはまた別の話。たとえ偶然というやつが長い毛むくじゃらの手を伸ばして、罪のない女性を取り除いてしまったとしても、神のいない瞬間に偶然がその双子の片手がしたことを忘れてしまい、別の手でローに早まってお悔やみの手紙を手渡したりはしないだろうか？　たしかに、事故のことが掲載されたのは《ラムズデール・ジャーナル》だけで、パーキントンの《レコーダー》にもクライマックスの《ヘラルド》にも載っていなかったし、キャンプQは別の州にあり、地方での事故死など全国的に話題になるニュースではない。しかしそうはいっても、どういうわけかドリー・ヘイズにはもう連絡が行っていて、私が彼女を連れ戻しに行くちょうどそのときに、彼女のほうは私の知らない友人によってラムズデール[*1]に車で送ってもらうところだったりする、そんな図をついつい思い描いてしまうのだった。そうした推測やら懸念よりもさらに気がかりなのは、素性が定かではないヨーロッパ人で、新品のアメリカ市民であるこのハンバート・ハンバートが、亡くなった妻の娘（一二歳七カ月）の法定後見人となる正式な手続きをまだ何も踏んでいないという事実だった。はたしてそういう思い切ったことができるだろうか？　慣習法の容赦ない光に照らされて、謎めいた法令で追いつめられた、素っ裸の私を想像してみると、全身に震えが走るのをどうすることもできなかった。

私の策略は、原始芸術の奇跡とでも呼ぶべきものだった。キャンプQへ飛んでいって、ロリータに、お母さんが架空の病院でこれから大手術を受けるところなんだと言ってやり、眠いニンフェットと一緒に宿から宿へと動きまわっているうちに、母親はどんどん快方に向かうが最後には死んでしまうという筋書きだ。しかし、キャンプへ向かううちに、だんだん心配になってきた。もしかしてロリータがそこにいなかったら、とか、その代わりにそこにいるのは別人の、おびえたロリータで、誰か家族ぐるみのつきあいをしていた友人（ありがたいことに、ファーロー夫妻ではなく、彼女はこの夫妻のことはほとんど知らなかったのだが、ひょっとして誰か計算外の人間がいるのでは？）を連れてきてほしいと騒ぎ立てたりしたら、と考えるととうてい耐えられないのだ。考えた末に、数日前名演技を見せたばかりの長距離電話をかけることにした。激しい雨の中、パーキントン郊外の泥だらけになったところに車を停めると、そこは分かれ道のちょうど手前で、そのうち一本はパーキントンをぐるっと迂回し、幹線道路につながって、丘陵地を越えクライマックス湖やキャンプQへと続いている。私はエンジンを切って、たっぷり一分は車の中でじっとして電話をかける心の準備をしながら、雨を見つめ、水浸しになった歩道や消火栓を見つめた。この消火栓がなんとも恐ろしいしろもので、銀色と赤色を分厚く塗り、伸ばしている半分ちぎれた赤い腕が雨で光って、銀の鎖にはまるで絵に描いたような血の粒が垂れていた。こんな異形の悪夢のそばに車を停めてはいけないというのも不思議ではない。私はガソリンスタンドまで車を走らせた。硬貨がようやくガチャリと落ちて、相手が応答できるようになったとき、意外な知らせが私を待ち受けていた。

キャンプの団長ホームズ[*2]の話では、ドリーは月曜に（今日は水曜）グループと一緒に丘陵地にハイキングに出かけ、今日の夜遅くに戻ってくる予定とのことだった。もしよろしければ明日にいらっしゃいますか、それでいったいご用件は――細かな話には立ち入らずに、私は彼女の母親が入院したと言って、病状は重く、そのことはあの子に教えないように、明日の午後に私と一緒にそちらを発つ手筈を整えてほしいと告げた。別れ間際に二つの声は思いやりと善意を爆発させ、何かとんでもない器械の故障で、投入した硬貨がぜんぶまるでスロットマシンでジャックポット[*3]を当てたみたいにジャラジャラと戻ってきて、至福を先送りせねばならない無念さにもかかわらず、私は思わず笑い出しそうになった。この突然の放出というか、痙攣したような返金は、ちょっとした遠足のことをこうして知る前に私がすでに作り話としてでっちあげていたのと、マクフェイトの頭の中ではどこかでつながっていたような気がする。

さて次はどうする？　私はパーキントンの繁華街へ行って、その日の午後をずっと（雨はあがって、濡れた街は銀とガラスでできているようだった）、ローのためにきれいな服を買ってやることに費やした。格子縞の織物、派手な色の木綿、フリル、パフ・スリーブ、ソフト・プリーツ、身体にぴったり合うベスト、たっぷりとしたスカート——こうしたものを当時のハンバートは偏愛していたので、まったくなんという無茶苦茶な買い物をしてしまったことか！　ああロリータ、ヴィーがポーの、そしてベアがダンテの小さな恋人だったように、おまえこそは我が小さな恋人だ、そんな少女で、ふんわりしたスカートとスキャンティを穿いてくるくる踊るのが好きじゃない子なんているだろうか？[*4]　何か特別なものをお探しでございますか？　と猫撫で声がたずねた。水着はいかがでしょうか？　色とりどりに取り揃えております。ドリームピンク、フロステッドアクア、キトウムラサキ、チューリップレッド、ウララーブラック[*5]と。遊び着はいかが？　スリップは？　スリップはいらない。ローも私もスリップは大嫌いだ。

　この件で手引きとなったのは、彼女の母親がローの一二歳の誕生日に書き込んだ人体測定学的データである（読者はあの「自分の子供を知る」みたいな本をご記憶だろう）。シャーロットは、嫉妬と嫌悪の漠然とした動機から、こちらで一インチ加え、あちらで一ポンド加え、ということをやっているような気がするが、そのとき以来、この七カ月でニンフェットが多少成長したことは疑いないので、一月の測定値をそのまま使ってもたいてい大丈夫だと思う。腰囲二九インチ、太腿囲（臀溝の真下）一七インチ、ふくらはぎ囲および首囲一一インチ、胸囲二七インチ、上大腕囲八インチ、胴囲二三インチ、身長五七インチ、体重七八ポンド、体型痩せ型、知能指数一二一、虫垂突起あり（万歳）。

　こうしたデータは別にして、もちろん私はロリータをまるで幻覚でも見ているように鮮明に思い浮かべることができる。そして、絹のような感触がする頭のてっぺんが一度か二度、私の心臓と同じ高さになったときの、まさしくその地点の胸骨に残っている疼きを大切にしながら、そして膝の上にのせたときの、彼女のあたたかい重みを感じながら（だから或る意味で、女性が「子供を宿す」ように、私はいつも「ロリータを宿して」いたのだ）、後になって計算がそこそこ合っていたのを発見してもべつに驚かなかった。おまけに夏の大セールのカタログを丹念に調べたこともあったので、スポーツ靴や、スニーカー、子牛《キッド》のなめし革製のパンプス（打ちなめされた子供用《キッズ》）といったかわいい商品を手に取るときには、いかにも訳知り風にふるまえた。このうるさい注文すべての相手をしてくれた、厚化粧で黒い服の女店員は、父親としての学識や正確な記述というものをたとえば「Sサイズ《プティト》」といった商品用語に変えてしまった。もっと年配で、白いドレスにパンケーキで化粧した店員は、ジュニア用衣服に関する私の知識に妙に感心したらしく、たぶん小人[*6]が愛人なんだろうと勘ぐっていたようだ。そこで、前に「キュート」なポケットが二つ付いているスカートを見せられたとき、私はわざとうぶな男性らしい質問をして、そのご褒美に、スカートの後ろのジッパーはどんなふうに動かすのか、にこにこ笑いながら実演してもらったのである。その次にはショートパンツやら下着をいろいろと見てまわり、大いに楽しんだ――幻の小さなロリータがカウンターのあちこちを踊りまわり、倒れ込み、くるくる舞っていた。結局手を打って買うことにしたのは、人気のあるブッチャー・ボーイ風の洒落た綿のパジャマである。人気のある肉屋ハンバート。

　こういう大型店舗にはいささか神話的で魅惑的なところがあり、広告をそのまま信じれば、職業婦人はデスクからデート[*7]までの衣装を完璧に揃えられるし、その妹が夢見るのは、ウールのジャージーを着て、教室の後列にいる男子生徒たちが涎を垂らす日のことだ。獅子鼻で、焦茶色で、緑がかって、茶色のしみがある、牧神のような表情をした子供たちの、等身大のプラスチック人形が私のまわりにふわふわとただよっていた。気がついてみると、この不気味な場所で買い物をしているのは私一人で、そこを私はまるで魚のように、青みがかった灰色の水族館の中を泳ぎまわっているのだった。カウンターからカウンターへ、岩棚から海藻へとついてまわる、物憂げな女店員たちの頭の中には奇怪な考えが浮かんでいるのを私は感じ取り、私が選んだベルトやブレスレットは、セイレーン[*8]の手を離れて透明な水の中へと落ちていくように思えた。私は上品な旅行鞄を買い、買った品物をそこに入れてもらって、一日の収穫に充分満足しながらいちばん近くのホテルに泊まった。好みのうるさい買い物をしたあの静かで詩的な午後に関連して、私が解放される直前にシャーロットがたまたま口にした、〈魅惑の狩人〉というホテルか宿屋の名前を私はどういうわけか思い出した。旅行案内書で調べてみると、それはローのキャンプ地から車で四時間の距離にある、ブライスランドという人里離れた町にあることがわかった。電話をかけてもよかったが、声の抑えが効かなくなり、かよわいかすれ声でへたな英語をつぶやくというはめにならないかと恐れて、私は電報を打って、明日の夜ツインベッドで一泊を予約することに決めた。お伽話の王子様にしては、なんと滑稽で、ぎこちなく、もたもたしていたことか！　電報の文句に苦労したという話をすると、きっと私をあざ笑う読者もいるに違いない。いったいどう書いたものやら。ハンバートと娘？　ハンバーグと小さな娘？　ホンバーグと未熟な少女？　ホンブルクと子供？　名前の最後をgにしてしまうというこの滑稽な誤りが、結局そのまま生き残ってしまったのは、もしかすると私のためらいがテレパシーで残響したのかもしれない。

　それから、ビロードのような夏の夜に、携帯してきた睡眠薬をめぐる我が煩悶！　ああ、なんと欲深いハンブルク！　箱一杯に詰めてきた魔法の弾薬をどうするか思い悩むとは、まさしく魅惑の狩人そのものではないか？　不眠症という怪物を敗走させるには、この紫水晶色のカプセルを自分でためしてみようか？　全部合わせて四〇錠――脈打つ我が心臓のすぐそばにかよわい少女が眠っている夜が四〇日あるわけだ。ぐっすり眠るために、そういう夜を一晩失ってもいいというのか？　冗談じゃない。その小さなプラムの一つずつ、生きている星屑を浮かべた微小なプラネタリウムの一つずつが、あまりにも貴重なのだ。ああ、しばらく感傷的になるのをどうかお許しいただきたい。皮肉屋でいることにはもううんざりしたのだから。

26

この墓場のような刑務所のどんよりした空気の中で、こうして毎日頭痛に悩まされるのは困ったことだが、耐えなければならない。一〇〇ページ以上も書いたのにまだ話はこれからだ。日付がだんだん混乱してきた。現在は一九四七年の八月一五日あたりのはず。先を書きつづけられるとは思えない。心臓も、頭も——何もかも。ロリータ、ロリータ、ロリータ、ロリータ、ロリータ、ロリータ、ロリータ、ロリータ。植字工よ、このページが埋まるまで繰り返してくれ。

27

まだパーキントンにいる。やっとの思いで一時間眠ることができたが——まったく見ず知らずの、小さくて毛むくじゃらのふたなりと、無意味でひどく疲れる交接をして、それで目が覚めてしまった。もう朝の六時になっていて、言っておいた時刻より早くキャンプに着くのもよさそうだと突然思いついた。パーキントンからはまだ一〇〇マイルあり、ヘイジイ・ヒルズやブライスランドへはもっとかかる。午後にドリーを迎えに行くと言ったのは、ただ焦る私にできるだけ早く恵みの夜が来るようにと妄想が催促したからだった。ところがこの場に及ぶと、ありとあらゆる手違いを思い浮かべてしまい、ぐずぐずしていると彼女が何気なくラムズデールに電話をかけるということにもなりかねないと考えて、すっかり大あわてになった。ところが、九時半に出発しようとしたとき、バッテリーが切れていて、やっとパーキントンを発ったときにはもう正午になろうとしていたのである。

　目的地に着いたのは二時半ごろだった。車を松林の中で停めようとしたら、そこには緑のシャツを着た、赤毛の悪戯小僧がいて、地面に打ち付けられた杭に蹄鉄を投げる遊びをひっそりと一人きりでやっていた。そいつが素っ気なく、漆喰作りの小屋にある事務所への道を教えてくれた。死にそうな思いで、キャンプ団長である、赤錆色の髪で、だらしない恰好をしたよれよれの女がかける、詮索好きな慰めの言葉に数分間耐えることになった。ドリーは、彼女の話では、すっかり荷造りができていつでも発てるという。母親が病気だがさほど重病ではないという話をしてある。ヘイズさん、じゃなかったハンバートさんは、キャンプのカウンセラーにお会いになります？　それとも生徒たちが合宿しているキャビンをご覧になります？　どれもディズニー漫画のキャラクターの名前が付いているんですけど。それともロッジにお越しになります？　それともチャーリーを迎えにやって、お嬢さんにこっちへ来てもらいましょうか？　生徒たちはダンスをするので食堂の模様替えをしていて、ちょうど終わりかけなんです。（たぶん後になってから、誰かにこう言うのだろう。「あの人かわいそうに、まるで幽霊みたいだったわ」）

　ここでしばらくその場面を、ごく小さい運命的な細部に至るまで再現させていただきたい。老婆ホームズが領収書を書き、頭を掻いて、机の抽斗を開け、釣り銭を私のおちつかない手のひらにじゃらじゃらと流し込み、その上に紙幣を一枚きれいにひろげて明るい声で「……それと五ドル[*1]！」

と付け加える。少女たちの写真。派手な色の、まだ生きている蛾か蝶が、逃げ出す心配もないほどしっかり壁にピンで留められている（「自然学習」）。キャンプの栄養士の額に入れられた免許状。私の震える手。ホームズが手際よく取り出したカードには、ドリー・ヘイズのふるまいについての七月の所見が記入されている（「可ないし良。水泳とボートに熱心」）。木々の音や鳥の声、そして我が高鳴る心臓……[*2]。開いているドアに背を向けて立っていると、彼女の呼吸と声を背後に聞いて、私は頭にさっと血がのぼるのを感じた。彼女が重いスーツケースを引きずり、あちこちにぶつけながらやってきた。「やあ！」と言ってじっと立っている彼女は、ずるくて嬉しそうな目で私を見つめ、やわらかな唇は開いていて、少し愚かだが実に愛くるしい笑みを浮かべていた[*3]。

　彼女は以前より痩せて背が高くなり、一瞬その顔は、この一カ月以上も慈しんできた、頭の中に焼き付けられているイメージよりも可愛くないように思えた。頬はこけて見え、多すぎるそばかすが田舎娘のような薔薇色の顔立ちに迷彩をほどこしていた。そしてその第一印象（虎の鼓動二回のあいだに存在する、人間的な刹那）がはっきりと示唆していたのは、日焼けしても蒼白く見える、目に隈《オー・ズュー・バチュ》ができた（そして目の下にあるこの鉛色の陰翳にもそばかすができていた）幼い孤児に、ちゃんとした教育と、健康で幸せな少女時代と、清潔な家と、同じ年頃のすてきな女友達（もし運命がありがたいことに私に報いてくれるなら、もしかするとその中に、ドクトル・フンベルト専用の可愛くて小さな乙　女《メークトライン》が見つかるかもしれない）を与えてやることこそ、妻に先立たれたハンバートがすべきことであり、したいことであり、きっとすることなのだということだった。しかし、ドイツ人が言うように、「瞬きする間に」この天使のような行動計画は消し去られ、私は我が餌食に追いついて（時間は妄想より先に進んでしまうのだ！）、彼女はふたたび我がロリータになった——いやそれどころか、以前にもましてロリータになったのである。私はあたたかくて鳶色の髪に手を置き、スーツケースをつかんだ。彼女は全身が薔薇と蜂蜜で、小さな赤いリンゴの模様が付いたとびきり華やかなギンガム[4]を着て、腕と脚は濃い金褐色を帯び、そこには掻き傷が凝固したルビーの小さな点線みたいについていて、白い靴下の畝《うね》になった折り返しは記憶していた低さにまで下ろされ、子供っぽい足取りのせいか、それともいつも踵のない靴を履いているように記憶していたせいか、サドルシューズが彼女にはどうも大きすぎるかハイヒールすぎるように見えた。さらばキャンプQよ、楽しかったキャンプQよ。さらば不味《まず》くて身体に悪い食事よ、さらばチャーリー君よ。暑い車の中で、彼女は私の横に腰を下ろし、愛らしい膝にいきなりとまった蠅をぴしゃりと叩いた。それから、チューインガムで口をもぐもぐさせながら、すばやく自分の側の窓ガラスを下ろし、また座りなおした。私たちは縞模様と斑模様の森をすいすいと抜けていった。

「お母さんどう？」と彼女は義務的にたずねた。[5]

医者の話では何の病気かよくわからないそうだ、と私は言った。とにかく、胃腸らしい。異常？いや、胃腸だよ。[6]しばらくはあちこちに泊まることになるだろうな。病院は田舎にあって、レッピングヴィルというにぎやかな町がそばにあり、そこは一九世紀の初めにある偉大な詩人が住んでいた場所だが、そこで映画を観てまわろう。それってよさそうじゃん、と彼女は言って、レッピングヴィルには午後九時までに着くかどうかとたずねた。

「夕食時までにはブライスランドだな」と私は言った。「レッピングヴィルは明日にしよう。ハイキングはどうだった？　キャンプでは楽しい時を過ごせたかい？」

「まあね」

「まだいたかったのか？」

「まあね」

「ちゃんと話をしなさい、ロー――まあまあばかり言ってないで。何か言ってくれ」

「どんなこと、パパ？」（彼女は皮肉たっぷりにわざとその言葉を引き延ばした。）

「どんなことでもいいから」

「かまわないの、パパと呼んで？」（目を細めて道を見つめている。）

「もちろん」

「まるでマンガね。いつママにいかれちゃったの？」

「ロー、いつかおまえもきっといろんな感情や状況を理解するときが来るさ、たとえば魂の結びつきの調和だとか、美しさだとか」

「ふん！」とシニカルなニンフェット。

話の短いとぎれが、風景で埋め合わされた。

「見てごらん、ロー、丘の斜面に牛がたくさんいるぞ」

「牛なんか二度と見たくないわ、ムカつく」

「おまえがいなくてとっても寂しかったんだ、ロー」

「あたしはべつに。実は自分でも嫌になるほどあなたに悪いことしてたんだけど、それはどーでもいいのよ、どっちにしても、あなたはあたしのことなんかかまってくれなくなったんだし。ママよりずっとスピード出してるね、おじさん」

私は両目をつぶった七〇マイルから片目をつぶった五〇マイルに速度を落とした。

「どうして私がかまわなくなったって思うんだ、ロー？」

「だって、まだキスしてくれてないんだもん」

内心では死にそうで、内心では悶えながら、前方の視界にはそこそこ広い路肩がちらりと見えたかと思うと、車が大きく跳ねて草むらによろよろ突っ込んでいった。まだ子供だということを忘れるな、まだ子供だと――

車が完全に停止しないうちに、ローが自分から私の腕の中になだれ込んできた。早まるな、早まって我を忘れるな――早まってこれが（この甘いしたたりとゆらめく炎が）有能な運命の助けを借りて、私がついに意志の力で現実のものにした、名状しがたい命の始まりだと気づくことすら許されない――早まって本当にキスをしないように、私は熱く開いている唇に最高の畏敬をこめて触れ、淫らなところは少しもなく、ほんの数口啜った。しかし彼女は、待ちきれないように身悶えすると、激しく唇を押し当ててきて、大きな前歯が触れ、私も唾液のペパーミントの香りを味わった。もちろん、これは彼女の側からすれば無邪気なゲームであり、いんちきなロマンスの幻影を真似た少女らしいおふざけにすぎないことはわかっていたし、（セラピストもレイピストも言うように）そういった女の子らしいゲームの限度や規則は流動的というか、少なくとも年長者が把握するにはあまりにも子供じみて微妙なので、こちらがはめをはずしてしまい、彼女がぞっとおびえて後ずさりするようなことになりはしないかとひどく恐れた。そしてとりわけ、是が非でも人里離れた〈魅惑の狩人〉に彼女を連れ込みたい一心なのに、まだこの先八〇マイルもあるので、幸い直感が働いて私たちは抱擁をやめた――間一髪で、ハイウェイパトロールの車が横に停まったのである。

血色がよくてゲジゲジ眉の運転手が私をじっと見つめた。

「あなたの車と同じ型の青いセダンが、交差点の前で追い越すのを見かけませんでしたか？」

「いや、べつに」

「そんなことなかったわ」とローが熱心そうにこちらに身を乗り出し、無邪気な手を私の足の上に置きながら言った。「でも、ほんとに青だったの、というのは……」

警官は（いったい私たちのどんな影を追いかけているのだろう？）少女にとっておきの笑みを見せ、Uターンしていった。

私たちはまた車を走らせた。

「あのイカレポンチ！」とローが言った。「あなたをパクればよかったのに」

「どうして私を？」

「だって、このダサい州じゃ制限速度が五〇マイルでしょ、それなのに——違うわよ、スピード落とすなって、ニブいわねえ。あいつもういないんだから」

「まだかなりの道のりがあるんだ」と私は言った。「暗くなる前に着きたいからな。いい子にしていてくれよ」

「ほんとに悪い子」とローは満足そうに言った。「フリョーってやつね、でも率直で魅力的でしょ。今の信号、赤だったわよ。こんな運転見たことない」

私たちは静かな町を静かに走った。

「ねえ、あたしたちが恋人だってばれたら、お母さんめっちゃ怒るかしら？」

「おいおい、ロー、なんてこと言うんだ」

「でも、あたしたちってたしかに恋人でしょ？」

「私の知るかぎりではそうじゃない。また雨が降ってきそうだな。キャンプでどんなことしてふざけたのか、教えたいとは思わないかい？」

「まるで本の中に出てくるみたいなしゃべり方ね、パパ」

「どんなことしてたんだい？　言いなさい」

「ショックを受けやすい性質《たち》？」

「いいや。さあ言って」

「誰もいないところで車停めたら教えてあげる」

「ロー、本気だぞ、ばかなまねはよしなさいって。で？」

「ええっと――プログラムにある活動にぜんぶ参加したわ」

「それで《アンスユイット》？」

「それでえ、教わったのは、他の人と一緒に楽しく仲よく生活すること、それと調和の取れた人格を形成すること。つまり、いい子ちゃんになれってことね」

「そうだな、パンフレットにもそんなことが書いてあった」

「大きな石造りの暖炉の火を囲んでみんなで歌ったりとか、ダサい星の下で歌ったりすると、各人の幸せな心がグループの声と溶け合うというのも楽しかったわ」

「おまえの記憶力はすばらしいな、ロー、でもすまないが汚い言葉はなしにしてくれ。他には？」

「ガールスカウトのモットーは」とローは大げさに言った。「あたしのモットー。自分の生活を有意義な行いで満たすこと、たとえば――まあ、どうだっていいじゃん。あたしの務めは――役に立つこと。雄の動物のお友達になってあげること。命令に従うこと。いつもにこにこしていること。またパトカー。無駄使いしないこと、それから思考や言動においてまったく汚れっぱなしであること」

「おまえは機転がきくんだな、もうそれでおしまいならいいんだが」

「うん、これでおしまい。えーっと、ちょい待って。太陽熱オーブンでパンを焼いたわ。それってすごくない？」

「まあ、そういう話の方がいいな」

「お皿をゴマンと洗った。ゴマンって、先生が使う、たくさんたくさんたくさんたくさんっていう意味の用語よ。あそれから、シンガリに、ってお母さんがよく言うんだけど――えーっと、何だったっけ？　わかった。影絵芝居やったの。もうサイコー」

「それでおしまい？《セ・ビヤン・トゥー》」

「それ《セ》。ただ、ほんのちょっとしたことがあって、言ったらもう全身真っ赤になっちゃいそうだから言えない」

「また後で教えてくれるかい？」

「暗がりの中で座って、耳元でささやいてもいいっていうんだったらね。あなたは前の部屋で寝るの、それともお母さんと一緒？」

「前の部屋だよ。お母さんは大手術を受けることになるかもしれないんだ、ロー」

「あそこのキャンディ・バーで停めてくんない？」

高いスツールに座り、褐色の前腕部を陽光の帯に照らされているロリータに、合成シロップをかけた特製アイスクリームが出された。作って持ってきたのは、油じみのついた蝶ネクタイをしているニキビだらけの野卑な男の子で、ひらひらの木綿のワンピースを着たかよわい我が娘を情欲のこもった目つきでじろじろ見ていた。早くブライスランドにたどりついて〈魅惑の狩人〉に泊まりたいというあせりで、私はいてもたってもいられなくなってきた。幸いなことに、彼女はいつものすばやさでアイスクリームを片づけた。

「お金はいくら持ってるんだ？」と私はたずねた。

「すっからかん」眉を吊り上げ、空っぽの財布のなかを見せながら、彼女は悲しそうに言った。

「その事態はいずれ改善されるよ」と私はおどけた口調で返した。「それじゃ行こうか」

「ねえ、ここにお手洗いあるかしら」

「やめておきなさい」私はきっぱりと言った。「きっと汚いから。さあ行こう」

彼女はもともと従順な子で、車に戻ると私は首筋にキスをした。

「やめて」と彼女は本気で驚いて私を見つめながら言った。「よだれがつくじゃないの。このスケべ」

彼女は肩を上げてそこをこすった。

「すまん」と私はつぶやいた。「おまえが大好きなんだよ、それだけだ」

どんよりとした曇り空の下で、私たちは曲がりくねった道をのぼっていき、それからまた下った。

「そうね、あたしもなんかあなたのこと好きだけど」とロリータは一呼吸おいたやさしい声で、なんかためいきまじりに言って、なんか少し私のそばに寄ってきた。

（ああ、我がロリータ、この分だといつまでたってもたどりつけないぞ！）

小綺麗なブライスランドの、いんちきなコロニアル風の建築物や骨董品店、それに輸入された街路樹にも夕暮れがしみわたりはじめた頃、私たちは〈魅惑の狩人〉を探して薄明かりに照らされた通りを進んでいった。雨が数珠《じゅず》のようにこやみなく降ってはいても、空気はあたたかく緑に染まり、宝石のような光を滴らせている映画館の切符売り場の前には、主に子供と老人から成る行列がすでにできていた。

「あ、あの映画観たい。夕食の後ですぐに行きましょうよ。ね、お願い！」

「そうだなあ」と語尾を延ばしてハンバートが言った――この情欲に燃えた狡猾な悪魔は、彼のショーの開始時刻である九時には、もう彼女が腕の中でぐったりしていることをよく承知していたのである。

「気をつけて！」とローが前のめりになって叫んだのは、前にいた忌々しいトラックが、後部のルビー色の瘤をずきずきさせながら、交差点で急停車したからだった。もうじき、今すぐに、奇跡的に、この次の一画で、ホテルにたどりつけなかったら、ワイパーはちゃんと動かないしブレーキも気まぐれなこのヘイズのポンコツ車が、まったく言うことを聞かなくなってしまいそうだった。ただ、通行人に道をたずねても、相手もこの土地に不案内だったり、まるでこちらを狂人扱いして、眉をひそめて「魅惑の何だって？」とたずね返してくるのだ。相手がややこしい説明を始めると、幾何学的な身ぶりやら、地理学的な一般論やら、土地の人間にしかわからない手がかり（……それから裁判所にぶつかったらそこを南に行って……）のせいで、その良かれと思って教えてくれた戯言の迷路にさまよって私はすっかり途方に暮れてしまうのだった。愛らしいプリズムのような内臓でもう菓子を消化してしまったローは、満腹になるような食事を期待してそわそわしはじめた。私のほうは、一種の副次的運命（いわばマクフェイトの無能な秘書）が上司の寛大にして壮大な計画を卑劣にも邪魔することに、とうの昔から慣れっこになっていたものの、ブライスランドの通りでさんざん苦労して探しまわるのは、これまでに直面した試練のなかで最もやきもきした体験だった。何カ月も後になって思い出してみれば、我が経験のなさを笑うこともできたのだが、洒落た名前のあの宿屋にひたすら思いを定めていたのは、まるで少年のような一徹さだったとしか言いようがない。というのも、道筋に沿ってずらりと並んだ数知れないモーテルが空室ありますとネオンサインでふれまわり、セールスマンであろうが、脱獄囚であろうが、性的不能者であろうが、大家族であろうが、はたまた堕落した絶倫のアベックであろうが、どんな人間でも泊めてやろうとしていたのだから。夏の闇夜を走る上品な運転手諸君よ、もしもこうした憩いの家が突然色を失い、ガラス箱のように透明になったとしたら、一点非の打ち所なき幹線道路からいかなる痴態が、いかなる情欲のねじれが君たちの目に入ることか！

私が切望していた奇跡がついに起こった。雨の滴る木々の下に停めてある車の暗がりの中にいた、ほぼつながった状態の男と少女が教えてくれたところでは、今いるところは公園のまんなかで、次の信号を左に曲がりさえすればすぐそこだという。信号なんかどこにも見えない——実のところ、公園はそれが隠している罪と同じくらいに一面闇だったが、みごとな傾斜のついたカーブのまろやかな魔法にかかってしまうと、たちまち旅人たちは靄のむこうにダイヤモンドの輝きを見つけ、それから燦めく湖水が現れた——するとそこに、不可思議にも容赦なく、亡霊のような木々の下に、砂利を敷いた車道のてっぺんに、〈魅惑の狩人〉の青白い宮殿が出現したのである。

飼葉桶に鼻面を並べた豚のような、駐車している車の列は、一見すると割り込む余地がなさそうだった。ところが、まるで魔術のように、ライトに照らされた雨の中でルビー色に光り輝いている大型のコンヴァーティブルが、急に動き出し、勢いよく後退してくると肩幅の広い運転手の後ろ姿が見えた——そしてその空いた隙間に私たちはありがたく滑り込んだ。私が早まった行動を後悔したのは、前の男がそばにあるガレージのような雨よけを利用したことに気づいたからで、そこにはもう一台停められるだけの空きがたっぷりある。しかしとにかく急いでいたので、例に倣うことはしなかった。

「うわあ！　イケてるじゃん」。音をたてて降りしきる雨の中に這い出して、桃の割れ目（ロバート・ブラウニングからの引用）にはさまったワンピースの襞を子供らしい手つきでつまみあげながら、下品な我が恋人は漆喰壁を横目で見て言った。アーク灯に照らされて、栗の葉の拡大されたシルエットが白い柱の上ではねまわってはしゃいでいた。私は車のトランクを開けた。制服みたいなものを着た、腰が曲がった白髪頭の黒人が私たちの荷物を取って台車に載せ、ゆっくりとロビーに運んでいった。そこは老嬢と牧師で満員だった。ロリータが尻を落としてしゃがみ込み、鼻面が青白く、青い斑点があり、黒い耳をしたコッカースパニエルを撫でてやると、その犬は花柄の絨毯の上で気持ちよさそうにうっとりしていて（誰でもそうなるだろう）、一方私は咳払いをしてから人混みをかき分けて受付に行った。禿げた豚のような老人が（その古いホテルでは誰もが老人だった）礼儀正しく笑みを浮かべて私の顔立ちを点検し、それから悠然と私の（文字が誤った）電報を取り出し、暗い疑念と内心で格闘してから、ふり向いて時計を見つめ、それからようやく、大変申し訳ありません、ツインのお部屋を六時半まで押さえておりましたが、もうふさがってしまいましたと言った。彼が言うには、宗教団体の集会がブライスランドのフラワー・ショーとかち合ってしまい、それで――[*7]「その名前は」と私は冷ややかに言った。「ハンバーグでもなければハンバッグでもなくて、ハーバート、じゃなかったハンバートなんです、どの部屋でも結構ですから、うちの娘が寝る簡易ベッドを入れてもらえますか。一〇歳でとても疲れていますので」

　ピンク色の膚をした年寄りは愛想良くローをのぞきこんだ――ローはまだしゃがんでいて、こちらに横顔を向け、唇を開いて、犬の飼い主である菫色のヴェールをつけた老嬢が花柄の深々とした安楽椅子から話しかけてくる言葉に耳を傾けていた。

　卑猥なフロント係がどんな疑惑を抱いていたのかは知らないが、この白薔薇[*8]のような姿を見るとそれも霧散したらしい。まだお部屋が一つ空いているかもしれませんね、あ、ありますよ――ダブルベッドの部屋ですが、と彼は言った。簡易ベッドのほうは――

「ポッツさん[*9]、簡易ベッドはまだ残っていたかな？」これまたピンクで禿のポッツ[*10]は、白い毛が耳の穴や他の穴からはみ出していて、この男が面倒を見てくれるということになった。彼がこっちへ来て説明してくれているあいだに、私は万年筆のキャップをはずした。待ちきれないハンバート！

「うちのダブルベッドは実際にはトリプルでして」とポッツは愛想良く言って、私と娘をあっさり一つのベッドに寝かしつけた。「満員だった晩に、女の方が三人とそちらみたいなお子さん一人で一緒に寝ていただいたことがありますよ。女性のうち一人は変装した男性だったと思いますけどね［これは私の悪ふざけ］。ただ――スワインさん、四九号室に簡易ベッドが空いていたかな？」

「たしかスウーン夫妻のところに行ってますね」と道化その一が言った。

「こちらでなんとかしますよ」と私は言った。「家内が後で来るかもしれませんが――そうなったとしても、まあたぶんなんとかなるでしょう」

ピンクの豚二匹は私にとって大の親友になった。[*11] 犯罪のゆっくりとして明瞭な筆跡で、私はこう記帳した。エドガー・H・ハンバート博士と娘、ローン街三四二番地、ラムズデール。鍵（三四二号室！）が半分私に見せられてから（奇術師がある物を手のひらの中に隠す前にまず見せるようなものだ）アンクル・トムに渡された。ローは、いつか私を見捨てるように犬を見捨てて、尻をあげた。雨が一粒シャーロットの墓に落ちた。美貌の若い黒人女[*12]がエレベーターの扉を開け、悲運の少女がその中に入ると、咳払いをした父親と荷物を持ったザリガニのようなトムが後に続いた。

ホテルの廊下のパロディ。沈黙と死のパロディ。

「あら、うちの番地と同じ数字」と陽気なローが言った。

そこにあったのは、ダブルベッド、鏡、鏡の中のダブルベッド、鏡がついたクローゼットのドア、同上のバスルームのドア、青暗い窓、そこに映ったベッド、クローゼットの鏡に映ったベッド、椅子二脚、天板がガラス製のテーブル、サイドテーブル二つ、そしてダブルベッドだった。正確に言えば大きな木製ベッドで、カバーは薔薇模様のトスカーナ産シュニール織、そして襞飾りのあるピンクの笠が付いたスタンドが左右に置かれている。

あのセピア色の手のひらに五ドル札を一枚握らせてやろうかという気になりかけたが、そんな祝儀は誤解されるかもしれないと考えて、二五セント銀貨を一枚渡した。おまけにもう一枚。彼は引き下がった。カチャリ。やっと二人きりになれたね《アンファン・スール》。

「一緒の部屋で寝るの？」と言ったローの表情は勢いよく動いていたが、これは不機嫌だとか怒っているという表情ではなくて（とは言っても明らかにその寸前なのだが）ただ勢いがいいだけで、それは質問に強烈な意味をこめたいときに彼女がよく使うのだった。

「簡易ベッドを入れてくれるようにたのんでおいたよ。もしそれでよければ、私が使うつもりだ」

「頭おかしいんじゃないの」とローが言った。

「どうしてだい、ダーリン？」

「どうしてかというとね、ダアーリン、だあーい好きなお母さんが見つけたら、きっと離婚して、あたしの首絞めちゃうわ」

　ただ勢いがいいだけ。本当はそんなに深刻には思っていない。

「いいか」と私は言って腰を下ろしたが、二、三歩離れて立っている彼女が喜びがなくもない驚きをおぼえながら眺めていたのは、自分自身から発散された薔薇色の陽光であふれる、驚き喜ぶクローゼットのドアの鏡に映った彼女の姿だった。*13

「いいか、ロー。ここできっぱりと話をつけておきたいんだがな。実際問題としてどう考えても私はおまえの父親なんだ。おまえには大きな愛情を感じている。お母さんがいないあいだは、おまえの面倒を見るのは私の責任だ。私たちはそんなに金持ちじゃないし、旅行しているあいだはどうしても――どうしても一緒に泊まることになるんだ。一つの部屋に二人が泊まると、必然的に――なんと言ったらいいか――いわば――」

「それって近親相姦でしょ」とローが言った——そしてクローゼットの中に入っていくと、少女らしい屈託のないくすくす笑いをしながらまた出てきて、隣のドアを開け、もう今度は間違わないと妙な煙色になった目で慎重に中をのぞき込んでから、バスルームに消えた。

私は窓を開け、汗びっしょりになったシャツを脱いで着替え、上着のポケットに入れてある睡眠薬の壜を点検してから、スーツケースを開け——

彼女がぶらりと出てきた。私は抱きしめようとした。さりげなく、夕食前の自制した愛情のつもりで。

彼女が言った。「ねえ、キスごっこはやめにして、何か食べに行かない？」

私が隠し玉を出したのはそのときだった。

ああ、なんという夢見心地のペット！　彼女はまるで遠くから忍び寄るように、スローモーションの歩き方で、荷物台に置かれているその遥かな宝箱をのぞき込みながら、開いているスーツケースまで近づいていった。（あの大きな灰色の瞳にはどこか悪いところでもあるのだろうか、それとも私たち二人は同じ魔法の靄の中に飛び込んでしまったのだろうか？）爪先立ちになった脚をかなり高く上げ、少年のような美しい膝を曲げて一歩一歩近づく彼女は、水中を歩いているか飛行の夢を見ているようなのろさで、拡大する空間の中を進んだ。そして、銅色をした、可愛くてとても高価なベストの短い両袖をつまみ上げて、きわめて緩慢な動作で黙ったままそれを両手で広げ、その姿はまるで、茫然とした狩人が信じられないという表情で息を呑みながら、鳥の燃えるような翼の先端を持ってゆっくりと広げるようだった。それから（私が待っているのに）彼女はのろまな蛇のようなきらきらしたベルトを取り出し、それをつけてみた。

それから彼女は待っていた私の腕の中にゆっくり身体をあずけ、顔を輝かせ、気を落ちつかせて、情熱的な、神秘的な、不純な、無関心な、黄昏《たそがれ》のような目で私を愛撫した——まるでとびきり安っぽい娼婦のように。なぜなら、それこそはニンフェットが真似るものだからだ——それなのに我々は悶え苦しんで死ぬのである。

「どこがキスして悪い?」私は彼女の髪につぶやいた(言葉が言うことを聞かなくなっている)。

「ねえ」と彼女が言った。「キスの仕方が変よ」

「変じゃ、それじゃないのを教えてくれ」

「またそのうち」とフェットニンは答えた。

血昇理、脈打知、燃幣、疼岐、狂袁斯久。昇降機賀多賀多、止理、賀多賀多、廊下能人々。死能他邇誰母此子袁余加良奪比去流那加禮! 痩多幼比少女波、有難比事邇、何母氣豆加無比。しかしもちろん、次の瞬間に私はとんでもない大失敗をやらかしたかもしれないが、幸いにも彼女は宝箱に戻ってくれた。

バスルームで、月並みな用のためにまた元のギアに戻すのに手間取っていると、我がロリータの「うわあ」とか「すっごおい」とかいった少女らしい喜びの声を聞いた(立ったまま、ぼたぼたと、息をとめながら)。

彼女は石鹼を使っていたが、それは単に試供品の石鹼だったからだ。

「それじゃ行こうか、おまえも腹ぺこなら」

そういうわけでエレベーターへ、娘は手にしている古い白のハンドバッグをふって、父親はその前を歩き(注意——後ろを歩く必要はない、彼女はレディではないのだから)。下行きのエレベーターを(今度は横に並んで)待っていると、彼女は頭を後ろにそらし、思いっきりあくびをして、巻き毛をゆすった。

「キャンプじゃ起床は何時だったんだ？」

「六時――」彼女はまたあくびが出そうになるのをこらえた。「半」。全身に震えが走るほどの大きなあくび。「半よ」と繰り返すと、また喉がふくれあがった。

　食堂は焼いた脂の匂いと色あせた微笑で私たちを出迎えた。そこは広い見かけ倒しの場所で、感傷的な壁画には魔法をかけられた狩人たちがさまざまな姿勢や状態で描かれ、そのまわりには興味の湧かない動物や、木の精と木々がたくさん配置されていた。そこかしこに散らばった老嬢たちと、牧師が二人、それにスポーツコート[*14]を着た男が、押し黙って食事を終えようとしているところだった。食堂が閉まるのは九時で、緑の制服を着て仏頂面をした給仕の女の子たちが、幸いなことに、猛然たる速さで私たちを追い出そうとした。

「あの人ってそっくり、ほんとそっくりじゃない、クィルティに？」と小さな声で言ったローの尖った褐色の肘は、部屋のむこうの隅で一人食事をしている、派手な市松模様の服[*15]を着た男を、指してはいないものの、見た目にも指したくてうずうずしていた。

「ラムズデールの太った歯医者さんのことかい？」

　ローはちょうど口に含んだばかりの水を飲み込まずにとどめたまま、グラスをひらひらと踊らせながらテーブルに置いた。

「違うに決まってるでしょ」と彼女ははじけるように笑いながら言った。「ドローム[*16]の宣伝に出てる作家じゃないの」

　ああ名声よ！　ああ女よ！

　デザートが投げつけるように置かれると（お嬢様には特大のチェリーパイを一切れ、保護者にはヴァニラ・アイスクリームで、アイスクリームのほとんどを彼女はさっさとパイに加えてしまった）、私は〈パパのパープル・ピル〉が入っている小壜を取り出した。あの船酔いみたいな壁画や、あの奇妙でおぞましい瞬間を今ふりかえってみると、あのときのふるまいは狂気が旋回する夢の中の空白のメカニズムによるものだとしか説明できない。それでもあのときには、すべてがごく簡単で避けられないことのように思えたのだ。私はあたりを見まわし、最後まで残っていた人間が去ったのを確認してから、栓を開けて、何食わぬ顔で小壜を手のひらに傾けた。何も持っていない手を開けた口にあてがい、（架空の）薬をぐっと飲み込む仕草は、鏡の前で念入りに練習してあった。こちらの思う壺で、彼女は美女の眠り薬がたっぷり詰まったきれいな色のカプセルが入っている小壜に飛びついた。

「青ね！」と彼女が叫んだ。「青紫。成分は何なの？」

「夏空さ」と私は言った。「それからプラムに、イチジクに、皇帝の葡萄酒色の血」

「ねえ、冗談はなしよ」

「ああ、ただのパーピルさ。ビタミンX《エックス》。これを飲めばスパルタクスやフェニックスみたいに丈夫になれる。一粒飲んでみるか？」

ロリータはうんうんとうなずいて手を伸ばした。

薬がすぐに効くことを私は願っていた。たしかにそのとおりだった。彼女にとって今日は長い長い一日で、朝にはお姉さんが水上スポーツの団長をしているバーバラと一緒にボートに乗りに行ったし、と口の軽くなったかわいいニンフェットはしゃべりだして、その合間に口蓋を押し上げるあくびを何度も嚙み殺し、それが次第に大きくなり（ああ、魔法の薬はなんと効き目が速いことか！）、それに他にもいろいろと忙しかったのだという。心の中にぼんやりと聳えていた映画は、もちろん、私たちが水上を歩むように食堂から出てきたころには、もうとっくに忘れられていた。

エレベーターに乗ると、彼女は私にもたれかかってきて、かすかにほほえみ（ねえ、あたしがどうしてたか教えてほしくない？）、黒ずんだ瞼を半分閉じていた。「おねむなのかな？」と、物静かなフランス系アイルランド人の紳士とその娘の他に、薔薇の専門家だという枯れ果てた女性二人を上に案内する途中のアンクル・トムが言った。みんなは同情のこもった目つきで、かよわく、日焼けして、足下がよろけて、ぼうっとしている薔薇の乙女を見つめていた。私はほとんど抱えるようにして彼女を部屋に連れて入った。ベッドの端に腰を下ろした彼女は、少しゆらゆらしながら、鳩のようにくぐもった、長く尾を引く口調でしゃべった。

「もしもあたしが教えてあげたら——もしもあたしが教えてあげたら、約束してくれる［眠くて、眠くてたまらない——頭はぐらぐらして、目ももう閉じてしまいそうだ］、ぜえーったいにお小言を言わないって、約束してくれる？」

「また今度にしよう、ロー。さあ、もう寝なさい。私はちょっと外に行くから、おまえは寝なさい。一〇分だけ待ってあげるから」

「あたしってほんとにどうしようもない女の子だったの」と彼女は話を続けて、髪をゆすり、ゆっくりとした指先でビロードのリボンをはずした。「実を言うと——」

「明日にしなさい、ロー。さあ、寝た寝た——お願いだから、寝ておくれ」

私は鍵をポケットにしまって階下へ歩いていった。

28

陪審席にいらっしゃる淑女のみなさん！　どうか我慢してお聞きください！　みなさんの貴重なお時間をほんの少しだけ拝借したいのです。さていよいよ大いなる瞬間《ル・グラン・モマン》だ。私が部屋を去ったとき、ロリータはまだ深淵のようなベッドの端に腰かけて、眠そうに脚を上げ、靴紐をごそごそやって、いつものように太腿の内側をパンティの股ぐりのところまでさらけ出していた——脚の露出という点に関しては、いつもとんでもなく不注意か、恥知らずか、あるいはその両方だったのである。そういうわけで、彼女のその姿を密封して、私は鍵を掛けた——ドアには内側から掛ける閂《かんぬき》がないことを確認してから。数字が書かれた木彫りの握りが付いているその鍵は、恍惚と恐怖の未来を開く、ずっしりとした「開けゴマ」の魔法の合い鍵へとただちに変わった。それは私のもの、この私の熱い、毛むくじゃらの拳の一部なのだ。もう数分もすれば（叔父のギュスターヴがよく言っていたように、「念には念を《ズィッヒャー・イスト・ズィッヒャー》」ということを考えれば、たとえば二〇分、たとえば半時間もすれば）、私はその「三四二号室」に忍び込み、我がニンフェット、我が美しき花嫁が、水晶の眠りに幽閉されているのを発見するだろう。陪審員のみなさん！　もし私の幸福が口を持っていたなら、その声は耳をつんざくような轟きとなってあのお上品なホテルの隅々にまで届いただろう。そして今となっての唯一の後悔と言えば、私が何も言わずに「三四二号室」の鍵を受付にあずけて、町を離れ、国を離れ、大陸を離れ、北半球を離れ、それどころか地球まで離れてしまわなかったことだ——まさしくあの夜に。

説明させていただきたい。自分を責める彼女のほのめかしを、私はさほど気にかけなかった。彼女の純潔は汚《けが》すまいという方針を追求する決意は相変わらずかたく、夜に紛れて、すっかり麻酔をかけられた状態の幼い裸体を相手にするだけにとどめておこうとしていたのである。自重と尊重がいまだに私のモットーだった——たとえその「純潔」とやらが(ついでに言うと、これは現代科学によってまやかしであることがすっかり暴露されてしまった)、あの忌々しいキャンプで、疑いなく同性愛的な何らかの性的非行体験によって多少傷つけられたとしても、それは変わらない。もちろん、古風で旧世界的な考え方の持ち主である私ことジャン゠ジャック・ハンバートは、彼女と初めて会ったときに、紀元前の古代世界とその魅力的な風習が嘆かわしくも終焉を迎えてからの、「普通の子供」という型どおりの概念がそうであるように、彼女もまだ陵辱されていないのを当然のことと受け取った。この啓蒙的な時代では、我々のまわりには奴隷の花たちが群がり、ローマ人の時代によくあったように、仕事と水浴の合間にそれを何気なく手折ってもかまわないという、そんなわけではない。そしてまた、威厳ある東洋人がもっと贅沢な時代に行ったように、羊肉と薔薇水のシャーベットの合間に、幼い稚児たちを思いのままにするということもできない。要するに、大人の世界と子供の世界をかつて結びつけていた絆が、今日では新しい慣習と新しい法律によって完全に切断されているということなのである。精神分析と社会奉仕活動にはいささか手を染めたことがあっても、私は実際には子供のことをほとんど知らなかった。結局のところ、ロリータはたった一二歳で、どれほど時間と空間に譲歩しようが(たとえアメリカ人学童の粗野な行動を考慮に入れたところで)、そういったがさつなガキどものあいだで起こっていることは、もっと後の年齢の、異なる環境で起こるのではないかという印象を私はまだ持っていた。従って(この説明の糸をもう一度拾いあげると)、私の内なるモラリストは、一二歳の女の子はかくあるべしという従来の考え方に固執することで、この問題を回避しようとした。私の内なる子供相手のセラピストは（セラピストの大半と同じでこれはインチキだが、まあいいだろう）、新フロイト学派的なごたまぜ料理を吐き戻して、少女時代の「潜伏」期にいる夢想癖と妄想癖を持ったドリーをでっちあげた。そして最後に、私の内なる官能主義者（巨大な狂気の怪物）は、餌食が多少腐っていようがなんの反対もしなかった。しかしこの荒れ狂う至福のどこか背後で、当惑した影たちが寄り集っていた――そしてその声に耳を貸さなかったことが、慚愧《ざんき》に堪えないのだ！　人間たちよ、謹聴！　ロリータがすでに無垢なアナベルとはまったく別物であることもわかっていて当然だったし、妖精の子の毛穴という毛穴から息吹《いぶ》くニンフェットの邪悪を、秘かに味わう心づもりをしていたが、秘密にしておくことは不可能で、味見をすることが命取りになるのもわかっていないといけなかったのだ。期待される恍惚から得られる結果は苦痛と恐怖の他にはないことも、（ロリータの中にある何か、本当の子供としてのロリータか、彼女の背後にいるやつれた天使が、私に送ってくる信号によって）知っていないといけなかったのだ。ああ、陪審席にいらっしゃる翼を持った紳士のみなさん！

　これで彼女は我がもの、彼女は我がもので、鍵は拳の中、拳はポケットの中、そして彼女は我がもの。幾度となく眠れぬ夜に彼女の姿を思い浮かべたり策略を立てたりするうちに、私はだんだんと余分な霞を取り除き、透明な幻想を一つまた一つと塗り重ねることで、最終的なイメージに到達していた。靴下片方と魔除けのブレスレット以外は裸で、薬を飲んでベッドに倒れたまま大の字になっている――これが予見した姿だ。髪から外したビロードのリボンはまだ手につかんだまま。蜂蜜のような褐色をした身体には、日焼けした肌に幼い水着の跡が白い陰画として描かれ、青白い乳房の蕾を見せる。薔薇色のスタンドの灯に照らされて、かすかな絹草がふくよかな恥丘に燦めく。あたたかい木製の握りが付いているひんやりした鍵はポケットの中にある。

私は宿泊室以外の部屋をあちこちとさまよい、下は栄光、上は陰鬱としていた。というのも、情欲の表情というものはつねに陰鬱なものだからだ。たとえいたいけな生贄《いけにえ》を地下牢に閉じ込めてあっても、情欲はけっして安心を知らず、競争相手の悪魔か影響力のある神が予定されている勝利を葬ってしまわないかと心配になるのである。わかりやすく言えば、私は一杯飲みたかった。しかし、汗かきの俗物やら色あせた連中であふれているこの由緒正しい場所には、バーなどなかった。

私は男子便所にぶらりと入った。そこにいたのは黒い僧服姿の、いわゆる「好人物《コム・オン・ディ》」[*1]で、ウィーンのご加護によりまだちゃんと付いているかと下を向きながら、ボイド博士の講演はどうでしたかとたずねてきて、私（国王ジークムント二世）がボイドはなかなかイドが発達した奴ですなと言うと怪訝そうな顔をしていた。そこで私は、敏感な指先を拭いたちり紙を専用の器にうまく放り込むと、ロビーの方角に向かった。ゆったりとカウンターに肘を突き、私はポッツ氏に家内から本当に電話はなかったのか、それから簡易ベッドはどうなったのかと質問してみた。彼の返事では電話はなかったとのことで（死んでいるのだからそりゃそうだろう）、簡易ベッドはこの先も宿泊を続けるつもりなら明日に入れるという。〈狩人の広間〉という大きくて混雑した場所から聞こえてくる大勢の声は、園芸か来世のことを話し合っていた。〈ラズベリー・ルーム〉という別の部屋は、どこかしこも灯に照らされ、ぴかぴかの小テーブルと「軽食」[*2]を置いた大テーブルがあり、主催者（よくあるタイプの、ガラスのようなほほえみに、シャーロットみたいなしゃべり方をするやつれた女）を除いてはがらんとしていた。その女がこちらへやってきて、ブラドックさんでいらっしゃいますか、もしそうでしたら、ミス・ビアードがお探しでしたよと声をかけた。「よくそんな名前の女がいるものですね」と私は言って立ち去った。

我が心臓に虹色の血が入っては出ていった。九時半まで待ってやろう。ロビーに戻ると、一つの変化に気づいた。花柄のドレスか黒服を着た大勢の人間があちこちで小さな群れを作っていて、悪戯な偶然のおかげでたまたま目にしたのが、ロリータと同じ年頃のすてきな子供で、ロリータと同じような型のワンピースを着て、ただしこちらは純白、さらに黒い髪には白いリボンが結んであった。美人ではないけれどもニンフェットに間違いはなく、象牙のような青白い脚と百合のような首筋が記憶に残る一瞬に奏でたのは、褐色でピンクの、血色がよくて汚れている、ロリータへの我が欲望に対するきわめて心地よい交唱（脊髄の音楽で言えば）なのだった。青白いその子は私の視線に気づき（それは実際には、まったくさりげなく屈託のないものだった）、ばかばかしいほど自意識過剰になり、すっかり取り乱して、目を丸くしたり手の甲を頬に押し当てたり、スカートの裾をつまんだりして、とうとう最後には、よく動く華奢な肩胛骨を私の方に向け、牝牛みたいな母親とわざわざおしゃべりを始めた。

　騒々しいロビーを出て、外の白い石段のところに立って眺めていると、さざめきに満ちている湿った闇夜の中で、数百もの蛾が外灯のまわりを旋回していた。私がこれからするのは、勇気を出してするのは、そういう小さなことでしかないのだ……[*3]。

　突然私は、暗がりの中で隣に誰かがいて、柱が並ぶポーチで椅子に座っているのに気づいた。実際に見えたわけではないが、栓をキュキュッと開ける音、それから控えめなゴクゴクという音、そして最後に満足して栓を閉める音でそれとわかったのである。立ち去ろうとしたときに、声が話しかけてきた。

「いったいあの子をどこで拾ってきた？」

「え？」

「いい天気がどんどん広がってきたと言ったんですよ」

「みたいですね」

「あの子は誰なんだ？」

「私の娘です」

「この嘘つき――厚かましい」

「え？」

「この前の月は暑かったなあって言ったんですよ。母親はどこに？」

「死にました」

「なるほど。申し訳ない。ところで、明日私と一緒に昼食でもいかがですかな。あのとんでもない連中もそれまでには出かけてるでしょうから」

「私たちも出かけてますので。それじゃお休みなさい」

「申し訳ない。すっかり酔ってるんで。お休みなさい。あなたのお子さんはぐっすり眠らないとね。眠りは薔薇とか、ペルシャ人も言ってますからな。煙草でも吸いますか？」

「今は結構です」

男はマッチを擦ったが、酔っているせいか、それとも風が酔っているせいか、炎が照らし出したのは彼ではなく別の人間で、古いホテルによく長期滞在しているような、よぼよぼの老人――それと座っていた白いロッキングチェアだった。みな無言で、暗闇がふたたび訪れた。それから老人が咳込んで、腐肉のような痰を吐き出すのが聞こえた。

私はポーチを離れた。少なくとも三〇分は経っている。一杯飲んでいればよかった。緊張がだんだんこたえてくる。ヴァイオリンの弦が痛みというものを感じられるのなら、私こそはその弦だ。しかしあわてた様子を見せるのはみっともない。ロビーの片隅にいた星座のようにじっと動かない人々の群れを通り抜けていくときに、目もくらむような閃光《せんこう》がした——そして満面に笑みを浮かべたブラドック博士と、絢爛たる蘭の飾りをつけた婦人が二人、白いドレスの少女、それから花嫁みたいに見えるその娘と魅惑された牧師とのあいだに割り込んだ、おそらくハンバート・ハンバートのものと思われる剝き出しになった歯が、永遠不滅になった——ただし、小さな町で出ている新聞の紙質と印刷が永遠不滅と言えればの話。エレベーターのそばには、ぺちゃくちゃおしゃべりしている群れがいた。私はここでも階段を選んだ。三四二号室は非常口の近くにある。今ならまだ……しかしもう鍵は穴に挿し込まれ、次の瞬間、私は部屋の中に入っていた。

29

電気のついたバスルームのドアが開いていた。それに加えて、外のアーク灯からブラインドを通して骸骨のような光が入っていた。この交差した光《レイ》が寝室の暗闇に射し込んで、照らし出したのは次のような状況である。

古い寝巻を着て、我がロリータはこちらに背を向け、ベッドの中央で横向きに寝ていた。かろうじて隠された身体と剝き出しになった手足はZ字形になっている。暗くなっている乱れた髪の下には枕が二つとも重ねてある。青白い光の帯がいちばん上の脊椎骨を横切っていた。

私は途方もない速さで服を脱いでパジャマに着替えたらしく、まるで着替える途中をカットした映画の場面を見ているようだった。そしてベッドの端にもう膝をついていたら、そのときロリータが頭をこちらに向けて、縞模様になった影の中から私を見つめた。

さてさて、これは侵入者がまったく予期していない事態だった。投薬トリック（ここだけの話《アントル・ヌ・ソワ・ディ》だが、かなり汚い手口）は、一連隊が通り過ぎても目を覚まさないくらい、ぐっすり眠らせるのを目的にしていたのに、彼女は今私を見つめていて、不明瞭な声で私のことを「バーバラ」と呼んでいるのだ！　きつすぎるパジャマを着たバーバラは、寝言の主にかがみ込むような恰好のままじっとしていた。ゆっくりと、どうしようもないという溜息をつきながら、彼女は背を向け、元の姿勢に戻った。私は少なくとも二分間待って、今から四〇年前のこと[*1]、手製のパラシュートを装着してエッフェル塔から飛び降りようとした仕立屋みたいに、瀬戸際で身体をこわばらせていた。彼女のかすかな呼吸には眠りのリズムがあった。[*2]とうとう私はベッドの端の狭いスペースに上がり込み、私の石みたいに冷たい踵から南の方角に積み重なっているシーツのあちこちをこっそり引き寄せていたら、ロリータが頭を起こして、ぽかんと私を見つめた。

　後で親切な薬剤師から聞いた話では、〈パープル・ピル〉は由緒正しいバルビツール剤の大家族にも属さず、これに強力な効き目があると信じてくれる神経症患者に投与すれば睡眠を引き起こすこともあるが、鎮静剤としてはおだやかすぎて、くたくたでも警戒怠りないニンフェットをいつまでも眠らせておくことはとうてい無理だという。このラムズデールの医者が藪医者だったかそれとも老獪《ろうかい》な古狸だったかは、今もそうだし、そのときもそうだったが、大した問題ではない。問題は、私が騙されたということだ。ロリータがもう一度目を開けたとき、睡眠薬が後になって効こうが効くまいが、あてにしていた安全性とは見かけ倒しだったことを私は悟った。ゆっくりと彼女の頭は向きを変え、独り占めしている枕の上に落ちた。私はまだ瀬戸際にいて、乱れた髪や、尻の半分と肩の半分がぼんやりと見えているニンフェットの肉体の燦めきに視線を落とし、呼吸の割合から眠りの深さを測定しようとした。しばらく時間が過ぎても変化はまったくないので、私はその愛らしく狂おしい燦めきに思い切ってもう少し近づいてみようと心に決めた。ところがそのあたたかい境界地に入るやいなや、寝息は中断され、もしかするとドロレスはすっかり目を覚ましていて、かりに私があさましい肉体の一部で彼女に触れようものなら、大きな悲鳴をあげるのではないかと思ってぞっとした。ここで読者の方々にお願いしたい。心優しく、病的なまでに感じやすく、どこまでも用心深い本書の主人公に対して、さぞかしお腹立ちだとは思うが、どうかこの必要不可欠なページを飛ばさないでいただきたい！　どうか私を想像してほしい。あなたが想像してくれなければ私は存在しないのである。自分が犯す罪悪の森で震えている、牝鹿のような部分を私の中に見出そうとしてほしい。そしてほほえみを少しばかり浮かべてみようではないか。結局のところ、笑うことには何も害がないのである[*3]。たとえば、私にはどこも頭を休める場所がなかったし、さらに不愉快なことには、胸焼けもしていた（ここではあのフライドポテトのことを「フレンチ」と呼んでいるなんて、まったく神も仏もあるものか《グラン・デュー》！）。

我がニンフェットはまたぐっすりと眠っていたが、それでも私は魅惑の航海に出帆する気にはなれなかった。『眠れる少女または愚かな恋人《ラ・プティット・ドルムーズ・ウ・ラマン・リディキュール》』。明日になれば、かつてママをすっかり無感覚にしたあの薬を飲ませてみよう。車のグローブボックスの中だったか、それとも旅行鞄の中だったか？　しっかり一時間は待ってみて、それからまた忍び寄ってみるか？　ニンフォレプシーの科学は厳密な科学である。実際に接触すると事は一秒きっかりで終わってしまう。間隔一ミリメートルなら一〇秒ちょうど。それじゃ待ってみようか。

アメリカのホテルほど騒々しいものは他にない。それに、言っておくが、ここはたしか静かで、居心地が良くて、古風で、家庭的な場所――「優雅な暮らし」云々といったやつだったはずなのだ。エレベーターの扉がたてるガチャンという音（私の頭から北東に二〇ヤードばかりの位置にあるのに、まるで左のこめかみの内側にあるみたいにはっきりと聞き取れる）が、その機械のさまざまな変容に応じてたてる轟音と交互になって、真夜中過ぎまで続いていた。ときおり、左耳のすぐ東で（同床相手の霞む尻の方に、私の汚らわしい側を向けまいとして、つねに仰向けになっていると仮定しての話）、廊下が陽気でよく響き渡るばかげた叫び声で満たされ、それが最後にはお休みなさいの大合唱で終わるのだった。それがやむと、私の小脳のすぐ北にある便所が後を引き継いだ。男らしい、勢いのいい、野太い声をした便所で、そこが何度も使われた。そのゴボゴボという音やジャーッという音やまた水の溜まる長い余韻で、私の背後にある壁が震えた。それから今度は南の方角にいる誰かがとんでもなく悪酔いして、酒と一緒に命まで吐き出しそうな勢いで、私たちのバスルームのむこうにあるそこの便所がまさしくナイアガラのような瀑音をたてて流れ落ちた。そしてついにどこの滝の音もやみ、魅惑の狩人たちがぐっすり眠ると、我が不眠症の窓の下にあり、我が徹夜祭の西にある街路（大きな樹木が並ぶ、閑静で高級住宅用の立派な通り）が、雨風まじりの夜を疾走する巨大なトラックの嘆かわしき溜まり場へと堕落してしまった。

　そして我と我が燃えさかる命から六インチも離れていないところに、霞むロリータがいるのだ！身じろぎひとつできない長い徹夜祭の後で、我が触手はふたたび彼女の方へと動きだしたが、今度はマットレスがきしんでも彼女は目を覚まさなかった。貪欲な体軀をなんとか彼女に近づけると、まるで頬にあたたかい息が吹きかけられたように、あらわになった肩から発散される霊気を感じ取ることができた。するとそのとき彼女が起き上がり、はっと息を呑み、狂ったような早口でボートがどうしたこうしたとつぶやき、シーツを引っぱると、また豊かで若い無意識の暗闇へと戻っていった。眠りの蕩々《とうとう》たる流れの中で寝返りを打つと、それまでは鳶色で、現在は月のように青白い彼女の腕が、私の顔を打った。一瞬私は抱きしめた。彼女は我が抱擁の影から逃れ出た——意識的なふるまいでもないし、強引なふるまいでもないし、個人的な嫌悪感がこもっているわけでもなく、ただ自然な休息を求める子供のように、無色で哀れなつぶやきを伴ったものだった。これでまた状況はふりだしに戻ったわけだ。ロリータは曲げた背骨をハンバートに向け、ハンバートは手枕をした恰好で、情欲と消化不良に悶えていた。

その後者のせいで水を一杯飲みにバスルームへ行くことになったが、これは私の場合、廿日大根《はつか》入りのミルクを別にすれば、最良の治療法なのである。そしてロリータの古い服や新しい服が、魔法をかけられたさまざまな恰好をして、ぼんやりただよっているような家具の上で横たわっている、縞模様の奇妙な砦の中にふたたび侵入すると、扱いにくい我が娘は起き上がり、はっきりした口調で、あたしも水がほしいと言った。彼女は弾力性があって冷たい紙コップを影になった手で受け取ると、ありがたそうにその中身をごくごくと飲み干し、長い睫毛がコップの方を向き、そしてそれから、どんなに淫靡な愛撫よりもはるかに魅力的な幼い仕草で、かわいいロリータは唇を私の肩で拭ったのである。そして枕に倒れ込むと（私は彼女が水を飲んでいるあいだに自分の枕を取り返しておいた）、すぐにまた眠ってしまった。

私は二度目の薬をすすめる勇気がなかったし、最初の薬が彼女の眠りを強固にするかもしれないという希望をまだ捨ててはいなかった。失望は承知のうえで、待つほうがいいとはわかっていても待てなくなって、私は彼女の方ににじり寄って行った。私の枕は彼女の髪の匂いがした。燦めく我が恋人に近づき、彼女が身動きしたと思ったり身動きしそうになるたびに、止まったり退いたりした。不思議の国から吹く微風が私の思考に影響を及ぼしだして、あたかもそれを映し出している水の表面には微風の幻でさざ波が立ったように、今ではそれが傾《かし》いでイタリック体を作っているように見えた。何度も何度も私の意識は逆に折り返され、四つん這いになって進む私の身体は眠りの領域に入ったかと思うとまた這い出し、一度か二度うとうとしてはっと気づくと憂鬱な鼾をかいていた。愛情の霞が憧憬の山々を包み込んだ。ときどき、魅惑の餌食が魅惑の狩人と中途で出会いそうになり、彼女の尻が遥かな架空の砂浜のやわらかな砂の下で私の方にそろそろと近づいてくるように思えたこともあった。すると彼女のえくぼのついた靄がもぞもぞと動いて、また彼女が以前にもまして手の届かないところに行ってしまったことを私は思い知るのだった。

あの遠く離れた夜の震えと手探りを延々と記述しているのは、私が残酷な悪党ではないし、そんなものになったことはないし、なれるはずもなかったことをぜひ証明したいからなのである。私が忍び寄ったあの愛情と夢にあふれた地帯は、詩人の世襲財産であり、犯罪者がうろつく犯行現場ではない。もしかりに私が目的を達したとしても、我が絶頂はまったく静かなもので、内的燃焼にすぎず、たとえ彼女がすっかり目覚めていたとしても、その熱気はほとんど感じることがなかっただろう。それでも私は、彼女が次第に完全な昏睡状態に呑み込まれ、彼女の燦めき以上のものを味わえればと願っていた。そして、ためらいがちな接近の合間に、知覚の混乱が起こって彼女が月光の眼状斑点やふわふわとした花の咲く繁みに変身しながら、私は何度も夢の中で意識を取り戻し、夢の中で待ち伏せをするのだった。

真夜中過ぎの数時間、落ちつきのないホテルの夜にしばしの凪があった。それから四時ごろに、廊下の便所が瀑音をたて、ドアがばたんと閉まった。五時を少しまわったころにはよく響き渡る独り言が、どこかの中庭か駐車場から、何度かに分けて聞こえはじめた。それは実際には独り言ではなく、なぜかといえば話し手が数秒ごとに口をつぐみ（おそらく）他の人間の話に耳を傾けていたからだが、そのもう一人の声は聞こえないので、聞き取れた部分だけでは本当の意味は推測できなかった。ただ、その淡々とした口調が暁をもたらす助けとなり、部屋にはすでにライラック色がかった灰色の光が浸透し、数ヵ所の勤勉な便所が次々と仕事を開始して、エレベーターのガタゴトいう音やキュイーンという音がだんだん大きくなり、早朝から上がったり下りたりする客を載せ、数分ほど私は惨めにもうたた寝をして、緑がかった水槽の中に人魚のシャーロットがいて、廊下のどこかでボイド博士が「やあおはよう」と甘ったるい声で言って、木々では小鳥たちが忙しく動きまわり、そしてロリータがあくびをした。

陪審員席にいらっしゃる不感症の淑女のみなさん！　私が己をドロレス・ヘイズにさらけ出すまでには、何カ月も、おそらくは何年も経過するだろうと私は思っていた。ところが六時には彼女はすっかり目を覚ましていて、六時一五分には私たちはもう実際的に愛人関係になっていたのである。これから実に奇妙なことを申し上げよう。私を誘惑したのは彼女のほうなのだ。

朝の最初のあくびを聞いて、私は横顔を向けてぐっすり眠っているふりをした。まったくどうしていいのかわからなかったのだ。私が追加のベッドの中ではなくすぐそばに寝ているのを知って、彼女はショックを受けるだろうか？　衣服をかき集めてバスルームに閉じこもるだろうか？　すぐにラムズデールか、母親の枕元か、キャンプに連れて行ってくれと要求するだろうか？　しかし我がローは快活な小娘だった。私は彼女の視線がこちらに注がれているのを感じ、とうとう彼女があの可愛らしいクックッという声をたてると、その目が笑っていたのを知った。彼女はごろりと転がってそばに来て、あたたかい茶色の髪が私の鎖骨に触れた。私は目を覚ますへたくそな芝居をした。私たちは何も言わずに横になった。私はやさしく彼女の髪を撫で、そして私たちはやさしくキスをした。彼女のキスは、こちらが唖然として恥ずかしくなるくらいに、舌をひらひらさせて挿し入れてくるテクニックを滑稽にも巧妙にしたもので、早い年頃に幼いレズビアンから手ほどきを受けたものだと結論せずにはいられなかった。さすがにこれだけは、いかなるチャーリー君でも教えるのは無理だろう。私が充分に満足してこの愛技を会得したかどうか確認するみたいに、彼女は身体を離して私を眺めた。彼女の頬骨には赤みがさし、ふっくらした下唇はつやつや光っていて、私は今にも溶けてしまいそうだった。するといきなり、けたたましい嬌声をあげながら（ニンフェットのしるしだ！）、彼女は私の耳に口をつけた――しかし、しばらくしてもまだ私の頭の中では熱い雷鳴のような囁きを言葉に分けることができず、彼女は笑い声をあげ、そして髪を顔から払いのけると、またもう一度やり直して、そのうち彼女が何をほのめかしているのか私にも呑み込めてくると、ここは新品の、狂おしいほどに新しい夢の世界で、ここではすべてが許されるという、そんな奇妙な感じが次第につのってきた。彼女とチャーリーがどんなゲームで遊んだかわからないねと私は答えた。「ということは、今まで一度も――？」――彼女の顔がまさか信じられないというふうに歪んでこっちをにらんだ。「今まで一度も――」とまた彼女は言いかけた。私は時間稼ぎにちょっと鼻をすりつけた。「よしてよお」と彼女は鼻にかかった声で言って、褐色の肩をすばやく私の唇から引き離した。（非常に奇妙なことに、彼女は口へのキスとそのものずばりの愛の行為以外のあらゆる愛撫を「べたべたロマンチック」とか「異常」だと考えていて、それはこの後もかなり長いあいだ続いた。）

「ということは」と彼女はひざまずいて見下ろしながら、さらに追求した。「子供のころに一度もしたことないの？」

「一度もね」と私はまったく隠し立てせずに答えた。

「いいわよ」とロリータが言った。「じゃ教えたげる」

しかしながら、ロリータの出しゃばりを事細かに述べて、我が学識ある読者のみなさんを退屈させるようなまねはしないでおこう。ただ、現代の男女共学教育や、若者の風習、キャンプファイヤーの大騒ぎなどなどのせいで、どうしようもなく絶望的に堕落した、この美しく、まだ身体つきも整っていない少女には、慎みのかけらも見られなかったとだけ言っておけば充分だろう。彼女はそのものずばりの行為を、若者の秘かな世界の一部で、大人は知らないものだと思っていた。大人が生殖目的ですることは、彼女にとっては知ったことじゃない。我が命は幼いローによって元気よく実務的に扱われ、まるで私とは接続されていない無感覚な装置みたいだった。大胆な子供の世界を私にぜひ印象づけようとするかたわらで、彼女は子供の命と私のとでは多少の食い違いがあることをまったく予期していなかった。そこであきらめるわけにはいかなかったのは、プライドが許さなかっただけの話である。というのも、奇妙な立場に陥りながら、私はまったく無知なふりをして、彼女に好き勝手にやらせたからだ——少なくとも、こちらが我慢できるあいだは。しかし、そういう話はまったくどうでもいい。私はいわゆる「セックス」には一切関心がないのだ。そういう動物じみた要素は誰でも想像できるではないか。私をたえず誘惑してやまないのは、それよりももっと大きなくわだてだ。すなわち、ニンフェットの危険な魔法を一網打尽につかまえることなのである。

30

ここは慎重に話を進めねばならない。ひそひそ声で語らねばならない。ベテランの犯罪記者よ、深刻な顔をした老廷吏よ、かつては人気のあった巡査で、長年学校前の交差点を飾ったあげく、今は独房に監禁されている者よ、今は少年に本を読んで聞かせてもらっている惨めな名誉教授よ！君たちが我がロリータに狂おしい恋をするわけには、絶対にいかないのだ！　もし私が画家であったなら、もし〈魅惑の狩人〉の経営者がある夏の日に正気を失って、食堂の壁画を描き直してくれと私に依頼してきたら、私がどんなことを考えつくか、その断片を列挙してみることにしよう。

まず湖がある。炎の花に囲まれた園亭がある。自然風景もある——極楽鳥を追いかける虎に、皮をむかれた子豚をまる呑みにして喉をつまらせている蛇。スルタンもいて、大変な苦痛の表情を浮かべながら（なぞるような愛撫とはいわば裏腹に）、美しい尻をした子供の奴隷に手を貸して、縞大理石の柱をのぼらせようとしている。ジュークボックスのオパールのような側面をたちのぼる、性腺の輝きを持った光る小球も描かれる。中級グループのキャンプ活動も、カヌー、カヤック、カールの手入れ（陽の当たる湖畔で）といろいろある。ポプラ、リンゴ、それに郊外の日曜日もある。さらには、さざなみが輪になった水溜まりの中で溶けていく宝石ファイア・オパール、最後の痙攣、最後に一刷毛《はけ》加えた絵具、ずきずきするような赤、むずむずするようなピンク、溜息、そして身をすくめる子供。

31

こういったことを書き連ねているのは、現在のかぎりない惨めさの中でそれをもう一度生き直すためではなく、ニンフェット愛というあの奇妙で、恐ろしく、狂おしい世界の中で、地獄の部分と天国の部分を選り分けるためである。獣的なるものと美的なるものが一点で交わり、私がつかまえたいのはその境界線なのだが、その試みがまったくの失敗に終わりそうな予感がしている。それはなぜか？

女性は一二歳になれば結婚できるというローマ法の規定は、教会で承認され、現在でもアメリカにおいてはこれが黙認されている州がいくつかある。そして一五歳になればどこでも合法だ。四〇歳の獣のような男が、土地の牧師に祝福され酒をたらふく飲んだとして、汗びっしょりの晴れ着を脱ぎ捨て、若い花嫁をずぶりと根元まで貫いたところで、何の問題もないと両半球が声を揃えて言う。「セントルイス、シカゴ、シンシナチといった刺激的で温和な気候の土地では「と、ここの刑務所の閲覧室にあった古い雑誌には書いてある」、女子は一二歳の終わりごろに成熟する」。ドロレス・ヘイズが生まれた場所は、刺激的なシンシナチから三〇〇マイルも離れていない。私は自然の摂理に従ったまでだ。自然の忠実なる猟犬なのだ。それなのに、どうしてこの恐怖を振り払うことができないのだろう? 彼女の花を手折ったわけでもないのに。陪審席にいらっしゃる感じやすい淑女のみなさん、私は彼女にとって最初の愛人ですらなかったのです。

32

彼女はどんなふうに堕落したのかを語ってくれた。私たちが味気のないぱさぱさのバナナと、傷物の桃と、とてもうまいポテトチップスを食べているときに、少女《ディー・クライネ》は何もかもしゃべったのだ。饒舌だがばらばらの話には、ひょうきんなしかめ面《ムー》が何度も合いの手として入った。すでに述べたと思うが、「やーね!」と言って顔をゆがめたのはとりわけ記憶している。ゼリーみたいな口を横に広げ、若気の過ちに対する滑稽な憤懣とあきらめと寛容を混ぜ合わせた、目玉を上に向けるというよくあるやつだ。

彼女の驚くべき話はまず昨夏に、別の（彼女の言葉では「チョーイケてる」）キャンプで出会った、テント仲間の紹介から始まった。そのテント仲間（「すっごくフリョー」で「半分イカレてる」けれども「すてきな子」）がいろいろな手管を教えてくれたのだ。最初のうち、律義なローはその女の子の名前を明かそうとはしなかった。

「グレイス・エンジェルかい？」と私はたずねた。

彼女は首を横にふった。違うわ、その子のお父さんは大物で――

「ローズ・カーマイン？」

「違うに決まってるじゃん。ローズのお父さんって――」

「それじゃ、ひょっとしてアグネス・シェリダン？」

彼女はごくんと飲み込んでから首をふった――それからあらためてびっくりした表情になった。

「ねえ、どうしてみんなの名前知ってるの？」

私は訳を話した。

「そうなの」と彼女は言った。「あの学校の連中には、相当悪い子もいるけど、それほどじゃないわ。どうしてもって言うんだったら教えてあげるけど、名前はエリザベス・タルボット[*1]、贅沢な私立学校に通ってて、お父さんは重役よ」

そう言えば、哀れなシャーロットがよくパーティの席のおしゃべりで、「去年うちの娘がタルボットさんとこのお嬢さんと一緒にハイキングに行ったとき」というような自慢話をしきりに持ち出していたのを思い出して、私は奇妙な胸の痛みを覚えた。

それでは、どちらかの母親はそうしたサッポー風の戯れのことを知っていたのだろうか？

「まさか」とぐったりしたローは恐怖と安堵をまねて、わざとひらひらさせた手を胸に当てながら言葉を吐き出した。
ただ、私がそれよりも関心を持つのは、異性体験のほうだ。彼女は中西部からラムズデールに移った直後に、一一歳で六年生に編入した。「相当悪い」というのはどういう意味なのだろう? そうね、ミランダさんとこの双子は何年もずっと同じベッドで寝てたし、学校でいちばん頭の悪い男の子のドナルド・スコットは、叔父さんのところのガレージでヘイゼル・スミスとやっちゃったし、それにケネス・ナイトも、いちばん頭のいい子なんだけど、いつでもどこでも機会さえあったらあそこを見せびらかすし、それから――
「キャンプQの話にしないか」と私は言った。そしてまもなく、事のすべてを知った。[*2]
がっしりした体格のブロンド娘バーバラ・バークは、ローより二歳年上で、キャンプの参加者では抜群に泳ぎがうまく、特製のカヌーを持っていて、いつもローと一緒に乗っていたのは「ウィロー島まで行けたのは他にあたしだけだったから」という(何か水泳の試験があったのだろう)。七月中ずっと、毎朝(いいですか、読者のみなさん、毎朝ですよ)、バーバラとローはボートをオニクスかエリクス(森の中にある二つの小さな湖)まで運ぶのを、キャンプ団長の息子である一三歳のチャーリー・ホームズに手伝ってもらっていた――半径二マイル以内にいる人間の牡といえば、この男の子しかいなかったのである(まったく耳が聞こえなくておずおずした老人の雑役夫と、古いフォードに乗ってときどきキャンパーに卵を売りに来る農夫を除いては)。毎朝、いやはや、三人の子供たちは近道をして、露や小鳥のさえずりといった若さの象徴に満ちあふれた、美しく汚れのない森の中を抜けていき、そして鬱蒼《うっそう》とした繁みに囲まれているある地点までくると、ローは見張り役としてその場に置き去りにされ、そのあいだにバーバラと男の子は藪に隠れて性交したのである。

最初のうち、ローは「どんなものかためしにやってみる」ことを承知しなかったが、好奇心と友達づきあいに負けて、まもなく彼女とバーバラは代わる代わる、無口で、粗野だし、愛想も悪いが、疲れを知らないチャーリーの相手をすることになり、この少年は生の人参程度の性的魅力しか持ち合わせていないものの、目を見張るほど避妊具をたくさん集めていて、それはそばにある三番目の湖からよく釣り上げたものらしく、その湖は他の二つに比べるとはるかに大きくて訪れる人も多く、クライマックス湖と言って、同名の新興工場町にちなんで名付けられていた。たしかにそれが「なんかおもしろい」し「顔の色つやがよくなる」ことには同意したけれど、ロリータは、私にとっては嬉しいことに、チャーリーの頭の程度やふるまいをすっかりばかにしていた。そしてまた、その卑しい悪魔によって官能をかきたてられることもなかった。いやむしろ、「おもしろい」とは言っても、彼のせいで官能がかき消されたのだと思う。

もうそのころには一〇時近くになっていた。情欲の波が引いていくと同時に、神経痛にかかったようなどんよりとした日の退屈な現実性によって増幅された、灰のような虚しさが忍び寄り、こめかみでずきずきと疼いた。褐色で、裸のままの、かよわいローは、白くて狭い尻を私の方に向け、ふくれっ面はドアの鏡に向けて、両腕を腰に当てて立ち、両脚（上縁に猫毛みたいな毛皮が張ってある新しいスリッパを履いている）を大きく開き、垂れた前髪ごしに、鏡の中の自分に対していろんなありふれた表情を作ってみせている。廊下からは働いている黒人女中たちの鳩のようなさえずり声が聞こえ、しばらくすると、私たちの部屋のドアをちょっと開けてみようとする音が聞こえた。[*3] 私はローをバスルームに行かせて、ぜひとも必要だった石鹸とシャワーを使うようにさせた。ベッドはめちゃくちゃなありさまで、いちばん目立つのはポテトチップスのかけらだった。彼女は濃紺のウールのツーピースを試着してから、次には袖なしのブラウスと網目模様のスカートを着てみたが、最初のはきつすぎて二つめはゆったりすぎるので、私が急いでくれよとたのむと（状況がだんだん怖くなってきたのだ）、ローは意地悪にも私のすてきなプレゼントを部屋の隅に放り投げ、昨日と同じドレスを着た。ようやく準備が整うと、私は模造子牛革製の可愛らしい新しい財布を与えて（その中にはたくさんのペニー銅貨とぴかぴかの一〇セント銀貨を二枚入れておいた）、ロビーで雑誌でも買いなさいと言ってやった。

「すぐに下りて行くから」と私は言った。「それと、私だったら知らない人とは口をきかないな」

私の哀れな贈物を除いては、荷造りするものはさほどなかった。しかし私は危険なほどの時間をやむをえず割いて（彼女は階下で何をやっているんだろう？）、ベッドを整え、前科者が太った年増の娼婦たち二人と狂宴をくりひろげたのではなく、寝相の悪い父親とおてんばな娘が巣を捨てて出て行った後のように見せかけた。それから私は着替えを終えて、荷物を取りにくるよう白髪まじりのベルボーイを呼んだ。

すべては順調だった。ロビーで、彼女は詰め物をしすぎた血のように赤い肘掛け椅子に深々と座っていて、けばけばしい映画雑誌を読みふけっていた。私と同じ年かさのツイードを着た男が（場面のジャンルは一夜にしていんちきくさい田舎屋敷[*4]の雰囲気に様変わりしていた）、火のついていない葉巻をくわえ、読みふるしの新聞を手にしたまま、我がロリータをじっと見つめていた。彼女は制服同然になった白い靴下とサドルシューズを履き、四角い襟ぐりの明るいプリント地のワンピースを着ていた。色あせたランプの光を浴びて、あたたかい褐色の手足にはえている金色の生毛が光っていた。そこに座っている彼女は脚を無造作に高く組み、色あせた目で文字を流し読みして、ときどき瞬く。ビルの奥さんは、出会う前から彼の大ファンで、遠くから眺めてあこがれているだけでした。実を言うと、この有名な若い男優がシュワブのドラッグストアでアイスクリームサンデーを食べている姿に、いつも見とれていたのです。彼女の獅子鼻や、そばかすだらけの顔、お伽話の吸血鬼が血を吸ったばかりの、剝き出しの首筋についている紫がかった痕、腫れあがった唇のまわりにできているかすかな薔薇色の発疹を舌でなめる無意識的な動作、こうしたものほど子供らしいものはない。元気のいいスターの卵で、自分で衣装を作り、まじめな文学作品を勉強しているジルの話を読みふけることほど無害なものはない。はえぎわで絹のように輝いているつやつやした茶色の髪の分け目ほど無垢なものはない。これほど純真なものはない――しかし、誰だか知らないがあの卑猥な目つきの奴（考えてみれば、スイスにいる私の叔父ギュスターヴにちょっと似ていて、この叔父もまた「裸体写真《ル・デクヴェール》」の熱心な愛好家だった）が、この私の神経の一本一本にまだ彼女の肉体（女児に化けている不死の悪魔の肉体）の感触が塗り込まれ響き渡っていることをもし知ったとすれば、どんなに腹立たしいほどの嫉妬を覚えることだろうか。

　ピンクの豚のスウーン氏におたずねしますが、私の家内は本当に電話をかけてきませんでしたか？　ええ。もし電話をかけてきたら、私たちはクレア叔母さんの家に行ったとお伝えいただけますか？　ええ、もっちろんですとも。私は料金を精算して、ローを椅子から立ち上がらせた。彼女は車のところに行くあいだにも読んでいた。車に乗ってもまだ読みつづけて、数区画南にある、いわゆるコーヒーショップに着いた。食事はちゃんと食べてくれた。食べているあいだは雑誌を脇にどけることまでしたけれども、いつもの陽気さの代わりに奇妙なけだるさが支配していた。幼いローがすごく意地悪になることもあるのは知っていたので、私は心の準備をして笑い顔を作り、大雨が降り出すのを待った。私は風呂に入っていないし、髭も剃っていないし、まだ便通もなかった。神経もぴりぴりしていた。こちらがちょっとした世間話でもしようと思うと、我が幼い愛人は肩をすくめて鼻孔をひろげる、その仕草が気に入らなかった。フィリスは、メイン州で両親と落ち合う前に、もう秘密を知っていたのかい？　私はほほえみながらたずねた。「ねえ」とローが泣きそうな顔をしながら言った。「もうその話よしてよ」。そこで私は道路地図で気を引こうとしてみたが、どれほど舌鼓を打ってもやはりうまく行かなかった。私たちの目的地は、辛抱強い読者の方々には思い出していただきたいが（ローもそのおとなしい気性をお手本にしてもらいたいものだ）、にぎやかな町レッピングヴィルで、架空の病院のどこか近くにある。その目的地じたいはまったくでたらめに選んだもので（なんとしたことか、これから先、多くの場所もそうなるのだ）、この予定全体をもっともらしく見せつづけるにはどうしたらいいか、レッピングヴィルで映画をぜんぶ観終わったら他にどういうもっともらしい目的をでっちあげたらいいか、そう考えると靴を履いている脚ががくがくと震えるのだった。ハンバートはますます落ちつかない気分になった。その気分はきわめて特殊なもので、まるで殺害したばかりの誰かの小さな幽霊と一緒に座っているような、重苦しくておぞましい圧迫感だった。

　車の中に戻ろうとした途中、苦痛の表情がローの顔をよぎった。私の横に腰を下ろすときにも、さらに意味ありげに、もう一度よぎった。これ見よがしに二度目を再現したのは疑いない。愚かにも、私はどうしたんだとたずねた。「何でもないわよ、このケダモノ[*5]」と彼女は答えた。「この何だって？」と私はたずねた。彼女は黙っていた。ブライスランド出口。うるさいローが黙り込んでいる。冷たい蜘蛛のようなパニックが私の背筋を這い下りてきた。この子はみなしごなのだ。このみなしごの、天涯孤独の子供に、太い手足をして、臭いにおいのする大人が、つい今朝、三度も激しい性交のお相手をさせたのだ。生涯にわたる夢の実現が期待以上のものであったかどうかはさておき、それがある意味で標的を飛び越して、悪夢へと突き刺さってしまったのである。私は不注意で、愚かで、下劣だった。ここで本心を打ち明けさせていただきたい。煩悶の闇の奥のどこかで、私は欲望がまた鎌首をもたげるのを感じ、それほどまでにあの惨めなニンフェットを求める我が欲望は怪物じみていたのだ。罪悪感の痛みとまじりあっていたのは、すてきな田舎道に出ればすぐにどこか安全に駐車できる場所を見つけて、またもう一度愛し合いたいのに、彼女がご機嫌斜めだとそれも無理かもしれないという、いてもたってもいられない思いだった。言い換えれば、ハンバート・ハンバートはひどく不幸せで、レッピングヴィルへゆっくりと無意味に車を走らせているあいだにも、懸命に脳味噌をしぼって何かうまい言葉はないかと探し、そのしゃれた隠れ蓑を利用して同乗者の方をふり向くことができればと願った。ところが、沈黙を破ったのは彼女のほうだった。

「あら、リスの轢死体」と彼女が言った。「なんてひどい」

「おや、そうかい？」（いそいそと、期待にあふれたハム。）

「次のガソリンスタンドで停めてよ」とローが続けた。「お手洗いに行きたいから」

「好きなところで停めてやるよ」と私は言った。それから、美しくて寂しい、厳然とした林（オークだろうか。まだこの段階の私には、アメリカの樹木がさっぱりわからなかった）が車の疾走に対して緑色の谺《こだま》を返しはじめると、右側にあるシダのはえた赤土の道が頭をもたげてゆったりとした傾斜で森の中へ隠れていき、私はつい誘ってみたくなり、もしかして――

「まっすぐ行って」と我がローは金切り声で叫んだ。

「了解。まあそう怒らないで」（静まれ、いい子だから、静まれ。）

私は彼女をちらりと見てみた。ありがたいことに、彼女はほほえんでいた。

「このボンクラ」と彼女は言って、愛らしく私にほほえみかけていた。「あんたを見てるとムカつくんだよ。あたしってピチピチの女の子だったのに、なんてことしてくれたの。警察呼んで、この人にレイプされたって言ってやるわ。もうっこのお、いやらしいスケベおやじ」

冗談を言っているだけなのだろうか？[*6]　彼女の愚かしい言葉には、不吉にもヒステリックな響きがあった。しばらくすると、昏でスーッという音をたてながら、彼女は痛みを訴えはじめ、座ってられない、あたしの身体の中をあなたが引き裂いたんだ、と言った。汗が私の首筋を流れ、尾をぴんと立てて道を横切ろうとしている小動物か何かをもう少しで轢きそうになり、ご機嫌斜めな連れはまた私をののしった。ガソリンスタンドで停まると、彼女は一言も言わずに這い出して、長いこと帰ってこなかった。ゆっくりと、慈しむように、鼻の骨が折れた年配の男がフロントガラスを拭いてくれた――店ごとにやり方は違っていて、シャモア布から石鹸をつけたブラシまでいろいろあるが、この男はピンクのスポンジを使った。[*7]

彼女がやっと現れた。「ねえ」と彼女はあの無感情な声で言って、それが私をひどく傷つけた。「小銭ちょうだいよ。お母さんのいる病院に電話かけたいの。番号何番？」

「早く乗って」と私は言った。「電話できないから」

「どうして？」

「早く乗ってドアを閉めなさい」

彼女は言われたとおりにした。スタンドの老人がにこにこと彼女に笑いかけていた。私は急いで幹線道路に出た。

「お母さんに電話をかけたいのに、どうしてだめなの？」

「実を言うとね」と私は答えた。「おまえのお母さんは亡くなったんだ」

33

にぎやかな町レッピングヴィルで、私は漫画四冊と、箱入りのキャンディ、箱入りの生理用ナプキン、コーラ二本、マニキュアセット、文字盤に夜光塗料が塗ってある携帯用置時計、本物のトパーズが付いている指輪、テニスラケット、白いローラースケート靴、双眼鏡、携帯用ラジオセット、チューインガム、透明なレインコート、サングラス、追加の衣服（流行のセーター、ショートパンツ、ありとあらゆる夏物ワンピース）を買ってやった。ホテルで私たちは別々の部屋を取ったが、真夜中に彼女がしくしく泣きながら私の部屋にやってきて、私たちはとてもやさしく仲直りした。おわかりのとおり、彼女にはまったく他のどこにも行く当てがなかったのである。

第二部

I

そのときから、[1]全米にまたがる大旅行が始まった。宿泊設備のタイプとして、すぐに私のお気に入りとなったのは機能的モーテルである——清潔で、小綺麗で、安全な隠れ家であり、[2]睡眠や、口論や、和解や、満ち足りることを知らない道ならぬ恋にはもってこいの場所だった。最初のうちは、怪しまれるのを恐れて、ダブルベッドが一つずつある二間つづきの部屋をその料金にもかかわらず喜んで借りた。この間取りがいったいどういうタイプの四人組を想定しているのかは謎で、それというのもキャビンあるいは部屋を筒抜けの愛の巣二つに分けている仕切りは不完全なものだし、そこで得られるプライヴァシーもパリサイ人的なパロディにすぎなかったからだ。そのうちに、そうしたやましさのない性の乱れ（二組の若いカップルが天真爛漫《らんまん》にお相手を交換したり、子供が眠っているふりをして原音景を耳撃する）がほのめかしている可能性そのものが私を大胆にして、ときどきベッドと簡易ベッド、あるいはツインベッドの部屋を取ったが、そこは天国の独房とも呼ぶべき場所で、窓の黄色い日よけを下ろすと晴れた朝のヴェネツィアのような錯覚を起こすものの、実際にはそこは雨のペンシルヴァニアなのだった。

私たちが知るようになったのは（フロベール風の言い方だと「私たちは知った《ヌ・コニューム》」）、大きなシャトーブリアン風の木々に囲まれた石造りの山荘や、煉瓦造りのもの、日干し煉瓦作りのもの、漆喰塗りのモーテルで、その立地は自動車協会の旅行案内書によれば「木陰の」とか「広々とした」とか「風光明媚な」場所だった。節くれだった松材で仕上げてある丸太小屋風の建物を見ると、その金色がかった茶色の上塗りから、ローはフライドチキンの骨を思い出した。私たちが軽蔑したのは単調な白塗り羽目板造りのキャビンで、かすかな下水の臭いや恥ずかしげな気の滅入る臭いがただよっているくせに自慢できるものは（「上等のベッド」を除いて）何もなく、にこりともしない女主人は自分のさしだす贈物（「……それじゃ、このお部屋をさしあげましょうか……」）が受け取ってもらえないことを充分予期しているのである。

私たちが知るようになったのは（こいつは実に愉快!）、見憶えのある名前で誘い込もうとする手口で、どこへ行ってもサンセット・モーテルに、U-ビーム・コテージ、ヒルクレスト・コート、パイン・ヴュー・コート、マウンテン・ヴュー・コート、スカイライン・コート、パーク・プラザ・コート、グリーン・エイカー、マックズ・コートがあるのだ。ときには看板にこう特記してあることもあった。「お子様大歓迎、ペット同伴可」[*3]（おまえは大歓迎、おまえは同伴可なんだよ）。浴室はたいていタイル張りのシャワー室で、噴水装置には実にいろいろ変化があるものの、一つだけどれにも共通する歴然とした非ラオディケア的特徴があり、すなわちシャワーを浴びている最中に、いきなりやけどをしそうな熱湯になったり震えあがるような冷水になったりする傾向で、これは隣室の人間が水か湯の栓をひねったために、せっかく手間をかけてシャワーを適温に調節したのに水か湯がそちらに取られてしまうからである。あるモーテルでは、便所に注意書きが貼ってあり

（水洗タンクの上にはタオルが不衛生に積み重ねられている）、便器の中にはゴミや、ビールの空き缶や、紙パックや、死産した赤ん坊を捨てないで下さいと客に呼びかけていた。他のモーテルでは特別のお知らせが額縁入りで掲げられ、たとえば「おすすめ」（乗馬——月光に照らされたロマンチックな乗馬を楽しんだ後で、人々が大通りを帰ってくる姿がよく見かけられます）を読んだロマンチックではないローは、「よく午前三時ごろに、じゃないの」と嘲った。

　私たちが知るようになったのは、モーテルの経営者にはいろんなタイプがいることで、男性の中には改心した犯罪者に、退職した教師[*4]、事業に失敗した人間などがいて、女性の中には母親タイプ、偽淑女タイプ、マダムタイプといった変種がある。そしてときどき、とてつもなく蒸し暑い夜に、汽車が胸の張り裂けそうな不吉な響きの悲鳴をあげ、その絶望的な絶叫の中に力と苦悩を注ぎ込んでいた。

　私たちが避けたのは民宿で、これはいわば葬儀場の田舎の親戚であり、旧式だし、お上品でシャワーがなく[*5]、気が滅入るほど白とピンクに統一された小さな寝室には凝った化粧台があり、女主人の子供たちの成長過程を記録した写真も飾られている。しかし私は、「本物」のホテルにぜひ泊まりたいというローの願いに、ときどき負けることがあった。夕暮れに染まった神秘的な脇道の静けさの中で、車を停めて愛撫しているあいだに、彼女がガイドブックで選んだのは高い評価を受けている湖畔のホテルで、彼女が手にした懐中電灯に照らし出されて、そこで提供されるサービスの文字が大きく浮かびあがり、たとえば気の合う仲間、間食用の軽食、野外バーベキューといろいろあるが、私の頭の中では、くさい臭いのするTシャツ姿の高校生の男の子たちと、燃えさしのように真っ赤な頬が彼女の頬に押し当てられる忌まわしい光景が展開し、一方哀れなハンバート先生は、抱くものといっても自分のごつごつした膝しかなく、疣痔《いぼじ》を湿った芝生の上で冷やしていたわるばかりだ。同様に、彼女がとても気を引かれたのは、あの「コロニアル風」の宿泊施設で、「優雅な雰囲気」や見晴らし窓もさることながら、「う、う、うまい!食べ物をどっさり」出すと書いてあったからだ。私は父親の宮殿みたいなホテルの記憶を宝物にしていたので、私たちが旅行しているこの奇妙な国にも似たようなものはないかと、ときどき探してみた。しかし私はすぐにがっかりした。ところがローは相変わらず広告に出ているうまい食べ物の匂いを追跡し、私のほうは「ティンバー・ホテル、一四歳以下の子供は無料」といった道路沿いの看板に節約面だけとは言えない刺激を受けるのだった。その一方、今でも思い出すと怖気が走るのは、「冷蔵庫を漁れ」と広告で夜食の無料サービスを謳っている、中西部の州にあるいわゆる《ソワ・ディザン》「高級」リゾートホテルのことで、私の言葉の訛りが気になったらしく、[*6]亡くなった妻や母の旧姓をたずねられたのである。そこに二日泊まっただけで料金はなんと一二四ドル!それから、君は憶えているだろうか、ミランダ、[*7]朝のコーヒーの無料サービスに飲料用冷水設備があり、一六歳以下のお子様はお断り(もちろん、ロリータたちはお断り)という、あの「超お洒落《しゃれ》」な泥棒の巣窟を?

ふだんよく利用するようになった質素なモーテルに到着すると、彼女はすぐに扇風機のスイッチを入れ、二五セント銀貨を入れてラジオをつけてくれとねだったり、備え付けの冊子にぜんぶ目を通して、どうして広告に出ている山道をのぼったり、近くにある鉱泉の温泉プールで泳いだりできないのかと、べそをかきながらたずねたものだった。いかにも退屈そうな、だらけた恰好をする癖が身について、赤いスプリングチェアとか緑の長椅子とか、足置きと天蓋の付いた縞模様のキャンヴァス地のデッキチェアとか、スリングチェアとか、テラスに置かれたパラソルの下にあるローンチェアにぐったりと身を投げ出し、その姿がおぞましくも欲情をそそるので、何時間もおだてたり、おどしたり、約束したりして、やっと数秒だけ、我が哀れな楽しみよりも彼女がやりたいことをさせてやる前に、二人きりになれた五ドルの部屋で、褐色の手足を貸してもらうことがよくあった。

　天真爛漫さと欺瞞、魅力と下品さ、青色のふくれ面《づら》と薔薇色の笑いを合わせ持つロリータは、そのときの気分次第で、まったく頭にくるような小娘になることもあった。ときには思いがけなく、気まぐれに退屈そうなそぶりをしたり、わざと激しい不満を口にしたり、寝そべって、だらしない恰好で、どんよりした目つきになったり、いわゆる「ぐだぐだ」したり、といった発作的なふるまいをするのだ――そういう無意味な道化芝居を、彼女は不良の男の子がやるような自己主張だと思っていた。知能面では、うんざりするほどありきたりの女の子だとしか思えなかった。甘くて熱いジャズ、スクエアダンス、べとべとのチョコレートシロップをかけたアイスクリーム、ミュージカル[*8]、映画雑誌など、こういったものがお気に入りのリストに必ず入ってくるやつだ。食事をするたびに、豪華なジュークボックスに何枚小銭を投じたことか！　耳にまだ残っているのは、彼女にセレナーデを歌う、目に見えない連中の鼻にかかった声で、そういう連中にはサミーとかジョーとかエディとかトニーとかペギーとかガイとかパティとか[*9]レックスといった名前が付いていて、センチメンタルなヒット曲は、彼女の好きなキャンディが私の味覚からすればみな同じに思えるように、どれも似たり寄ったりにしか聞こえなかった。彼女はまるで天からのお告げを信じるように、《ムーヴィー・ラヴ》とか《スクリーン・ランド[*10]》に載っている広告や忠告を信じていた――「スタラシルでニキビもスッキリ」とか、「みなさん、ジーンズをはくときはシャツのすそが外に出ていないか注意しましょう。それはみっともないよ[*11]とジルも言っています」。もし道沿いの看板に「当ギフトショップにぜひご来店を」とあれば、私たちは必ずそこに入って、インディアンの土産物や、人形や、銅細工や、サボテン飴を必ず買うことになるのだった。「珍品と名産」という文句はその強弱格のリズムでひたすら彼女を魅了した。喫茶店の看板に「冷たい飲み物あります」とあれば、彼女はたちまち飛びついたが、実を言えばどこへ行っても飲み物はみな氷みたいに冷たかった。広告が捧げられている相手は彼女であり、彼女こそ理想の消費者、あらゆる汚らわしいポスターの主題にして対象なのだ。そして彼女は、ハンカン・ダインズ[12]の聖霊が小粋な紙ナプキンやコテージチーズをのせたサラダに降臨しているようなレストランだけをご贔屓《ひいき》にしようとしたが、それは無理だった。

しばらくして私の神経と彼女の道徳観を激しく荒廃させることになる金銭買収システムを、まだこの時点では彼女も私も思いついていなかった。そういうわけで、まだ思春期の愛妾を服従させ、ご機嫌を取るために使っていたのは他の三つの方法である。数年前、雨の多い夏、彼女はミス・ファーレンの霞んだ目に監視されて、アパラチア[13]にあるおんぼろ農家で暮らしたことがあり、そこは昔ヘイズ家の偏屈者か誰か[14]の家だった。そこは花の咲かない森の端にある背高泡立草が繁った土地にまだ建っていて、年中ぬかるんだ道がそこで行き止まりになり、いちばん近い村からは二〇マイルも離れていた。ローはそのみすぼらしい家や、寂しさ、じめじめした古い牧草地、風、それにだだっぴろい荒れ地のことを思い出すと、激しい怒りで口を歪め、[15]半分のぞいている舌をふくらませるのだった。そこで私は、「現在の態度」をあらためないかぎり、私と一緒に二人きりで何カ月も、必要とあらば何年もその農家で暮らして、フランス語とラテン語のお勉強を私から教わることになるぞと警告したのである。シャーロット、君の気持ちがだんだんわかりかけてきたよ!

竜巻のような癇癪に待ったをかけようとして、幹線道路のまんなかで車の向きを変え、その暗くて陰鬱な家にこれからまっすぐ連れていくぞとほのめかしたら、やはりただの子供にすぎないローは嫌っ!と叫んで、運転している私の手に必死につかみかかってくるのだった。ところが、西へと旅をしてだんだんそこから遠ざかると、脅しも実体のないものになり、説得する他の方法を採用せざるをえなくなった。

その中で、感化院に入れるぞという脅しを使ったのは、今ふりかえっても内心忸怩《じくじ》たる思いがする。肉体関係を持った当初から、この関係を秘密にしておくためには彼女の絶対的協力を得なくてはならないし、彼女がどれほどの恨みを抱いていようと、他のどんな快楽を求めようと、それだけは第二の天性として植え付けておく必要があると、私は賢明にもわかっていたのである。

「さあ、お父さんにキスしておくれ」と私は言う。「だだをこねるのもいい加減にしなさい。かつて、まだ私がおまえの夢の男性だったころ［ローのようなしゃべり方をするのにどれほど骨を折っているか、読者はきっとお気づきになるだろう］、おまえは同世代の輩《ともがら》が夢中になっていた、身体と声を震わせるナンバーワンのアイドル歌手が出すレコードにうっとりしていただろ［ロー『同世代の何ですって？　まともな言葉でしゃべってよ』］。そのみんなのアイドルが、仲良しのハンバートの声にそっくりだって、おまえは思ったんだろ。ところが今じゃ私はただのおやじになって、夢の娘を守る夢のパパというわけだ。

我が愛しい《シェール》ドロレス！　私はおまえを守ってやりたいんだよ、石炭小屋や裏路地で、それにおまえがよくよく知ってるように、《コム・ヴー・ル・サヴェ・トロ・ビヤン、マ・ジャンティーユ》青くすみきった夏のブルーベリーの森で、小さな女の子にどんな恐ろしい災難がふりかかるかわかりゃしないんだから。いかなる艱難辛苦《かんなんしんく》があろうと、私はずっとおまえの保護者でいるつもりだし、もしおまえがいい子でいてくれたら、さほど遠くない将来に法廷もその保護者としての資格を認めてくれるかもしれないんだ。ただね、ドロレス・ヘイズ、『淫猥かつ好色な同棲』という言葉を合理的だとして採用しているような、いわゆる法律用語は忘れようじゃないか。私は子供に淫らなまねを働く犯罪的な性的異常者ではないんだ。レイピストはチャーリー・ホームズで、私はセラピスト[*16]——ほんの少しの違いがえらい違いだ。私はおまえの

『ねえパパ』なんだよ、ロー。ほら、少女に関するこの学術書をみてごらん。ほら、ここにどんなことが書いてあるか。引用してみようか。正常な女子は（正常だよ、いいかい）、正常な女子はふつうなんとかして父親に気に入られたいと思うものだ。父親の中に、つかまえどころのない理想の男性像を感じ取るのである（『つかまえどころのない』とは、ポローニアスではないが、まったく言い得て妙！）。賢い母親なら（そしておまえの哀れなお母さんも、もし生きていたらきっと賢い母親だったはずだ）父親と娘の仲がよくなるのを奨励するのは、俗っぽい言い方が許されるなら、女の子は父親とのつきあいから理想の恋愛像や理想の男性像というものを作り上げていくことがわかっているからだ。さて、この脳天気な書物がおすすめしているそのつきあいとは、いったいどういうものなのだろうか？　ふたたび引用しよう。シチリアでは、父親と娘との性的関係というものは当然のこととして許容されており、そういう関係を持った女子が地域社会から非難の目で見られることはない。私はシチリア人というのが大好きでね、ロー、スポーツ選手としても、音楽家としても立派だし、正直な人々だし、それに愛することにかけてもすばらしいじゃないか。まあしかし脱線はやめておこう。つい先日、新聞で読んだつまらない記事によれば、中年の背徳者がマン法違反および九歳の女の子を不道徳な目的（とはどんなものか知らないが）で他州に連れ出し、罪状認否で有罪を認めたらしい。愛しいドロレス！　おまえは九歳じゃなくてほとんど一三歳なんだし、自分を他州に売り渡される奴隷だなんて思ってもらいたくないし、嘆かわしいことにマン法という言葉はおぞましい駄洒落をすぐに連想させて、これはジッパーをしっかり閉じている俗物たちに対する意味論の神の復讐ではないだろうか。私はおまえの父親だし、まともな言葉をしゃべっているし、おまえを愛しているんだ。

　最後になるが、もしも未成年者のおまえが、まっとうなホテルで大人の道徳心を傷つけるという罪を犯したのに、私がおまえを誘拐し強姦したなんて警察に苦情を言ったとしたらどうなるか、考えてみようじゃないか。もし警察がおまえの言うことを信じたと仮定しよう。未成年の女子が、二一歳以上の男性と肉体関係を持ち、その犠牲者を強姦罪か場合によっては第二級強制猥褻罪[*17]に巻き込んだとすると、最高の刑は懲役一〇年。というわけで、私は刑務所行きになる。よろしい。行きましょう[*18]。しかし、みなしごのおまえはどうなる？　実は、おまえのほうが幸運だ。おまえは民生局の保護観察下に置かれる——そう聞いただけでちょっと暗い雰囲気になるけれども。ミス・ファーレンに似ているが、もっと厳格で飲酒癖もない、怖い顔をしたすてきな寮母さんが、おまえの口紅やらきれいな服を取り上げてしまう。ほっつき歩くのももう禁止！　人の手に委ねられたり、親に見捨てられたり、不良になったり、犯罪を犯した子供に関する法律のことを、おまえは聞いたことがあるだろうか？　私が監獄の鉄格子をつかんで立っているあいだ、身寄りのない幸せなおまえは、住む場所としていろんな中から選択する権利を与えられるが、それはどれも似たり寄ったりの、更生施設か、感化院か、少年拘置所か、あの立派な女子教護院で、編み物をしたり、賛美歌を歌ったり、日曜日には腐ったような臭いのするパンケーキをいただいたりするわけだ。おまえはそこに行くことになるんだよ、ロリータ——我がロリータ、このロリータはカトゥルスを捨てて、非行少女としてそこへ行くんだ。もっとわかりやすく言えば、もし私たち二人のことがばれたら、おまえは精神鑑定を受けて施設送りになるわけだ、我がペットよ、それだけ《セ・トゥー》のことさ。おまえは住むことになるんだ、我がロリータは住むことになるんだ（こっちへおいで、我が褐色の薔薇よ）、汚い寄宿舎で気の利かない他の三九人の連中と一緒に（いや、お願いだから続けさせてくれ）、怖い寮母さんに監視されて。これが状況で、これが選ぶ道だ。こういう状況だと、ドロレス・ヘイズはお父さんにくっついていくほうがいいと思わないかい？」

こう言い含めて、ローを震え上がらせる作戦が成功したのは、ときには生意気で大胆なふるまいをしたり、気の利いた文句を言うことはあっても、知能指数が指し示すほど賢い子供ではなかったからだ。しかし、秘密と罪悪感を共にするという背景をなんとか打ち立てることはできても、ご機嫌をとりつづけるのはあまりうまくいかなかった。一年に及ぶ旅行のあいだ、毎朝私は何か期待を持たせ、彼女が楽しみにして、就寝時間まで彼女を保たせておけるような、時空間における特別な一点をでっちあげなくてはならなかった。そうしないと、血や肉となる目的を失って、彼女の日々の骨格がたるみ崩れ落ちてしまうのだ。視界にある目標物はなんでもよかった——ヴァージニアの灯台、喫茶店に改造されているアーカンソーの洞窟、オクラホマのどこかにある銃とヴァイオリンのコレクション、ルイジアナにあるルルドの洞窟の復元、ロッキー山脈のリゾート地にある博物館に飾られている金鉱発掘時代の古ぼけた写真とか、何でもいいが、動かない星みたいに、とにかく私たちの行く手にちゃんとあることが大切で、そこにたどりついたらすぐにローがうんざりしたふりをしても仕方がなかった。

全米の地理を稼働させることで、私は何時間もぶっ通しで全力を傾け、「旅行してまわる」という印象、つまりどこかたしかな目的地を目指し、物珍しい楽しみを目指して車を走らせているのだという印象を彼女に植え付けようとした。今私たちの前に光り輝いている、狂ったキルト刺繡のような四八州を横断する、こんなになめらかで快適な道路はこれまでに見たことがなかった。私たちはそうした延々と続く幹線道路を貪欲にたいらげ、そのつやつやと黒く光るダンスフロアの上を恍惚となって無言のままで滑っていった。ローは景色というものにまったく見る目がないばかりか、私が風景の中のあれやこれやの魅惑的な部分に注意を喚起するとひどく憤慨したりした。私がそういう部分に目がいくようになったのは、むなしい旅の欄外にたえず存在している微妙な美というものに、かなり長いあいだ触れてからのことであった。絵画的思考のパラドックスによって、ありふれた北米平原部の田園風景は、最初のうちどこか見憶えがあるぞという愉快な驚きを伴っていたが、それは昔アメリカから輸入された絵入りの油布が、中央ヨーロッパの家庭ではよく育児室の洗面台の上に吊してあって、おねんねの時間になったうとうとしている子供の目には、そこに描かれている田舎の緑の景色が魅力的に見えたからだった——ぼんやりとした渦巻きのような木々、納屋、家畜、小川、花咲き乱れる果樹園のどんよりとした白さ、そしておそらく石塀か緑のグアッシュで描かれた丘。しかし、そうした単純な田園風景のモデルになったものを間近に知るようになればなるほど、それが次第に不思議な景色に見えてきたのだ。耕された平原のむこう、おもちゃのような屋根の彼方には、無用の美がゆっくりと広がっていき、プラチナ色の靄に包まれた低い太陽が、遠くの艶めかしい霞と溶け合っている、鳩の灰色をした二次元の雲の上端を、皮を剝いた桃のようなあたたかい色合いに染めているのである。間隔をおいた木々の列が地平線を背にしてシルエットを浮かび上がらせていることもあれば、クローバーの荒地の上に熱い真昼がじっとたちこめていることもあり、霞む紺碧の空の遥かむこうに描き込まれたクロード・ロラン風の雲は、吸い込まれていくような無色の背景で積雲の部分だけを目立たせている。あるいはまた、凄絶なエル・グレコ風の地平線で、インクのように黒い雨をはらみ、ミイラのような首筋をした農夫の姿が一瞬ちらりと見え、あたり一面は水銀のような川と強烈な緑のトウモロコシが代わる代わる縞模様を作り、そのすべての配列が扇のように広がっているのは、カンザスのどこかだ。

ときおりその広大な平原で、巨大な樹木が私たちの方に向かって歩んできて、道端でおとなしく群れ集まり、ありがたいことにピクニックのテーブルにささやかな影をこしらえてくれることもあり、太陽のかけらや、ぺしゃんこになった紙コップや、翼果《よくか》や捨てられたアイスクリームの棒が茶色い地面に散らばっていた。道路沿いの施設を頻繁に利用する、うるさ型ではないローは便所の表示をおもしろがった――男子－女子、ジョン－ジェイン、ジャック－ジル、牡鹿《おじか》－牝鹿《めじか》＊19というやつまであった。芸術家の夢にふけりながら私が見つめている景色は、あざやかな緑のオークを背景にした、しみ一つなく輝いているガソリンスタンドの給油設備だったり、荒涼とした農耕地に呑み込まれそうになりながらもそこからなんとか逃げのびた、傷ついてはいるがまだ屈服していない遠くの丘だったりした。

　夜になると、色とりどりの灯を鏤《ちりば》めた背の高いトラックが、まるで恐ろしい巨大なクリスマスツリーのように、暗闇の中に聳えたかと思うと、轟音をたててのろい小型のセダンのそばを通り過ぎていくのだった。そしてまた翌日になると、雲もまばらになった空が熱気に青さを失い、頭上で溶けて、ローが飲み物をねだり、ストローで吸いながら頬を激しくへこませ、ふたたび車の中に戻るとそこは灼熱の地獄で、道の前方は陽炎にゆらめき、遠くの車は路面の照り返しで蜃気楼のように形を変え、熱い靄の中で一瞬浮き上がり、旧式の背の高い箱型車のように見えた。そしてさらに西に向かうと、修理工が「蓬《よもぎ》」と呼んでいた繁みが現れ、それからテーブルの形をした丘の神秘的な輪郭、杜松《ねず》がインクのしみのように点々と散らばる赤い断崖、そして焦げ茶色から青色へ、さらに青色から夢色へと移行していく山並みと続き、砂漠はたえまのない突風で私たちを出迎え、埃が舞い、灰色の茨《いばら》の繁みに出会い、さらにはティッシュペーパーのおぞましい切れ端が白い花をまねながら、幹線道路沿いの、風に痛めつけられて枯れ果てた茎のとげにからみついていた。そしてそのまっただなかに、無心な牛がときどきいて、人間の交通規則に一切逆らった姿勢（尾は左、白い睫毛は右）で微動だにしなかった。

　私の弁護士は、私たちがたどった道筋をはっきりと包み隠すことなく述べるようにと教えてくれたが、どうやらそうした面倒が避けられない地点まで来たようだ。おおざっぱに言って、あの狂った一年（一九四七年の八月から一九四八年の八月まで）のあいだ、私たちの旅はまずニューイングランドをごそごそぐるぐる動くところから始まり、それから南へ行って、上がったり下がったりしながら、東へ西へと蛇行していった。いわゆる《ス・コン・アペル》ディキシーランドというところにどっぷりつかり、ファーロー夫妻がいるのでフロリダは避け、西に方向を変え、トウモロコシ地帯や綿花地帯をジグザグに横切り（クラレンス、これではあまりはっきりしているとは言えないが、メモを取っていなかったし、今私の手元にあるもので、この回想記を点検する資料として使っているのは、無惨にも不具になった三巻本の旅行案内書しかなく、それがずたずたでぼろぼろになった私の過去の象徴とも言えそうな気がするのだ）、ロッキー山脈を越えてはまた逆方向から越え、南の砂漠を徘徊しながらそこで冬を過ごし、太平洋に出ると、北に進路を取って林道沿いの淡いライラック色の綿毛のような花が咲いている灌木を抜け、カナダ国境近くまでたどりついてから、東に進み、肥えた土地や痩せた土地を横切り、大規模な農業地帯へと戻り、幼いローが甲高い声で抗議するのを無視して、ローの生まれ故郷である、トウモロコシと石炭と豚の産地で知られる地域を避け、そして最後に東部の山襞へと帰って、終点となったのがビアズレーという大学町だった。

2

さて、次をお読みいただく際に、ぜひ心に留めておいていただきたいのは、道草を食ったり観光旅行者用の罠に落ちたり、あるいは小さな円を描いたりとんでもない脇道にそれたりといったことだらけの、前述した大まかな道のりだけではなく、気ままな物見遊山《パルティ・ド・プレジール》とはおよそ違って、私たちの旅がつらい環境の中で、ねじ曲がりながらも目的論的な成長を遂げていったものであり、その唯一の存在理由《レゾン・デートル》と言えば（こういったフランス語の決まり文句はいかにも暗示的だ）、キスから次のキスまでのあいだ、連れのご機嫌を損なわないようにしておくことだったという事実である。

ぼろぼろになった旅行案内書のページを繰ると、かすかに思い出すのは南部の州にあったマグノリア公園で、入場料が四ドルもしたが、案内書の広告によれば三つの理由からここはぜひおすすめとのことで、その第一は、世界最高の庭園だとジョン・ゴールズワージー（とうの昔に化石となった凡庸な作家）が褒めているから、第二は、一九〇〇年に出たベデカーのガイドブックでは一つ星が付いているから、そして最後の理由は……ああ読者よ、我が読者よ、当ててみたまえ！……子供たち（我がロリータも子供じゃないのか！）は「この天国を想わせる庭園の中を目を輝かせながら敬虔な気持ちで歩み、人生にも影響を与えるほどの美を味わう」からだというのだ。「あたし向きじゃないわね」と沈んだローが言って、かわいい膝に新聞の日曜版を二つのせながらベンチに座った。

私たちが何度も何度も通り過ぎたアメリカの道路沿いのレストランは全範囲に及び、その最底辺だったのは鹿の頭が看板になった（内眼角には長い涙の跡が黒くついている）「食事処」で、「湯治場《クーアオルト》」風の臀部を描いた「滑稽」な絵葉書、釘で突き刺した勘定書、救命具の形をしたキャンディ、販売されているサングラス、広告業者が描く天上のクリームサンデー、ガラス容器に入れた半切りのチョコレートケーキ、そして汚いカウンターにこぼれているべとべとの砂糖の上をジグザグに縫って飛ぶ、おぞましいほど経験豊富な数匹の蝿たちが目につき、そこからずうっとランクを上がると、照明を抑え、とんでもなく粗末なテーブルクロスに、不慣れな給仕たち（前科者か大学生）、映画女優の糟毛《かすげ》色《いろ》の背中、その現時点での情夫の黒々とした眉毛、ズートスーツ姿のトランペット奏者を揃えたオーケストラが印象的な、値段の高いレストランになる。

　私たちが見物した、[*1]世界最大の石筍《せきじゅん》を誇る洞窟は、南東部の三州が一族再会を果たしている場所にあり、入場料は年齢別で、大人は一ドル、思春期は六〇セントだった。ブルー・リックスの戦いを記念する花崗岩の尖塔では、古い人骨やインディアンの陶器などが展示されている博物館がそばにあり、ローは一〇セントで、これは妥当な入場料だ。リンカーンが生まれた昔の丸太小屋を大胆にもまねている、現在の丸太小屋。詩「樹木」の作者を追悼する銘板がはめ込まれた丸石（現在私たちがいるのはノースカロライナ州のポプラーコーヴで、我が親切にして、寛容で、いつもだと実に控えめな旅行案内書ですら怒りをこめて「ひどく狭い道路で、補修工事もまともにされていない」と呼んでいる道を通ってたどりつけるのだが、私はキルマー愛読者ではないにせよ、その意見には賛同したい）。モーターボートを借りて乗ったことがあり、操縦をしてくれたのは年配だがまだうんざりするほど美男子の白系ロシア人で、男爵だったらしく（ローは手のひらに汗をかいていた、このおばかさん）、カリフォルニアにいたときに今は懐かしいマクシモヴィチやヴァレリアと知り合いになったそうだが、ジョージア州沿岸のどこかの島にある、およそ手のとどかない「億万長者の村」がそのモーターボートから見えた。私たちはさらに見物してまわった。ミシシッピ州のリゾート地にある趣味の品を集めた博物館には、ヨーロッパのホテルの絵葉書が揃えてあって、父親のホテル・ミラーナのカラー写真もあり、その縞模様の日よけや、修整をほどこされた棕櫚《しゅろ》の木の上に翻っている旗を目にしたときには、思わず誇らしさで胸が熱くなった。「それがどうしたの？」とローは、私たちと一緒に〈趣味の館〉へ入ってきた、赤銅色に日焼けしている高級車の持ち主を横目で見やりながら言った。綿花全盛期の遺物。アーカンソーの森では、彼女の褐色の肩に紫がかったピンク色の腫れ物ができて（ブヨか何かのしわざだ）、その美しい透明の毒液を私は両手の親指の長い爪ではさんで搾り出し、それから芳《かぐわ》しい血をたらふく吸ってやった。バーボン街（ニューオーリンズという町にある）の歩道では、旅行案内書によれば、「ことによると「この「ことによると」というのが気に入った」、黒人の子供たちによる余興が行われ、たぶん「この「たぶん」のほうがもっと気に入った」、小銭を払えばタップダンスをしてくれるだろう」（実におもしろそう）というのだが、一方「その通りに無数にある、うちとけた雰囲気の小さなナイトクラブには、観光客が群がっている」（いやらしい連中だ）。開拓時代の民間伝承のコレクション。南北戦争以前の家には鉄製の飾り格子付きのバルコニーや手彫りの装飾がある階段があり、これは肩に太陽のキスを浴びた映画女優が色彩豊かなテクニカラーの中で、襞飾りの付いたスカートの前を小さな両手であの独特の仕方でつまみ、一気に走って降りてくるような種類の階段で、上の踊り場では忠実な召使いの黒人女がしょうがないわねと頭をふっているのである。メニンガー財団の精神科病院は、冗談でのぞいてみた。みごとに浸食された粘土地帯、そしてユッカの花は、実に可憐で、蠟のようなのに、白い蠅[*2]が這いずりまわっていて見るに耐えない。ミズーリ州インディペンデンス、旧オレゴン街道の起点。カンザス州アビリーン、ワイルド・ビル・なんとか・ロデオの発祥地。遠くの山。近くの山。さらに山。青く聳える美しい山並は、人をけっして寄せつけないか、もしくは人の住む丘また丘へとたえず変容している。南東部の山脈、高山としては標高不足。幹線道路を曲がると容赦ない山頂がどこからともなく現れ、その雪渓が血管のように走った灰色の巨石は、心を貫き天も貫く。整然と重なり合う黒い樅《もみ》が、ところどころ白っぽく刷毛で描いたようなポプラで中断されている、広大な材木地帯。ピンク色とライラック色の累層、ファラオを想わせるというか、ファリックというか、「昔すぎて話にならないわ」（無感動なロー）。黒い溶岩の小山。尾根に沿って子象のように生毛をはやした早春の山。すっかりうずくまり、蛾に食われた黄褐色のフラシ天の下に古代エジプトの像のような重い手足を折り曲げた、夏の終わり[*3]の山。丸い緑色のオークで斑《まだら》になった、オートミールのような丘。麓にアルファルファの豪華な絨毯を敷きつめた最後の赤茶色の山。

さらに見物したもの。コロラド州のどこかで見た小氷山湖、それに雪溜まり、可憐な高山植物の小さいクッション、そしてさらに雪。赤いひさし付きの帽子をかぶったローはそこを滑って下りようとして悲鳴をあげ、青年たちから雪の玉を投げつけられ、いわば《コム・オン・ディ》報復攻撃をした。骸骨のようなポプラの燃え跡、尖った青い花の花畑。景観道路から見えるさまざまな景色。数百もの景観道路、数千ものベア・クリーク、ソーダ・スプリング、ペインティッド・キャニオン。テキサス、干魃《かんばつ》に見舞われた平原。世界最長の洞窟にある水晶の間、子供一二歳以下入場自由、ローは若い虜。当地のある婦人がやっていた自作彫刻の展示、惨めな月曜の朝に行ってみたら閉館で、埃と、風と、痩せた土地。コンセプション公園、そこはメキシコ国境の町にあり、越えはしなかった。そこでも他の場所でも、夕暮れになると灰色の蜂鳥が無数に現れ、薄暗い花の喉をさぐっていた。ニューメキシコにあるシェイクスピアというゴーストタウン、ここではラシアン・ビルという悪党が七〇年前に色彩絢爛たる縛り首になった。魚の養殖場。岩窟の住居。子供のミイラ（フィレンツェのベアトリーチェと同時代のインディアン）。私たちにとっては二〇回目のヘルズ・キャニオン。五〇回目のなんとかあるいはかんとかへの入り口、その頃にはもう表紙が取れていたあの旅行案内書を参照のこと[*4]。私の鼠蹊部《そけいぶ》にとりついたダニ。帽子にサスペンダーという恰好で、夏の午後を公園にある噴水のそばの木陰で無為に過ごしている、常連の三人組の老人たち。山道の柵のむこうに見える青い靄のかかった景色、それを楽しんでいる家族連れの背中（ローが熱い、幸せな、興奮した、緊張した、希望に満ちた、希望のないささやき声でこう言った。「ねえ、マックリスタルさんの一家よ、お願い、話しかけてもいいでしょ、お願い」――読者よ、話しかけるだなんて！――「お願い！どんなことでもするから、ねえ、お願いよ……」）。インディアンの儀式のダンス、完全に商売。ART[*5]――全米冷凍輸送会社。どう見てもアリゾナの、プエブロ族のインディアンの住居、土着人の岩壁画、砂漠の峡谷に残っている恐竜の足跡、三〇〇〇万年前のもので、そのころ私はまだ子供だった。ひょろひょろっとした、身長六フィートで青白く、よく動く喉仏をした男の子がローとそのオレンジ色まじりの褐色をした剝き出しになっているお腹に卑猥な視線を送っていたが、その五分後、そこに私はキスをしたんだよ、ジャック君。砂漠の冬、麓の丘の春、花咲き乱れるアーモンド。ネヴァダ州にある陰気な町リノ、そこのナイトライフは「国際色豊かで大人向き」とのこと。カリフォルニアのワイナリー、ワイン樽の形をした教会も建っている。死の谷。スコッティの城。ロジャーズという人物が長年にわたって集めた芸術作品。美人女優たちの醜い別荘。死火山にあるR・L・スティーヴンスンの足跡。ドロレス伝道教会《ミッション》、本にうってつけの題名。波が彫った砂岩の花綱模様。ロシア峡谷州立公園でおおげさに癲癇の発作を起こした男。青く、どこまでも青いクレーター湖。アイダホ州にある魚の養殖場と州刑務所。陰気なイエローストーン公園と色のついた温泉、小さな間欠泉、虹色をした泡立つ泥――我が情熱の象徴だ。野生生物保護地区にいた羚羊《れいよう》の群れ。一〇〇回目の洞窟、大人一ドル、ロリータ五〇セント。ノースダコタ州にある、フランス人侯爵が建てた城。サウスダコタ州にあるトウモロコシ宮殿。そびえ立つ花崗岩に彫られた歴代大統領たちの巨大な頭。「髭の濃い女性も当社の広告を読んで今では独身の悩みも解消」。インディアナ州の動物園では、猿の大軍団がクリストファー・コロンブスの旗艦を模したコンクリート製の船で暮らしている。陰鬱な砂浜沿いに立ち並んでいるどこの食堂のどこの窓にも、死んだか半分死んでいる、魚の臭いがする蜉蝣《かげろう》が無数にいる。茶色い羊の毛のような煙が弧を描き、アクアマリン色の湖面に投げかけた緑の影の中に落ちていく、連絡船〈シティ・オブ・チェボイガン〉号から眺めた、大岩に集まる太った鷗。通風管が町の下水の下をくぐっているモーテル。リンカーンの家、かなりいんちきくさくて、客間の本や時代物の家具などをたいていの観光客はリンカーンのものだと思って拝観してしまう。

　私たちは大喧嘩も小喧嘩もした。最大の喧嘩が起こった場所は、ヴァージニア州の〈レースワーク・キャビンズ〉。リトルロックのパーク・アヴェニューにある、学校のそば。コロラド州ミルナー山道、標高一〇七五九フィート。アリゾナ州フェニックスの七番街と中央通りの交差点。ロサンジェルスの三番街、映画館かどこかの切符が売り切れていたので。ユタ州の〈ポプラの木陰〉というモーテル、我がロリータと背丈もさほど変わらない思春期の木が六本立っているところで、そこで彼女はさりげなく《ア・プロポ・ド・リヤン》、いったいいつまでこんな窮屈なキャビンで暮らして、一緒に汚らわしいことをして、普通の人々みたいな生活をしないでいるつもりなの、とたずねた。オレゴン州バーンズの北ブロードウェイ、西ワシントン通りとの交差点、向かいがセイフウェイ食料品店だった。アイダホのサン・ヴァレーにある小さな町、煉瓦造りのホテルの前、青白い顔と赤ら顔の煉瓦がうまく混ざり合い、その反対側では、戦没者慰霊碑一面に液体のような影を落として戯れていた。パインデールとファースンのあいだにある、蓬だらけの野原。ネブラスカ州のどこか、大通りの、一八八九年に設立された第一ナショナル銀行のそば、通りから見た景色には線路の踏切が見え、さらにそのむこうには白いオルガンパイプのように並んだサイロがあった。そしてミシガン州にある、あいつのファーストネームと同じ名前がついた町の、マキューエン街とウィートン通りの角。

　私たちが知るようになったのは、ヒッチハイキング人間、学名で言えばホモ・ポレックス（親指人間）という奇妙な道端の種族であり、多数の亜種や型を持つ。仕立て下ろしの軍服を着て、静かに待ち、カーキ服が道で威力を発揮することを静かに意識している謙虚な軍人。たった二丁先でも乗せてくれという男子生徒。二〇〇〇マイル先まで行こうとする人殺し。得体の知れない、神経質で年配の紳士、新品のスーツケースを持ってちょび髭をはやしている。楽天的なメキシコ人三人組。トレーナーの前のところに弧を描いている有名大学の名前を見せびらかすように、休暇中の肉体労働の垢を自慢する大学生。ちょうどバッテリーが切れて、大あわてをしている婦人。きれいに散髪して、髪をてかてかにして、目はきょろきょろしている、白い顔をした若い獣たちは、派手なシャツや上着を着て、勢いよく、ほとんど男根のように、親指をぴんと突き出して、ひとりぼっちの女性か妙な願望を持ったさえないセールスマンを誘惑しようとする。

とりわけ腹立たしいポレックスで、ちょうど私と同じ年頃に肩幅の、無職の俳優みたいに不愉快な《ファス・》顔をしたやつ《ア・クラック》が、後ろ向きに歩いてきて、私たちの車のほとんど真前に来たりすると、「乗せてあげましょうよ」とローはしばしば言って、いつもの癖で両膝をこすり合わせるのだった。

まったく、だらりとしたローにはいつもきびしい目を光らせていなければならなかった！　おそらくはたえざる愛の営みのせいか、ひどく子供じみた容貌にもかかわらず、彼女は何か特殊なけだるい輝きを発散し、その光に打たれた修理工や、ホテルのボーイや、行楽客や、高級車に乗った男や、青色に染められたプールのそばにいる薄茶色のうすのろを思わず発情させ、それが嫉妬心に火をつけない場合は、私のプライドをくすぐってくれた。というのも、ローはそういう輝きを自覚していたからで、しばしば私はローが色目を送って《クーラン・アン・ルギャール》いるのを目撃したことがあり、その視線の先にいるのは愛想のよさそうな男性や、腕は筋骨たくましく金色に日焼けして、手首には時計をブレスレットのようにはめている、油だらけになった猿野郎だったりしたが、このロリータにキャンディでも買ってやろうと私が背を向けて行きかけたら、たちまち彼女と金髪の修理工が息の合った冗談のラブソングをかわす声が聞こえてくるのだった。

一所にわりと長く滞在したときには、とりわけ激しい朝の後、私はベッドでゆっくりとくつろぐことがあり、興奮も静まっておだやかな気持ちから、モーテルでお隣どうしになった不器量なメアリーや八歳になるメアリーの弟と一緒なら、薔薇園とか通りの向かいにある児童図書館に行ってもかまわないよと許可してやると（甘やかすハム！）、ローは一時間遅れで戻ってきて、裸足のメアリーは遥か後方で、いつのまにか弟は、のっぽで金髪をした、全身これ筋肉と淋病という二人の醜《ぶ》男《おとこ》高校生に変身しているのである。ここのカールやアルと一緒にローラースケート場に行ってもいいかと（おずおずとではあったが）たずねたとき、我がペットに私がどのような返事をしたか、読者の方なら充分にご想像いただけるであろう。

ほこりっぽい風の午後に、初めてそういうスケート場に行かせたときのことは、よく記憶している。残酷にも彼女は、私がついてきたらおもしろくない、その時間帯はティーンエージャー専用だからと言った。私たちは口論したあげく、なんとか妥協案を見つけた。五〇人ほどの若者が、主に二人ずつ組になり、機械的な音楽に合わせていつまでもぐるぐる滑っている、テント屋根の付いた野外スケート場があり、そこに鼻先を突っ込んでいる他の（空の）車にまじって、私のほうは車の中で待つことにしたが、風が木々を銀色に変えていた。ドリーは他の女の子たちと同様、青いジーンズと白の中深靴を履いていた。ぐるぐるとまわる回数を数えていたら、突然に彼女がいなくなった。滑って目の前を通り過ぎる彼女の姿をふたたび見たときには、彼女は三人のならず者と一緒で、この連中がついさきほど、スケート場の外で女の子の品定めをしていて、ジーンズやスラックスの代わりに赤いショートパンツ姿でやってきた、脚のすらりとしたかわいい女の子をはやしたてているのを私は耳にしていたのだった。

アリゾナかカリフォルニアへ入るときの幹線道路の検問所では、[*6]警官まがいの恰好をした男がしきりにじろじろと私たちを見つめるので、我が哀れな心臓がぐらついた。「蜂蜜《ハニー》は?」とその男がたずねると、そのたびに我がかわいいおばかさんはくすくす笑った。私がいまだに大切にしている、視神経の端から端までを震わせるようなローのイメージは、彼女が馬に乗っているところで、それは案内人と一緒に馬道に沿って旅をする途中のことだ。ローが身体を上下させながら並足で進み、前には年配の女が乗り、後ろには首筋が赤く日焼けした、好色そうな観光牧場の男を従えている。私はその後ろにいて、男の花柄シャツのでっぷりとした背中を憎しみの目で見つめ、それは山道をのろのろといく前方のトラックに対して自動車の運転手が感じる憎しみよりも激しい。あるいはまた、スキー場で、天空をただ一人、この世のものとは思えぬリフトに乗って彼女が遠ざかるのを見守っていると、きらきら輝く山頂には上半身裸になったスポーツマンたちが笑いながら、他ならぬ彼女を待っているのである。

　どんな町に滞在しようが、私は礼儀正しいヨーロッパ人らしく、屋内プールや、美術館や、地元の学校はどこにあるのか、いちばん近くにある学校の児童数は何人か、などといった質問をした。そしてスクールバスの時間になると、ほほえんだりちょっと顔をひきつらせたりしながら(顔面《ティック・》痙攣《ネルヴー》に気がついたのは、まず最初に残酷なローがそれをまねしたからだ)、住所不定の我が女子学生を隣りに乗せている車を絶好の位置に停め、下校中の子供たちを眺めるのが、いつも楽しい光景だった。すぐに退屈しやすい性質の我がロリータは、この手のことにまもなく退屈しだして、いかにも子供らしく他人の嗜好に対する同情心というものがないので、青いショートパンツ姿の青い目をしたブルネットや、緑のボレロを着た赤毛や、色あせたスラックスを穿き、ぼんやり霞んだボーイッシュなブロンドが太陽の中でそばを通り過ぎていくあいだに、愛撫してほしいと欲望を口にすると彼女は私を罵った。

そこで一種の妥協案として、他の女の子と一緒だったらいつどこでもプールで泳ぐのはかまわないことにした。彼女はきらきら光るプールの水が大好きだし、飛び込むのが実にうまかった。私もプールにちょっぴりつかった後で、ゆったりとしたバスローブをつけて、豊かな午後の日陰の中に腰を落ちつけると、読みもしない本かボンボンの袋か、それとも両方か、あるいはずきずき疼く前立腺だけを抱えて、彼女がゴム帽子をかぶり、真珠のような水を滴らせ、なめらかに日焼けして、ぴったりフィットしたサテンのパンツにギャザーを寄せたブラという姿で、広告《こうこく》のように恍惚《こうこつ》としながらはしゃぎまわるのを眺めた。思春期の恋人よ！　彼女がこの私の、私の、私のものであることに満ち足りた驚きをおぼえ、嘆きの鳩の啼《な》き声を聞けばつい先頃の朝のお勤めでの喘ぎ声を回想し、これからの午後の恍惚を構想して、太陽に貫かれた目をしかめながら、けちくさい偶然が彼女のまわりにかき集めた他のニンフェットたちとロリータを比較するという、名華選を編む品定めの楽しみにひたるのだった。そして今日、病める我が心臓に手を置いてみれば、そうしたニンフェットたちのうちで、欲望をそそる点において彼女を凌ぐ者が一人でもいたかどうかは怪しいものだし、もしいたとしてもせいぜいは二人か三人で、それも光の当たり加減、あたりにただよう芳香の加減ではなかろうかと思う――一度は青白いスペイン人の子で、顎の角張った貴族の娘を恋した絶望的な場合と、もう一度は――いや、これは脱線してしまった《メ・ジュ・ディ・ヴァーグ》。

当然ながら、私は明晰な嫉妬心から、こうした眩いばかりの戯れの危険性を充分に認識していたので、つねに用心を怠ってはいけなかった。ほんの一瞬でも目を離して、たとえば、朝のリネンの取り替えが終わって、やっと私たちのキャビンの準備ができたかどうか、ほんの数歩でも歩いて見に行ったとしよう――するとなんたることか、戻ってみると、ローがとろんとした目つき《レ・ズュー・ペルデュ》をして、石造りのプールの端でだらしなく爪先の長い脚をプールの水につけバシャバシャとやっていて、その脇には褐色の青年《ブラン・アドレサン》がうずくまり、彼女の赤毛の美しさと赤子のようなお腹のくぼみの中の水銀には、それから数カ月も何度となく繰り返される夢の中で、さぞかし身悶えさせられたことだろう（ボードレール！）。

もっと一緒に楽しめるものがあればと思って、私は彼女にテニスを教えようとした。ところが、全盛期にはなかなかの選手だったのに、教師としてはどうしようもないことがわかったのだ。そこで、カリフォルニアにいたとき、有名なコーチのとても値段の高いレッスンを何度も受けさせたが、このコーチはしわがれ声をした、皺だらけの年寄りで、ハレムよろしくボールボーイたちをまわりにはべらせていた。コートから離れると老いぼれにしか見えないのに、ときおりレッスンの最中に、打ち合いを続けようとして、彼はあたかも春の開花のような絶妙のストローク[*7]を繰り出し、快音をたててボールを生徒へ打ち返すことがあり、その絶対的な実力の神々しいまでの巧妙さを見て思い出したのは、三〇年前に、彼《い》がカンヌで偉大なるゴベールを破ったのを見たことがあるのだ！　このレッスンを受ける前、彼女には上達する見込みがないと思っていた。あちこちのホテルのテニスコートでローに特訓をほどこしたのは、熱風が吹き、砂塵が舞い、奇妙にけだるいときに、陽気で、無邪気で、優雅なアナベル（燦めくブレスレット、白いプリーツスカート、黒いビロードのヘアバンド）に対して次から次へとボールを打たせてやった、あの日々をもう一度生き直すためだったのである。くどいアドバイスをするたびに、私はローの押し黙った怒りを増幅させるだけだった。妙なことに、彼女は試合をするよりも（少なくともカリフォルニアに着くまでは）でたらめなパット・ボールまがいのほうが好きで、実際にプレイをするというよりはボール拾いに近く、相手はひょろひょろっとしてひよわな、ぎこちない天使《アンジュ・ゴーシュ》のように非常にかわいい、同年代の女の子だった。

協力的な見物人として、私はその相手の女の子に近寄り、その前腕部に触れて骨張った手首を握ったときに彼女のかすかな麝香《じゃこう》の香りを吸い込み、バックハンドの姿勢を教えるためにひんやりとした太腿をあちらへこちらへと押した。そのあいだ、ローは前屈みになり、ラケットを杖のように地面に突き立て、私が邪魔をしたのに腹をたてて大きな声でゲッと一言発して、まぶしい太陽に照らされた茶色の巻き毛を前に垂らすのだった。私はゲームを二人にまかせて観戦を続け、首にシルクのスカーフを巻き、二人の身体の動きを見比べていた。これはたぶんアリゾナ州南部でのことだったと思う――日々は生暖かいけだるさで裏打ちされ、不器用なローはボールめがけてスイングしても当たらず、罵って、サーブがいを打ってもネットに引っかけ、やみくもにラケットをふりまわしながら濡れて輝いている腋の下の若い生毛をのぞかせ、彼女よりさらにへたくそな相手はボールが来るたびにきまじめに走っていっても、一つも打ち返せなかった。しかし二人は見るからに楽しそうで、下手さ加減を示すスコアをよく響き渡る声でいつも正確に数えあっていた。

ある日、たしか記憶しているところでは、私は二人にホテルから冷たい飲み物を持ってきてやると言って、砂利道を上っていき、パイナップルジュースと氷入りソーダ水の背の高いグラスを二つ持って戻ってきた。するとテニスコートには誰もいないのに気づき、突然胸の中が虚ろになって立ち止まった。身を屈めてベンチにグラスを置くと、どういうわけか、氷のような鮮明さで、シャーロットの死に顔が目に浮かび、あたりを見まわすと、白いショートパンツ姿のローが庭の小道の斑模様になった影を抜けて、ラケットを二本持っている背の高い男と一緒に遠ざかっていくのを目にした。あわてて追いかけると、繁みの中をがそごそと進んでいくときに、あたかも人生の道順がたえず枝分かれしているように、別の幻の中で見たのは、スラックス姿のローと、ショートパンツ姿のいつものお相手が、雑草のはえた狭い場所を行ったり来たりしながら、ラケットで繁みを叩いて、最後になくしたボールを面倒そうに探しているところだった。

こうしたうららかな無駄話をいちいち列挙しているのは、我がロリータに本当に楽しい時を過ごさせるために私が全力を尽くしたということを、裁判官に証明したいというのが主な理由だ。まだ子供の彼女が、他の子供に自分がおぼえたこと、たとえば特別な縄跳びの仕方などを教えているところを見るのは、なんと魅力的だったことか。日焼けしていない背中にまわした右手で左腕を持ち、劣ってはいるもののあえかなニンフェットは全身これ目となり、虹色の太陽も一面これ目となって花咲く木々の下にある砂利道に照りつけ、その眼点模様の楽園のまっただなかで、そばかすだらけの下品な我が小娘はスキップし、いにしえのヨーロッパの、陽に照りつけられ、水を撒かれ、湿った匂いのする歩道や城壁の上で、私が食い入るように眺めたあの大勢の少女たちの動作を反復した。やがて、彼女は幼いスペイン人の友達に縄を返し、今度は教えたことが繰り返されるのを見守り、額から髪をふり払い、両腕を組んで、両足の爪先を重ねたり、あるいは両手をだらりと下ろしてまだふくらんでいない尻にあてがったりして、私はあの忌々しい係員がようやく私たちの部屋の掃除をすませたことに満足するのだった。そこで、我が王女の侍女である、内気な黒髪の女の子ににっこりほほえみ、父親然とした指を背後からローの髪に深く差し入れ、それからやさしくしっかりと襟首をつかみながら、私は嫌がるペットを私たちの小さな家に導いて、夕食前の短時間の交わりへと誘った。

「あああら、どこの猫に引っ掻かれたのかしら？」成熟しきった肉付きのいい美人で、私に特別の魅力を感じてしまうような、鼻持ちならないタイプの女が、ローとのダンスの約束を後に控えた食堂での夕食時に、「ロッジ」でこんなふうにたずねてくるやもしれぬ。私ができるかぎり人との接触を避けていた理由の一つがそれで、一方ローは、なんとかしてできるだけ大勢の潜在的証人をまわりに引きつけようとしていた。

見知らぬ人間がにこにこしながら話しかけてきて、ナンバープレートの比較研究の話を切り出して楽しい会話を始めると、彼女は、比喩的に言えば、ちっちゃな尾っぽを必死にふり、それどころか小さな牝犬らしく尻全体をふっていた。「遠い所からいらっしゃったんですねえ！」詮索好きな夫婦は、ローから私のことを聞き出そうとして、うちの子供たちと一緒に映画でも行きませんかと誘った。危機一髪の事態も何度かあった。もちろんどこの宿に泊まっても、滝のような音に悩まされるのがついてまわった。しかしその壁[*8]がどれほど薄いものかを初めて思い知ったのは、ある夜のこと、あまりにも大きな声をたてて愛し合った後で、隣の部屋の男の咳払いが、まるで自分の咳払いみたいにはっきりと静けさの中に響き渡ったときだった。そして翌朝になり、私がミルク・バーで朝食をとっていると（ローは寝坊で、私はベッドに熱いコーヒーのポットを持って行ってやるのが好きだった）、昨夜の隣人とおぼしき、長い正直な鼻に縁なし眼鏡をかけ、大会のバッジを襟につけている年配のまぬけが、なんとか私と会話のきっかけを作り、あなたの奥さんもうちの家内みたいに、農場を離れるとなかなか朝起きないんですかとたずねてきた。私は椅子から下りて、「神の恵み」で私はやもめなんですよとあっさり言ってやると、唇は薄く皺だらけになった相手の顔に奇妙な驚きの表情が浮かんだが、なにしろ私は恐ろしい事態をきわどいところで免れて息もつまりそうになっていたので、その表情を愉快に眺める余裕もなかった。

　コーヒーを持って行ってやって、朝のお勤めをしないと飲まさないぞと脅すのは、なんと楽しかったことだろうか。そして私はきわめて思慮深い友人であり、きわめて情熱的な父親であり、きわめて優秀な小児科医でもあって、我が小麦色のブルネットの肉体が求めるものすべてに配慮してやっていたのだ！　なろうことなら我がロリータの内側と外側をひっくり返して、若い子宮や、未知の心臓や、真珠色をした肝臓や、ホンダワラのような肺臓や、見てくれのいい双子の腎臓に貪欲な唇を押し当ててみたかったのだが、それだけが自然の摂理に対する唯一の憤懣《ふんまん》である。とびきり熱帯のような午後、べとべとと身体を寄せるシエスタの時間に、膝の上に彼女を抱きながら、全裸の巨軀が肘掛け椅子の革に触れるそのひんやりとした感触が私は好きだった。彼女はそこでいかにも子供らしく、鼻をほじくりながら新聞の娯楽欄に夢中になっていて、我が恍惚にはまったく無関心で、あたかもうっかりその上に腰を下ろしてしまっただけの、靴とか、人形とか、テニスラケットの握りみたいなもので、わざわざどけるのも面倒だという感じだった。彼女の目は大好きな漫画の主人公の冒険を追っていく。だらしないボビーソックス姿で、頬骨が高くぎくしゃくした動作をする女の子の、とてもうまく描けている漫画があり、それは私も恥ずかしながら楽しんでいたものだ。彼女は正面衝突の事故現場写真をじっくりと見ていた。太腿をあらわにした美人の宣伝写真が、いつどこでどういうときに撮られたことになっているのか、それを彼女は鵜呑みにしていた。そしてどういうわけか、地元の花嫁が盛装のウェディングドレス姿で、花束を手にして眼鏡をかけている写真をじっと眺めていることもあった。

臍《へそ》の近辺に蝿がとまってうろついたり、やわらかく淡い色の乳輪を散策したりすることがある。すると彼女は素手でつかまえようとしてから（シャーロットの方法）、また「心の中を探る」という欄に戻る。

「心の中を探る。子供がいくつかの禁止事項を守れば、性犯罪は減少するだろうか？　公衆便所のまわりで遊ばないこと。知らない人にキャンディをもらったり、車に乗せてもらったりしないこと。もし乗せてもらうときには、ナンバープレートをメモしておくこと」

「ついでにキャンディの銘柄もな」と私が口をはさんだ。

彼女は頰（受け）で私の頰（攻め）を押しのけながら読みつづけた。その日はまだご機嫌がよかった部類なのを、読者の方々よ、どうか心に留めていただきたい！

「もし鉛筆を持っていなくても、もう大きくなって字を読んだり――」

「我々中世の船乗りは、この壜の中に――」と私はでたらめな引用をした。

「もし」と彼女が繰り返した。「鉛筆を持っていなくても、もう大きくなって字を読んだり書いたりできるのなら――この人が言ってるのはそういうことでしょ、ね、このトンマ――道端に何らかの方法でそのナンバーを刻みつけておくこと」

「おまえのかわいい鉤爪でね、ロリータ」

3

陰翳と暗闇のハンバーランドに入ってきたとき、彼女が抱いていたのは気軽な好奇心だった。彼女はそこをゆっくり眺めながら、おもしろいが不愉快な光景に出会っては肩をすくめた。それが今では、単なる嫌悪感に似たようなものを持ち、いつ背を向けて去っていってもおかしくはなさそうだった。私の手が触れてもけっして震えることはなく、いくらこちらが骨を折ったところで、返ってくるのは「あんた何してると思ってんの？」という甲高い言葉だけだった。私が提供する不思議の国よりも、我が道化はつまらないことこの上ない映画や、うんざりするような砂糖菓子のほうを好んだ。ハンバーガーとハンバートのどちらを取るかと言われたら、彼女はいつも、氷のようにきっぱりと、前者を選ぶのだった。[*1] 溺愛された子供ほど冷酷なまでに残虐なものはない。[*2] 私がついさきほど立ち寄ったミルク・バーの名前を言っただろうか？　それは、よりにもよって、〈氷の女王〉という。少し悲しそうにほほえみながら、私は彼女のことを「氷の王女」と呼ぶことにした。しかし彼女はそういう切ないジョークには不感症になっていたのだ。

　読者のみなさん、そんなに苦々しい顔はなさらないでいただきたい、べつに私が幸せになれなかったという印象を与えるつもりはないのだから。読者の方にはぜひご理解いただきたいが、ニンフェットを我がものにし、奴隷にした魅惑の旅人は、いわば幸せを超越しているのである。なぜなら、ニンフェットを愛撫することに比肩しうるような至福は、この地上には存在しないからだ。その至福は比較の対象外《オー・コンクール》であり、別の次元、別の感受性の平面に属しているのである。私たちがどれほど諍いを起こしても、彼女がどれほど意地悪でも、彼女がどれほど世話を焼かせたりしかめ面をしたりしても、この何から何までが下品で、危険で、絶対に絶望的だったとしても、それでも私はまだこの自分で選んだ楽園にどっぷりつかった——その楽園は空が地獄の業火の色をしていても、やはり楽園なのだ。

　私の症例を研究した有能な精神科医（今ではハンバート博士によって、すっかり魅入られた野兎同然の状態になっているはず）は、私がロリータを砂浜につれていき、そこでついに生涯にわたる衝動の「充足」を得て、最初の少女である幼いリー嬢との未完のロマンスが「意識下」で強迫観念になっていたのが、ようやく解放されるのをきっと期待しているに違いない。

　実を言えば、同胞よ、私はたしかに砂浜を探したが、その灰色の水の蜃気楼にたどりついたときには、我が旅の友によってあまりにも多くの悦びがすでに与えられていたので、海辺の王国や、昇華したリヴィエラや、その他諸々が、意識下の衝動とは大きくかけ離れて、純粋に理論的な興味を理性的に追求するものになっていたのである。天使たち[*3]もそれを知っていて、しかるべくお膳立てをしてくれた。大西洋側にあるそれらしい入り江を訪れたのに、悪天候ですっかり台無しになったのである。厚い雨雲がたちこめた空、泥だらけの波、はてしないがどうも単調な霞——我がリヴィエラのロマンスの、あの爽やかな魅力、サファイア色の場面、そして薔薇色の偶然とは、なんと大きく隔たっていたことだろうか。メキシコ湾沿岸にある亜熱帯地方の砂浜も、日射しは明るいものの、有毒な小動物[*4]が星のように散らばっているし、ハリケーンも吹き荒れた。そしてとうとうカリフォルニアの砂浜で、太平洋の幻を前にして、私がいささか倒錯的なプライヴァシーを手に入れたのは一種の洞窟の中で、腐りかけの木々のむこうから、大勢のガールスカウトたちが砂浜の別の場所で初めて波と戯れる喚声が聞こえてきたが、霧はまるで濡れた毛布のようで、砂もざらざらねっとりして、ローも全身鳥肌と砂だらけになり、私も人生で初めて彼女に対して海牛《かいぎゅう》でも目にしているような欲望しか感じなかった。たとえどこかで気に入った海岸を見つけたとしても、それはもう手遅れで、私の本当の解放はとうの昔に起こっていたのだと申し上げれば、おそらく学識ある読者の方々は手を叩いて喜ぶだろう。それはいつかと言えば、実を言うと、あのお粗末なベランダで、虚構的で忠実ではないがきわめて満足のいく海辺の舞台装置の中で（とは言え、その近辺には二流の湖しかなかった）、アナベル・ヘイズ、別名ドロレス・リー、別名ロ・リー・タが、金色にして褐色の姿で私の前に出現し、ひざまずいてこちらを見上げた、その瞬間なのだ。

　現代精神病理学の教養を勉強したがためにそうなったわけではないにせよ、その影響を受けている特殊な感情についてはこの程度でおしまいにしておこう。従って、一人だとあまりにも陰鬱だし、燃え上がっているときにはあまりにも人の多い砂浜から、私は背を向け、我がロリータを遠ざけた。ところが、おそらくヨーロッパで公園をむなしくさまよった記憶が残っていたせいか、私はいまだに野外活動に強い興味があり、かつてあのように破《は》廉恥《れんち》な思いを味わった屋外の遊び場に、ちょうどいい場所はないかと探してみたくなったのである。しかしそこでもまた挫折させられることになった。ここに記さなければならない失望感は（というのも、我が至福の中に交差するたえざる危険と恐怖を表現することへと、私は物語を徐々に移行させているからだ）、いかなる点においても、抒情詩的で、叙事詩的で、悲劇的ではあるが、けっして牧歌的ではないアメリカの荒野を貶めるつもりはないことを断っておきたい。その荒野は美しく、胸が張り裂けんばかりに美しく、大きく目を見開いたような、誰に賛美されることもないような、無邪気に身を投げ出しているような特質を持っていて、それは私が知っているあのつやつやして、おもちゃのようにぴかぴかしたスイスの村や、余すところなく賞賛されているアルプスがもはや持っていないものなのだ。旧世界の山腹にある手入れの行き届いた芝生や、弾力のある苔《こけ》[*5]や、手近にある清らかな小川のほとりや、イニシャルが彫られたオークの下にある田舎のベンチや、あまたあるブナ林のあまたある小屋《キャバーヌ》の中で、無数の恋人たちが抱き合い、口づけた。ところがアメリカの荒野では、野外の恋人たちはあらゆる犯罪や余暇のうち最も古くからあるものにふけろうとしても、事はそう簡単ではないのである。有毒植物のせいで女の尻が赤くかぶれたり、名もない虫が男の尻を刺したりする。森の地面にある鋭い棘で男の膝が刺されたり、虫が女の膝を刺したりする。さらにその周囲一帯には、蛇とおぼしきもの（いわば、半ば絶滅した竜《ク・ディ・ジュ》だ！）が忍び寄るかすかな物音が聞こえ、その一方で狂暴な花の蟹爪のような種子が、ガーターで留めた黒い靴下にもたるんだ白い靴下にも、おぞましい緑色でからみつくのだ。

ちょっと大げさに書きすぎたようだ。ある夏の昼下がり、高木限界線の真下の、さらさらと流れる山の小川に沿って、この世のものとは思えぬ色合いをした飛燕草《ひえんそう》らしき花が咲き乱れているあたりで、ロリータと私は、車を停めた山道から一〇〇フィートほど上に、人目につかないロマンチックな場所を見つけた。その斜面は人に踏みしめられた跡がついていないように見えた。最後まで残っていた息を切らしかけの松が一本、たどりついた岩の上で、よくぞここまで登ったものだと一息ついていた。マーモットが一匹、私たちに向かって口笛を吹いてから引き下がった。ローのために広げた膝掛けの下で、乾燥した草花がかすかにパリパリという音をたてた。ウェヌスが訪れて去った。斜面の頂にあるぎざぎざになった崖と、私たちの真下にある鬱蒼とした繁みは、太陽からも人間からも私たちを守ってくれているようだった。ところが悲しいかな、私たちからわずか数フィートしか離れていない繁みや岩のあいだをこっそりとうねっている、かすかな脇道を私は勘定に入れていなかった[*6]。

　私たちがこれまでにも増してもう少しで見つかりそうになったのはそのときであり、その体験のせいで、田舎の自然の中で愛し合いたいという願望が永遠に抑制されるようになったのも不思議ではない。

　今でも記憶しているが、事がすっかり終わったとき、彼女は私の腕の中で泣いていた。——それはあの他の面ではすばらしかった年が進むにつれて、次第に頻繁になった彼女の突然の癇癪が治まった後で、それを洗い流す嵐のような嗚咽だった。盲目的な情熱でこらえきれなくなった瞬間に彼女にむりやりさせられた愚かな約束を、私は今しがた取り消したばかりで、彼女はわっとうつぶせになって泣いていて、私が愛撫する手をつねり、そして私は幸せそうに笑い、今になって思い知った、残酷で、信じられなくて、耐えられなくて、おそらく永遠に続く恐怖というものは、まだ我が至福の青空に存在する黒い一点でしかないと。そうして私たちが横になっていると、我が哀れな心臓が飛び出しそうになるようなあの衝撃とともに、私は瞬きもせずにこちらを見つめている二人の見知らぬ美しい子供たちの黒い瞳に出会い、幼い牧神とニンフェットとも言うべきこの二人は、そっくり同じのまっすぐな黒髪と血の気のない頬をしていて、双子ではなかったとしても兄妹どうしであることは明らかだった。二人は前屈みになり口をぽかんとあけて私たちを見つめ、どちらも青い遊び着姿で、それが山に咲いている花と溶け合っていた。必死に隠そうとして私は膝掛けをたくし上げた――するとその瞬間、数歩離れたところの下生えの中にある水玉模様のプッシュボールと見えていたものが、いきなり回転運動を始め、それが次第にむくむくと盛り上がって鴉のように黒いボブヘアをしたでぶの婦人に変身し、機械的に野の百合を花束に加えながら、みごとに彫刻した青石のような彼女の子供たちの背後から、肩ごしにじっと私たちをにらんでいた。

　まったく異なる良心の呵責を抱いている今では、自分が勇敢な人間だとわかっているが、当時はそれに気づいていなかったので、自分の冷静さに我ながら驚いたことを憶えている。汗びっしょりになり、取り乱して、しがみついてくる飼い慣らした動物に対して、どんな苦境に陥ろうが（どんなとんでもない期待や憎しみで若い獣の横腹がぴくぴくしていようが、どんな不吉な星で飼い主の心臓が射抜かれようが！）静かにそっと命令してやるように、私はローを起きあがらせて、私たちは何事もなかったかのようにちゃんとした恰好で歩き、それから無様な恰好で車のところまで小走りで行ったのだった[*7]。車の後ろにはしゃれたステーションワゴンが駐車していて、青黒い小さな顎髭をはやし、見るからに紳士《アン・ムッシュー・トレ・ビヤン》という、絹のシャツに紫紅色のスラックス姿のハンサムなアッシリア人で、おそらくは先ほどのでっぷりした植物学者の夫らしい人物が、山道の標高を表示している立て札をおおまじめな仕草で写真に収めているところだった。そこは一〇〇〇〇フィートをはるかに越え、私はすっかり息が切れそうだった。タイヤが砂利を砕き横滑りする音をたてながら、私たちは車を出し、ローはまだ服と格闘中で、まさか少女が知っているとは夢にも思わなかったし、ましてや使うことがあるとはとうてい想像しなかった言葉を私に向かって投げつけた。

他にも不愉快な出来事があった。たとえば、映画館での話である。当時のローはまだ映画に対して本気で入れ込んでいた（その情熱は中学二年生の年[*8]に微温的なものに下降することになる）。あの一年のあいだ、私たちはむさぼるように無差別に、いったい何本くらいだったか、一五〇本か二〇〇本ほどの映画を観て、頻繁に映画館に通った時期には、ニュース映画の多くを五、六回も観たことがあり、それは同じ今週のニュースが異なる本篇と一緒に上映され、町から町へと私たちについてまわったからだ。彼女が好きなジャンルは、ミュージカル、暗黒街物、西部劇[*9]の順だった。最初のやつでは、本物の歌手やダンサーが本物ではない舞台経験を与えられ、そこは本質的に悲しみが排除された世界で、死と真実は禁じられ、結末になると、白髪で潤んだ目をした、話の中では決して死なない、ショー狂いの娘の最初のうちは乗り気ではなかった父親が、雲の上のブロードウェイで神格化した娘に拍手喝采を送るところで幕となる。暗黒街物はそれとは別世界だ。そこでは英雄的な新聞記者が拷問を受け、電話代が途方もなくかさみ、そして射撃のへたくそな荒々しい雰囲気の中で、悪党たちは病的なまでに恐れを知らない警官に追いかけられて下水道や倉庫の中を逃げまわる（私だったらそこまで手を焼かせないだろう）。最後の西部劇は、マホガニー色の風景に、赤ら顔をして、青い目をした荒馬乗りたちに、ロアリング峡谷にやってきた乙にすました美人の学校教師、棒立ちになる馬、目を見張るような家畜の群れの大脱走、がたがた揺れる窓ガラスからぬっと突きつけられた拳銃、派手な殴り合いの喧嘩、どっと崩れ落ちる埃っぽい旧式の家具、武器として使われるテーブル、タイミングのいい宙返り、押さえつけられながらもまだこぼれた短刀を必死につかもうとしている手、うめき声、拳骨が顎をとらえる快音、腹に命中するキック、飛びかかるタックル、そしてヘラクレスみたいな男でも病院行きになりそうな激痛（今なら私にもよくわかる）の直後に、何事もなく、赤銅色の頬にはちょうどお似合いのかすり傷が残っているだけの、軽く汗をかいたヒーローは、開拓地の素敵な花嫁を抱きしめるのである。私が記憶しているのは狭くて風通しの悪い劇場で昼間興行を観たときのことで、そこは子供で満員になり、ポップコーンくさい熱い息がただよっていた。黄色い月が出ている下でネッカチーフをしている歌手が甘い声で歌い、その指はギターを爪弾き、その足は松の丸太にのせられ、私が何気なくローの肩を抱いて顎骨を彼女のこめかみに近づけていくと、後ろの座席にいた二人のがみがみ女がとんでもないことをつぶやきはじめた——もしかすると聞き違えていたのかもしれないが、とにかくそのとき耳にしたと思った言葉のせいで、私はやさしい手を引っ込めて、言うまでもなく映画の残りは私にとって霧同然となってしまった。

　他に記憶している衝撃は、帰還の旅の途中で夜に横切った小さな町に関係している。その二〇マイルほど前に、私はたまたま彼女に対して、ビアズレーで通うことになる私立校はかなり高級で、男女共学制ではなく、最近のばかげた風潮を無視した学校だと教えて、それを聞いたローはいつものように猛然と食ってかかり、そこには懇願と侮辱、自己主張と二枚舌、悪意のこもった下品な言葉遣いと子供らしいやるせなさが、うんざりさせられるような論理もどきの中に綯《な》い合わされていて、そこで私はただちに説明もどきを返した。彼女のわけのわからない言葉（絶好のチャンス……あんたの意見をまともに聞くなんてどーかしてる……鼻つまみ……このあたしをどーこーしようたって、そうはいかないんだよ……あんたなんかだあい嫌い……などなど）に巻き込まれて、幹線道路をサーッと快走した続きに、まどろんでいる町の中を時速五〇マイルで走り抜けていたら、二人組の巡査がパトカーのライトを車に当て、停めるようにと命じた。私は機械的にわめき続けているローをシーッと黙らせた。二人組は彼女と私をさも悪意のありそうな好奇心の目でにらんだ。すると突然えくぼだらけになって、彼女はこれまで珠玉のような私の男ぶりに対してもそんなことはしなかったくせに、二人に対してにっこりとほほえみかけたのである。というのは、ある意味で、我がローは私よりも法律を恐れていたからだ——そして親切な警官が放免してくれて、私たちが卑屈にのろのろと動き出したとき、彼女はいかにも疲れてぐったりしたというそぶりをまねて、瞼を閉じてぴくぴくさせた。[*10]

ここで奇妙な告白をさせていただきたい。読者はきっとお笑いになるだろうが、まったく正直なところ、どういうわけか、私は法律ではどうなっているのかをきちんと調べたことがなかったのだ。実は今でもよくわからない。もちろん、多少の雑学なら仕入れている。アラバマ州では、裁判所の命令なしに後見人が被後見人の住所を変更することはできない。ミネソタ州では、一四歳以下の子供に対して親族が永続的な世話と保護を保証する場合には、裁判所の権限は介入しないと規定されているのだから、まったく脱帽ものである。質問——息を呑むほどかわいい思春期のペットの義父で、義理の父親になってからわずか一カ月しかたたず、神経症を病む中年の男やもめでささやかながら独立した生計手段を持ち、ヨーロッパの胸壁を背景にして、一度の離婚と何度かの精神病院行きの経験があるような人物が、はたして親族であり、それゆえ妥当な後見人として認められるものだろうか？　もしそうでなければ、どこかの民生局に嘆願書を書き（嘆願書というものはどうやって書けばいいのか？）、裁判所の係員に、おずおずとしてうさんくさい私と危険なドロレス・ヘイズを調査してもらう必要があるのかどうか、そんなことをするだけの勇気が私にあるのかどうか？結婚や強姦や養子などに関する多くの書物を、大小さまざまな町の公共図書館で後ろめたさをおぼえながら繙《ひもと》いてみても、州が未成年者の後見監督をするという漠然とした暗示以上のことは教えてくれなかった。ピルヴィンとザッペルだったと思うが、この二人が書いた結婚の法律的側面に関するなかなか立派な著作でも、母親のいない女の子を抱えてひざまずく義父のことは完全に無視されていた。我が最良の友である、社会福祉事業に関する専門書（シカゴ、一九三六年）は、何も知らない老独身女性が埃にまみれた書庫の奥から大変な骨を折って掘り出してきてくれた書物で、それにはこう書いてあった。「未成年者にはどうしても後見人が必要だという原則は存在しない。裁判所はこの件に関しては受動的で、当該児童の状況が極めて危険なものになったとき初めて干渉する」。つまり、後見人が指名されるのは、その本人が意志をはっきりと公式的に表明した場合に限られる、ということだなと私は結論した。ところが公聴会から出頭の要請を受けて、灰色の翼を広げるまでには数カ月も経過する可能性があり、そのあいだに美しい小悪魔は法律的には自由気儘を許されるわけで、それが結局のところドロレス・ヘイズの場合に相当するのである。それから公聴会が開かれる。裁判官から質問がいくつかあり、弁護士から安心させるような返答がいくつかあり、微笑、会釈、外に出れば小雨が降っていて、これで指名が下るわけだ。それでもまだ私にはふんぎりがつかなかった。できるだけ近寄らずに、ネズミみたいに、穴の中でうずくまっていよう。裁判所がひどく活発になるのは、金銭的な問題がからんでいるときだけだ。強欲な後見人が二人、遺産を奪われた孤児、そしてさらに強欲な第三者。ところがここではすべてが申し分のない手順を踏み、財産目録も作成され、母親のわずかな遺産もドロレス・ヘイズが成人するまで手をつけないままで置いておかれる。最善策はどうやらどんな申請もしないことらしい。あるいはもしかして、私があまりにもおとなしくしていると、どこかのお節介屋か、どこかの人道団体が首を突っ込んでくるだろうか？

弁護士のようなもので、きちんとした忠告をしてくれるはずの友人ファーローは、ジーンの癌にかかりきりになって、約束した以上のことはしてくれそうになかった——すなわち、私が妻の死のショックからきわめてゆっくりと立ち直るあいだ、シャーロットのわずかばかりの遺産を管理する仕事である。ドロレスが私の実の子であると思い込ませておいたので、この件について彼に相談を持ちかけるわけにもいかなかった。もう読者もとうの昔にご推察のとおり、私は実務が苦手なのである。しかし、いくら無知で怠惰だからとはいっても、どこか他のところに専門的な助言を求めないわけにはいかない。そうしなかったのは、もしも何らかの形で運命に介入し、その夢のような贈物をなんとか合理化しようとするなら、贈物そのものが取り上げられてしまいそうで、それはちょうど東洋のお伽話に出てくる山頂の宮殿のようなもので、それを手に入れたいと願う者がその番人に向かって、遠くから眺めると黒い岩と宮殿の土台のあいだに日没の空の景色が見えるのはどうしてかと問い質すたびに、宮殿は消えてなくなったという。

　ビアズレー（ビアズレー女子大学の所在地）に行けば、ウォーナーの論考「アメリカの法律における後見人について」とか、全米児童局の出版物といった、これまで調べられなかった参考文献を閲覧できるだろうと私は考えた。そしてまた、現在のような自堕落な生活を送って道徳面を低下させることに比べれば、どんなことだってローのためになるとも考えた。いろんなことをやってみなさいと説得してみてもいい――そのリストを見れば教育の専門家でも唖然とするかもしれない。ところがいくら私が下手に出ようが高飛車に出ようが、彼女が読むのはアメリカ人女性向きのいわゆる漫画本や雑誌掲載の物語しかなかった。それよりほんのちょっと高級な文学作品は、彼女の舌には学校の味がして、理屈の上では『リンバロストの乙女』[*11]とか『アラビアン・ナイト』とか『若草物語』をおもしろがるはずなのに、そんな高級な読み物を読んで「ヴァケーション」をつぶすつもりはまったくないと彼女は言うのだった。

　ふたたび東に向かって、彼女をビアズレーの私立学校に通わせたのは、大きな間違いだったと今にして思うが、それくらいだったら当時のうちになんとかしてこっそりとメキシコ国境を越え、亜熱帯の楽園の中で二年間ひそんでから、我がかわいいクレオールと結婚すればよかったのだ。実を言えば、我が扁桃腺と神経節の状態によって、私は一日のうちでも狂気の極から反対の極へと変わることがあり、一九五〇年頃になれば魔法のニンフェット期が蒸発した厄介な年頃の娘をなんとか始末する必要が出てくるな、という考えから、辛抱して運が良ければ、彼女がやがて生むかもしれないニンフェットにはすばらしい血管に私の血が流れていて、いわばロリータ二世で、一九六〇年あたりにその子が八歳か九歳になり、その頃私はまだ男盛《ダン・ラ・フォルス・ド・ラージュ》りだな、などという考えまで揺れ動いてしまうのだった。それどころか、我が知性というか痴性の望遠鏡は強力で、遥か彼方の時間に、まだ青い老人《ヴィエイヤール・アンコール・ヴェール》（もしかするとそれは青く腐っているだけなのか？）を見分けることができる――奇怪で、やさしくて、涎を垂らしているハンバート博士が、とびきり愛らしいロリータ三世に、おじいちゃんになる秘訣[*12]を実践しているという図だ。

あのでたらめな旅行を続けた日々に、私はロリータ一世の父親としては話にならない失格者だということを疑っていなかった。なるほどたしかに私は最善を尽くした。『汝の娘を知れ』というはからずも聖書風の題名を持った書物を再々読してみたが、それを買ったのと同じ店で、ローの一三歳の誕生日祝いに、謳い文句では「美しい」挿絵を付けたアンデルセンの『人魚姫』の豪華本を買ってやったこともある。しかし、いちばん心が通い合った瞬間ですら、雨の日に二人で座って本を読んでいたり（ローの視線が窓から腕時計へ、そしてまた窓へと戻る）、混み合った食堂車で静かに腹いっぱい食べたり、子供のトランプ遊び[*13]をしたり、買い物に行ったり、車が衝突して血が飛び散り、若い女性の靴が溝の中に転がっているところを、他の家族連れと一緒に黙って見つめていたり（車を出すと、ローがこう言った。「この前あたしが店であのトンマに説明していたのは、ちょうどあれと同じ型のモカシン靴だったのよ」）、という脈絡のないどんな場合にでも、私の目には、私が父親だというのも変だし、彼女が娘だというのも変だったのである。もしかすると、罪深い旅を続けることで私たちの演技力は損なわれてしまったのだろうか？　住居を定め、毎日同じように学校に通えば、演技力の回復が見込めるのだろうか？

　ビアズレーを選んだのは、そこに比較的おとなしい女子校があるだけではなく、女子大学もあるからだった。私もどこかに定職《キャゼ》を見つけて、我が縞模様[14]が目立たないような何らかの模様がついた表面にはまり込みたいと願っていたので、ビアズレー大学のフランス語学科に知人がいたことを思い出したのである。この男は授業で私の教科書を使い、一度こちらへきて講義をしてくれとたのんだことがあるほどお人よしだった。私にそうする気がなかったのは、すでにこの告白録で述べたとおり、平均的な女子学生のずっしりとして低く垂れた骨盤や、太いふくらはぎ、それに嘆かわしい顔色ほど、私が嫌悪する身体的特徴というものはあまり他になかったからである（そういう女子大生の中に、我がニンフェットたちが生き埋めになっている、粗雑な女性の肉体でできた棺を見るような気がするのだ）。しかし私にはラベルというか、背景というか、見せかけがぜひとも必要で、追々明らかになると思うが、なぜガストン・ゴダンとつきあっていればとりわけ安全か[15]という、かなりばかげた理由があったのだ。

　最後に、金銭的な問題があった。私の収入は観光旅行の重みに耐えかねつつあった。たしかに、安いモーテルに固執してはいたが、ときどき豪華な高級ホテルや、見かけ倒しの観光牧場が、私たちの予算を破綻させるのだった。そのうえ、観光やローの衣装で愕然とするような出費がかさみ、ヘイズのポンコツ車も、まだ元気でとても献身的に働いてくれるものの、何度も大小さまざまな修理を必要とした。当局の御厚意により陳述書を書くために使用することを許可された書類の中で、たまたま生き延びた進路概略地図の一つにメモ書きがあり、そのおかげで次のような計算結果が得られた。あの散財をした一九四七年八月から一九四八年八月までの一年間に、宿泊代および食事代は約五五〇〇ドル。ガソリンとオイル代および修理費が一二三四ドルで、その他のさまざまな出費がほぼ同額。従って、実際に移動した約一五〇日（走行距離は約二七〇〇〇マイル！）プラスそこにはさまる滞在期間二〇〇日ほどで、この慎ましい利子生活者《ランティエ》が支出した額は約八〇〇〇ドル、あるいは実際面に疎い私のことだからきっとたくさんの費目を忘れているはずなので、一〇〇〇〇ドルと見積もっておくほうがいいだろう。

　そうして東部にたどりつき、私のほうは欲情を満たされることで元気になるよりもやつれはて、彼女のほうは健康に輝き、二枚の腸骨でできた花輪はまだ少年のもののように狭かったが、身長は二インチ伸び、体重は八ポンド[*16]増えていた。私たちはいたるところに行って、実際には何も見なかった。そして私は今ふと思う、私たちの長かった旅行は、美しく、信頼にあふれた、夢見るような広大な国土を曲がりくねった粘液の跡で汚しただけのことで、もうその国土もすでに私たちにとっては、ふりかえってみれば、隅を折った地図や、ぼろぼろになった旅行案内書や、古いタイヤ、そして夜ごとの彼女のすすり泣きを寄せ集めたものにすぎなくなっていたのではないか——毎晩、毎晩、私が寝たふりをした瞬間の。

4

　光と影の装飾を抜けて、セイヤー街一四番地に車でやってくると、むっつりした顔の少年がこの家を貸してくれたガストンからの言づてと鍵を渡してくれた。我がローは、新しい環境に一瞥もくれず、わき目もふらずに手が伸びてラジオをつけ、それと同じ正確で盲目的な手探りでスタンド台の下腹部に手を差し込んで引っぱり出した古雑誌の束を持って、居間のソファに寝ころんだ。

ロリータをどこかに閉じ込めておけるなら、私はどこに住もうがまったくかまわなかった。しかしどうやら、漠然としたガストンと手紙をやりとりする中で、蔦のからまる煉瓦造りの家を漠然と思い描いていたらしい。実際には、そこはヘイズの家（わずか四〇〇マイルしか離れていない）とがっかりするほど似ていた。同じようにくすんだ灰色の木造家屋で、屋根は板葺き、日よけはくすんだ緑色のキャンヴァス地だ。そして部屋も、サイズは小さくて、家具はもっと徹底した「フラシ天に小皿」というスタイルだが、配置はほぼ同じだった。ところが、私の書斎はもっと大きい部屋で、床から天井まで二〇〇〇冊ほど化学の本が並び、それは私の大家（当分サバティカルで休暇中）がビアズレー大学で教鞭をとっている科目だった。

ビアズレー女学校は授業料の高い私立校で、給食や立派な体育館もあるが、若い肉体の発達を促すのみならず、知育面でもちゃんとした教育をしてほしいと私は願っていた。アメリカ人気質というものについてめったに正しい判断を下したことがないガストン・ゴダンは、いかにも駄洒落が好きな外国人らしい言い方で、ここが「文章法はよくわからなくても、化粧法ならよく知っている」子を育てるような学校だとわかるかもしれないと、前もって警告しておいてくれた。しかしそれすらまともに教えていなかったのではないかと思う。

校長のプラット女史と初めて面会したときに、彼女は私の娘の「すてきな青い目」を褒め（青だって！　ロリータが！）、私があの「天才フランス人」と友達づきあいしていることを褒め（天才だって！　ガストンが！）、ドリーをミス・コーモラントという先生に引き渡してから、瞑想《ルケィユマン》するようなそぶりで額に皺を寄せ、こう言った。

「ハンバードさん、この学校では、生徒を本の虫にさせようとか、ヨーロッパの首都を、どうせ誰も知らないのに、すらすら言えるようにしようとか、みんなが忘れてしまったような戦争の年号を暗記させようとか、そういうことには重きを置いていないんですの。わたくしたちが重きを置いているのは、生徒を集団生活に適応させることなんです。ですからここでは、ドラマ、ダンス、ディベート、デートという、四つのDに力を注いでいます。わたくしたちが今直面しているのは、こんな事実です。あなたのすてきなドリーは、もうじきデートの相手や、デートの仕方、デートの衣装、デートの本、デートのエチケットといったものが彼女にとって大切なものになる年齢集団に入ることになりますが、それはちょうどあなたにとって、たとえば商売とか、商売上のつきあいとか、商売上の成功が大切なのと同じですし、それにわたくしにとって生徒たちの幸せが大切なのと同じです。もうドロシー・ハンバードは社会生活という大きなシステムの中に巻き込まれていて、その要素として、好むと好まざるとにかかわらず入ってくるのは、ホットドッグの屋台や、角のドラッグストアや、ミルクセーキやコーラ、映画、スクエアダンス、浜辺でのブランケット・パーティ、おまけに髪の結い方講習パーティまであるんですのよ！　申し上げるまでもなく、ビアズレー校ではこうした活動の一部を許可しておりませんし、他のものもっと建設的な方向に向けております。しかしわたくしたちは、霧に背を向け、日光を真正面から見据えようと、努力を積み重ねているのです。手短に申し上げれば、ある指導法を用いながら、わたくしたちは作文よりもコミュニケーションに力を入れています。すなわち、シェイクスピアやその他にしかるべき敬意を払いながら、わたくしたちはうちの女生徒が黴臭《かびくさ》い古書に埋没するよりも、周囲の生きた世界と自由に意思伝達することを願っております。まだ手探り状態かもしれませんが、わたくしたちは腫瘍を手探りする婦人科医のように、知性を以て手探りしているのです。ハンバーグ博士、わたくしたちは有機的かつ組織的な見地から物事を考えています。わたくしたちは山のようなどうでもいい科目を廃止してきましたが、それはこれまで伝統的に若い女の子たちに教材として与えられてきたもので、昔には、彼女たちの生活に必要な（皮肉屋なら、その夫たちの生活にも必要な、と付け加えるところでしょうが）知識や技術、そして態度を扱う余地はなかったのです。ハンバーソンさん、あるいはこんなふうに申し上げればわかっていただけるでしょうか。星の位置は大切ですが、台所で冷蔵庫をどの位置に置けばいちばん便利かという問題のほうが、新婚ほやほやの主婦にとってもっと大切ではありませんか。子供が学校から得てほしいものはちゃんとした教育だけだとあなたはおっしゃる。けれども、その教育とは何でしょう？　昔なら、教育とは主に言語現象でした。つまり、子供にまともな百科事典を暗記させたら、それだけで学校で学ぶのと同じかそれ以上の知識が得られたのです。ハマー博士、現代の思春期の子供にとって、中世の年号《デート》は週末のデートほど根本的な価値がないことをおわかりでしょうかしら「目をパチパチさせて」？――これはビアズレー大学の精神分析科医が先日言った洒落の受け売りですけど。わたくしたちが住んでいるのは、思考の世界だけではなく、物質の世界でもあるのです。経験に裏打ちされていない言葉なんて無意味です。ドロシー・ハマーソンにとって、ギリシャや東洋のハレムや奴隷がどうしたこうしたなんて、どうでもいいじゃありませんか？」

　この教育方針には唖然とさせられたが、学校に関係している二人の知的な女性と話してみると、女生徒たちはかなりの量のちゃんとした読書をさせられるし、「コミュニケーション」云々はだいたいのところお題目にすぎず、旧式なビアズレー校に財政的利益をもたらしそうな現代風の色彩を与えることが狙いで、実際のところは相変わらずお嬢様学校なのだと教えてくれた。

　その学校に惹かれたもう一つの理由は、読者には滑稽に聞こえるかもしれないが、私にとっては大問題であり、これは私がそういう体質なのだから仕方がない。道のむこうの、ちょうど私たちの家から真正面に当たるところに、雑草だらけの空き地があり、そこには色とりどりの灌木やら、煉瓦の山やら、散らばった板があって、みすぼらしい藤色や黄鉛色をした秋の道端の草花が泡のように点在していた。そしてその空き地のむこうに、私たちのセイヤー街と平行に走る通学路の燦めく一区画が見え、さらにそのすぐむこうには、学校の校庭が見えるのだ。ドリーの日常と私の日常を隣り合わせにしてくれる、この全般的な配置がもたらす心理的安堵感はさておき、私は書斎兼寝室から、強力な双眼鏡を使って、休み時間のあいだにドリーのまわりで遊んでいる他の女の子たちの中に、統計学的に必然の割合で存在するニンフェットを見分けることで得られる快楽をただちに予想した。ところが運悪く、学校が始まったまさしくその初日に、作業員が現れて空き地の内側に塀を建て、それからすぐに黄褐色の木でできた骨組が塀のむこうに意地悪く建って、我が魔法の景観をすっかり塞いでしまった。そしてすべてを台無しにするだけの材料を築いてしまうと、このばかげた工事人たちはすぐに作業を中断して、二度と現れなくなったのである。

5

閑静な小さい大学町の、緑や子鹿色や金色をした住宅街にある、セイヤー街と呼ばれる通りを歩いていると、必ず何人かの人間から愛想良くこんにちはと声をかけられることになる。そうした人間とのつきあいの温度をどの程度に保ったかは、我ながら自慢できる。けっして失礼にならず、つねに超然として、という方針だ。西隣の住人は、商売人か大学教師か、あるいはその両方かもしれず、ときおり遅咲きの庭の花を散髪したり、車に水をやったり、さらに季節が進んで、車道の霜取りをしたりしているときに、よく話しかけてきたものだが（動詞がぜんぶ間違っていてもかまわない）、私の短い返事のつぶやきが、ありきたりの同意か話の合間を埋める質問のようにかろうじて聞こえる程度なので、家族ぐるみのつきあいへと進化するような可能性は一切なかった。向かいにある雑草がはえた空き地の両脇にある家のうち、一軒は閉まっていて、もう一軒には英語教師二人が住み、ツイードを着て短い髪のミス・レスターと色あせてはいても女らしいミス・ファビアンで、この二人と歩道で交わした会話の内容と言えば（その如才のなさに感謝！）、私の娘が若くて可愛らしいことと、ガストン・ゴダンが純朴な魅力を持っていることしかなかった。東隣の住人ははるかに危険な奴で、嗅覚の鋭い、小説によく出てきそうな人物であり、亡くなった兄が施設および地所の管理人として大学に関係していたらしい。今でも憶えているのは、私が居間の窓辺に立ち、我が恋人が学校から帰ってくるのを待ちこがれているのに、彼女がドリーを待ち伏せしたときのことである。この鼻持ちならない独身女が、病的な詮索好きを甘い善意の仮面の下に隠そうとして、細い傘にもたれながら立っていると（ちょうどみぞれがやんで、冷たい湿った太陽が顔を出したところだった）、ドリーは、悪天候にもかかわらず茶色いコートの前をあけ、積み上げた本をお腹のところに押し当てて抱え[*1]、不恰好な雨靴の上にピンク色の膝をのぞかせ、おずおずしておびえたようなかすかな笑みが獅子鼻をした顔にちらりと浮かんでは消え、そこに立って東さんの「それでお母さんはどこにいらっしゃるの？　それでかわいそうなお父さんのお仕事は？　それでこの前はどこに住んでたの？」といったような質問に応対しているとき、その顔は（おそらく冬の青白い光のせいで）ほとんど不器量と言ってもいいような、ドイツ人の田舎娘《メークトライン》みたいに見えた。そしてまた別のときには、この憎たらしい奴はあらまあと私を呼びとめたが、私はなんとかかわした。そしてその数日後、青い縁取りをした封筒に入った手紙が彼女から来て、これが毒と糖蜜のみごとな混合で、日曜に家にやってきて、椅子で丸くなり、「真夜中までラジオを大きな音でかけたりしないで、わたしが子供の頃に母にもらったきれいな本がいっぱいあるから」読んでみないかとドリーを誘っていた。

もう一人注意する必要があったのはホリガン夫人といって、前の住人から真空掃除機と一緒に譲り受けた、雑役婦兼料理人のようなものである。学校で給食が出るので、ドリーの昼食はたいした問題ではなく、私は彼女に豪華な朝食を作ってやって、ホリガン夫人が去る前に作っておいてくれる夕食を温めなおすのが得意になった。その親切で人畜無害な女性は、ありがたいことに、目が霞んでいて細かいことを見落としてくれるし、私はベッドメイキングの達人になっていた。しかしそれでも、何か致命的なしみがどこかに残ってはいないかとか、たまたまホリガンのいるときがローのいるときと重なって、台所で気のおけないおしゃべりをしている最中に、単純なローが心底からの同情を示す相手に対してつい秘密を漏らしてしまうようなことがありはしないかといった、胸騒ぎにいつも取り憑かれていたのである。私たちは電気のついたガラスの家に住んでいて、いつ何時、薄い唇をした皺だらけの顔が不注意にもカーテンの引かれていない窓からのぞき込み、すれっからしののぞき魔《ヴォワユール》でもこれを見るためならちょっとした一財産を払ってもいいと思うようなものを、ただでちらりと見てしまうかもしれない、と私はしばしば感じるのだった。

6

ガストン・ゴダンについて一言。彼とのつきあいを楽しんだ（少なくともつらいものではなかった）主な理由は、彼の巨軀が私の秘密に絶対安全という魔法をかけてくれるからだった。べつに彼がそれを知っていたわけではない。彼に秘密を打ち明ける特別の理由もなかったし、彼はもともと自己中心的でまわりを気にせず、率直な質問をして私から率直な答えを引き出す事態につながりそうなことは、気づきも疑いもしていなかった。彼はビアズレーの人間に私のことを良く言ってくれていて、ありがたい先触れになってくれた。もし私の嗜好《メ・グー》やロリータの立場を知ったところで、彼に対する私の態度がなぜ慇懃なかたくるしさや卑猥なあてこすりとは無縁で、率直なものであったかという理由が多少明らかになるという範囲の興味しか持たなかっただろう。というのは、頭脳も生彩に乏しいし記憶力もおぼろげながら、彼は私がビアズレーの市民たちよりも彼のことを知っているのを、うすうす勘づいていたからだ。彼はしまりのない無表情な顔をした、憂鬱な独身男で、身体つきは上へ行くほど先細りして、両肩は狭くて高さが揃わず、円錐形をした洋梨のような頭にはつやつやした黒髪が片方になでつけられ、もう片方には申し訳程度の髪が貼りついているだけだった。ところが下半身は巨大で、歩くときにはとんでもなくでっぷりした足で象のようにのっそりのっそりと進むのである。着ているものはいつも黒で、ネクタイすら黒だった。風呂にはめったに入らない。話す英語はお笑いだ。それなのに、みんなは彼のことを最高に愛すべき人物で、愛らしいまでに変わった奴だと考えていたのだ！　近所の連中は彼を甘やかした。彼は我々の近くにいる小さな男の子たちを名前でみな知っていて（彼の家は私のところから数丁しか離れていなかった）、その男の子たちに家の前の歩道を掃除させたり、裏庭で落葉を焼かせたり、小屋から薪を持ってこさせたり、ときには簡単な家事まで手伝わせて、そのお返しに本物のリキュール入りの高級チョコレートをやったりした——誰にも見咎められない、地下室にある東洋風に室内装飾した巣窟で、温水管を隠すために毛氈《もうせん》で飾った黴臭い壁には、珍しい短剣や拳銃が並べられていた。二階にはアトリエがあった――この詐欺師は多少の絵心を持っていたのだ。その傾いた壁（そこは実際には屋根裏部屋でしかなかった）に飾られていたのは、瞑想にふけるアンドレ・ジッドや、チャイコフスキイ、ノーマン・ダグラス、他に二人の有名な英国人作家、ニジンスキイ（太腿とイチジクの葉ばかり）、ハロルド・D・X－X（中西部の大学で教える夢見がちな左翼かぶれの教授）、それにマルセル・プルーストの大きな写真だった。こうした哀れな人々[*1]は傾斜した平面からこちらに倒れかかってきそうに見えた。近所のジャックくんやディックくんたちのスナップ写真を集めたアルバムもあり、私がそれをぱらぱらめくって何気なくひとこと言うと、ガストンはぶっとりした唇をきっと結んで、もの悲しそうなしかめ面をしながら、「そう、みんなかわいい子ばかりなんだ《ウィ・イル・ソン・ジャンティ》」とつぶやくのだった。彼の茶色の目はそこにあるさまざまな感傷的で芸術的な骨董品や、自分が描いた陳腐な作品《トワル》（ありきたりに原始的な目、まっぷたつになったギター、青い乳首、当世風の幾何学模様）を眺めまわし、絵付けのしてある木椀《もくわん》とか木目の入った花瓶を漠然とした仕草で指しながら、「その梨でも食べてくれ。《ブルネ・ドンク・ユヌ・ド・セ・ポワール》向かいの親切な奥さんがくれたんだが、一人では食べきれないんだ《ラ・ボンヌ・ダム・ダン・ファス・マン・オフル・プリュ・ク・ジュ・ナン・プ・サヴレ》」とか、「ミッシス・タイユロールがちょうどこのきれいなダリアをくれたんだが、気に入らなくてね《ミッシス・タイユロール・ヴィヤン・ド・ム・ドネ・セ・ダリア、ベル・フルール・ク・ジェグゼークル》」（むっつりとして、悲しそうな、世事に疲れた表情）と彼は言ったりする。

明らかな理由から、彼と週に二、三度チェスをするときは、彼の家ではなく私の家でするほうがよかった。ずんぐりした手を膝の上に置き、死体でも眺めているみたいに盤上をにらむ彼の姿は、まるで打ちすえられた古い偶像のようだった。ぜーぜーと息をしながら、彼は一〇分ほど長考する――そして敗着の一手を指すのである。ときには、もっと長考してから、老犬がゆっくりウーと吠えるみたいに、喉に詰まった声で顎の肉をぶるぶる震わせて「チェック《オー・ロワ》！」と叫び、君のほうにチェックがかかっているよと私が指摘してやると、深い溜息をつきながら三角形の眉を吊り上げるのだった。

ときには、私たちが対戦している寒い書斎に、下の居間でローがダンスの練習をしている素足の音が聞こえてきたが、ガストンの外向的感覚はうまいぐあいに鈍くなっていて、彼はそうした裸足のリズムにまったく気づかないままだった――ワン、ツー、ワン、ツー、まっすぐ伸ばした右足に重心を移し、足を上げて横に開き、ワン、ツー、それからジャンプを始め、高くジャンプしたところで両足を開き、片足を曲げ、もう片方を伸ばし、飛んで、それから爪先で着地――そのときになって初めて、青白い顔をして、尊大で愚かな私の対戦相手は、あたかもその遠くで聞こえるドサッという音を私の恐ろしいクイーンがぐさりと斬り込んだのと混同したみたいに、頭か頬をさすったりした。

私たちが盤をはさんで熟考している最中に、ときどきローラがぶらりとやってくることがあった――するとガストンは、象のような目をまだ自分の駒に釘付けにしながら、うやうやしく立ち上がって彼女と握手し、それから力のない指を放して、彼女の方に一度も目を向けずに、また椅子に座り込んで、私が仕掛けた罠にすっぽりとはまってくれるのが毎度毎度の見物だった。クリスマス近くのある日、二週間ほど会わなかった後で、彼が「ところで、君の娘さんたちは元気かね《エ・トゥート・ヴォ・フィエット、エル・ヴォン・ビヤン》？」とたずねたことがあり、それから察するに、どうやら彼はたった一人しかいない我がロリータを、彼女が登場するたびに彼がうつむいた陰気な目でちらりと見た衣装の種別数（青のジーンズ、スカート、ショートパンツ、キルト縫いのローブ）*2で掛算していたらしい。

この哀れな男について、これ以上言葉を費やすのは控えておきたい（悲しいことに、一年後、ヨーロッパへの船旅の途中、彼はよりにもよってナポリで醜聞《サル・イストワール》に巻き込まれ、二度と帰らなかった)。ビアズレーでの彼の存在が私の事件に奇妙な関係を持たなかったら、ここで彼に触れることもおそらくなかっただろう。私は自分を弁護するために彼が必要なのだ。いかなる才能も持たない、凡庸な教師で、無価値な学者で、むっつりした汚らわしいでぶの同性愛者で、アメリカの生活様式を毛嫌いし、みごとなまでに英語を知らないこの男が、お上品なニューイングランドにもぐり込み、老いた者からはちやほやされ若い者からは愛撫されて、つまりはこのうえなく楽しい時を過ごしながら、みんなを騙しおおせていたのである。それなのにこの私ときたら。

7

さてここで、ロリータの道徳心の明白な低下について書くという、嫌な仕事に取りかからねばならない。彼女が火をつけた愛の悦びに彼女自身がさほど興味を示さなかったにせよ、純然たる金銭問題が前面に出てくることもこれまでにはなかった。しかし私は弱い人間で、賢明な人間でもなく、すっかり女学生の我がニンフェットの奴隷になっていた。人間的要素が減少すると、情熱や、愛情や、苦悶だけが増大する。そして彼女はそこにつけこんだのである。

基本的な義務を果たすという条件の下で支払われる毎週の小遣いは、ビアズレー時代の初めには二一セント[*1]だったが、終わりになる頃には一ドル五セント[*2]にまで跳ね上がった。彼女がしょっちゅう私からありとあらゆる小さなプレゼントを受け取り、ねだりさえすれば珍しいお菓子も買ってもらえるし月明かりの下で映画も観られるということを考えれば、これは寛大という以上の取り決めである——もっとも、言うまでもなく、彼女が年少者用のある楽しみをひどくほしがっているのが見て取れる場合には、おまけのキスや、ことによると愛撫の詰め合わせセットを愛情たっぷりに要求するだけの権利がこちらにはあった。しかしながら、彼女はなかなか手強い取引相手だった。気乗りのしないそぶりを見せるだけで、彼女は一日に一セント銅貨を三枚、あるいは五セント硬貨を三枚稼いだ。そして、私にとってそれなしではわずか数日しか生きていけないし、愛のけだるさというまさしくその本質から、力で奪い取ることはできないような、命取りの、不思議な、じわじわと効き目を現す楽園の毒薬を、私に与えることを拒否できる場合には、彼女は実に残酷な取引相手になった。己のやわらかな唇が持つ魔法と魔力を知り尽くした彼女は、なんと一学年度のうちに、奇抜な愛撫のボーナス価格を三ドルに、そしてときには四ドルにまでまんまと吊り上げたのである！　ああ、読者よ！　まるでじゃらじゃらと金を吐き出す狂った機械のように、歓喜の苦悶に耐えかねて、一〇セント銅貨や二五セント銅貨やら大きな一ドル銀貨を騒々しく噴き出す私を想像して、どうかお笑いにならぬよう。そして跳躍するような絶頂の極みにあっても、彼女は小さな拳に小銭をいっぱいしっかりと握りしめていたが、それはいずれにせよ後になってから、彼女がこっそりと抜け出して戦利品を隠しに行かないかぎり、私がむりやりに手をこじあけて奪い返していたのである。そしてちょうど、一日おきに学校の周囲をぐるっとまわり、昏睡状態になった足でドラッグストアを訪れ、霞んだ小道をのぞき込み、心臓の鼓動と枯葉が落下する音との合間に遠ざかっていく女の子の笑い声に耳をすましたように、ときおり私は彼女の部屋に押し入って、薔薇の花模様がついたゴミ箱に捨てられている紙の切れ端を点検したり、私がちょうど整えたばかりの、汚れのないベッドの枕の下をのぞき込んだりした。あるとき、彼女の本に一ドル札が八枚はさんであるのを発見したことがあるし（うってつけの『宝島』だった）、またあるときにはホイスラーの「母」[*3]が掛けてある後ろの壁穴から二四ドルと小銭が何枚か（二四ドル六〇セントにしておこう）出てきたこともあって、それをこっそり取り除いておいたら、翌日になって、彼女は私の面前で、正直なホリガン夫人を汚らしい泥棒だと罵ったこともある。やがて、彼女は知能指数にふさわしく、絶対に発見されないようなもっと安全な隠し場所を見つけた。しかしもうその頃には、学校の演劇活動に参加するのを、きびしく吐き気を催すようなやり方で許可を与えた代わりに、値段を大幅に下げさせていたのである。それはなぜかと言えば、私が恐れていたのは、彼女が私を破滅させるかもしれないということではなく、彼女が逃げ出すのに充分な現金を貯めるのではないかということだったからだ。目をぎらぎらさせた哀れな子は、財布の中にたったの五〇ドルさえあれば、ブロードウェイかハリウッドまでなんとかしてたどりつけると計算していたはずだ――あるいはその代わりに、かつては大草原だった陰気な州にある、簡易食堂（ウェイトレス求む）の汚い台所に流れ着けば、そこでは風が吹き、星が瞬き、車《カー》も、バーも、バーメンも、すべてが汚れ、ぼろぼろになり、死に絶える。

8

裁判長殿、わたくしは全力を尽くして、男友達という問題に取り組みました。どうふるまえばいいかを知るために、《ビアズレー・スター》紙に連載されている、いわゆる「一〇代の欄」を愛読することさえしたのです！

父親に一言。お嬢さんのお友達を追い払うようなことはやめましょう。お嬢さんが男の子たちの目を惹きつけていることは、あなたにとって呑み込むのがちょっとつらいかもしれません。あなたにとって、彼女はまだほんの子供です。ところが男の子たちにとっては、彼女は魅力的でおもしろいし、かわいらしくて楽しいのです。それでみんなは彼女が好きなのです。今あなたは重役室で大きな取引をまとめていても、昔はただの高校生ジムで、ジェーンの教科書を持ってやったじゃありませんか。憶えていますか？　今度はお嬢さんの番がやってきたわけですから、お嬢さんが好きな男友達に囲まれて慕われるという幸せをつかんでほしいとは思いませんか？　みんなで健全に楽しんでほしいとは思いませんか？

健全に楽しむだって？　冗談じゃない！

男の子たちを家のお客さんとして招いてはいかがでしょうか？　一緒に会話でもしてみては？　うちとけさせて、笑わせて、くつろいでもらったら？

やあ君、この娼館へようこそ。

もしお嬢さんが決まりを破ったとしても、その共犯者の前で怒りを爆発させたりしてはいけません。お嬢さんと二人きりになったときに、不満の矛先を向けること。そして男友達に、この娘のおやじは鬼みたいに怖い人だとは思わせないことです。

まず最初に、鬼おやじは「絶対禁止」のリストを作り、それから「やむをえず許可」のリストを作った。絶対禁止はデートで、一対一でもダブルでもトリプルでもだめ――その次の段階はもちろん集団乱交だ。女友達と一緒にキャンディ・バーに行って、私が控えめに離れた車の中で待っているあいだに、ときどき若い男性とくすくす笑いながらおしゃべりするのは許可。そしてもし彼女のグループがバトラー男子学院の社会的に認められたグループから毎年恒例の舞踏会に誘われたとしたら（もちろん、厳重に付き添いをつけての話）[*1]、一四歳の女の子が一年生用の「フォーマル」（ひらひらしたピンクのドレスで、これを着ると腕の細い一〇代の女の子はまるでフラミンゴみたいに見える）を着用してもいいかどうか、考えてみると私は約束した。おまけに、私たちの家でパーティを開いて、美人の女友達やバトラーの舞踏会で出会うすてきな男友達を招いてもかまわないという約束までした。しかし絶対に譲らなかったのは、私の治世が続くかぎり、さかりのついた若い男と一緒に映画を観に行ったり、車の中でネッキングをしたり、学校友達の家で開かれる男女同数のパーティに行ったり、こちらの耳のとどかないところで男の子と電話でおしゃべりしたりするのは、たとえそれが「あたしの友達と彼との関係について話すだけ」にせよ、どんなことがあっても許可しないという点だった。

それを聞いてローが激怒した――汚らしいペテン師とか、もっとひどい言葉で罵ったのだ。こちらもう少しで癇癪を起こしそうなところだったが、実は彼女が本当に腹を立てたのは、私が何か特別な楽しみを奪ったからではなく、全般的な権利を奪ったからだということがまもなくわかって、私は心底ほっとした。つまり、私が侵害したのは、伝統的な行事であり、月並みな暇つぶし、「みんながしていること」、青春の決まりごとだったのである。というのは、子供ほど、とりわけ女の子ほど、その子の髪がどれほど鳶色であれ赤褐色であれ、一〇月の果樹園の霞にたたずむどれほど神話的なニンフェットであれ、保守的なものはないからだ。

どうか誤解しないでいただきたい。あの冬[*2]のあいだに、彼女がふとしたはずみで、見知らぬ若い男とけしからぬ接触を持つことがなかったかどうか、私には自信がない。もちろん、彼女の余暇をいくらこちらがうるさく管理したところで、説明のつかない時間の漏れと、ふりかえってみてその穴を塞ごうとする手の込んだ説明が、必ず出てくるものだ。そしてもちろん、私の嫉妬心はそのぎざぎざの鉤爪を、ニンフェットがつく嘘の薄布に必ず引っかけてしまうのである。それでも私は、重大な危機が迫っていると考える理由は何もないとはっきり感じていたし、今ではその感覚が正しかったと保証できる。そう感じたのは、舞台の背景でちらちらしている台詞のない脇役たちの中に、この手でこいつのかたい喉仏を締めあげてやりたいと思うような若い男を一度も発見しなかったからではなく、いかなる種類の男子高校生であろうが（「手を握る」[*3]だけで興奮するような汗かきのおばかさんから、ニキビだらけで、性能アップした車を持っている、うぬぼれ屋のレイピストに至るまで）、洗練された我が若い愛人から見れば軒並み退屈だということが、私にすれば「圧倒的にあったりまえ」（シビル伯母さんの大好きな言い方）だからであった。「男の子のうわさ話ばっかりで、もううんざり」と彼女は教科書の中に落書きしていて、その真下に、モナの筆跡で（モナはもうじき登場予定）、こんな洒落た文句が書いてあった。「それじゃリガーはどう？」（これも登場予定。）

というわけで、彼女と一緒にいるところを見かけた連中は、いわば顔がない。たとえばあるとき、初めて雪が降った日に、彼女を家まで送ってきた赤セーター。客間の窓から私は二人がポーチのそばでしゃべっているのを見ていた。彼女は初めて毛皮の襟がついたクロスコートを着ていた。私のいちばん好きな髪型（前髪は切り下げ、横にはウェーブをつけ、後ろは自然なカールになっている）の上には、小さな茶色の帽子がのっかっていて、湿って黒くなったモカシンの靴と白いソックスはいつにも増してだらしなかった。しゃべったり相手の話を聞いたりするときにはいつものように本を胸に押し当て、脚はひっきりなしに動いている。左足の甲に右足の爪先を添えて立っていたかと思うと、その右足を後ろにはずしてから、両足を組み合わせ、少し揺らして、軽く二、三歩歩くような仕草を描いてから、また最初からぜんぶやり直すのだ。ある日曜にレストランの前で彼女としゃべっていたウィンドブレーカーがいて、そいつの母親と姉が私を引き離そうとしておしゃべりに誘った。私は仕方なくついて行って、ふり返って我が唯一の愛する人を見た。彼女はありきたりの癖を一つならず身につけていて、たとえば青春期の上品なやり方で文字どおり「腹を抱えて」笑うのに頭を下げたりして、それで（私が呼んでいるのを勘づいたらしく）まだどうしようもなくおかしいというそぶりをしながら、数歩後ろへ下がり、ぐるっと回れ右をしてから、消えつつあるほほえみを浮かべたまま私の方へ歩いてきた。その一方で、私が大好きだったのは（おそらく最初の忘れがたい告白を思い出させるからだろう）、ユーモラスにも悲しげに運命に従うという風情の、「まあ！」と溜息をつく癖や、運命の一撃が実際に落ちてきたときの、ほとんどどうなるような低い音で「嫌ーっ」と伸ばす声だった。とりわけ（仕草と若さについて語っているついでに言うと）、私は彼女が美しくて若い自転車に乗って、セイヤー街を上ったり下ったりするのを眺めるのが好きだった。背筋を伸ばしてペダルを懸命にこぎ、それから足を止めてけだるい姿勢に沈み込み、スピードが自然に落ちていくのにまかせるのである。それから私たちの郵便受けのところで自転車を停め、またがったまま、そこに入っていた雑誌をぱらぱらめくり、元に戻して、舌を上唇の片側に押し当て、足で地面を蹴り、また薄い影と陽光の中を滑走していくのだった。

我が子供奴隷を甘やかしてきたことや、前年の冬にカリフォルニアで彼女が愚かにも身につけた腕輪のように派手なふるまいを考えると、おおむね彼女はこちらの期待以上に環境にうまく適応してくれた。罪深い人間や、偉大な人間や、心やさしい人間にはつきものの、つねに不安な状態にはついに慣れることはできなかったものの、私は擬態[*4]ということに関しては最善を尽くしていたように思う。ロリータの寒々とした寝室で崇拝と絶望の時間を過ごした後、自分の狭いベッドで横になっていると、私は真っ赤な心眼の前を通過するというよりは徘徊する己の姿を点検することで、過ぎ去った一日をもう一度ふり返ることがよくあった。通俗小説に出てきそうな黒髪の美男子で、ケルト風と言えなくもない、おそらくは高教会派でとても厳格なハンバート博士が娘の通学を見送る姿を私は眺めた。そして彼がゆっくりとした笑みを浮かべ、広告に出てきそうな太くて黒い眉を愛想良く吊り上げて、ペスト患者のような臭いがする（そして隙さえあれば、ご主人様のジンに手を伸ばそうとする）善良なホリガン夫人に挨拶するところを眺めた。引退した死刑執行人か宗教冊子の執筆者である西氏（どっちでもいいではないか）とともに、私はお隣の何とかいう名前の人が、たしかフランス人かスイス人だったと思うが、窓から丸見えの書斎でタイプライターに向かって考え込み、いささかやつれた横顔で、青白い額にほとんどヒットラーみたいな逆毛を立てている姿を眺めた。週末に、上等な仕立てのオーバーと茶色の手袋をつけて、H教授が娘と一緒にウォルトン・インへと歩いていく姿（そこは、菫色のリボンをつけた陶器製の兎と、箱に詰めたチョコレートで有名で、まだ前の客の食べかすで汚れている「お二人様用テーブル」[*5]が用意できるまで座って待たされる）。平日の午後一時ごろ、アルゴスのような百の目をした東嬢に威儀を正して挨拶しながら、車をガレージから出し、忌々しい常緑樹をぐるりとまわってから、すべりやすい道へと出て行く姿。大柄な若い女性たちが人知の洪水に呑み込まれて呆然としている、ひどく蒸し暑いビアズレー大学の図書館で、本から冷たい目を上げて時計を見つめる姿。指導牧師であるリガー師（ビアズレー大学で聖書を教えている）と一緒に大学構内を歩いていく姿。「誰かから聞いた話では、彼女のお母さんは有名な女優で、飛行機事故で亡くなられたそうですが。え？　それじゃ私の聞き違いですね。なるほど。それはお気の毒に」。（お母さんを美化したいのかい？）スーパーマーケットの迷路の中でゆっくりとカートを押しながら、同じようにゆっくりとした動きの、山羊のような目をしたやさしい男やもめ、W教授の後をついていく私。黒と白の厚手のマフラーを首に巻きつけ、上着を脱いで雪かきをする私。猛烈に急いでいるそぶりを見せずに（マットで足をぬぐう余裕も見せて）女学生の娘について家の中に入っていく私。ドリーを歯医者に連れて行く――かわいい看護婦が彼女に向かって笑顔をふりまく――古い雑誌――脚を見せちゃいけませんよ《ヌ・モントレ・パ・ヴォ・ザーンブ》。*6町でドリーと一緒に夕食をとりながら、エドガー・H・ハンバート氏が西欧風のナイフとフォークの使い方で*7ステーキを食べている姿。二重になってコンサートを楽しむ。大理石のような顔をして、落ちつき払ったフランス人が二人隣同士に並び、ムッシュー・H・Hの音楽好きな娘は父親の右側に座り、W教授の音楽好きな息子（その父親はプロヴィデンス*8で衛生的な夜を過ごしている）はムッシュー・G・Gの左側に座っている。ガレージを開けると、正方形の光が車を呑み込み、そして消える。派手なパジャマを着て、ドリーの寝室の窓の日よけを勢いよく下ろす。土曜の夜、誰にも見られず、冬のあいだにすっかり漂白された娘の体重をバスルームでしかめ面をしながら測る。日曜の朝、教会に行く習慣がまったくなく、室内テニスコートへと向かうドリーに対して、あまり遅く帰ってくるんじゃないぞと言う姿と声。妙に観察力の鋭いドリーの友達を家に招き入れる姿。「わたし、スモーキング・ジャケットを着ている人を初めて見ました――もちろん、映画の中なら別ですけど」

9

彼女の女友達は、会ってみるとだいたい期待はずれだった。オーパルなんとか、それからリンダ・ホール、エイヴィス・チャップマン、エヴァ・ローゼン、モナ・ダールといったところだ（一人を除いて、言うまでもなく名前はすべて近似である）。オーパルは恥ずかしがり屋で、不恰好で、眼鏡をかけたニキビだらけの子で、いじめられているくせにドリーにべったりだった。学校でテニスのチャンピオンであるリンダ・ホールを相手に、ドリーは毎週二回はシングルスの試合をしていた。リンダは本物のニンフェットだったと思うが、どういうわけか私たちの家にやってくることはなかった（たぶん行ってはだめだと言われていたのだろう）。だから私は、室内コートに射し込む自然な太陽の輝きとしてしか彼女を記憶していない。残りのうち、ニンフェットになれそうな子はエヴァ・ローゼンしかいない。エイヴィスはでっぷりして脚が毛深いし、モナは野卑に官能的な美人で、年を取りつつある我が愛人よりもたった一歳年上だが、かつてそういう時期があったとしてもとうの昔にニンフェットではなくなっていた。それに対して、フランスからやってきた難民のエヴァ・ローゼンは、目立ってかわいい子ではないものの、たとえば完璧な思春期の身体つきとか、ためらいがちなまなざしとか、高い頬骨といった、ニンフェットの魅力を表す基本的な要素をめざとい愛好者にわからせるという点で、絶好の例であった。銅色の髪は絹のようなロリータの髪に似てつやつやしているし、きめ細かな乳白色の顔立ちにピンクの唇、それに白っぽい睫毛は、似たような人々（一民族内の赤毛の大氏族）ほど狐のような印象を与えなかった。それに、緑色の制服を好まず、たしか記憶しているところでは、黒やダークチェリーをよく身につけていた――たとえば、とてもしゃれた黒のセーターに、黒のハイヒール、それからガーネット色のマニキュアだ。私は彼女にフランス語で話しかけてみた（それでローがひどく憤慨した）。彼女の発音はまだみごとなまでに毒されていないが、学校や遊びで使う言葉は現代アメリカ英語になり、話し言葉に少しブルックリン訛りがまじったりするのは、いんちきな英国風教育を標榜するニューイングランドのお嬢様学校に通うパリ娘としてはおもしろいところだった。残念なことに、「あのフランス人の子の叔父さん」が「億万長者」であるのにもかかわらず、開かれたハンバート家で私がささやかながら彼女の芳しい存在を楽しむ時間を持つ前に、ローはどういうわけかエヴァとのつきあいをやめてしまった。残念賞のニンフェットたちとも言うべき侍女の群れをロリータのまわりにはべらせることが、私にとってどれほど重要だったかは、読者ならご存知だろう。しばらくのあいだ、私はモナ・ダールに感覚的な興味を持つべく努めてみたが、それというのも彼女はよく顔を見せていて、とりわけローと彼女が演劇の科目に熱中していた春学期はそうだったからだ。たっぷりと報酬をやるからぜひにとせがむと、とんでもない裏切り者のドロレス・ヘイズは、モナが海辺で海兵隊員と関係を持ったという、まったく信じられないような話をいろいろ事細かに教えてくれたが、その一方で、モナに対していったいどんな秘密を打ち明けているのだろうと、私はよく考えたものだ。あの上品で、冷たくて、好色で、男性体験もある若い女性をいちばん親しい友達に選んだのは、いかにもローらしいと言うべきで、そのモナが廊下でローに対してこんなことを陽気に言っているのを私は聞いたことがある（聞き違いだとローは言うが）――ローが彼女の（ローの）セーターはヴァージン・ウールだと言ったら、「あんたの身のまわりでヴァージンなのはそれだけじゃん」と返したのだ。彼女の声は妙にハスキーで、つやのない黒色の髪には人工的なウェーブがつけてあり、イヤリングをつけ、目は琥珀色でくっきりして、唇は官能的だった。ローの話では、宝石類を身につけすぎだというので先生から怒られているらしい。彼女は手が震えた。知能指数一五〇という重荷を背負っていた。私は彼女の女らしい背中に大きなチョコレート色のほくろがあることも知っていたが、それはローと彼女が背中が深くあいたパステル色のひらひらのドレスを着て、バトラー学院での舞踏会に出かけようとしていた夜に見つけたのである。

話が少し先まわりしてしまったが、あの学年度の鍵盤全体に記憶の指を走らせずにはいられないのである。ローが知っているのはどんな種類の男の子なのか聞き出そうとしても、ダール嬢は上品に話をそらした。リンダが所属するカントリークラブにテニスをしに行ったローから電話がかかってきて、帰るのがたっぷり半時間遅れるかもしれないから、『じゃじゃ馬ならし』の一場面の練習を一緒にしようとモナがやってきたら、話のお相手をしてくれないかと言ったときのことだ。物腰や声に可能なかぎりの変化と魅力をつけ、おそらく（こちらの思い過ごしだろうか？）かすかに水晶のような皮肉を光らせて私をじっと見つめながら、美しいモナはこう答えた。「実を言うと、ドリーはただの男の子にはあまり関心がなくて。実を言うと、わたしたちはライバルどうし。あの子もわたしも、リガー牧師にぞっこんなの」。（これはお笑いだった――あの憂鬱な大男で、馬みたいな顎をした牧師は、ここですでに名前を出したことがある。彼は父兄を招いたお茶の会でスイスの印象をしゃべって、私を死ぬほどうんざりさせることになるが、それが時間的にいつのことだったかは思い出せない。）

舞踏会はどうだった？　もうヤバすぎ。え？　もうめっちゃくちゃ。一言で言ったら、サイコー。ローはたくさん踊ったのかい？　すっごくたくさん、てこともなくて、じきに嫌になっちゃったけど。きみ、すなわちけだるいモナは、ローのことをどう思う？　はあ？　ローは学校でちゃんとやってるって思うかい？　そりゃもう、なかなかのものよ。でも全般的な行動は――？　とにかく、たいしたものよ。それでも？「とにかく、カワイイ」とモナは結論して、突然ため息をつき、たまたま手近にあった本を拾い上げると、表情を変えて、わざと額に皺を寄せ、こうたずねた。「ボール・ザックっていう作家[*1]の話を聞かせてください。この人ってそんなに凄いんですか？」彼女が私の椅子に寄り添ってきたので、ローションやクリームの匂いを通して、あまり興味のわかない肌の匂いが嗅ぎ分けられた。そのとき、不意に妙なことを思いついてぎくりとした。もしかして我がローは女衒の役を演じているのか？　だとするなら、間違った身代わりを選んだわけだ。モナの冷ややかな視線を避けながら、私はしばらく文学についてしゃべった。するとドリーが戻ってきて、淡い目を細くして私たちを見つめた。友達どうしで何をたくらんでいるのかは知らないが、私は部屋を出て二人の好きなようにさせた。階段の曲がり角にある、蜘蛛の巣が張った小さな開き窓の、格子で区切られた四角形の一つにルビー色のガラスがはまっていて、無色な矩形の中にまじったその生傷と、非対称的な位置（てっぺんの八列目からナイトの動きで六列目へ）がいつも妙に気になるのだった。

10

ときどき……おいおい、何回だってちゃんと言ってみろよ、バート。四回か、五回か、それ以上あったのを思い出せるんじゃないのか？　それとも、どんな人間の心臓でも、二、三回で耐え切れなくなるって言うのか？　ときどき（君の質問に対しては何も答えられない）、ロリータがたまたま宿題をしていて、鉛筆をなめ、安楽椅子で横になって両脚を肘掛けに投げ出していると、私は教育者としての自制心をすべてかなぐり捨て、これまでの口喧嘩をすべて帳消しにして、男性としてのプライドをすべて忘れ——そしておまえの椅子まで文字どおり這いつくばって行くことがあったのを憶えているかい、我がロリータよ！　おまえは私をちらりと見る——灰色のぼさぼさした疑問符のような表情だ。「やめて、もう嫌」（唖然とした怒り）。それというのも、私がとりたててこれといった目的もなく、ただひたすらおまえの格子縞のスカートに顔を埋めたいと思うなんて、おまえはけっして信じようとはしなかったからだ、そうだろう、我が恋人よ！　あのあらわな腕のかよわさ——その腕を、しなだれた愛しい四肢すべてを、うずくまった子馬のようなおまえを抱きしめたい、おまえの頭をこの卑しい両手の中に抱いて、両側のこめかみの皮膚を後ろに引き、細くなったおまえの目に口づけたい、それから——「お願い、一人にさせてちょうだい、ねえったら」とおまえは言う。「たのむから一人にさせてちょうだい」。そして私が床から立ち上がるとおまえはじっと見たままで、私の顔面痙攣《ティック・ネルヴー》をまねてわざと顔を引きつらせる。だがまあいい、それはいい、私はただの獣にすぎないのだから、それはいい、この惨めな物語の先を続けることにしよう。

11

一二月だったと思うが、ある月曜の午前中に、ご相談があるのでいらしてくださいとプラット女史が言ってきた。ドリーのこの前の成績がひどかった、ということだろう。しかし、この呼び出しにもっともらしい理由をつけて安心する代わりに、私はありとあらゆる恐怖の事態を想像し、面談に向かう前に「パイジン」を一パイントあおって身構えなければならなかった。全身これ喉仏と心臓というありさまで、私はゆっくりと処刑台の段をのぼっていった。

図体がでかく、髪はグレイのむさくるしい女で、鼻は平べったくひろがり、黒縁の眼鏡の奥には小さな目がのぞいている――「どうぞおかけください」と言って、彼女は情けなくなるような場違いのクッションを指さし、自分はオーク製の椅子の肘掛けにどすんとすばやく腰をおろした。しばし彼女は好奇心の目でほほえみながら私を見つめた。そういえば、初めての面会のときにも彼女がそうしたことを思い出したが、あのときにはにらみ返すだけの余裕がこちらにはあったのだ。視線が私から離れた。彼女は考え込んだ――おそらくはそぶりをしただけだ。そして決心がついたらしく、フランネル地でできた濃いグレイのスカートの膝のところを、襞と襞とをこすりあわせて、チョークか何かの跡をはらった。それから、顔も上げずにまだこすりながら、こう言った。

「ヘイズさん、単刀直入におたずねします。あなたは欧州風の旧式な教育観をお持ちでいらっしゃるんでしょ?」

「いや、そんなことは」と私は言った。「保守的かもしれませんが、先生がおっしゃるほど旧式じゃありませんよ」

彼女は溜息をつき、眉をひそめ、それからいよいよ本題と言わんばかりに、大きなふっくらした両手をパンと叩いて、珠《たま》のような目をまた私に向けた。

「ドリー・ヘイズはすてきなお嬢さまでいらっしゃいますが、性的成熟の開始で悩んでいるようなんですの」

私はかすかにうなずいた。そうするしか仕方がないではないか。

「あの子はまだ往復しているんですよ」とプラット先生は言って、肝斑がついている手でその仕草をした。「発達段階における肛門期と性器期のあいだを。本来的にはすてきなお嬢さまで――」

「えっ、何期とおっしゃいました？」と私は言った。

「ほら、それが欧州風の旧式な教育観なんですよ！」とプラットは叫んで、私の腕時計を軽く叩き、突然入れ歯を剝き出しにした。「つまり、生物学的衝動と心理学的衝動が――煙草お吸いになります？――ドリーの中では融合していなくて、いわゆる何と言うか――丸い形に落ちついていないんです」。彼女の両手は一瞬のあいだ見えないメロンをつかんだ。

「お嬢さまはかわいくて、頭もよろしくていらっしゃるんですが、注意力散漫ですわね」（重々しく息をして、まだ腰かけたまま、この女は右手の机の上にあったすてきなお嬢さまの通知表をゆっくりと点検した）。「成績がどんどん悪くなっていますよ。これはどういうことなんでしょうねえ、ヘイズさん――」また考え込むそぶり。

「実を言うと」と彼女は熱をこめて続けた。「わたくしは煙草を吸うんですの、尊敬するピアス博士の言葉を借りれば、恥ずかしいけれど、大好きっ」。彼女は煙草に火をつけて、二本の牙[*1]のような煙を鼻孔から吐き出した。

「少し詳しくお教えしますわね、そんなに時間は取りませんから。えーっと「書類をがさごそとやる」。レドコック先生に対して反抗的で、コーモラント先生に対しては大変失礼。ここに特別調査報告書がありますわ。クラス内では一緒に歌うことを楽しむが、心はここにあらずといった様子。足を組み、左足をぶらぶらさせてリズムを取る癖あり。よく使う言葉のタイプは、思春期に用いられる最も一般的な俗語二四二語の範囲と、加えて明らかにヨーロッパ系の多音節語が多数。授業中頻繁に溜息。えーっと。これこれ。一一月の最終週の報告があります。授業中頻繁に溜息。しきりにガムを噛む。爪を噛む癖はありませんが、もしその癖があれば、全体的なパターンにうまく一致しますわね――もちろん、科学的に言えばですけど。月経は、本人の話によれば、定期的。現在どこの教会組織にも所属せず。ところで、ヘイズさん、彼女のお母さまは――？　ああ、そうでいらっしゃいましたか。それであなたは――？　すみません、他人が首を突っ込む話じゃありませんでしたわね。もう一つ知っておきたいことがありました。たしか、彼女は家事をまったくしないとか。ヘイズさん、ドリーはすっかり箱入り娘扱いなんですのね？　えーっと、他に何かあったかしら。本の持ち方が上品。すてきな声。しきりにくすくす笑う。少し夢見がち。自分勝手な冗談を楽しんでいて、たとえば担当教師たちの名前の最初の文字を入れ替えたりする。[*2] 髪は薄い茶色と濃い茶色、つやあり――まあ［笑いながら］これはよくご存知ですわねえ。鼻づまりなし、足は甲高、目は――ちょっと待ってくださいね、どこかにもっと最近の報告書があったはずですから。ああ、これこれ。ゴールド先生によれば、ドリーのテニスはフォームが優ないしは特優で、リンダ・ホールよりも成績がいいくらいですけれども、集中力と得点力が不可ないしは可だそうです。コーモラント先生によれば、ドリーは感情抑制力がよほどあるか、それともまったくないか、どちらとも判断しかねるとのこと。ホマー先生の報告では、彼女、つまりドリーは、感情を言語化できないとのことですし、カール[*3]先生によれば、ドリーの新陳代謝効率は極めて優秀だそうです。モルナー先生の考えでは、ドリーは近視で、いい眼科医に診てもらう必要があるとのことですが、レドコック先生の意見では、あの子は勉強ができない言い逃れをするために、眼精疲労のふりをしているとか。それで結論ですが、ヘイズさん、うちの先生方は、かなり大きな問題があるのではないかと考えているのです。そこでおたずねしたいのですけれど。あなたのかわいそうな奥様か、あなたご自身か、それとも家族の誰かが――たしかカリフォルニアに叔母さんが数人と、母方のおじいさまがいらっしゃるんですわね？――あら、お亡くなりになった！――それはお気の毒に――とにかく、わたくしたちみんなが心配しているのは、家族のどなたかがドリーに、哺乳類動物の生殖過程をちゃんとお教えになられたのかどうか、っていうことなんですの。全体的な印象としては、ドリーは一五歳なのにセックスの問題に病的なほど無関心で、もっと正確に申し上げますと、無知と自尊心を守るために好奇心を抑圧しているんです。そうでしたわね、一四歳でした。おわかりでしょうが、ヘイズさん、ビアズレー校では蜜蜂や雄蕊だとか、コウノトリやインコなんて信じませんが、円満な夫婦生活や順調な子育てへの準備を生徒に整えてやることは強く信じているのです。ドリーは勉強に集中しさえすればきっと成績が伸びるはずですわ。その点でコーモラント先生の報告が重要です。ドリーには、おだやかな言い方をすれば、生意気な傾向があります。しかし、わたくしたち全員の意見としては、第一に、かかりつけのお医者さんに生命の神秘という話をしてもらうこと、第二に、ジュニアクラブとかリガー博士の団体や、他の親御さんのすてきなお家で、学校友達のお兄さん方とつきあうのを許可してあげることです」

「男の子に会うのは、すてきな自分の家でもできますよ」と私は言った。

「ぜひそれを望みますわ」とプラットはうきうきと言った。「彼女の悩みについて問い質してみたら、ドリーは家の話をどうしてもしたがりませんでしたので、友達の何人かにたずねたら、本当に――そうですわね、たとえば、彼女が演劇部に入るのを禁止していらっしゃいますけれども、それをぜひ解除してやってくださいな。『疑惑の狩人』にぜひ出演させてやってください。下稽古のときには申し分のないニンフぶりでしたし、春のいつかに劇の作者もビアズレー大学に数日滞在して、新しい大学の講堂で行われるリハーサルにも一、二度お見えになるとうかがっています。若くて活き活きとして美人だということがこれぐらいすばらしいという、青春の謳歌なんです。そこをぜひご理解いただいて――」

「私はとても理解のある父親だと、ずっと思ってきたんですがね」と私は言った。

「ええもちろん、もちろんですとも、でもこれはコーモラント先生の意見で、わたくしも賛成したいんですが、ドリーは性的なことで頭がいっぱいになっていて、それにはけ口を見つけられないものだから、他の女の子たちや、ときにはうちの若い先生方まで、男の子と無邪気にデートしているからと言って、からかったりいじめたりするんですのよ」

私は肩をすくめた。みすぼらしい移民《エミグレ》同然に。

「ご一緒に知恵をしぼりませんか、ヘイズさん。いったいあの子のどこが悪いんでしょうか？」

「私にはまったく正常で、幸せそうに見えますが」と私は言った。（ついに災難がふりかかったのか？　正体がばれたんだろうか？　こいつらは催眠術師を雇ったのか？）

「わたくしが気になるのは」とプラット女史は腕時計を見つめながら言って、また話を蒸し返した。「教師から見ても生徒から見ても、ドリーは敵対的で、不満そうで、閉じこもりがちだという点です——そして、どうしてあなたが普通の子供の自然な楽しみにことごとく反対されるのか、誰が考えても不思議なんですよ」

「おっしゃってるのは、性的遊戯のことでしょうか？」追いつめられた古ネズミのように、私はやけになって軽い調子でたずねた。

「そういう教養のある言葉は大歓迎ですわ」とプラットはにやりと笑いながら言った。「でもそれはちょっと的はずれ。ビアズレー校が主催する演劇や、ダンスや、他の自然な活動は、専門的に見ればべつに性的遊戯なんかじゃありませんけれど、たしかに女の子が男の子と出会うわけで、それに反対なさってるんでしょう」

「わかりました」と私が言うと、クッションが疲れたといわんばかりの音を出した。「あなたの勝ちだ。その劇に参加させます。ただし、正規《せいき》の男役は女性が受け持つという条件で」「外国の方が、少なくともアメリカに帰化した方が、わたくしたちの豊かな言語を実にみごとにお使いになるのには、いつも感心させられますわ」とプラットが言った。「演劇部を担当しているゴールド先生も、きっと大喜びすると思います。わたくしの見るところでは、ゴールド先生はドリーに好意を持つ――いや、ドリーを苦にしない、数少ない教師の一人ですから。これで全般的な問題は片がついたようですわね。次に特殊な問題なんですけれど。これも困ったことになっているんですよ」

プラットは挑むように一呼吸置いて、それから人差し指で鼻の下をごしごしとこすり、鼻が戦闘の踊りを演じた。

「わたくしは率直な人間なんですけど、しきたりはしきたりですからねえ、困りましたわ……こんなふうに申し上げましょうか……このあたりでは公爵邸と呼ばれているところがあるでしょう、ほら、丘の上に建っている灰色の大きな家、あそこにお住まいのウォーカーさんはお嬢さんを二人この学校に通わせていらっしゃるし、ムーア学長の姪御さんもここの生徒さんで、とっても育ちのいいお子さんだし、他にもまだまだ名士のお子さんがいっぱいいらっしゃいます。ところが、そういう状況だと、小さな淑女みたいに見えるドリーが、あなたみたいな外国人ではご存知ないかおわかりにならないような、下品な言葉を使うのは、とてもショックなんですの。もしかして、ドリーを今すぐここに呼んで、話し合ったほうがいいとお思いになりません？　お嫌？　つまり――わかりました、それじゃざっくばらんにお話ししますわ。今度六月に結婚するレドコック先生が、健康についての小冊子を配ったところ、ドリーはそれに口紅でひどく卑猥な言葉を書いて、うちのカトラー博士から聞いた話では、それはメキシコの下層階級が使う言葉で便所を表すんだそうで、放課後に居残りしてもらうことにしました――少なくとも半時間は。でも、もしあなたが――」

「いいえ」と私は言った。「規則の邪魔をしたくはありませんから。後で娘に話してみます。とことん議論してみますので」

「ええ、ぜひ」と女史は肘掛けから身体を起こしながら言った。「それではまた近いうちにもう一度お会いして、事態が好転していなければ、カトラー博士に彼女を分析してもらいましょう」

私はプラットと結婚して絞め殺してやったほうがいいのだろうか？

「……もしかしたら、かかりつけのお医者さんに身体を診てもらったほうがよろしいかもしれませんわね――ほんの簡単な検査を。彼女は今マッシュルーム*4にいます――あの廊下のいちばん奥にある教室」

ここで説明しておくほうがよさそうだが、ビアズレー校は英国の有名な女子校をまねて、いろんな教室に「伝統的」な仇名を付けていた。マッシュルーム、花婿《ブライドグルーム》、B教室《ブルーム》、教室BA《ルーンバ》*5などといったぐあいである。マッシュルームは匂いがする部屋で、レノルズの「無垢な年頃」のセピア色の複製が黒板の上に掲げてあり、不恰好な学習机が数列並んでいた。そのうちの一つに座って、我がロリータがベイカーの『演劇の技法』にある「対話」の章を読んでいて、あたりは静まりかえり、もう一人いる女の子は磁器のように白い首筋をあらわにして、髪はすてきなプラチナ色で、その前列に座ってやはり本を読み、まったく世の中を忘れ、しきりにやわらかな巻き毛を一本の指に巻きつけていたが、私はちょうどその首筋と髪の真後ろでドリーの横に座り、オーバーのボタンをはずして、六五セントおよび学校演劇への参加許可の代償に、インクやチョークがついて関節が赤くなったドリーの手を机の下にもぐらせた。たしかに、愚かで無軌道だとしか言いようがないが、拷問を受けた後では、二度と起こらないような組み合わせを利用しないわけにはいかなかったのである。

12

クリスマスの頃に、彼女はひどい寒気がして、ミス・レスターの友人であるイルザ・トリストラムスンという女医の診察を受けた（やあ、イルザ、君は本当にいい人だったよ、詮索好きじゃないし、我が鳩に触れるときもそっとしてくれて）。診断は気管支炎で、女医はローの背中を軽く叩き（熱のせいで生毛がぜんぶ逆立っていた）、一週間かもっとベッドで休むようにと言った。最初のうち、彼女はアメリカ式の言い方だと「熱が走って」、私はそのえもいわれぬ体熱の予期せぬ快楽（微熱のウェヌス）に抵抗できなかった――ただし、抱擁のさなかにうめき、咳をして、ぶるぶる震える、ひどくけだるいロリータだったが。そして彼女が元気になると、すぐに私は男の子を招くパーティを開いた。

たぶん心の準備をするときにちょっと飲みすぎたかもしれない。たぶんばかなふるまいをしたかもしれない。女の子たちは小さな樅の木を飾りたて電気をつけていた――ドイツの風習で、蠟燭の代わりに色つきの豆電球だ。レコードが選ばれて、備え付けの電蓄にかけられた。おしゃれなドリーは胴部がぴったりしてスカートがフレアになったグレイのドレスを着ていた。ハミングしながら、私は二階の書斎に退いた――そして一〇分か二〇分おきに、まるでばかみたいにほんのちょっとだけ階下におりていって、暖炉飾りに置いたパイプを取りに来たふりをしたり、新聞を探しに来たふりをした。そしておりていくたびに、そういう簡単な行為が次第にやりにくくなり、恐ろしいほど遠い過去になった日々に、ラムズデールの家で、「かわいいカルメン」がかかっている部屋へ何気なく入っていくのによく緊張したことを思い出した。

パーティは不成功に終わった。招いた女の子三人のうち、一人はまったく姿を見せず、男の子のうち一人がいとこのロイを連れてきたので、男の子が二人余って、いとこどうしは何でも踊れるのに、他の連中はまったく踊れず、その夜の大半は台所をむちゃくちゃにしたり、トランプのどんなゲームをやるか言い合ったりするのに費やされ、しばらくしてから、女子二人と男子四人は居間の床に座り、窓をぜんぶ開けっ放しにして、言葉のゲームを始めたが、オーパルはどうしてもそのゲームの要領が呑み込めず、そのあいだモナは細身のハンサムな若者のロイと一緒に台所でジンジャーエールを飲み、テーブルに座って足をぶらぶらさせ、熱心に運命予定説や平均の法則を論じ合っていた。みんなが帰ってしまうと、ロリータはゲッと言って、目を閉じ、本当に不愉快だったし疲れたといわんばかりに椅子に大の字に身体を投げ出し、あんなにムカつく男の子の連中って見たことないと言った。その言葉に対するご褒美として、私は新しいテニスラケットを買ってやった。

一月は蒸し暑く、二月には連翹《れんぎょう》が騙されて開花した。町の人間はみな、こんな天気は見たことがないと言う。他のプレゼントもどんどん舞い込んできた。誕生祝い*1に私が買ってやった自転車は、すでに述べたとおり、牝鹿みたいでとてもすてきだった——さらにおまけとして買ったのが『現代アメリカ絵画史』である。彼女の自転車の乗り方、すなわち近づいていって、乗るときの尻の動き、その優雅さなどは、私にこのうえない喜びを与えてくれた。しかし、絵画の趣味をもっと洗練されたものにしてやろうというもくろみは、失敗に終わった。ドリス・リーが描いた干し草の上で昼寝をしている男は、前景にいる一見官能的なお転婆娘の父親なのかと彼女は質問したし、グラント・ウッドやピーター・ハードは良くて、レジナルド・マーシュやフレデリック・ウォーはひどいと私が言うのはどうしてか、理解できなかった。

13

　春がセイヤー街を黄色と緑とピンクで染めた頃には、もうロリータは治りようがないほど舞台に狂っていた。ある日曜のこと、プラットがウォルトン・インで誰かと一緒に昼食をとっているところをたまたま見かけ、彼女は遠くから私と視線が合うと、ローが見ていないあいだに共感をこめてこっそり拍手をする仕草を見せた。演劇というものは、歴史的に言って原始的で衰退した形式であり、大嫌いだ。石器時代の儀式や共同体の戯言の味がする形式で、ときには天才が個々に注入するものはあっても、たとえばエリザベス朝演劇[*1]では、部屋にじっとしている読者はその作品から自動的に詩を汲み出してしまうので、役者を必要としないのである。ちょうどそのときは、文学関係の執筆作業に没頭していて、寸劇『魅惑の狩人』の脚本をわざわざ隅から隅まで読んでみることはしなかったのだが、その中でドロレス・ヘイズが与えられているのは農夫の娘の役で、彼女は自分が森の魔女かディアーナか何かだと思い込み、催眠術の本を手に入れてから、森で迷子になった多数の狩人たちをさまざまなおもしろい睡眠状態に陥れ、最後は自分が放浪詩人（モナ・ダール）の魅惑に取り憑かれてしまうという筋書きである。ローが家じゅうにばらまいた、くしゃくしゃで下手なタイプ打ちの脚本から、私が拾い集めたのはその程度だった。忘れがたい宿の名前がたまたま題名になっているのは、かすかな悲しさを含んだ喜びだった。このことは我が魅惑者にわざわざ教えないほうがいいと私は考えて憂鬱になったが、それというのも、彼女が気づいていないことよりも、感傷的だと毒づかれるほうが私にとっては傷つくからだ。この寸劇は、よくある陳腐な伝説の焼き直して、ほとんど作者の名を冠するに値しないものだと私は思った。魅力的な名前をつけようとして、ホテルの創立者が唯一の直接的な影響を受けたのが、彼が雇った二流の壁画家がたまたま描いた空想世界であり、さらにそのホテルの名前が劇の題名を生んだと想像しても一向にさしつかえないはずである。しかし、信じやすくて、単純で、好意的な私は、それをどういうわけかひっくり返して、実際にはたいして考えもせずに、壁画とホテル名と題名がすべて共通の出典を持ち、それは何か当地の伝承で、ニューイングランドの故事に疎い私のようなよそ者にはわかるわけがないと思い込んでいた。従って、この忌々しい寸劇は年少者を楽しませるためのでたらめな劇に属するものであり、リチャード・ロー[*2]の『ヘンゼルとグレーテル』とかドロシー・ドー[*3]の『眠れる森の美女』とかモーリス・ヴァーモントとマリオン・ランペルメイヤーの『裸の王様』（これらはすべて『学校演劇集』や『みんなで劇をやってみよう！』に必ず載っている）といった作品のように、何度も手を加えたものだという印象を持っていた（といっても、これはまったくぼんやりとした印象で、私が重要だと思うものからはまったく外れていたのである）。言い換えれば、実際には『魅惑の狩人』はごく最近の作品で、技術面でも独創的だし、ニューヨークにあるハイブロウな劇団によってわずか三カ月か四カ月前に初演されたばかりだということを知らなかったのである（知っていたところで特にどうとは思わなかっただろうが）。私にとって（我が魅惑者の役どころから判断するかぎりでは）、これは幻想としてはかなり陰気なもので、ルノルマンやメーテルリンクやその他さまざまな英国の静かな夢想家たちの影響が見受けられる。赤い帽子をかぶり同じ服装をした狩人たちの、[*4]一人は銀行員、もう一人は配管工、三人目は警官、四人目は葬儀屋、五人目は保険業者、六人目は脱獄囚で（なんとありえないグループだろう！）、彼らはドリーの谷ですっかり心の変容を遂げて、本当の現実というものをかわいいディアーナが目覚めさせてくれた夢か悪夢としてしか憶えていないが、七人目の狩人（緑の帽子をかぶった道化）は若い詩人で、彼女も余興（踊るニンフや妖精や怪物たち）もすべて自分のもの、すなわち詩人の創作にすぎないと言い張って、ディアーナを大いに困らせたのだった。最後には、彼の頑固さにすっかり辟易して、裸足のドロレスは格子縞のズボンを穿いたモナを危険の森のむこうにある父親の農場に連れて行き、自分が詩人の空想の産物なんかではなく、褐色の生身の田舎娘であることを自惚《うぬぼ》れ屋に証明しようとする――そして最後の瞬間のキスが強調することになるのは、幻想と現実が愛に溶け合うという、この劇の深遠なメッセージなのだ。私はローに面と向かってこの劇を批判するのは得策ではないと考えた。彼女は健康的にも「表現の問題」に没頭していて、ほっそりしたフィレンツェ風の手を実に魅力的に組み合わせ、睫毛をぱちぱちさせて、ばかな父兄のなかにはリハーサルを見に来る人もいるがお願いだからそんなことはしてほしくない、完璧な初演の夜でびっくりさせたいから、と言うのだ――それにどのみち、私がいつも首を突っ込んで場違いなことを言うので、それを気にして他の人の面前で恰好の悪いところを見せてしまうから、とも。

一度、特別なリハーサルがあった……心臓が、心臓が……陽気な騒ぎに満ちた、五月のある日のこと――しかしすべては過ぎゆき、視界から消えて、記憶にも残らず、次にロリータを見たのは午後遅くで、自転車に乗ったまま、家の芝生の端にある若い樺の木の湿った樹皮に手のひらを押し当てていたが、私は彼女のほほえみから発散されるやさしさに打たれて、私たちの悩みがすべて消え去ったのかと一瞬思ったほどだった。「ねえ憶えてる？」と彼女は言った。「あのホテルの名前、ほら［鼻に皺を寄せて］、知ってるくせに――白い柱があって、ロビーには大理石の白鳥があったでしょ。知ってるくせに［騒々しく息を吐き出して］――あなたがあたしをレイプしたホテルよ。わかったわ、たいしたことじゃないから。つまり、それって［ほとんどささやくように］〈魅惑の狩人〉じゃなかった? あら、そう? ［夢見るように］やっぱりそうだったの?」そして艶めかしい春めいた笑い声をたてて、彼女はつやつやした木の幹を叩き、一気に坂を駆けのぼって通りの端までたどりつくと、止めたペダルに脚を休めたままのくつろいだ姿勢でまた戻ってきて、片手は夢見るように花柄スカートの膝に置かれていた。

14

それがダンスや演劇に対する彼女の関心と結びついているとかいうので、ローがミス・エンペラー（と我々フランス文学研究者[*1]なら便宜的に呼んでもかまわないだろう）のピアノ・レッスンを受けることを私は許可したが、この先生の青い鎧戸のついた小さな白塗りの家はビアズレーから一マイルほど離れたところにあり、ローは週に二度そこまで自転車を飛ばした。五月も終わりに近づいたある金曜の夜（ローが私を出席させなかったあの特別のリハーサルがあってから一週間ほど経ったころ）、私が書斎でギュスターヴの、いやガストンの、[*2]キング側を一掃していた最中に電話が鳴り、ローは[*3]今週の火曜も今日もレッスンに来なかったが次の火曜には来るのかとミス・エンペラーが問い合わせてきた。きっと行かせますと私は答えてゲームを続けた。読者もご想像のとおり、これで私の実力はすっかり損なわれて、一手か二手進んでガストンの手番になったとき、ぼんやりとした不安の霞を通して、クイーンが取られそうになっていることに気づいた。彼もそれに気づいたが、ひょっとしたらずるい相手が仕掛けた罠かもしれないと思って、かなりのあいだためらい、溜息をついたりぜーぜーと息を吐いたりして、顎の肉を震わせ、こっそりこちらの顔色をうかがうことまでしてから、ずんぐりと重ねた指でためらいがちに手を出しかける仕草を何度かして（あのおいしそうなクイーンを取りたくてうずうずしているのにそれができないのだ）、それから突然さっとそのクイーンをつかみ（後の大胆なふるまいは、このとき味をしめたからだろうか？）、私はその後ドローに持ち込むために一時間も苦しんだ。彼はブランデーを飲み干し、やがてこの結果にすっかり満足して去っていった（哀れな君よ《モン・ポーヴル・アミ》、二度と会うことはないだろうし、君が私の本を《ジュ・ヌ・ヴ・ゼ・ジャメ・ルヴュ・エ・クワキリ・エ・ビヤン・プ・ド・シャンス・》読む可能性も少ないが《ク・ヴ・ヴワイエ・モン・リーヴル》、私は君に心からの握手を送るし、うちの娘たちもみな君によろ《ペルメテ・モワ・ド・ヴ・ディール・ク・ジュ・ヴ・セール・ラ・マン・ビヤン・》しくと言っている《コーディアルマン、エ・ク・トゥット・メ・フィエット・ヴ・サリュ》ことをここで伝えておきたい）。ドロレス・ヘイズは台所のテーブルで、パイを一切れ食べながら、じっと脚本をにらんでいた。顔を起こして私を眺めたその目は天上を見ているようにぼうっとしていた。問いつめても彼女はまったくどこ吹く風で、少し後悔したそぶりを見せ《ダン・プティ・テール・フォスマン・》ながら《コントリ》、自分は悪い子で、どうしても魅惑に耐えかねて、あの音楽のレッスンの時間を――ああ読者よ、我が読者よ！――近くの公園でモナと一緒に魔法の森の場面を練習するのに使ってしまったと言った。私は「わかった」と言って、電話口に向かった。モナの母親が「ええ、おりますわよ」と返事して、母親らしく下品にならない程度に控えめにくすくす笑いながら引っ込み、舞台裏で「ロイから電話よ！」と叫ぶと、すぐモナの走ってくる音がして、すばやく電話を取り、低くて単調だがやさしさがなくはない声でロイに何か彼が言ったことかしたことをなじりはじめ、私が遮ると、やがてモナはとびきりへりくだって、とびきりセクシーなコントラルトで「ええ、そうです」、「たしかに、そうです」、「わたしが悪いんです、申しわけありません」、（なんたる発声法！　なんたる落ちつき！）「本当に、とても申し訳なく思っています」――などなどと、まるであの幼い娼婦たちのような言葉の使い方をした。

そこで私は咳払いをして心臓に手を当てながら階下におりていった。ローはそのときには居間にいて、お気に入りの革張りの椅子に座っていた。そこに寝そべり、指のささくれを嚙みながら無慈悲なぼんやりした目でばかにしたように私を見つめ、伸ばした脚の靴下を履いていない踵をのせているスツールをたえず揺らしている彼女を見ると、たちまち私は、二年前に初めて会ったときから彼女がどれほど変わったかを見て取って、吐き気に襲われた。それとも、この変化はここ二週間のあいだに起こったのだろうか？　彼女に対する情愛《タンドレス》はどこへ行ったのだろう？　たしかにそれは神話の破滅だった。彼女はまさしく私の白熱した怒りの焦点に座っていた。情欲の霧はすべて消え去り、後に残ったのはこの恐ろしい鮮明さだけだった。ああ、なんと彼女は変わってしまったことか！　今では顔色ときたら、洗っていない顔に汚ない指で友達の化粧品を塗りたくり、不潔な布やニキビの菌が肌と接触しようがおかまいなしの、下品でだらしのない高校生の女の子と変わりがない。かつてはなめらかでやわらかな生毛も、彼女の髪が乱れた頭を私の膝にのせて戯れにころがしていたときには、あれほど愛らしく、涙に輝いていたものだった。それが今では、野卑な赤みがその無垢な光に取って代わっている。ここでは「兎風邪」と呼ばれているものが、彼女の軽蔑しきった鼻孔の縁を燃えるようなピンク色に染めていた。おののきながら視線を下げていくと、ぴんと伸ばしたあらわな太腿の内側におのずから吸い寄せられた――なんとつやつやした筋肉質の脚に成長したことだろう！　彼女は間隔の離れた、曇りガラスのような灰色の少し血走った目で私をじっとにらんでいて、結局モナの言うとおり、彼女、みなしごのローは、自分自身が処罰されることなく私の正体をばらすことができるのだという、ひそかな思いがその目の奥に読み取れるような気がした。私はなんと誤解していたことか！　なんと気が狂っていたことか！　彼女のすべては私にとってどれも同じように計り知れなかった――すらりとした脚に宿っている力、白い靴下の裏の汚れ、部屋が暑苦しいのに着ている厚手のセーター、田舎娘のような匂い[*4]、そしてとりわけ、奇妙な赤みを帯び、唇には口紅を塗ったばかりの、顔の袋小路。口紅の跡が前歯についていて、おぞましい記憶がよみがえった——モニークではなく、遥か昔の、娼館にいた別の若い売春婦のイメージで、ただ若いからというだけで、恐ろしい病気をうつされる危険を冒すだけの値打ちがあるかどうか考えあぐねていると、誰かがかっさらってしまったのだが、その女も赤らんだ高い頬骨《ポメット》をして、母親《ママン》を亡くし、前歯が大きく、田舎娘らしい薄茶色の髪に汚れた赤のリボンをつけていたのだった。

「それで、どうだったの？」とローが言った。「証言で満足できた？」

「ああ、そうさ」と私は言った。「申し分ない。おまえたち二人がでっちあげた話だというのは疑いないな。実を言うと、おまえがあの子に私たちのことをぜんぶ教えたのも疑いない」

「あら、そう？」

私は息を整えて言った。「ドロレス、いいかげんにしてくれないか。おまえをビアズレーから引きずりだして例の場所に閉じこめる用意はできているが、これは放っておくわけにはいかない。スーツケース一つさえまとめればすぐにだって連れて行くことはできるんだ。いいかげんにしないと何が起こるかわからないぞ」

「何が起こるかわからないって？」

彼女が踵で揺らしていたスツールを取り上げると、彼女の足がどさりと床に落ちた。

「何すんの」と彼女は叫んだ。「落ちついてよ」

「まず二階に上がるんだ」と今度は私が叫んだ——そして彼女につかみかかると同時に引っぱり上げた。その瞬間から私は声の調子を抑えることはしなくなり、私たちはたがいに大声を出し合い、彼女は活字にできないような言葉を口にした。あんたなんか大嫌いと彼女は言った。彼女は私に向かって憎たらしそうな顔をして、頬をふくらませ、悪魔のような破裂音をたてた。母親の下宿人だったときに私が何度もレイプしようとしたと彼女は言った。きっと私が母親を殺したんだと彼女は言った。誘ってくるどんな男とでも寝てやるし、私にはどうすることもできないはずだと彼女は言った。二階に上がって、お金をどこに隠しているのかぜんぶ教えろと私は言った。お互いにわめきちらす、憎しみのこもった喧嘩だった。私が彼女の骨ばった手首をつかむと、彼女は必死にあっちへこっちへと手首をねじり、こっそりと弱点を見つけ頃合いを見計らってふりほどこうとしていたけれども、私はしっかりつかんでいたし、実はかなり手痛い思いをさせていたので、それを考えると我が心臓なんか腐ってしまえと思うほどなのだが、一度か二度彼女は手首がちぎれるのではないかと心配になるほど腕を激しくふりほどこうとしたし、そのあいだもずっと冷たい怒りと熱い涙が戦っているあの忘れがたい目でじっと私をにらみつづけ、私たちの諍い声が電話の音をかき消していて、電話が鳴っていることに私が気づいた瞬間、彼女は逃げ出した。

映画の役者たちと同様に、どうやら私も電話機械《マキーナ・テレフォニカ》とその不意打ち好きな神のご厄介になっているらしい。今回の電話の主は、かんかんになった隣人だった。居間の東向きの窓がたまたまぱっくりと口を開けていて、ただ助かったことにブラインドは下ろしてあった。そしてそのむこうでは、不順なニューイングランドの春の湿った黒い夜が息をひそめて耳をすましていた。頭の中では猥褻なことを考えている、タラみたいな顔をしたオールドミスというタイプは、アメリカ現代小説にしか見られない、同族交配による文学的産物だとつねづね思ってきた。ところが今では、淑女ぶった痴女の東嬢（あるいは偽名を吹っ飛ばしてしまえば、フェントン・レボーン嬢）がおそらく寝室の窓から四分の三半身ほど乗り出して、なんとか私たちの口論の内容をつかもうとしていたのは間違いないと思う。

「……この騒ぎ……まったく常識に欠けて……」と受話器がわめいた。「ここは安アパートじゃありませんからね。こんなことは絶対に……」

　私は娘の友達が大騒ぎしてすみませんと詫びた。若い連中というのは、どうも困ったもので――そして続くわめき声の途中で受話器を置いた。

　階下では網戸がばたんという音をたてた。ロー？　逃げ出したのか？

　階段の窓からのぞくと、小さな幽霊が猛烈な速さで灌木のあいだをくぐり抜けていった。暗闇に光る銀色の一点（自転車の車輪のハブ）が動き、震えて、次の瞬間に彼女はいなくなった。

　折悪く、車は下町の修理店で一晩を明かしているところだった。翼を持った逃亡者を追いかけるには、徒歩で行くより他に手はない。三年以上がやっと過ぎた今でも、あの春の夜の道、すでに葉が茂っていた道を思い出すと、狼狽で思わず息がつまりそうになるほどだ。灯りのついたポーチの前で、ミス・レスターがミス・ファビアンの飼い犬でむくんだダックスフントを散歩させていた。ハイド氏[*5]はあやうくその犬を踏んづけそうになった。三歩歩いて三歩走る。なまあたたかい雨が栗の葉にぽつりぽつりと落ちはじめた。次の角のところで、鉄柵にロリータを押しつけながら、若い男のぼんやりとした姿がキスをして――いや、彼女じゃない、間違いだ。我が鉤爪をまだむずむずとさせたまま、私は飛びつづけた。

　一四番地から東へ半マイルほど行ったところで、セイヤー街は小さな私道と交差路にぶつかる。後者を行くと町の中心に出る。最初のドラッグストアの前で（なんたる安堵のメロディ！）、ロリータの美しい自転車が彼女を待っているのを見つけた。私はドアを引くべきところを押し、引き、また押し、引いて、なかに入った。見よ！　一〇歩ほど離れたところでロリータが、電話ボックスのガラスのむこうで（鼓膜の神がまだ私たちと共にいるらしい）、受話器に手を当て、内緒話でもするようにかがみ込み、細めた目で私をにらみ、宝物と一緒に背を向けて、急いで電話を切ると、大げさな動作で出てきた。

「家にいるあなたに電話をかけようとしていたの」と彼女は明るい口調で言った。「重大な決意をしたから。でもその前に一杯おごってよ、パパ」

やる気がなさそうで青白い顔をした、ソーダ・ファウンテン係の女の子が氷を入れ、コーラを注ぎ、チェリー・シロップを加えるところを、ローは見守っていた――そして我が心臓は愛の痛みで破裂しそうになった。あの子供のような手首。愛らしい我が子。まったくかわいらしいお子さんでいらっしゃいますねえ、ハンバートさん。彼女がそばを通りすぎるたびに、いつも惚れ惚れするんですよ。ピム氏*6はピッパ*7が飲み物をするところを眺めた。

私は崇高なるダブリン市民のオーモンド作品にいつも惚れ惚れしてしまうのだった《ジェ・トゥージュール・アドミレ・ルーヴル・オルモンド・デュ・スュブリーム・デュブリノワ》。そしてそのうち雨が甘美などしゃぶりになった。

「ねえ」と彼女は私の横で自転車に乗り、黒く光っている歩道に片足を引きずりながら言った。「ねえ、決めたことがあるの。あたし、学校をやめたい。あの学校、嫌い。劇も嫌い、ほんとよ！もう戻らないわ。他のを探す。すぐに出発して。また長い旅に出て。でも今度は、あたしが行きたいところに行かせてよ、いいでしょ？」

私はうなずいた。我がロリータ。

「あたし選べる？ それでいい？《セ・アンタンデュ》」彼女は私の横で少しぐらつきながらたずねた。フランス語を使うのはいい子にしているときだけ。

「わかった。いいとも《アンタンデュ》。さあ、ホップ、ホップ、ホップだ、レノーレ、そうでないとずぶ濡れになるぞ」（嗚咽の嵐が胸にあふれてきた。）

彼女は歯を剝き出しにして、惚れ惚れとする女学生らしい仕草で前屈みになり、我が小鳥は一気に飛んでいった。

ミス・レスターの手入れの行き届いた手が、ゆっくり時間《キ・プルネ・ソン・タン》をかけてよたよたと歩いている老犬のために、ポーチのドアを開けてやっていた。

幽霊のような樺の木のそばでロリータが待ってくれていた。

「びっしょ濡れになっちゃった」と彼女は大声をはりあげた。「嬉しい？　劇なんかくそくらえ！あたしの言ってることわかる？」

目に見えない鬼婆の爪が二階の窓をばたんと閉めた。

歓迎の灯に燃えている玄関ホールで、我がロリータはセーターを脱ぎ捨て、宝石を鏤めた髪をゆすって、あらわな両腕を私にさしのべ、片膝を上げた。

「二階まで抱いていってちょうだい。あたし、今夜はなんかロマンチックな気分なの」

この時点で、私には（きわめて特異な例だと思われるが）もうひとつの嵐の最中に滝のような涙を流す能力があると申し上げれば、生理学者もさぞかし興味を示すのではなかろうか。

15

ブレーキのパッドを交換し、送水管のつまりをなくし、バルブを磨き、その他たくさんの修理や改良をして、それを支払ったのは機械に弱いが用心深いパパのハンバートで、故ハンバート夫人の車は新しい旅行に出かけるとき実に良好な状態になった。

ビアズレー校、懐かしのビアズレー校には、私のハリウッドとの契約が期限切れになるとすぐ戻ってくると約束しておいた（創作力に富んだハンバートは、当時まだ流行中の「実存主義」[*1]を扱った映画の製作における主任顧問になるのだと、私はほのめかしたのである）。実際のところ、私が夢想していたのは、ゆっくりとメキシコ国境を越えてから（昨年よりは大胆になっていた）、今や身長六〇インチ、体重九〇ポンドの小さな我が愛妾をどうするかそこで決めようという案だった。私たちは観光旅行書や地図をまた掘り出した。彼女は道順を決めるのにすっかり熱中した。彼女が子供っぽいうんざりしたようなそぶりを捨てて、興味津々たる現実というものを探索することにこれほど熱心になったのは、あの素人演劇[*2]のおかげなのか？　あの薄暗いがあたたかな日曜の朝に、化学教授の不思議そうな顔をした家を捨て、中央通りを四車線の幹線道路へと向かって抜けていったとき、私は夢でも見ているような奇妙な軽やかさを経験した。我が恋人が身につけている、白黒の縞模様が入った木綿のワンピース、粋な青の帽子、白の靴下と茶色のモカシンの靴は、彼女の喉を飾っている、美しくカットされ銀の小鎖がついた大きなアクアマリン（私からの春雨の贈物）とはあまり釣り合いが取れていなかった。ニュー・ホテルの前を通り過ぎると、彼女が笑った。「何を考えているのか、教えてくれたら一ペニー」と私が言うと彼女はすぐに手のひらを差し出し、そのときちょうど赤信号で私は急ブレーキを踏んだ。車を停めると、別の車がやってきてゆっくりと横に停まり、血色が良くてきらきらする赤銅色の髪を肩まで垂らした、人目を引く顔立ちで身体の引き締まった若い女性が（どこかで見たような?）、よく響く声で「やあ！」とローに声をかけ、それから私に向かって、言葉をどっと、どさっと（思い出した！）投げつけるように、ところどころに強調を置いてこう言った。「ドリーをむりやり劇から引き離すなんてまったく恥知らずだわ――あのリハーサルの後で作者が彼女を絶賛したのをあなたも聞けばよかったのに――」「青信号よ、このマヌケ」とローが声をひそめて言って、それと同時に、腕輪をはめた手をふって快活に別れを告げると、ジャンヌ・ダルク（私たちが地元の劇場で観た芝居に出ていた）は豪快に私たちを引き離し大学通りへと曲がっていった。

「いったい誰だったんだ？　ヴァーモントか、それともランペルメイヤー？」

「違うわ、エドゥーサ・ゴールドよ——あたしたちの演技指導をする先生」

「彼女のことを言ってるんじゃない。いったい誰があの劇をでっちあげたんだ？」

「あら！　もちろん、それはそうね。誰か年とった女の人。クレアなんとかだったと思う。あのときはいっぱい人が来てたから」

「で、その女はおまえを褒めたんだな？」

「あたしの目を褒めてくれたの——あたしの清らかなおでこにキスしてくれた」——そして我が恋人は最近身につけだした新しい喜びの声をあげた（たぶん劇でおぼえた癖なのだろう）。

「おまえはおかしな子だな、ロリータ」とそんなようなことを私は言った。「当然ながら、おまえがあのばかな芝居のまねをやめてくれたので、私は大喜びしている。だが奇妙なのは、自然なクライマックスに達するわずか一週間前に、おまえが何もかもやめたってことなんだ。ああロリータ、そういう投げやりな癖は気をつけるほうがいいぞ。たしかおまえはキャンプのためにラムズデールを捨てたし、ドライブのためにキャンプを捨てたし、突然の心変わりは他にもいっぱい挙げられる。気をつけろよ。捨てるわけにはいかないものもあるんだからな。我慢することだ。それから私に対してもう少しいい子になろうとすることだよ、ロリータ。それから食事にも気をつけないとな。太腿のまわりは一七・五インチを超えてはならない。超えると致命的だ（もちろん、これは冗談）。私たちはこれから長くて幸せな旅に出る。私の記憶では——」

16

私の記憶では、ヨーロッパにいた子供の頃、北米の地図を夢中になって眺めていると、「アパラチア山脈」[*1]が大胆にもアラバマからカナダのニュー・ブランズウィック[*2]まで走り、それが覆っているテネシー、両ヴァージニア、ペンシルヴァニア、ニューヨーク、ヴァーモント、ニューハンプシャー、そしてメインの全地域[*3]は、私の想像力には巨大になったスイスかチベットのようなものに映り、すべて山で、輝かしいダイヤモンドの峰また峰、巨大な針葉樹林、自前の熊皮をまとって颯爽としている移民の山男《モンタニャール・エミグレ》、ゴールドスミスの虎、キササゲの木陰にいるインディアンを夢想した。それがけちくさい郊外の芝生や煙をたてるゴミ焼却炉におちぶれてしまうとは、まったく啞然とせざるをえない。さらば、アパラチアよ！　そこを離れて、私たちはオハイオと、「I」で始まる三つの州、それにネブラスカを越えた――ああ、西部の最初の息吹！　私たちはのんびり旅をして、ロッキー山脈分水嶺のウェイスに着くまで一週間以上もかかり、そこで彼女は「魔法の洞窟」の開洞を祝うインディアンの儀式の踊りをぜひ見たがったし、さらにはある西部の州の宝石とも言うべきエルフィンストーンに到着するのに三週間はかかり、そこで彼女はどうしても「赤岩」にのぼりたいと言ったが、そこは最近、年配の映画女優が情夫と酔っぱらって喧嘩したあげく、飛び降り自殺をした場所なのだという。

ふたたび私たちは用心深いモーテルのこんな貼り紙に出迎えられた。

「ここでどうぞごゆっくりおくつろぎください。ご到着前に設備はすべて丹念に点検してございます。ナンバープレート番号はこちらで控えております。熱湯をお使いになる際はどうぞ控えめにお願いいたします。迷惑なお客様がいらっしゃいましたら、即刻退去いただく権利を当方は留保させていただきます。便器にはどんな種類の廃棄物も流さないでください。それでは、またのお越しをお待ちいたしております。管理者敬白。追記。ここのお客様は世界一すばらしい方々。これが当ホテルのモットーでございます」

こういう恐ろしい場所で私たちはツインに一〇ドル払い、網戸のないドアの外では蠅が列を成してうまくもぐり込み、前の宿泊者が吸った煙草の灰がまだ灰皿に残っているし、枕には女性の髪の毛がついているし、隣室でクローゼットに上着を掛ける音が聞こえるし、ハンガーは盗まれないように巻いた針金で横棒に巧みに固定してあるし、さらに輪をかけた侮辱で、ツインベッドの上に掛けられた絵は一卵性双生児だった。私は商売のスタイルが変わってきているのにも気がついた。個々のキャビンは融合して次第にキャラヴァンサライを形成する傾向があり、そして、見よ《ロー》（彼女は興味がなくても読者は興味をお持ちになるかもしれない）、二階が建て増しされ、ロビーが発生し、車は共同ガレージへと移され、モーテルは古き良きホテルへと改築されるのである。

ここで私の頭が鈍くなっているのを、どうかお笑いにならないよう読者に警告しておきたい。過去の運命を今解読するのは、読者でも私でも簡単にできることだ。ところが進行中の運命というものは、読者として手がかりに注意しさえすればいいまっとうな推理小説のようなものでは断じてないのである。若い頃、フランスの探偵小説で、手がかりが実際にイタリック体で書いてある作品を読んだことがある。しかしマクフェイトの手口はそんなものではない――そのうちに、漠然とした示唆を見分けられるようになるのはたしかだが。

例を挙げよう。中西部を旅する前か、ちょうどその最初に、彼女が正体不明の単数ないしは複数の人物に対して何らかの情報を伝えようとしたか、あるいはその人物に接触したことが少なくとも一度はなかったかどうか、私には確信を持って言えないのである。ペガサスの看板が出ているガソリンスタンドに立ち寄ったときのこと、彼女は座席から抜け出して、建物の裏手に逃げ込み、私が身体を屈めて修理工の仕事ぶりを眺めているあいだ、上げたボンネットのせいで彼女の姿は一瞬視界から消えていた。だんだん寛大になっていた私はただやさしく頭をふるだけだったが、厳密に言うとそういう場合に手洗いに行かせるのは厳禁で、なぜかと言えば、便所というものは電話と同様、計り知れない理由によって、我が運命が追いついてきそうな地点だと私は本能的に感じていたからだ。我々にはみな、そういった運命的な事物がつきものであり（ある場合には何度も見る風景だったり、別の場合にはある数字だったりする）、それは我々にとって特別な意味を持つ出来事を引き起こそうとして神々が入念に選んだものなのだ。ここではジョンが必ずつまずき、そこではジェインの心臓が必ず張り裂ける、といったぐあいに。

それはさておき――私の車の手入れが終わり、次の小型トラックに番を譲ろうとポンプから車を移動させると、風吹きすさぶ灰色の景色の中で、彼女がいないという事実が大音声となって、だんだん私に重くのしかかってきた。ガソリンスタンドの些細な事物をこんなにぼんやりとした落ちつかない気分で眺めたのは、これが初めてでもなければ最後でもなかったけれども、そうした事物は漂着した旅人の視界にとらえられているのに気がついて、まるでこちらをじっと見ている田舎者のように、ほとんど驚いたような表情を見せていた。緑色のあのゴミ箱、売りに出されているあの真っ黒で側面が真っ白のタイヤ、モーターオイルのぴかぴかの缶、いろんな飲み物を取りそろえたあの赤い冷蔵庫、木枠にまるで完成していないクロスワードパズルのように入れられた四本、五本、七本の空瓶、事務所の窓の内側を粘り強く進んでいるあの虫。そこの開けはなしたドアからラジオの音楽が流れていて、そのリズムが風に魂を注ぎ込まれた草木のうねりやはためきなどの仕草と調子が合わないので、震える花や揺れる枝とはまるで無関係なピアノやヴァイオリンの伴奏が流れるなか、自分勝手な生を生きている昔の風景映画を見ているような印象だった。そのとき場違いに、シャーロットの最後の嗚咽が震えながら私の身体を突き抜けると、音楽のリズムとはちぐはぐにドレスをはためかせながら、ロリータがまったく思いがけない方角から現れた。便所が使用中だったので、次の区画にある貝殻《コンク》の看板が出ているところまで道を渡っていったという。そこはみなさまのご家庭並みに清潔なお手洗いが自慢だとか。この料金前納の葉書でご意見をお寄せください、とか。しかし葉書もなし。石鹸もなし。何にもなし。意見もなし。

　その日だったか翌日に、退屈な穀倉地帯を通り抜けてから、私たちは感じのいい小さな町に到着し、チェスナット・コートに宿をとった——よさそうなキャビン、湿った緑の地面、リンゴの木、それと古いブランコがあって、おまけに夕陽が絶景だったのに、疲れていたロリータは気にもとめなかった。カスビームを通っていきたいと言ったのはロリータのほうで、生まれ故郷から北にわずか三〇マイルの距離にあるからだったが、翌朝になってみるとすっかり消極的で、五年ほど前に石蹴り遊びをした歩道をふたたび見る気などまったくなさそうだった。当然の理由からその寄り道は恐れていたもので、たとえどんなことがあっても人目につかないように——車から外に出ず、昔の友達を訪ねたりしないようにしようと約束してあってもそうだった。予定をあきらめてくれたのにはほっとしたものの、去年みたいに、ピスキーが望郷の念をかきたてることに私が断固反対していると彼女が感じ取っていたなら、こうもたやすくあきらめはしなかっただろうと思うと、安堵の気持ちに水がさされた。溜息をつきながらこのことを口にすると、ロリータも溜息をついて、調子が悪いのともらした。少なくともお茶の時間まではベッドにいていっぱい雑誌を読んでいたい、それでもし気分がよくなったらさっさと西への旅を続けよう、と言う。すっかりやさしくなったロリータはけだるげで、新鮮な果物をほしがっていたので、私はカスビームまで出かけていっておいしいピクニック用の昼食を買ってくることにした。私たちのキャビンは樹木におおわれた丘の頂上にあり、窓から見える道は曲がりくねって下りていってから、二列になった栗の並木のあいだを髪の分け目みたいにまっすぐ進み、感じのいい町へと向かっていて、すみきった朝に離れたところから眺めると、そこは異様なほどにくっきりとして、おもちゃの町のように見えた。虫みたいな自転車に乗った妖精のような少女も見分けられるし、遠近法からすると少し大きすぎる犬もいて、青い丘と赤い小さな人々を描いた昔の絵画でくねくねとした蠟色の道を登ってくるあの巡礼者や騾馬《らば》のように、すべてが鮮明だった。私は車なしですませられるものなら徒歩で行こうというヨーロッパ人気質を起こして、のんびりと歩いて下っていくうちに、その自転車に乗っている人物と出会った——お下げ髪をしている、不器量で太った女の子で、三色菫のような目をしたばかでかいセントバーナード犬をつれていた。カスビームでは、ひどく年配の床屋がひどくへたくそな散髪をしてくれた。この床屋は野球選手の息子がどうのこうのとわめきちらし、破裂音を口にするたびに私の首筋に唾を飛ばし、ときおり私の掛布で眼鏡を拭いたり、ふるえる手で鋏を動かす作業を中断して変色した新聞の切り抜きを取り出したりして、こちらもまったく話を聞き流していたので、古くさい灰色のローションの壜が並んでいる中に立てかけてある写真を床屋が指さしたとき、その口髭をはやした若い野球選手の息子が実はもう死んでから三〇年になるのを知って愕然としたのであった。

私は熱くて味気のないコーヒーを一杯飲み、うちのお猿さんにバナナを買い、食料品店でもう一〇分ほど過ごした。チェスナット・キャッスルに続いている曲がりくねった道に、家路をたどる小巡礼が現れたときには、もう一時間半は経過していたはずだ。

町へ向かう途中で出会った女の子は、今度はシーツ類を抱え、不恰好な男の手助けをしていたが、その男の大きな頭と粗野な顔だちは低俗なイタリア喜劇に出てくる「ベルトルド」役を想わせた。この二人は、鬱蒼とした緑の中にちょうどいい間隔をおいて建てられている、チェスナット・クレストの十余りあるキャビンの清掃をしていた。時間は正午で、キャビンの大半は、網戸が最後にバタンと閉まる音をたてて、すでに客を追い出していた。ひどく年を取り、ほとんどミイラみたいな夫婦が新品の車に乗って、隣接するガレージからそろそろと這い出しているところで、別のガレージからは赤いボンネットがどこか前袋を想わせるような恰好で突き出ていて、さらに私たちのキャビンの近くでは、くしゃくしゃの黒い髪に青い目をした、屈強でハンサムな青年が、小型冷蔵庫をステーションワゴンに積み込んでいる最中だった。どういうわけか、その青年は私が通り過ぎるときにおずおずとした苦笑を浮かべた。むかいの草地の、たわわな樹木がたくさん枝を伸ばした木陰では、顔なじみのセントバーナード犬がご主人様の自転車の番をしていて、そのそばでは、相当に妊娠が進んでいる若い女性が、にこにこしている赤ん坊をブランコに乗せ、ゆっくりと揺らしてやっているところで、それに焼き餅をやいた二歳か三歳の男の子が意地悪をしてブランコ板を押したり引っぱったりしようとして、とうとう板にはねとばされてしまい、草の上に仰向けに倒れてわあわあ泣き叫んでいても、母親が相変わらず浮かべているやさしいほほえみは今いる二人の子供のどちらに向けられているのでもなかった。私がこうした細部をはっきりと記憶しているのは、ほんの数分後に印象を徹底的に点検する必要に迫られたからで、そのうえ、ビアズレーでのあの恐ろしい夜の後、ずっと心の中で何かが警戒の目を光らせていたからである。私は散歩の後での幸福感に気を紛らせるつもりにはなれなかった——うなじを包む初夏のそよ風にも、足下で湿った砂利がたてる音にも、歯のすきまからやっと吸い出した果実の食べかすにも、心臓のいつもの状態だと運んではいけないような食料品の心地よい重みですらも。しかしその頼りない心臓も快調に動いているらしく、私は愛読するロンサールを引用すれば[*4]「けだるい愛の恍惚感《アドロリ・ダムルーズ・ラングール》」を覚えながら、ロリータが待っているキャビンにたどりついたのだった。

　驚いたことに、彼女は服をちゃんと着ていた。スラックスとTシャツ姿でベッドの端に座っていて、この人いったい誰という目つきで私をにらんだ。薄いTシャツのたるみのせいで、小さな乳房のやわらかな形が隠されるよりもむしろ大胆にあらわになって、その大胆さが私をいらだたせた。彼女は顔を洗っていなかったが、唇は口紅をぞんざいではあるが塗ったばかりで、大きな歯は葡萄酒色に染まった象牙か、ピンクがかったポーカーチップのように輝いていた。そして彼女はそこに座り、膝のところで両手を組み合わせ、夢見るような表情には悪魔的な輝きがあふれんばかりで、それは私とはまったく関係のないものだった。

　私は重い紙袋をどさりと下ろし、立ったまま、彼女のサンダル履きのあらわな足首を見つめ、それから愚かな表情をした顔を、そしてまた罪深い脚を見つめた[*5]。「外に出てたんだな」と私は言った（サンダルが砂利で汚れていたのだ）。

「起きたばかりよ」と彼女は答えてから、脚を見つめている私の視線をさえぎって付け加えた。

「ほんのちょっとだけ外に出てたの。あなたが戻ってくるかどうかと思って」

　彼女はバナナに気がつき、テーブルの方に身体を伸ばした。

　この私に、いったいどんな特別な疑いが持てたというのだろう？　もちろん何もない――しかしあのとろんとした、夢見心地の目、身体から発散されるあの特異な熱！　私は何も言わなかった。そして窓枠の中にくっきりと見える曲がりくねった道をじっと見つめた。私の信頼を裏切ろうとする人間にとって、これは絶好の見張り窓ではないか。食欲が湧いてきたらしく、ローは果物にとりかかった。そのとき突然、私は隣の青年の媚びたような苦笑を思い出した。私はすぐさま飛び出した。車はみな消え失せていて、残っているのは彼のステーションワゴンしかない。妊娠中の若い妻が、赤ん坊と黙殺されたも同然の子供と一緒にちょうど乗り込もうとしているところだった。

「どうしたの、どこへ行くの？」とローがポーチから叫んだ。

私は何も言わなかった。私は彼女のやわらかな身体を部屋に押し戻し、そして後に続いて入っていった。私は彼女のTシャツを剝ぎ取った。そしてスラックスのジッパーをはずし、サンダルをむしり取った。乱暴に、私は不貞の影を追いかけた。しかし追跡している臭いはごくかすかで、狂人の妄想とほとんど区別がつかなかった。

17

でぶ《グロ》のガストンは、凝ったやり方で、プレゼントを贈るのが好きだった——普通とは違ってほんのちょっとだけ凝ったプレゼント、あるいは彼が凝ってそう考えるものを贈るのである。ある晩、私のチェスの駒箱が壊れているのを目にして、翌朝彼はお気に入りの男の子に銅製のケースを持たせてよこした。蓋に精巧な東洋風のデザインがほどこしてある駒箱で、しっかり鍵も掛けられる。一目見ただけですぐにわかったのだが、それはどういうわけか知らないが「リュイゼッタ」と呼ばれている安物の貯金箱で、アルジェリアあたり[*1]でよく売っていて、買った後で始末に困ってしまうやつだ。かさばる駒を入れておくには平らすぎるけれども、私は取っておいた——まったく違う目的で使ったのである。

巻き込まれてしまったような気が漠然としていた、運命が織りなすパターンを破るために、私は（ローが見た目にも嫌がっているのに）チェスナット・コートでもう一晩過ごすことに決めた。朝の四時にはっきりと目覚め、ローがまだぐっすり眠っているのをたしかめてから（我々みんなが彼女のために築きあげた、奇妙にばかばかしい人生に対して、退屈しながらも驚いているように、口をぽかりと開けている）、「リュイゼッタ」の中に入っている貴重な品物が無事そこにあることを確認した。白いウールのスカーフにくるまれて、そこにすんなりと収まっているのは、携帯式自動拳銃だった。三二口径、弾倉は八連発、丈はロリータの身長の九分の一に少し足りない程度、銃床は格子縞の胡桃材で、フル・ブルー仕上げ。故ハロルド・ヘイズから譲り受けたもので、一九三八年[*2]のカタログにはこんな呑気な一節がある。「着用に便利なだけでなく、家庭や車の中での使用にも最適」。その拳銃は、いつでもすぐに着用あるいは決着用の準備を整え、銃弾が装填され、撃鉄が起こされ、不慮の暴発を防止するためにスライド式のロックが掛けられた状態でそこに置かれていた。ここで思い出していただきたいが、拳銃とは原初的父親のまんなかにある前肢のフロイト的象徴なのである。

それをまだ持っていたのは喜ばしいことだった――しかもその使い方を二年前、私とシャーロットとのゆかりのグラス湖畔にある松林の中で習ったのは、さらに喜ばしいことだ。その遠い森の中を一緒に逍遥したファーローは、射撃の名手で、持っていた三八口径で実際に蜂鳥をなんとか一羽射止めたが、命中した証拠を拾い上げることは残念ながらできなかった――虹色の羽毛が一つ落ちていただけなのである。二〇年代には脱獄囚を二人射殺したこともある、クリストフスキイという屈強な元警官も仲間に加わって、小さなキツツキを射止めた――ただし、まったく狩猟の季節ではなかったけれども。こうした二人の名手たちにまじった私はもちろん初心者で、何を狙っても当たらなかったが、後に一人で行った機会には一匹のリスに傷を負わせた。「ここにじっとしていろよ」と私は軽量でコンパクトな我が相棒にささやいて、それから一杯のジンで乾杯してやった。

18

　読者はここでチェスナットとコルトを忘れ、さらに西へ向かって私たちと同行していただきたい。続く日々は、何度も激しい雷雨に見舞われた――あるいはもしかすると、嵐は一つしかなくて、それが重々しい蛙跳びで全米を横断し、私たちがそいつを振り払おうと思っても、ちょうどトラップ探偵を振り払えなかったように、だめだっただけなのかもしれない。というのも、アズテク・レッド色のコンヴァーティブルという問題が姿を現したのはちょうどそのときであり、ローの愛人たちというテーマをすっかり影の中に隠してしまったからである。

　妙なものだ！　出会う男性にことごとく嫉妬していたこの私が、妙なことに、運命が指し示すものを解釈し間違えるとは。おそらく私は冬のあいだのローのおとなしい行動に気がゆるんだのかもしれないし、いずれにせよ、もう一人のハンバートが必死になってハンバートとハンバートのニンフェットを追いかけ、ゼウスの花火を手にして、広大で醜い平原を駆けめぐったとは、たとえ狂人の想像にせよあまりにもばかげている。それ故《ドンク》、謙虚な間隔を置いて何マイルも何マイルも私たちの背後についてくる赤いヤクを運転しているのは、いったいハンバート・ハンバートは未成年の義理の娘に何をしてるんだろうと、誰かお節介屋が調査に雇った探偵ではないかと私は推理した。そして電気嵐や雷鳴がある時期にはよくそうなるのだが、私は幻覚を見た。おそらくそれは幻覚以上のものだったのだろう。彼女か彼か、それともその両方が私のジンにいったい何を混ぜたかは知らないが、ある晩どうも誰かが私たちのキャビンのドアを叩いているような気がして、さっと開けてみると、私は二つのことに気づいた――つまり、私が素っ裸だったことと、雨の滴が落ちる闇の中で白く輝きながら、そこに男が立っていて、漫画に出てくるグロテスクな探偵「顎十郎《あごじゅうろう》」のお面を顔の前にかざしていたことだ。男はくぐもった馬鹿笑いの声をあげてそそくさと去っていき、私も部屋に倒れ込んでまた寝てしまい、今でもあのときの訪問客が薬のせいで見た夢ではなかったかどうか、判然としない。私はトラップ好みのユーモアを徹底的に研究したが、これなどはもっともらしい見本だったのかもしれない。いやはや、露骨でまったく容赦のない手口ではないか！　おそらく、こういった大衆受けする怪物や愚物のお面を作って、金を儲けている奴がいるのだろう。翌日の朝、腕白小僧が二人ゴミ箱あさりをして、顎十郎のお面をつけようとしているところを本当に見たのかどうか？　私にはよくわからない。すべては偶然の一致だったのかもしれない――たぶん、大気の状態のせいで。

　殺人犯である私の記憶力は驚異的だが、むらがあって気難しいので、残念ながら紳士淑女のみなさんには、赤いコンヴァーティブルが私たちを追跡していると初めて確信を持ったのがいつだったか、正確な日付は申し上げられない。ただ、初めてその運転手をはっきりと見たときのことは、よく憶えている。ある日の午後、どしゃぶりの雨の中をゆっくりと進んでいて、あの赤い幽霊がバックミラーの中で泳ぎながら情欲に震えているのを目にしつづけていたら、やがて大洪水も小降りになり、さらにはすっかりあがってしまった。射し込んだ陽光が幹線道路をさっと掃除して、新しいサングラスがほしくなり、私はガソリンスタンドに車を停めた。今起こっていることは治しようのない病というか癌なので、もの静かな追跡者が変化《コンヴァート》[*1]した状態で少し後ろにあるカフェかバーに停車したのを、私は単に無視することに決めたが、その店には「バッスル――尻《しり》滅裂に踊り明かそう」という愚劣な看板が出ていた。車の面倒を見てから、私はサングラスを買ってガソリン代を払おうと事務所に入っていった。トラヴェラーズ・チェックに署名しながら、ここは正確にはどのあたりかなと思い、たまたま横の窓から外をちらりと眺めたら、恐ろしいものが目にとまった。幅の広い背中をして、禿げかかり、ベージュ色の上着に焦茶色のズボンをつけた男が、車から身を乗り出してひどく早口でしゃべっているローに耳を傾けていて、指をひろげた手が上がったり下がったりしているのは、かなり真剣になり気合をこめてしゃべっているときの彼女の癖だった。私をむかつくほどの力で打ちのめしたのは、何と言っていいか、彼女の流暢ななれなれしさで、まるで二人は知り合いどうしみたいだった――それも、何週間も前からの。彼が頬をかき、うなずいてからまわれ右をしてコンヴァーティブルに戻っていく姿を私は見守っていたが、私と同年配の、大柄でがっしりした男で、スイスにいる父のいとこギュスターヴ・トラップに多少似ていた――どちらもなめらかな日焼けした顔をしていて、私よりは丸顔で、小さな黒い口髭をはやし、薔薇の蕾のような退化した口をしていた。私が車に戻ったとき、ロリータは道路地図を調べていた。

「あの男は何をたずねてたんだ、ロー?」

「男? ああ、あの人ね。ええ、そう。でも、よくわかんない。地図を持ってるかって。道がわからなくなったんじゃないの」

私たちは車を走らせ、しばらくして私はこう言った。

「いいか、ロー。おまえが嘘をついているかどうかは知らないし、おまえの頭がおかしいかどうかも知らないし、そんなことは今はどうだっていい。だがな、あの男は一日中私たちのあとをつけてきているし、あいつの車が昨日モーテルに停まっていたし、どうも警官じゃないかと思うんだ。もし警察が事の次第を知ったらどうなるか、おまえがどこに行くことになるのか、おまえは充分に承知しているはずだ。さあ、あいつがおまえに何を言ったか、おまえがあいつにどう返事したか、正確に言いなさい」

彼女は笑った。

「あいつがもし本当に警官だったら」と彼女は甲高い声を出しながらも筋道を通して言った。「こっちがびくびくしてるなんてところを見せるのは最悪じゃない。無視するのよ、パパ」

「あいつは行き先をたずねたのか？」

「それくらい知ってるわよ」（私をばかにして。）

「どっちにせよ」と私はあきらめて言った。「これであいつの顔はわかった。ハンサムじゃないな。私の親戚でトラップという男にそっくりだ」

「たぶんそのトラップなんでしょ。あたしだったら――あら、見て見て、9がぜんぶ次の000に変わるところよ。あたしがまだちっちゃい子供だったとき」と彼女は思いがけなく続けた。「よく思ったものよ、もしお母さんがギアをバックに入れてくれさえしたら、あれが止まって999に戻るんじゃないかって」

彼女が前ハンバート紀の子供時代について自発的にしゃべったのは、それがおそらく初めてだった。もしかすると、その手口は舞台で仕込まれたのかもしれない。そして追跡されることもなく、無言のうちに私たちは旅を続けた。

ところが翌日、薬と希望が切れると戻ってくる致命的な病の痛みのように、そいつがまた私たちの背後にいたのだ、あのつやつやした赤い獣が。その日、幹線道路は比較的すいていた。誰も追い越したりはしない。それに誰も、私たちの慎ましい青い車と、その生意気な赤い影とのあいだに割って入ろうとはしない――まるでその中間空間には何か特殊な呪文がかけられたみたいで、邪悪な哄笑と魔性の領域、その精密度と安定度がほとんど芸術的とも言える水晶のような特質を持った領域なのだった。肩に詰めものをしてトラップみたいな口髭をした、背後にいる運転者は、展示用のマネキンそっくりで、そのコンヴァーティブルも私たちのおんぼろ車と見えず聞こえずの絹のロープで結びつけられていて、そのおかげで動いているように見えた。そいつのすばらしい、ニスを塗ったような車に比べれば、こちらは何倍も馬力が弱いので、スピードを出して引き離そうとすることもしなかった。おお、ゆるやかに走れ、夜の馬よ《オー・レンテ・クリテ・ノクティス・エクイ》！　おお、ゆるやかに走れ、悪夢《ナイトメア》よ！　私たちは長い斜面を上ってまた下り、制限速度に注意し、のろまな子供たちの命を助けてやり、黄色い道路標識に描かれた黒いうねうねとしたカーブを快速で再現し、どこをどれだけ走ろうが、あの魅惑の中間空間は無傷のままでぴったりついてきて、数学的で、蜃気楼のような、魔法の絨毯の道路版とも呼べるものだった。そしてそのあいだずっと、私は右横のひそかな炎を意識していた。彼女の喜びにあふれた目と、燃えるような頬だ。

入り組んだ街路という悪夢のまっただなか（ある工場都市の午後四時半）にいる交通巡査が、偶然の手となって呪文を解いてくれた。彼は私を手招きして、その手で私の影を切り落としてくれたのだ。十数台の車が我々のあいだに割り込み、そこで私は車を突っ走らせて、細い脇道にうまく逃げ込んだ。雀が一羽、でかいパン屑をつかんだまま地面に降りたったが、他の雀に体当たりを食わされ、パン屑をぶんどられてしまった。

何度かうっとうしい通行止めに出会ってわざわざ迂回した後で、幹線道路に戻ると、もう私たちの影は消えていた。

ローラが鼻を鳴らして言った。「もしそいつがあなたの思ってるとおりの人だったとしたら、まいて逃げたのはばかじゃん」

「今は別の推理をしてるんだよ」と私は言った。

「もしも――その――たしかめたいんだったら――その――そいつとは離れてしまわないことよ、ねえパパ」とローは自分が言った皮肉に身悶えしながら言った。「まったく、あなたってほんとに卑劣ね」と彼女は普通の声で付け加えた。

　私たちはひどく不潔なキャビンでぞっとするような一夜を過ごし、雨が大音声をたて、太古に戻ったかのような激しい雷鳴が頭上でたえず鳴り響いていた。

「あたしはレディじゃないし、稲妻も好きじゃない」とローが言い、雷鳴を怖がるところがかわいそうで、私もいささか慰められた。

　朝食をとったのはソーダ郡区で、人口《ポップ》一〇〇一人。[*2]

「最後の数字からすると、どうやらあの大顔もここにいるらしいな」と私は言った。

「あなたのユーモアって」とロー。「お腹の皮がよじれそう、ねえパパ」

　私たちはすでに蓬が群生している地帯にいて、一日か二日ほどすばらしい解放感を味わい（私は馬鹿だった、すべてこの世はこともなく、あの不快感はただ単に腸内のガスがたまっただけなのだ）、やがてメサ[*3]が本物の山に取って代わられ、予定どおりの日にウェイスに到着した。

　ところが、なんたる災難。多少の混乱が発生して、彼女が観光案内書に書いてある日付を読み間違えてしまい、魔法の洞窟の儀式はもう終わっていたのだ！　彼女がそれを健気に受け止めたことだけは認めておこう――そして、ヨーロッパの保養地に似たウェイスでは、夏の演劇が今たけなわなのを発見すると、私たちはある天気のいい六月中旬の宵に、自然とそちらの方に誘われていった。[*4]

芝居の筋はまったく憶えていない。要するにくだらない芝居で、照明効果は意識過剰だし主役の女優も凡庸だった。ただ一つだけおもしろかったのは、ほとんど突っ立っているだけの、美しく化粧して手足を露出した七人の美少女たちの花輪で、色とりどりの紗を纏って茫然としたこの七人の思春期の少女たちは、（観客席のあちこちからあがった声援から判断すると）当地で駆り集められたらしく、生きた虹を表現していることになっていて、その虹は最終幕まで残っていたが、次々と下りてくる垂幕の陰に気をもたせながら消えていった。少女たちが色彩を表すというこの着想は、クレア・クィルティとヴィヴィアン・ダークブルームという二人の脚本家が、ジェイムズ・ジョイスのある一節から借用したものだなと私はそのとき思ったし、色彩のうち二人は気も狂いそうなほどに愛らしく、オレンジはずっとそわそわしていて、エメラルドは私たちがどっしりと座っている漆黒の客席に目が慣れると、突然母親か保護者に向かってほほえみかけたのも記憶している。

劇が終わり、大きな拍手（私の神経には耐えられない音）があたり一面で鳴りだすと、私はすぐにローを引っぱったり押したりしながら出口へと向かわせ、押し黙った星だらけのこの夜に、青くネオンに照らされた私たちのキャビンへと彼女を早く連れて帰りたいという、ごく自然な愛のこらえきれなさを覚えていた。自然は己が目にした光景に茫然とする、というのが私の持論だ。しかしながらドリー・ローは薔薇色の靄に包まれてのろのろと遅れ、満足しきった目は細くなり、視覚がすっかり他の諸感覚を圧倒して、ぐったりとした両手は拍手という機械的な動作をまだ行っていてもまったくぴったりと合わさらなかった。こういう状態の子供を以前に見たことがあるが、それにしても、これは特別な子供で、すでに遠くなった舞台をにこにこしながら近視のような目つきで見つめていて、その舞台の上に私は共作者だか何だかをちらりと見た――タキシード姿の男と、肩をあらわにした、鷹のような顔をして、黒髪で、びっくりするほど背の高い女だった。

「また手首が痛かったじゃないの、この獣」とロリータが車の座席にすべり込みながら小さな声で言った。

「本当にすまない、我が恋人よ、我が紫の上よ」と私は言って、彼女の肘をつかもうとしたが失敗し、話の流れを変えようとして（運命の流れを変えようとして、ああ、なんたることだ）、こう付け加えた。「ヴィヴィアンというのはなかなかの女だな。昨日、ソーダ・ポップ[*5]のあのレストランでたしか見かけたような気がする」

「ときどき」とロー。「あなたって、ムカつきそうなほどどうしょうもないバカになるのね。第一に、ヴィヴィアンは男の作者で、女の作者はクレアよ。それから第二に、彼女は四〇歳で、結婚していて、黒人の血が流れてるの」

「たしか」と私は彼女をからかって言った。「クィルティというのはおまえが昔、恋の炎を燃やした相手じゃなかったのか、おまえが私を愛してくれたときの、あの懐かしいラムズデールで」

「えぇっ？」と言い返したローは、表情が引きつっていた。「あのでぶの歯医者のこと？　あたしを誰か他のませた子と勘違いしてるんじゃないの」

そのませた子はすべてを、すべてをすっかり忘れてしまうのに、我々、老いた色事師は、その子のニンフェットぶりを余すところなく宝物のように記憶するのだ、そう私はひとり思わずにはいられなかった。

19

ローの了承を得て、ウェイス郵便局とエルフィンストーン郵便局の二つ[*1]をビアズレー郵便局長に転送先として届けておいた。次の日の朝、私たちは前者を訪れ、短いが遅々として進まない行列で待たされることになった。おだやかな顔のローはお尋ね者一覧をじっくり眺めていた。ハンサムなブライアン・ブライアンスキイ、別称アンソニー・ブライアン、別称トニー・ブラウン、目はハシバミ色、色白、誘拐容疑[*2]で手配中。悲しそうな目をした老紳士の嫌疑は郵便詐欺で、おまけにご丁寧にも、治療のしようがないほど足が変形していることまで書き加えてあった。野蛮なサリヴァンは警告付き。拳銃を所持していると思われる、きわめて危険な人物につき要注意。私の本を映画化したいと思う人がいるなら、ここはぜひ、私が眺めているあいだに、この顔のうちのどれかがゆっくりと溶けて、私の顔になるという場面を撮ってもらいたい。そしておまけに、行方不明の女の子のぼけたスナップ写真があり、年齢一四歳、失踪当時の服装は茶色の靴を履いていたらしい。ブラー保安官[*3]にご通報ください。

私宛の手紙は記憶していない。ドリーに来た手紙については、通知表と、とても変わった封筒のものが一通あった。私は慎重にその封筒を開けて、中の手紙を読んだ。どうやらその行動は予想どおりだったらしく、彼女は気にもかけずに出口のそばにある新聞売り場の方にぶらりと歩いていった。

「ドリー＝ローへ。芝居は大成功だったわよ。三匹の猟犬も、カトラーにちょっと薬を飲まされたみたいで、おとなしく横になってたし、リンダもあなたの台詞をぜんぶちゃんと憶えてた。あの子はなかなかの出来で、元気もいいし抑制も効いていたけど、なんかこう、わたしの（そして作者の）ディアーナが持っていた、感応力というか、自然な生命力というか、魅力に乏しいんだよね。でも、この前みたいに作者がいて拍手してくれたわけでもなかったし、外でごろごろ鳴っている雷が舞台裏のささやかな雷の邪魔をしちゃったんだけど。まったく、時の経つのは早いものね！　学校も、芝居も、ロイとのごたごたも、母の出産も（赤ちゃんは、かわいそうに、助からなかったの！）、何もかも終わっちゃうと、なんかこうすべてが昔のことみたいに思えてきます、実際にはわたしなんかまだメーキャップの跡が残ってるような気がするけど。

　わたしたちはあさって、ニューヨークに行く予定で、うちの両親と一緒にヨーロッパへ行くという話からどうも抜け出せそうもないみたい。あなたにもっと悪い知らせがあります。ドリー―ロー！　もしあなたが帰ってきても、わたしはビアズレーに戻っていないかもしれません。なんやらかんやらで、そのうちの一つはあなたの知っている人で、もう一つはあなたが知ってると思ってる人じゃないんだけど、パパにすすめられて一年間、パパの仕送りとフルブライト奨学金が保つあいだ、パリに留学することになりました。

　予想どおり、かわいそうな詩人は第三幕で、フランス語のナンセンスな詩を言う場面に来てとちっちゃったの。憶えてる？『おまえの求婚者に必ず告げるがよい《ヌ・マンク・パ・ド・ディール・ア・トン・アマン》、シメーヌよ、どれほど《コム・》その湖が美しいかを《ル・ラク・エ・ボー》、そして必ずそこに[*4]連れて行ってもらいたまえ《カル・イル・フォ・キル・ティ・メヌ》』。水もしたたる色男《ボー》！　それに『キル・ティ』って――舌がもつれそう！　それじゃ元気でね、ローちゃん。あなたの詩人から最高の愛を送ります、おやじさんにもよろしく言っておいてね。あなたのモナより。追伸。なんやらかんやらで、手紙を書くのはきびしく制限されています。ヨーロッパに着いたら手紙を書くから、それまで待っててね」（私が知っているかぎりでは、彼女から便りが来ることはなかった。この手紙には謎めいた悪意が含まれているが、今日はとても疲れているので分析する気が起こらない。この手紙は旅行案内書のうちの一冊にはさんであったのを後になってから見つけたもので、ここに参考資料《ア・ティートル・ドキュマンテール》として載せておいた。私は二度読み返している。）

　私は手紙から顔を上げて、それから――ロー[*5]がどこにもいない。モナの魔法にのめり込んでいるあいだに、ローは肩をすくめて消えてしまったのだ。「もしかして見かけませんでしたか――」と私は入り口の近くで床を掃いている猫背の男にたずねてみた。たしかに見かけたという、この助平爺は。友達を見たらしく、あわてて外に出ていったよと彼は言った。私もあわてて外に出た。そして立ち止まった――彼女は立ち止まりはしなかった。私はまた先を急いだ。そしてまた立ち止まった。ついに来るべきときが来た。彼女は永久に去ってしまったのだ。

　後年になって、なぜあのとき彼女は永久に去ってしまわなかったのだろうと、私は何度も不思議に思ったものだ。鍵を掛けた私の車の中に置いてある、新しい夏服が未練だったのだろうか？　何かの全体計画にまだ何か未成熟な部分があったのだろうか？　ただ単に、すべてを考慮に入れれば、秘密の最終目的地であるエルフィンストーンまで運んでもらうのに、私を使うのが得策だと踏んだからだろうか？　私にわかるのは、彼女が永久に私のもとを去ったとそのとき確信したことだけだ。町をぐるりと取り囲んでいる、知らん顔をした藤色の山々は、その霞の中に消えていく、息を切らし、必死によじのぼり、笑いながら、また息を切らすロリータたちであふれかえっているように見えた。十字路から遥か見晴らす、険しい斜面に白い石で描かれた大きなWの文字[*6]は、まさしく災《わざわ》いの頭文字のようだった。

　私がちょうどそこから出てきたばかりの、新築できれいな郵便局は、眠っている映画館と共謀しているポプラのあいだに建っていた。時刻は山地標準時で午前九時。場所は中央通り。私は歩道の青い日陰になったほうを選び、反対側を見つめながら歩いた。そこを魔法の力で美に変身させていたのは、あのかよわい初夏の朝で、ガラスがあちこちで眩しく輝き、耐えがたいほどの酷暑の昼を前にして、通り全体にはよろめきもう少しで気絶しそうな雰囲気がただよっていた。向かい側に渡ると、私はその長い区画をいわばゆっくりとたどりながら繙いた。薬局、不動産、ファッション用品、自動車部品、喫茶店、スポーツ用品、不動産、家具、電化製品、電報局、クリーニング、食料品。お巡りさん、うちの娘が家出したんです。探偵とグルになって。恐喝屋に恋をして。まったく無力な私につけこんで。私はどこの店ものぞき込んだ[*7]。まばらな通行人の誰でもいいから呼びとめて話してみようかと、内心では熟考していた。しかしそうはしなかった。私はしばらく駐車した車の中で座っていた。東側にある公園も調べた。そしてファッション用品と自動車部品のところへ歩いて戻った。彼女を疑うなんて気でも狂ったのか、もうじき現れるのに決まっている、そう私は怒りの皮肉（嘲笑《リカヌマン》）を爆発させて自分に言い聞かせた。

そのとおり、彼女は現れた。

私はぐるりとふり向いて、彼女がおずおずとした愚かな笑みを浮かべながら肩に置いた手をふり払った。

「車に乗るんだ」と私は言った。

彼女は言われたとおりにして、私はまだ行ったり来たりしながら、言葉にならない思いと戦い、彼女の二枚舌に対処する方法を考え出そうとした。

やがて、彼女は車から出て、また私の横に来た。私の聴覚はだんだんロー放送局に波長が合わされて、気がついてみると、ローは昔の女友達に出会ったとしゃべっているところだった。

「それで？　誰と？」

「ビアズレーにいた子」

「なるほど。おまえのグループにいた子を、ぜんぶ名前を挙げてみよう。アリス・アダムズ？」

「その子はあたしのグループじゃないわ」

「なるほど。私は完全な生徒名簿を持っているからな。名前を言うんだ」

「うちの学校にいたんじゃないの。ビアズレーの町にいた子」

「なるほど。私はビアズレーの住所録も持っている。ブラウン[*8]という名前をぜんぶ調べてみようか」

「ファーストネームしか知らないもん」

「メアリー、それともジェーン？」

「違うわ――あたしと一緒で、ドリー」

「それで行き止まりということか」（鏡に鼻をぶつけたようなもの。）「なるほど。それじゃ他の角度から考えてみよう。おまえは二八分間どこかに行っていた。二人のドリーは何をしてたんだ？」

「ドラッグストアへ行ったの」

「で、そこで――？」

「コーラを飲んだだけよ」

「気をつけるんだぞ、ドリー。それくらいは調べられるんだからな」

「とにかく、彼女はコーラ。あたしは水一杯だけ」

「なるほど。それって、あそこの店か？」

「そうよ」

「なるほど、さあ来い、あそこの店員を問いつめてやるから」

「ちょっと待って。考えてみたら、もうちょっと先だったかも――ちょうど角を曲がったところの」

「それでも来るんだ。さあ入れ。それじゃあっと」（鎖で机に取り付けられた電話帳を開けて。）「格式ある葬儀。もっと先か。あったあった。薬販売店。ヒル・ドラッグストア。ラーキン薬局。[*9]

まだ二つある。ウェイスでソーダ・ファウンテンと言えばそれだけらしいな――商業区域では。まあ、ぜんぶ調べてみようか」

「くたばっちまえ」と彼女が言った。

「ロー、汚い言葉を使ってもどうにもならんぞ」

「わかったわ。でも、あたしを閉じこめておくわけにはいかないよ。わかった、だからソーダなんか飲まなかったって。ただおしゃべりして、ショーウィンドーの服を見てただけ」

「どの？　たとえばあそこのウィンドーか？」

「そうよ、あそこのよ、たとえば」

「おい、ロー！　近づいてよく見てみろ」

それはなかなかの眺めだった。小粋な身なりをした若い男がカーペットを真空掃除機できれいにしているところで、そこにはまるで何か爆発が起こってめちゃめちゃになってしまったような、二つの人形が立っていた。一つは全裸で、髪の毛も腕も取れていた。その比較的小さな背丈と作り笑いをしているような姿勢からすると、服を着ていたとき、およびこれからまた服を着せたときには、ロリータと同じサイズの女の子になるはずだ。しかし現在の状態では男女の区別がつかない。そのそばには、もう少し背丈の高いヴェールをつけた花嫁が立っていて、片腕が取れていることだけを除いては完璧で無傷だった。この二人の令嬢の足下の、男が這いつくばって熱心に掃除をしている床の上には、三本の細い腕と金髪のかつらがかためてあった。腕のうち二本はたまたまねじ曲がっていて、組み合わさった手が恐怖と哀願を表す仕草に見えた。

「見ろよ、ロー」と私は静かに言った。「よく見てみろ。これは何かのなかなかうまい象徴だと思わないか？　ただ――」車に戻ったとき私は続けた。「予防策を取っておいたから。ほら（ゆっくりとダッシュボードを開けて）、このメモ帳にボーイフレンドの車のナンバーが書いてある」ばかなことに私はそれを憶えておかなかった。記憶に残っているのは最初の文字と最後の数字で、あたかも半円状になった六個の記号が色ガラスのむこうに凹面を成して退いていき、そのガラスが不透明なのでまんなかの記号列は解読できず、その両端（大文字のPと6）だけはちょうど読み取れるくらいにかすかに透明なのだ。こういう細部をわざわざ書いているのは（それに興味を持つのは心理学の専門家しかいないだろう）、そうでないと読者は（ああ、ブロンドの口髭をした学者が薔薇色の唇でステッキの握り《ラ・ポム・ド・サ・キャンヌ》をなめながら、この原稿に酔いしれてくれる、そんな読者を想像できるなら！）、Pがお尻にBのような腰当て《バッスル》を付け、6がすっかり抹消されているのに気づいたとき、私が味わったショックがどんなものだったかおわかりいただけないかもしれないからだ。鉛筆の消しゴムが付いた先で急いでごしごしこすった消し跡が残り、数字の部分が子供の筆跡で消されたり書き加えられたりしている残りの記号も、もつれた鉄条網みたいな様相を呈していて、とうてい論理的な解釈はできそうになかった。わかったことは州名だけ――ビアズレーがある州の隣だ。

　私は何も言わなかった。そしてメモ帳を元に戻し、蓋をして、ウェイスを出発した。ローは後部座席から漫画雑誌をつかみ、白いブラウスを風に揺らし、褐色の肘を窓から突き出して、マヌケか道化の最新の冒険を読みふけっていた。ウェイスから三、四マイル行ったところで、私はピクニック場の影になった場所へと曲がり、そこでは朝が空っぽのテーブルの上に光の残滓《ざんし》を捨てていた。ローが半分ほほえんだような驚きの表情で顔を上げると、私は一言も言わずに強烈なバックハンドの平手打ちを食わせ、それが彼女の熱くて硬い小さな頬骨にずばり命中した。

　そしてそれから、後悔、涙を流して償う苦い甘さ、卑屈な愛、そして希望のない官能的和解。ビロードのような夜に、ミラーナ・モーテルで（ミラーナ！）、爪先が長い足の黄ばんだ裏に口づけて、私は自分を生贄《いけにえ》としてさしだした。しかしすべては無駄なことだった。私たちは二人とも運命づけられていたのだ。そして私は、まもなく新たなる拷問の周期に入ることになる。

ウェイス郊外のある通りで……。いや、これが妄想でなかったことは間違いない。ウェイスのある通りで、私はアズテク・レッドのコンヴァーティブルか、あるいはその一卵性双生児をちらっと見かけたことがある。トラップの代わりに、そこに乗っていたのは四、五人の騒々しい若い男女だった――しかし、私は何も言わなかった。ウェイスを離れてから、まったく新しい状況が発生した。一日か二日ほど、私は追跡されていないし、これまでにもそんなことはなかったと、強く心の中で自分に言い聞かせて安心していた。ところがそのとき、トラップが作戦を変え、いろいろな借りた車に乗ってまだ追跡しているのだということに気がついて、ぞっとしたのである。

まさしく幹線道路のプロテウスとも言うべきめまぐるしさで、彼は一台の車からまた別の車へ易々と乗り換えるのだ。こういう裏技が使えるのは、「駅伝自動車」方式を専門にしているガレージの存在なくしては無理だろうが、彼が使った貸し自動車屋を発見することは結局できなかった。彼がどうやらひいきにしたのは、最初はシヴォレー属で、キャンパス・クリーム色のコンヴァーティブルに始まり、それから小型のホライズン・ブルーのセダンに移り、さらにはサーフ・グレイやドリフトウッド・グレイへと色褪せていったらしい。それから今度は他の車種に乗り換え、薄くぼやけた虹色の塗装色を経て、ある日私は気がついてみたら、私たちが乗っているドリーム・ブルーのメルモス[*10]と彼が借りたクレスト・ブルーのオールズモービルとの微妙な違いを突きとめようと躍起になっていたのである。しかしながら、グレイは彼お好みの暗号色[*11]でありつづけ、苦悩に満ちた悪夢の中で、私はクライスラーのシェル[*12]・グレイやシヴォレーのシスル[*13]・グレイやダッジのフレンチ・グレイなどといった亡霊たちをなんとか適切に選り分けようとしてみても無駄だった。

彼の小さな口髭やはだけたシャツ（あるいは禿げかかった頭部や広い肩）をたえず警戒しておく必要に駆られて、私は道路上のあらゆる車をじっくり研究するはめになった――後、前、横、対向、順行と、踊る太陽の下のあらゆる乗り物を。後部の窓に「テンダー・タッチ」というティッシュペーパーの箱を置いた、物静かな休暇旅行者の自動車。青白い顔をした子供たちをいっぱい乗せ、むく犬が頭を突き出し、泥よけがへこんだ、無謀なスピードを出しているポンコツ車。ハンガーに吊したスーツをごっそり乗せた独身男性のチューダー型セダン。前をのろのろ走り、後ろで一列縦隊の怒りが煮えたぎっているのにもまったく無頓着な、巨大なハウストレーラー。若い女性の乗客が、若い男性の運転手に近づこうとして、前部座席のまんなかにお行儀よく腰掛けている車。赤いボートをひっくり返して屋根の上に載せて走る車……。前方でゆっくり速度を落とすグレイの車、後ろから追いついてくるグレイの車。

山岳地帯*14に入り、スノーとチャンピオンの中間あたりを走っていて、ほとんど見た目にはわからないくらいの勾配を下っていた、そのときである、私が愛人探偵トラップの姿を二度目にはっきりと見たのは。背後にある灰色の霧が濃くなって、ドミニオン・ブルーのセダン並みの密度へと凝縮していた。突然、あたかも私が運転している車が私の哀れな心臓の激痛に反応したかのように、私たちは右に左にと横滑りして、下の方で何かがプラップラップラップラッと弱々しい音をたてていた。

「タイヤがパンクしたわよ、おじさん」と陽気なローが言った。

私は車を停めた――断崖のそばだった。彼女は両腕を組み、ダッシュボードの上に脚を投げ出した。私は車から出て、右の後部車輪を調べた。タイヤの下部は申し訳なさそうに、恐ろしく四角い姿になっていた。トラップも五〇ヤードほど後方に停車していた。遠くに見える彼の顔は、脂のしみのようだったが、そのしみが笑っているのだ。こちらにとっては絶好のチャンス。私は彼の方に歩いていった——本当は持っているけれども、ジャッキを貸してくれとたのむという名案を思いついたのだ。彼は少し後ずさりした。私は石ころにつまずいた——するとあたり一面がどっと笑い出しそうな雰囲気になった。そして大きなトラックがトラップの背後から現れ、轟音をたてて私のそばを通り過ぎた——その直後に、そいつが痙攣したような警笛を鳴らすのが聞こえた。本能的にふり返ると、私の車がそろそろと離れていくではないか。ローがあきれたことにハンドルを握っていて、エンジンもたしかにかかっている——切ったことは憶えているが、非常ブレーキはかけなかったのだ。[*15] そしてキーキーと鳴き声をたてる車に追いつき、それがやっと停止するまでの、短い鼓動時間のあいだに私が思い当たったのは、この二年間というもの、ローは運転の基礎知識を仕入れるだけの時間がたっぷりあったという事実だった。ドアを思いっきり開けたとき、トラップに話しかけるのを阻止しようとローが車を出したのは絶対に間違いないと私は思った。しかしそんな手を使う必要がなかったのは、私が彼女を追いかけているあいだに、もう彼は勢いよくUターンして消え去っていたからだ。私はしばらく休んだ。感謝しなくてもいいの、とローがたずねた——車が勝手に動き出したから、それで——答えが返ってこないので、彼女は地図を調べることに没頭しはじめた。私はふたたび車の外に出て、シャーロットの口癖を借りれば「タイヤの耐忍《たいにん》」に取りかかった。もしかすると私は気が狂いかけているのかもしれない。

私たちはグロテスクな旅を続けた。[*16] わびしくて無意味な坂を一度下った後で、私たちはひたすら上に上にと行った。険しい勾配で、気がつくと追い抜かれた大型トラックの後ろにいた。そいつは今や曲がりくねった道をのぼってうめき声をあげていて、追い越すこともできない。その前部からなめらかな銀色の小さな矩形(チューインガムの包み紙)が飛び出して、私たちの車のフロントガラスに当たった。そのときふと思ったのは、もし本当に気が狂いかけているとしたら、しまいには誰かを殺すかもしれないということだった。実際のところ（と、両足が地面についているハンバートがじたばたしているハンバートに向かって言う）、準備をしておくほうが賢いかもしれない――拳銃を箱からポケットに移して――狂気の発作が本当にやってきたら、すぐ利用できるように。

20

ロリータに演技の勉強を許可したことで、この愛に溺れた愚か者の私は、彼女に欺瞞を身につけさせてしまった。それはただ単に、『ヘッダ・ガブラー』における根本的な葛藤は何かとか、『菩提樹の木陰の恋』のクライマックスはどこかとか、『桜の園』に蔓延している雰囲気を分析せよといった質問に答えられるようにするという問題ではなかったらしい。それは実際には、私を裏切ることを学ぶという問題だったのである。ビアズレーにあった私たちの家の客間で、彼女が五感演技の練習を繰り返すところをよく眺めたものだが、戦略地点から観察していると、彼女は、まるで催眠術の被験者か神秘的な儀式の司祭者みたいに、子供じみたなりきりごっこの大人版を演じてみせ、暗闇の中でうめき声を聞いたり、新品の若い義母を初めて見たり、たとえばバターミルクのように何か嫌いなものを口にしたり、青々とした果樹園で踏みつけられた草の香りを嗅いでみたり、すらりとしたずるい子供のような手で物体の幻影に触れてみるといったような動作をまねていたのは、今にして思えばなんと嘆かわしいことだったのだろう。私が今でもまだ持っている書類の中には、謄写版刷りの注意書きがある。

触覚練習。次のものを拾い上げて手に持ったときを想像してみなさい――ピンポン球、リンゴ、べとべとしたナツメヤシの実、フランネルのようにふんわりした手ざわりの新しいテニスボール、熱いジャガイモ、角氷、子猫、子犬[1]、蹄鉄、鳥の羽根[2]、懐中電灯。

次の架空のものを指でこねたり揉んだりしてみなさい――パン切れ、消しゴム、ずきずきしている友達のこめかみ、ビロードの見本、バラの花びら。

あなたは盲目の少女です。次の人の顔をさわってみなさい――ギリシャ人の青年、シラノ・ド・ベルジュラック、サンタクロース、赤ちゃん、笑っている牧神、眠っている見知らぬ人、あなたのお父さん。

しかしそうした微妙な魔法をかけ、魅惑の宿題を夢見るように演じてみせるときの彼女は、なんと美しかったことか！ ビアズレーでの、冒険に満ちた夜に、私はご馳走か贈物をしてやるからと約束して、私のために踊らせたことがあり、あのお決まりの両脚を開いて跳ぶ動作は、パリの若い踊り子《プティ・ラ》がやるようなけだるくてぎこちない動きではなく、どちらかと言えばアメリカン・フットボールのチアガール[3]に似ていたけれども、まだ未発達の四肢のリズムは私に快楽を与えてくれたのである。しかしそれとて、彼女のテニスのゲームがもたらしてくれる、名状しがたい恍惚の疼きに比べれば、まったく無に等しい――この世のものとは思えぬ秩序と光輝の瀬戸際でよろめいているような、悩ましくも狂おしい感覚なのだ。

年齢が加わっても、杏色の手足をして、ローティーン用のテニスウェアを着た彼女は、以前にも増してニンフェットらしくなった。翼を持った紳士のみなさん！ スノーとエルフィンストーンの中間にあるあのコロラドの保養地にいたときの彼女を、そっくりそのままで、すべてを正しく再現できない来世なんて私には受け入れられない。ゆったりした白い少年用ショートパンツをつけ、ほっそりした腰、杏色のみぞおち、それに白い胸当てのリボンが首を巻いてから結んで後ろに垂らされ、そこに剝き出しになった思わず息を呑むほど若くてすばらしい杏色の肩胛骨には生毛がはえ、すてきなやわらかい骨で、そこからなめらかな背中が下へ向かうにしたがって細くなる。かぶっている帽子には白いひさしが付いている。ラケットにはちょっとした大枚をはたいた。馬鹿の馬鹿の大馬鹿者だ！　彼女を映画に撮っておけばよかった！　そうすればこの苦痛と苦悩の映写室の中で、我が目の前に、彼女を映し出すことができたのに！

彼女はサーブの動作に入る前に、白線の引かれた時間の一小節か二小節ほどリラックスして間合いを取り、一、二度ボールをバウンドさせたり、軽く地面を蹴ったりして、いつも気楽で、いつもスコアについてはたよりなくて、家での暗黒の生活にはめったに見られないほどいつも陽気だった。彼女のテニスは、想像するに、若い娘が到達しうる舞台芸術の極致だったが、きっと彼女にとっては、それが根本的な現実の幾何学そのものだったはずだ。

彼女の動作すべてのあざやかな明晰さは、聴覚面では、ストロークを打つたびのすみきった音となって現れていた。彼女の支配領域に入ったボールはなぜかいっそう白くなり、その弾力性もなぜかいっそう豊かになり、彼女が用いる精密な器具は、ボールに吸いつくように接触するその瞬間、異様なまでに緩慢で把握力を持っているように見えた。さらに言えば、フォームは超一流のテニスの完璧な物真似で、実用的な効果はまったくなかった。あるとき、震えている堅いベンチに座ってドロレス・ヘイズがリンダ・ホールをおもちゃにしている（でも彼女に負かされている）のを眺めていると、若い優秀なコーチで、エドゥーサの姉のエレクトラ・ゴールドがこう話しかけてきた。

「ドリーはラケットのまんなかに磁石をつけてるみたいなのに、どうしてあんなにお上品なんでしょう？」おいおい、エレクトラ、あんなに優雅ならそれでいいじゃないか！　観戦した最初のゲームで、美を吸収してしまった私はほとんど苦痛のような痙攣でびしょ濡れになったことを憶えている。我がロリータには、ゆったりと弾みをつけてサーブを開始するとき、曲げた左膝を上げる癖があり、そこで一瞬のあいだ、爪先だった脚と、まだ毛もほとんど生えていない腋の下と、日焼けした腕と、後ろにふりかぶったラケットとのあいだに、いきいきとしたバランスの網目が陽光の中で張りめぐらされ、彼女がにっこりして歯をきらきらのぞかせながら上を見上げると、高い天空には小さな球体が宙に浮き、そこは黄金の鞭で快音響く一撃を加えようという特別な目的で彼女が作り上げた、力と美にあふれる小宇宙なのだ。[*4]

　彼女のサーブには、美と、直截性と、若さと、弾道の古典的なすがすがしさがあり、その強烈な速さにもかかわらず、ごく簡単に打ち返せるのは、長くて優雅な跳び方にひねりも切れもないからだ。

　彼女のストロークのすべて、魔法のすべてを、セルロイドの断片に収めて永遠不滅のものにできたのにと思うと、今やるせなさで思わず涙が出そうだ。私が燃やしてしまったスナップ写真よりもっと大切なものになったはずなのに！　彼女のオーバーヘッド・ボレーとサーブとの関係は、結句と反歌[*5]との関係に等しい。というのも、我がペットは白いシューズを履いた敏捷で活発な脚ですぐネットにつくようにと教わっていたからだ。フォアハンドとバックハンドの区別は何もない。両者は互いに鏡像関係にあったからだ――すみきった谺とエレクトラの叫び声で反復されるあのピストルの銃声のような音は、今なお我が下腹部を疼かせる。ドリーのゲームで真珠の一つと言えば、カリフォルニアでネッド・リタムに教わった短いハーフボレーだった。

　彼女は水泳よりも演劇が、そしてテニスよりも水泳が好きだった。それでも、彼女の内にある何かが私によって粉々にされなかったら（あのときには気づいていなかったのだ！）、彼女は完璧なフォームに加えて勝つ意志を身につけただろうし、本当の女子チャンピオンになっていただろう。ウィンブルドンで二本のラケットを小脇に抱えたドロレス。広告でドロームダリーをすすめるドロレス。プロに転向するドロレス。映画で女子チャンピオンを演じるドロレス。ドロレスと、白髪まじりで、謙虚かつ寡黙な夫兼コーチのハンバート老人。*6

彼女の試合態度には、どこもおかしな点やずるい点はなかった――ただし、あっけらかんとして結果を気にしないのが、ニンフェットのフェイントだと考えなければの話。日常生活ではあれほどまでに残酷で狡猾な彼女が、テニスになると無邪気さや、率直さや、返球の親切さを発揮してしまい、それで二流だがやる気のある相手なら、どれほど無骨で下手だとしても、勝利への道を切り開くことができた。背丈は低いが、いったん打ち合いのリズムに乗ってそのリズムを指揮できるかぎり、彼女はコートの半分に当たる一〇五三平方フィートの範囲をみごとに楽々とこなした。ところが、対戦相手が突然攻撃したり、不意に作戦を変えたりすると、彼女はどうしようもなくなる。マッチポイントになると、いかにも彼女らしく、ファーストサーブよりも強烈で派手なセカンドサーブを打ち（というのも、用心深い勝者なら持っている禁じ手が彼女にはまったくなかったからだ）、それが強く張ったネットに音をたてて当たり、跳ね返ってコートの外に飛び出すのである。磨き抜かれた宝石のようなドロップショットは、脚が四本あってラケットの代わりに曲がったパドルを使っているのではないかと思うような相手に掬い上げられ、軽く返されてしまう。ドラマチックなドライブも華麗なボレーも、正直に相手の足下に落ちてしまう。何度も何度も、彼女は簡単なショットをネットに引っかける――そしてバレリーナのような態度でうなだれて、前髪を垂らしながら、失敗しちゃったという仕草をほがらかにまねるのだ。彼女の優雅さと力強さはまったく無益で、はあはあ息を切らし、昔風に球を高く打ち上げる私が相手でもやはり勝てなかった。

　どうやら私は、ゲームの魔法にとりわけ敏感なようだ。ガストンとチェスをしていると、私の目には盤がすみきった水をたたえている四角い池のように映り、その平らなモザイク状の水底には珍しい貝殻や宝物が薔薇色に輝いて見えているのに対して、頭が混乱している相手にはそれが一面泥と烏賊《いか》の墨にしか見えないのである。それと同様に、私がロリータにほどこした最初のテニスの手ほどき（偉大なカリフォルニアの住民のレッスンを通して彼女が啓示を受ける前のこと）は、私の頭の中では、重苦しくも嘆かわしい記憶として残っている——こちらが何を言ってみたところで、絶望的にも、腹立たしくも、彼女は決まって腹を立てたからというだけではなく、コートの美しい対称性が、彼女の内に秘められた調和を映し出す代わりに、私が教え方を誤った、不満たらたらの子供が下手くそでいい加減にプレーするので、どうしようもないほどぐしゃぐしゃになってしまったからだ。さて今は事情が変わり、ある日のこと、コロラド州チャンピオンのすみきった空気の中、私たちが一夜を過ごしたチャンピオン・ホテルへと続く険しい石段のふもとにあるすばらしいコートに立つと、私は彼女のスタイルや、魂や、本質的な品性の汚れなさの内に入ってしまえば、まだ知らない背信という悪夢からしばし解放されそうな気がした。

　彼女はいつもの自然なストローク[*7]で、強くフラットに打ち返し、深くすれすれに飛んでくるボールを私に送ってきた——そのすべてがリズムに合って正直なので、私の足運びも軽快な散歩程度で済んだ（一流選手なら私が何を言っているのかわかるはずだ）。かなりカットの効いた私のサーブは、父親に教わったもので、父親はそれを親友であり偉大なチャンピオンだったデキュジスかボルマン[*8]に教わったらしいが、そのサーブを本気で打てば、ローもさぞかし困り果てただろう。しかしこんなに明るい子を誰が困らせたいなんて思うだろうか？　彼女のあらわな腕には種痘の跡が8の字形に残っているという話をもうしただろうか？　私が彼女に絶望的な恋をしていることは？　彼女がたったの一四歳だということは？

詮索好きな蝶が、私たちのあいだに舞い降りて、飛んでいった。

テニスショーツ姿の二人連れで、あざやかなピンク色に日焼けしたすねをしている、私より八歳ほど年下の赤毛の男と、ロリータより二歳ほど年上で、気難しい口元ときつい目をした、ものぐさそうな黒髪の少女が、どこからともなく現れた。初心者にはよくありがちだが、二人のラケットはきちんとカバーをかけて枠にはめられ、その持ち方も、それがあたかもある特化された筋肉の自然で快適な延長みたいに扱うのではなく、ハンマーか、ラッパ銃か、ドリルか、それとも私の厄介な恐ろしい罪を抱えているみたいだった。二人はいささか礼儀に反して私の大切な上着が置いてあるそばに腰を下ろすと、私が生み育てるのをローが無邪気にも手助けしてくれた五〇回ほどにも及ぶラリーの応酬を、はっきり聞こえる声でほめそやしはじめた——そして最後には、そのラリーのやりとりに途切れが起こって、ローの打ったオーバーヘッドのスマッシュがコートの外に出てしまうと彼女は思わずあっと声をあげ、それからたちまち我が黄金のペットは愛らしい笑い声に溶けたのだった。

私はすっかり喉が渇いて、蛇口のところまで歩いて行った。すると赤毛が近づいてきて、ひどく下手に出た物の言い方で混合ダブルスを提案した。「ビル・ミードです」と彼は言った。「それからこちらは女優のフェイ・ページ。私の婚約者《マフィ・オン・セイ》です」——そう彼は付け加えた（妙な恰好のカバーをつけたラケットで、もうドリーと話している洗練されたフェイを指さしながら）。私は「申し訳ありませんが——」と言いかけて（というのは、うちの娘を下手くそな連中の小手やら突きにさらしたくはないのだ）、そのときびっくりするほど美しいメロディの叫び声に気をそらされてしまった。

ホテルからテニスコートへと続く石段をベルボーイが駆け下りてきて、私に手で合図していたのだ。すみませんが、ご用です、緊急の長距離電話がかかっていますので、と言う――大至急なので、電話はそのまま切らずに置いてあるらしい。わかったよ。私は上着を着て（内ポケットが拳銃で重い）、すぐに戻るからとローに言った。彼女はボールを拾い上げているところで（足とラケットで、という大陸式のやり方は、私が教えた数少ない妙技の一つだった）、ほほえんだ――私に向かってほほえんだのだ！

ボーイの後についてホテルまで昇って行くときに、恐ろしい平静さが我が心臓を浮かんだままにしてくれた。これこそ、発見や、報復や、拷問や、死や、来世を奇妙にもおぞましい胡桃の形で一言に表す、アメリカ式の表現を使えば、それなのだ。私は彼女を凡庸な手にあずけてしまったが、今となってはそれはほとんど問題ではない。もちろん戦ってやろう。戦うとも。彼女を手渡すくらいならすべてを破壊したほうがましだ。たしかに、かなりの昇りだ。

フロントには、いかにも威厳のありそうなローマ人風の鼻をした男がいて、おそらく暗い過去の持ち主で調査に値すると思われるその男が自分で書き留めた伝言を渡してくれた。電話は結局切られていたのだ。メモにはこうあった。*9

「ハンバート様。バーズレー（原文のまま！）校の校長様からお電話がございました。夏の別荘にいらっしゃるそうです――電話番号はバーズレー2―8282。折り返しお電話下さい。大至急のご用件とのことです」

私は電話ボックスにもぐり込み、小さな薬を一粒飲んで、約二〇分ほど虚空の幻影と格闘した。命題の四重唱がしだいに耳に届いてきた。ソプラノ――ビアズレーにそんな電話番号はない。アルト――プラット女史は英国に向かう途中。テナー――ビアズレー校からの電話はなかった。バス

——そんなはずがないのは、誰も私が、その日に、コロラド州チャンピオンにいるなんて知らないからだ。一突き食わせてやると、ローマ人は本当に長距離電話があったかどうかわざわざ調べてくれた。実はなかったのだ。どこか地元からいたずら電話をかけた可能性だけは除外できなかった。私は彼に感謝した。彼は言った。ったくもう。ちょろちょろと音のする男子便所に行き、バーで一杯ぐっと引っかけてから、私はリターンマッチを開始した。いきなり最初の踊り場のところから、遥か真下の、児童が下手くそに消した石盤みたいな大きさに見えるテニスコートで、金色のロリータがダブルスをしている姿が見えた。彼女はボッシュの絵[10]に出てきそうな三人のおぞましい人間どもの中を、まるで美しい天使のように動きまわっていた。三人のうちの一人であるパートナーは、チェンジコートのとき、おどけてラケットで彼女の尻をポンと叩いた。彼は驚くほど頭が丸く、場違いな茶色のズボンを穿いていた。そのときに一瞬の動揺が起こった——彼が私を見て、持っていた(私の!)ラケットを投げ出し、そそくさと斜面を上がっていったのである。未分化の翼を滑稽にまねたつもりなのか、彼は手首と肘をばたばたさせて、がに股で道まで昇ると、そこに彼のグレイの車が待っていた。次の瞬間、彼とグレイは消え去っていた。私が下りてくると、残った三人組はボールを拾い集めて選り分けていた。[11]

「ミードさん、あの男は誰なんです?」

ビルとフェイは、どちらもまじめくさった顔をして、頭を横にふった。

あのばかげた闖入者が首を突っ込んで、もう一組ペアを作ろうって言ってきたのよね、そうでしょ、ドリー?

ドリーだと。私のラケットの握りはまだ腹が立つほどあたたかかった。ホテルに戻る前に、私は煙のような花が咲き乱れている芳しい灌木に半ば埋もれた小道に彼女を誘い込み、あふれてきた涙をやっとの思いでこらえながら、たとえどれほど卑屈な態度になろうが、私を包み込んでいるじわじわとした不快感をどんなに嘘でもいいから追い払ってくれと、平然と夢を見ている彼女に懇願しようとしたちょうどそのとき、笑いをこらえているミードの二人組が目の前にいることに気がついた——昔の喜劇では、牧歌的な舞台設定の中で、二組のカップルがよく出会うことになっているのはご存知だろう。ビルとフェイはどちらも笑いすぎて疲れたようだった——どうやら二人だけの秘かなジョークの終わりに私たちがやってきたらしい。それだけのことだ。

あたかもそれだけのことのように言いながら、そしてどうやら、人生がお決まりのお楽しみをぜんぶ用意してまた自動的に続いていくことを仮定しながら、水着に着替えて午後の残りはずっとプールで過ごしたいとロリータが言った。今日はこんなにゴージャスな日だから。ロリータ！

21

「ロー！　ローラ！　ロリータ！」今も聞こえるのは戸口から太陽の中へと叫んでいた私の声で、その叫びと内心を暴露するしわがれ声には、ドーム状の時間の音響効果により、不安と情熱と苦悩がたっぷり加わって、もし彼女が死んでいたとしても、そのナイロン製の屍衣《しい》のジッパーをこじ開ける道具となっただろう。ロリータ！　手入れがされた芝生のテラスのまんなかで、私はやっとロリータを見つけた——彼女は私がまだ着替えをしているあいだに飛び出したのだった。ああ、ロリータ！　そこで彼女は私とではなく、犬と遊んでいたのだ。そいつ（テリヤの一種）がなくしてはまた飛びつき、くわえなおしたのは、濡れた小さな赤いボールだった。そして前肢を使って弾力のある芝生ですばやい和音をかきならし、跳びはねながら去っていった。私は彼女がどこにいるのか知りたかっただけで、心臓がこんな状態では泳ぐこともできないが、どうなろうと知ったことか——すると彼女がいて、ローブ姿の私もいた——そこで私は呼ぶのをやめた。ところが突然、彼女がアズテク・レッドのビキニの水着姿であちらへこちらへと動きまわる、その動作のパターンの何かが心に引っかかった。彼女のはしゃぎぶりには、単なる喜びと言うだけではすまされない、恍惚感というか、狂気があったのだ。犬でさえ彼女の過剰な反応ぶりには不思議そうな顔をしていた。私は胸にそっと手を当てて、あたりを見まわしてみた。芝生の少しむこうにある青緑色のプールは、もはや芝生の先にあるのではなく、私の胸郭の内部にあり、私の臓器はニースの青い海に浮かぶ汚物のようにその中を泳いでいた。水泳客の一人がプールを離れ、孔雀色になった木々の影に半ば隠れて、じっと立ったまま、首にひっかけたタオルの両端を握り、琥珀色の目でロリータを追っていた。そこに立つ彼の姿は、陽光と影の迷彩をほどこされて変形し、己の裸体を仮面にかぶり、濡れた黒い髪あるいはその残りが丸い頭にへばりつき、小さな口髭は濡れた滲みとなり、胸毛は対称形のトロフィーのように広がり、臍はひくひくと脈打ち、毛深い太腿は燦めくしずくを垂らし、濡れてぴったりと貼りついた黒い水泳パンツは、でっぷりとした大きな下腹が持ち上げられ、逆向きになった獣性の上にまるで詰め物をした盾のようにかぶさっているあたりが、膨らんで生気ではちきれそうになっていた。その卵形をした胡桃色の顔を見ているると、どこかで見憶えがあると思ったのは、私の娘の表情を鏡に映したものがそこにあるからだと思いついた——至福の表情と顔のゆがみは同じだが、それが男の顔なのでおぞましいものになっているのだ。さらにわかったのは、我が子が彼に見つめられていることを知っていて、その淫らな視線を楽しみ、わざと嬉々としてふざけまわっていることだった、あの汚らわしくも愛くるしい娼婦め！　ボールに飛びついてつかみそこね、仰向けにひっくり返り、卑猥な若い脚を空中で狂ったようにばたばたさせている。私は自分が立っているところから彼女が興奮したときの麝香の香りを嗅ぎつけ、そして（いわば神聖なる嫌悪感で石と化して）目にしたのは、男が目を閉じて恐ろしいほどに小さくて歯並びのいい歯を剝き出しにしながら、無数の斑になったプリアーポスたちが震えている木にもたれる姿だった。すぐその後で、すばらしい変身が起こった。彼はもはやサテュロスではなく、とても人がよくて愚かなスイス人のいとこで、これまでに一度ならず名前を挙げたギュスターヴ・トラップになってしまったが、彼はよく「痛飲」（この食わせ者の大食いは、ビールに牛乳をまぜて飲む）の酔い覚ましに、重量挙げをする癖があった——湖岸でせっかく身体をぴったり覆う水着をつけていたのに、気軽に片肌脱ぎになって、よろけたりうなったりするのである。このトラップが遠くから私に気づいて、タオルで首筋をぬぐいながら、知らぬそぶりでプールへ戻っていった。そしてあたかも太陽がゲームをやめてどこかへ行ってしまったみたいに、ローは力が抜けて、テリヤが彼女の前に置いたボールに目もくれずにゆっくりと立ち上がった。我々が遊ぶのをやめることで犬がどれほど落胆するものか、誰にわかるだろう？　私は何かを言いかけ、それから痛烈な胸の痛みを覚えて草の上に座り込み、食べた憶えのまったくない茶色やら緑色やらを滝のように吐き出した。

　ロリータの目を見ると、その目はおびえているというよりはたくらんでいるようだった。親切な女性に対して、お父さんは発作を起こしたんですと彼女が言っているのが聞こえた。それから長いあいだ、私はラウンジチェアで横になって、たてつづけにジンを飲んだ。そして翌朝、元気を取り戻して運転を続けた（この話は後年になってどの医者も信じてくれなかった）。

22

エルフィンストーン[1]のシルヴァー・スパー・コートに予約してあった二部屋のキャビンは、気楽な最初の旅行の日々にロリータのお気に入りだった、つやつやの茶色に塗った松の丸太造りのやつだった。まったく、なんと事態は変化してしまったことか！　べつにトラップあるいはトラップたちの話をしているのではない。結局のところ――つまり、その……。結局のところ、紳士のみなさん、プリズムのように変化する車に乗った全員同一人物の探偵たちは、私の被害妄想の産物であり、偶然の一致とたまさかの類似に基づくイメージの反復にすぎないことが、明々白々になってきたのであります。「論理的になれ《スワヨン・ロジク》」と頭の中の生意気なフランス人の部分がはやしたてる――そして次には、ロリータ狂いのセールスマンとか喜劇から抜け出したギャングが手下を従え、私を追跡したり、一杯食わせたり、私と法律との奇妙な関係を逆手にとって大騒動を演じているのだという妄想を閉め出そうとするのである。私はパニックを鼻歌で追い払ったのを憶えている。「バーズレー」からの電話の種明かしを考えついたことすら憶えている。しかし、チャンピオンでの芝生の上で起こした痙攣をやりすごしたように、たとえトラップをやりすごせたとしても、我が蒸留器[2]によれば彼女がニンフェットでなくなり私を苦しめるのをやめるという、そんな新しい時代が今まさに始まろうとしているときに、ロリータがあまりにもじれったくなるほどに、あまりにも惨めな気持ちになるほどに、手の届かない愛しい存在になってしまったという苦悩だけは、如何ともしがたいのだ。

エルフィンストーンでは、さらにもう一つ、おぞましくてまったく余計な心配事が、腕によりを掛けて準備されていた。最後の行程のあいだ、ローは退屈そうでずっと黙り込んでいた——山道を二〇〇マイルほど、淡灰《たんかい》色の探偵たちやジグザグに走る有象無象たちに汚染されない道のりだった。有名な、奇妙な形をした、みごとなまでに赤みを帯びた岩が山並みの上に突き出し、気まぐれなショーガールが涅槃《ねはん》に向けて飛び立つ踏み台になった場所に、彼女は一瞥もくれようとはしなかった。町は新しく建てられたか建て直されたところで、標高七〇〇〇フィートの谷の平地にあった。ローがすぐ退屈してくれたら、カリフォルニアへと向かい、さらにメキシコ国境から、神話的な湾、サボテン砂漠、蜃気楼へと車を飛ばせるのに、そう私は願った。ご記憶のとおり、ホセ・リッザラベンガは[*3]カルメンを連れてアメリカ《エタズュニ》に逃亡する計画を立てていたのだ。私は中央アメリカのテニス大会でドロレス・ヘイズとカリフォルニアの女子学生チャンピオンたちが華やかに参加する姿を夢想してみた。思わずにっこりするようなこういう高いレベルの親善試合ツアーになると、パスポートとスポーツの区別は消滅してしまう。なぜ外国に行けば幸せになれるなんて考えたのだろう？　環境の変化というものは、悲運の恋、それに不治の肺がよりどころにする伝統的誤謬なのである。

　モーテルを経営するヘイズ夫人（綴りは違う）は、はきはきして、煉瓦色の顔にはき違えで赤い口紅を塗った、青い目の未亡人で、もしかしてスイスの方でいらっしゃいますか、妹がスイス人のスキー教師と結婚したものですから、とたずねた。ええ、ただしうちの娘はアイルランド人の血が半分混じっていますが。記帳すると、ヘイズは鍵ときらきらしたほほえみをくれて、まだ目をきらきらさせながら、駐車する場所を教えてくれた。ローは車から這い出して少し震えた。輝く夜の空気はたしかに肌を刺すほどだった。キャビンに入ると、すぐに彼女はトランプ台のところにある椅子に座り、曲げた腕に顔をうずめ、気分が悪いと言った。芝居だ、と私は思った、きっと芝居だ、抱かれたくないんだ。私は激しく愛に渇いていた。しかし愛撫しようとすると、彼女はいつになく憂鬱な声でうめきはじめた。ロリータが病気なんだ。ロリータが死にかけている。肌は燃えるように熱い！　体温を口のところで測ってやり、幸いにもメモに書き留めてあった計算式を調べて、意味不明な華氏を子供の頃から慣れ親しんだ摂氏にやっとのことで直してみると、熱は四〇・四度[*4]で、これならわかる。ヒステリーになった幼いニンフなら、とんでもない熱が出ることもあり、ときには致命的な数値も超えてしまうことがあるのはわかっていた。香料を加えた熱いワインを一口と、それからアスピリン二錠を与え、キスでもすれば熱は下がる、そう思っていたら、彼女の身体の宝石の一つである、かわいらしい喉彦《のどひこ》を調べてみると、それが真っ赤になっていたのだ。私は服を脱がせた。彼女の息はほろ苦かった。褐色の薔薇は血の味がした。彼女は頭から足の先まで震えていた。彼女は脊椎骨の上部がこっていて痛いと訴えた——そして私はアメリカ人の親なら誰でもそう考えるように、小児麻痺ではないかと思った。性交の望みはまったくあきらめて、私は彼女を膝掛けでくるみ、車の中に運び込んだ。その間、親切なヘイズ夫人は地元の医者に電話してくれた。

「ここでよかったですよ」と彼女は言った。それというのも、ブルーはこのあたりでいちばんの医者だし、それにエルフィンストーン病院は病室数こそ少ないものの、これ以上はないほど現代的だという。異性好みの魔王《エルケーニッヒ》[*5]に追跡され、必死に私は車を走らせ、低地の側に沈む荘厳な夕陽に目が眩みそうになり、道案内を務めたのは、ヘイズ夫人が貸してくれ、この後二度と会うことのなかった小柄な老女で、携帯用魔女というか、もしかすると魔王の娘かもしれなかった。ブルー先生はどう見ても学識が名声よりもはるかに劣っている医者で[*6]、これはウイルス感染ですよと言い、彼女が比較的最近にかかった流感のことを持ち出してみると、これはまた別の菌でして、そういう患者は四〇人くらい抱えてますから、と素っ気なく言った。それを聞いていると、昔の小説家たちが「悪寒」と書いて済ませたことを思い出した。ここでさりげなく苦笑しながら、うちの一五歳になる娘はボーイフレンドと一緒に厄介な垣根をよじのぼろうとして、それでちょっとした怪我をしてしまったんですよ、と言ってみようかとも思ったが、酔っていることがわかっていたので、必要になるまでその情報は取っておくことに決めた。[*7] にこりともしない助手の金髪女に、私は娘の年齢を「ほとんど一六歳」だと告げた。そして私の視線がそれているあいだに、我が子は連れ去られてしまったのだ！ このダサい病院の隅にある「ようこそ」と書かれたマットの上で一夜を過ごさせてくれと言ってみても無駄だった。構成主義風の階段を駆け上がり、我が恋人の跡をたどって、あまりべらべらしゃべらないほうがいいぞ、特に我々みんなもそうだがおまえの頭がぼうっとしてるなら、と言ってやろうとした。途中で、とても若くてとても生意気な、臀部が発達しすぎて黒い目をぎらぎらさせている看護婦（聞いたところでは、バスク人の子孫らしい）[*8]に対して、私はひどく無礼な態度を取った。この看護婦の父親はこちらに輸入されてきた羊飼いで、牧羊犬の調教師だった。とうとう私は車に戻り、何時間だか知らないがその中にいて、暗がりの中でうずくまり、新たな孤独に茫然として、口をぽかんとあけながら、芝生の多い一画にしゃがみ込んでいる真四角で背の低い病院の建物がぼんやりと照らしだされているのを眺め、さらには空を見上げて、淡彩で描かれた星を眺め、鋸《のこぎり》状になった銀色の高峰《オート・モンターニュ》を眺めたが、そこにはちょうど今、メアリー[*9]の父親である孤独なジョゼフ・ロアがオロロン、ラゴール、ローラス（とかなんとか《ク・セ・ジュ》！）で一夜を明かす夢を見ているのだろう――あるいは牝羊をものにする夢を。そんな香《かぐわ》しい野放図な夢想は激しいストレスのときにいつも慰めになってくれたし、かなり酔いはまわっていたものの、終わりなき宵にすっかり感覚が麻痺したころになって、ようやくモーテルまで車で戻ろうと思いついた。老女は姿を消していて、私は帰り道に自信がなかった。広い砂利道が眠そうな矩形の影を縦横に切り裂いていた。学校の運動場らしきところに絞首台のシルエットのように見えるものが浮かび上がっていた。

そしてまた先の荒地のような区画では、静寂のドームに包まれて、地元の宗派の礼拝堂が青白く立っていた。ようやく幹線道路を見つけ、それからモーテルに着くと、「満室」というネオンのまわりに虫の一種であるいわゆる「ミラー」が何万と群がっていた。そして午前三時に、ちょうど何かの粘着剤みたいに男の絶望感と疲労感を固定するのに役立つだけの、時間はずれの熱いシャワーを浴びてから、彼女のベッドで横になると栗や、薔薇や、ペパーミント、それに後になってから使うことを許可した、きわめて微妙で、きわめて特別なフランス製の香水の匂いがして、私はこの二年間で初めて、我がロリータと離ればなれになったのだという単純な事実をうまく呑み込めない自分に気づいた。そのとき突然閃いたのは、彼女の病気はある主題の展開ではないかということだ——つまり、旅のあいだ私を不思議がらせ悩ませていた、関連している印象の連なりと、同じ味わいと色合いを持っていたのである。秘密の工作員というか、秘密の恋人というか、悪戯者というか、妄想というか、何でもかまわないが、とにかくそいつが病院のあたりをうろつきまわっている姿を私は想像した——そして私の生まれ故郷のラヴェンダー摘みが言うように、暁の女神がまだ「手をあたため」ないときに、私はまたその地下牢にもぐり込もうとしていて、朝食もなし、便通もなしという状態で、必死になって緑のドアを叩いていた。

その日は火曜で、水曜か木曜には、「血清」（海象《せいうち》の精液《せいえき》か駝鳥《だちょう》の唾液《だえき》）*[10]に対する反応がさすがに可愛い子らしくすばらしくて、彼女はずっと良くなり、後二日もすれば「すたすた歩ける」ようになりますよと医者が言った。*[11]

八回見舞いに行った中で、最後の訪問だけが記憶にくっきりと刻まれている。見舞いに行くのは大変なことで、なぜかと言えば、そのときには私も感染して、すっかり脱力した状態になっていたからだ。あの花束や、あの愛の荷物とも言うべき、わざわざ六〇マイルも遠くまで買いに行った本

（『ブラウニング戯曲集』『ダンスの歴史』『道化と恋人』『ロシア・バレエ』『ロッキー山脈の花々』『シアター・ギルド選集』『テニス』――その著者のヘレン・ウィルズは一五歳で全米選手権ジュニアの部の女子シングルスを制覇した）を運ぶのにどれだけ苦労したか、きっと誰にもわからないだろう。一日一三ドルもする個室部屋のドアによろめきながらたどりつくと、私に対する嫌悪を隠しもしない、生意気な若い非常勤看護婦のメアリー・ロアが、食べ終わった朝食のトレイを持って現れ、それをドシンと廊下の椅子に置き、尻を揺すりながら、また部屋にさっと戻った――おそらくかわいそうなドロレスに、がみがみ親父がゴム底靴を履いて、本と花束を手にしてこそこそやってきたわよと告げ口するつもりなのだろう。花束のほうは、私が手袋をはめた手で、明け方の山道で摘んだ、野花や美しい葉を集めてあった（あの運命の週に、私はほとんど一睡もしていなかった）。

　我がカルメンシータにはちゃんと食べさせてくれたのかな？　私はぼんやりとトレイに目をやった。黄身で汚れた皿には、皺だらけになった封筒があった。片方の端がちぎれているので、中には何か入っていたはずだが、住所は何も書かれていない――何もなくて、ただ偽物くさい紋章に〈ポンデローサ・ロッジ〉と緑の字で書いてあるだけだ。そこで私はまた飛び出してきたメアリーと十字交差《シャッセ・クロワゼ》して体を入れ替えた――すばやく動くくせに何も仕事はしないんだな、こういう尻のでかい若い看護婦は。私が皺をのばして戻しておいた封筒を彼女はじろりとにらんだ。

「手を触れないほうがいいわよ」と彼女は頭で封筒を指しながらうなずいた。「指がやけどするから」

　これに言い返すほど落ちぶれてはいない。私はただこう言った。

「勘定書かと思ったよ《ジュ・クロワイエ・ク・セテ・タン・ピル》――恋文じゃなくて《バ・アン・ピエ・ドゥ》」。それから、日当たりのいい部屋に入って、ロリータに「やあ、おはよう《ボンジュール、モン・プティ》」

「ドロレス」とメアリー・ロアが私と一緒に入ってきて、私を追い越し、私を通り抜けて、この太った娼婦め、そして瞬きしながら、そして瞬きするあいだに白いフランネルの毛布をひどくあわててたたみはじめながら言った。「ドロレス、あんたのパピイはあんたがあたしのボーイフレンドから手紙もらってると思ってるのよ。あたしに来た手紙なのに（すました顔で身につけている小さな金めっきの十字架を叩きながら）。それにあたしのパピイも、あんたのパピイくらいはフランス語がしゃべれる《パーレイヴー》のよ」

　彼女は部屋を出て行った。[*12] ドロレスは、薔薇色と褐色に輝き、口紅を塗ったばかりで、髪はぴかぴかにブラシがかけられ、両腕は剝き出しになってこざっぱりした小掛布の上にまっすぐ置かれ、その表情は私か虚空に向かって無邪気に笑いかけていた。サイドテーブルの上では、紙ナプキンと鉛筆の隣に置かれた、彼女のトパーズの指輪が陽光の中で燃えていた。

「気味が悪いわね、まるでお葬式の花みたいじゃないの」と彼女が言った。「でもありがとう。フランス語はいい加減にしてくんない？　みんな嫌がってるし」

　いつものあわただしさでまた生意気な若い娘が戻ってきて、小便とニンニクの臭いをただよわせ、《デザレット・ニュース》を差し出すと、美しい患者は喜んで受け取り、私が買ってきた豪華な挿絵入りの本を無視した。

「うちの姉のアンは」とメアリーが言った（後知恵で情報の仕上げをして）。「ポンデローサのところで働いてんの」

　哀れな青髭《あおひげ》。あの残酷な兄弟たち。おまえはもう私を愛していないのか《エス・ク・チュ・ヌ・メーム・プリュ》、我がカルメンよ？　愛したことなんて一度もなかった。その瞬間、私は我が愛が相変わらず絶望的なのを知った――そしてさらに、二人の女の子はぐるになっていて、私の絶望的な愛を挫こうと、バスク語かゼムフィーラ語で策略を練っていることも知った。さらに一歩進めて言うならば、ローには裏表があって、センチメンタルなメアリーも騙し、残酷で憂鬱な私とではなく遊び好きの若い叔父と一緒に暮らしたいとでも話していたのだろう。そして最後まで名前がわからなかったもう一人の看護婦や、寝台や棺をエレベーターに運び込む仕事をしている村の白痴、そして待合室に置かれた鳥籠の中の愚かしい緑色のインコ――すべてが陰謀に、それもあさましい陰謀に加わっていたのだ。喜劇の父親役として出てきそうなフンベルトルディ教授が、ドロレスと父親代理のずんぐりむっくりしたロメオ(というのも、君はかなり肥えているからな、ロム、あれだけ「麻薬《スノー》」やら「酒《ジョイ・ジュース》」をやっているくせに)とのロマンスを邪魔しようとしている、とでもメアリーは思っているのだろう。

　喉が痛くなった。私は窓際で唾を飲み込みながら、山並や、にこにこして陰謀を練っている空に聳え立つロマンチックな岩を見つめた。

「カルメン」と私は言った(ときどき彼女をそう呼んでいたのだ)。「おまえが起きられるようになったら、すぐにこの乾きあがってひりひりする喉みたいな町から出て行こう」

「ついでに言っとくけど、あたしの服ぜんぶ持ってきて」と、膝を抱えてページをめくりながらジプシー娘が言った。

「本当に」と私は続けた。「こんなところに泊まっていても意味がないからな」

「どこに泊まっていても意味がないわ」とロリータが言った。

　私は花柄の肘掛け椅子に身体を沈め、魅力的な植物図鑑を開いて、熱がハミングする部屋の静けさの中で、摘んだ花の名前を調べようとした。それは無理だった。やがて音楽的なベルの音が廊下のどこかからかすかに聞こえてきた。

　あの見かけ倒しの病院には一〇人余りしか患者がいなかったのではないかと思うし(三、四人は頭がおかしいと前にローがあっけらかんと教えてくれていた）、それに職員たちも暇そうにしていた。ところが（やはりそれも外聞のために）規則は厳しかったのだ。私がいつも面会時間以外のときに来ていたことも事実である。夢のような悪意《マリス》を発散して、夢想癖のあるメアリーは（きっと次に、ロアリング峡谷[*13]に死体となって浮かぶのは青ずくめの美女《ユヌ・ベル・ダム・トゥット・アン・ブルー》だろう）、私の袖を引っぱって部屋から連れ出した。彼女の手を見たら、その手が下ろされた。私が出て行こうと、自発的に出て行こうとすると、ドロレス・ヘイズが翌朝ちゃんと持ってきてねと念を押した。持ってきてほしいいろんなものがどこにあるかは憶えていないと言う。「お願いよ」と彼女は叫んだ（もう視界から消えて、ドアが動きかけ、閉じかけて、閉じた）。「新しいグレイのスーツケースと、ママのトランクも」。しかし翌朝、私はがたがた震えて、酒をあおり、彼女がほんの数分使ったモーテルのベッドで瀕死の状態になり、輪が拡がっていくようなこの状況ではできることと言えば、未亡人の情夫である屈強で親切なトラック運転手に両方のスーツケースを預けて送ってもらうことしかなかった。私はローが宝物をメアリーに見せびらかすところを想像した。疑いなく、私は少しばかり錯乱していた——そして翌日、まだ震えていて形にならない状態で、その証拠には、バスルームの窓から隣の芝生を眺めたら、ドリーの美しく若い自転車がそこの支柱に立てかけてあり、優美な前輪がいつものように私から顔をそらしていて、サドルに雀が一羽とまっているのを見たのだ——ところがそれは女主人の自転車で、弱々しい笑みを浮かべ、哀れな頭をふって愛おしい記憶を払いのけながら、私はよろよろとベッドに戻り、聖人のように静かに横になって——[*14]

　聖人だなんて、聞いて呆れる！　一方、小麦色のドロレスは
日当たりのいい緑の芝生の上で

サンチーチャと一緒に
映画雑誌の記事を読んでいる――

――その映画雑誌はロリータが泊まったどこのモーテルにもころがっていた無数の見本から拝借したもので、そのあいだじゅう鳴り響いていた爆竹や本物の爆弾から判断すると、どうも町では全国的な祝賀行事が行われているらしく、そして午後二時五分前には私のキャビンの半開きになったドアのそばで口笛を吹く音が聞こえ、それからノックの音がした。

大男のフランクだった。彼は開いたドアの枠に収まったまま、片手を脇柱にかけ、少し身体を乗り出していた。

よう。看護婦のロアから電話だ。元気になったかどうか、それと今日は病院に来るかって。

二〇歩離れていると、フランクは健康そのものの大男に見えたものだ。ところが今みたいに五歩しか離れていないと、赤みを帯びた傷跡のモザイクに見える――海外の戦地で[*15]壁もろとも吹き飛ばされたそうだ。しかし、なんとも形容しがたい負傷にもかかわらず、彼は大きなトラックを運転し、魚を釣ったり狩りをしたり酒を飲んだり、道端の女性たちとよろしくやったりできるのである。その日は、盛大な祝日だったからか、それとも単に病人の気晴らしにと思ったからか、彼はいつも左手(戸口の脇に押し当てていたほうの手)にはめている手袋を脱いでいて、すっかり魅了された病人に、四番目と五番目の指がまったく欠けているばかりか、朱色の乳首と藍色のデルタをした裸の女の刺青《いれずみ》がその手の甲に彫ってあるところまで見せてくれて、人差し指と中指が女の脚代わりで、手首には花の冠をした頭が描かれていた。いやあ、まったくおみごと……木の柱にもたれている姿は、まるで悪戯っぽい妖精のようだった。

私は彼に、今日は一日中ベッドにいるから、もしポリネシア人にでもなったような気分になれば、うちの娘に明日連絡するとメアリー・ロアに伝えておいてくれと言った。[*16]

彼は私の視線の方向に気づいて、女の右尻を艶めかしくくねらせた。

「わっかりやした」と大男フランクが声を出し、柱をばしんと叩いて、口笛を吹きながら伝言とともに去っていき、私はまた飲みつづけ、朝までには熱が下がって、まだ蛙のようにぐったりとなってはいたが、薄黄色のパジャマの上に紫のガウンをひっかけ、事務所まで歩いていって電話を借りた。万事は順調だった。明るい声が電話に出て、ええ、万事順調ですよ、娘さんは昨日退院されました、二時ごろに、叔父さんのギュスターヴさんがコッカースパニエルの子犬を連れてお見えになって、みんなにほほえみをふりまき、車は黒いキャディ・ラックで、ドリーの入院費を現金で支払って、心配することはないから、あたたかくしているように、かねてからの手筈どおりにおじいちゃんの牧場に行っている、と連絡しておいてくれとのことでした、と言った。

エルフィンストーンはとてもかわいい小さな町だったし、[*17]今でもそのままであってほしい。そこは全景模型のように広がっていて、形の整った緑のウールのような木々や赤い屋根の家々が谷間に散らばり、すでに触れたように、モデルスクールに寺院、そして広い矩形の区画があり、そのうちには、実に奇妙なことに、あまり見かけない牧草地として使われているだけのものもあって、七月初旬の朝靄の中で騾馬か一角獣が草をはんでいるのである。とても愉快だったのは、砂利が苦しげにきしむ急カーブで私は駐車していた車をかすってしまい、遠望的には自分に対して、そして願望的には身ぶり手ぶりでわめきたてている車の持ち主に対して以心伝心で、きっとまた後で戻ってくるから、住所はニューバード州バードのバード校だと言い残し、ジンのおかげでまだ我が心臓は止まらずにいてくれたが頭のほうはぼやけて、夢のシークエンスにつきものの中断やら空白を経てから、気がつくと私は受付にいて、医者に殴りかかろうとして、椅子の下に隠れた職員たちに吠えたて、メアリーを出せとどなると運のいいことに彼女はいなかった。荒々しい手が私のガウンをつかみ、ポケットを引きちぎり、いつのまにか私は褐色の頭をした禿の患者の上に座り込んでいて、それをブルー先生だと思いこんでいたらしく、そのうちに患者も立ち上がり、とんでもない訛りでこう言った。「どっちの頭がおかしいか、おたずねしたいものだよ」――そのとき、にこりともしない痩せた看護婦が手渡してくれたのは、実に美しい七冊の本と、きれいにたたんだタータンの膝掛けで、受け取りを書けと言う。そして突然あたりが静かになって、よく見れば玄関に警官がいて、先ほどの車の持ち主がその警官に私を指さし、やむをえず私はまさしく象徴的な受け取りにおずおずと署名して、我がロリータをこの猿どもに引き渡してしまったのだ。しかし他にどうすることができただろうか？　頭の中に一つだけくっきりと突出していたのは、単純な「当面の自由こそすべて」という思いだった。ここで一手でも悪手を指せば、生涯にわたる犯罪を弁明させられるはめになるやもしれぬ。そこで私は夢からさめたようなふりをした。車の持ち主には、むこうの言うままに弁償金を支払った。そのときには私の手をさすりつづけていたブルー先生に対しては、涙ながらに、厄介だが必ずしも病気とは言えない心臓の助けになればと思って、あまりにも酒を飲み過ぎたと告白した。病院全体に対しては、ほとんどひっくり返りそうなくらい大げさに謝ってから、ハンバート一族の他の人間とはあまり仲がうまく行っていないと言い添えた。私自身に対しては、まだ拳銃も持っているし、まだ自由の身だから、と小声で言い聞かせた――逃亡者を追うのも、我が兄弟を抹殺するのも自由なのだと。

23

私の推理では、赤い悪魔が初めて登場する予定になっていたカスビームから、独立記念日のおよそ一週間前に私たちが到着した運命のエルフィンストーンまでは、一〇〇〇マイルにも及ぶ絹のようになめらかな道のりが続いていた。その旅で六月のほとんどがつぶれたのは、旅行日に一五〇マイル以上進むことが稀だったからで、他のときはいろんな宿泊地で長くて五日過ごし、そのどこもあらかじめ泊まると決めてあったに違いない。とすれば、悪魔の足跡を追うにはその道のりを調べろということになる。そこで私は、エルフィンストーン周辺に冷酷にも放射状に広がっている道を右往左往して、口に出せないような日々を数日送った後で、その調査に全力を注いだ。

　読者よ想像してみてほしい、この内気な私、見せびらかすのが嫌いで、生まれつき礼儀《コム・イル・フォー》をわきまえたこの私が、気も狂わんばかりの悲しみを押し隠し、震えながら愛想笑いを浮かべ、ホテルの宿泊台帳をぱらぱらとめくるさりげない口実を思いつこうとしている姿を想像してみてほしい。「いや」と私は言ったりする。「たしかここに一度泊まったことがあるはずなんですよ。ちょっと見せてください、六月中旬の記録を——ありませんね、やっぱり勘違いでしたか——それにしても出身地がマターミッケとは珍しい地名ですな[*1]。どうもありがとう」。あるいは「私の顧客がここに泊まっていたことがありまして——その人の住所を書いたのをなくしちゃったんですよ——かまいませんか……?」そしてたまには、そこの経営者があるタイプの陰気な男だったりすると、台帳の個人的な閲覧を断られることもあった。

今ここにメモがある。七月五日から、私が数日ビアズレーに戻った一一月一八日までのあいだに、私が記帳したホテル、モーテル、民宿の数は、実際に宿泊しなかったところも含めて三四二軒だった。この数字には、チェスナットとビアズレー[*2]間での記帳も数回含まれていて、そのうちの一度には悪魔の影がちらりとうかがえた（N・ペティット、ラルース、イリノイ州[*3]）。怪しまれないように、私は調査の場所と時間を慎重に選ばなければならなかった。ただ受付で訊ねただけのことも五〇カ所はあったに違いないが、そういう調べ方は役に立たないものだし、要りもしない部屋の料金をまず払って、もっともらしさとやましさのなさの土台を築きあげるほうが私の流儀に叶っていた。調査の結果、点検した台帳約三〇〇のうち、少なくとも二〇には手がかりが発見された。徘徊する悪魔が宿泊した回数は私たちよりも多いほどで、そうでなければ（それくらいはやりかねない相手なのだ）、人をばかにしたようなヒントをふんだんに提供する目的で、余分な記帳を付け加えたことになる。私たちと同じモーテルに実際に泊まっていたのはたった一度だけで、ロリータの枕元から数歩先のところにいたのだった。同じか隣の区画に宿をとっていたこともある。前もって決めてあった二地点の中間で待ち伏せしていたことも稀ではなかった。私は鮮明に記憶していたが、ビアズレーを出発する直前、ロリータは休憩室の敷物に寝そべって旅行ガイドブックや地図を調べ、コースや停まる場所に口紅でしるしをつけていたのだ！

相手はこちらが調査することを予測していて、私のためにわざと侮辱的な偽名をばらまいておいたのを、私もすぐに気づいた。最初に訪れたモーテル〈ポンデローサ・ロッジ〉の受付でいきなり、明らかにまともな人間の名前十余りに混じって、相手はこう署名していた。「グラシアーノ・フォーブソン博士、ミランドーラ、ニューヨーク州」。もちろん、この名前がイタリア喜劇と関係があることくらい、私が思いつかないわけがない[*4]。女主人が快く教えてくれたところでは、問題の紳士はひどい風邪で五日寝込み、車はガレージかどこかに修理に出してあって、七月四日にチェックアウトしたということだった。たしかに、アン・ロアという女性が以前このロッジで働いていたが、今ではシーダー・シティの食料雑貨商と結婚しているという。ある月明かりの夜、私は誰もいない通りで白い靴を履いているメアリーを呼びとめた。自動人形さながらの彼女は悲鳴をあげようとしたが、私はひざまずき、神に祈るような声で助けてくれと懇願するという単純な手段で、なんとか彼女を人間にすることができた。なんにも知らないわ、本当よ、と彼女は言った。このグラシアーノ・フォーブソンというのはいったい何者なんだ？　彼女はどうしようか迷っている様子だった。そこで私は一〇〇ドル札をさっと取り出した。彼女はそれを月明かりに照らした。「あなたの兄弟よ」と彼女はやっと小声で言った。私は月のように冷たい手から紙幣をひったくり、フランス語の呪詛を吐き、ふりむいて走り去った。頼れるのは自分だけ、これが得た教訓だった。トラップが私の思考や方法に合わせて埋め込んだ手がかりを、発見できる探偵などいない。言うまでもなく、本当の名前と住所を残していることなんか、期待できるわけがない。ただし、相手が仕組んだ巧妙な上塗りに自分で転び、たとえば、必要最低限以上にもっと豊かで個人的な色を一点書き込んでしまったりとか、ほとんど何も明らかにしない量的な部分部分の総和が質的に余りにも多くを明らかにしてしまうような事態は期待した。相手がたしかに成功したことが一つある。苦悩にのたうちまわる私を、悪魔のようなゲームにすっかり巻き込んでしまうことに成功したのである。底知れぬ技量で、[*5]彼はふらふらとよろめいたかと思うと、またありえないバランスを取り戻し、いつも戯れの希望（背信、激怒、孤独、恐怖、憎悪を語るのにこんな言葉を使えるならの話）を持たせるのだ、次にはひょっとしたら正体を暴露するのではないかと。そんなことは一度もなかった——ただ、あと一歩というところまで来たことはあったが。天花粉をまぶしたような光の中、スパンコールをまとったアクロバットが、ぴんと張ったロープを細心の注意で渡る、その古典的な優雅さに我々はみな見とれてしまうものである。しかし、かかしの恰好をしてグロテスクな酔っぱらいのまねをしながら、たわんだ綱をよろよろと渡る曲芸師のほうが、はるかに例のない芸術なのだ！　この私にはそれがわかるのである。

残された手がかりで、彼が何者かをつきとめることはできなかったが、それは彼の個性というか、少なくとも一貫した顕著な個性のようなものを浮かび上がらせていた。ジャンル、ユーモア（とにかく最良のとき）のタイプ、脳の波長は、私と似ている。彼は私の物まねをして物笑いにした。言及癖ははっきりハイブロウ。読書家。フランス語ができる。造語と謎語に堪能。性の民俗誌愛好家。筆跡は女性的。名前を変えることはあっても、どれほど傾いた字体で書こうが、独特のtやwやl[*6]の筆跡はごまかしようがない。よく用いられる住所の一つがケルクパール島。万年筆を使わないという事実は、どんな精神分析学者でも解説してくれるとおりに、この患者が抑圧されたウンディーヌ嗜好症であることを証明している。三途の川にも水の妖精がいることを願わずにはいられない。

彼の主な特徴は、じらすのが大好きだという点である。まったく、こいつはなんてズルだったことか！　彼は私の学識に挑戦してきた。私は、自分には知らないことがあると控えめに言える程度には、多少ものを知っていることを自慢に思える人間である。だから、この暗号の追いかけっこで、何か見逃していたものがあると言ってもかまわない。ホテルの台帳に記載された、ごくありきたりの罪のない名前の中で、悪魔のような謎々が私の顔に向かって浴びせられると、私はどんなに勝利感と嫌悪感でかよわい身体を震わせたことか！　いくら私のような練達の解答者を向こうにまわしているとはいえ、謎かけが凝りすぎたと感じたときは必ず、次には易しいものを出してまた気を引こうとしているのが見て取れた。「アルセーヌ・ルパン」という名は、若い頃読んだ探偵小説を記憶しているフランス人にとっては明白である。そして、コールリッジの愛読者ではなくても、「A・パーソン、ポーロック、英国」という陳腐な洒落一発くらいはわかるものだ。[*7] 悪趣味ではあるが基本的に教養人（警官でもなく、ありふれたごろつきでもなく、卑猥なセールスマンでもない）を想わせるのは、「アーサー・レインボー」（『青い船《ル・バトー・ブルー》』の著者をもじったものであることは明白——みなさん、私にもちょっと笑わせてください）、そして『酔いどれ鳥《ロワゾー・イーヴル》』で有名な「モリス・シュメッテルリンク」（読者よ、おわかりかな《トゥーシェ》）といった偽名だった。ばかばかしいが笑える「D・オルゴン、エルマイラ、ニューヨーク州」はもちろんモリエールからの拝借だし、つい最近ロリータに、ある有名な一八世紀演劇作品について関心を持たせようとしたところだったので、「ハリー・バンパー、シェリダン、ワイオミング州」も昔なじみとして歓迎した。奇怪に見える「フィニアス・クィンピー、レバノン、ニューハンプシャー州」が何者かは、普通の百科事典を引いてわかった。[*8] ドイツ系の名前を持ち、宗教儀式上の売春行為に関心を有するフロイト派の学者なら誰でも、「キツラー博士、エリクス、ミシシッピ州」にどんな裏の意味があるか、一目で見破れるだろう。ここまではまあよろしい。その手のお楽しみは安直ではあっても、だいたいのところ個人攻撃ではないから人畜無害である。間違いなく手がかりだとして私の注意を惹きはしたものの、微妙な点がよくわからない記載から、あまり多くをここで挙げる気になれないのは、言葉の幻影が本物の旅行者へと化けてしまう中間領域で、霧の中を手探りしているような気分だからだ。「ジョニー・ランダル、ランブル、オハイオ州」[*9]とは何者か？ もしかするとこの男は、「N・S・アリストフ、カタジェラ、ニューヨーク州」とたまたま筆跡が似ている本物の人間なのか？「カタジェラ」のどこに棘があるのだろう？ それから「ジェイムズ・メイヴァー・モレル、ホウクストン、[*10]英国」はどうか？「アリストファネス」、「ホウクス」——なるほどうまいものだが、私は何か見落としていないだろうか？

こうした匿名すべてに流れている一つの旋律があって、それに出会うたびに私はとりわけ痛烈な動悸をおぼえたものだ。「G・トラップ、ジュネーブ、ニューヨーク州」というような記載は、ロリータが裏切ったしるしだ。「オーブリー・ビアズレー、ケルクパール島」[*11]は、歪曲された電話での伝言よりももっと明晰に、すべての出発点は東部のどこかにあることを示唆していた。「ルーカス・ピカドール、メリーメイ、ペンシルヴァニア州」[*12]は、我がカルメンが私のつけた哀れな愛称を詐欺師に漏らしたことをほのめかしていた。真にもって残酷きわまりないのは「ウィル・ブラウン、ドロレス、コロラド州」だった。[*13]陰惨な「ハロルド・ヘイズ、トゥームストーン、[*14]アリゾナ州」（時が違えば、これは私のユーモア感覚に訴えたことだろう）はロリータの過去をよく知っていることをほのめかしていて、まるで悪夢のように、私は一瞬、この宿敵が一家と古くからのつきあいで、もしかするとシャーロットがかつて熱を上げた相手か、あるいは諸悪を是正する人間[*15]（「ドナルド・クィックス、[*16]シエラ、ネヴァダ州」）なのかもしれないと思ったくらいだ。しかし、いちばんぐさりと胸に刺さったのは、チェスナット・ロッジ[*17]の台帳に記載されたアナグラム[*18]の「テッド・ハンター、ケイン、ニューハンプシャー州[*19]」だった。

こうしたパーソンやらオルゴンやらモレルやらトラップ[*20]たちが残していったプレートナンバーは無茶苦茶なものになっていて、宿泊客の車がちゃんと登録されているかどうか、モーテルの管理者が点検するのを怠ったことしかわからなかった。ウェイスからエルフィンストーンまでの間で、悪魔がごく短い道のりを行くのに借りた車についての（不完全か、不正確に記入された）言及は、もちろん役に立たない。最初のアズテクのナンバーは、たえず形を変える数字の陽炎で、いくつかは置き換わり、他のは変えられたり省かれたりしていたが、それでも関連しあった配列になっていて

（たとえば、「ＷＳ１５６４」とか「ＳＨ１６１６」とか「Ｑ３２８８８」とか「ＣＵ８８３２２」[*21]といった具合に）、きわめて巧妙にできているので、その共約数がけっして明らかにならないのだった。

ひょっとすると、彼はそのコンヴァーティブルをウェイスで共犯者に譲り渡し、乗継自動車方式に切り換えて、その後を引き継いだ連中があまり注意を払わずに、ホテルの受付でこういう関連しあった数字のパターンを記入したのかもしれない、そんなことを私は思いついた。しかし、悪魔がきっとたどったはずの道筋に沿って探すのが、これくらい複雑で、漠然として、無益なことだとするなら、知らない道筋に沿って車で旅をしている知らない男を追跡したところで、いったい何が期待できるというのだろう？

24

ビアズレーに着いた頃には、今延々と述べてきたような敵の道筋を苦しみながらふたたびたどる過程で、私の頭の中には完全なイメージができていた。そして消去法（つねにリスクを伴う）により、このイメージを病んだ頭脳と霞んだ記憶が見つけうる唯一の具体的な源へと還元した。

リガー・モーティス（と生徒たちは仇名を付けている）師と選択科目のドイツ語およびラテン語[*1]を教えている老紳士を除いては、ビアズレー校には男性の専任教師はいない。ところが二度ばかり、[*2]ビアズレー大学の美術の講師がやってきて、女子生徒たちにフランスの城や一九世紀絵画を幻灯機風のスライド写真で見せたことがある。私もその映写と講演の会に行きたかったのに、いつものようにドリーは来るな、絶対だめ、と言った。私はガストンがその講師のことをすばらしい青年《ギャルソン》だと言っていたのも思い出した。しかしそれだけなのである。いくら聞き出そうとしても、記憶はこの城愛好家の名前をどうしても教えてくれなかった。

処刑執行と決められた日に、私はみぞれが降るなかキャンパスを抜けて、ビアズレー大学のメイカー・ホールの受付に行った。そこで知ったのは、その講師の名前はリッグスで（牧師の名前に似ている）、独身であり、一〇分もすれば授業をしている「博物館」から出てくるということだった。講堂につながる廊下で、私はセシリア・ダルリンプル・ランブル寄贈の大理石のベンチみたいなものに腰を下ろした。前立腺の不快感と、二日酔いと、睡眠不足に悩まされ、レインコートのポケットにある拳銃を握りしめたままそこで待っていると、私は頭がおかしくなって、これから何かばかなまねをしでかしそうだという気が突然した。アルバート・リッグス助教授がロリータをビアズレーの自宅プリチャード・ロード二四番地[*3]にかくまっているという可能性は、万に一つもない。彼があの悪党であるはずがない。まったくありえない話だ。私は時間も正気も失っているのだ。あいつと彼女はここではなくカリフォルニアにいるのだ。

まもなくして、私は何か白い彫像のむこうでぼんやりとしたざわめきが起こっているのに気がついた。ドア（私が見つめていたドアではない）がさっと開いて、女子学生の群れの中で、禿げかけた頭と二つのきらきらした茶色の目がひょこひょこと上下しながら、こちらへやってきた。[*4] まったく見憶えのない男だが、ビアズレー校のガーデンパーティで会ったことがあると言う。テニスをやっている、すてきなお嬢さんはどうなさってます？ まだ授業がありますので。またの機会に。

正体をつきとめようとするもう一つの試みは、これほど速くは決着がつかなかった。ローが読んでいた雑誌の広告を通じて、私は元ボクサーの私立探偵に思い切って連絡を取り、悪魔が用いる手段がどういうものかを多少知ってもらうだけのつもりで、私が集めた名前や住所を教えてやった。彼は手付けとして相当の金額を要求し、そして二年間も[*5]（読者よ、二年間もですぞ！）あのボンクラはその無意味なデータを調査することに精を出していた。金銭関係を断ち切ってかなりになってから、彼はある日姿を見せて、勝ち誇ったように、ビル・ブラウン[*6]という八〇歳のインディアンがコロラド州[*7]ドロレスの近郊に住んでいるという情報を提供したのである。

25

本書はロリータの物語である。そして（もう一人の内燃機関による殉教者に行く手を阻まれなければ）「消え去ったドロレス《ドロレス・ディスパリュ》」と呼べそうな部分までたどりついたので、それに続く空虚な三年間[*1]を分析したところでさほど意味はないだろう。もちろん主題に関係した点はいくつか記さなくてはならないにしても、私が伝えたいと願っている全体的な印象は、人生が全速力で飛行中に側面のドアが音をたてて開くと、黒い時間が轟音をあげてなだれ込み、その突風で孤独な被災者の叫び声がかき消されるといったものである。

不思議なことに、私はロリータを記憶していたそのままの姿で夢見たことはめったになかった——つまり、黒昼夢や眠れぬ夜に、たえず取り憑かれたように意識の中で彼女を見ていたそのままの姿では。もっと正確に述べよう。彼女はたしかに夢の中に再三再四現れたが、そのときの彼女は奇妙でばかげた変装をしていて、たとえばヴァレリアやシャーロットになったり、あるいはその合いの子になったりしたのだ。その複合的亡霊[*2]が私の前に現れて、憂鬱と嫌悪があふれた雰囲気の中で一枚ずつ着ているものを脱ぎ、何か狭い板か産科医の診察台のようなものに身体を横たえて大儀そうに誘い、肉体はまるでサッカーボールの内袋についたゴムのバルブのように割れているのだった。気がつくと、私は入れ歯を壊してしまったか取り戻しようのない場所に置き忘れたかしたまま、おぞましい家具付きの部屋《シャンブル・ガルニ》の中にいて、そこで退屈な生体解剖パーティの客になり、それはたいていシャーロットかヴァレリアが出血している私の腕の中に顔をうずめて泣き、兄のような私の唇で口づけされる場面で終わりになるが、それは競売に付されるウィーンのがらくたや、憐れみや、勃起不能や、ちょうどガス室送りになったばかりの悲劇的な女性の茶色のかつらといったものが、渾然となった夢なのだ。

　ある日私はたまっていた一〇代向け雑誌を車から運び出して廃棄した。どういうものかはご存知だろう。本質は石器時代の産物。衛生面では当世風、あるいは少なくともミュケーナイ期だ。きわめて成熟した美人女優で、とてつもない睫毛にふっくらした赤い下唇の女が、シャンプーをすすめている。宣伝と伝染。若い女子学生は襞のたくさんあるスカートがお好き――遠い昔《ク・セテ・ロワン》だ、何もかも《トゥ・スラ》！　お客様用[*3]のガウンを揃えておくのは主婦としてあなたのつとめです。関係のない話をこまごまするると会話が引き立ちません。みなさんもこんな女の人知ってますよね――会社のパーティで顔の角質をほじくっている人。年配か大物でなければ、男性は女性と握手する前に手袋を脱ぐものです。新製品タミー・フラットナーを着けて、ロマンスをあなたのものに。ウェストを細く、ヒップを小さく。映画界のトリスタンと三人の女たち。イエスサー！　ジョーとロー[*4]結婚の謎でおしゃべり雀はおおあわて。安くすばやくあなたを魅力たっぷりに。コミックス。悪い女の子は黒髪、でぶの父親は葉巻。いい女の子は赤毛、ハンサムなダディは手入れした口髭。あるいは大男のトンマヒヒとその妻のガキドワイフが出てくる気分の悪くなるような漫画。そして私は君に才能を《エ・モア・キ・トフレ・》捧げたの《モン・ジェニ》だ。……私は彼女がまだ子供の頃によく書いてやった、魅力的なナンセンス詩を思い出した。「ナンセンスってまさしくそのとおりだわ」と彼女はばかにしたみたいによく言ったものだ。

兎はゴルフでうさばらし
種馬は手品でたねばらす。
蜂鳥はロケットで飛んでいて鉢合わせ
蛇はポケットがやぶれてとんだ藪蛇。

他の持ち物は捨てるに忍びなかった。一九四九年の終わり頃まで、私が大切にしてかわいがり、キスと雄人魚の涙で濡らしたのは、古いスニーカー一足、彼女が着ていた男物のシャツ、トランクの中から見つけた古いジーンズ、くしゃくしゃになった制帽といった豪華な宝物である。そして、気が狂いかけているとわかったとき、私はこうしたさまざまな所持品を集め、それにビアズレーに保管してあったもの（書籍一箱、彼女の自転車、古いコート、オーバーシューズ）を加え、彼女の一五歳の誕生日にカナダ国境にある風の強い湖に面した孤児院の女の子たちに、匿名の人物からの贈物として一括郵送した。

もし強力な催眠術師に診てもらったとしたら、過去に何を求めればいいかわかっている今の私の目に映るよりもさらにはっきりとした形で、私が本書で縫い合わせてきた偶然の記憶を抽出して論理的なパターンに配列してくれたかもしれない。しかしその当時、私は自分が現実と乖離しているだけだと感じていたのである。そしてその冬の残りと続く春の大半を、前にも入院したことがあるケベックの療養所で過ごしてから、私はまずニューヨークでの仕事を片づけ、それからカリフォルニアに移って徹底的な調査をすることに決めた。
療養中に書いた詩をここでお見せしよう。

お尋ね者　ドロレス・ヘイズ。
髪　茶色。唇　赤。
年齢　五三〇〇日。
職業　未来のスタアか。

どこに隠れてるんだ、ドロレス・ヘイズ？
手がかりになる足どりもなく。
（ぼくは言葉も朦朧《もうろう》として、迷路をさまよう。
デラレナインダヨ、と椋鳥[*5]も啼く。）

どこを走っているんだ、ドロレス・ヘイズ？
何製なんだろう、魔法の絨毯《カーペット》は？
今のお気に入りはクリーム色のクーガーかい？
どこに駐車しているんだろう、ぼくの車《カー》ペットは？

きみのヒーローは誰なんだ、ドロレス・ヘイズ？

青いマントをまとったスーパーマン？
ああ、遥かな蜃気楼、椰子の浜辺！
カルメンの乗ったステキなマシン！

ああドロレス、ジュークボックスに気が狂いそう！
きみは誰と踊っているんだろう、そのお相手？
（二人ともすり切れたジーンズに、やぶれたTシャツ、
ぼくは片隅でやきもちを焼いて。）

ご機嫌なのは狒々爺《ひひじじい》のマクフェイト、
幼妻と一緒に全米を旅して動く。
どの州に行っても情婦に種つけ、
そこは野生動物の保護区。

我がロリキタ、我が痛み！　その瞳は灰色《ヴェール》、
口づけのときにもけっして閉じない。
あの古い香水を知ってるかい、〈緑の太陽《ソレイユ・ヴェール》〉？
あんた、パリから来たんじゃない？
昨夜《ロートル・ソワール》、オペラ座からの寒風で寝込んでしまった《アン・エール・ル・フロワ・ド・ペラ・マリタ》。

ひび割れた音《ソン・フェレ》——それを信じる奴は馬鹿者だ《ビヤン・フォル・エ・キ・シ・フィ》！
雪が降り《イル・ネージュ》、景色が崩れる《ル・デコール・セクルール》、ロリータ！
ロリータ、ぼくはおまえの人生に何をしたんだろう《ケ・ジュ・フェ・ド・タ・ヴィ》？

ぼくは死にそうだ、ロリータ・ヘイズ、
憎悪と悔恨で死にそうな痛みだ。
またもや毛深い拳をふりあげると、
またもや浮かぶのはおまえの涙。

お巡りさん、お巡りさん、二人はほらあそこ——
雨の中、あの赤々とした店の前！
彼女の靴下は真っ白で、ぼくはこんなに彼女を愛していて、
ドロレス・ヘイズがその名前。

お巡りさん、お巡りさん、ほらあそこ——
ドロレス・ヘイズとあの野郎！
拳銃を抜いてあの車を追跡だ。
さあ車から飛び出して、狙いをつけてやろう。

お尋ね者　ドロレス・ヘイズ。

灰色の瞳が夢見る新天地。
体重はわずか九〇ポンド。
そして身長は六〇インチ。

ぼくの車はよろよろだ、ドロレス・ヘイズ、
最後の長い道のりは腰くだけ、
もんどりうって草むらの中、
そして後は鉄屑と星屑だけ。

この詩を精神分析してみると、これはまさしく狂人の傑作である。硬くこわばった派手な脚韻は遠近感がなくおぞましい風景や人物、さらには風景や人物の拡大した一部とぴったり対応していて、あたかも狡猾な訓練士によって考案されたテストを受けて精神異常者が描いた絵のようだ。私は他にもたくさん詩を書いた。他人が書いた詩も熟読した。しかし一刻たりとも復讐の重荷を忘れたことはない。

ロリータを失ったショックで私は少女愛病から立ち直ったと書けば、私は悪党だし、それを信じる読者もまた愚か者だろう。いかに彼女に対する愛が変わろうとも、我が忌まわしい性格は変わりようがなかったのだ。遊び場や砂浜で、私の陰気でいかがわしい目は、意志に反して、ロリータの女中や薔薇の花束を手にした侍女たちの秘かなしるしである、ニンフェットのあらわな手足の燦きをまだ追い求めるのだった。しかし、私の中で一つの根本的なイメージが色あせてしまった。どこか人里離れた場所で、特定的または合成的な、一人の幼い乙女との至福の時間を過ごすような可

能性は、もはや夢想しなくなった。夢の中に描かれる、遥か彼方の島の入り江で、我が幻想がロリータの妹たちに牙をたてることもなくなった。少なくとも当分のあいだは、あれはすっかり終わってしまったことになったのである。その一方で、なんとしたことか、怪物のような快楽にふけった二年間のせいで、私は情欲面でのある習慣を持つようになった。学校と夕食のあいだに、どこかの小道で、たまさかの誘惑に遭遇すれば、生活の空虚さでつい突然の狂気という自由に突入してしまわないともかぎらないことを私は恐れた。孤独が私を腐食しつつあった。私には人とのまじわりといたわりが必要だったのだ。我が心臓はヒステリー気味であてにならない器官だった。そうした事情で、リタがここに登場してくる。

26

彼女はロリータの年齢の二倍で、私の四分の三だった。[*1] ひどく華奢で、髪は黒く、青白い肌の大人で、体重は一〇五ポンド、魅力的に対称のくずれた目をしていて、急いでスケッチしたような骨張った横顔で、しなやかな背中にはきわめて魅力的な腰のくぼみ《アンセルール》があった——おそらくスペイン人かバビロニア人の血が流れていたのではないかと思う。彼女を拾ったのは、堕落した五月[*2]のある夕方のこと、モントリオールとニューヨークの間のどこか、あるいはもっと範囲を狭めれば、トイルズタウンとブレイクの間にある、〈タイガーモス〉と看板が出た、夜の森に黒々と燃えている酒場で、彼女はすてきな酔い方をしていた。彼女は私たちが同じ学校の出だと言い張り、震えている小さな手を私の猿みたいな前肢[*3]に重ねた。感覚が刺激を受けたのはほんの少しだが、それでも一度手を出してみることに決めた。その結果、彼女を決まったつれあいとして選んだのだ。リタは本当に気だてがやさしく、つきあいのいい女性だったので、折れた老木やつれあいを亡くしたヤマアラシといった、人格化したどんな哀れな自然物に対しても、彼女なら純然たる友情と同情から喜んで身を投げ出しただろう。

初めて会ったとき、[*4] 彼女は最近三人目の夫と離婚したばかりだった——そしてさらに最近、七人目の紳士的従僕《キャヴァリエ・セルヴァン》に捨てられたばかりだった（他の有象無象は多すぎて入れ替わりが激しいのでここには列挙できない）。兄は当時（きっと今でも）、土色の顔をして、ズボン吊りと手描き染めのネクタイをつけた有名な政治家であり、市長であり、野球と巡回聖書朗読者と穀物取引で知られた生まれ故郷の盛り立て役であった。この八年間というもの、彼は御立派な妹に月数百ドル[*5]を渡していたが、それには二度とこの御立派なグレインボール市に足を踏み入れるなという厳しい条件が付いていた。彼女がいかにも不思議そうな嘆き声をあげて語ってくれた話によれば、まったく忌々しいったらありゃしないが、どういうわけか、ボーイフレンドができると必ずそいつがまずグレインボールの方角に連れて行こうとするらしい。まったく魔性の町だ。そして訳のわからないうちに、気がついてみると町の月の軌道に吸い寄せられ、そこをぐるりと取り囲んでいる投光器に照らされた車道を走っているのである——「ぐるぐるぐるぐるとまわってるのよ」と彼女は言う。「まるでいかれたカイコガみたいに」

彼女はしゃれた小型のクーペを持っていたので、我が敬愛の車には一休みしてもらおうと思って、それに乗って私たちはカリフォルニアに旅行した。彼女のふだんのスピードは九〇マイルだった。かわいいリタ！　一九五〇年の夏から一九五二年の夏までの[*6]薄暗い二年間のあいだ、私たちは一緒に各地をまわり、彼女はこんなにすてきで、こんなに単純で、こんなにやさしくて、こんなに頭の悪いリタは他にいないと思うほどの女性だった。彼女に比べたら、ヴァレチカはシュレーゲルで、シャーロットはヘーゲルだ。この禍々しい回想記の余白で彼女と戯れる地上の理由など何もないが、それでもこう言わせていただきたい（やあ、リタ——きみがどこにいるのか、酔っぱらっているのかそれとも二日酔いかは知らないけれど、リタ、やあ！）、彼女は私がつきあったなかでいちばん慰めになり、いちばん理解のある女性だったし、私が病院送りにならずにすんだのも間違いなく彼女のおかげなのである。ある女の子の跡を突きとめて、その情夫に弾丸を一発お見舞いしてやるつもりだ、と私は彼女に教えた。リタはおおまじめにその計画を承認してくれた——そして（何も知らずに）自分から買って出た調査の最中に、サン・ハンバーティーノあたりで、とんでもない悪党と関わり合いになってしまった。私は彼女を取り戻すのに大変な骨を折った——彼女はひどい目に遭って、怪我をしていたが、それでもまだ図々しさは失ってはいなかった。そしてある日、彼女は私の神聖なる自動拳銃でロシアン・ルーレットをやろうと言い出した。それは無理だ、リヴォルバーじゃないからと私は言ったのだが、それで奪い合いになって、とうとう拳銃が暴発してしまい、キャビンの部屋の壁に穴を開けて、そこからちょろちょろと滑稽なことに熱湯が漏れだした。そのときの彼女の甲高い笑い声を、今でも記憶している。

奇妙に少女っぽい背中の曲線と、その餅肌、緩慢でけだるい鳩のようなキスのおかげで、私は余計な手出しをせずにすんでいた。偽医師やまじない師が言うように、芸術的才能は二次的性徴として現れるのではない。ちょうどその逆で、性《セックス》は芸術の小間使いにすぎないのである。ここで私は、興味深い反響を引き起こした不思議な騒動について記しておかねばならない。私は捜索を打ち切っていた。悪魔は今タタールにいるのかそれとも我が小脳の中で（我が煩悩と悲嘆に炎が煽られて）燃え尽きてしまったのか、いずれにせよドロレス・ヘイズを太平洋岸でのテニスの選手権に出場させなかったことはたしかだ。[7] ある日の午後のこと、東部に帰る途中、おぞましいホテルに泊まったときのこと、そこはよく大会が開催され、名札をつけたでぶで赤ら顔の男たちがよろよろ歩きまわり、ファーストネームと仕事の話と酒ばかり[8]というようなホテルだった――かわいいリタと私が目を覚ますと、私たちの部屋に第三の男がいて、金髪で、ほとんど白子のような若い奴で、睫毛も白く大きな透きとおった耳をしていたが、リタも私もこれまでの悲しい人生で一度も会った記憶がなかったのだ。ぶあつくて汚い下着を汗びっしょりにして、しかも古い軍隊靴を履いたまま、彼はダブルベッドの上の我が貞淑なリタのむこうでぐうぐう鼾をかいて寝ていた。前歯が一本欠けていて、額には琥珀色のできものがある。リトチカはしなやかな裸体を私のレインコートにくるんだ――いちばん手近にあったのがそれなのだ。私は縞のパンツを穿いた。それから私たちはその場の状況を点検してみた。トレイには使用されたグラスが五個残っていて、これは手がかりとしてはたくさんありすぎて困ってしまう。ドアはきちんと閉まってはいない。床の上にはセーターが一枚とぐしゃぐしゃになったカーキ色[9]のズボンが落ちている。持ち主を揺さぶってやると、惨めそうに目を覚ました。彼は完全に記憶を喪失していた。リタに言わせれば完璧なブルックリン訛りというしゃべり方で、彼は憤慨した口調で、どうやってかは知らないが私たちが彼の（取るに足らない）人格を盗んだとほのめかした。私たちはすぐに服を着せていちばん近くの病院に放り込んでやったが、その途中、すっかり忘れていたぐるぐる廻りをやった後、どういうわけか私たちがグレインボールにいることに気づいたのである。半年後、リタはその医者に手紙を書いてどうなったかたずねた。悪趣味な仮名が付けられたジャック・ハンバートスンは、いまだに自分の過去から切り離されているという話だった。おお記憶の女神ムネモシュネよ、最もすてきで最も悪戯好きな女神よ！

　このささやかな事件に触れたのは他でもない、それがアイデアの連鎖を引き起こし、その結果として《キャントリップ・レヴュー》誌に[*10]「ミーミルと記憶」と題する論文を発表する運びとなったからであり、そのすばらしい評論誌の好意的な読者にとって独創的で重要だと思える内容はいろいろあるものの、とりわけ私が提唱したのは、知覚的時間とは血液循環に基づくものであり、概念的には（この胡桃の中を埋めると）、頭脳が物質を意識するのみならずそれ自身をも意識しており、それによってたえず二点間（貯蔵可能な未来と貯蔵済みの過去）が結ばれていることに依拠しているという理論である。この大胆な試みの結果（そして以前の著作《トラヴォー》が与えた印象の蓄積もあり）、当時リタと私はニューヨークに住み、花園の噴水で水浴びする輝かしい子供たちが真下に見晴らせる、セントラル・パークに面した小さなフラットを借りていて、そこから四〇〇マイル離れたキャントリップ大学に一年間招聘されることになった。一九五一年九月[*11]から一九五二年六月まで、私は大学構内にある詩人や哲学者専用のアパートに住み、一方私があまり人目にさらしたくなかったリタは、道端のある宿屋で（いささか見苦しい）無為徒食の日々を送り、私は週に二度そこへ会いに行っていた。そして彼女は蒸発してしまった——ロリータのときよりは人道的な行為だった。一カ月後、私はその土地の刑務所で彼女を見つけた。彼女はとても堂々《トレ・ディーニュ》としていて、虫垂も取ってもらっていたし、ローランド・マックラム夫人[*12]という人物から美しい青みがかった毛皮を盗んだことになっているが、それは実際には夫のローランド自身から多少酩酊していたにせよ自発的に贈られたものなのだという話を、うまく私に納得させた。私は気難しい兄に嘆願することなく彼女を釈放させることに成功し、すぐその後で私たちはセントラル・パーク・ウェストまで車で戻ったが、その途中で経由したブライスランドには、前の年に数時間立ち寄ったことがあった。

　ロリータと共にそこで過ごした日々をもう一度生き直したいという奇妙な衝動が、私に取り憑いていた。私はそのとき、彼女とその誘拐犯の跡を突きとめるという希望をすっかり捨てた、新しい人生の期間に入りつつあった。かつての舞台設定に戻ろうというのは、思い出としてまだ取り返せるものは取り返したいというつもりだった（思い出《スヴニール》よ、思い出《スヴニール》よ、私にどうしろと言うのだ《ク・ム・ヴ・チュ》？）。秋が空に鳴り響いていた。[*13] ツインベッドを申し込んだ葉書に対して、ハンバーグ教授[*14]は即座に丁寧な断り状を受け取った。ツインベッドは満室。バスルームがなく、ベッドを四つ入れた地下の部屋が一つ空いているが、それはたぶんお望みではないだろうとのこと。便箋のヘッドにはこうあった。

魅惑の狩人

近くに教会あり　犬お断り
合法な飲み物全てあり

最後の一文ははたして本当だろうか。全て？　たとえば歩道のカフェ[*15]で出すグレナディンは？　そしてまた、魅惑されているにせよいないにせよ、狩人には教会の座席よりもポインター犬が必要ではないかと不思議に思ったが、そのとき胸を刺す痛みとともに思い出したのは、大画家が描いたとしてもおかしくはないような、「うずくまる妖精《プティット・ナンフ・アクルピー》」という場面だった。あの絹のようにすべすべしたコッカースパニエルは、もしかすると洗礼を受けていたのかも。いやだめだ——あのロビーをもう一度訪れるという苦悶には、とうてい耐えられそうにない。やわらかで豊かに色づいた秋のブライスランドには、失われた時を回復できるもっとよさそうな可能性が別の場所にある。リタをバーに残して、私は町の図書館へと向かった。小鳥のようにさえずるオールドミスが大喜びで、《ブライスランド・ガゼット》の綴じ込みから一九四七年八月中旬の分を発掘する作業を手伝ってくれて、やがて奥まった場所の裸電球の下で、ロリータと同じくらいの大きさの、棺のように黒い合本の巨大で今にもちぎれそうなページを私はめくっていた。

読者よ！ 兄弟《ブルーデル》よ！ あのハンバーグはなんと愚かなハンバーグだったのだろう！ 神経が敏感すぎて現実の場面は目にしたくなかったので、その一部をこっそり楽しむくらいだったらできるかなと彼は思ったのである——それはちょうど、輪姦待ちの列を作って並んでいた一〇番目か二〇番目の兵士[*16]が、略奪された悲しい村で兵隊としての快楽をむさぼるあいだ、あの見るに忍びない目を見なくてもいいようにと、少女の黒いショールを白い顔にかぶせるところを想起させる。私がぜひとも手に入れたかったのは、ガゼット誌のカメラマンがブラドック博士とそのグループを撮ろうとカメラを向けているのに、そこを横切った私の姿もたまたま取り込んでしまった掲載写真だった。私は若き獣としての芸術家の肖像がそこに保存されているのを懸命に望んだ。何も知らないカメラが、こっそりロリータのベッドへと向かう私の姿をとらえる——ムネモシュネにとっておあつらえ向きのテーマではないか！ 私は自分でも本当の動機というものをうまく説明できない。それはおそらく、早朝の死刑執行に群がった陰鬱な小さな人影たち（ほとんど静物画とも言えるもので、みんなはこれから嘔吐する寸前なのだ）、それに印刷では見分けられない死刑囚の表情を、虫眼鏡を手にしてじっくりと調べてみたいという、気の遠くなりそうな好奇心と同類なのだろう。それはともかく、私は文字どおり息を切らし、運命の書の片隅が何度も胃袋を突っつくのにもかまわず、次々と目を通していった。『真昼の暴動』と『失われた心』が二四日の日曜に両劇場で封切予定。煙草競売人のパーダム氏は、一九二五年よりこのかた、煙草を吸うなら〈オーメン・フォスタム〉と決めているそうです。ハスキー・ハンクと小柄な花嫁はレジナルド・G・ゴア夫妻（インチキース通り五八番地）の主賓として招待される予定[*17]。寄生虫の中には大きさが宿主の六分の一に達するものもある。ダンケルクに初めて要塞が建てられたのは一〇世紀のことである。お嬢さま用靴下三九セント。サドルシューズ三ドル九八セント。ワイン、ワイン、ワイン、と当社の写真撮影を拒否した『暗い年頃』の作者は洒落のめして、そんなものはペルシャのガブガブ鳥にはもってこいかもしれないが、私だったらほしいのはレイン、レイン、レインだな、板葺き屋根に雨よもっと降れ、薔薇と霊感を連れてこい。えくぼは皮膚が皮下組織と付着することによって生じる。ギリシャ軍がゲリラの猛攻を撃退——そして、ああ、やっと、白を着た小さい人影と、黒を着たブラドック博士、ところがその巨体をかすめているのがいったいどんな亡霊の肩なのか——私の姿はどうしても見分けられないのだ。

バーに戻ると、リタが悲しい酒《ヴァン・トリスト》の笑みを浮かべ、ポケットサイズで皺くちゃの泥酔した老人を紹介しながら、この人は——えーっと、名前もう一度言ってくれる？——昔の同級生だと言った。老人はリタを引きとめようとして、その後のちょっとした掴み合いで私は親指を老人の石頭にぶつけて怪我をした。秋の色に染まった静かな公園で、一緒に散歩して少し酔いをさましてやると、彼女は泣き出して、あなたもみんなみたいにきっとすぐに、すぐにわたしを見捨てるわと言ったので、私はもの悲しいフランスのバラッドを歌ってやって、彼女を笑わせようとそこに即興の脚韻を添えた。

その場所の名は〈魅惑の狩人〉。
青いホテルが映じる湖面、
谷間の紅葉を染料にして、
ディアーナは血の海に染めん。

「あそこは白壁なのにどうして青なの、なんでまた青なのよ?」と彼女は言ってまた泣き出したので、私は彼女を車まで連れて帰り、ニューヨークまで戻ると、靄に包まれた小さなテラスで遥か下を見晴らすアパート暮らしに、彼女はまたそこそこ機嫌がよくなった。どうやら、リタと一緒にキャントリップへ行く途中でブライスランドに立ち寄ったのと、ニューヨークへ戻るときにブライスランドを通り抜けた、その二つの記憶がごっちゃになってしまったらしいが、そうしたぼやけた色彩が溶け合うことは、回想芸術家にとっては退けることができないものなのである。

27

玄関ホールにある私の郵便受けは、細長いガラスがはめてあって、そこから郵便物の一部がのぞけるようになっているタイプのものである。斑になった光がガラスを通って見知らぬ筆跡に当たったその錯覚で、それがロリータの筆跡に似たようなものに歪められると、私はもう少しで気絶しそうになり、そばの骨壺にもたれかかって、それがほとんど私の骨壺になりかけたことがこれまでに何度かあった。そういうときには(彼女のまろやかな丸文字の、子供っぽい殴り書きが、恐ろしいことに、数少ない文通相手*1の一人のつまらない筆跡に変身してしまうときには)、私はよく前ドロリアン紀のなんでも信じた過去の時代を思い出し、そう言えばあの頃は、宝石のように明るく燦めく向かいの窓に誘われて、我が忍びの視線というか、たえず警戒怠りない我が恥ずべき悪徳の潜望鏡が、その窓の中に浮かび上がる半裸のニンフェットの、不思議の国のアリス然とした髪を櫛でとく、そのままの静止したポーズを遥か遠くから見出したものだと思い、つい笑いたくなると同時に胸の痛みも覚えたのである。その燃えるような幻の中にはある完成が存在して、それで我が奔放なる喜びもまた完成したものとなったのは、ひとえにその幻が手の届かないところにあり、付随する禁忌の意識で絶頂が損なわれる可能性もなかったからである。それどころか、ニンフェットが私にとって持つ魅力というものは、汚《けが》れがなく若くて禁じられた妖精の子の美しさが透明だからではなく、与えられている小さなものと約束されている大きなもの（実現不可能なローズグレイ色）との差をどこまでも続く理想の姿が埋めるという、その状況の鉄壁さにあると言ってもかまわないだろう。我が窓《メ・フネトル》よ！　しみだらけの落日とあふれくる夜を見下ろし、歯噛みしながら、私は我が欲望の悪魔を一つ残らず脈打つバルコニーの手すりに蝟集《いしゅう》させる。杏色と黒色が混じった蒸し暑い夜の中へと飛び立つ用意ができる。そして飛び立つと、灯りに照らされていたイメージは動いて、イヴは肋骨へと変わり、窓の中にいるのは新聞を読んでいる下着一枚の太った男なのである。

　我が夢想と自然の現実との競走で私が勝つこともときどきあったので、そういう幻惑にもまだ耐えることができた。耐えられない苦痛が始まるのは、偶然がその勝負に割って入り、私がもらえるはずのほほえみを奪っていくときである。「うちの娘が一〇歳だったときに、あなたに夢中だったのを《サヴェ・ヴ・カ・ディザン・マ・プティット・エテ・フォル・ド・ヴー》ご存知ですか？」パリでお茶の会に呼ばれたとき、話しかけた女性にこう言われたことがあり、その子《プティット》は遥かに離れた場所でちょうど結婚したところで、私は一〇年以上も前に、あのテニスコートの隣にあるあの庭で、その子を見かけたかどうかも記憶がなかった。そしてそれと同様に、輝ける予見も、実現の約束も（誘惑的に演じられるだけでなくきちんと守られる約束だ）、そうしたすべてを偶然は許してくれなかった——それと、青白い愛すべき手紙の主が筆跡を小さい文字に変えるときにも。我が夢想はプルースト化され、プロクルステス化された[*2]。それというのも、一九五二年九月下旬のある朝[*3]、郵便を取りに下りてくると、私とは犬猿の仲の、粋な身なりをしてとてもうるさい門番が、先日リタを家まで送って来た男が玄関の段のところで「犬みたいにゲーゲーやった」と文句を言いはじめた。話に耳を傾けてチップをやり、同じ話の穏やかな言葉遣いになった改訂版にまた耳を傾けている途中に、そのありがたい便で届いた二通の手紙のうち一通はリタの母親から来たものだという印象を持ったが、この頭のおかしい小柄な女を私たちはかつてケープ・コッドに訪ねたことがあり、それから私のいろいろな住所にしょっちゅう手紙を送ってくるようになって、娘と私が実にお似合いだとか、結婚してくれたらどんなにすばらしいことだろうとか書いてよこしていた。もう一通の手紙はジョン・ファーローから来たもので、私はエレベーターの中で開封して急いで読んでみた。

　これは私がしばしば目にすることだが、文学作品の登場人物が読者の目に映るときのタイプの不変性というものを、我々は友人に対しても与える傾向がある。何度『リア王』を繙いても、善良な王が三人の娘とその愛犬に嬉しい再会を果たし、禍をすべて忘れて、どんちゃん騒ぎの席でジョッキをどしんとテーブルに叩きつけるというような場面はけっしてない。[*4] エマとても、フロベールの父親がちょうどいいときに涙を流すその同情の塩で生気を取り戻し、回復するということはけっしてない。本の表紙と裏表紙のあいだで、あれやこれやの有名な登場人物がいかなる変貌を遂げようとも、その運命は読者の頭の中では固定されてしまうのと同様に、我々は友人というものも我々が定めたあれこれの論理的でありきたりなパターンに従うものだと思い込む。かくしてXは、いつもおなじみとなった二流の交響曲と衝突するような、永遠不滅の名曲を作曲することはけっしてない。Yはけっして殺人を犯さない。いかなる状況に置かれようともZはけっして我々を裏切らない。我々はこうしたことをぜんぶ頭の中で決めてあり、ある人物と会うことが少なくなれば、その分だけ余計に、その人物の噂を聞くたびにどれほどこちらの想像している姿にぴったりと当てはまっているかを点検して、満足を覚えるものなのである。我々が定めた運命から逸脱すると、それは異常な事態であるばかりではなく、人の道からはずれているとさえ思えてくるのだ。隣に住む、ホットドッグの売店を経営して今は引退したおやじが、つい先日、同時代で最高の詩集を出版したばかりだとしたら、こういう人物のことは最初から知らなかったほうが我々としてはありがたいのである。

　私がこんなことを述べているのも、ファーローの取り乱した手紙を読んでどれほど困惑したかを説明するためである。彼の妻が亡くなったという話は知っていたが、それでも敬虔なやもめ暮らしを続けるあいだ、それまでと変わることなく退屈で、落ちついた、たよりになる人物でありつづけるだろうと予想していた。ところが彼の手紙によれば、アメリカにしばらく立ち寄った後で南米に戻り、ラムズデールで扱っていた仕事の一切を、我々の共通の知人である同町の弁護士ジャック・ウィンドミューラーに譲り渡すことに決めたというのだ。とりわけ、ヘイズ家の「難題」と縁が切れてほっとしているようだった。彼はスペイン人の女の子と結婚した。煙草をやめて体重が三〇ポンド増えた。結婚相手はとても若くてスキーのチャンピオンだ。二人はインドへシヴァらく新婚旅行に行く予定。彼の言葉によれば「家庭作り」にいそしんでいるので、彼に言わせれば「実に奇妙で実に気の重い」私の一件に割く時間は今後ないとのこと。お節介屋たち（それもわんさといるらしい）が彼に知らせてきたところでは、ドリー・ヘイズの所在は不明で、私はカリフォルニア[*5]の悪名高い出戻り女と同棲中だという。彼の義父は伯爵で、大金持ちだ。この何年間[*6]かヘイズの家を借りている一家が、現在そこを買い取りたがっている。早くドリーの姿をみんなの前に見せるほうがいいと彼は提案していた。彼は足を折った。白のウールに身をつつんだブルネットと一緒に、チリの雪景色の中でお互いににっこり顔を見合わせているスナップ写真が同封してあった。

　私は部屋に戻りながら、こう言いかけたことを記憶している。まあ、これでやっとあいつらの跡を突きとめられる——そのときもう一通の手紙が、実務的な小さな声で、私に話しかけはじめた。

親愛なパパへ

お元気ですか？　わたしは結婚しました。これから赤ちゃんを産むところです。まあたぶん大きな赤ちゃんだと思います。まあちょうどクリスマスに生まれてくると思います。この手紙は書くのがむつかしくて。借金を払ってここから出て行くだけのお金がないので、頭がおかしくなりそうです。ディックは機械関係でとても特殊な専門分野をやっていて、アラスカで大きな仕事をまかされるそうで、わたしの知っているのはそれだけですが、ほんとにすごい仕事なんです。家の住所を書かなくて申し訳ありませんが、あなたはまだわたしのことを怒っているかもしれないし、ディックには知られたくないんです。この町はまったくたいしたものです。スモッグのせいでまぬけどもの顔を見なくてすむんですから。ねえパパ、お願いだから小切手を送ってください。三〇〇ドルか四〇〇ドル、あるいはそれ以下でもなんとかなります。いくらでも歓迎です。わたしが残していった物を売ってもらってもかまいません。とにかくアラスカへ行きさえすればきっとお金がどんどんころがりこんでくるはずです。手紙を書いてね、お願い。わたしはこれまで悲しい思いやつらい思いをたくさん体験してきましたから。

お手紙お待ちします。

ドリー（ミセス・リチャード・F・スキラー）

28

私はふたたび旅に出て、ふたたび古い青のセダンのハンドルを握り、ふたたび一人になった。私があの手紙を読んで胸の内に湧きあがる山のような苦悶と戦っていたとき、リタはまだ死んだように眠っていた。ほほえんでいるその寝顔を眺めて、私は汗ばんだ額に口づけ、それが見納めとなったが[*1]、やさしい別れの言葉を書いたメモを彼女の臍にセロテープで留めておいた――そうでもしないと彼女には見つからなかったかもしれない。

「一人になった」と書いただろうか？　ところが必ずしもそうではない《パ・トゥ・タ・フェ》。小さな黒い相棒が一緒で、人里離れた場所に着くと、すぐに私はリチャード・F・スキラー氏殺害の予行演習をした。車の後部[*2]にひどく古くなってひどく汚れた私のグレイのセーターがあり、それを無言のままの空地にある木の枝に吊したが、そこは今は遠くなった幹線道路から森の道を経由してたどりついた場所だった。処刑執行は引金がちょっと硬い感じだったせいでいささかけちがつき、このどうもよくわからないしろものに油でも注してやろうかと考えたが、そんな暇はないと思い直した。死んだ古いセーターは穴を追加して車の中に戻り、まだあたたかい相棒を装填し直してから、私はふたたび旅を続けた。

　手紙の日付は一九五二年九月一八日になっていて（今日は九月二二日[*3]）、彼女が指定した宛先は「コールモント局留」となっていた（「ヴァージニア州」でもなく、「ペンシルヴァニア州」でもなく、「テネシー州」でもないし、いずれにせよコールモントでもない――こんなところまで迷彩をほどこしておいたんだよ、ロリータ)。調べてみると、そこはニューヨーク市から八〇〇マイルほど離れたところにある小さな工業都市だとわかった。最初のうち、昼夜ぶっ通しで運転を続けようと計画したが、それから考え直して、夜明けあたりの二時間ほど、その町に到着するまで残り数マイルのところにあるモーテルの一室で仮眠を取った。このスキラーという小悪魔は、車のセールスマンで、おそらくビアズレーで彼女を車に乗せてやったときに(ミス・エンペラーの家に行く途中で自転車がパンクした日のことだ)、我がロリータを知るようになり、それ以来面倒に巻き込まれているのだろう、と私は決めつけていた。処刑されたセーターの死体は、後部座席で私がどれほどその形を変えようと、そのたびにトラップ－スキラーの特徴(肉体の下品さと卑猥なまでの立派さ)を備えたさまざまな輪郭を現してくるのだった——そしてこの俗悪な趣味に対抗するために、私はとびきりハンサムになって身なりもととのえようと決意して、目覚まし時計がセットした時刻の午前六時に爆発音をたてる前に、そいつの乳首を押し込んだのである。そして、これから決闘に向かおうとする紳士の毅然としてロマンチックな心配りで、私は書類が正しい順に並んでいるかを点検し、入浴して、繊細な身体に香水をふりかけ、顔と胸を剃って、絹のシャツと清潔なパンツを選び、透き通った黒っぽい靴下を履き、トランクの中に瀟洒な衣装を用意しておいたことを祝った——たとえば、真珠色のボタンが付いたチョッキや、青白いカシミヤのネクタイである。

情けないかな、私は朝食をもどしてしまったが、そういう肉体性は取るに足らない災難だと一蹴して、袖口から出した紗のハンカチで口元をぬぐい[*4]、心臓の代わりに青い氷のかたまり、舌の上には丸薬、尻のポケットの中にはどっしりとした死といういでたちで、私は颯爽とコールモントの電話ボックスに足を踏み入れ(アア・アア・アアとその小さなドアが言った)、ぼろぼろになった電話帳には一人しかいないスキラー(ポール、家具商)に電話をかけた。しわがれ声のポールは、たしかにリチャードというのを知っていて、いとこの息子で、彼の住所は、ちょっと待ってくださいよ、キラー街一〇番地だと教えてくれた（仮名はそんなに実名と離れていない）。アア・アア・アアと小さなドアが言った。

キラー街一〇番地にある安アパートで、私は悲しげな老人たちや、いちごブロンドの長い髪で、信じられないくらいに汚いニンフェット二人に話を訊いた（実を言えば、人殺しが終わってもうどうでもよくなり、何をやってもかまわないというときに、ほんのちょっとだけでも抱きしめてやれる薄着の女の子はいないかと、我が内なる昔の獣がぼんやりと面白半分で、あたりに目を光らせていたのである）。たしかに、ディック・スキラーはここに住んでいたけれども、結婚して引っ越したと言う。転居先を知っている人間は誰もいなかった。腕が細くて裸足の女の子二人、それとその頭のぼけた祖母たちと一緒に私が立っているそのすぐそばの、蓋が開いたマンホール[*5]から、「店で訊けばわかるかもしれないぜ」と低い声がした。最初に入った店は間違いで、用心深く目を光らせた年配の黒人が、こちらが質問するまでもなく首を横にふった。通りの向かいにある陰気な食料品店に入って、呼んでくれるように客にたのむと、マンホールとちょうど好一対の、床下のどこか木造の奈落から女の声がした。ハンター・ロード、突き当たりの家だよ。

ハンター・ロードは数マイル先で、もっと陰気な一画にあり、ゴミにドブ、それに虫食いだらけの菜園、掘っ立て小屋、灰色の霧雨、赤い泥土《でいど》、遠くに見える数本の煙突があるばかりだった。私は突き当たりの「家」で車を停めた――羽目板作りの掘っ立て小屋で、道から離れたところには似たような家が二、三軒あり、あたり一面は枯草の荒地だ。ハンマーの音が家の裏手から聞こえてきて、数分ほど私は古い車の中でじっと座り、我が旅路の果てにたどりつき、我が灰色のゴールにたどりつき、これでおしまい《フィニ》、我が友よ、おしまい《フィニ》だ、我が敵よ、とすっかり年を取ってやつれた気分になった。時刻は二時頃。脈拍は一分間に四〇で、次の一分間には一〇〇。霧雨が車のボンネットにぱちぱちと音をたてていた。拳銃はズボンの右ポケットに移動していた。雑種の野良犬が家の裏手から現れて、びっくりしたように立ち止まり、私に向かって愛想良くウー・ウーと吠え、目は細く、毛むくじゃらの腹は泥だらけで、ちょっと歩きまわってからまたもう一度ウーと吠えた。

29

私は車から出てドアをばたんと閉めた。そのばたんという音が、この太陽が姿を見せない虚空に、なんと散文的で率直に聞こえたことだろう！ ウー、と仕方なく犬が感想を述べた。呼鈴を押すと、その音が私の身体全身に響き渡った。応答《おうとう》なし。おとなしく引き下がれないのでもう一度。また応答なし。こんな愚かな文句はいったいどこから湧いてくるのか？ ウー、と犬が言った。足音と衣ずれの音がして、ウーッ・ウーとドアが開いた。

二インチ背が高くなっている。ピンク縁の眼鏡。新しい、高く盛り上げた髪形に、新しい耳。なんてあっけないんだ！ 私が三年間も夢想しつづけたこの瞬間、この死が、乾いた木片のようにあっけないものだったとは。彼女はあけすけで信じられないくらいお腹が大きくなっていた。頭は前より小さく見え（実際には二秒しか経過していなかったが、命が耐えられるだけのぎこちない持続を与えてやろうではないか）、淡いそばかすができた頬はこけていて、剝き出しになった脛や腕は日焼けした色を失い、細かな毛が見えていた。ドレスは茶色い袖なしの木綿で、型くずれしたフェルトのスリッパを履いている。

「まあ――！」彼女は一瞬間を置いてから、驚愕と歓迎を強調して息を吐き出した。

「亭主はいるのか？」と私は拳をポケットに突っ込んだまま、しわがれ声を出した。

　読者の中にはそう思っていた方もいらっしゃるだろうが、私にはもちろん、彼女は殺せない。つまり、愛していたからだ。一目見たときから愛していた、最後に見たときも、そしていつ見るときも、永遠に。

「入ってちょうだい」と彼女は力をこめて快活な口ぶりで言った。ささくれだった朽木のドアを背にして、ドリー・スキラーは無理に身体をへこませて（ほんの少し爪先立ちになることまでして）私を通し、一瞬磔《はりつけ》になったような恰好になり、笑みを浮かべて敷居を見下ろし、丸い頬骨《ポメット》のあたりの頬はこけ、薄めた牛乳のように白い両腕は横に広げられていた。私はふくれあがった胎児には触れずに通った。かすかな揚げ物の匂いが加わった、ドリーの匂い。私の歯は震えて白痴のようにがたがたと鳴った。「だめよ、おまえは外」（犬に向かって）。彼女はドアを閉め、私と彼女のお腹の後について人形の家みたいな客間に入った。

「ディックはあそこなの」と彼女は見えないテニスラケットで指さし、それに誘われた私の視線は、私たちが立っているこの殺風景な客間兼寝室から移動して、台所をまっすぐ横切り、裏の戸口を抜けると、そこにはいささか原始的な眺めの中で、オーバーオールを着た黒い髪の見知らぬ若者が（瞬時にして処刑中止）こちらに背を向けて梯子《はしご》に乗り、隣の掘っ立て小屋のそばか上にある何かを修理しているところらしく、その隣人は片腕のない太った男で、そこに立って見上げていた。

　この模様を彼女は遠くから、弁解するように説明した（「男ってしょうがないわね」）、呼びましょうか？

　いや、かまわない。

傾いている部屋のまんなかに立ち、「ん」という質問するような小さな声を出しながら、彼女は手首と指であの見慣れたジャワの踊りのような動作をして、そのおどけた仕草で、ロッキングチェアか長椅子（午後一〇時以降は[*1]夫婦のベッド）かどちらでもお好きなほうを、と手短にすすめた。「見慣れた」というのは、ある日、彼女のパーティをビアズレーで催したとき、彼女はその同じ手首の踊りで私を出迎えたことがあったからだ。私たちは一緒に長椅子に腰を下ろした。奇妙だ。実際には容貌は色あせているものの、彼女がボッティチェリの赤毛のヴィーナスに実によく似ている（ずっと前から似ていた）ことを、もはや絶望的に手遅れではあっても、今はっきりと悟ったのだ——やわらかな鼻の形、朧《ろう》に霞んだような美しさが、そっくり同じなのだ。ポケットの中で私の指はそっと開いて、ハンカチの中にくるんである、未使用の武器の先端をちょっと包み直した。

「あの男には用はない」と私は言った。

　ぼんやりと広がった歓迎の表情が彼女の目から消え去った。あの苦い思い出の日々のように、額に皺が寄った。

「それじゃ誰に？」

「あいつはどこだ？　早く言え！」

「ねえ」と彼女は言って、首を傾げてそのまま横にふった。「ねえ、その話は持ち出さないで」

「持ち出すに決まってるじゃないか」と私は言って、一瞬（実に不思議なことに、この再会を通してそのときだけが、慈悲に満ちて耐えられる唯一の瞬間だった）、あたかも彼女がまだ私のものであるかのように、私たちはお互いに食ってかかっていた。

　賢い彼女は、自制していた。

　ディックはこのごたごたを何も知らない。[*2]私が彼女の父親だと思い込んでいる。彼女がただ簡易食堂で皿洗いとして働きたいために上流階級の家庭から家出したのだと思い込んでいる。何でも信じる人なのだ。それなのにどうしてそんなことを蒸し返して、話を複雑にしたいのか？

　しかし、と私は言った、もっと物わかりがよくなってくれないと困る、もっと物わかりのいい女の子になって（なにしろそんなに薄い茶色の服の下にそんな大きいお腹を抱えてるんだから）、こちらがわざわざやってきて渡そうとしているものがほしいんだったら、まず事態をはっきりと説明するくらいのことは当然だ、それくらいはわかってくれないと困る。

「さあ、そいつの名前を教えろ！」

　ずっと前にてっきり想像がついたんだとばかり思ってた、と彼女は言った。*3 なにしろ（悪戯っぽく憂鬱な笑みを浮かべて）びっくり仰天するような名前なんだから。絶対信じてくれないわ。自分でも信じられないくらい。

　そいつの名前を言うんだ、我が秋のニンフよ。

　まったくたいしたことじゃないんだもの、と彼女は言った。次の話に行きましょう、と彼女は提案した。*4 煙草でもどう？

　いらん。名前だ。

　彼女は断固として首を横にふった。今さらどうこう言ったところで遅すぎるし、まったく信じられないほど信じられない話を信じてくれるとはとうてい――

　じゃあもう行く、よろしくな、会えて嬉しかったよ、と私は言った。

　ほんとにいくらきいても無駄なんだから、絶対にしゃべらないし、と彼女は言って、でもそれはそれとして、結局――*5「ほんとに誰だか知りたいの？　じゃ言うけど、実は――」

　そしてそっと、内緒話をするように、細い眉毛を弓のように曲げ、ひびわれた唇をすぼめながら、ちょっと嘲るような、多少気をつかっているような、やさしさが感じられなくもない、音のない口笛みたいな声で、細心なる読者ならとうの昔にご明察の名前を口にしたのだった。

防水よ。[*6] どうしてアワーグラス湖の一瞬が私の意識をよぎったのだろう？　私も、知らず知らずのうちに、その名前をずっと知っていたのだ。そこには何のショックもなければ驚きもなかった。静かに食い入るような融合が起こり、すべてが秩序の中にぴったり落ちつき、[*7] 熟れた果実がちょうどいい瞬間に落ちてくるようにという明確な目的を持って私がこの回想記全篇に織り上げてきた枝模様の中にぴったりはまり込んだ。そう、その明確で倒錯的な目的とは（彼女はしゃべりつづけていたが私は金色のやすらぎに溶けながら座っていた）、その金色に輝く途方もないやすらぎを、私に対して最も反感を覚える読者ですら今味わっているはずの、論理的な認識の満足感を通して描き出すことであった。

彼女は、言ったとおり、しゃべりつづけていた。言葉がようやく気楽に流れ出てきたのだ。これまで夢中になったことがあるのはあの人だけ。ディックは？　ああ、ディックってすっごくいい人よ、一緒にいてとても幸せだし、でもそれとは別の話。で、私はもちろん問題外だったのか？

彼女が私を眺めた目つきは、まるで信じられない（そしていささか退屈で、訳がわからなくて、どうでもいいような）事実を一気に把握したようで、このビロードの上着を着て横に座っている、よそよそしくて、エレガントで、すらりとした四〇歳の虚弱者が、彼女の思春期の肉体を毛穴の一つ一つ、小胞の一つ一つまで知り尽くし、慈しんだとは思いもよらなかったのだ。奇妙な眼鏡をかけている、彼女の色あせた灰色の瞳の中に、私たちの哀れなロマンスが一瞬映し出され、検討され、そしてあっさり捨てられた、まるで退屈なパーティみたいに、まるでとびきり退屈な連中しか来ない雨の日のピクニックみたいに、つまらない勉強科目みたいに、まるで彼女の子供時代にほんの少しこびりついている乾いた泥みたいに。

彼女が灰を軽くポンポンと落とすその範囲から、私は危ないところで膝を引っ込めた――後になってからおぼえた癖の一つなのだ。

頭のかたいこと言わないで、と彼女は言った。過去は過去じゃないの。いいお父さんだったと思うわ――それだけは認めたげる。先を続けて、ドリー・スキラー。

それじゃ、あの人がお母さんの知り合いだったっていうの、知ってる? ほとんど、古くからの友達だったっていうのは? ラムズデールの叔父さんの家に泊まったことがあるっていうのは? ――ああ、何年も前の話よ――それで、母親クラブで講演したことがあって、そのときにあたしの腕をつかんで、みんなの見てる前で膝の上に抱え上げて、顔にキスして、そのときあたしは一〇歳でめっちゃ頭にきたのは? あたしとあなたがホテル[*8]にいたのをあの人が見たって知ってる? あそこであの人は劇を書いていて、[*9]それを二年後にあたしがビアズレーでリハーサルすることになったのよ。[*10]これも知ってる? クレアが年取った女で、もしかするとあの人の親戚か前のつれあいだって、あなたを騙して信じ込ませたのは、ほんとに悪いことしたわ――それから、ウェイスの《ジャーナル》があの人の写真を載せたときは、ほんとに危機一髪。

《ブライスランド・ガゼット》には載ってなかったぞ。なるほど、なかなかおもしろい話じゃないか。

ええ、この世の中ってギャグの連発みたいなものだし、もし誰かがあたしのことを小説に書いたとしたら、きっと誰も信じてくれないわ。

そのときに、台所から足早の家庭的な物音が聞こえてきたが、それはディックとビルがビールはないかと入ってきた足音だった。戸口のむこうで二人は訪問者に気づいて、ディックが客間に入ってきた。

「ディック、これがあたしのパパ！」とドリーがよく響く大声で叫んだのは、私にはまったく奇妙で、新しくて、陽気で、そして年を取って、そして悲しく聞こえたが、なぜかと言えばその若者は、遠い戦地から帰還した軍人で、耳が遠かったからだ。

　北極を想わせる青い目、黒い髪、血色のいい頬、無精髭が生えた顎。私たちは握手した。片手で奇跡をやってのけるのがどうやら自慢らしい、控えめなビルは、ビールの缶を自分で開けて持ってきた。そして引き下がろうとした。労働者階級の人間の奥ゆかしい礼儀。引きとめられてそこにいることになった。ビールの広告に出てきそうな図。実を言うと、私もスキラー夫妻も、友達と一緒に楽しく飲むほうが好きなんです。私はぐらぐらするロッキングチェアに移った。もぐもぐやりながら、ドリーは私にもマシュマロ[*11]とポテトチップスをぜひ食べろとすすめた。かよわくて、寒がり《フリル》で、小柄で、旧世界風で、まだ若いのに病弱な、ビロードの上着とベージュのチョッキを着込んで、もしかしたら子爵かもしれない彼女の父親を二人の男は見つめた。

　彼らはどうも私が泊まりに来たと思ったらしく、ディックはいかにも無理をして考えている様子で額に大きな皺を寄せながら、ドリーと彼は台所で余分のマットレスに寝てもかまわないと提案してきた。私はそれを軽く手で払いのけ、リーズバーグで友人やファンのもてなしを受けることになっていて、その途中ちょっとここに寄っただけだとドリーに告げ、ドリーはそれを特別な大声でディックに伝えた。そのときに気づいたのは、残り少ないビルの指の一本から血が出ていたことだった（結局たいした奇跡の人ではなかったわけだ）。彼女がその男の手にかがみ込んだとき、青白い乳房の影になった谷間は、どういうわけか今まで目にしたことがなく、なんと女らしく見えたことか！　彼女は治療のために彼を台所へ連れて行った[*12]。数分間のあいだ、わざとらしいあたたかみに満ちあふれた三つか四つの小さい永遠が過ぎていくあいだに、ディックと私は二人きりで残された。彼は堅い椅子に座り、腕をさすったり眉をしかめたりしていた。私はこの長い瑪瑙の爪で、汗をかいている彼の鼻翼にできたニキビをつぶしてやりたいというつまらない衝動に駆られた。美しい睫毛のあるすてきな悲しい目をしていて、歯はとても白い。喉仏は大きくて毛が生えている。こういう若くて筋骨たくましい連中は、どうして髭剃りを面倒くさがるのだろう？　彼と彼のドリーはあそこにあるあの長椅子で、少なくとも一八〇回、いやおそらくそれ以上、何も束縛のない性交を行った。そしてその前に――いったいいつからこの男を知っていたのだろう？　恨みっこなし。妙だ――恨みはまったくなく、あるのは悲しみと吐き気だけなのだ。彼は今鼻をこすっていた。絶対間違いない、やっと彼が口を開くときには、きっとこう言う（ちょっと頭をふりながら）。「ええ、彼女はたいしたもんですよ、ヘイズさん。まったく。きっとたいした母親になると思います」。彼は口を開いた――そしてビールを一口啜った。これで彼は落ちついた――そしてそのまま飲みつづけて、しまいに口が泡だらけになった。すっごくいい人。こいつが彼女のフィレンツェ風の乳房を手のひらで掬ったのだ。指の爪は黒くて割れているが、指骨、手首の骨全体、そしてたくましく形も整った手首は私よりはるかに、はるかに美しい。余りにも多くの身体を余りにもひどく傷つけてきた、このねじ曲がった哀れな手は、とうてい自慢できない。フランス語の形容辞、ドーセットの田舎者の指関節、オーストリアの仕立屋の平べったい指先――それこそハンバート・ハンバートなのだ。

よろしい。むこうが黙っているのならこっちも黙っていよう。もちろん、この死ぬほどおびえておとなしくしているロッキングチェアで一休みしてから、獣の巣穴がどこにあるかは知らないがそこまで車を飛ばすのも悪くない――それからピストルの包皮を後ろに剝いて、押しつぶした引金のオルガスムを満喫することにしよう。私はつねにウィーンの呪術師のささやかな信奉者なのだ。しかし当座のところ、私は哀れなディックに対して申し訳ない気持ちでいっぱいで、それはまるで催眠術にかけたみたいに、彼が考えつける唯一の台詞（「彼女はたいしたもんですよ……」）を言わせないようにひどく邪魔をしているからだった。

「それで」と私は言った。「君はカナダに行くんだね？」

台所で、ビルが何か言ったかしたせいで、ドリーが笑っている声がした。

「それで」と私は大声を出した。「君はカナダに行くんだね？　カナダじゃなくて」――私はもう一度大きい声を出した――「もちろんアラスカだ」

彼はグラスを手にしながら、賢者のような表情でうなずき、それから答えた。「たぶん、缶の切り口で怪我したんですよ。イタリアで右腕をなくしたんです」

美しい藤色の花が咲いているアーモンドの木。爆発で吹き飛ばされた超現実主義的な片腕があそこの点描画風に描かれた藤色の中にぶら下がっている。手の甲に花売娘の刺青。ドリーとバンドエイドをしたビルがまた現れた。どうやら、褐色で青白い彼女の曖昧な美しさがこの片腕の男を興奮させたらしい、と私はそのとき思いついた。ディックはほっとした笑いを浮かべて立ち上がった。まあその、ビルと一緒にまた電線工事に戻りますので。まあその、ヘイズさんとドリーは話が山ほどあるでしょうから。まあその、お出かけになる前にまた来ます。なぜこういう連中は、まあまあばかり言って、髭も剃らずに、補聴器をばかにするんだろう？

「座ってちょうだい」と彼女は脇腹を手のひらでぽんぽんと叩きながら言った。私は黒いロッキングチェアに戻った。

「で、おまえは私を裏切ったんだな？　どこへ行ってた？　あいつは今どこにいる？」

彼女は暖炉飾りから凹形に反りかえった光沢のあるスナップ写真を手に取った。ひどく短い白のドレスを着た、太って、にこにこして、がに股の老婆。ワイシャツ姿で、両端の垂れた口髭[13]を生やし、時計の鎖をのぞかせている老人。彼女の義理の両親だ。ディックの兄の家族と一緒にジュノーで暮らしているらしい。

「ほんとに煙草吸わない？」

彼女はさっきから吸っていた。煙草を吸っている姿を見たのは初めてだ。ハンバート雷帝の統治下では絶対禁止《シュトレング・フェルボーテン》。優雅に、青い靄に包まれて、シャーロット・ヘイズが墓場から立ち上がった。もし彼女が口を割らないのなら、叔父のアイヴォリーから聞き出そう。

「裏切ったって？　違うわ」。彼女は煙草を矢のように構えて、ちょうど母親がよくやっていたように暖炉をめがけ、人差し指でせわしなくぽんぽんと灰を落とし、それから、母親のように、ああなんたることか、下唇にくっついた煙草の巻紙のかけらを指の爪でこそぎ落とした。違うわよ。裏切ったりなんかしていない。ここはみんなあなたの友達ばかりよ。エドゥーサが前もって教えてくれたの、キューはちっちゃな女の子が好きで、事実（結構な事実だ）、刑務所に入れられかけたことも一度あって、その秘密を知られていることもわかっているって。そう……。肘を抱え、一口吸って、にっこり笑い、煙を吐き出し、矢を飛ばす仕草。あふれる回想。あの人は（ほほえみながら）何だってどんな人間だってお見通し、あなたとかあたしと違って、天才なんだもん。すっごい人よ。めっちゃおもしろいし。あなたとあたしのことを告白したら笑いころげて、だろうと思った、ですって。どう考えても、あの人にしゃべったところでまったく安全だったから……。

それで、キューが——みんなあの人のことキューって呼んでたの。

五年前のあのキャンプ[14]。妙な偶然の一致だ……エレファント（エルフィンストーン）から車で一日ほどかかる[*15]観光牧場まで連れてってくれたの。名前は？　ええっと、なんかばかな名前――ダック・ダック牧場――ほら、まるでばかみたいでしょ――でもどうだっていいのよ、どっちにしろ、そこはなくなってあとかたもないから。ほんとに、つまり、その牧場がそんなにカッコいいなんて想像もできないと思うけど、つまりそこには何でもあるのよ、ほんとに何でも、室内に滝まであるの。あたしたち（「あたしたち」とは嬉しい）が一緒にテニスしたことある、あの赤毛の男、憶えてる？　実を言うと、牧場の持ち主は赤毛のお兄さんで、その人が夏にはそこをキューに貸してたわけ。キューと一緒に行ったとき、他のみんなが戴冠式をやってくれて、それから――水の中にジャッボーンと放り込まれたの、赤道を越えるときにやるじゃない。ほら。

運命に従ったまでだと言わんばかりのわざとらしい表情で、彼女は目をくりくりまわした。

「先を続けて」

じゃあ。予定だと、九月にハリウッドに連れて行ってくれて、そこで新人テストをしてくれることになってたの、彼の『黄金のガット』という芝居を原作にした映画で、テニスの試合の場面に出てくるちょい役――それでもしかすると、クリーグ灯に照らされたコートで、センセーショナルな若手スターの一人のスタンドインをやらせてもらえるかもしれなかったの。残念ながら、実現しなかったけど。

「その豚野郎は今どこにいる？」

あの人は豚野郎なんかじゃないわ。いろんな面ですっごい人よ。でも酒と薬ばっかりで。それにもちろん、セックスに関しては完全に異常で、友達はみな奴隷扱いだったし。ダック・ダック牧場でみんながどんなことやってたのか、まったく想像もできないでしょ（私、ハンバート、にはたしかに想像できない！）。一緒にやれって言われて、愛してるから嫌だって断ったら、あの人あたしを追い出したの。

「どんなことを？」

「そりゃもう、気持ち悪くって、汚《けが》らわしくって、変わってること。つまり、女の子が二人と男の子が二人いて、それから大人の男が三、四人いて、予定だとそのみんなが裸になってからみあってるところを、年取った女の人[*16]が映画に撮るわけ」（サドのジュスチーヌは当初一二歳だった。）

「正確に言えばどんなこと？」

「うん、いろいろ……。もう、あたし──ほんとに、あたし」──「あたし」という言葉を抑えた叫び声のように絞り出しながら、彼女はその苦痛の源に耳を傾け、うまい言葉がなくて、ぎこちなく上下に動かしている手の五本の指を広げた。だめ、あきらめたわ、このお腹の中に赤ちゃんがいるから、立ち入った話はできない。

それはもっともだな。

「今じゃどうだっていいのよ」と彼女はグレイのクッションを拳でこねまわしながら言って、それから長椅子に深々ともたれかかり、お腹を突き出した。「頭がおかしくて、汚らわしいこと。あたし言ってやったわ、あたし絶対に猷じみた男の子たちを［彼女はまったく無頓着に下品な俗語を使ったが、それは文字どおりフランス語に翻訳すると「吹く《スフレ》」になる[*17]］たりなんかしない、あたしがほしいのはあなただけだから、って。そしたら叩き出されたの」

他にはあんまり話すことなんかないわ。一九四九年の冬[*18]に、フェイとあたしは仕事を見つけたの。二年間ほどあたしは──ウッ、渡り歩いて、ウッ、ちょっとした場所で皿洗いとかして、ディックに会ったのはそのとき。ううん、あの人がどこにいるのかは知らない。たぶんニューヨークじゃないの。もちろん、彼はすっごく有名だから、その気になればいつでも見つけられるし。フェイは牧場に戻ろうとして――そしたらもうそこにはなくて――丸焼けになってて、後にはなんにも残ってなくて、黒こげになったがらくたの山だけ。何が何だか、さっぱりわけわかんない、さっぱり。

　彼女は目を閉じて口を開け[*19]、フェルトの片足を床につけたまま、クッションにもたれかかった。木造の床が傾き、小さな鉄の玉を置いたらころころと台所にころがって行きそうだった。私は知りたいことをぜんぶ知った。我が愛しい人を苦しめるつもりはまったくなかった。ビルの掘っ立て小屋のどこかむこうで、労働時間後のラジオが恋に狂った女と悲運の歌を歌いはじめ、目の前にいる彼女はみすぼらしい姿で、大人になった小さな手には縄のような血管が浮き出て、青白い腕には鳥肌が立ち、耳は猿のように後ろに寝て、腋毛も伸び放題の、目の前にいる彼女は（我がロリータ！）、一七歳にして絶望的にやつれ、お腹の中には赤ちゃんがいて、すでにその子は胎内で将来は大物になって紀元二〇二〇年あたりで引退することを夢見ている――そして私は何度も、何度も彼女を見つめ、自分がいつかは死ぬ運命なのを知っているのと同じくらいはっきりと知った、私がこの地上で目にしたどんなものや、想像したどんなものや、他のどこで熱望したどんなものよりも、私は彼女を愛しているのだと。彼女は、過ぎ去りし日に私があれほどまでに歓喜の声をあげてその上におおいかぶさったニンフェットの、かすかな菫の残り香、枯葉の谺でしかなかった。谺は赤く染まった谷間の縁に響き、白い空の下には遥かな森があり、小川は茶色い枯葉でせきとめられ、最後に一匹残った蟋蟀《こおろぎ》がひからびた雑草の中で歌声をあげる……しかしありがたいかな、私が崇めるのはその谺だけではなかった。我が心のもつれた蔓の中で私がほしいままに太らせていたもの、我が輝ける大罪《モン・グラン・ペシェ・ラディユ》は、小さくなってその本質にまで縮んでしまった。すなわち、実りのない身勝手な悪徳で、そのすべてを私は棄却し嫌悪したのだ。みなさんはこの私を嘲って、退廷させるぞとおどすかもしれないが、それでも私は猿轡《さるぐつわ》をかまされ首を半分絞められるまで、我が哀れなる真実を絶叫したい。私は全世界にぜひ知ってもらいたいのだ、私がどれほど我がロリータ、このロリータを愛したかを、色あせて卑しめられ、他人の子供でお腹が大きくなってはいても、やはりまだ灰色の瞳をして、まだ煤のように黒い睫毛で、まだ鳶色とアーモンド色の、まだカルメンシータ、まだ私のものなのだ。違う暮らしをしようじゃ《シャンジョン・ド・ヴィー》ないか、僕のカルメンよ、二度と離ればなれにならない《アロン・ヴィーヴル・ケルク・パール・》ところへ行って暮らそう《ウ・ヌー・ヌ・スロン・ジャメ・セパレ》。オハイオ？　それともマサチューセッツの荒野[20]？　たとえ彼女の目が霞んで近視の魚のようになろうと、その乳首がふくれてひび割れようと、その愛らしくて、若くて、ビロードのような手触りのデルタが出産で冒瀆され引き裂かれようと、かまいはしない――たとえそれでも、私はおまえの愛しい青白い顔を一目見ただけで、おまえの喉にかかった若い声を一声聞いただけで、きっとあふれる情愛で気が狂うはずだ、我がロリータ。

「ロリータ」と私は言った。「こんなことを言っても無意味かもしれないが、それでも言わないわけにはいかないんだ。人生は短いからな。ここから、おまえがよく知っているあのぽんこつ車までは、二〇歩か二五歩くらいの距離だ。歩いてほんのわずかだろ。その二五歩を歩いてくれ。今。今すぐに。そのままの姿で来てほしい。そうすれば私たちはきっといつまでも[21]幸せに暮らせるから」

カルメン、僕と一緒に来ないか《ヴレ・ヴ・ヴニール・アヴェック・モワ》？

「つまり」と彼女は目を開けて、襲いかかりそうな蛇のように少し腰を浮かしながら言った。「つまり、もしあなたと一緒にモーテルに行ったら、あたしたち「あたしたち」にあのお金をくれるって言うの、つまりそういうこと？」

「違う」と私は言った。「それはまったくの誤解だ。偶発的なディックとこんな穴倉を捨てて、私と共に暮らし、私と共に死に、すべて私と共にしてほしいんだ」（正確には憶えていない。）

「頭おかしいんじゃないの」と彼女は言って、信じられないという子供っぽい表情を作った。

「考え直してくれ、ロリータ。他には何の下心もないから。ただ、もしかすると……いや、何でもない」。（処刑執行中止、と言いたかったがやめた。）「いずれにしろ、たとえおまえが嫌だと言っても、おまえの……結婚資金《トルソー》は渡してやるから」

「本気？」とドリーはたずねた。

私が渡した封筒には、現金で四〇〇ドル、それに小切手で三六〇〇ドル入れてあった。

そろそろと、半信半疑で、彼女は私のささやかな贈物《モン・プティ・カドー》を受け取った。そして額が美しいピンクに染まった[22]。「つまり」と彼女は苦しそうに力をこめて言った。「四〇〇〇ドルもくれるっていうの[23]？」私は顔を手でおおって、これまで流したことのないような熱い涙をどっと流した。涙が指を伝って顎に落ち、私を燃やし、鼻がつまり、それでも涙が止まらずにいると、彼女が私の手首に触れた。

「触らないでくれ、そんなことをされると死にそうだから」と私は言った。「本当に一緒に来ないのか？　来る見込みはまったくないのか？　それだけ教えてくれ」

「ないわ」と彼女は言った。「だめよ、ハニー、だめ[24]」

彼女にハニーと呼ばれたのは初めてだった。

「だめ。まったく問題外。それくらいだったらキューのところに戻るわ。つまり――」

彼女は言葉を探した。私は頭の中でその言葉を見つけてやった（「あたしの心をめちゃめちゃにしたのはあの人なの。あなたはあたしの人生をめちゃめちゃにしただけ」）。

「ほんとに」と彼女は続けて――「あっ。（封筒が床にすべり落ち、それを拾い上げて）ほんとに、その、こんな大金くれるなんてほんとにあなたってすてき。これで万事解決、来週に出発できるわ。お願いだから泣くのはやめてよ。わかってちょうだい。もっとビールでも持ってきてあげましょうか。ねえ、泣かないでよ、騙してほんとに悪かったって思うけど、世の中ってそういうもんじゃないの」

私は顔と指をぬぐった。彼女は贈物《カドー》を見てにっこりした。そして大喜びした。そしてディックを呼ぼうとした。もうすぐ出なくちゃいけないし、彼には会いたくないんだ、どうしても、と私は言った。私たちは何か話題を思いつこうとした。どういうわけか、私は何度も思い浮かべてしまった（私の忌まわしい網膜に、その姿が震えて絹のように輝いているのだ）、燦めくような一二歳の女の子が、敷居に座って、空缶めがけて小石を「ピン」している姿を。私はもう少しで（何かさりげない言葉を見つけようとして）「ときどき思うんだがな、あのマックーさんとこの女の子はどうなったのかな、良くなったんだろうか？」と言いかけて、きわどく思いとどまったのは、彼女にこう言い返されないためだった。「あたしもときどき思うんだけど、あのヘイズさんとこの女の子はどうなったのかしら……」。最後に、私は金銭問題に戻った。あの金額は、お母さんの家の賃貸料をまとめた、ほぼ正味の額だ、と私は言った。すると彼女は言った。「何年も前に売ったものだとばっかり思ってた」。いいや（私が彼女に以前そう話したことがあるのは、ラムズデールとの関係をすべて断ち切るためだった）。また後で、弁護士から資産状況の詳しい収支報告書が送られてくるはずだ。それは薔薇色だぞ。お母さんが持っていた小口の有価証券のなかには、値がうなぎのぼりになってるのがあるからな。さあ、もう行かないと。行って、あいつを見つけ出して、殺さないといけないのだ。

彼女の口づけには生き残れそうにないので、彼女とその腹が私に向かってステップを踏むたびに、私は気取ったダンスをするように後ずさりを続けた。

彼女と犬が私を見送ってくれた。驚いたことに（というのは言葉の綾で、私は驚かなかった）、彼女は子供の頃そしてニンフェットの頃に乗った古い車を見ても、まるで無関心だった。彼女が言ったのは、あっちこっちがなんか紫っぽくなってきたわね、ということだけだった。おまえにやるよ、なんならこっちはバスで行くから、と私は言った。ばかなこと言わないで、あたしたちは飛行機でジュピターまで行って、そこで車を買うから、と彼女は言った。それならこれをおまえから五〇〇ドルで買い取ろう、と私は言った。

「この分だとあたしたちはじきに億万長者ね」と彼女は興奮して息をはずませている犬[*25]に向かって言った。

カルメンシータ、と私は彼女にたずねた《リュイ・ドゥマンデ・ジュ》……。「最後に一言」と私は嫌になるほど念入りな英語で言った。「おまえは本当に、本当に――まあ、もちろん明日でなくてもいいし、明後日でなくてもいいんだが――その――いつか、いつでもいいから、私と一緒に暮らしてくれないか？　もしおまえがその超微細な希望を与えてくれるんだったら、私は新品の神を創造して、絶叫をあげて彼に感謝するよ」(記憶は曖昧。)

「だめよ」と彼女はほほえみながら言った。「だめ」

「そうしたら何もかも変わるんだが」とハンバート・ハンバートが言った。

そこで私は自動拳銃を取り出した――つまり、私がそういうばかなまねをしそうだと読者は予想していたのではないか。そんなことを私は思いつきもしなかった。

「さようならあ！」と、永遠に生き、そしてもう死んでいる、我がアメリカのすてきな恋人は歌うように言った。なぜなら、あなたが本書を読んでいる頃には、彼女はもう死んでいて、そして永遠に生きているからだ。つまり、それがいわゆる当局との正式な取り決めなのである。

それから、私が車で去るときに、彼女が震える大声でディックに叫んでいるのが聞こえた。そして犬がまるで太ったイルカみたいに車に並んで駆けていこうとしたが、身体が重くて年を取っているので、すぐにあきらめた。

やがて日も暮れゆき、私は霧雨の中を走っていて、フロントガラスのワイパーも大車輪で活躍したが、涙だけはどうすることもできなかった。

30

私がやったようにコールモントを午後の四時頃[*1]に出発すると（X号線を通って——数字は憶えていない）、近道に誘惑されなければ、ラムズデールに明け方までには着いたかもしれない。それには幹線道路Yに出る必要があった。地図はごくあっさりと、日暮れに着いたウッドバインのすぐ先で、舗装されたXを出て、舗装されていない横断道路を通れば、舗装されたYにたどりつけることを示していた。地図によればほんの四〇マイルほど[*2]だ。この道順をたどらない場合は、Xをまだ一〇〇マイル行って、それからのんびりと周回道路のZを使ってYに、そして目的地にたどりつくことになる。[*3]ところが、当該の近道はどんどんひどくなり、石ころや泥だらけになって、拷問のような、ほおかむりをされたような、かたつむりのようなのろのろ運転で一〇マイルほど行った後で引き返そうとしたときに、年老いて弱々しいメルモスが深い泥土にはまって動けなくなってしまった。あたり一面は闇に包まれて、蒸し暑くて、絶望的だった。ヘッドライトは大きな溝の上につんのめり、照らし出されているのはあふれた水ばかりだ。周囲の田園は、もし田園だとしても、黒い荒野だった。なんとか脱出しようとしてみても、後部車輪がバシャバシャと哀れにもがく音をたてるだけだ。我が身の不運を呪いながら、私は上等の服を脱いでスラックスに穿き換え、弾丸で穴だらけになったセーターを着込み、四マイルほど泥水の中を歩いて道端の農家まで戻った。途中で雨が降り出したが、雨合羽を取りに戻るだけの余力はなかった。こういう事件を考えてみると、最近の診断はともかく、我が心臓は基本的に健康なのだと自信を持っている。真夜中頃に、レッカー車が私の車を引きずり出してくれた。私は幹線道路Xに戻ってまた旅を続けた。一時間後、名もない小さな町で、激しい疲労感が私に追いついた。私は道端の縁石に車を停め、親友であるジンを暗闇の中でぐっとあおった。

雨は何マイルも前にあがっていた。あたたかい闇夜で、アパラチアのどこかだ。ときおり車が通り過ぎ、赤いテールライト[*4]が遠ざかり、白いヘッドライト[*5]が近づいてくるが、町は死んだようになっている。甘く熟して腐りかけのヨーロッパでは、気晴らしに外に出た市民たちが歩道で散歩したり笑ったりしている光景を見かけるけれども、ここではそんな人間は誰もいない。罪のない夜と恐ろしい考えを楽しむのは私一人しかいないのだ。縁石に置かれている針金でできた容器は、受け入れ可能な物についてひどくうるさかった。「掃除したゴミ。紙。ただし残飯お断り」。シェリーレッドの電光文字で記された「カメラの店」。下剤の名前が入った大きな温度計がドラッグストアの店先で静かに暮らしていた。ルビノフ宝石商会のショーウィンドーでは模造ダイヤが赤い鏡に映っていた。特急仕上げジェフ洗濯店のリネンの深海では蛍光式の緑色の時計が泳いでいた。道の反対側ではガレージが「首働車[*6]」と寝言を言っていたが、「自動車」と訂正した。やはりルビノフ商会の宝石でできた飛行機が、ビロードの空に爆音を立てて通り過ぎた。こんな死んだように静まりかえる夜の町の景色を、私は何度見たことだろう！　今回もそれが最後ではないのだ。

相手は殺されたも同然だから、もう少し暇つぶしをさせていただきたい。通りのむこうをもう少し先に行ったところで、ネオンサインが我が心臓より二倍ゆっくりと瞬いていた。レストランの看板の輪郭になっている、大きなコーヒーポットが、一秒おきくらいにエメラルド色の命に沸きあがり、またそれが消えるたびに、「おいしいお食事」と書かれたピンクの文字が後を引き継ぎ、それでもまだポットの形は隠れた影として見分けることができて、次のエメラルド色の復活まで目を楽しませてくれるのである。影絵芝居やったの[*7]。この秘かな町[*8]は〈魅惑の狩人〉からさほど離れていない。私はありえない過去に酔って、ふたたび涙を流していた。

31

コールモントとラムズデールのあいだ（罪のないドリー・スキラーと陽気なアイヴァー叔父さんのあいだ）にあるこの人里離れた軽食堂で、私はこれまでの一件をふりかえってみた。こんなに単純にはっきりと私自身と我が恋人を見たことはなかった。それに比べれば、過去の試みはすべて焦点がぼけているようなものだ。二年前、私は形而上学的な好奇心から、フランス語を話す知的な聴罪司祭の導きに従って、プロテスタントのつまらない無神論を昔からあるカトリックという治療法に委ねたが、それは自分の罪悪感から超越者の存在を導き出せるのではないかと期待してのことだった。霜でレース編みされたケベックの凍てつくような朝に、善良な司祭はこの上ない情愛と理解を示して私の話を聞いてくれた。彼と、彼が代表する教会に、深甚なる謝意を表したい。ただ残念ながら、いかなる魂の慰めを見出そうが、いかなる透かし彫刻入りの来世が私に用意されていようが、私が彼女につけた汚らわしい情欲の傷をロリータはどんなことがあっても忘れないという単純な人間的事実を、私は超越できなかった。無限に長い目で見れば、ドロレス・ヘイズという名の北米の少女が狂人によって少女時代を奪われたところでこれぽっちも問題にならないと私（この心臓と、この顎髭と、この肉体の腐敗を持った今の私、今日の私）に証明してくれないかぎり、それが証明されないかぎり（証明できるとすれば人生はジョークだ）、私にはこの惨めな状態の治療法として、言語芸術という憂鬱できわめて局所的な緩和剤しか思いつかない。ここで古《いにしえ》の詩人の言葉を引用しておこう。

死ぬ運命にある人間の道徳意識はいわば税金であり
滅ぶ運命にある美という意識に対して我々はそれを払わねばならない。

32

私たちが最初に旅行したあいだ（いわば第一回目の楽園めぐりだ）、幻影を心穏やかに楽しむために、私が彼女にとってはボーイフレンドではなく、魅惑の男性でもなく、友達でもなく、まったく人間ですらなくて、ただ単に二つの目と一フィートの充血した肉でしかないという（ここに書けることだけを書けばの話）、目にせざるをえない事実をかたくなに無視することに決めた日があった。あるいはまた、前日にした便宜的な約束を取り消した後で（彼女が移り気な心を何に奪われたにせよ――フロアが何か特別なプラスチックでできているローラースケート場とか、彼女一人で行きたい昼の部の映画とか）、たまたま私はバスルームから、斜めになった鏡[*1]と開いたドアという偶然の組み合わせによって、彼女の表情をちらりと見てしまった日があった……正確に記述するのがむつかしい表情だ……その表情にあったのは完璧なよるべなさで、それが心地よい愚鈍さへと移行していくように見えるのは、まさしくそれが不正と不満の限界であり、いかなる限界もその先にある何かを前提とするので、それゆえに淡い啓示にとどまるのである。そして吊り上げた眉や開いた唇が子供のものだということを念頭に置けば、彼女の愛しい足下に身を投げ出し、人間らしい涙に溶け、ロリータが彼女にとってより現実的な外の世界の汚くて危険な子供たちと交わることで楽しみを得たいと願うなら、己の嫉妬心も犠牲にしようとするのを思いとどまったほどの、計算された官能の底深さや、ふたたびそこに映っていた絶望をよくおわかりになっていただけるだろう。

そして私には他にも隠蔽した記憶があり、それが今手足を持たない怪物のような苦痛となって姿を現してきている。あるとき、夕陽が去り行くビアズレーの通りで、彼女はエヴァ・ローゼンの方をふり向き（私は二人のニンフェットをコンサートに連れて行くところで、二人のすぐ後ろを歩いていたので身体が触れそうなほどだった）、彼女はエヴァの方をふり向き、ミルトン・ピンスキイ（地元の生徒）が音楽についてしゃべっているのを聞くぐらいだったら死んだほうがましだわというエヴァの言葉に答えて、とても冷静かつ真剣に、我がロリータはこう言った。[*2]

「ほら、死ぬのがすごく怖いのは、完全に一人っきりになってしまうからよ」。そして私は自動人形のような足を機械的に動かしながら、つまり私には彼女の気持ちなど何一つわかってはいないんだという思いに突然襲われ、もしかするとこの恐ろしく子供じみた決まり文句の背後には、彼女の内に庭園や黄昏があり、さらには宮殿の門もあるやもしれぬという気になってくる——その薄暗くみごとな領域は、汚れた襤褸《ぼろ》を着て惨めな痙攣に身体を震わせる私のような人間には、はっきりと立入厳禁である。なぜかと言えば、私たち、すなわち彼女と私のように、完全な悪の世界に住んでいると、彼女と年上の友人、彼女と両親、彼女と本当に健康的な恋人、私とアナベル、ロリータと崇高にして、純粋化され、分析され、神格化したハロルド・ヘイズが議論したかもしれないこと（抽象的概念、絵画、斑のホプキンズあるいはつるつる頭のボードレール、神あるいはシェイクスピア、といった本当に価値のある話題）を私が議論しようとすると、私たちは奇妙にばつが悪くなってしまうからだ。なんたることか！　彼女は凡庸な図々しさと退屈さでその傷つきやすさを武装し、それに対して私は、どうしようもなく他人事のような一言を加えるときには、自分でも歯噛みしたくなるほどのわざとらしい声を使って、怒った聞き手は下品な言葉を連発し、その先まったく会話が成り立たなくなるのだ、ああ哀れな、傷ついた我が子よ。

私はおまえを愛した。私は五本足の怪物のくせに、おまえを愛したのだ。なるほど私はあさましく、獣じみて、下劣で、何とでも言ってくれればいいけれども、それでも《メ》私は《ジュ》おまえを愛していた《テ》のだ、愛し《ジュ》てい《テ》た《メ》のだ！　そしておまえがどう感じているか、私にはわかるときがしばしばあったし、そのときには地獄のような思いを味わったのだ、ロリータ。我がロリータよ、勇敢なドリー・スキラーよ。

今でも思い出す瞬間があり、それを楽園の氷山と呼ぶことにするが、彼女を心ゆくまで堪能した後で（途方もない狂おしい労働で碧い縞に染められながらぐったりとなった後で）、彼女を腕の中にかき抱き、ようやく人間らしい情愛の声にならないうめきを発し[*3]（彼女の肌は舗装された中庭からブラインドの隙間を通して射し込んで来るネオンの灯りに燦めき、煤のように黒い睫毛は濡れてもつれ、憂いを帯びたグレイの目はさらに虚ろになり——まるで大手術を受けた後でまだ麻酔が効いて朦朧としている患者のようだった）[*4]、その情愛が深まって恥辱と絶望に変わり、そして私は我が孤独で軽やかなロリータを大理石の腕の中であやして揺すり、あたたかい髪に顔をうずめてうめき、思いつくままに愛撫して無言のうちに彼女の祝福を求め、[5] そしてこの人間らしい苦悶に満ちて利己心のない情愛の極みに達したところで（我が魂はまさに彼女の肉体のまわりにただよって、今にも悔い改めようとしているときに）、いきなり降ってわいたように、皮肉にも、おぞましくも、情欲がまたしても膨らんでくるのだ――すると「まあ、やめて」とロリータは天に向かって溜息をつきながら言って、次の瞬間には情愛も碧色も、すべてが粉々に砕け散ってしまうのだった。

二〇世紀中葉において、親子関係をめぐる考え方は学問的駄弁や精神分析学一味の標準化された象徴によってすっかり汚されてしまったが、私は偏見を持たない読者に呼びかけたい。あるとき、エイヴィスの父親が外でクラクションを鳴らして、パパが迎えに来たよと合図したことがあり、そのときに私は彼を客間に迎え入れるのが礼儀だと思い、彼はしばらく腰掛けて、私たちがおしゃべりをしていると、体重が重くて、魅力がなくて、気だてはやさしい[6] エイヴィスが父親のそばに寄ってきて、最後にはどかっと膝の上に腰を下ろしたのだった。今では、もうこのことは書いたかどうか記憶していないが、いつもロリータは知らない人に対して実に魅惑的なほほえみを向ける癖があり、長い睫毛の目をやさしく細め、夢見るようなかわいい輝きが顔全体から発散され、それは本人にとってはまったくどうということはないにしろ、あまりにも美しく、あまりにも愛おしくて、それはただ単に魔法の遺伝子が自動的に表情を明るくしているだけに過ぎず、歓迎を表す古代の儀式の先祖返り的な名残りではないかと、そういう愛らしさを還元してしまう気にはなれないのである――これは売春婦が見せる愛想の良さだと、品のない読者なら言うかもしれない。それはともかく、バード氏が手にした帽子をくるくるまわしながらしゃべるときに彼女もそこに立っていて――そうだ、なんて私は愚かなんだ、有名なロリータ・スマイルの主な特徴を書き忘れていたじゃないか、つまり、やさしくて、とろけるようで、えくぼのできた輝きがそこに戯れてはいても、それはけっして部屋の中にいる知らない人に向けられるのではなく、どこか遠くのいわば花咲く虚ろの中にただよっているか、近視眼のような柔和さでたまさかの物体の上をさまよっているのである——そして今これから起こることはこうだ。太ったエイヴィスがパパにすり寄って行くあいだ、ロリータはテーブルの端に置かれた果物ナイフをつまんでそれにやさしくほほえみかけ、私から何マイルも離れた場所で、そのテーブルに身を乗り出す。すると突然、エイヴィスが父親の首筋につかまり、父親がさりげない腕でそのずんぐりした図体の大きな娘を包み込むと、ロリータのほほえみは光を失い、凍てついた小さなほほえみの影となり、果物ナイフがテーブルから落ちて、その銀の握りが足首をしたたか殴りつけ、それで彼女はあっと声を出し、うなだれて、それから片足で跳ねながら、顔は涙がどっとあふれてくる前に子供が我慢して見せる、あの準備段階のしかめ面に歪んで、彼女は行ってしまった——すぐにエイヴィスがその後を追いかけて、台所で慰めてくれたのだが、このエイヴィスには太って赤ら顔のすてきなパパと小さくてぷくぷくの弟と、それから新品の赤ん坊の妹がいて、それにお家もあって、歯を剝いて笑う二匹の犬がいるのに、ロリータには何もないのだった[*7]。そして私はそのささやかな場面とみごとな一対を成すものを持っている——これもまた舞台設定はビアズレーである。暖炉の前で本を読んでいたロリータが、のびをしてから、肘をあげたままの恰好で、わめき声をたててこうたずねた。「いったいどこに埋められてんのよ?」「誰が?」「ふん、知ってるくせに、あたしの殺されたママよ」。「お墓がどこにあるのか、おまえだって知ってるくせに」と私は自制しながら言って、それから墓地の名前を口にした——ラムズデールを出たすぐそこで、鉄道の線路とレイクヴュー・ヒル[*8]のあいだにある。「おまけに」と私は付け加えた。「ああいう事故の悲劇性が、おまえの選んだ形容辞でちょっと安っぽくなってしまうじゃないか。もしおまえが心の中で、死という観念を乗り越えたいと本気で思ってるんだったら——」「やってらんない」とローは言って、だるそうに部屋を出て行き、長いあいだ私はずきずきする目で暖炉の火を見つめていた。本を拾いあげたのはそのときだ。それは若者向けのクズ本だった。マリオンという陰気な女の子がいて、その継母は、まったく予想に反して、若くて、陽気で、理解のある赤毛の女性で、マリオンにこう諭す、つまり、マリオンの死んだお母さんは実は英雄的な女の人で、マリオンを深く愛しているのにそうではないふりをしていたのは、自分が死にかけていて、母親が死んだら子供が寂しがってはいけないと思ってのことだったと。私は泣き叫んで彼女の部屋に走っていったりはしなかった。私は干渉すべからずという精神衛生をつねに好むのである。しかし、こうして記憶を身悶えしながら呼び起こしてみると、この場合や似たような場合に、ロリータの心理状態を無視するかたわらで卑しい自己を慰めるというのが、つねに私の習慣であり方法であったことに思い至る。私の母が、濡れて鉛色のようになったドレス姿で、流れ落ちてくるような靄の中（と私は母を鮮明に想像した）、ムリネを見下ろすあの尾根を息を切らしながら感極まって駆け上がった後で、そこで落雷に打たれて死んだとき、私はまだほんの幼児で、思い起こしてみれば、一般に許容された形での母親への思慕というものは、青春時代のいかなる瞬間にも育むことができず、後の鬱病の時期に心理療法士がどれほど残酷に私を突つきまわしてもだめだったのである。ただ、私ほどの想像力を持った人間が、普遍的な感情に対して個人的に無知だったと言い訳することができないのは、まったく認めざるをえない。そしてまた、シャーロットと娘との異常なほど冷めた関係を、あまりにも当てにしすぎていたような気もする。しかし、この議論で恐ろしい点はここだ。私たちの奇怪で獣じみた同棲期間中に、我が平々凡々たるロリータにも次第に明らかになってきたのは、たとえ最も惨めな家庭生活ですら、近親相姦のパロディよりはましであり、実はそれこそ、長い目で見れば、私がこのみなしごに対して提供できる最良のものだったのである。

33

ラムズデール再訪。私は湖がある側から町に近づいていった。晴れた正午は全身これ目になっていた。泥で斑になった車で運転していくと、遠い松林のあいだにダイヤモンドのような湖面の燦めきが見えた。私は共同墓地に車を乗り入れて、背丈もさまざまな石碑の中を歩いていった。こんにちは《ボンズール》、シャーロット。墓のなかには、色が薄くなり透き通った小さな国旗が、風がなくて常緑樹[*1]の下でぐったりしているのもあった。いやまったく、エド、おまえも運が悪かったなあ――これはG・エドワード・グラマーという男の話で、この三五歳になるニューヨークの会社の専務は、三三歳[*2]の妻ドロシーを殺害したかどで起訴されたばかりだった。完全犯罪を狙って、エドは妻を棍棒で殴り、車の中に運び入れた。事件が明るみに出たのは、結婚記念日のプレゼントとして夫から贈られた、グラマー夫人の青い大型クライスラーの新車が猛スピードで丘を下ってくるのを、パトロール中の二人の郡警官が目撃したからで、その丘はちょうど管轄区域内ぎりぎりのところにあった（我らが優秀なる警官たちに神の祝福を！）。車は電柱を横殴りして、芒草《のぎぐさ》や野苺《のいちご》や雉蓆《きじむしろ》で覆われた土手を駆け上がってから横転した。警官がG夫人の死体を運び出したとき、車輪はまだやわらかな日射しの中でゆっくりと回転していた。当初は幹線道路でのよくある事故のように見えた。ところが、夫人の身体に打撲の跡があるのは、車がほんのわずかな損傷しか受けていないという点と合致しなかったのである。私はもっとうまくやったわけだ。

私は車で進んでいった。ほっそりとした白い教会や大きな楡と再会したのは妙な気分だった。アメリカの郊外地の街路では、一人で道を歩いている人間のほうが一人で車に乗っている人間よりも目立ちやすいということを忘れて、私は通りに車を残してこっそりローン街三四二番地まで歩いていくことにした。大流血を前にした私には、ちょっとした息抜きというか、精神的嘔吐のカタルシス的痙攣を起こす権利があるのではないか。廃品業者の屋敷は白い鎧戸が閉まっていて、歩道の方に傾いた「売家」という白い看板には、誰かがどこかで見つけた黒いビロードのヘアリボンを結びつけていた。吠える犬もいなかった。電話をかけてくる庭師もいなかった。蔦がからまるポーチに座っているお向かいさんもいなかった――孤独な通行人が不愉快な気分になったのは、まったく同じ水玉模様のエプロンをつけた、ポニーテールをした二人の若い女性たちがそこにいて、今まで何をしていたのかは知らないが、その手を休めて彼をにらみつけたからだった。間違いなく、お向かいさんはとうの昔に死んで、この二人はフィラデルフィアから来た双子の姪たちなのかもしれない。

かつての自宅に入ってみようか？　まるでツルゲーネフの小説に出てくるみたいに、開いた窓からどっとイタリア音楽があふれ出てきた――居間の窓だ。太陽が彼女の愛しい脚に輝いていた、あの魅惑の日曜には弾くピアノなどなかったのに、いったいどんなロマンチックな魂の持ち主がピアノを演奏しているんだろう？　突然気づいたのは、草刈りをしたことがある芝生から、金色の肌に茶色の髪をした、九歳か一〇歳くらいの白いショートパンツ姿のニンフェットが、狂おしい魅力を持った大きな青黒い目を見開き、私の方を見つめていることだった。ご機嫌を取ろうとして、君はなんてすてきな目をしてるんだという、何の悪意もない旧世界風のお世辞を言ったら、彼女はあわてて家の中に逃げ込み、音楽も突然やんで、狂暴そうな黒髪の男が汗をぎらぎらさせながら出てきて、私をじろりとにらみつけた。思わず名乗ろうとしたとき、夢の中に出てくる恥ずかしい場面みたいにどきっとして、泥がついたダンガリーのズボンや、汚くて穴のあいたセーター、無精髭がはえた顎、それに浮浪者さながらの血走った目をしている自分に気づいた。何も言わずに、私はまわれ右をしてもと来た道をとぼとぼ戻っていった。記憶の中に残っている、歩道の裂け目のところに、アスターみたいな貧血症の花が咲いていた。静かに復活させられて、お向かいさんが姪御たちに車椅子を押してもらってポーチに現れ、まるでそこが舞台で私が主演男優みたいだった。声をかけてくれないことを祈って、私は車へと急いだ。なんて急な坂道なんだ。なんて奥の深い大通りなんだ。ワイパーとフロントガラスのあいだに駐車違反の赤い紙がはさんであった。私はそれをゆっくりと、二つ、四つ、八つにちぎった。

　時間の損だと思いながら、私は五年以上も前に新しい旅行鞄を持ってやってきた、あの下町のホテルまで勢いよく車を飛ばした。部屋[*3]を取ってから、面会[*4]の約束をする電話を二本かけ、髭を剃り、入浴し、黒い服を着てから、一杯やろうと階下のバーに下りていった。そこはまったく昔のままだった。バーは前と同じで薄暗く、ありえないザクロ色の灯りに満たされていて、そういう照明はヨーロッパでは何年も前に安酒場に見られたものだが、ここではそれが家族向きホテルでちょっとした雰囲気を出すために使われているのである。私はここに滞在したまさしくその当初、シャーロットの下宿人となった直後に、シャンパンのボトル半分でも一緒に飲んで祝うのが礼儀だろうと思い、それが運命的に彼女の哀れなあふれる心を征服してしまったのだが、そのときに座ったのと同じ小さなテーブルに座った。そして当時と同じように、お月様みたいな顔をしたウェイターが、結婚パーティ用に五〇杯分のシェリーを丸いトレイにみごとな手さばきで綺羅星のように並べているところだった。今回は、マーフィーとファンタジアのカップルだ。時刻は三時八分前。ロビーを抜けていくとき、午餐会が終わって互いに愛嬌《ミル・グラース》をふりまき別れの挨拶を交わしているご婦人方の一群の横を通らねばならなかった。そのうちの一人が、私に気づいて甲高い叫び声をあげ、とびかかってきた。彼女はでっぷりとして背丈の低い女性で、パールグレイのドレスを着て、小さな帽子には長くて灰色のほっそりした羽根飾りを付けていた。それがチャットフィールド夫人だった。彼女はいんちきくさいほほえみで私に襲いかかり、邪悪な好奇心に燃えていた。(ひょっとしてあなたは、フランク・ラサールという五〇歳の機械工がサリー・ホーナーという一一歳の女の子に対して一九四八年にやったことを、ドリーに対してやったんじゃないでしょうね?)すぐに私はその熱心なはしゃぎぶりをこちらの思いのままにすることができた。夫人は私がカリフォルニアにいるものとばかり思っていたのである。それで、お元気でいらっしゃいますか——? 得たりや応とばかりに私は、義理の娘がちょうど優秀な鉱山技師と結婚したばかりで、その技師は北西部で極秘の仕事があるらしいという話を教えてやった。彼女が言うには、そういう早い結婚には反対で、うちのフィリスも一八になったけど絶対に——

「ええ、もちろんですよ」と私は静かに言った。「フィリスのことは憶えています。フィリスにキャンプQ、ええ、もちろん。ところでお宅のお嬢さんは、チャーリー・ホームズがキャンプQで母親の預かった女の子たちに手をつけたという話をしませんでしたか?」

チャットフィールド夫人のひび割れたほほえみは、今や完全にばらばらになってしまった。

「なんてことを」と彼女は叫んだ。「なんてことをおっしゃるんですか、ハンバートさん! あのかわいそうな子は、朝鮮戦争でちょうど戦死したばかりなんですよ」

最近の出来事を表すんだったら、"vient de" に不定詞のほうが、英語で "just" に過去形を使うよりもずっとぴったりじゃありませんか? と私は言った。でも急がないといけませんので、と私は言った。*5

そこからウィンドミューラーの事務所まではわずか二丁しかなかった。彼はとてもゆっくりとした、まさに包み込むような、強い、探りを入れるような握手で私を出迎えた。てっきりカリフォルニアにいらっしゃるんだと思っていましたよ、と彼は言った。ビアズレーにお住みになってたことがありませんでしたか？　うちの娘が今度ビアズレー大学に入りましてね。それでお宅のほうは——？　私はスキラー夫人に関する必要な情報をすべて揃えていた。我々はなごやかな商談を行った。そして私は、[*6]暑い九月の陽光の中に出てきたとき、すっかり満足しきった乞食になっていた。

　さてこれで仕事はすべて片づき、後は好きなだけ、ラムズデール訪問の主目的に専念できる。いつも自慢にしている手順を踏んだやり方で、私はクレア・クィルティの顔を仮面をつけたままで暗い地下牢の中に置いておき、そこで彼は私が床屋と司祭を連れてやってくるのを待っていたのだ。「起きろよ、《レヴェイエ・ヴー》ラクー、もう死ぬ時間だぞ《イ・レ・タン・ド・ムリール》！」。ここで人相学による顔の記憶術について議論している余裕はないけれども（彼の叔父のところへ行く途中で、急いでいるのだ）、これだけは記させていただきたい。私は曇った記憶のアルコールの中に、蟇蛙《ひきがえる》の顔を漬けて保存してあったのである。数度ちらりと見るうちに、私はそれがスイスに住む親戚の、陽気で不愉快なワイン商にちょっと似ているのに気づいていた。鉄アレイにくさい臭いのするタイツ、太くて毛むくじゃらの腕、脳天の禿、それに豚のような顔をした召使い兼妾《めかけ》といったことはあるにせよ、彼はおよそのところ人畜無害な古狸だった。実際のところ、無害すぎて私の餌食と混同のしようがない。現在の精神状態では、私はトラップのイメージをすっかり忘れてしまっていた。それはすっかりクレア・クィルティの顔に呑み込まれてしまっている——彼の叔父さんの机には、芸術的精密さを備えている、写真立てに入った彼の写真があったが、それで表されるような顔だ。[*7]

　ビアズレーで、魅力的なモルナー先生の手により、私はかなり大がかりな歯の手術を受けたことがあり、抜かずに残した歯は上下の前歯が数本だけというありさまだった。上の歯茎に沿って目立たない針金のようなものを走らせ、そこに入れ歯をはめこむというのがその入れ替え方式だ。その結果は実に快適で、犬歯はまったく健康そのものだった。ただ、秘密の目的をもっともらしい口実で飾ろうとして、私はクィルティ医師に対して、顔面神経痛をやわらげたいので歯をぜんぶ抜くことに決めましたと言った。入れ歯の完全揃いっておいくらでしょうか？　第一回目の診察を一一月のいつかに決めたとして、治療はどれくらい長くかかるでしょうか？　有名な甥御さんは今どちらにいらっしゃるんですか？　一回のドラマチックな診察でぜんぶ抜いてしまうことは可能でしょうか？

白衣で白髪の、政治家によくある頭を刈り上げ大きく平べったい頬をしたクィルティ医師[*8]は、机の角に腰掛けて、片足を夢見るように蠱惑《こわく》的に揺らしながら、すばらしい長期計画を披露しはじめた。まず最初は、歯茎が固まるまで仮の歯を入れておく。それから恒久用の入れ歯をこしらえるというのだ。ちょっとお口の中を見せてくださいと彼は言った。彼はミシン目の入った斑の靴を履いていた。あの悪党には一九四六年以来ずっと会っていないが、パーキントンからさほど離れていない、グリム・ロードというところにある、先祖の家にたぶんいるんじゃないかと思う、と彼は言った。この手術構想は高邁な夢だった。彼の足は揺れ、視線は熱を帯びていた。費用はざっと六〇〇ドルほど。ここですぐ型を取って、手術を始める前に最初の入れ歯を作っておきましょう、と彼は提案した。私の口は彼にとって貴重な宝物でいっぱいのすばらしい洞窟らしいが、私は立ち入りを許さなかった。

「結構です」と私は言った。「やはり考え直して、ぜんぶモルナー先生にやっていただくことにします。むこうのほうが値段が高いんですが、それでももちろんあなたよりはるかに上手な歯医者ですから」

読者のみなさんの中で、こんなことを言う機会に恵まれる方がはたしていらっしゃるだろうか？ それはなんとも夢のようにすてきな気分なのである。[*9] クレアの叔父は机に腰掛けたままで、相変わらず夢を見ているような表情だったが、足はもう薔薇色の予想のゆりかごを揺らしつづけてはいなかった。一方、骸骨のように痩せている、色あせた女性の歯科助手は、不運なブロンド娘の悲劇的な目をしていて、私の後を追いかけてくるなりばたんとドアを閉めた。

銃床に弾倉を入れる。弾倉がカチッとはまる音が聞こえるか感触がするまで押し込むこと。心地よいほどの手触り。装塡数は弾丸八発。フル・ブルー仕上げ——発射してほしくてうずうずしている。

34

パーキントンのガソリンスタンドで従業員がグリム・ロードに行く道順をわかりやすく教えてくれた。クィルティが在宅中なのを確認したいと思って、電話をかけてみようとしたら、自宅の電話機は最近回線が切られたのを知った。だとすると、もういないということなのだろうか？ 私は町から一二マイル北に行ったところにあるグリム・ロードまで車を走らせることにした。すでに夜は風景のほとんどをかき消していて、細くて曲がりくねった幹線道路を行くと、亡霊のように白い、反射鏡を付けた短い道路標識が並んでいて、私のヘッドライトの灯を借りてあちこちのカーブを表示していた。道の片側には暗い谷間、そしてもう片側には樹木が生えた斜面、そして前方には、よるべのない雪片のように、蛾が闇から私の探照光の中へとさまよい込んでくるのがぼんやりと見えた。予定どおり一二マイル目まで来たところで、奇妙な屋根を付けた橋[*1]がしばらく私をすっぽりと包み、その先に行くと、白塗りの岩が右手に現れて、車数台分先で同じ側へ折れて幹線道路を出ると、そこが砂利の多いグリム・ロードだった。二分間ほど、あたり一面は湿って、暗く、深い森だった。それから、〈夜鷺荘《ペイヴァー・マナー》〉という、小塔のついた木造屋敷が丸い空地に現れた。窓は黄色や赤に輝いている。車道には六台も車が置かれていた。私は木々に隠れて車を停め、ライトを消して、次の一手を静かに考えた。彼は取り巻き連中や娼婦たちに囲まれているのだろう。どうやらばか騒ぎをやっているらしいこのぐらぐらの城の内部を、私は彼女が読んでいた雑誌の「問題の一〇代」といった記事や、漠然とした「乱交」、ペニスのような葉巻を手にした大人の悪党、麻薬、用心棒といったような線で思い描かずにはいられなかった。ともかく、あいつはここにいるのだ。まだみんなが寝静まっている朝のうちにここへ戻って来ることにしよう。

　冷静かつ元気よく働いてくれる忠実な車に乗って[*2]、私はゆっくりと町に戻った。我がロリータ！　ダッシュボードの奥にはロリータの三歳になるヘアピンが相変わらずあった。ヘッドライトで夜から吸い上げられた青白い蛾の群れが相変わらずいた。黒々とした納屋が相変わらず道端のあちこちで身体を起こしていた[*3]。人々は相変わらず映画館に向かうところだった。泊まる場所を探しているあいだ、私はドライブイン・シアターを通り過ぎた[*4]。月のような輝きを放ち、月もなく重々しい夜とは対照的に実に神秘的で、暗くて眠っているような野原の中に傾けて設置されたスクリーンの上に映し出されて、厚みのない幻が拳銃をかまえ、その後退しつつある世界の傾斜角で彼も彼の腕も震えている食器を洗った後の排水ほどに縮小される——そして次の瞬間、並んでいる木々が手の動きを視界からさえぎってしまった。

35

私は〈不眠荘《インソムニア・ロッジ》〉を翌朝八時頃に出て、パーキントンでしばらく時間を過ごした。処刑執行をしくじる場面が強迫観念となって私に取り憑いていた。自動拳銃に装塡してある弾薬筒が一週間も使わずじまいになっていたので腐ってしまったのではないかと思い、取り外して新鮮なのを挿入した。相棒を油の風呂につけすぎたせいで、今ではぬぐってもそれが取れなかった。私はまるで切断された手のようにそいつに襤褸布の包帯を巻いてやり、別の襤褸布を使って予備の弾丸を一つかみ包んでおいた。

グリム・ロードに戻るまでの道のりの大半を雷雨が一緒についてきたが、〈夜驚荘〉に着いたときにはふたたび太陽が顔を出し、勇敢な殉教者のように燃え、濡れて湯気をたてている木々では小鳥が叫び声をあげていた。[*1] 凝った作りの老朽化した屋敷は意識朦朧としているように見え、いわば私の状態を鏡に映し出しているようだったが、それというのも、私の足が不安定ではね返ってくるような地面に触れたとき、アルコール刺激療法をやりすぎたと思わずにはいられなかったからだ。

用心深い皮肉な静寂が私の押したベルに答えた。しかし車庫には彼の車がちゃんとあって、今回は黒のコンヴァーティブルだった。[*2] 私はノッカーを試してみた。ふたたび応答なし。不機嫌なうなり声をたてながら、私は玄関のドアを押した——すると、ありがたいことに、そいつは中世のお伽話みたいにさっと開いた。そっとドアを後ろ手に閉めてから、私は広くてひどく見苦しいホールを進み、隣の応接間をのぞき込んだ。使用済みのグラスがたくさん絨毯から生えている。どうやら主人は主人用の寝室でまだ眠っているらしい。

　そこで私は階段を上がっていった。右手はポケットの中にある猿轡をかました相棒を握りしめ、左手はねとねとした手すりを叩いた。調べてみた寝室三部屋のうち、一部屋は明らかに昨晩誰かがそこで寝たらしい。書斎は花だらけだった。家具がない部屋もあり、大きな奥深い鏡と、つるつるした床に北極熊の毛皮が置いてあるだけだ。他にもまだ部屋がある。そのとき名案が浮かんだ。主人が森の散歩から戻ってくるか、秘密の巣穴から出てくるかしたら、これから先に長い時間のかかる大仕事を抱えた射撃の素人としては、遊び友達が鍵をかけて部屋の中に閉じこもってしまうというのは避けるのが得策ではないか。そこで私は五分間はたっぷり（明晰に狂っていて、狂ったように冷静な、魅惑され酩酊した狩人だ）、ありとあらゆる鍵穴のありとあらゆる鍵を回してたしかめ、空いている左手でポケットに収めてまわった。この屋敷は古い家で、計画的な子作りのためには唯一施錠可能な場所であるバスルームをこっそり使わなくてはならないような、魔法の箱とも呼ぶべき現代風の家に比べれば、計画的なプライヴァシーが豊富にあったのである。

　バスルームと言えば――私が三つめのバスルームを訪れようとしたとき、ちょうどそこから主人が出てきて、背後に短い瀑音を残した。私は通路の隅に隠れたが隠れきれない。顔色はグレイで、目の下がたるみ、禿頭には生毛のような髪がわずかに残っているだけで、それでも完全にあいつだと見分けのつく男は[*3]、私が持っていたのとよく似た紫のバスローブ姿で私のそばをすり抜けていった。私に気づかなかったのか、それともおなじみの無害な幻覚だとでも思って相手にしなかったのか――毛深いふくらはぎをこちらに見せながら、彼は夢遊病者みたいに階段を下りていった。私は最後の鍵をポケットに入れ、その後について玄関ホールに行った。口と玄関のドアを半開きにして、明るい隙間から外をのぞいている姿は、どうやら気後れした訪問者がベルを鳴らしてからまた退いたのが聞こえたような気がしたらしい。そして、階段の中程で立ち止まったレインコートの幻をまだ無視しながら、主人は応接間からホールを横切った向かいにあるこぢんまりした私室に入っていき、私のほうはその応接間を抜けて（これなら見つかりっこないと思って気楽になり）彼から離れ、バー付きの台所で、クロームの上に油のしみを残さないようにと気を配りながら、そろそろと汚い相棒の包帯をはがしてみた――こいつは使えない、黒くてひどくねとねとしているのだ。細かいことにこだわる性格の私は、裸の相棒をきれいなポケットに移してから、先ほどの私室に向かった。私の足取りは、すでに言ったとおり、ふらついていた――これだけふらついていると、たぶん成功はおぼつかない。しかし我が心臓は猛々しい喜びに脈打ち、私は足下のカクテルグラスを踏んづけてしまった。

　主人と出会ったのはトルコ風の間だった。

「君は何者だね？」と彼は甲高いしわがれ声でたずね、両手は化粧着のポケットに突っ込み、視線は私の頭から北東にある一点に固定されていた。「ひょっとしてブルースターかな？」

　ここまで来ると誰が見ても彼は朦朧としていて、完全に私のいわば慈悲のままという状態だった。これなら好き勝手ができる。

「そのとおりですよ」と私は慇懃に答えた。「ブリュステール《ジュ・スュイ・ムッシュー・ブリュステール》です。用件は後まわしにして、ちょっとしばらくおしゃべりしませんか」

　彼は喜んだようだった。しみのような口髭がぴくぴくと動いた。私はレインコートを脱いだ。その下は黒いスーツに黒いシャツ、ネクタイなしだった。私たちはそれぞれ安楽椅子に座った。

「なあ君」と彼は肉付きがよくてざらざらした土色の頰をぼりぼりと掻き、苦笑して小さな真珠色の歯を見せながら言った。「君はジャック・ブルースターに似てないぞ。つまり、類似性がさほど顕著ではないということだ。誰かから聞いた話じゃ、同じ電話会社に勤めている弟がいるそうだが」

悔恨と激怒の歳月を送り、やっとこいつを罠にかけた。見てみれば、ずんぐりした手の甲に黒い毛が生えている……。紫色の絹のガウンと毛むくじゃらの胸に無数の視線を走らせると、そこに穴があき、むごたらしいざまになって、苦痛の音楽が流れる……。この魂を半分しか持たない、人間以下のいかさま師で、我が恋人の菊門を陵辱した野郎が、とうとう……ああ、ロリータ、こんな至福には耐えられない！

「残念ながら、ブルースターの兄でも弟でもない」

彼は小首を傾げてよけいに喜んだ。

「もう一度当ててみろよ、パンチ」[*4]

「なんだ」とパンチが言った。「ということは、あの長距離電話の件で来たんじゃないんだな」

「おまえもときどき長距離電話をかけるんだろ？」

「何だって？」

今まで一度もかけたことがないとおまえが言ったような気がしたと言ったんだと私は言った。

「人間だよ」と彼が言った。「一般の人間。べつに君を非難してるわけじゃないが、ブルースター、人間がこの家にノックすらせずに侵入してくるのはまったくばかげた話さ。連中は便所は使うわ、台所は使うわ、それに電話も使いやがる。フィルはフィラデルフィアにかける。パットはパタゴニアにかける。[*5]だから料金の支払いは拒否しているんだ。あんた、妙な訛りがあるね、大将」

「クィルティ、ドロレス・ヘイズという少女を憶えてるか、ドリー・ヘイズを？　ドリーはコロラドのドロレスにかけたことがあるのか？[*6]」

「もちろん、かけてもおかしくはないさ、もちろん。どんな場所にだって。ワシントンのパラダイスにでも、ヘル・キャニオンにでも[*7]。そんなこと誰が気にする？」

「私は気にするんだよ、クィルティ。なにしろ、彼女の父親だから」

「そんなばかな」と彼が言った。「違うくせに。あんたはどこか外国の出版エージェントだろ。フランス人が以前、おれの『誇りの肉体』を『肉体の誇り《ラ・フィエルテ・ド・ラ・シェール》』と題して出版しやがった。ばかげた話だ」

「彼女は私の子だったんだ、クィルティ」

この朦朧状態だと、彼は何を言われたところではっと驚くはずもないが、どなりちらすのはどうも腑に落ちなかった。うすうす気づいてはいても悟られまいとする様子が種火となって、彼の目に生気のようなものが浮かんだ。しかしそれもまたすぐに消えてしまった。

「実はおれも子供好きでね」と彼が言った。「父親連中で親友になったのもたくさんいる」

彼は横を向き、何かを探していた。ポケットを叩いた。そして立ち上がろうとした。

「座れ！」と私は言った――そんなつもりはなかったのに大声が出た。

「そんなに大声を出さなくても」と彼は妙に女性らしい口調で文句を言った。「煙草を吸いたかっただけなのに。一服やりたくて死にそうなんだ」

「どうせ死ぬんだから」

「おいおい、笑わせるなよ」と彼が言った。「あんたにはうんざりしてきたな。どういう用件なんだ？　あんた、フランス人じゃない？　飲み物でもいかが？《ウーリー・ウー・ブー・アー》　よかったらルームバーに行ってぐっと――」

彼は私の手のひらに置かれた小さな黒い武器を、まるでどうぞと差し出されたみたいに見つめた。

「よお！」と彼は間延びした声で言った（映画の暗黒街物に出てくる低脳の物真似だ）。「たいした拳銃持ってるじゃないか。それをいくらで売ろうってんだ？」

　彼が伸ばしてきた腕を叩き落とすと、そのはずみで彼はそばにあった低いテーブルの上の箱をひっくり返してしまった。箱から煙草がばらばらっと出てきた。

「あった」と彼は嬉しそうに言った。「キプリングがこう言ってるだろう。女は女《ユヌ・ファム・エ・ユヌ・ファム》、しかしカポラルは煙草《メ・アン・カポラル・エ・ユヌ・シガレット》、だったかな？　さてと、次はマッチだ」

「クィルティ、よく考えてくれ。おまえはもうじき死ぬんだから。もしかすると来世は、責め苦のような狂気が永遠に続く状態かもしれないぞ。昨日吸ったのが最後の煙草だ。よく考えろ。今おまえに何が起こっているのか、考えてみろ」

　彼はドロームをほぐしてむしゃむしゃ嚙んでいた。

「じゃあ考えてみるか」と彼が言った。「君はオーストラリア人か、そうでなかったらドイツの移民だ。おれにどうしても話さなければいけないことでもあるのか？　なにしろこの家はユダヤ人お断りだしな。とっととずらかったほうがいいんじゃないのか。それに、たのむからその拳銃を見せびらかすのはやめてくれ。古いルガーが音楽室にあるから」

　私は彼のスリッパを履いた足下に相棒の狙いを定めて、引金を握りつぶした。するとカチッと音がした。彼は足下を見て、拳銃を見て、また足下を見た。もう一度必死になって引金を引くと、愚劣なほどに弱々しく子供じみた音をたてて、発砲した。弾丸はぶあついピンクの絨毯にめり込み、私はそいつが単にもぐり込んだだけでまた出てきそうな気がして、茫然となった。

「だから言っただろ」とクィルティが言った。「もう少し気をつけてもらわないとな。さあ、そいつをよこしたまえ」

彼は手を伸ばした。私は彼を椅子に押し戻した。大いなる喜びも萎えつつあった。もうこいつを抹殺してもいい頃だが、その前になぜ抹殺されるのかわからせておく必要があった。彼の状態が感染したのか、手の中にある武器はぐったりしてばつが悪そうだった。

「よく考えてみろ、おまえが誘拐したドリー・ヘイズのことを――」

「誘拐なんかしてないぞ！」と彼は叫んだ。「とんだ見当違いだ。おれは彼女を獣じみた変態から救ってやったんだ。おれの足下を狙う代わりにおまえのバッジを見せてみろ、この猿野郎。バッジはどこにある？　他人がレイプしようと、それはおれの責任じゃない。冗談じゃないぜ！　あの乱交はたしかにばかなまねだったが、それであんたは彼女を取り戻したんだろ？　さあ、一杯飲もう」

処刑されるのは座ったままがいいか立ったほうがいいかと私はたずねた。

「ちょっと考えさせてくれ」と彼は言った。「簡単な問題じゃないな。それはそうとして――おれは過ちを犯した。それでひどく後悔してる。つまり、ドリーといい思いをしたことは一度もないってことだ。おれはほとんどインポなのさ、憂鬱な真実を告白するとね。それに、彼女にはすばらしい休暇を過ごさせてやったし。有名人にも会わせたし。[*8]もしかしてご存知かも――」

そう言いながら彼はものすごい勢いで私に飛びかかり、拳銃を箪笥の下に跳ね飛ばした。幸いにも、彼は豪腕だというよりはせっかちなだけで、椅子に押し戻すのはたやすいことだった。

彼は少し息を切らし、胸で両腕を組んだ。

「やってくれたじゃないか」と彼は言った。「のっぴきならないことになったな《ヴー・ヴォワラ・ダン・ド・ボー・ドラ》、ええ《モン・ヴュー》」

彼のフランス語は上達していた。

私はあたりを見まわした。もしかして――うまくいったら――四つんばいになったら？　思い切ってやってみるか？

「お次は何だね？《アロー、ク・フェ・トン》」彼は私をまじまじと見つめながら言った。[*9]

私は腰を低くした。彼は動かなかった。私はさらに腰を低くした。

「失礼ながら」と彼が言った。「生と死をもてあそぶのはやめたまえ。私は劇作家だ。これまでに悲劇も、喜劇も、空想劇も書いてきた。『ジュスチーヌ』とか他の一八世紀の猥本から個人的に映画を作ったこともある。好評を博した脚本も五二作ある。業界の裏表を知り尽くしてるんだ。だからここは私に任せてくれ。どこかに火掻き棒があるはずだから、私が取ってきて、それで君の持ち物を釣りあげようじゃないか」

　口うるさく、お節介屋のように、ずるがしこく、彼はしゃべっているあいだにまた立ち上がっていた。私は彼から視線を離さないようにしながら、箪笥の下を手探りした。突然、相棒が箪笥の下の向こう側から[*10]顔を突き出しているのを、私はどうやら気づいていないらしいということを彼が気づいたということを私は気づいた。私たちはまた取っ組み合いを始めた。図体が大きくて身体の自由がきかない二人の子供みたいに、お互いに相手の腕の中に抱えられながら、私たちは床をころがりまわった。彼はローブの下は素っ裸で体臭がひどく、彼がのしかかってくると息がつまりそうだった。私は彼の上にのしかかった。私たちは私の上にのしかかった。彼らは彼の上にのしかかった。私たちは私たちの上にのしかかった。

　出版された形で本書が読まれるのは、おそらく紀元二〇〇〇年の初頭だろう（一九三五プラス八〇ないしは九〇[*11]、長生きしてくれよ、愛しいロリータ）。そして年配の読者ならきっとこの時点で、子供の頃に観た西部劇にはつきものの場面を思い出されるだろう。しかしながら、我々の取っ組み合いには、牡牛も気絶するような拳骨での殴り合いもなければ、家具が吹っ飛ぶこともなかった。

彼と私は二体の大きなマネキン人形で、中には汚い綿やら襤褸布が詰まっているだけなのだ。それは二人の文士による静かで、ソフトで、形にならない取っ組み合いであり、二人のうちの一人は麻薬のせいですっかり前後不覚になっているし、もう一人も心臓病とジンの飲み過ぎというハンディキャップを背負っていた。とうとう私が貴重な我が武器を手に入れ、脚本作家が低い椅子に復位させられたときには、戦い終えた牛男と羊男でもそういうことはけっしてないほど、二人とも激しくはあはあと息を切らしていたのである。

私は拳銃を点検してみることにして（もしかすると我々の汗でどこかが故障しているかもしれない）、プログラムのいよいよメインイベントへと進む前に息を整えた。間を埋めるために、私は彼に自分で判決文を読み上げてみろと提案した——私が書いておいた詩の形式で。「詩的正義」という言葉を使うのがこの点ではちょうどうってつけだろう。私は清書したタイプ原稿を渡した。

「なるほど」と彼は言った。「なかなかすばらしいアイデアじゃないか。ちょっと読書用の眼鏡を取ってくるから」（彼は立ち上がろうとした。）

「だめだ」

「御意のままに。大きな声で読めばいいのか？」

「そうとも」

「それじゃ行くぞ。ほう、これは韻文だな」

なぜならおまえは罪人を逆手に取ったから
なぜならおまえは逆手に取ったから
なぜならおまえは取ったから

なぜならおまえは私の弱みを逆手に取ったから……

「なかなかいいぞ。こいつは凄いじゃないか」

……連邦法とはだえ刺すその星の前に
私がアダムのごとく裸で立ちつくすとき

「いやあ、最高だ！」

……なぜならおまえは罪を逆手に取ったから
脱皮したばかりのよるべない私が
真人間に生まれ変わろうと
山国での結婚と
一つ腹のロリータたちを夢見たときに……

「何のことだかわからんな」

なぜならおまえは私の内なる
本質的無垢を逆手に取ったから
なぜならおまえは私を騙したから——

「ちょっとくどいんじゃないのか？　えーっと、どこまで行ったかな？」

なぜならおまえは私を騙して私の贖《あがな》いを奪ったから
なぜならおまえは彼女を取ったから
男の子ならモデルガンに精通する年頃に

「今度は下ネタか？」

生毛の生えた幼い娘
まだヒナゲシを髪に挿し
まだポップコーンが大好きで
カラー映画に染まった薄闇の中
雇われインディアンが落馬する
なぜならおまえは彼女を盗んだから
蠟のような額の立派な保護者の手から
その重い瞼の目に唾を吐きかけ
その黄色いガウンを引き裂いて夜明けに去り
哀れ野豚は新たな悩みにのたうちまわり
愛と菫の恐ろしさ

悔恨、絶望、それなのにおまえは
退屈になった人形をばらばらにして
その首を捨ててしまった
なぜならおまえがしたことすべてのために
なぜなら私がしなかったことすべてのために
おまえは死ななければならない

「いやあ、こいつはみごとな詩だね。私の知るかぎりでは君の最高傑作じゃないか」

彼は原稿をたたんで私に返した。

死ぬ前に言い残しておく何かまじめな話はないかと私はたずねた。自動拳銃がふたたび狙いをつけた。彼はそれを見て大きく溜息をついた。

「ちょっと待ってくれよ、マック」と彼は言った。「君は酔ってるし、私は病人だ。この件は延期しようじゃないか。私には安静が必要だ。インポの治療もせにゃならん。今日は午後に大きな試合があって、友達が誘いに来る。この拳銃携帯というお笑い劇もだんだんとひどく退屈になってきているしな。私たちはあらゆる点で俗界の人間じゃないか——セックスにしても、自由詩にしても、射撃の腕前にしても。もし君が私に恨みがあるというのなら、私はたとえどんなことでも償うよ。古式に則った決闘《ランコントル》でも、サーベルであれピストルであれ、リオ[12]であれ他のどこであれ——君がどうしてもと言うのなら仕方がない。今日は記憶も舌の回転も絶好調じゃないが、しかし実際の話、なあハンバート君、君は理想の義理の父親じゃなかったわけだし、君のかわいい被保護者《プロテジェ》を私がむりやり仲間に入れたわけじゃないんだ。もっと楽しい家庭に引き取ってほしいとたのんだのはあっちなんだ。この家は私たちが親友と共同生活した牧場ほど現代的じゃない。だが部屋はたくさんあるし、夏と冬は涼しいし、一言で言って快適だから、私は英国かフィレンツェにでも引っ込んで余生を送るつもりなので、君はここに引っ越してきたらどうだね。無料《ただ》で君にやるよ。ただ、その［罵倒語削除］拳銃をこっちに向けるのをやめてくれたらという条件付きで。ところで、君に変態趣味があるかどうかは知らないが、もしそういう趣味があるんだったら、これまた無料で進呈してもいいのは、家庭用ペットのなかなかすてきなフリークで、この若いご婦人には乳房が三つあって、余分についているやつがそりゃかわいいったらなんの、希《まれ》にして絶妙なる自然の驚異なんだな。さあ、物わかりのいいやつになってくれ《スワヨン・レソナーブル》よ。拳銃を撃ったところで、ひどい負傷を負わせるだけで、君が刑務所で朽ち果てていくあいだに、私は南国のどこかで回復中というわけだ。ブルースター、君はきっとここが気に入るよ、すばらしいワイン貯蔵庫もあるし、私の次回作の印税もぜんぶやろうじゃないか――今銀行にはさほど預金はないが、明日には借金を申し込もう――ほら、風邪で頭がぼうっとした劇聖も言ってるじゃないか、明日、また明日、そしてまた明日と借りまくろうって。[13] まだ他にも利点がある。ここにはとてもたよりになって、買収もきく雑役婦の、ヴィブリッサ夫人（妙な名前だ）というのがいて、そいつが週に二度村からやってくる、残念ながら今日はその日じゃないが、そいつには娘たちやら孫娘たちがいて、それから警察署長はこちらがちょっとした尻尾をつかんでいるから奴隷同然だ。私は劇作家だ。これまでアメリカのメーテルリンクと呼ばれてきた。私に言わせりゃ、メーテルリンク＝シュメッテルリンクというところかな。さあさあ！ こんなことは実に屈辱的だし、自分が今していることがこれでいいのかどうかもわからない。エルクラニータをラム酒と一緒に使うのは厳禁だな。さあ、おとなしくその拳銃を下ろしてくれ。私は君の奥さんを少しばかり知っていた。私の衣装箪笥にあるものは好きに使ってくれてもいいぞ。ああ、それからもう一つ——きっと気に入ってくれるはずだ。二階に、世界のどこにもないような好色本のコレクションがあるから。一つだけ挙げてみようか。二つ折り豪華本の『バグラチオン島』で、著者は探検家で精神分析医のメラニー・ワイス、実に凄い女だし、実に凄い本だ——拳銃を下ろせったら——彼女が一九三二年にバルダ海のバグラチオンで調査測定を行った男性性器の写真が八〇〇枚ほど付いているし、実に興味津々な挿絵も載っていて、気持ちのいい空の下で繰り広げられる愛が描かれている——その拳銃を下ろせと言ってるのに——なんだったらおまけに死刑執行の見物をさせてやってもいいぞ、みんながみんな、電気椅子が黄色に塗られてるなんてことは知らないから——」

発砲《フ》。今度は何か硬いものに命中した。命中したのは黒いロッキングチェアの背で、ドリー・スキラーの家にあったのと似ていなくもなかった——弾丸が背の内側に当たって、たちまち椅子は前後に揺れ、その揺れ方があまりにも速くて激しいので、誰かがこの部屋に入ってきたとしたら二重の奇跡に愕然としたかもしれない。すなわち、椅子がひとりでに大あわてで揺れているのと、紫の標的がついさっきいた肘掛け椅子には、今ではまったく生き物の姿がなくなっていることだ。空中で指をくねらせ、尻をすばやく持ち上げて、彼が電光石火のごとく音楽室に飛び込むと、次の瞬間私たちは息を切らしながら、ここだけは鍵を見落としていたドアの両側で引っぱりあっていた。ここでも私が勝って、ふたたびすばやい動きで予測不能のクレアはピアノの前に座り、めちゃくちゃに激しく基本的にはヒステリックな和音を弾き鳴らし、顎の下の肉は震え、広げた両手をぴんと張って鍵盤に下ろし、格闘中には欠けていたサウンドトラックの鼻息を鼻孔からたてていた。そのとんでもない鼻歌をまだ歌いながら、彼はピアノのそばにあった船員用のトランクみたいなものを足で開けようとしたが無駄だった。次の弾丸が脇腹のどこかに当たり、彼はまるで狂った白髪の老人ニジンスキイか、間欠泉オールド・フェイスフルか、私が昔見た悪夢みたいに、椅子から高く、高く、記録的とも思える高さまで舞い上がり、空気を引き裂き、まだ蕩々たる黒い音楽に身震いしながら、絶叫をあげて首をのけぞらせ、手を額に当て、まるで雀蜂にでも刺されたみたいにもう片方の手で腋の下をつかみ、どんと踵から下りて、ふたたび正常なローブ姿の人間に戻った彼は、早足でホールへと遁走した。

今でも目に浮かぶのはホールで彼を追いかける私の姿で、いわば二段跳び、三段跳びにカンガルー跳びをしながら、後を追って二度跳び上がるあいだは両足をまっすぐに伸ばしたまっすぐな姿勢を取り、それから彼を追い越して玄関のドアまではバレエのように身体をこわばらせた跳び方で、ドアがちゃんと閉まっていないから[*14]先まわりして通せんぼしようという腹づもりだった。

突然威厳をとりつくろい、いささかむっつりした表情で、彼が広い階段をのぼっていこうとしたので、私は向きを変え、追いかけて階段をのぼることはしないで、三、四発連続で発射し、それがことごとく命中した。そしてそのたびに、あのおぞましい彼の顔が愚かな道化芝居を演じるように歪み、まるで痛みをおおげさに見せているようだった。彼は足取りが重くなり、目をまわし半分目を閉じて、女みたいな声で「ああ、やられた！」と口にして、弾丸が命中するたびにまるでくすぐられたみたいに全身を震わせ、私の緩慢で、不器用で、盲目の弾丸が命中するたびに、いんちきな英国訛りで声を押し殺してこう言うのだった（その間も、ひどく引きつり、震え、作り笑いを浮かべながら、それでもなお奇妙に他人事のようで、愛想がいいと言ってもかまわないほどの態度で）。「ああ、ひどく痛いじゃないか！　ああ、むちゃくちゃに痛いぜ、君。お願いだからやめてくれないか。ああ――イテテテ。……神様！　ウウウ！　こんなにおぞましいことって、君は本当に――」彼が踊り場にたどりついたとき、声は次第に消えていったが、それでもまだ彼は膨れあがった身体に打ち込まれた鉛をものともせずに着実に歩きつづけた——そして私は絶望と失望をおぼえながら、殺すどころか、あたかも弾丸が強力な若返りの妙薬を含んだカプセルみたいに、この哀れな男に生命力を注入しているのを知った。

拳銃をもう一度装塡しようとしたら、手が黒くて血まみれになっていた——彼の血糊がべっとりついた何かに触ってしまったらしい。それから私は鍵をポケットの中で金貨のようにじゃらじゃら鳴らしながら[*15]、階段をのぼって彼のもとに行った。

彼は部屋から部屋へと移動しているところで、華々しく出血して、開いている窓はないかと探しながら、頭を横にふり、それでもまだ私に話しかけて殺人を思いとどまらせようとした。私が脳天に狙いを定めると、彼は耳があったところから国王然とした紫の血しぶきをあげて、主人用の寝室に逃げ込んだ。

「出て行け、出て行ってくれ」と彼は咳と唾を吐きながら言った。そして悪夢を見るような不思議さで、血まみれになりながらもなお軽快な足取りのこの人物が、ベッドにもぐり込み、混沌となった夜具にくるまるのを私は眺めた。至近距離から毛布もろとも彼を撃つと、彼は仰向けに倒れ、チューインガムを想わせる大きなピンクの泡が口元に浮かび、それがおもちゃの風船並の大きさになったかと思うと、はじけて消えた。

私はどうやら一、二秒ほど[*16]現実感覚を喪失していたのかもしれない——いやいや、そんじょそこらの犯罪者が演じてみせる、私は失神しましたというたぐいのやつではない。それとは逆で、私は彼の血の泡一滴一滴が私の責任だという事実を強調したい。しかしそのときいわば瞬間的移動[*17]が起こり、私はまるで夫婦の閨房にいて、シャーロットが病気でベッドに寝ているみたいだった。クィルティは瀕死の状態だった。私は拳銃の代わりに彼のスリッパの片方を手にしていた——拳銃は尻の下に敷いていたのだ。そこでベッドのそばにある椅子でもう少し楽な姿勢をとり、腕時計を見た。ガラス蓋は取れていたが、まだチクタクと動いている。この悲しい事件は一時間以上もかかっていた。彼はようやく静かになった。ほっとしたどころではなくて、捨てたいと思っていた重荷がますます重さを増して私にくっつき、私にのっかり、私におおいかぶさった。本当に死んでいるかどうか確認するために彼に触れる気にはどうしてもなれなかった。見たところ死んでいるようだ。顔の四分の一は吹っ飛び、二匹の蠅[*18]が信じられない幸運にめぐりあったとだんだんわかってきたらしく我を忘れて動きまわっていた。私の手は、彼の手とそう変わらない状態だった。私は隣のバスルームで丹念に手を洗った。もうこれで用はない。踊り場に出てみると、驚いたことに、これまでただの耳鳴りだと片づけていた騒々しい雑音は、実際には階下の応接間から聞こえてくる声やラジオの音楽[*19]の混成曲だとわかった。

そこにはたった今やってきたばかりの人々が大勢いて、にぎやかにクィルティの酒を飲んでいた。安楽椅子に座った太った男がいる。黒髪の、青白くて若い美人が二人いて、間違いなく姉妹らしく、大きなほうと小さなほう（ほとんど子供）はつんとすましてソファに並んで座っている。血色のいい顔で、サファイアブルーの目をした男がバーみたいな台所からグラスを二つ持ってくるところで、そちらでは二、三人の女性がおしゃべりしたり手にしたグラスの氷をカチャカチャ鳴らしていた。私は戸口で立ち止まって言った。「クレア・クィルティをたった今殺してきた」。「そいつはよかった」と血色のいい男が飲み物を年上の女性にすすめながら言った。「ずっと前に誰かが殺しときゃよかったんだ」と太った男が言った。「何って言ったの、トニー？」と色あせたブロンドがバーからたずねた。「つまりだな」と血色のいい男が言った。「キューを殺してきたばかりだって」。「まあ」と部屋の隅でしゃがみこんで何かレコードを調べていた正体不明の男が立ち上がって言った。

「おれたちもいつかあいつを殺さないとな」。「いずれにせよ」とトニーが言った。「あいつも早く下りてくればいいのに。あの試合に行くんだったら、もうこれ以上待てないぜ」。「誰かこの男に飲み物をやってくれ」と太った男が言った。「ビールはどう?」とスラックス姿の女性が遠くからビールを私に見せた。

ソファにいる二人の女の子は、どちらも黒を着ていて、若いほうは白い首筋につけた何かきらきらするものを指でもてあそんでいたが、この二人だけは何も言わず、ただほほえみを浮かべつづけているだけで、とても若くて、とても淫らだった。音楽が一瞬やむと、階段で突然物音がした。トニーと私はホールに出た。なんとクィルティが踊り場まで這い出していて、私たちの目の前で手足をばたばたさせて胸を上下させ、それから今度は永遠に、紫のかたまりへと静まった。

「急いでくれよ、キュー」とトニーが笑い声をあげて言った。「きっとあいつはまだ――」彼は応接間へ戻っていってしまい、音楽が言葉の続きをかき消してしまった。

これが私のために上演された、クィルティ作の巧妙な芝居の結末か、と私はひとりごとを言った。重い気分で私は館を出て、斑になった陽光の燦めきの中を車に戻った。その両側に二台の車が駐車していて、私は車を出すのに多少苦労した。

36

後はいささか平板で色あせる。ゆっくりと私は丘を下り、やがて同じのんびりとした速さでパーキントンとは反対の方向へ車を走らせていた。レインコートは私室に、そして相棒はバスルームにが置いてきていた。どう考えても、あんなところは住みたい家ではない。もし誰か天才的な外科医がいて、キルト模様のクィルティ、暗闇のクレアを蘇生させれば、彼自身の経歴のみならず、人類全体の運命まで変わるやもしれぬ、と私はつまらないことを考えた。もちろんそんなことはどうだっていい。だいたい私はこの一件を忘れてしまいたかった――そして後になって彼が死んだのを知ったとき、得られた唯一の満足感は、ありとあらゆる言語を絶するような手術や症状悪化によって中断される、苦痛に満ちてうんざりするような回復期を過ごすのを何カ月も頭の中でつきあってやったり、おそらくは彼から実際に訪問を受け、私のほうではそいつが幽霊ではないことを納得するのに苦労したりという必要がなくなったという安堵感だけだった。使徒トマスのふるまいにも一理ある。人間にとっては視覚よりはるかに価値の低い触覚というものが、決定的瞬間においては、現実をつかむための唯一とは言えないまでも主な手がかりになるのは奇妙なことである。私は全身クィルティにまみれていた――流血前のあの取っ組み合いをした感覚が残っていたのだ。

道路は今や広々とした田園風景の中をどこまでも延びていて、そのとき私の脳裏に閃いたのは(抗議とか、象徴とか、そういうものではなく、単に新しい体験として)、人間のあらゆる規則を無視したのだから、ついでに交通規則も無視してもかまわないのではないかということだった。そこで私は幹線道路の左側に渡り、その気分を点検してみると、たしかにいい気分だ。横隔膜が溶けていくような心地よさで、触覚が拡散していく感触もあり、わざと道の反対側を走ることほど基本的物理法則の抹殺に近いものはないという思いでその感覚がいっそう強くなる。ある意味で、これはきわめて高尚なむずがゆさなのであった。やさしく、夢見るように、時速二〇マイルを超えることなく、私はその奇妙な鏡映側を運転しつづけた。車の量もさほど多くはない。車がときおり私が明け渡してやった側で通り過ぎ、こちらに向かって激しくクラクションを鳴らした。私の方へ向かってくる車はよろめき、大きくカーブを切って、恐怖の叫び声をあげた。そうするうちに、人家のある場所に近づいてきた。赤信号を通り抜けるのは、子供の頃に禁じられていたブルゴーニュ・ワインを一口啜ったような気分だった。一方で、厄介なことが持ち上がっていた。追跡され、警護されてしまったのだ。すると前方に二台の車が見え、完全に行く手を塞ぐように配置されていた。優雅な動きで私は道からはずれると、二、三回大きく弾んだ後で、びっくりしている牛たちに見守られて草地の斜面を駆け上がり、そこでゆっくりと揺れながら停止した。二人の死んだ女性を結びつける、いわば念入りなヘーゲル的ジンテーゼといったところか。

私はまもなく車から引きずり出されることになる（やあメルモス、本当にありがとう、よくやってくれて）――そしてもちろん、大勢の手に我が身を委ねることを期待しながら、連中が動きまわって私を運んでいくあいだにこちらは何か協力してやるつもりはなく、ただゆっくりとくつろいで、まるで患者のようにのんびりと身を委ね、私がぐったりしていて警察と救急車の人々がすっかり頼りになる助けを与えてくれるということに妙な楽しみをおぼえるのである。そうして斜面の高いところまで連中が駆け上がってくるのを待ちながら、私は驚きと絶望感に満ちた蜃気楼を最後にもう一度呼び起こそうとした。ある日、彼女が失踪してからすぐ後に、恐ろしい嘔吐感に襲われて、今一緒にいたかと思うと次は新品の幹線道路を横切っていたりする、亡霊のような山道で車を停めざるをえなかったことがあり、そこでは群生するアスターが晩夏の青白い空をした午後にこっそりひなたぼっこをしていた。激しく嘔吐した後で、しばらく丸石に腰掛けて休んでいると、気持ちのいい空気にあたればましになるかとふと思って、幹線道路の崖の側にある低い石造りの手すりの方へと少し歩いてみた。道端の枯れた雑草の中から、小さなバッタの群れが飛び出して逃げていった。軽やかな雲がかき抱くように両腕を広げ、それよりも少しは実体のある雲に向かって動いていたが、その雲もまた別の、さらにけだるい天空に沈んだシステムの一部なのだった。その親しげな断崖に誘われて近づいていくと、足下の谷間の窪みに広がる小さな鉱山町から、美しいまとまりを持った音がまるで蒸気のように湧き上がってくるのに気がついた。赤や灰色の屋根の区画を切断する街路、刷毛で描いたような木々の緑、蛇行する川、町のごみ処理場の鉱石のような豊かな輝き、そして町の彼方に見える、濃淡さまざまな野原の狂ったようなキルト模様を縫う道路、そのまたむこうにある、樹木におおわれた大きな山並み――こうした景色が織りなす幾何学模様がそこから見晴らせる。しかし、そうして静かに睦み合う色彩たち（というのは、出会いを嬉しそうに祝う色彩や陰影というものがたしかに存在するからだ）よりもあざやかで、目よりも耳にあざやかにそして夢のように伝わってきたのは、その集積された音の蒸気のような震動であり、それは一瞬たりとも絶えることなく、私が汚れた口を拭いながら立っている花崗岩の唇のところまで湧き上がってきていた。そしてすぐに私が気づいたのは、その音が同じ一つの性質を持っていて、聞こえるのは、女が家にいて男が出かけている[*1]、この透明な町の街路から立ち上ってくる音だけだということだった。読者よ！私が聞いたのは、子供たちの遊び声のメロディに他ならず、ただそれだけで、空気はどこまでもすみきっているので、壮大にして微小で、遠くして魔法のように近く、率直にして神々しいまでに謎めいた、この溶け合った声の蒸気の内に――ときおり聞き取れるのは、あたかも解き放たれたかのような、ほとんど明瞭に聞き取れる明るい笑い声や、バットでボールを打つ音や、おもちゃの荷車ががたごという音だったが、それはあまりにも遠くて、軽くエッチングで刻み込まれた街路のどんな動きも目で見分けることはできなかった。高い崖からその音楽的な震動に耳を傾け、控えめなつぶやき声を背景にして個々の叫び声が燦めくのに耳を傾けていると、私にはようやくわかった、絶望的なまでに痛ましいのは、私のそばにロリータがいないことではなく、彼女の声がその和音に加わっていないことなのだと。

以上が私の物語である。私は再読してみた。そこには肉のかけらや血がこびりつき、明るい緑色の美しい蝿も群がっている。そのあちこちにある湾曲部で、つかまえどころのない私自身が私の手を逃れ、深くて暗い水の中へと潜っていくけれども、そこを探りたいとは思わない。私は人々を傷つけまいとしてできるかぎりの迷彩をほどこした。そして自分につけるちょうどぴったりの筆名を思いつく前に、あれやこれやと考えてみた。メモには「オットー・オットー」、「メスマー・メスマー」、「ランバート・ランバート」[*2]というのが残っているが、ある理由から、私が選んだものがいちばん卑劣さをよく表していると思う。

『ロリータ』を書きはじめたのは五六日前で、最初は鑑定用の精神病棟、それからこの暖房は効いていても墓場のような独房に移ったが、そのときにはこうしたメモを一つ残らず裁判のときに使おうと考えていて、それはもちろん己の首を救うためではなく、我が魂を救うためである。ただ、書いている途中で、生きているロリータを衆人の目にさらすわけにはいかないと悟った。非公開の法廷ではこの回想記の一部を使うかもしれないが、出版は延期されなければならない。

実際以上に明白かもしれない理由により、私は死刑に反対である。判決を言い渡す裁判長にもこの立場を取っていただけるものと信じている。もし仮に私が裁判長だったら、ハンバートに強姦罪で最低三五年の懲役を言い渡し、他の求刑については無罪とするだろう。だとしても、ドリー・スキラーはおそらく私より何年も長生きするに違いない。私が下す次の決定は、署名入り遺言状のあらゆる法的拘束力および根拠を持つことになる。この回想記は、ロリータがもはやこの世にいなくなってから初めて出版すること。

かくして、読者が本書を繙くとき、私たちは二人とも生きてはいないわけだ。しかしまだ執筆する我が手に血が脈打っているうちは、おまえもまた私と同じく生命を恵まれた物質の一部であり、私はまだここから[*3]アラスカへおまえに話しかけることができる。おまえのディックには真心を尽くしてやってくれ。他の男にはおまえの身体を触れさせるな。知らない人とは口をきくな。おまえが赤ん坊をかわいがることを祈っている。男の子だったらいいが。おまえの亭主がいつもおまえによくしてくれることを祈っている、そうでないと、私の亡霊が黒い煙のように、気がふれた巨人のように、彼のもとに現れて、神経という神経を八つ裂きにしてやるから。それからC・Q[*4]を憐れだと思わないように。あいつかH・Hのどちらかを選ばなければ仕方がなかったのだし、H・Hが少なくとも二カ月ほど長く生きて、彼のおかげでおまえが後の世代の心の中に生きつづけることを選んだのだ。いま私の頭の中にあるのは、絶滅したオーロクスや天使たち、色あせない絵具の秘法、預言的なソネット、そして芸術という避難所である。そしてこれこそ、おまえと私が共にしうる、唯一の永遠の命なのだ、我がロリータ。

『ロリータ』と題する書物について

ウラジーミル・ナボコフ

『ロリータ』の登場人物で、「序」の筆者である慇懃なジョン・レイの物真似をした後では、私自身が直接何を言ったところで、自作について語るウラジーミル・ナボコフの物真似をしているように他人には聞こえるかもしれない（実を言えば、私にもそう聞こえる）。ただ、いくつかの点については論じておかねばならないし、自伝的意匠をほどこせば、物真似師とモデルが溶け合うことになるかもしれない。

文学の教師というものは、とかく「作者の意図は何か？」とか、もっとひどいことには「こいつはいったい何が言いたいんだ？」というような問題を考えつきがちである。そこで言っておくが、私はたまたま、いったん本を書き出せば、そいつを終わらせてしまうという以外の意図を持たないタイプの著者であり、それがどのように生まれ育ったのかを説明してくれとたずねられたら、霊感《インスピレーション》と組合《コンビネーション》せの相互作用といった古めかしい言葉にたよるしかない――こう言ったところで、奇術師が手品を説明するのに別の手品をやってみせるようなものにしか聞こえないだろうが。『ロリータ』の最初のかすかな鼓動を私が感じたのは、一九三九年の終わりか一九四〇年の初めで、場所はパリ[*1]、ちょうどひどい肋間神経痛に襲われて伏せっていたときのことである。記憶しているかぎりでは、最初の霊感の震えはどういうわけか新聞記事によって引き起こされたもので、その記事によれば、植物園の猿が何カ月も科学者によって訓練された後、動物としては初めて木炭を手にして絵を描いたというのだ。そのスケッチには、哀れな動物が入れられている檻の格子が描かれていた。ここで記している衝動は、それに続く思考の連鎖となんら文字上のつながりを持たなかったが、それがこの小説の原型に結実して、三〇ページほどの長さの短篇小説[*2]ができた。書いたのはロシア語で、一九二四年以降ずっと長篇小説はその言語で書いていたのである（そのうちの最高作は英語に翻訳されていないし[*3]、政治的な理由からロシアではすべて発禁になっている）。主人公は中欧の生まれで、名前を与えられていないニンフェットはフランス人、そして舞台設定はパリとプロヴァンス。主人公は少女の病気がちの母親と結婚し、その母親が死に、ホテルの一室で孤児をものにしようとするくわだてが失敗してから、アルチュール（それが主人公の名前である）は鉄道の車輪の下に身を投げる。この短篇は、青い紙を窓に張った戦時中[*4]のある夜に、友人たちの前で朗読したことがある――マルク・アルダーノフ、二人の社会革命党員[*5]、それに女性医師[*6]である。しかし私はこの作品がどうも気に入らなかったので、一九四〇年にアメリカに渡ってしばらくしてから原稿を廃棄した。

一九四九年頃、ニューヨーク州中部のイサカに住んでいたときに[*7]、それまで完全に途切れたことがなかったあの鼓動が、また私を悩ませはじめた。組合せが新たな熱意を持って霊感に合流し、この主題を扱い直して、今度は英語で書こうと思い立った――サンクト・ペテルブルグで一九〇三年頃、初めての女家庭教師の、ミス・レイチェル・ホームという女性から教わった言語だ。今やアイルランド人の血も混じったニンフェット[*8]は、実際にはほぼ同じ小娘で、母親と結婚するという基本的なアイデアもそのまま残った。しかし他の点では作品はすっかり新しくなり、秘かに長篇小説としての爪や翼が生えてきた。

　進捗はゆっくりとして、何度も中断や脇道があった。私はロシアと西ヨーロッパを発明するのに四〇年ほどかかったが、今度はアメリカを発明するという課題に直面していた。少量の平均的「現実性」（鉤括弧なしには意味を持たない数少ない言葉の一つ）を個人的な夢想の樽の中に注入するのに必要となる、風俗的成分を入手するのは、受容力と記憶力の自動作用が絶頂だったヨーロッパの青年期と比べて、五〇歳ともなるとはるかに困難であることがわかった。他の執筆活動も割って入った。一度か二度、未完成の草稿を燃やしてしまおうとして、我がジャニータ・ダークを無邪気な芝生に立っている傾いた焼却炉の影が伸びているところまで連れて行ったことがあるが、破棄された作品の亡霊がこれからの生涯ずっと私のファイル[*9]に憑《つ》いてまわるのではないかと考えて、思いとどまったのである。

　毎年夏になると、私は妻と一緒に蝶の採集に出かける。標本はすべて、たとえばハーヴァード大学比較動物学博物館[*10]やコーネル大学コレクションといった科学機関に委託してある。そうした蝶の下にピンで留めた、採集場所[*11]を示すラベルは、埋もれた伝記を掘り起こすのを趣味にする二一世紀の学者にとって天の恵みになるだろう。ロリータ執筆が夜のあいだや曇りの日に気合いをこめて再開されたのは、コロラド州テリュライドやワイオミング州アフトン、アリゾナ州ポータル、オレゴン州アッシュランドといった、私たちが拠点として使った場所だった。原稿の清書が終わったのが一九五四年の春で、[12]それからすぐに出版社探しに取りかかった。

最初のうち、慧眼の旧友に勧められたとおり、私は本書が匿名で出版されることを条件にするほど意気地がなかった。[13]その後すぐに、仮面をつけるのは本来の主旨を裏切ることになりそうだと思い直して、『ロリータ』を署名付きで出すことに決めたが、それを将来後悔することがあるとは思わない。順にタイプ原稿を渡されたアメリカの出版社W、X、Y、[14]Zの四社は査読者に下読みさせて、『ロリータ』にショックを受けたが、それは慧眼の旧友F・Pでも予期しないほどだった。[15]

古代ヨーロッパにおいては、一八世紀に入っても(顕著な例がフランスに見られる)、意図的な猥褻さというものは喜劇の場面や、剛胆な風刺、あるいは淫らな気分になった一流詩人の才気と矛盾するわけでもなかったことはたしかではあるものの、現代においては「ポルノグラフィー」という用語が凡庸さや、商業主義、お決まりの語り方を厳格に守ることと同義語になっていることもまたたしかである。猥褻さが凡庸さを連れ合いに選ばねばならないのは、あらゆる種類の美的悦楽というものが、患者に対する直接行為を表す伝統的な言葉を必要とする単純な性的刺激に完全に置き換えられねばならないからである。古《いにしえ》の厳格な決まりをポルノグラフィー作家が遵守するのは、たとえば探偵小説の愛読者が感じるような、ぬくぬくとした満足と同じものを患者に感じさせるためだ——こうした小説では、気をつけていないと、真犯人は実は芸術的独創性[16]だということになって、愛読者を憤慨させてしまうことにもなりかねない(たとえば、会話が一つもないような探偵小説をいったい誰が読みたがるだろうか?)。従って、ポルノグラフィー小説においては、アクションはクリシェの交接に限定されねばならない。文体、構造、イメジャリーは、けっして読者の関心を微温的な欲情からそらすようなものであってはならない。この手の小説は、性的な場面が次々に出てくるものでなくてはならない。その途中を埋める文章は、意味の縫合や、とびきり簡単なデザインを持つ論理の橋や、短い提示ないしは説明で、読者はおそらくそこを飛ばし読みするが、騙されたと思ったりしないように、そういう部分がちゃんとあるということだけはわかっている必要がある（このような心性は、子供時代の「本当の」お伽話というお決まりのものから枝分かれしている）。さらに、書物の中の性的場面というものはクレッシェンドの線に沿って進まねばならず、新しい体位、新しい組合せ、新しいセックス[*17]が加わり、参加者の数も徐々に増え（サドの劇では庭師にまでお呼びがかかる）、従って書物の終わりは最初の数章よりも淫猥な逸話に満ちていなくてはならない。

『ロリータ』の冒頭における技巧（たとえばハンバートの日記）のせいで、いちばん最初に本書を読んだ人々の中には、これは猥褻な本になるのだろうと誤解した人もいた。そうした読者はエロティックな場面がどんどん増えていくのを期待した。それが出てこなくなると、読者も読むのをやめてしまい、退屈で騙された気になる。四社すべてがタイプ原稿を最後まで読んだわけではないのは、それが理由の一つだったのではあるまいか。彼らがこの小説をポルノグラフィーと思ったかどうかは、私にとって興味がない。彼らが本書を買おうとしなかったのは、主題の扱い方ではなく主題そのものに原因があり、というのもたいていのアメリカの出版社からすると、完全にタブーの主題は少なくとも三つあるからだ。他の二つのうち一つは、すっかり輝かしいまでの成功を収め、子供や孫が山のようにできている黒人と白人の結婚である。もう一つは完全な無神論者が幸せで人の役にたつ生涯を送り、一〇六歳のときに眠っているあいだに死ぬという筋書きのものである。

反応のうち、きわめて興味深いものもあった。ある査読者の意見では、もし私が我がロリータを一二歳の少年に変え、その子が農夫[*18]ハンバートに納屋で犯されるという筋書きにして、舞台設定は痩せて乾燥した環境、文体は[*19]短くて強烈に「リアリスティック」な文章にしてくれれば（「彼のふるまいは乱暴。たぶんおれたちのふるまいも乱暴だ。そしてたぶん神様のふるまいも乱暴だ」など)、そこの会社は本書の出版を検討してもいいというのだ。私が象徴とか寓話を嫌悪していることくらい誰でもわかりそうなものなのに(これはフロイト流のまじないと昔から確執を演じているのが一つの理由で、文学的神話学者や社会学者たちによって考案された一般論を嫌悪しているのがもう一つの理由)、第一部だけ流し読みした、他の面では知的な読者は『ロリータ』のことを「年老いたヨーロッパが若いアメリカをたらし込む物語」だと書いたり、もう一人の流し読者はその中に「若いアメリカが年老いたヨーロッパをたらし込む物語」を読み取ったりした。出版社Xは、そこの相談役がハンバートにすっかり退屈して、一八八ページから先は読み進められなかったらしく、第二部が長すぎると無邪気にも私に書いて寄こした。また出版社Yは、残念ながら本書には善良な人間がまったく登場しませんと言ってきた。出版社Zは、もし『ロリータ』をうちで出版したら、わたしもあなたも刑務所行きですと言った。

自由な国ではどんな作家も、感覚的なものと官能的なものとの厳密な相違に気を遣ったりするとは思われていない。これはばかげた話である。美人の若い哺乳動物たちに雑誌でポーズを取らせ、そのネックラインはおおむね通人の微笑を引き起こす程度には低く、普通人が眉をひそめない程度には高いという、そうした人々の正確な判断力を私は賞賛こそすれ、それと張り合う気にはなれない。凡庸な作家たちがこわばった指でタイプして、三文書評家たちが「力強い」とか「鮮烈」だとか絶賛する[20]、あの絶望的に陳腐で長大な小説に出てくる、壁画同然の言葉の羅列に、刺激を受ける読者もおそらくいるのだろう。心優しき人々の中には、『ロリータ』が何も教えてくれないから無意味だと宣《のたま》う人もいるだろう。私は教訓的小説の読者でもなければ作家でもないし、ジョン・レイがなんと言おうと、『ロリータ』は教訓を一切引きずっていない。私にとって虚構作品の存在意義とは、私が直截的に美的至福と呼ぶものを与えてくれるかどうかであり、それはどういうわけか、どこかで、芸術（好奇心、情愛、思いやり、恍惚感）[*21]が規範となるような別の存在状態と結びついているという意識なのである。そういう書物は多くはない。その他はすべて、時事的な屑か、思想小説と呼ばれる類のもので、時代から時代へと慎重に受け継がれる、大きな石膏のかたまりの形で出てくる時事的な屑の場合がよくあり、やがて誰かがハンマーを手にして現れ、バルザックやゴーリキイやマンを思いっきりぶち壊してくれるかもしれない。

読者が行った別の非難には、『ロリータ』が反米的だというのがある。これは不道徳的だという愚かしい非難よりも、はるかに私にはこたえる。奥行きと遠近感（郊外の芝生、山間の牧草地）を考慮して、私は数多くの北米を舞台にしたセットを組んでみた。私には刺激的な環境が必要だったのである。俗物の品のなさほど刺激的なものはない。しかし俗物の品のなさということで言えば、旧大陸の風俗と新大陸の風俗とのあいだには何ら本質的な相違はない。シカゴ生まれのプロレタリアが、公爵と負けず劣らずのブルジョワ（フロベール的な意味で）になることもある。私がスイスのホテルや英国のイン[*22]ではなくアメリカのモーテルを選んだのは、単に私がアメリカ作家になろうとしていて、他のアメリカ作家が享受するのと同じ権利のみを主張するからである。その一方で、私が作り出したハンバートは外国人でアナキストであり、ニンフェット以外にも私が彼と相容れない点は数多い。そして私のロシア語作品の読者なら、私の旧世界（ロシア、英国、ドイツ、フランス）[*23]が私の新世界とまったく同じで、どれも幻想的であり個人的な世界だということをご存知だろう。

私がここで述べているささやかな見解を意趣返しだと受け取られないように、ここで急いで付け加えておかねばならないが、『ロリータ』をタイプ原稿かオリンピア・プレスの初版本で読み、「なぜこんなものを書く必要があったんだ?」とか「どうしてこんな狂人の話を読ませられなくてはいけないんだ?」と思った、おとなしい読者の他にも、私がここで仕掛けを解説するよりもはるかによく私の書物を理解してくれる、賢明で、感受性豊かで、信頼の置ける人々が大勢いたのである。

言わせてもらうが、真摯な作家なら誰でも、自分の発表作品がたえず慰めとなる存在なのをよく知っている。その表示灯は地下室のどこかでたえることなく灯っていて、秘かなサーモスタットに少しでも触れれば、たちまちかつてのあたたかな火が小さな爆発となって静かに燃え上がるのである。この存在というか、書物のこの輝きは遠くにあってもつねに接近可能なところにあり、それがこの上ない友として感じられ、書物が予見された輪郭や色彩にうまく合致してくれるほど、それは豊かでなめらかな光を発するのである。しかしたとえそうであっても、書物の他の部分よりも熱をこめて呼び起こしたり、愛をこめて楽しんだりするような、ある地点や、脇道や、お気に入りの窪みがたしかに存在する。一九五五年の春[24]に校正刷りに目を通して以来、私は『ロリータ』を再読したことがないが、それでも私にとっては喜びに満ちた存在であり、靄のむこうではきっと明るく輝いているはずの、家のあたりに静かにたちこめている夏の日のようだ。そして私が『ロリータ』をそのように考えるとき、いつも格別の楽しみとして選ぶのは、タクソヴィチ氏や、ラムズデール校の学級名簿、「防水よ」と言うシャーロット、ハンバートの贈物に向かってスローモーションで進んでいくロリータ、ガストン・ゴダンの型どおりの屋根裏部屋を飾っている写真、カスビームの床屋(彼を描くのに一カ月かかった)、テニスをするロリータ、エルフィンストーンの病院、青白く、妊娠して、愛しく、不帰の人となるドリー・スキラーが[25]グレイ・スター(本書の首都)で死にかけている姿、谷間の町の鈴を鳴らすような音が山道(そこで私はリケイデス・スブリヴェンス・ナボコフという新種の蝶の雌をつかまえた)まで立ち上ってくるところ、といったイメージである。[26]これらはこの小説の中枢神経なのだ。これらは秘密の点であり、意識下の座標であって、それを基にして本書は構成されている——ただし、私にははっきりわかっているが、これらや他の場面は、本書を『ある遊女の回想記』とか『グロスヴィット公の愛の遍歴』[*27]といった系列のものだという印象の下に読みはじめる読者には、読み飛ばされるか気づかずに終わるか、あるいはそもそもそこまでたどりつかないのが落ちであろう。私の小説が倒錯者の生理学的衝動へのさまざまな言及を含んでいることはまったく事実である。しかし結局のところ、我々は子供ではないのだし、文盲の非行少年でもなく、同性愛的な騒ぎの一夜を過ごした後にギリシャ・ローマの古典を削除版で読むというパラドックスに耐えねばならない、英国パブリック・スクールの生徒たちでもないのである。

ある国について、あるいはある社会階級について、あるいは作者について情報を得るために虚構作品を勉強しようというのは子供じみた考えである。それなのに、私のごく少ない親友の一人は、『ロリータ』を読んだ後で、私が（この私が！）「こんな憂鬱な人々に囲まれて」暮らしているのを本気で心配してくれた——この私が実際に体験した唯一の居心地の悪さと言えば、仕事部屋で破棄された手足や未完成のままに終わった胴体と一緒に暮らしているということだけなのだ。

オリンピア・プレスがパリで本書を出版してから[*28]、あるアメリカの批評家が、『ロリータ』は私とロマンチックな小説との情事の記録であると書いた。この「ロマンチックな小説」というところを「英語という言語」に置き換えれば、このエレガントな式はさらに正確になっただろう。しかしここで私は自分の声がかなり耳障りな調子になってきているのを感じている。私のアメリカ人の友人たちは、誰一人として私がロシア語で書いた小説を読んでいなかったので、英語で書いた小説をもとにした評価というものは焦点がずれたものにならざるをえない。私の個人的な悲劇は、むろん誰の関心事であるはずもなく、またそうであってはならないが、私が生得の日常表現や、何の制約もない、豊かで、際限なく従順なロシア語を捨てて、二流の英語に乗り換えねばならなかったことで、そこには一切ないあの小道具たち（不思議な鏡、黒いビロードの背景幕、暗黙のうちに指示される連想や伝統）さえ魔法のように使えれば、燕尾服の裾を翻しながら、生まれついての奇術師は独特の流儀で遺産[*29]を超越することもできるはずなのだ。

一九五六年一一月一二日[*30]

ロシア語版との異同に関する注

以下の注は、ナボコフが自ら翻訳し、一九六七年に出版した、『ロリータ』のロシア語版 *Лолита* に見られる、英語版との異同を抜き出したものである。注に入れるかどうかはすべて訳者の判断による。また、名前などの変更は、すべて初出個所のみを注にした。

序

＊1　クラレンス・チョート・クラーク氏　↓　クラレンス・クラーク

＊2　「H・H」の犯罪　↓　「H・H」が犯した殺人
【ただし、ロシア語ではh音がg音になり、"Г.Г." すなわち「G・G」となる】

＊3　一九五二年のクリスマスの日　↓　一九五二年一二月二五日

＊4　ヴィヴィアン・ダークブルーム
↓　ヴィヴィアン・ダモール＝ブローク夫人（ダモールは舞台名、ブロークは最初の夫の名）
【Vivian Darkbloom が Vladimir Nabokov のアナグラムであったように、Вивиан Дамор-Блок とは Владимир Набоков のアナグラム。「ブローク」はロシア詩人アレクサンドル・ブロークへの言及かもしれない】

＊5　『わたしのキュー』↓『わたしのアイドル』【「アイドル」＝Кумир（クミール）】

＊6　言語コミュニケーション論専門のブランチ・シュヴァルツマン博士

↓　ビアンカ・シュヴァルツマン博士【「ビアンカ」bianca＝イタリア語で「白」】

＊7　症例として、『ロリータ』は精神医学界で間違いなく古典となることだろう。

↓　症例として、『ロリータ』は間違いなく精神医学の古典的資料の一つとなることだろうし、十年も経てば「ニンフェット」という用語が辞書や新聞に載っていることは保証できる。

＊8　ジョン・レイ・ジュニア博士　↓　ジョン・レイ博士

第一部

第1章

＊1　四フィート一〇インチの背丈で靴下を片方だけはくと

↓　五フィート（マイナス二ヴェルショークで靴下は片方だけ）の

＊2　海辺の公国で　↓　海辺の公国で（ほとんどポウに出てくるみたいに）

＊3　熾天使たち　↓　エドガーの熾天使たち

第2章

＊1　ホテル・ミラーナ　↓　豪華なホテル「ミラーナ・パレス」

＊2　ラケッツやファイヴス

↓　「ラケッツ」や「ファイヴス」（壁から跳ね返ったボールをラケットか手のひらで打つ）

＊3　『グラフィック』誌　↓　ロンドンの『グラフィック』誌

第4章

＊1　夢見心地の奇妙な表情　↓　夢を見ている人魚のような表情

第5章

＊1　パリ　↓　三〇年代のパリ

＊2　パスティーシュも作った。　↓　パスティーシュも作った。たとえばエリオットの

＊3　オートゥイユ　↓　十六区

＊4　私が子供で彼女も子供だったとき

↓　「私が子供で彼女も子供だったとき」（まだ酒びたりのエドガーの匂いがぷんぷんする）

＊5　二〇代から三〇代前半　↓　二〇歳から二五歳

＊6　ティドルウィンクスのカップに楽しい空想を投げ入れている

↓　楽しい空想という色とりどりの蚤をちょうどいいカップに跳びこませている

＊7　これはウェルギリウスで、ニンフェットたちに声を揃えて歌わせることができた詩人だが

↓　これはウェルギリウスで、（昔の英国詩人を引用すると）「ニンフェットたちに声を揃えて歌わせる」ことができたが【ここで言う「昔の英国詩人」とはR・C・シングルトンを指す。彼はウェルギリウスを初めて英詩の韻律で翻訳した。シングルトン（Singleton）の名前は「声を揃えて」（in single tone）の個所にひそんでいる】

＊8　私のカップはティドルであふれそうになっている。　↓　私のカップは蚤であふれそうになっている。

＊9　石蹴り　↓　歩道にチョークで書いたしるしに沿って片足跳びをする遊び

第6章

＊1　マドレーヌ寺院の近く　↓　パリの中心部

＊2 （「このかわいい黒髪の娘を見てちょうだい《ルギャルデ・モワ・セット・ベル・ブリュヌ》！」）
↓ （「このかわいい黒髪の娘を見てちょうだい《ルギャルデ・モワ・セット・ベル・ブリュヌ》！」――すでにウェディングドレス姿だ）
＊3 そこは今ほとんど空っぽで ↓ 舞台にはもう誰もいなくて

第8章

＊1 スラブ語 ↓ ポーランド語かロシア語
＊2 父親からもらった扇風機 ↓ ヘアドライヤー（父親からのプレゼント）
＊3 クラレンス ↓ 親愛なる出版者へ

第9章

＊1 偽の「原光景」で ↓ 両親の性行為を目撃するという「原光景」を捏造して
＊2 この避難民の（そして間違いなく錯乱民の）高名な教授
↓ この「避難民」、またはＤＰ（「早発痴呆《ディメンシア・プレコックス》」から）の高名な教授

第10章

＊1 飾りたてられていた。【ここで改行】
＊2 庭 ↓ 食事室と庭
＊3 猿人 ↓ ゴリラ

第11章

＊1 写真的記憶 ↓ それを撮影したムネモシュネ
＊2 「タイプライター用箋」という商品名で知られている紙

↓ ページを切り取ることができる大型の用箋

＊3 読者諸氏は《ラムズデール・ジャーナル》で一九四七年の気象データをお調べいただきたい。【この段落の最後に移動。《ラムズデール・ジャーナル》 ↓ 地元紙】

＊4 アイスクリームサンデー ↓ シロップをかけたアイスクリーム

＊5 小さな骨。【ここで改行】

＊6 小児麻痺で死にかけて」。【ここで改行】

＊7 カメラ ↓ コダック

＊8 七年生 ↓ 三年生

＊9 罪深き愉しみ《デレクタチオ・モローサ》。悲しい日々を苦渋と苦痛のうちに過ごす。 ↓ 罪深き愉しみ《デレクタチオ・モローサ》。
「くたびれる日々を過ごす
憂鬱と悲嘆のうちに……」
【「 」の前後は1行ずつ空き】

＊10 アワー・グラス湖 ↓ オチコーヴォエ湖【Очковое とは「眼鏡を掛けた」という意味】

＊11 甘い声で歌う男性歌手か男優 ↓ 男優かギターを持って鼻にかかった声で歌う歌手

＊12 「感じるんだもの」。……「そっちにはなんにも――」。【会話部分はすべて句点の代わりに改行】

＊13 そのとき彼女は私がすぼめた唇を近づけてくるのに気がついた。「いいわ」と彼女が承知して、
↓ そのとき彼女は私がすぼめた唇を近づけてくるのに気がつき、落ちつきはらって「いいわ」と言った。【改行】

＊14 フランス ↓ リヴィエラ

＊15 「小人の車掌《カーメン》」 ↓ 「軽いカルメン」
【ロシア語原文では Карманная Кармен という語呂合わせ。「携帯用カルメン」】

＊16 冬に ↓ 半年前に

＊17　ブロンクス・チアーをたてながら　↓　いわゆるブロンクス・チアー（不快感を表す太い音）をたてながら
＊18　ジルバの踊り子になる　↓　ジャズ音楽に合わせて身体を痙攣させる
＊19　我が愛しの人　↓　我とエドガーの愛しの人
＊20　レスリー・トムスン　↓　トムスン（隣家の運転手）
＊21　女性作家　↓　大衆作家
＊22　エンジェル、グレイス……ウィンドミューラー、ルイーズ【ロシア語アルファベット順に並べ替えられているため、「エンジェル、グレイス……シュレンカー、リーナ」となっている。「ハミルトン、メアリー・ローズ」は「ハミルトン、ローズ」に、「フラッシュマン、アーヴィング」は「フライシュマン、モーゼス」、「ホーネック、ロザリン」は「グラーツ、ロザリン」にそれぞれ変更】
＊23　ジニー　↓　ジニー・マックー
＊24　ゴードン　↓　クラーク
＊25　メアリー・ローズ　↓　ローズ
＊26　ラルフ　↓　ウィリアムズ
＊27　アーヴィング　↓　フライシュマン
＊28　午前三時。　↓　夜明けに、
＊29　シリング貨幣　↓　オーストリア・シリング貨幣

第12章

＊1　これで二〇日分かそこらの最後になる。　↓　これで日記は終わりである。【改行】
＊2　オーブリー・マクフェイト　↓　マクフェイト氏【ただし、McFate は Мак-Фатум になっている】

＊3　舌はたしかにおしゃべり好きだったのである。【ここで改行】

第13章

＊1　夜、星と、車と、バーと、バーメン　↓　ギターに、バーに、ヘッドライト
【ロシア語では и гитары, и бары, и фары と、音合わせ】
＊2　ボビーソックス　↓　短い白の靴下
＊3　野獣と美女とのあいだ　↓　怪奇と怪物とのあいだ、野獣と美女とのあいだ
【ロシア語では「怪奇と怪物」は чудом и чудовищем と音合わせになっている】
＊4　カルメン－バーメン　↓　軽いカルメン
＊5　芸術　↓　文学や音楽
＊6　三二口径の　↓　小型の
＊7　目　↓　額

第14章

＊1　見よ、↓　一、二、三、
＊2　すべてを見抜いているようだった。【ここで改行】
＊3　コールド・カッツ　↓　冷肉

第15章

＊1　キャンプQ　↓　「スイレン」もしくは「キュー」と略称で呼ばれているキャンプ
【Кувшинка＝「スイレン」の発音を略称にしたのがКу＝「キュー」】
＊2　もうあの子なしには生きていけないことがわかっていたからだ。【ここで改行】

＊3　一月かそこら後で　↓　数週間後で
＊4　何度も失われたのだった。【ここで改行】

第16章

＊1　トマス・モレル牧師から引用　↓　トマス・モレル牧師の賛美歌から引用

第17章

＊1　「やさしい膝の上でおまえを軽く抱き、おまえのやわらかな頬に父親の口づけを刻む……」。
↓　やさしい膝の上で軽く抱き、
父親の口づけを刻んでやろう
おまえのやわらかな頬に
【直前で改行。前後1行ずつ空き】
＊2　読書量の豊かなハンバート！
↓　そう英国の詩人がいつか言ったように。読書量の豊かなハンバート！
＊3　特別大奉仕　↓　特別大奉仕（と商売人が言うように）
＊4　オリエント　↓　小アジア
＊5　三〇分前　↓　一時間前
＊6　ステーションワゴン　↓　ファミリーカー

第18章

＊1　胸の内や叫びをコントロールできない
↓　日常生活で胸の内をさらけだしたりベッドで絶頂の声をあげたりするのを抑えられない

＊2　トルコ人　↓　アラブ人
＊3　お上品　↓　この上なくお上品なプチブル
＊4　魅力をふりまきながら　↓　ロマンチックな影を引きずりながら
＊5　二〇カ月かそこら　↓　一年半
＊6　ピーコック、レインボー　↓　ヴェルレーヌ、ランボードレール
＊7　ソーダ・ファウンテン　↓　ミルク・バー
＊8　金物屋のカレンダー　↓　大きなカレンダー（フライパン会社からの贈り物）
＊9　ジーン　↓　ジョアンナ
＊10　ボクサー犬　↓　薄黄色のブルドッグ
＊11　幸いにもまだ――　↓　まだユダヤ人はそんなにいませんが――

第19章

＊1　ネッキング　↓　長いキス
＊2　ソープオペラ　↓　ラジオのメロドラマ

第20章

＊1　「一分だけ待ってくれ。考えごとをしてるから」……「よし。行こうか」【途中改行なし】
＊2　人魚　↓　ウンディーネ
＊3　彼女　↓　ウンディーネ
＊4　三〇フィート　↓　五尋
＊5　ハンバート？」【ここで改行】
＊6　明け方のときのトムスンさん　↓　明け方に裸で泳いでいたレスリー・トムスン

第21章

＊1　今ではまともな「スチューディオ」となった【削除】

＊2　バンブル夫人　↓　ビムボム夫人

【「ビム」と「ボム」はモスクワで人気があったサーカスの道化コンビ】

＊3　サム・バンブル氏　↓　ビル・ビムボム氏

＊4　「スチューディオ・ベッド」　↓　ベッド兼ソファ

＊5　起き出していたのである。【改行なし】

＊6　カナダでキャンプ中だった。　↓　カルガリーでガールスカウトと一緒だった。

【カルガリーはКальгари】

＊7　カナッペ、カヌー、カフェテリア、カメラ　↓　カナダ、キネマ、キャンディ、キャンプファイヤー

【Канада, Кино, Конфета, Костер】

＊8　カモかカヤック　↓　ウサギか水浴

【Кролик, Купание】

＊9　ツイードの尻《おいど》で　↓　スコットランド産のウールを着たずっしりした尻で

＊10　狩猟解禁の時期。　↓　狩猟解禁の時期。小春日和。

第22章

＊1　きっと入学の手筈が整えられると思うとのこと。

↓　きっと入学の手筈が整えられると思うとのこと。楽園安泰！

＊2　待ち遠しい宝物だった。↓　未来という洞窟をみごとに照らし出していた。

＊3　ちょっとキスしてみただけで　↓　鎖骨にキスしてみただけで

＊4　この老いぼれの娘は、たしかに可愛かったのである。
↓　この老いぼれの娘は、たしかに可愛かったのである。しかし考えてみれば不思議なことだ――みな歳を取って、今では一七歳だなんて……。
＊5　イグニションキー　↓　ニッケルメッキを施した発車用キー

第23章
＊1　一分　↓　二分
＊2　楡の木の下でクローケーをするらしい　↓　楡の木の下でクローケーをすると入学案内には書いてある
＊3　「どうしましょう?」【改行なし】
＊4　クライマックス警察　↓　地元の警察

第24章
＊1　抱くようになっていたらしい。【ここで改行】
＊2　歯茎をのぞかせた。【改行なし】
＊3　三三歳で　↓　二年後に
＊4　マイナスの時空間にいるにせよ、あるいはプラスの魂時間にいるにせよ、
↓　マイナスの空間にいるにせよ、あるいはプラスの時間にいるにせよ、

第25章
＊1　《レコーダー》　↓　《ガゼット》
＊2　ホームズ　↓　シャーリー・ホームズ
＊3　スロットマシン　↓　ネヴァダのゲーム機

＊4　ああロリータ、……好きじゃない子なんているだろうか？
↓　私はロリータに恋をした、ポウがヴァージニアに、
そしてダンテがベアトリーチェに恋をしたように。
少女たちがくるくると廻りだす、小さなスカートをひらひらさせて。
ブルマー──卑猥の極み！
【前後一行空き】
＊5　ウララーブラック　↓　カンカンブラック
＊6　小人　↓　サーカスの小人
＊7　デスクからデート　↓　朝会社に出勤してから夕方紳士と一緒に退社する
＊8　セイレーン　↓　人魚

第27章

＊1　五ドル　↓　一〇ドル
＊2　そして我が高鳴る心臓……。【ここで改行】
＊3　少し愚かだが実に愛くるしい笑みを浮かべていた。【改行なし】
＊4　ギンガム　↓　コットンプリント生地
＊5　彼女は義務的にたずねた。【改行なし】
＊6　とにかく、胃腸らしい。異常？　いや、胃腸だよ。
↓　とにかく胃腸らしい。

「異常？」

「いや、胃腸だよ」
＊7　それで──【ここで改行】

＊8　白薔薇　↓　アーリア人のような薔薇
＊9　ポッツさん　↓　ワトキンスさん
＊10　ピンクで禿のポッツ　↓　ピンクで禿のクロワトキンス
【Кроваткинс は кровать（ベッド）と Ваткинс（ワトキンス）の合成】
＊11　ピンクの豚二匹は私にとって大の親友になった。
↓　もうその頃には、ピンクの豚二匹はハンバート恐怖症を忘れていた。
＊12　美貌の若い黒人女　↓　天から降りてきた美貌の若い黒人女
＊13　彼女の姿だった。【改行なし】
＊14　スポーツコート　↓　チェックのジャケット
＊15　派手な市松模様の服　↓　スポーツジャケット
＊16　ドローム　↓　煙草

第28章
＊1　ボイド博士　↓　パール牧師
【英語版では Boyd と boy（奴）、ロシア語版では Пар と парень（奴）の言葉遊び】
＊2　「軽食」　↓　フルーツとビスケット
＊3　そういう小さなことでしかないのだ……。【改行なし】

第29章
＊1　今から四〇年前のこと　↓　今世紀の初めに
＊2　彼女のかすかな呼吸には眠りのリズムがあった。【削除】
＊3　結局のところ、笑うことには何も害がないのである。【削除】

第32章

＊1 エリザベス・タルボット、↓ エリザベス・タルボット、弟たちが同じクラスにいるわ、

＊2 「キャンプQの話にしないか」と私は言った。そしてまもなく、事のすべてを知った。↓ 「キャンプQの話にしないか」とスポーツマンのハンバートは言った。「でも、まず一休みだ」そして一休みしてから、私は事のすべてを知った。

＊3 私たちの部屋のドアをちょっと開けてみようとする音が聞こえた。↓ 私たちの部屋のドアをちょっと開けてみようとする音が聞こえたので、私は大声でどなってやめさせた。

＊4 田舎屋敷 ↓ 英国の田舎屋敷

＊5 ブライスランド出口。↓ ブライスランド出口、そう道路標識が言っていた。

＊6 冗談を言っているだけなのだろうか？ ↓ 彼女はふざけてなどいなかった。

＊7 小動物か何か ↓ 小動物か何か——リスではない——

第二部

第1章

＊1 そのときから、↓ そのときから、一九四七年八月に、

＊2 安全な隠れ家であり、↓ 安全な隠れ家であり、一つ屋根の下に続いている別個の家もしくは部屋からできていて、

＊3 ペット同伴可 ↓ 猫も大好き

＊4 退職した教師、【削除】

＊5　旧式だし、お上品でシャワーがなく、↓　まったくプチブル趣味で、個室のバスルームがなく、

＊6　私の言葉の訛りが気になったらしく、↓　人種差別的な傾向のある主人に、

＊7　君は憶えているだろうか、ミランダ、

↓　君は憶えているだろうか、ミランダ（と有名なエレジーで歌われているように）、

＊8　ミュージカル　↓　歌付きのコメディ映画

＊9　パティとか【削除】

＊10　《ムーヴィー・ラヴ》とか《スクリーン・ランド》　↓　《スクリーンの世界》とか《映画ファンの灯》

＊11　それはみっともないよ　↓　それは流行遅れだよ

＊12　ハンカン・ダインズ　↓　グルメガイドブックの著者ダンカン・ハインズ

＊13　アパラチア　↓　ヴァーモント州

＊14　ヘイズ家の偏屈者か誰か　↓　一家の先祖であるジョナサン・ヘイズという偏屈者

＊15　口を歪め　↓　アメリカの子供がよくやるように口を歪め

＊16　レイピストはチャーリー・ホームズで、私はセラピスト

↓　レイプに関わっているのはチャーリー・ホームズで、私が関わっているのは植物なんだよ、特別な配慮を必要とする幼い植物だ

【Растление＝「レイプ」とрастение＝「植物」の言葉遊び】

＊17　第二級強制猥褻罪　↓　「第二級のソドムの罪」

＊18　行きましょう。↓　私は一九五七年までムショ暮らしだ。

＊19　ジョン－ジェイン、ジャック－ジル、牡鹿－牝鹿

↓　「イヴァン・ダ・マリア」、「彼」と「彼女」、「アダム」と「イヴ」

【Иван да Марья はロシア民話に由来する花の名前。「イヴァン」と「マリア」は「男の子」と「女の子」に等しい】

第2章

＊1 私たちが見物した、↓ 私たちは多くの名所（巨大な言葉！）を見物した。
【достопримечательности＝「名所」という言葉が長い】

＊2 白い蝿 ↓ 白い紙魚

＊3 夏の終わり ↓ 九月

＊4 参照のこと。↓ 参照のこと。木陰での昼寝。

＊5 ART—— ↓ ARTとは英語の「芸術」ではなく、

＊6 アリゾナかカリフォルニアへ入るときの幹線道路の検問所では、
↓ アリゾナかカリフォルニアへ入るときの幹線道路の検問所では、果物か野菜を持ち込んではいないかと質問されるのだが、

＊7 あたかも春の開花のような ↓ サボテンの花のように清らかな

＊8 その壁 ↓ 「連結」型のモーテルの壁

第3章

＊1 ハンバーガーとハンバートのどちらを取るかと言われたら、彼女はいつも、氷のようにきっぱりと、前者を選ぶのだった。
↓ ソーセージとハンバートのどちらを取るかと言われたら、彼女はいつも無慈悲にも前者を口にくわえるのだった。

＊2 溺愛された子供ほど冷酷なまでに残虐なものはない。【削除】

＊3 天使たち ↓ エドガーの天使たち

＊4 有毒な小動物 ↓ 有毒なゼラチン状の小動物

＊5　弾力のある苔　↓　高価なマットレスのように弾力のある苔
＊6　私は勘定に入れていなかった。【改行なし】
＊7　小走りで行ったのだった。【ここで改行】
＊8　中学二年生の年　↓　また学校に行きはじめたとき
＊9　ミュージカル、暗黒街物、西部劇　↓　ミュージカル・コメディ、暗黒街物、西部劇
＊10　他に記憶している衝撃は……瞼を閉じてぴくぴくさせた。【この一段落はすべて削除。ただし、その削除は意図的なものではなく、ナボコフの訳し落としによる。作品解説参照】
＊11　『リンバロストの乙女』とか【削除】
＊12　おじいちゃんになる秘訣　↓　ヴィクトル・ユゴーの詩に出てくる「おじいちゃんになる秘訣」
＊13　子供のトランプ遊び　↓　ドゥラチキ
【дурачкиとは「ばか」のこと。ロシアの伝統的なトランプゲーム】
＊14　我が縞模様　↓　我が囚人の縞模様
＊15　なぜガストン・ゴダンとつきあっていればとりわけ安全か
↓　なぜガストン・ゴダンとつきあうのがきわめて正しいディフェンスになるのか
＊16　八ポンド　↓　アメリカ式の八ポンド

第5章
＊1　積み上げた本をお腹のところに押し当てて抱え
↓　積み上げた本をお腹のところに押し当てて抱え（まるで教科書を抱えるのが流行みたいに）

第6章
＊1　ジャックくんやディックくん　↓　ジムくんやジャックくん

＊2　キルト縫いのローブ　↓　キルト縫いのローブ、パジャマ

第7章
＊1　基本的な義務を果たす　↓　基本的な義務を一日に三度果たす
＊2　一ドル五セント　↓　一ドル五セントで一回につき五倍
＊3　二四ドル六〇セントにしておこう　↓　ちょうど二六ドルということにしておこう

第8章
＊1　厳重に付き添いをつけて　↓　先生やその妻たちの監視付きで
＊2　あの冬　↓　あの冬（一九四八―一九四九年）
＊3　「手を握る」　↓　暗い映画館で手を握る
＊4　擬態　↓　保護色
＊5　アルゴスのような百の目をした【削除】
＊6　脚を見せちゃいけませんよ。↓　脚を見せちゃいけませんよ、と故人が言ったように。
＊7　西欧風のナイフとフォークの使い方で　↓　西欧風にナイフを使う手を休めずに
＊8　プロヴィデンスで　↓　プロヴィデンスの豪勢な娼館で

第9章
＊1　ボール・ザックっていう作家　↓　バルザック

第11章
＊1　牙　↓　猪の牙

＊2　担当教師たちの名前の最初の文字を入れ替えたりする　↓　担当教師の名前を逆に読んだりする

＊3　ホマー……カール　↓　ゼルヴァ……ドゥーチン

【Зелва と Дутен を合わせて逆から読むと、не туда влез＝「間違った場所に来てしまった」】

＊4　マッシュルーム　↓　クワス教室

＊5　花婿《ブライドグルーム》、B教室《ブルーム》、教室BA《ルーンバ》　↓　教室1、教室2、ダイヤモンド教室

第12章

＊1　誕生祝い　↓　一九四九年の最初の日、一四歳の誕生祝い

第13章

＊1　エリザベス朝演劇　↓　シェイクスピアやベン・ジョンソン

＊2　リチャード・ロー　↓　誰々

＊3　ドロシー・ドー　↓　誰々

＊4　赤い帽子をかぶり同じ服装をした狩人たちの、↓　アメリカにはよくあるように、狩人たちはみな赤い帽子をかぶり同じ服装をしていて、違うのは持っている武器の質だけである。

第14章

＊1　フランス文学研究者　↓　フロベール専門家

＊2　ギュスターヴの、いやガストンの　↓　ガストンの

＊3　ローは　↓　我がエンマは、いやローは

＊4　田舎娘のような匂い　↓　玉葱のような新しい匂い

＊5　ハイド氏　↓　スティーヴンスンの物語に出てくる怪物のように、
＊6　ピム氏　↓　ピム氏（有名な悲喜劇の登場人物）
＊7　ピッパ　↓　ピッパ（ブラウニングに出てくる人物）

第15章

＊1　当時まだ流行中の「実存主義」　↓　一九四九年にまだ流行中の「実存主義」
＊2　素人演劇　↓　非現実的な演劇活動

第16章

＊1　「アパラチア山脈」　↓　「パラーチ」すなわち「アパラチア山脈」の中央部
【палач とはロシア語で「処刑執行人」の意味】
＊2　カナダのニュー・ブランズウィック　↓　メイン
＊3　テネシー、両ヴァージニア、ペンシルヴァニア、ニューヨーク、ヴァーモント、ニューハンプシャー、そしてメインの全地域
↓　全地域（ペンシルヴァニアやニューヨークを含む）
＊4　愛読するロンサールを引用すれば【削除】
＊5　罪深い脚を見つめた。【ここで改行】

第17章

＊1　アルジェリアあたり　↓　マラガかアルジェリアあたり【マラガはスペイン南部の都市】
＊2　一九三八年の【削除】

第18章

＊1 変化《コンヴァート》した状態で ↓ 幌を閉じた状態で

＊2 ソーダ郡区で、人口《ポップ》一〇〇一人。 ↓ アナ市で、私たちには人口一〇〇一人。【Ана＝「アナ」と нас＝「私たち」を足すと ананас＝「アナナス（パイナップル）」】

＊3 メサ ↓ 四角い台地

＊4 誘われていった。【ここで改行】

＊5 ソーダ・ポップ ↓ アナナス

第19章

＊1 ウェイス郵便局とエルフィンストーン郵便局の二つ
↓ 最初はウェイス郵便局、そして六月一五日以降はエルフィンストーン郵便局

＊2 誘拐容疑 ↓ 子供を誘拐した容疑

＊3 ブラー保安官 ↓ フィッシャー保安官
【ロシア語では“шерифу Фишеру, Фишерифу, Фишерифму”となっていて、шериф＝「保安官」（シェリフ）と Фишер＝「フィッシャー」の言葉遊び】

＊4 『おまえの求婚者に必ず告げるがよい《ヌ・マンク・パ・ド・ディール・ア・トン・アマン》、シメーヌよ、どれほどその湖が美しいかを《コム・ル・ラク・エ・ボー》、そして必ずそこに《カル・イル・》連れて行ってもらいたまえ《フォ・キル・ティ・メ・ヌ》』。水もしたたる色男《ボー》！ それに『キル・ティ』って──舌がもつれそう！
↓『湖をしてシメーヌの恋人に語らせよ、
憂鬱か、それとも黙って平気な顔をした裏切りか、どちらを選ぶかを』。
わたしはその個所を強調しておきました。羨ましい落ち着き！
【2行目は Чтó предпочесть: тос**ку** **иль** **ти**шь и гладь измены. で、太字になった部分に Куильти＝「クィルティ」が隠れている】

＊5　ロー　↓　ディアーナ
＊6　Wの文字　↓　その町の頭文字
＊7　私はどこの店ものぞき込んだ。【削除】
＊8　ブラウン　↓　ブラウンやスミス
＊9　薬販売店。ヒル・ドラッグストア。ラーキン薬局。
↓　薬局とドラッグストア。一つはホーニー・レーンにあって、もう一つは……これだ、ラーキン薬局。【Горны（ゴルニイ）はロシア語では「山」の意味だが、英語読みしてHorny（ホーニー）とすると「好色な」というニュアンスが出てくる】
＊10　メルモス　↓　イカルス
＊11　暗号色　↓　保護色
＊12　シェル・グレイ　↓　ウルフ・グレイ
＊13　シスル・グレイ　↓　シルク・グレイ
＊14　山岳地帯　↓　ロッキー山脈地帯
＊15　非常ブレーキはかけなかったのだ。【ここで改行】
＊16　私たちはグロテスクな旅を続けた。↓　タイヤを取り替えてから、私たちはグロテスクな旅を続けた。

第20章

＊1　子犬、【削除】
＊2　鳥の羽根、【削除】
＊3　アメリカン・フットボールのチアガール
↓　短いスカートに厚手のセーターという恰好で、みんなで歓声をあげて跳ねまわり、アメリカン・ラグビーの選手を応援する、足を剝き出しにした女の子たちのジャンプ

＊4　小宇宙なのだ。【改行なし】

＊5　結句と反歌　↓　ソネットの六行連句と八行連句

＊6　ウィンブルドンで二本のラケットを小脇に抱えたドロレス。広告でドロームダリーをすすめるドロレス。プロに転向するドロレス。映画で女子チャンピオンを演じるドロレス。ドロレスと、白髪まじりで、謙虚かつ寡黙な夫兼コーチのハンバート老人。

↓　ウィンブルドンで二本のラケットを小脇に抱えたドロレス（一九五二年）。広告でドロームダリーをすすめるドロレス（一九六〇年）。プロに転向するドロレス（一九六一年）。映画で女子チャンピオンを演じるドロレス（一九六二年）。ドロレスと、白髪まじりで、謙虚かつ寡黙な夫にして元コーチのハンバート老人（二〇〇〇年）。

＊7　彼女はいつもの自然なストロークで、

↓　その日は無風だった。彼女はいつもの自然なストロークで、

＊8　デキュジスかボルマン　↓　フランス人のデキュジスかベルギー人のボルマン

＊9　メモにはこうあった。【改行なし】

＊10　ボッシュの絵　↓　フランドル派の絵

＊11　ボールを拾い集めて選り分けていた。

↓　ボールを拾い集めて選り分けていた。私はその朝に新しいボールを半ダース買っていた。見たことのないボールには、血のような色をした自家製の印が付いていた。

第22章

＊1　エルフィンストーン　↓　エルフィンストーン（妖精のうめき声が誰にも聞こえませんように！）

【Эльфинстоне（エルフィンストーン）を эльфин＝「妖精」＋стон「うめき声」と分解した言葉遊び】

＊2　蒸留器　↓　ヴォルホフ計算

＊3　ホセ・リッザラベンガは　↓　メリメの有名な小説で、ホセ・リッザラベンガは

＊4　四〇・四度　↓　四〇・二度

＊5　異性好みの魔王《エルケーニッヒ》　↓　ゲーテの魔王（ただしこの場合は男の子好みではなく女の子好み）

＊6　ブルー先生はどう見ても学識が名声よりもはるかに劣っている医者で、
↓　僕はあなたが嫌いです、ブルー先生。なぜかって理由はわかりませんが、僕はあなたが嫌いなのです、ブルー先生。【マザー・グースの「僕はあなたが嫌いです、フェル先生」のもじり】

＊7　その情報は取っておくことに決めた。
↓　その情報は取っておくことに決めた。ドロレスは成長を続けた。

＊8　バスク人　↓　バスク人（クスークス、子猫ちゃん！）
【ロシア語では баскского（кс-кс, киска!）で、音遊び】

＊9　メアリー　↓　マリア

＊10　「血清」（海象の精液か駝鳥の唾液）　↓　「血清」（蛸の精液か象の唾液）
【ロシア語では “сыворотку”（из спермы спрута или слюны слона）で、音遊び】

＊11　八回見舞いに行った中で、
↓　一日に二度見舞いに行き、たぶんぜんぶで八回行ったと思うが、その中で

＊12　髪はぴかぴかにブラシがかけられ　↓　髪はアメリカの女の子がやるようにぴかぴかにブラシがかけられ

＊13　ロアリング峡谷　↓　ニュールルドのロアリング峡谷

＊14　聖人のように静かに横になって――
↓　正確な引用ではないが、ロバート・ブラウニングが言うように、聖人のように静かに横になっていた。

＊15　海外の戦地で　↓　この前の戦争のとき、イタリアで

＊16 伝えておいてくれと言った。↓ 伝えておいてくれと言った（まだ誤植が気になっていた）。

＊17 エルフィンストーンはとてもかわいい小さな町だったし【改行なし】

↓ エルフィンストーン（妖精のうめき声が甲高くも恐ろしい）はとてもかわいい小さな町だったし

第23章

＊1 出身地がマターミッケとは珍しい地名ですな。

↓ このクック氏という人物の住所がイショー五番地というのはおかしなものですな。

【ロシア語ではこの住所はИшо 5となっていて、5＝пять なので、Ишо пять を読み替えると Ишь опять＝「ほらまただよ」となる】

＊2 チェスナットとビアズレー間 ↓ カスビームとビアズレー間

＊3 N・ペティット、ラルース、イリノイ州

↓ ロベール・ロベール、モリベール、アルバータ州

＊4 「グラシアーノ・フォーブソン博士、ミランドーラ、ニューヨーク州」。もちろん、この名前がイタリア喜劇と関係があることくらい、私が思いつかないわけがない。

↓ アダム・N・エピリンター、エスノップ、イリノイ州。私の鋭い目はただちにこれを二つの下劣な文章に分けた。断言と疑問である。

【ロシア語では Адам Н. Еплинтер, Еснопп, Иллиной となっていて、これを読み替えると Адам не пил＝「アダムは飲まなかった」と интересно пил-ли Ной＝「ノアは飲んだのだろうか」になる】

＊5 底知れぬ技量で、↓ 綱渡りをする道化師の底知れぬ技量で、

＊6 tやwやl ↓ tやu

【ただし、キリル文字ではuは「y」】

＊7　そして、コールリッジの愛読者ではなくても、「A・パーソン、ポーロック、英国」という陳腐な洒落一発くらいはわかるものだ。

↓　そして映画の専門家ではなくても、「P・O・テムキン、オデッサ、テキサス州」というくだらないトリックのネタくらいはわかるものだ。

【П. О. Темкин すなわち Потемкин＝「ポチョムキン」で、エイゼンシュテインの『戦艦ポチョムキン』とその有名なオデッサの階段の場面への言及】

＊8　奇怪に見える「フィニアス・クィンビー、レバノン、ニューハンプシャー州」が何者かは、普通の百科事典を引いてわかった。

↓　罪のないバーミューダ諸島のことを、彼は悪意のある洒落にしたが、上品な私にはここでそれを再現できない。

＊9　「ジョニー・ランダル、ランブル、オハイオ州」

↓　「フラーテル・グリム、オーシャン、ケルクパール島」

【Фратер（フラーテル）はラテン語で「兄弟」の意味】

＊10　ホウクストン　↓　カランバーグ

【Каламбург（カランバーグ）は каламбур＝「洒落」の洒落】

＊11　「オーブリー・ビアズレー、ケルクパール島」は、

↓　「O・ビアズレー、ロリータ、テキサス州」は、たしかにそういう町がテキサスにあることはあるが、

＊12　ペンシルヴァニア州　↓　メリーランド州

＊13　真にもって残酷きわまりないのは「ウィル・ブラウン、ドロレス、コロラド州」だった。

↓　「ボブ・ブラウニング、ドロレス、コロラド州」という住所氏名は三度繰り返されていた。

＊14　トゥームストーン　↓　モーサリアム

＊15 諸悪を是正する人間 ↓ 私心のない、おそらくは子供を守る人間
＊16 ドナルド・クィックス ↓ ドナルド・オットー・クィックス
＊17 チェスナット・ロッジ ↓ 彼が私たちの隣の部屋で一夜を過ごしたカスビームのモーテル
＊18 台帳に記載されたアナグラム
↓ 台帳に記載されている、私たちが初めて泊まった忘れがたい場所（読者よ、一九四七年のことだ！）の冒瀆的なアナグラム
＊19 「テッド・ハンター、ケイン、ニューハンプシャー州」
↓「ニック。パヴリチ・ホホトフ、ウラン、アリゾナ州」
【Ник. Павлыч Хохотов, Вран. Аризона をアナグラムで組み替えると Зачарованных Охотников＝「魅惑の狩人」ができあがる】
＊20 パーソンやらオルゴンやらモレルやらトラップ ↓ スイレンやらファタモルガナやらトラップ
＊21 「Q32888」とか「CU88322」↓「KU6969」とか「KUKU9933」

第24章

＊1 二度ばかり、↓ 二度ばかり、その年度（一九四八年―一九四九年）に
＊2 一九世紀絵画 ↓ 印象派の絵画
＊3 プリチャード・ロード二四番地 ↓ リンター通り六九番地――どこか見憶えのある名前だ――
＊4 こちらへやってきた。【改行なし】
＊5 二年間 ↓ 二〇カ月
＊6 ビル・ブラウン ↓ ボブ・ブラウニング
＊7 コロラド州 ↓ コロラド州南西部

第25章

＊1　それに続く空虚な三年間
↓　それに続く一九四九年七月から一九五二年一一月中旬までの空虚な三年間

＊2　複合的亡霊　↓　偽のロリータ（そして偽のヴァレリア）

＊3　お客様用　↓　宿泊するお客様用

＊4　ロー　↓　ジェニー

＊5　椋鳥　↓　スターンの椋鳥

第26章

＊1　私の四分の三だった。　↓　私より一〇歳下だった。

＊2　堕落した五月　↓　エリオットが言う、「堕落した五月」
【「堕落した五月」はエリオットの「ゲロンチョン」に出てくる】

＊3　猿みたいな前肢　↓　オランウータンの前肢

＊4　初めて会ったとき　↓　初めて会ったとき（一九五〇年）

＊5　数百ドル　↓　七百ドル

＊6　一九五〇年の夏から一九五二年の夏までの【削除】

＊7　大平洋岸でのテニスの選手権に出場させなかったことはたしかだ。
↓　サンディエゴでのテニスの選手権に出場させなかったことはたしかで、女子の部門で優勝したのはドロテア・ハースという一六歳で筋肉質の、背の高い女の子だった。

＊8　ファーストネームと仕事の話と酒ばかり
↓　お互いをジョーとかジムと呼び合い、商談を成立させ、ウィスキーをあおってばかり

＊9　カーキ色　↓　保護色

＊10 《キャントリップ・レヴュー》誌に ↓ 《キャントリップ・レヴュー》誌に——キャントリップとはスコットランド語で「魔術」という意味——

＊11 一九五一年九月 ↓ 一九五一年一〇月

＊12 ローランド・マックラム夫人 ↓ マックラム夫人

＊13 秋が空に鳴り響いていた。 ↓ ヴェルレーヌの秋が水晶でできているような空に鳴り響いていた。

【ヴェルレーヌの他に、ロシア詩人チュッチェフの名詩「沈黙」のエコーも聞き取れる】

＊14 ハンバーグ教授 ↓ ハンバーガー教授

＊15 歩道のカフェ ↓ ヨーロッパの歩道のカフェ

＊16 兵士 ↓ フリッツかイワン

＊17 ハスキー・ハンクと小柄な花嫁はレジナルド・G・ゴア夫妻（インチキース通り五八番地）の主賓として招待される予定。 ↓ 長身のフットボール選手ロスと小柄な花嫁はハンバート・ペリボーイ夫人（エラニス街五八番地）のパーティに主賓として招待される予定。

第27章

＊1 数少ない文通相手 ↓ 私かリタの数少ない文通相手

＊2 プルースト化され、プロクルステス化された。 ↓ プロクルステス的なベッドでプルースト的な拷問を受けた。

＊3 九月下旬のある朝 ↓ 九月二二日の朝

＊4 場面はけっしてない。 ↓ 場面はけっしてない。H公爵夫人がオネーギンと一緒にイタリアへ旅立つということもけっしてな

い。

＊5　カリフォルニア　↓　南カリフォルニア

＊6　この何年間か　↓　この五年間に

第28章

＊1　それが見納めとなったが、↓　それが見納めとなったが、先日彼女はここへ私に会いにきた。ただし、私はあちら側の（あなた方にとっては「こちら側」の）世界の人間とは会わないことにしている。

＊2　車の後部　↓　車のトランク――尽きることのない宝の山――

＊3　（今日は九月二二日）【削除】

＊4　口元をぬぐい　↓　英国風に口元をぬぐい

＊5　マンホール　↓　マンホール（そこでなにか工事をしていたらしい）

第29章

＊1　午後一〇時以降は　↓　夜には

＊2　ディックはこのごたごたを何も知らない。↓　それから彼女が言った言葉で、ディックはこのごたごたを何も知らないことがわかった。

＊3　と彼女は言った。【ここで改行】

＊4　と彼女は提案した。【ここで改行】

＊5　結局――【ここで改行】

＊6　防水よ。↓　防水よ、とシャーロットが言った。

＊7　すべてが秩序の中にぴったり落ちつき、↓　すべてがぴったりと嵌り、まるで複雑な騙し絵みたいに、

＊8 ホテル ↓ なんたら狩人とかいうホテル

＊9 劇を書いていて、↓ あの劇を書いていて――そうだ、「魅惑の」だったわ――、

＊10 リハーサルすることになったのよ。

↓ リハーサルすることになったのよ。降りてきたホールで彼がどんな信じられないことを言ったか、知ってる？

＊11 マシュマロ ↓ ケーキとピーナッツ

＊12 台所へ連れて行った。↓ 台所へ連れて行った（バスルームがないのだ）。

＊13 両端の垂れた口髭 ↓ セイウチのような口髭

＊14 五年前のあのキャンプ。↓ 五年前のあのキャンプ（スイレン）。【第一部第15章＊1の注を参照】

＊15 一日ほどかかる ↓ 三〇〇マイル離れた

＊16 年取った女の人 ↓ マダム・ダモール

＊17 彼女はまったく無頓着に下品な俗語を使ったが、それは文字どおりフランス語に翻訳すると「吹く《スフレ》」になる

↓ 彼女はまったく無頓着に下品な俗語を使ったが、それは私たちのどちらもよく知っている気まぐれだった

＊18 一九四九年の冬 ↓ あの冬（一九四九―一九五〇年）

＊19 彼女は目を閉じて口を開け、

↓ なるほど、マックーも似た名前を持っていて、やはり家が全焼したのだった。【改行】彼女は目を閉じて口を開け、

＊20 マサチューセッツの荒野？ ↓ マサチューセッツの荒野？ 陽気な五月《メリー・メイ》に？

＊21 いつまでも ↓ 今世紀の終わりまで

＊22 ピンクに染まった。【ここで改行】

＊23　「四〇〇〇ドルもくれるっていうの？」【ここで改行】

＊24　「だめよ、ハニー、だめ」【改行なし】

＊25　興奮して息をはずませている犬
↓　興奮して息をはずませているが、一緒には連れて行ってもらえない犬

第30章

＊1　午後の四時頃　↓　夕方

＊2　四〇マイル　↓　一時間（四〇マイル）

＊3　たどりつくことになる。【ここで改行】

＊4　赤いテールライト　↓　ルビーのようなテールライト

＊5　白いヘッドライト　↓　ダイヤモンドのようなヘッドライト

＊6　「首働車」　↓　「作者は殺された」（実際は「自動車」）
【Авгора убили＝「作者は殺された」は、Автомобили＝「自動車」を見誤ったもの】

＊7　影絵芝居やったの。　↓　影絵芝居やったの、もうサイコー。

＊8　この秘かな町　↓　このルビーとエメラルド色の町

第32章

＊1　斜めになった鏡　↓　二枚の鏡

＊2　我がロリータはこう言った。【改行なし】

＊3　ようやく人間らしい情愛の声にならないうめきを発し
↓　人間らしい（やっと！）情愛の押し殺したうめきをもらしたことがある。【ここで改行】

＊4　（彼女の肌は……患者のようだった）、　↓　彼女の肌は……患者のようだった。

＊5　無言のうちに彼女の祝福を求め　↓　リア王のように彼女の祝福を求め
＊6　体重が重くて、魅力がなくて、気だてはやさしい【削除】
＊7　ロリータには何もないのだった。【ここで改行】
＊8　レイクヴュー・ヒル　↓　湖を見晴らせる丘
＊9　マリオン　↓　マーラ

第33章

＊1　常緑樹　↓　糸杉
＊2　三三歳　↓　三〇歳
＊3　部屋　↓　バスルーム付きの部屋
＊4　面会　↓　商談と診察
＊5　最近の出来事を表すんだったら、……でも急がないといけませんので、と私は言った。
↓「まったく」と私は言った（夢にはつきものの素晴らしい自由を利用して）。「運のいい奴ですよ。あの子は、最もデリケートで、取り返しのつかない膜に穴を開け、蛇の毒を注ぎ込んだのです――それなのになんの咎めも受けず、いい思いをして、死後に勲章までもらえるんですからね。でも、これで失礼します、弁護士に会わないといけませんので」
＊6　そして私は、↓　そして私は、全財産を彼女の名義に書き換えて、
＊7　それで表されるような顔だ。↓　その写真やドロームダリーの煙草の広告に写っている顔だ。
＊8　クィルティ医師　↓　アイヴァー（アイ・ダー・ヴォル！）・クィルティ医師
【Айвор＝「アイヴァー」をАй-да-вор!＝「ああ、そう、盗人！」と読み換えた言葉遊び】
＊9　それはなんとも夢のようにすてきな気分なのである。
↓　私はこの夢の中の自由という素晴らしい気分をチャットフィールド夫人としゃべったときに体験し

たばかりだった。

第34章

＊1　奇妙な屋根を付けた橋　↓　奇妙な屋根を付けた、ヴァーモントによくある型の橋

＊2　三歳になる　↓　一九四九年からの

＊3　身体を起こしていた。↓　松葉杖にもたれかかっていた。

＊4　ドライブイン・シアターを通り過ぎた。↓　ドライブイン・シアターを通り過ぎた——野外の映画館だ。

第35章

＊1　小鳥が叫び声をあげていた。↓　小鳥が叫び声をあげていた。客たちが去っていった。

＊2　黒のコンヴァーティブル　↓　葬儀用のリムジンに似た黒い車

＊3　あいつだと見分けのつく　↓　歯医者のいとこだと見分けのつく

＊4　パンチ　↓　道化師

＊5　フィルはフィラデルフィアにかける。パットはパタゴニアにかける。
↓　アントンはボストンにかける。マリアはリオにかける。

＊6　ドリーはコロラドのドロレスにかけたことがあるのか？
↓　ドロレスはコロラドにかけたことがあるのか？　ヘイゼルはワイオミングに？
【Гейзер＝「ヘイゼル」は geyser すなわち「間欠泉」でもある】

＊7　ワシントンのパラダイスにでも、ヘル・キャニオンにでも。【削除】

＊8　有名人にも会わせたし。↓　テキサスで有名人にも会わせたし。

＊9　彼のフランス語は上達していた。……私をまじまじと見つめながら言った。【削除】

＊10　箪笥の下の向こう側から　↓　箪笥のそばにあるラジエーターの下から

＊11 八〇ないしは九〇 → 九〇

＊12 リオ → ブラジル

＊13 今銀行にはさほど預金はないが……借りまくろうって。
→ 今銀行にはさほど預金はないが、まあいい、借金暮らしをしてやろうじゃないか、彼の親父さんみたいにな、詩人の言葉を借りれば。

＊14 【プーシキンの『エヴゲーニイ・オネーギン』への言及】

ドアがちゃんと閉まっていないから → 夢によくあるように、ドアがちゃんと閉まっていないから

＊15 鍵をポケットの中で金貨のようにじゃらじゃら鳴らしながら、【削除】

＊16 一、二秒ほど → 二、三秒ほど

＊17 瞬間的移動 → 時間の移動

＊18 二匹の蝿が → 天井から降りてきた二匹の蝿が

＊19 ラジオの音楽 → 蓄音機の音楽

第36章

＊1 女が家にいて男が出かけている、【削除】

＊2 ランバート・ランバート → ハーマン・ハーマン

＊3 ここから → ニューヨークから

＊4 C・Q → K・K

『ロリータ』と題する書物について

＊1 パリ → パリのボワロー通り

＊2　三〇ページほどの長さの短篇小説　↓　三〇ページほどの長さの「魅惑者」と題する短篇小説
＊3　そのうちの最高作は英語に翻訳されていないし、【削除】
【『賜物』を指す。ナボコフが『ロリータ』のロシア語訳を手がけた時点では、すでに *The Gift* という題名で一九六三年に英訳が出ていた】
＊4　青い紙を窓に張った　↓　パリ市民が灯火管制で青い紙を窓に張った
＊5　二人の社会革命党員　↓　I・I・フォンダミンスキイ、V・M・ゼンジーノフ
＊6　女性医師　↓　女性医師コーガン＝ベルンシュテイン
＊7　ニューヨーク州中部のイサカに住んでいたときに
↓　大学町のイサカ（ニューヨーク州）でロシア文学を教えていたときに
＊8　今やアイルランド人の血も混じったニンフェット
↓　フランス人のみならず、ドイツ人とアイルランド人の血も混じったニンフェット
＊9　ファイル　↓　カード・ファイル
＊10　ハーヴァード大学比較動物学博物館や
↓　ニューヨークにあるアメリカ自然史博物館や、ハーヴァード大学比較動物学博物館、
＊11　採集場所　↓　採集場所、日付、採集者名
＊12　一九五四年の春で、↓　一九五四年の春で、私の妻が三部タイプ打ちして、
＊13　意気地がなかった。
↓　意気地がなかった。私の姓名のアナグラムが登場人物の一人の姓名になっているのは、隠された作
者名を表す墓標である。
【英語版ではVivian Darkbloom、ロシア語版ではВивиан Дамор-Блокという登場人物のことを指す】
＊14　W、X、Y、Z　↓　アクス、ヤクス、エクス、イクス
＊15　それは慧眼の旧友F・Pでも予期しないほどだった。

↓　それは我が旧友でも予期しないほどだった。最後に、私は『ロリータ』をパリのエージェントに送った。そのエージェントはそれを「オリンピア・プレス」という聞いたことがない出版社に送ったが、そこは何らかの理由で英国やアメリカでは出版されない書物を英語で出しているところで、『ロリータ』はそこから一九五五年の秋に出版された。

＊16　芸術的独創性　↓　作者の芸術家らしい身勝手さ

＊17　セックス　↓　女性器や男性器

＊18　農夫　↓　テネシー州の農夫

＊19　文体は　↓　文体は内的独白もどきを交えて

＊20　「力強い」とか「鮮烈」だとか　↓　おおげさな言葉で

＊21　思いやり、恍惚感　↓　思いやり、調和、恍惚感

＊22　英国のイン　↓　フランスの居酒屋

＊23　私の旧世界（ロシア、英国、ドイツ、フランス）が　↓　私がかつて作ったことのある広場やバルコニー（ロシア、英国、ドイツ、フランス）が

＊24　一九五五年の春　↓　およそ二年前

＊25　山道（そこで　↓　山道（つまり場所はテリュライド、そこで

＊26　イメージである。【ここで改行】

＊27　グロスヴィット公　↓　クレビャーキン

＊28　オリンピア・プレスがパリで本書を出版してから、【削除】

＊29　遺産　↓　父たちの遺産

＊30　一九五六年一一月一二日　↓　一九五六年一一月一二日　コーネル大学、イサカ、USA

魅惑者
Волшебник

後藤篤 訳

「どうやって自分に言い聞かせればいいのだろう？」と彼は物思いに耽り、浮かんでは消える考えを弄んだ。「これが淫行のはずがないじゃないか。下劣な色欲は何でも見境なく平らげてしまう。だが、垢抜けた情欲は満腹を約束してくれるものしか口にはしない。これまでにありきたりな情事を五つ六つ重ねてきたとして、そんな精彩を欠いた偶然の連なりをどうして我が唯一の炎と比べられるというのか？　さあ、どうやって？　獲物の肉の柔らかさがその年齢に反比例するとかいう、あの東洋の卑猥な算術など役には立たない。違う、これは俺にとって全体から見た程度の問題なんかじゃなくて、その全体から完全に切り離された何かなんだ。値が張るんじゃない、値が付けられないんだよ。じゃあ、それは何だ？　病気だろうか、それとも犯罪行為？　しかしその二つならば、良心や羞恥心、繊細さや恐怖、自制心や感受性と相容れるとでもいうのだろうか――とんでもない話だ、まさかそれで俺自身が苦痛を覚えたり、後味の悪い思いをしたりするはめになるなんて。ふざけるな、俺が小さな女の子に乱暴するわけがないだろう。込み上げてくる思いを充たすために取るべき最も人目につかない方法とは何か、それを現実的に思い浮かべてみれば、夢見るために設けた数多の制限のうちにこそ、その夢想のために拵えたあのいくつもの仮面のうちにこそ、救いとなる詭弁が存在するのだ。俺はスリだ。強盗じゃない。幼女に姿を変えたフライデーと、円形の孤島で暮らしているのだとしても（それは単に安全だからというわけではなく、野生に帰るための権利を主張してのこと——いや、これぞまさに、その中心に椰子の木が生えた悪しき円環なのか？）。ユーフラテスの杏が缶詰にして初めて毒になることくらい、頭では分かっているつもりだ。市民生活に罪は付き物なのだし、どんなに衛生的な魂のうちにもハイエナが鬼の形相で待ち構えている。そう、頭では分かっているんだ、まさにそうやって理詰めで考えようとすればするほど、そうしなければ簡単には手に入らないものを嬉々として低俗にしてしまうのだということも……。そんな常識の殻を破り捨てて、俺は高みの見物を決め込むとしよう。薄い皮膜がまだ硬くなっておらず、毛が生え揃うこともなく、香りも微光も失っていないうちに、そこにまさしくはっきりと美が透けて見えるとすれば、その光の瞬きを通じてこそ、美の震える星に辿り着くことができるのではないだろうか？　なにしろ、俺はこの範囲内でも優雅に選り好みしてみせるのだから。どんな女子生徒にでも夢中になれるというわけじゃない——ぽっちゃりした子に、か弱そうな子、ビーズのようなニキビができた子や、眼鏡をかけた子を、灰色をした朝の道すがら何と多く見かけることか——別の奴らがデブの女友達に惹かれることがないように、そんな子たちにはさして恋愛感情など湧いてはこない。大体が単純な話、特別な思い入れがあろうがなかろうが、どんな子と一緒にいても気分がいいんだ——そうだよ、俺なら紋切り型の子煩悩な父親になれるはずだ——自分に欠けているものを埋め合わせることが自然な行いなのか、それとも悪魔のごとき矛盾なのか、これまで決めきれなかったのはそのためだ。そこでだ、侮辱的に聞こえてきたところで切り上げた、例の程度の法則に訴えてみるとしよう。俺は常日頃、自分がある種の優しさから別の優しさに、平凡なところから特異なところに向かう移行段階にいるのだと考えるようにしてきた――それらが互いに排除し合っているのかどうか、やはり別々に分けてやった方がいいのかどうか、はたまた、そのどちらが我が陰鬱なる魂の内なる聖ヨハネ祭の夜に花開いた希少種なのか、つくづく知りたいと思ってきたんだ――というのも、いずれも別の種なのであればすなわち二種類の美があるわけで、それゆえに、そこに招き入れられた審美眼は二つの椅子の間に音を立てて倒れ込むことになるからだ（いかなる二元論もこの結末を避けられない）。けれども進むべき道を逆にして、特異なところから平凡なところに向かうとすれば、俺としてはその方がいささか話が分かり易くなる。前者はその欲望が満たされた瞬間に差し引かれてしまうようなものなのだから、さしずめ感情をいくら積み上げてみたところで、実はさして代わり映えするわけがないのだ――算術の規則を適用するのが、ここにきて実を結ぶのだとすれば。おかしい、変だぞ――何が一番変なのかって、それはたぶん、俺が何か物珍しいものについて検討しているように見せかけて、ひたすら自分を正当化しようとしていることだろうな」

　およそこんなふうに、彼の内側で思考が騒ぎ立てていた。幸いなことに、彼には上品で小綺麗な、しかもたっぷり儲けさせてくれる仕事があった。そのおかげで頭を冷やすことができたし、触覚を満足させることも、黒いビロードの上――そこには数字が、色彩が、結晶系の全てがあった――で煌く点を目の保養にすることもできたのだが、この数ヶ月間というもの空想は鎖に繋がれたままで、時おり微かにその鎖が音を立てるくらいだった。ましてや、四十歳になるまで無駄に己の身を焼くことに悶々としすぎたがために、憂鬱を飼い慣らすのならお手のもので、だからこそ彼は善人を装い、諸々の状況がこの上なく幸福に重なり合った時だけ、運命が全く思いがけないカードを配ってくれた時にだけ、手に入らないものの似姿が一瞬だけ作り出されることもあるのだという思い付きに甘んじていた。記憶のなかには、そうした瞬間が悲哀に満ちた感謝の念（いやはや、なんと有り難いことか）と悲哀に満ちた薄ら笑い（ちょろいもんだな、人生なんて）とともに、僅かながらも大事に保管されている。そう、あれはまだ工業学校に通っていた頃、試験前だった同級生の妹——ぼんやりしていて顔色も悪かったが、目つきはビロードのようで、黒髪を二つ括りにしていた——に初等幾何を教えにいった時のこと。一度もその子に触れはしなかったが、彼女が着ていたウールのワンピースがすぐそこにあるだけで、紙に書いた直線がどれも身震いして溶け始め、あらゆる事物が軽快な足取りで密かに別の次元に渡り切るには十分だった——やがて元通り、硬い椅子とランプ、ノートを取る女子生徒がまた目の前に立ち現れてきたのだが。それ以外の棚ぼたはと言えば、どれもこれも単純な部類に入るものばかりだった。革張りのソファーが並ぶ特別室で、巻毛が片目にかかった落ち着きのない子と一緒に、彼女の父親が来るのを待っていた時には、胸が疼いて仕方がなかった。「ねえ、くすぐったい？」あるいは、焼き菓子《プリャーニク》みたいな肩甲骨をした別の子は、日の当たる中庭の立入禁止の一角で、黒いサラダが緑色の兎を咀嚼する様子を見せてくれた。惨めで性急な束の間の出来事の、そうした一瞬一瞬の間を探り歩くうちに年月が流れていったわけだが、毎度ながら彼にはどの子にも金を出す準備があった（ちなみに、仲介業者の世話にはならなかった）。そんな世にも珍しい小さな情婦たち、夢魔《スクーブ》を気にもかけない幼い愛妾たちを思い出すにつけ、彼は自分が不思議なまでにその子らの将来に無頓着であったことに驚愕した。だからこそ幾度となく侘しい野原で、不快なバスの車内で、砂時計が飲み込むのにだけ役立つであろう海辺の砂の上で、彼は忙しなくも陰気な選択に裏切られ、哀願したとて偶然を前にしてはぐうの音《ね》も出ず、人生が呑気にカーブに差し掛かるたびに、その目の愉悦は中断を余儀なくされたのだった。

痩せこけた頬と、乾いた唇、少し薄くなってきた頭に、用心深い目つきをした彼は今、市立公園のベンチに腰掛けている。七月が雲を掻き消すやいなや、彼は指の細い色白の手に握っていた中折れ帽を被った。蜘蛛は一息つくも、そのまま事切れてしまう。

左側に座っていたのは黒髪で額に赤みがさした喪服の老婆で、右側の白髪に近い萎びた金髪の女性はせっせと編み物に励んでいた。色とりどりの蜃気楼のうちに見え隠れする子どもたちに向けて無意識に物色するような視線を投げかけながらも、何か別のことを考えようとして、目下の仕事や新調したばかりの靴の見目麗しさに思いを馳せていた彼は、ふと踵のあたりに砂利で傷ついた大ぶりなニッケル硬貨が落ちているのに気が付いた。拾い上げてみる。うっすらと口髭の生えた左側の女は、彼が尋ねた当然の質問に何一つ答えなかったが、白髪の方は返事をしてくれた。

「取っておかれたらよろしいじゃないですか。幸運は奇数の日にもたらされるのですから」

「どうして奇数の日だけに？」

「そんなふうに言うんですよ、うちのあたりだと――」

彼女は街の名前を挙げた。話し相手はそこで一度、小さな黒い教会にある豪華な彫刻を見物したことがあった。

「……私たち、川向こうに住んでるんです。山の斜面には果樹園が広がっていて――とっても素敵なんですよ――空気も良くて、静かで……」

「よく喋る女だな」と彼は思った。「そろそろ場所を変えた方がよさそうだ」

だが、ここで舞台の幕が開く。

藤色の服を着た十二歳の少女（彼の目に狂いはなかった）が、ローラースケートを履いたまま、せかせかと一歩一歩、砂利の上を滑らずに、足を持ち上げては下ろして音を立てながら、日本人のように小股で、気まぐれな陽光が作り出す幸福を突き抜けて、彼が座るベンチの方に近付いてきた。それから（この場面が続く限り）彼はここぞとばかりに、頭から爪先まで、すぐさま彼女の全身をくまなく値踏みしてみた。赤みがかった亜麻色の巻毛は揃えられたばかりで生き生きとしており、虚ろな目は大きく、どこか半透明なマルスグリの実を思わせるところがあって、顔は楽しげに紅潮し、薔薇色の口元は少しだけ開いているので、大きな前歯が二本、ふっくら腫れぼったい下唇にもたれかかっているのが見える。夏らしい色をした腕も露わに、肘から手首に沿って狐のように艶やかな産毛が生えていて、窮屈な胸は全くのぺちゃんこというわけではないが場違いに優しく、スカートの襞は短く羽ばたいては柔らかな窪みを作り出し、手入れの行き届いていない脚には調和と熱気が感じられ、ローラースケートのストラップはざらついていた。

彼女が目の前で立ち止まると、彼の人当たりの良い同席者は右脇に置いてあったものをひっかきまわし、チョコレートパンを一つ少女に差し出した。彼女は素早くかぶりつき、空いた方の手でストラップを解いて――車輪のついたスチール製の靴底を外し、その重みから解き放たれて――地上の我々のもとに舞い降りた。背筋を伸ばし、ふわりと裸足になったような気がしたかと思えば、彼女はスニーカーの感触を確かめてからそっぽを向き、初めのうちはおずおずと、それからすたすたと歩を進める――ようやく（パンを食べ終えたらしい）全速力で走り始めると、自由になった両手で風を切り、見えなくなっては姿を現し、現れてはまた消えて、藤色と緑色に彩られた木々の下、同じく明滅する木漏れ日の戯れのなかに混ざっていった。

「おたくのお嬢さん」と彼は無意味なことを口走った。「ずいぶん大きいのですね」

「違いますよ、うちの子じゃありません」と女は編み物をしながら言った。「私には子どもがいないんです――あら、気になさらないで」

喪服の老婆は突然泣き出して、立ち去っていった。編み物をしている女はその後ろ姿を見やると、すぐにまた手を動かし始めて、毛糸玉の胎児から垂れ下がる糸端を時おり電光石火の手つきで元に戻した。話を続けるだけの価値があるのだろうか？　ベンチの足下ではスケート靴が煌き、黄色いストラップは呆けたように口を開けて彼を眺めていた。人生に突如として穿たれた穴、それは絶望を呼び起こし、さらには、忘れもしないかつての絶望に関わるもの全てがこの新たに加わった絶望と混ざり合って、異様な群れを成す——駄目だ、もうここにはいられない。彼は帽子を軽く持ち上げ（「さようなら」と、女は編み物をしながら愛想よく答えた）、広場を立ち去ろうとした。己の身を案じながらも、彼は秘密の風に乗って反対側へと押し流され、真っ直ぐに公園を横切るつもりだったその進路は右手の木立に向かって逸れていく。もう一目見ることができたとしても、癒しようもない渇きに拍車をかけることになるだけなのだということくらい、経験からして百も承知だった。にもかかわらず、彼は雑多な色に紛れ込んだ明るい菫色の斑点を探し出さんと眉を顰《ひそ》め、玉虫色に揺らめく影に向かってすっかり方向を変えてしまった。アスファルトを走るローラースケートがごろごろと鳴り響けば、もう道端でひとり自分だけの石けり遊びに興じている——そして今、順番待ちをしている彼女は、休めの姿勢で火照《ほて》った両腕を胸の前で組み、陽炎に霞む頭を傾《かし》げて、恐怖を誘う栗色の熱気を放っていた。彼の恐ろしくも不可解な視線に晒されていると、やがてその藤色は失われ、色褪せ、燃え尽きて……だが、彼の恐るべき人生の従属節には、まだ主節が補われていない。歯を食いしばり、自分の不甲斐なさに呻きながらそこを通り過ぎた彼は、鋏のように開いたその両脚をくぐり抜けていった幼児に軽く微笑んでやった。「考えもなしによくも笑えたもんだ」彼は惨めさを噛みしめて考え込んだ。「でも、そんなそそっかしさがいかにも人間らしいじゃないか」

夜が明け、鰭《ひれ》を閉じて死んだ魚のようになった本を脇に置くと、彼は自らを問い詰めた——どうして絶望に屈して、悶え苦しまなければならなかったんだ、どうしてあの編み物女、チョコレート女、いんちき家庭教師と、最後まで話を続けなかったんだ。そこで彼はある陽気な紳士の姿を思い浮かべてみたのだが（さしあたり、内臓だけが彼に似ている）、その御仁ならばどうにかしてチャンスにありついて――とにかく陽気に――いたずらっ子を膝の上に収めることができるのかもしれない。人見知りなのに機転が利くこと、頑固であること、そしてまた、自分が相手に好印象を与えうるということを、彼は自覚していた――人生のまた別の局面においては幾度となくその場に合わせて調子を整え、その時々で遠くの目的地を目指すにあたっては回り道も厭《いと》わず、じっくり取り組むこともあった。だが、その目的地に目が眩み、息切れがして喉が渇くと、健康な羞恥心と病弱な臆病さが一挙一動に目を光らせて……。

彼女は舗道のところで他の子どもたちに混じって賑やかに騒ぎながら、ひどく前屈みの姿勢でだらりと下げた両腕をリズミカルに揺らしていた。やがて一定の速度で走り出したかと思えば、器用に後ろを向いたままこちらへ滑ってきたので、翻ったスカートから太腿が覗き、背にぴったりと貼り付いたワンピースには尻の割れ目が浮かび上がったのだが、そのうち脹脛《ふくらはぎ》をちらりと見せびらかして、来た道を静かに戻っていった。この心の疼きは情欲なのだろうか。火照った顔に見惚れていた彼は、そんな思いを胸に、その振舞いを（とりわけ、少女が麻痺したかのように一瞬立ち止まり、深く膝を曲げて、またまっしぐらに駆け出した時には）逐一見逃すまいと彼女を視線で我が物にした――あるいは、これは美から何かを引き出し、そうして手に入れたもので何かを成し遂げようとする、あの飽くなき渇きについてまわる痛みに過ぎないのだろうか――いずれにせよ、どうすればこの子に触れ、どうにか、何とかして、この渇きを癒すことができるのだろう？　目の前にありありと浮かんでくる――ほら、またしても散り散りになって消え去ってしまう。明日になればまた別のものが明滅して、一つまた一つと失われて、人生が過ぎていく。消失が列を成しているのだ。

いや、本当にそうなのだろうか。またあの女が昨日と同じベンチで編み物をしているのが見える。気付けば彼は、微笑を浮かべて紳士的な挨拶を送るかわりに、青白い口元に歯を覗かせながら満面の笑みを見せて、そこに座っていた。気不味《きまず》さも両手の震えもそう長くは続かなかった。いったん会話が成立すると、彼女と話すというまさにその行為が不思議と愉快に感じられた。胸の重荷が無くなり、彼は快活とでも言えるような気分になっていたのだ。昨日と同じく、ローラースケートをガシャガシャと鳴らして彼女が現れた。澄んだ目が彼をまじまじと見つめる。だが、またもや話していたのは彼ではなく、編み物をしながら彼を迎え入れた女の方で、少女は特に気にせずそっぽを向いた。今では彼女は彼の隣に座り、ベンチの縁に薄薔薇色の華奢な手を置いている。手の甲には血管が浮かび、手首のところには深い窪みが見える。肩をすぼめて身じろぎもせず、見開かれた瞳が砂利の上を転がる誰かのボールの後を追った。昨日と同じく、隣に座っている女が——彼の前で手を伸ばして——サンドイッチを渡すと、彼女はそれを食べながら、傷だらけの膝を軽く打ち合わせた。

「……健康にはいいのよ、もちろん。でも、何と言っても、素晴らしい中学校《ギムナージヤ》があるのですから」遠くの声が話していると、不意に彼は左側の亜麻色の巻毛が無言のまま、自分の片手の上に低く身を屈めてきたことに気が付いた。

「時計の針、どこかに行っちゃったんだね」少女は言った。

「違うよ」と、彼は咳き込みながら答えた。「こういうやつなんだ。珍しいでしょ」

彼女は左手を交差させて（右手にはサンドイッチがあった）彼の手首を摑み、空っぽで中心のない文字盤をじろじろ眺めた。針はその下にあって、その先端のところだけが表に見えている——まるで黒い雫が二粒、銀色の数字の間に落ちているかのように。萎びた小さな枯葉が彼女の髪に絡まり、頸のところ、椎骨の優美な膨らみの上で震えていた——そして彼は不眠にも似た状態に陥りながら、その落葉の幻影を追い払おうとした。二本指で摑んでは取り、次は三本指で、それから、今度は五本指で。

次の日も続く数日も彼はまたそこに座り、素人なりにもすっかり板に付いた演技で孤独な変り者を装った。お決まりの時間、お決まりの場所。少女が姿を見せると、その吐息や脚、髪、する事なす事全て——脛を引っ掻いて白い線を残し、黒いボールを空高く放り投げ、ベンチにしゃがみ込んでは剝き出しになった肘で触れてくる——が彼のなかに（傍《はた》から見れば愉快な会話にのめり込んでいるのだが）血で、肌で、無数の管で彼女と繫がっているのだという堪え難い感覚を呼び起こした。あたかも、彼を真っ二つに切り裂く化物が己の内奥から液汁《ジュース》を汲み出し、脈打つ点線となって彼女の方まで伸びているみたいだ。あるいは、この少女が彼から生え出て、軽率に動くたびに彼の本性の地中にある生き生きとした根を引っ張り揺さぶっているかのようで、彼女が不意に姿勢を変えたり、走り去ったりすれば、それはまるで身体の一部がもぎ取られるみたいで、荒々しく摑みかかられ、咄嗟にバランスを失くしたも同然だった。埃の上に仰向けに寝転んだ途端に頭をぶつけるようなものだ——行き着く先は内臓吊りの刑。その間も彼は大人しく座って話を聞き、笑って相槌を打ち、膝のところでズボンを引っ張り上げたり、ステッキで砂利をほじくったり、「え、本当に？」とか「そうそう、よくありますよね……」などと言ってみたりした。けれども話し相手の言葉が記憶に残るのは、少女が側にいない時だけだった。この気が利くお喋り女から聞かされたところでは、少女の母親は四十二歳の未亡人で、彼女とは五年来の付き合いらしい——彼女自身の夫の面子が保たれたのは、この亡夫のおかげなのだという。未亡人は長らく病気を患っており、今年の春には腸の大手術を受けたそうだ。ずっと前に身寄りを亡くしていたこともあり、気の良い夫婦の申し出にはここぞとばかりにすがりついた。そこで少女は地方に住む二人のもとに引き取られ、今も母親の見舞いに連れて来てもらったところで、それというのも彼女の夫が首都で厄介な仕事を抱えていたからなのだが、もうそろそろ潮時だった――帰るのが早ければ早いほどいいのだ、娘がいると苛立ってばかりの未亡人は稀に見る良家の生まれだったが、今ではいくぶん我儘に振舞うようになっているのだから。

「あの、確かその方は、家財をどなたかに譲ろうとされているのですよね？」

この質問は（それに続く言葉とともに）前日の夜に練り上げ、秒針の音だけが聞こえる静寂に向けて小声で尋ねてみたものであり、不自然に聞こえるところがないと確信が持てたことから、この新しく知り合った女に対して翌日に繰り返されたのだった。そうです、と答えた彼女は、あけっぴろげに説明した。自分で稼いでもらうのも悪くありません、治療費もどんどん嵩んでいくし、病気の人のお財布も底を尽きそうだし、娘の養育費を払いたがるくせに口ばっかりなんですよ――私たちもそんなに余裕があるわけじゃないのに――とにかく、借りた分はすでにちゃんと返しているんじゃないかと思うんです。

「実はですね」と彼は淀みなく話し続けた。「ちょうど家具が欲しかったところなんです。どうでしょう、お役に立つだろうし、ぴったりなんじゃないかな、もし僕が……」最後のフレーズは思い出せなかったが、甚だ器用にそれを付け足せたのは、まだ全く意味不明ないくつもの環が結び付いて出来上がった夢を飾る美文調に慣れてしまっていたからで、その夢と彼とはかくも朧げに、かくも密接に絡み合っているので、例えばそれが誰のものか、何なのかは分からなかった――己の脚の一部だろうか、それとも蛸の一部なのだろうか。

女は喜色満面で、今すぐにでもお連れしましょうかと申し出た——彼女が夫と共に寝泊まりしているる未亡人の住まいはこのすぐ近く、鉄道橋を越えたところにあった。

出発だ。前を歩く少女が麻袋の紐を持ってぶんぶん振っていると、もう彼女にまつわる全てが彼の目には奇妙なほど、抑えられないほど親しげに映った——小さな背中のカーブに、いささか下の方にある丸っこい二つの筋肉の弾力、腕を持ち上げればチェック柄のワンピース（二着目、焦げ茶色）が張り詰め、足首は細《ほ》っそりしていて、踵はずいぶんと高め。ちょっと人見知りで、話すよりも先に体が動いてしまうのだろうか、内気ではないが潑溂《はつらつ》としているというわけでもなく、魂は水面下に潜んではいるものの明るく潤っているらしく、表面は乳白色でその深奥は無色透明、お菓子と仔犬、それにニュース映画のたわいもない映像の継ぎ接ぎ《モンタージュ》に目が無いときた——こんな温かな肌をした赤毛の、唇を開いた子は、初潮を迎えるのが早い——それとて本人にしてみれば総じてお遊び、人形のお飯事《ままごと》のようなもの……。そして幸福とはいえない幼少期を半ば孤児のように過ごしている——この頑固な女の親切心はビターチョコレートであってミルクチョコレートではないし、その家は子どもに与える愛撫の在庫を切らしており、躾けのルールに厳しく、疲れた気配が漂い、今となっては友人の相手をするのも重荷となって……。頰に差した熱、十二対のか細い肋骨、背中に沿って生える産毛、微かに烟《けぶ》る魂、くぐもった声、ローラースケートや灰色の目、何気なく橋から眺めていて今ふとその頭をよぎった何気ないもの——こうしたもののためであれば全てを擲《なげう》つことができる……。袋いっぱいのルビーでも、バケツいっぱいの血でも——全てだ、何でも構わない。

途中で書類鞄を手にした無精髭の男——その妻と同じく、お喋りで凡庸な奴だった——と出くわしたので、四人でがやがやと家の中へ入っていった。やつれた病人が肘掛け椅子に座っているものと思いきや、現れたのは背が高くて顔色が悪く、広い腰をしたご婦人で、団子鼻には毛のない疣《いぼ》があった——唇や目については特筆すべきものがない、あの手の顔だ。その面持ちをどれほど細かく書き立てようとも、全体の目立たない感じとどうも齟齬《そご》を来してしまう——疣ごときに触れただけでも！　買い手が来たことに気がつくと、彼女はすぐに彼を食堂に通し、ひっそりとしていて僅かに傾いた廊下で、部屋数は四つ、冬のうちには二部屋のところに引っ越すので、この繰り出しテーブルも、使っていない椅子も、客間（目下、友人の寝床となっている）にあるソファーも、あの背の高い置き棚も、戸棚も、全部処分してしまいたいのだと説明した。彼がそのうち最後に挙げられたものを見てみたいと言い、少女が使っている部屋に向かうと、あの子がベッドに寝そべって天井を眺めている——持ち上げた膝を両腕で抱えて揺らしている——のが目に入って来た。「ベッドから降りなさい、どういうつもりなの！」すると、柔らかな肌の裏側と食い込んだズボンに浮かぶ楔形を急いで隠した彼女は転げ落ちたが、俺だったらそんなにうるさいこと言うはずがないのに……。戸棚を買いますと彼は言った——この家の入場料としては笑ってしまうぐらいの安さだった——それと、そうだな、あともう少し——いや、ちょっと考えます——もしよければ、また何日かお伺いして、それからまとめて送ってもらおうかと思うのですが、そうそう、これが僕の名刺です。見送りの際、彼女はにこりともせずに（見たところ、ほとんど笑わないようだ）、でも随分と愛想よく、友人と娘が彼のことを少しばかり話してくれている、なので友人の夫は少々妬いているのだと軽口を叩いた。「まあ、それならそれで」と、玄関に出ようとしながら夫は言った。「家内も売り払ってしまえると有り難いのですが」「いい加減にしなさいよ」と、さっきの部屋から顔を出して妻が言った。「いつか泣きべそかくことになるわよ」

「では、またお好きな時にお越しください」と未亡人は繰り返した。「いつでもおりますので、そうそう、ランプとか、パイプのコレクションにも興味がおありじゃないかしら、全部とってもいい品なんですよ——手放さないといけないのはちょっと残念ですけど、仕方ありませんわね」

「さて次の手は？」家路につくと、彼はあれこれ考えた。その時まで彼は出た所勝負で、相手の不利や手詰まりの気配を感じたチェス・プレーヤーがここぞとばかりに攻め込んだり、プレッシャーをかけたりするように、盲目的な直感を頼りに行動していた。でも次の手は？　我が愛しの君は明後日には連れて行かれてしまう——つまり、これで母君とお近づきになって得られる直接の利益は無くなってしまうということだ——でも彼女はまたやって来るだろうし、ずっとここに留まるということもありえるのだから、その時まで俺は待望のお客になれるというわけだ——でも、あの女が一年以内に死んでしまったら（だいたいそんな話だったな）、全部おじゃんだ——実際、見た目は痩せ過ぎというのでもなかったけれど、もしやはり重病にかかって死んだら、今考えられる愉快な状況や状態はたちまち崩れ去ってしまい、するともちろん——どこを、どんな口実で探せばいいのだろう……？　それでもやはり、あれこれ考えるのではなく、急所を攻め続けることが好手なのだと感じられたがために、次の日も彼は旅路につく少女のためにマロングラッセと菫の砂糖漬けが入った小綺麗な小箱を手に、公園へ出かけていった——こんな三文小説《ルボーク》じみたことは馬鹿げている、自由きままな変り者であろうとも、あけすけな注意で彼女の気を惹こうとするのは、これまでと同様に今回も危険だと、理性がまた話しかけてくる——ましてや、その時までお前は——全く正しいことに——彼女を見て見ぬふりをしていたのだから（彼は瞬時に自分を偽ることにかけては達人だった）——腐った爺みたいだぞ——女の子を誘惑しようとして、いつもお菓子を持ち歩いてるなんて——それでも彼は、理性を出し抜くような秘密の動機に耳を傾けながら、贈り物を手にちょこちょこやってきたのだった。

彼は丸々一時間ベンチに座っていたが、二人はやって来なかった。さしずめ、一日早く出発したのだろう。もう一度彼女と会えたとしても、この一週間をかけて積み重なった格別の重荷が軽くなるわけでもないのに、彼はまるで恋人の浮気に遭ったかのような身を焦がすような悔しさを味わった。

お前の行いは間違っている。そう語る理性の声に耳を塞ぎ続けたまま、彼は未亡人のもとに駆け付け、ランプを購入した。彼が奇妙に息を切らしているのを見て、彼女は椅子を差し出し、巻きタバコを勧めた。ライターを探していると細長い小箱に出くわしたので、彼は本の登場人物のように言った。

「こんなのは変に思われるかもしれません、僕らは知り合って間もないのだから、でもやっぱり、このささやかなプレゼントを受け取っていただきたいのです——ボンボンが入ってます、お口に合えばいいのですが——もし受け取っていただけるのならば、これ以上嬉しいことはありません」

彼女は初めて微笑んで——驚いたというよりは、どうも気を良くしたらしい——甘い物は止められているので娘にあげますねと説明した。

「えっ！　てっきり、今日のうちに……」

「いいえ、明日の朝です」話を続ける未亡人はどことなく悲しげに、金色のリボンを触っている。「お友達はうちの子にとことん甘くって、今日は手芸の展覧会に連れていってくれたんです」それから溜息をつくと、彼女は慎重に、何か壊れ物でも扱うかのように頂き物をサイドテーブルに置いた——すると愛想が良すぎる客は彼女に何ができて何ができないのかを尋ね、その病歴の叙事詩に耳を傾けては、異校を引き合いに出しつつ、本文の最新の改訂に絶妙な註釈を施した。

三度目の訪問（運搬業者が来るのは金曜日以降になると予告しておくために立ち寄った）に際し

て、彼は彼女と一緒にお茶を飲み、今度は自分自身のこと、自分の汚れなく優雅な職業のことを話した。共通の知り合いがいることもわかった。弁護士の弟で、彼女の夫と同じ年に亡くなっていた。言葉を選びながらも遺憾の念を偽ることなしに、彼女は夫の話もしてくれた——この人物のことを彼はもう多少は知っていたのだが。楽しい奴で、公証人の仕事に通じており、妻とは仲睦まじくやっていたが、できる限り家には帰らないようにしていたのだ。

木曜日に彼はソファーと椅子二脚を買い、土曜日には前もって決まっていたかのように彼女のところに寄って、内緒で公園に出掛けようと申し出た。しかし彼女は気分が優れず、湯湯婆《ゆたんぽ》を持ってベッドに入り、歌うような声でドア越しに話しかけてきたので、彼は食事の準備や看病のために定期的に家に来る陽気な老婆に、病人がどのように夜を過ごしているのかをこれこれの番号に知らせるよう頼んでおいた。

かくして実りある数週間が過ぎていった——囁くような、詮索するような甘言の数々が、他人の溶けゆく孤独をせっせと鋳直した。彼が定まった目標に向けて突き進むことができるようになったのは、彼女にボンボンを握らせたその瞬間、爪のない奇妙な指（壁の落書き）がどの区域を黙って指し示しているのか、紛うことなき眩い可能性を覆い隠しているのが何なのかを理解したからだった。道のりは平凡かつ平坦であり、まだ不安定で仔馬のように駆け回る筆跡で書かれた、毎週送られて来る母親宛の手紙が不可解なぐらいぞんざいに投げ捨てられているのを目にするだけで、いかなる疑いも楽々とやり過ごせた。人づてに聞いたところでは、彼女は彼に関する情報を集めており、それに満足せずにはいられないそうだ。立派な銀行口座が効いたのかもしれない。そのおかげか、彼女は信心深そうに声を低めて話しながら、古くて堅苦しい写真を見せてくれた。そこには短靴を履いて多少なりとも感じの良いポーズを取った若い女が写っており、魅力的な丸顔で胸元はふくよか、髪は額を出してぴったり撫でつけられている（なかには結婚式の写真もあり、どれもツーショットで、愉快に驚いた様子の花婿が細めた目には不思議と見覚えがあった）。彼女がそっと過去の淡い鏡の方を向きながら、今でも男性の気を惹くことができるのだと証明しようとしているのに彼は気付いた――カップや輝きを見つめる鑑定家の目敏い目であれば、かつての可愛らしさ（誇張されてはいたのだが）の痕跡を全て看取し、この逆向きのお見合いの後でもまだそれを認めるだろうと、彼女は判断したに違いない。彼のカップに紅茶を注ぐと、彼女は微妙な個人情報を付け加えた。種々多様な病歴の詳細にはロマンチシズムがたっぷり書き込まれていたので、彼は堪り兼ねていくぶん乱暴な質問をしてしまった。彼女は時おり深く考え込み、足音を立てないよう慎重に進む彼の話に調子外れな質問を挟むのだった。彼女を憐れみながらも反発を感じていたのだが、手元の材料の使い途はやはり一つだけなのだと理解したことから、彼がかなりの集中を要する仕事にじっくりと取り組み始めると、この女の身体的な外見は溶け出し、消え失せて（もし別の地区の通りで見かけたとしても気付けないだろう）、見慣れたスナップに写る抽象的な花嫁のうわべの顔立ちが、どうにかその空白と置き換わるのだった（はてさて、やはり彼女の貧弱な思惑は功を奏したというわけだ）。仕事は捗った――晩秋のある雨の日の夜、彼女が心を動かされることなく、女性特有のアドバイスをすることもなしに、燕尾服や他人の結婚式の霞に羨望の眼差しを送り、思わず独りぼっちの道の果てに待つ独りぼっちの墓穴のことを考えてしまう独身中年男の悩みについての彼の要を得ない訴えを聞き通すと、彼はそろそろ梱包業者を呼ぶ頃合いだと確信した――しばらくは溜息をついたり話の流れを変えたりしていたのだが、翌日、家具の配達業者が呼び鈴をけたたましく鳴らし、お茶を啜る二人の沈黙（一度か二度、彼は窓に近付き、考え事をするふりをした）を破り、椅子二脚とソファー、ランプ、戸棚が家に帰ってきた、その時の彼女の驚きと言ったら。数学の問題を解くのと似たようなものだ。作業が一段と捗るよう、まずは適当な数字を差し引いてみて、後でそれを解答の懐に戻してやればいいのだ。

「どうもお察しいただいていないようだ。要するに、夫婦は財産を共有するのです。つまり、僕の方からはカフスの中身と、生き生きとしたハートのエースを差し出すことになるんですよ」

荷運びの男たちが二人、周りをうろついていると、はにかんだ彼女は別の部屋に引っ込んだ。

「お分かりでしょう」と彼女は言った。「お帰りになって、ゆっくりお休みになってください」

彼は軽く笑みを浮かべて、彼女の手を自分の方へ取ろうとしたが、彼女はその手を背中にまわして、こんなことはみな馬鹿げているとしつこく繰り返した。

「結構です」と答えた彼は小銭を一摑み取り出し、掌の上でチップを数えた。「結構です、もう行きますよ。でも、お気持ちくらい聞かせていただけませんか。お返事がいただけないようでしたら、ご心配なく――もうお目にかかることはありませんから」

「待ってください。あの人たちをすぐに出ていかせて。そんなことを言われるのに、変なタイミングを選ばれるなんて」

「じゃあ、座ってお話ししましょう」と彼女は切り出し、戻ってきたソファーに恭しくも素直に腰を下ろした（彼はと言えば彼女の隣に座り、横を向いたまま、足を組んで紐靴を握っていた）。

――「まず第一に……まず第一にですよ、ご存知でしょう、私は病気を、重い病気を患った女なんです。もう二年も病院通いを続けていて。四月二十五日の手術にも何とか耐えたけど、きっと次が最後になるのでしょうね――別な言い方をしましょうか、今度は病院から墓場に連れていかれるんです。あら、嫌ね、冗談なんて言うもんですか……。あと何年か生きられたとして――それで何が変わるっていうのかしら？　地獄みたいな食事療法の苦しみに一生付きまとわれて、胃と神経のことばかり気にしているなんて。性格も元に戻せないくらい捻じ曲がってしまったんです。昔はいつだってにこにこしていたのに……でも、そう言えば私、いつも周りの人に当たりちらしてきたんです――でも最近だと、八つ当たりされるのは人だけじゃないんですよ。物にも、お隣の犬にも、思い通りにならないって思ったら、もう全部嫌になるんです。隠しても仕方ありません……夫とは八年続いたんです――一番幸せだったことって記憶に残らないものね。私は悪い母親、でももうどうしようもないんですよ、喧《やかま》しい娘の側にいれば早死にしてしまうことくらい、お見通しだもの。それに馬鹿みたいに聞こえるかもしれませんが、あの子のしっかりとした脚と頬の赤みが、あの食べっぷりがひどく羨ましいの。うちは貧乏なんです。年金の半分は病気に食いつぶされているし、もう半分も借金の当てで。たとえ、あなたが性格的にも、敏感さの面でも、ええ、とにかく、いろんな点で私には夫としてぴったりだとしても――お気付きになったかしら、『私には』と力を込めて申し上げたのを――そんな妻と一緒になるなんて、どんな気分かしら？　気持ちの上では私、たぶん、若いでしょうし、見た目も化物だってことは全然ないでしょう。でも、どうか気難しい奴を世話しなくちゃいけないなんて、うんざりなさらないで。絶対、絶対、口答えしてはいけませんわ。その人の習慣を、その人の偏屈さを、その人の絶食と規則を大事にしてやってください。どうして、ですって？　だって、半年もすれば、男やもめは知らない子どもを腕に抱くことになるのですから！」

「よって結論としては」と彼は言った。「私のプロポーズを受け入れてくださったということですね」

　そして彼がスエードの小袋から掌の上に振りこぼしたのは、世にも麗しい、まだ磨きがかかっていない宝石で、ワイン・ブルーの色み越しに、その内側は薔薇の炎を照らし出しているかのようだった。

結婚式の二日前に戻ってきた彼女は頬を火照らせ、羽織っていた青色のコートの後ろではベルトの端が揺れていて、ウールのソックスを膝が隠れるくらい上げて、ベレー帽から濡れた巻毛を覗かせていた。「報われた、報われた、報われた」そう心のなかで繰り返した彼は、冷えて赤くなった少女の手を握りしめ、彼女がいつも連れているあの女の大声にも笑顔を作ってみせた。「私が花婿様を見つけたのよ、私が花婿様をお連れしたのよ、私のおかげで花婿様がいらっしゃったのよ！」(ほら、女が愚鈍な花嫁をぐるぐる回そうとしているのは、砲撃手がよくやるあの手つきそのものだ)。報われたのだ、そう、どうしようもない結婚生活を送りながら、いつ終わるとも知れずこの巨獣を引きずっていくことになろうとも——報われたのだ、たとえあいつが誰よりも長生きしようとも。報われたのだ、ここに自分がいることに、未来の義父となる心地良い権利を得ることに、何ら不自然な点などないのだから。

だが、そうした権利を彼は上手く行使できなかった——不慣れも手伝い、途方もなく巨大な自由がもたらされることを恐る恐る待ち望んでいたせいもあったが、どういうわけか、あの子とうまく二人きりの時間を持つことができないでいたのが一番の理由だった。確かに彼は母親の許しをもらって彼女を近所の喫茶店に連れていき、席に着いてステッキにすがりながら、彼女が杏のパイを零さず食べられるようになったり、テーブルに身を乗り出し、べたついた食べかすを拭うために下唇を突き出したりするのを眺めたのだが、何とか彼女に笑ってもらおうと、その辺の子どもとも難なく喋れるんだと言わんばかりに彼女と話をしようと躍起になってみても、逆しまの思考のせいでこうしたこと全てにブレーキがかかってしまう。店にもっと人気《ひとけ》がなければ、もっと奥まったところにあったならば、これといった口実も持たずに、彼女の騙されやすい純潔よりもずっと世慣れた他人の視線を恐れることもなしに、そっと抱きしめてやれるのに。家に連れ帰ってはみたものの、階段でその後ろについていくこともできないでいる彼を苛むのは、取り逃がしたものを思う気持ちだけではなかった。彼はまた、あれやこれやを一度でも成し遂げられなかったことを振り返っては悩んでいたのだ。罪のないお喋りを続けて、彼女の子どもらしい物分かりの良さや、（注意深げな唇の下に歯を覗かせて、甘美な物思いに耽っているときの）沈黙がもたらす微妙なニュアンスを捉えたり、彼女にしてみれば目新しい驚きとなる古いジョークを聞かされた途端にゆっくりと浮かび上がる笑窪を目にしたり、その水面下の流れが生み出す起伏（それなくして、この目はありえない）が感じられたりするうちは、運命がもたらした約束など当てにならない。何をしても許される、幾度となく望んできたような格別の自由が手に入りさえすれば、あらゆるものが光り輝き、背中を押してくれるような未来が待っているはずだ。なのに今日この日を迎えた途端に、愛の意味は情欲が生み出した誤植のせいで捻じ曲げられてしまった。その盲点は、一刻も早く揉み消し、取り払うべき障害のようなものとなった——至福を偽る方法は何だって構わない——それが叶えば私欲を貪ることなく少女に尽くし、父性の波が恋心の波を飲み込んで、ジョークを理解したあの子と笑い合える日が来るに違いない。そう、偽るのだ、ひた隠しにするのだ、軽い疑いや泣き言、無邪気な密告（ねえママ、誰もいないとあの人、いつも触ってくるんだよ）に怯える身としては、こんなにも大勢の人々が住む谷間では通り掛かりの狩人にいつ何時出くわすやもしれぬと用心に用心を重ねる必要がある——これこそが彼の目下の悩みの種であり、己の禁猟区が約束する自由を曇らせるものであった。「だが、いつになったら、いつになったら？」絶望に陥りつつも考えを巡らせながら、彼は静かで見慣れた自分の部屋のなかを行ったり来たりしている。

翌朝、彼は恐るべき花嫁に付き添って役所らしきところに出かけた。そこから彼女はどうも何かしらの訊きにくいことを訊きに医者のもとに行くつもりだったようだが、それというのも花婿には自宅に戻って夕食まで一時間ほど待つよう言いつけたのだった。夜中の絶望が微睡《まどろ》み始める。女友達も買い出しで忙しいはずだ（その夫はたいてい家を空けていた）——あの子と二人きりで会えるのだという期待が膨らみ、コカインのように彼の下腹部に溶けていった。だがアパートに舞い戻った彼の目に飛び込んできたのは、隙間風の薔薇に吹かれながら掃除婦とお喋りをする女友達の姿だった。三十二日付の新聞を手に取ると、彼は文章に目を通さず、すっかり片付いた客間でしばらく席に着き、壁の向こうの掃除機が唸りをあげる場所から聞こえる賑やかな会話に耳を傾けては、折に触れて腕時計の滑らかな表面を見やり、掃除婦を始末するとその死体をボルネオに送ったのだったが、そうこうしている間に三番目の声が聞こえてきたので、そういえばまだ老婆がキッチンにいたのだと思い出した。少女を店に使いに行かせたのだと聞こえた気がした。それから掃除機の音が聞こえなくなってスイッチが切られると、どこかで窓枠が叩かれ、賑やかな通りも静まりかえった。少し待ってから彼は立ち上がり、小声でハミングしながら目をきょろきょろさせて、しんとなったアパートのなかを歩き回った。いや、どこかに使いに行っていたわけではなかった——少女は自分の部屋の窓辺に立ち、ガラスに掌をつけて通りを眺めていた。振り返って何か口走ったかと思えば、髪を揺らし、また外をじっと見つめている。「ほら、事故！」彼は歩み寄った。ドアがひとりでに閉まるのを首筋で感じながら、歩み寄った。彼女の背中のしなやかな窪みに向かって、腰元のギャザーに向かって、布地からもう一サージェンのところにいてもそれと分かる菱形のチェック模様に向かって、膝上の素肌にぴっしりと浮かぶ空色の血管に向かって、またしても激しく揺り動かされた褐色の巻毛——八分の七は癖、八分の一は媚《こび》——のあたりに見える首筋の白い輝きに向かって、歩み寄った。「ああ、事故だ、不幸だ……」と彼は呟き、彼女の頭頂部越しに空っぽの窓を見ようとしたが、目に入ってくるのは絹のような髪についた頭垢《ふけ》だけだった。「赤が悪い！」彼女は自信たっぷりに叫んだ。「ああ、赤ね……ここに赤色を持ってこようか……」彼がとりとめなく話し続け、茫然となりながらも、溶け出した感覚の最後の一インチをひた隠しにして、彼女の脇に立った。彼が後ろから摑んだ手を考えもなしに広げてみたり、きつく握ってみたりしても、彼女は右の手首を軽く捻るだけで、悪い方を無意識に指差そうとした。「待ちなさい」と、彼はしゃがれた声で言った。「気を付け、ほら、できるかな、抱っこしてあげよう」ちょうどそこで玄関がノックされ、レインコートが擦れる不吉な音が聞こえてきたので、彼は不意にぎこちなく彼女から少し離れ、両手をポケットに突っ込み、軽く咳払いをして呻くと、大声で話しかけた。「……やっと帰ってきた！　二人ともお腹がぺこぺこだよ……」揃ってテーブルについても、彼の脹脛は物欲しげな侘しい気怠さでまだ疼いていた。

食事後、ご婦人方がコーヒーを飲みにやってきた——夜が更け、お客が帰ってしまい、女友達が気を利かせて映画に出掛けると、へとへとになった女主人はソファーベッドの上で身体を伸ばした。「おうちに帰ったらどうですか」と、目を瞑ったまま彼女は言った。「仕事もあるはずよ、荷物も詰めてないでしょうし。でも私はもう寝ますよ、じゃないと明日、何のお手伝いもできなくなってしまいますからね」

彼は短く喉を鳴らして優しい態度を装いながら、コテージチーズのように冷たい彼女の額に軽く唇で触れ、そして言った。

「そういえば……ずっと思っていたんです。何て可哀想な子なんだろう！　あの子をあんなふうにしておくなんてやっぱり——まったく、よその家にずっと預けたままにしておくなんて——だって、こんなの馬鹿げてる——今じゃもう、また家族ができたっていうのに。じっくり考えてもらえませんか」

「でもやっぱり私、明日あの子を行かせるわ」弱々しい声を引き伸ばした彼女は、目を開こうとはしない。

「いや、分かってください」と、彼は声を潜めて話を続けた——キッチンで夕飯を取っていた少女はもう食事を終えて、どこか近くで微かな炎を灯しているのかもしれないのだから。「僕の言い分も分かってもらえませんか。もちろんです——あちらには全額を支払った、支払いすぎたくらいなんだから。でも、それであの子の向こうでの暮らしがもっと良くなったりするのでしょうか？　僕にはそうは思えない。素晴らしい中学校《ギムナージヤ》と仰いましたよね」（彼女は黙っていた）「だけど、もっといいところがここでも見つかるはずだし、それに、僕は家庭教師を雇うことにはずっと賛成で、今も賛成なんですよ。大事なのは……ほら、変な印象を持たれたりしないかってことで——今日もすでに、この種の当てこすりが一つあったんじゃないかな——これまでとは違うんですよ、あなたは僕からありとあらゆる助力を引き出すことができるし、もっと大きなアパートを借りることもできるのに——何なら、もっと完璧なプライヴァシーをお約束しましょうか——なのに、母親も義理の父親も、娘を放ったらかしにしておこうとしているなんて」

彼女は黙っていた。

「いいですよ、もちろん、お好きにどうぞ」そう言った彼は苛立ちながらも、彼女の沈黙に肝を潰していた（深入りしすぎてしまったんだ！）。

「こないだも言いましたけど」間延びした彼女の声には、またしても馬鹿みたいに痛ましげな安らかさが見られた。「私にとって大事なのは静かに暮らすことなんです。そうじゃないと私、死んでしまうわ……ねえ、あの子ったら、向こうで何かをバンバン、ガンガンやってるでしょう——あんまり聞こえないかしら、本当に？——それで私、引きつけを起こしたこともあるんですよ、目がチカチカしてきて——子どもに静かにしろって言うのも無理な話だし、二十五部屋あれば、その二十五部屋全部からガンガン聞こえてきますよ。さあ、それなら私とあの子、どっちを取るか選んでいただけませんか」

「とんでもない、とんでもない！」慌てふためき大声を上げたせいで、彼は喉に違和感を持った。「そんなの選べませんよ……参ったなあ！　僕はただ、理に適った説明をしようとしただけなんです。あなたが正しい。ましてや、僕も静かなのが一番だと思ってるのですからね。ええ！　このままでも構いません——周りは勝手にやいやい言っていればいいんだ。あなたが正しいんですよ。もちろん、文句なしだ……たぶん、いずれまた……どうだろう、春にでも……。もしもあなたがすっかり良くなったら……」

「良くなったりするもんですか」そう静かに答えた彼女は僅かに身を起こし、寝返りを打ってベッドを軋ませると、拳で頬杖をつきながら頭を振り、目を合わせずに同じフレーズを繰り返した。

次の日、結婚の届出とそれに合わせた祝いの食事を終えると、少女は出発の前に人前で二度、彼の剃りたての頬にのんびりとした瑞々しい唇を触れさせた。一度は祝福のためにシャンパングラス越しに、もう一度は別れのために家先で。それから彼が自分の旅行鞄をいくつも運び込み、彼女が使っていた部屋でじっくり荷物を整理していると、そこにあった引き出しの下の段で見つけた彼女の布切れ《ナプキン》が、二度の不完全なキスよりも多くのことを彼に語ってくれた。

別々の部屋で寝た方がどれほど気が楽か（彼に反論する気はなかった）、そして特に、一人で寝るのがどれほど習慣になっているのか（彼も承認した）を熱弁する奥方（彼女を妻と呼ぶことなどあってはならない）の口調から判断するに、彼は今晩にでもその習慣が初めて破られることが期待されているのだと結論せざるをえなかった。窓の向こうの闇が深まるにつれ、客間のソファーベッドに隣り合って座り、黙って彼女の手を握ったり引き寄せたりして、艶のある甲に灰青色の染みが浮かんだその従順な手をこちらの緊張した鎖骨のあたりに当てているのもどんどん馬鹿らしくなってきて、支払い期限が迫っていることや、長らく予想はしていたものの、その時になれば何とかなるだろうと高を括っていた攻撃が今となっては避けられないことを、彼ははっきりと理解した――そのタイミングはもうドアをノックしていたので、彼（ちっちゃなガリヴァー）にとって火を見るより明らかとなったのは、この骨太でごつごつした女に、どっしりとしたビロードに包まれて、踝は行方不明、重たげな骨盤のつくりは歪んでしまっているような――萎びた肌の饐《す》えた匂いや、知られざる外科医の奇跡の数々は言うに及ばず――女の身体に手を出すなんてあり得ないということだった。想像力は有刺鉄線に搦め捕られてしまったのだ。

食事の席でもまた、優柔不断を装って二杯目のワインを断り、それから誘惑に負けたかのようなふりをして、彼は事ある毎に気分が昂ぶると節々が痛むのだと彼女に言い訳をしていたので、今も徐々に彼女の手を離し、かなり大雑把な演技をして顳顬《こめかみ》をつまみながら、外の風に当たってくると言った。「分かってください」と言葉を継いだ彼は、彼女の両目と疣が可笑しなほど意識を集中させて（俺の思い過ごしだろうか？）自分をじっと見つめていることに気づいていた。「分かってください、僕はまだ幸せに馴染めていないんです……あなたの側にいられることも……まったく、こんな奥さんがもらえるだなんて、思いもよらなかったな……」

「とにかく、長くならないようにしてくださいね。そろそろ寝ようかしら……起こしちゃ駄目ですよ」返事をした彼女はパーマをかけたばかりの髪を下ろすと、彼のベストの一番上のボタンを爪で弾いた。そして軽く身体を押し付けてくる――誘いは絶対なのだと彼は理解した。

さて彼は十一月の夜の震える侘しさのなか、大洪水以来ずっと小雨が降りしきる靄《もや》のかかった通りを彷徨《さまよ》いながら、何とか気を紛らせようとして、経理やプリズムのことを、自分の仕事のことを無理にでも考えるべく、己の人生におけるその意味をわざとらしく引き伸ばしてみた――すると全てが泥濘のうちに、夜の寒気のうちに、身をくねらせる炎の煩悶のうちに霞んでしまった。だが、いかなる幸福についても今は語ることなどできず、まさにそれゆえ、突如としてまた別のことが明らかになった。彼はこれまでの道程を正確に測り、そもそもの目論見のどこが脆弱で、どこに胡乱《うろん》なところがあるのかを逐一査定し、この静かな狂気、自らの妄想のうちに見て取れる誤植を全て把握していたが、そうした妄想は想像のなかの花咲く一画でのみ解き放たれ、真の姿を露わにするものであったのに、狂人や不具者、愚図な子ども（たった今も叱責され、折檻されている）のごとき涙を誘う真面目さで大人の物質的生活のみが範疇となる計画や行動に与《くみ》しようとして、その唯一正当な本質を捨て去ってしまった。でもまだ抜け出すことができるはずだ！　ほら、今すぐ逃げるんだ――さっさと手紙を出して、一緒に暮らしていくことなんてできません（理由は何でもいい）、少々風変わりな憐れみ（詳述せよ）を抱いてしまったせいで、あなたのお世話をしたいと思いましたが、それを永遠に認めながらも（もっと正確に）、またしてもおとぎの国に身を隠すために旅立つのです、と言ってみるんだ。「でも実際はどうなんだ」と、冷静な判断で物事を順序立てて考えているつもりで（追い払われた裸足の少女が裏口から帰ってきたことに気付いていなかった）、彼は頭のなかで話を続けた。「もし母君が明日にでも死んでくれたら話が早いのに――ああ、もちろんそうはならない、事を急いでは駄目だ――あいつは生きるために必死で歯を立て、食らいついてくるだろう――それにしても、あいつがだいぶ経ってから死んでくれても、葬儀に来るのが厄介な十六歳の女の子か二十歳の見知らぬ女なのだとしたら、いったい俺にどんな儲けがあるっていうんだ？　仮に毒でも盛ってやったら（願ってもないタイミングで明るく照らされた薬局のショーウィンドウの前に立ち、彼は熟考した）話が早いのに……。まさか大量に必要だというわけがないだろう、あいつにとってはたった一杯のホットチョコレートがストリキニーネ並みの効力を発揮するのだから！　だが、毒殺犯は下りのエレベーターのなかにタバコの灰を落としていってしまう……それに、謎を解明するためには司法解剖は避けられないだろうし……」微量の毒が見つかったってどうってことない、そんなふうに理性と良心が我先にと（いくぶん唆《そそのか》すように）言いくるめようとしたものの、彼は殺人を決意することはできず（もしも毒の痕跡を全く、全く残さないでおけるとしたら――万一の場合には――そう長くはない妻の苦痛を何とか和らげてやったという口実も立つことだろうか）、実行不可能な思考がそれ自体の意思を持って成長するのを放置したまま、理想的に包装された小瓶、肝臓の模型、石鹸の円形刑務所《パノプティコン》、互いに感謝しあって何とも言えない珊瑚色の微笑みをたたえる男女の頭部といった品々に、ぼんやりとした視線を向けて――それから目を細め、咳をして――一瞬だけ心が揺れたものの、そそくさと薬局に入っていった。

　彼が帰宅すると、アパートの明かりは消えていた――彼女がもう眠っているという期待が頭をよぎったが、ああ、寝室のドアの下には一段と鋭く磨き上げられた光の罫線が引かれていた。「ペテン師め……」と陰気に身体を縮めながら彼は考え込んだ。「ともかく、初稿にあれこれと手を加えてはいけない。死んだも同然の奴にはお休みを言って――寝るとするか」（明日はどうなる？　明後日は？　その後のことは？）

　だが偏頭痛を引き合いに出したお別れのスピーチのさなか、出し抜けにふかふかの枕のところで事態は急変し、物が実体を失ったので、彼は驚きとともに奇跡的に征伐された巨人の死体を見つけ、傷跡をすっぽりと覆った波紋織のコルセットを眺めていた。

　このところ彼女の具合はだいぶ良くなってはいたものの（げっぷが出ることだけが悩みだった）、結婚後まもなく、昨年の冬に慣れ親しんだ痛みがじわじわとぶり返してきた。詩的と取れなくもない表現を使って彼女が想像してみたところでは、口喧しい患部は常に温かく見守ってもらっているうちは「老犬のように」微睡んでいたが、今では心臓に、「一度撫でてもらった」新入りに対して嫉妬しているのだという。いずれにせよ彼女は一ヶ月ほど床に伏せて、試しに引っ掻いてみたり甘嚙みしたりする内なる喧騒に耳を傾けてみた。すると、その痛みも和らいだ――彼女は起き上がり、前の夫の手紙を引っ張り出しては何通かを焼き捨て、滑稽な骨董品――子ども用の指貫や、母親からもらったクロコ柄のがま口、それから、時間のごとく流れる金色の細いもの――を一つ一つ片づけていった。クリスマス頃に彼女はまた具合が悪くなり、予定されていた娘の訪問も取りやめとなってしまった。

　彼は彼女に対して変わらぬ気遣いを示してみせた。あれやこれやの言葉で慰め、ぎこちない愛撫を辟易しながらも受け入れていたわけだが、そんな時はいつも、彼女は夜に一緒にいられないのは私じゃなくてこれ（腹を指差して）のせいよと気取った口調で説明して、その言い方はまるで妊婦が話しているみたいだった（自らの死を孕んだ偽りの妊娠だ）。彼が常に穏やかに、常に礼儀正しく、初めから身につけていた滑らかな調子を崩さずにいたので、彼女は彼に全てにおいて感謝した――古風な物腰の柔らかさに、自分の価値を高めてくれるように感じられた「あなた」という呼び掛けに、我儘を聞いてくれることに、新しい蓄音機を買ってくれたことに、自分の看病のために住まわせた看護婦を二度も替えさせたのに愚痴一つこぼさなかったことに。

　些細なことでも彼女は彼を部屋に引き留めておきたがり、彼が仕事に出掛けるとなれば一緒になって何時までなら不在にしていいのかをきっちり決めておこうとした。それというのも彼の商売には定時というものがなかったからで、とにかく毎回のように――朗らかに、でも歯軋りをしながら――分刻みのスケジュールと戦わなければならなかった。腹のなかでは行き場のない憎しみが身を捩り、零れ落ちた灰が積み重なったせいで息も絶え絶えになっていたが、彼女の死を促すことにも疲れ果て、そうした願いも自らのうちで低俗極まりないものとなってしまったので、彼は自分の思いとは反対の考えを好んで取り入れるようになっていた。たぶん夏にはまた具合が良くなるだろうし、そのときは少女を何日か海に連れていってもいいと言ってくれるはずだ。でも下準備はどうしようか？　初めのうちはどうにか出張を口実に、黒い教会と公園が川面に映るあの街に簡単に出掛けられるものと思っていたが、それを口にしてみると――たまたまなんですけど、あの子のところに行けるかもしれないんです、もし行き先が（彼は隣街の名前を挙げた）になれば――それまで死んだも同然だった彼女の目が、漠然とした、ほとんど意識にものぼってこない嫉妬の炭塵のせいで、直ちに精彩を取り戻したように感じられた。そこで彼は慌てて話題を変えて、彼女ならば自分が抱いた馬鹿げた直観のことをすぐさま忘れてしまうだろうと思って安心するのだった――そうした直観はもちろん、二度と彼女の頭に閃くことなどない。

彼女の健康状態は一定のリズムで揺れ動き、彼にとってはそれがまさに彼女という存在の力学を示しているように思われた。そのリズムは生のリズムとなったのだ。自らの生業たる確かな鑑識眼とカットグラスのごとく澄んだ推論が、絶望と希望の間を絶えず揺れ動く魂、満たされぬ思いが生み出す永遠の漣《さざなみ》、巻き上げられて片付けられた情熱の痛ましい重荷を、どれもこれも不快なまでに鮮やかに映し始めてしまっていることに、彼としては気付いているつもりだった――彼が一人で、一人で作り上げた生、その荒々しく息が詰まるような生にまつわる全てのものが映し出されていることに。

遊んでいる少女たちの脇を通り過ぎることもあったし、可愛い子が目に飛び込んでくることもあったのだが、そこで目に飛び込んでくる少女の姿は意味もなく流れるスローモーション映像のような動きをしており、彼は太陽と影に分裂したワンピースのなかをさっと通り過ぎる唯一無二としか言いようのないイメージに対して、この上ない明瞭さで至る所から掻き集められた感情――憂鬱、貪欲、優しさ、狂気――を抱きながら、自分がどれほど感覚を奪われているのか、どれほど夢中になっていないのかを知って驚嘆するのだった。そして、時たま全てが静まり返った夜が訪れて――蓄音機も、トイレの水も、看護婦の白い脚も、彼女がドアを閉めた時に際限なく引き伸ばされて聞こえる音も（どんな轟音よりもひどい！）、スプーンが恐々と立てる響きも、薬箱がカチャカチャ鳴る音も、彼岸から聞こえてくる奥方の呼び声も――どれもが全部ようやく静まり返ると、彼は仰向けに寝て唯一のイメージを呼び出した。微笑む獲物に絡み付いた八本の手はその裸体の至る所に吸い付く八本の触手となり、とうとう暗い靄のなかを歩き回っては暗黒のなかに彼女を見失い、その暗さは拡がって彼が一人でいる寝室の夜の暗闇を飲み込んでしまった。

春になって彼女は調子が悪くなったらしく、往診を受けた後で病院に担ぎ込まれた。そして手術の前日、痛みを堪えながらも十分な明快さで、遺言や今だから打ち明けられること、そして、もしもの時の段取りのことを話した……もう一度、もう一度誓ってちょうだい、あの子のことを自分の子のように……いなくなったお母さんのことを悪く言わせたりしないで、悪く言わせたりしないで。「どうでしょう、やっぱり、あの子を呼んだ方がいいんじゃないかな」彼は思っていた以上に大きな声を出した。「どうでしょう？」しかし思いの丈をぶちまけた彼女は苦しみに目を細めるばかりで、彼は窓辺に佇んで溜息をつき、シーツの折り返しを握りしめた彼女の黄ばんだ拳にキスをしてから出ていった。

朝早く病院の医者の一人が電話をよこし、手術はたった今終わった、外科医の期待を完全に超えた大成功だったが、明日まで安静にする方がよいと知らせてきた。

「ほう、成功か、ほう、大成功か」と無意味に独り言を呟きながら、彼は部屋から部屋へせかせかと歩き回った。「ほう、素晴らしいじゃないか……めでたいなあ、これでもう大丈夫、やっぱり健康が一番だ……。勘弁してくれ！」彼が喉音を響かせながら大声をあげ、トイレのドア目掛けて怒鳴り散らすと、慌てふためいたガラス食器の反応が食堂から聞こえてきた。「さあ、お立ち会い」と、パニックを起こした椅子に囲まれて彼は話し続けた。「さあさあ……成功をお目にかけましょう！　成功、成功ですよ」彼は洟水を垂らした運命の喋り方を真似して蔑んだ。「ほう、素晴らしい！　それからも二人は仲良く暮らしましたとさ。娘をさっさと嫁に出して、感じやすい年齢であろうがお構いなし、夫が元気溌溂で、弱った身体に太いのをブスリと突き刺してくれさえすれば……いや、もう沢山だ！　馬鹿にするのもいい加減にしてくれ！　俺にだって声を上げる権利くらいあるだろう！　俺にだって……」すると突然、行き場を失った彼の激情は思いがけない獲物にぶつかった。

彼は立ち竦んだ。指の震えは治まり、目は一瞬吊り上がった——その短い放心から意識が戻ったとき、口元には笑みが浮かんでいた。「もう沢山だ」こう繰り返す彼の表情はもはや別物、ほとんど作り物のようだった。

彼はゆっくりと必要な情報を集めた。十二時二十三分発の急行が極めて便利だ……到着はきっかり十六時。戻りの列車はそれほど上手くはいかなかった……車を借りよう、それだと日が暮れるまでには着くはずだ——疲れて眠くなったあの子と全くの二人きり、ほら早く服を脱いで、子守唄を歌ってあげよう――ただそれだけのこと……ただ居心地がいいだけ――懲役なんかお断りだ（でも、そうだな、今はこの先クズ呼ばわりされるよりも懲役の方がいいのかもしれない）……静けさ、剝き出しの鎖骨、細いベルト、背中のボタン、肩甲骨の間に生えた狐のような和毛《にこげ》、欠伸、熱い腋の下、脚、優しい言葉――行き過ぎは禁物だ――でも待てよ、幼い義理の娘を連れて帰るのが妥当なのではないだろうか――どうせ母親は切り刻まれることになるんだし――責任、熱意だ、「面倒を見てほしい」と頼まれたじゃないか――しばらく母親は病院ですやすや眠っているんだから、おそらくは、繰り返しになるが、我が愛しの君が誰の邪魔にもならないこの場所にいることが妥当なのだ――ほら、一緒に暮らすんだよ――万が一に備えておかなければ……ほう、成功だって？　回復して性格が良くなってくれるのならば願ってもない話だが、やっぱり苛々してばかりなのだとしたら――説明します、説明させてください、こうした方がいいと思ったんです――ああ、ちょっとは取り乱してしまうかもしれないが、最善策を考えると……。それから嬉しそうに駆け出すと、彼は自室（彼女のかつての部屋）のシーツを整え、皺一つなく綺麗にすると、シャワーを浴び、仕事の面会をキャンセルし、掃除婦には帰ってもらって、馴染みの「独身者用」レストランで手早く軽食を取り、ナツメヤシの実にハム、ライ麦パン、ホイップクリーム、マスカット――他には？――を買い込んでから家に戻り、包みを開けて中身を取り出していると、彼女がこの部屋にやって来る様子が目に見えるようで、そこに座り、露わになった細い両腕を突き出して、しなやかに自分の身体を後ろから支えている、巻毛の物憂げな少女の姿がありありと浮かんできた。そのとき病院から電話が掛かってきて、彼はとにかく来るよう乞われたので、しぶしぶ列車に乗って向かっていると、その道中で奥方が亡くなったことを知らされた。

　何よりもまず彼の心を摑んだのは、荒れ狂うような忌々しさだった。それはつまり、謀《たばかり》とは名ばかりになってしまった、この親密で暖かな夜が彼の手から奪い取られてしまったということで、電報であの子を呼び寄せるとなれば、あの痩せぎすの醜女もその旦那も一緒にこちらに来て、一週間は居座るはずだ。だが、まさに彼が最初に見せた反応がそのようなものであったがために、こうした目先の見えない激情が空虚を作り出してしまったわけだが、それというのも（たまたま障害となった）死に対する忌々しさが、その死というもの（運命の基本線）に対する感謝の念に変わるためには些か時間を要するからだった。そこに生じた空虚は、下塗りの灰色をした人間的なテーマで満たされていった。病院の中庭のベンチに座り、気持ちを落ち着かせて、葬儀にまつわるあれやこれやの準備に追われながら、彼は磨かれた額や脇に真珠がついた透き通るような鼻、黒檀の十字架といった、己の眼が捉えたものだけを――そうした死の宝石細工を――人並みの悲嘆とともに心のなかで見つめ直した。おまけに、外科医に対して軽蔑の息を吹きかける彼のうちには、やはり自分と一緒になったおかげで彼女は元気に暮らせたのだ、植物のように生きた彼女の最後の数ヶ月を彩る真の幸福を与えたのは自分なのだという思いがこみ上げてきたせいで、素敵な仕事をしてくれた運命の機知も認めてやれるようになり、血液の甘美な脈動が初めて自然に感じられるようになった。狼は頭巾を被っていたのだ。

彼は翌日に一行が食事に来てくれるものと期待していた――確かに呼び鈴が鳴ったのだが……戸口に立っていたのは亡くなった奥方の女友達一人だけだった（骨と皮ばかりの手を伸ばし、ひどい洟風邪を適当にうまく使って、見た目は故人を偲んでいるような振りをしている）。夫も「孤児」も、二人ともインフルエンザで寝込んでいて来られなかったのだ。その方が好都合だと考えることで、彼の失望は消え失せた――ぶち壊しにしてなるものか。このごちゃごちゃと入り組んだ葬儀の最中に少女が居合わせると、結婚式に来てくれた時と同じくらい辛い思いをしなければならない。

これから何日かかけて手続きを全て片付けてしまってから、文句のつけようもない安全地帯へ一思いに飛び込んで行けるような準備運動を過不足なくしておく方が、はるかに賢明だ。ただ、「二人とも」ということだけが気に障る。病気の絆（ベッドを共にしているようだ）、伝染の絆と言ったところだろうか（おそらくあの俗物《ポシリャーク》は、急な階段を彼女の後ろについて上り、剝き出しの太腿を触るのがお好みなのだろう）。完全なる意気消沈を演じながら――これは犯罪者ならご存知のように、いとも容易い――彼は先立たれた夫に相応《ふさわ》しく茫然と腰掛け、他人より大きな手を下ろして、涙は悲しみを和らげてくれるといった忠告にも微かに唇を震わせただけで、あの女が洟をかむのを濁った目で眺めており（三国同盟か――結構なことだ）、ぼんやりと、だが貪るようにハムに食らいついている彼女が「少なくとも、苦しみは長く続きませんでしたね」とか「眠ったままだったのは何よりでしたね」などと抜かし、苦痛と眠りは自然の摂理だ、蛆虫は優しい顔だ、至福の成層圏では仰向けになって最高の泳ぎができるものだ、といった具合にこれでもかと回りくどい言い方をしてきたので、死はこれまでもずっと痴愚であったし、これからもそうなのだと、彼は危うく言い返しそうになったのだが、自分を慰めてくれている女に少女の宗教教育や道徳教育を任せられないのではないかと疑われかねないと気付いて、すんでのところで思い留まった。

　葬列者はまばらだったが（ただ、どういうわけか、彼の古い知り合いの一人である金細工職人が妻を連れてやってきた）、しばらくすると帰りの車内で、太った夫人（あの馬鹿げた結婚式にも出席していた）が同情まじりに、だが何か気の利いたことを言おうとして（彼は座席で項垂《うなだ》れていた――車が揺れると頭も揺れた）、さしあたり、少なくとも、子どもが置かれたとんでもない状況をなんとかしなければならない（女友達は少し離れたところにおり、通りを眺めている振りをしていた）、それに、父親として関わるうちに大切な慰めが見つかるに違いない、と話しかけてきて、そこにまた別の女性（故人の随分遠い親族）が割り込んだ。「娘さん、とっても素敵！　気をつけないといけませんわ――もう歳の割には大きいんだし、あと三年もすれば若い連中に付きまとわれるんじゃないかしら――気苦労が絶えませんわね」彼は一人で大笑いした、幸福の羽毛布団にくるまって大笑いした。

その前日、送ったばかりの電報（「グアイ　ダイジョウブカ　キス」――しかも、余白に書かれたキスは彼が初めてつけたものだった）への返事として、二人とも熱が下がったという知らせが届いたのだが、まだずっと洟をかんでいる女が帰路につく前に小箱を見せてきて、少女のためにもらっていってもいいかと尋ねた後で（母親の遠い過去を秘めた小物か何かだろう）、これから何をどうするつもりなのかということに関心を示した。その時になって初めて、深い悲しみから来る沈黙のせいで音節ごとにはっきりと区切られた極めて緩慢な話しぶりで、ところどころ休みながら、これといった言い回しも付け足さずに、彼は何をどうするつもりなのかを彼女に話し、長年子どもの世話をしてくれたことにお礼を言い、きっかり二週間後に娘を迎えに行きます（このとおりの言葉を口にした）、一緒に南に向かって、そこからたぶん、国境の方へ行くつもりです、と予告した。「ええ、その方がいいわ」と彼女は安堵して答えた（いくぶん水で薄めたような安堵ではあったが、それというのもおそらくは、つい今し方も彼女は少女の世話で一儲けしたからだろう）。「行ってらっしゃい、気晴らしになりますよ、悲しみを癒すにはそれが一番です」

それから二週間というもの、彼は自分の仕事の後始末に追われた――そうしておけば、少なくとも一年は商売のことを考えなくて済む――見通しが立つように。個人所有の見本もいくつか売らなければならなかった。荷物を詰めていると、彼は机の上にいつだか拾った硬貨を見つけた。御守りの効き目はすでに証明されていた。

彼が列車に乗ったとき、明後日の住所はまだ全く蜃気楼に見え隠れする向こう岸のようで、それが得体の知れない未来を予示する象徴のように思われた。あの揺らめく南方を目指すなか、今晩の宿泊先を決めただけで、その後どこに住むのかを先に決めておくことはしなかった。どこだっていい——素足が色を添えてくれるのだから。どこへ向かったっていい——あの子を連れ去っていけるのなら——そして、紺碧の空に向かって行方をくらますことができるのなら。バイオリンのネックのごとき電柱は喉音の音楽に打ち震えながら飛び去っていった。車両の連結部が揺れると、張り詰めた翼が力強くはぜるような音がした。遠くで暮らそう、丘の上で、海のほとりで。温室のような気温のところなら、もちろん未開人のように裸で暮らすのがしきたりだ。二人きりで（使用人もいらない！）誰とも会わずに、ずっと子ども部屋にいられたら、もう恥じらいも吹き飛んでしまうだろう。いつも元気いっぱいで悪戯ばかり、起きがけのキスのあとはベッドのなかでじゃれ合って、大きなスポンジが二組の肩の上で涙を流せば、二組の脚の間からは笑いがこみ上げてくる——彼は心の日向で幸福を噛み締め、偶然と必然が織り成す甘美な蜜月のことを、彼女が楽園《エデン》で見出すであろうもののことを思った。我々にとっては何一つ不自然なところがなく、なおかつ格別でもあるものも、間近で見れば、彼女にしてみれば、男女の身体上の違いからくる可笑しな特徴のように感じられるのではなかろうか——その間も優雅な情熱を微分することは、彼女にとっては無邪気な優しさの基礎でのみあり続けるのだから。彼女は絵本のなかで見たことがあるもの（萎びた巨人、おとぎ話の森、金銀財宝が詰まった袋）を気に入るはずだし、見慣れてはいるが決して飽きない仕掛けが満載の玩具を弄りたおして、そこで得られる愉快な結果をきっと楽しんでくれることだろう。彼は確信を抱いた。目新しさに心奪われて周りが見えなくなっている限り、ニックネームとかジョークをうまく使って、彼女が他人と比べたり、一般論を持ち出したり、どこかでふと小耳に挟んだ疑問を投げかけたりすることに予防線を張っておけば、夢や初潮について考える余地など持たせぬうちに、実のところ単純極まりない所与のアイデアの無意味さを肯定できるに違いない。そうして彼女が半ば意識している半抽象（隣の家の女の腹がどんどん膨らんでいくことに対する正しい解説めいたもの、人気俳優の顔を追う女子生徒の執着のようなもの）の世界や、何らかの形で大人の愛と結び付いたものから心地よい気晴らしに満ちた日常生活が浮かび上がるだろう。その間も、礼節やモラルはそうした振る舞いにも言葉にも気付くことはなく、ここに寄り付くことなどもありえないはずだ。

花咲く深淵がその硬い若木の枝を明るい部屋まで伸ばした途端に、跳ね橋は上手く閉じなくなってしまう。だが、初めの二年くらいでは、囚われの少女は息切れした人形遣いとその手の人形との関係に、口に含んだプラムと遠くで歓ぶ木との関係に、自らを危険な目に遭わせるものが潜んでいるなんて夢にも思わないはずだ。だからこそことさら慎重に、一人で好きなところに行かせるなど以ての外、住所は頻繁に変えて（理想は出口のない公園のなかの小さな別荘だ）、別の子と知り合ったりしないように、果物屋の女とか日雇いの女と話す機会など持たないように、目を光らせておかなければならない――かくも天真爛漫な妖精は、魅惑の純真の唇からいつ飛び立つとも知れない――それに他人の耳に入れば、いかなる怪物であっても、観察や審議のために賢者のもとに運び去られることがないとはいえないのだから。だが、それと同時に、どのような理由によって魅惑者が咎められるというのか？　早々と魔法が解けてしまわぬように、何をもってしてもその秘密の安らぎを見分けられぬように、彼女がもたらす慰めをしっかりと胸に留めておかねばならないのだと、彼には分かっていた。散歩に出掛けた修道士が、また別の袋小路に入り込んでしまうことはない。愛撫の進行が目立たない段階を越えてしまわないかぎりにおいて、彼女の処女――その言葉の薔薇のごとく香る狭義で――を犯すことにはならないのだと、彼には分かっていた。朝まで我慢すれば、あの子と二人きりになれる。まだ微笑みながら己の感受性に聞き入っては黙り込む彼女と、やがて共に弦を探しにいくことになるだろう。

　この先の年月のことを思い浮かべてみれば、彼には年頃になった彼女の姿がありありと見える。肉欲の公理とはかくのごときもの。だが、その前提に自らを置いてみると、彼は苦もなく理解した。もしも考えうる時間の流れが今、感情の無期限の基礎に異議を唱えるとしても、生き生きとした愛のしなやかさを考慮に入れて、次第に深まりゆく当面の陶酔は幸福と取り交わした契約が自動更新されるのに役立つであろうことを。その幸福の光に照らされると、彼女が年を取っても――十八歳になっても、二十歳になっても――現在の彼女のイメージはその変わり果てた姿のうちに常に透けて見えるのだということを。そして、まさにこの理由により、彼は損失も喪失も経験することなく、彼女の変化をその汚れなき各段階で堪能できるのだ。彼女の方もまた、分別がついて大人の女性に近付いていけば、意識のなかでも記憶のなかでも自らの成長と愛の成長とが綯《な》い交ぜになり、子どもの頃の思い出と夫の優しさの思い出とを自由に区別することなどなくなるに違いない――さすれば過去・現在・未来は一体となった輝きとして眼前に現れ、その源はこれまでと同じく、彼が、胎生の恋人が光を放つのだ。

　こんなふうに彼らは暮らすのだろう――笑い、本を読み、蛍に驚き、世界という花咲く牢獄について語らい、彼が話し始めれば彼女は耳を傾け、幼いコーディリアとなり、近くの海は月の下で呼吸する――そして極めて緩慢に、はじめのうちは唇の鋭敏さで、それからその重さで、ぎっしりと、より深く、そう、初めて、お前の燃え上がる心のうちに、そう、突き通してやろうか、そう、浸ってやろうか、その溶け出した先端の間に……。

向かいに座っていた夫人は、どういうわけか唐突に席を立ち、別のコンパートメントの方へ向かった。彼は腕時計の空白を見つめ――いい頃合いだ――それから眩しい破片を頂いた白壁に沿って立ち上がった。無数のツバメが飛び交っている――亡くなった奥方の女友達はポーチで彼を出迎え、公園の一角に灰の山と丸焦げになった丸太があったのは昨晩の火事のせいだと説明した――消防士は燃え盛る炎をなかなか消し止められず、林檎の新木をなぎ倒したのだが、もちろん誰もがおちおち寝てなどいられなかった。すると彼女が外に出てきた。艶やかな革のベルトが付いた黒いニットのワンピースを着て（この暑さのなか！）、首にはネックレス、ストッキングは黒色で、顔は少し青ざめていた。その一瞬のうちに、彼女の容貌がほんの少しだけ衰えてしまったこと、前よりも獅子鼻で、脛が長くなってしまったことが彼には見て取れた――陰気に素早く、鋭い優しさで喪に服したのも束の間、彼は彼女の肩を抱き、温かな髪に口付けた。「みんな燃えちゃったんだよ」大声を上げた彼女が薔薇色に赤らんだ顔を上げると、額に群葉の影が差し、大きく見開かれた目には太陽と庭の姿が水面に揺らぐように映し出されていた。

べらべらと喋ってばかりの女の後について家に入る間も、彼女は満足げに彼の腕に抱かれていた――自然さはとうに蒸発しており、彼は自分のものと思われる腕をぎこちなく曲げた――先に入った女の独り言と雨戸が開く音が響く客間の入口に立ってようやく、彼は腕を楽にし、うやむやに少女のことを撫でて（実際は堅い窪みに触れてすぐ手を引っ込めた）、ほんの僅かに彼女の太腿に触れると――外で遊んでおいで、と言わんばかりに――今では腰を落ち着けてステッキを置き、タバコに火を付けてから灰皿を探し、適当な返事をしていた――法外な喜びに満たされながら。

彼はお茶を断る理由を並べ立てた。駅で予約した車がもうじき来るはずです、僕の鞄はもう全部こちらに届いてますよね（夢によくあるように、この細部には何かしらの意味が煌いている）。「一緒に海に出掛けようか！」彼女に向かって彼はほとんど叫ぶような声を出したが、歩いていた彼女は丸椅子の後ろで弾けるような音を立てながらほとんど倒れそうになって振り向き、けれども即座に若者らしくバランスを取り戻すと、元の位置に戻って座り、落葉のように広がったスカートをふわりと丸椅子にかぶせてやった。「何？」そう尋ねた彼女は髪をかき上げ、横目で女の方を見た（丸椅子がまたもや壊れてしまったのだ）。彼は繰り返した。彼女は嬉しそうに眉を上げた——今日という日にこんなことが起きようとは、思いもよらなかったのだ。「てっきり」女は心にもないことを言った。「泊まっていってくださるとばかり思っていましたわ」「だめっ」と少女は叫び、床に足を滑らせて進みながら彼に飛び付き、思わず早口になって話し続けた。「すぐ泳げるようになるかなあ——友達のなかには、怖くなくなったらすぐだよって言ってる子もいるの——一ヶ月くらいだって……」だがもう女は彼女をそっと肘で突き、マリヤと一緒にクローゼットの左側にまとめてあるものを鞄に詰めるよう促した。

「そうね、羨ましくなんてありませんよ」少女が走って出て行くと、保護者の立場を譲り渡した女は言った。「このところ、インフルエンザが治ってからは特に、あの子ったら何かあれば癇癪《かんしゃく》を起こして我儘ばっかり言って、もう何日も私にきつく当たってくるんです——難しい年頃なのね。とにかく、もしあの子のために若い娘さんにでもちょっと来てもらうつもりなのでしたら、秋には評判のいいカトリックの寄宿学校に入れてやった方がいいんじゃないかしら。ご覧の通り、母親が亡くなったこともそんなに気にならないようなんです——ええ、顔には出さないようにしてるんでしょうけど——分かりませんわ……。もうこれで一緒に暮らすのもお終い……。そういえば、随分お世話になりましたね……。いえいえ、何をおっしゃるの、そんな……。そうなんです、うちの人は七時にならないと仕事から戻ってこなくて——お会いできなくてとっても残念に思っているはずですわ。これも人生、どうにもなりません！　でもあの人はやっぱり可哀想なのよ、天国で安らかに眠れますように。あなたもまた違った風になっていたはずですよ、もしも私たちが出会わなければ……。どうやってよその子の面倒を見たらいいものやら、いまいちピンとこないわ。孤児であれば行くところは決まっているのでしょうけど。だから私はいつも言うんですよ。人生は一言じゃ語れないって。ほら、初めてお会いしたときのことを覚えていらっしゃるかしら——ベンチに座っていたでしょう？　あの人が再婚相手を見つけられるなんて思いもよらなかったわ——でもまあ——女の勘ね、あなたが何だか寂しそうにしていたから——心が落ち着くところでも探してたのかしら」

群葉の向こうから車が現れた。乗ろう！　見慣れた黒い帽子、コートは手に持って、鞄はそれほど大きくないが、赤い手をしたマリヤが手伝ってくれる。ちょっと待って、いっぱい買っておいたんだよ……。彼女は助手席に座ると言って聞かなかったので、彼は忌々しさをひた隠しにせねばならなかった。我々がもう二度と会うことのない女は、林檎の小枝を振っていた。マリヤはひよこをしっしと追い払った。出発だ、出発だ。

背もたれに身を預けた彼は、持ち手に太い珊瑚がついたとりわけ高価で年代物のステッキを膝の間で握り、仕切りガラス越しにベレー帽と満足そうにしている肩を見つめた。六月にしては暑すぎる天気で、窓には日差しが照り付けており、すぐさま彼はネクタイを外して襟元を開いた。一時間もすると少女は彼をじろじろ見まわしてきた（彼女は道路脇に見たものを知らせてくれたのだが、彼がぽかんと口を開けながら振り返ってみてもこれといったものは見つからない——どういうわけか、脈絡もなく、やはり三十歳も離れているのだということが頭をよぎった）。六時になると二人はアイスクリームを食べ、お喋りな運転手は隣のテーブルでビールを飲みながら雇い主にあれこれの話題を浴びせかけた。もっと遠くへ。眺めていた森は丘から丘へと波打つように跳ねて近付いてきて、斜面を下っては道路にぶつかり、そこで一まとまりになって事切れて――。「ここらで休憩にしようか？　ちょっとした散歩だよ、キノコと蝶に囲まれて座ろう……」そんなことを考えながらも、彼は車を停めさせる気にはなれなかった。怪しげな車が道路を徘徊しているというのは、思い浮かべてみるとどうにも許し難かったのだ。

そうこうしている間に日が暮れ、気付けばヘッドライトが灯っていた。道端で目に入った一軒目の安レストランで夕食を取った――話し好きはまたしても近くの席に陣取ったが、おそらくは大ぶりなジャガイモが添えられた雇い主のビーフステーキよりもむしろ、彼女の横顔にかかった流れる髪や、その素敵な頬に心を奪われていたのだろう。我が小鳩は疲れ果て、顔が赤らんでいる――旅行、脂ぎったステーキ、ワインの雫――暗闇で火事が薔薇のように広がった夜に上手く眠れなかったせいだろうか、ナプキンがしなやかにたわんだスカートに落っこちて――こうしたものは今、全て俺のものだ――部屋を借りられるかと彼は尋ねた――いいえ、お貸ししておりません。

次第に物憂げになってはいたものの、彼女はゆったりして居心地のいい助手席を離れることを断固拒否して、後ろの席だと酔ってしまうと言った。ようやく、ようやく暗く熱い谷間で小さな炎が熟してはぜれば、直ちにホテルが決まり、ひどい運転に対する支払いが済むと、移動に終止符が打たれた。居眠りをしていた彼女はよたよたと車を降りると、ざらついて青みがかった闇のなか、焦げた匂いの温もりに包まれて立っていた。そこに現れたガタゴト喧しいトラックは二台、三台、四台と列を成し、無人の夜であるのをいいことに、カーブを曲がって桁外れのスピードで丘を下ろうとするのだが、曲がった先には上り坂が待ち受けていて、そこでもじもじしながら力を入れ、車体を軋ませる。

前を開けたベストを着た短足で頭でっかちな老人は動作がのろく、もたもたとしていて、罪深い温厚さで自分は支配人——家庭の事情でしばらく留守にしている長男——の代役なのだと説明したのち、長々と黒い台帳を調べていた……彼が言うには、ツインの部屋は駄目だが（園芸博覧会があって来賓が大勢詰めかけている）、ダブルの方だと一部屋空きがある。「とりあえず、お嬢さんとお二人だけなのでしたら……」「ええ、大丈夫です」来訪者は話を遮ったが、寝ぼけ眼《まなこ》の子どもは少し離れたところに立ち、檻のなかで二重に分裂している仔猫に向かってウインクした。

階上へ。メイドはもう寝てしまったようだ——あるいは、こちらも支配人と同じく不在だったのだろうか。しばらくの間、身を屈めた小人はうんうん唸りながら次から次へと鍵を試した——隣のトイレから出てきた紺色パジャマの老婦人は、カールした白髪に胡桃のように日焼けした顔で、通り掛かりに疲れ果てた美少女に見惚れた。か弱い犠牲者のような従順な体勢で、もたれかかった壁の黄土色にはワンピースの黒がよく映えて、背中を沿わせ、髪がくしゃくしゃになった頭を少し後ろに反らせると、彼の方を向いてゆっくりと首を振り、びっしりと生えた睫毛を振り解こうとしているかのように瞼を痙攣させている少女の姿に見惚れてしまったのだ。「いい加減に開けてもらえませんかね」苛立ちながら話す彼女の父親は頭が薄くなった紳士《ジェントルマン》で、彼もまた観光客だった。

「ここで寝るの？」どうでもよさげに聞いてきた彼女は、彼が雨戸の隙間をちょっとでも狭めようと格闘しながらそうだと答えると、帽子を見やり、それを掴むと広いベッド目掛けてポンと投げた。

「ほらほら」と彼が言う頃には荷物を運び込んだ老人は部屋を出ており、後には心臓の鼓動と遠くに聞こえる夜の振動だけが残された。「ほらほら……。そろそろお休みの時間だよ」

眠気のせいでよろめいた彼女が安楽椅子の角にぶつかると、それと同時に座り込んだ彼はその太腿を引き寄せた——身をよじって欠伸をする彼女は天使そのもので、全身の筋肉が張りつめたのも束の間、もう半歩だけ進むと、彼の膝のうえにまんまと頽《くずお》れてきた。「可愛い人、可哀想な子」そう言った彼はよくある羨望と優しさと願望が入り混じる靄のようなものに包まれながら、彼女の眠気を、薄灰色を、口元に浮かんだ笑窪を見つめた。黒いワンピースの上から身体を弄《まさぐ》り、素肌に巻かれたガーターのバンドが片方だけなのを薄手のウール越しに感じながら、無防備な彼女の寄る辺のなさ、その温もりに思いを馳せる。大の字になっていた少女が組み直そうとした両脚を少し高く持ち上げれば、またもや肌と肌とが擦れ合う音が微かに聞こえてきて、彼はその生きた重みを楽しむことができた——彼女が袖に押し込められた腕を彼の頭の後ろにゆっくりと回すと、柔らかな髪から栗の匂いが広がってきたのだが、やがてその腕がずり落ちると、眠たげな彼女は安楽椅子の隣に置かれた化粧箱にサンダルの底を当てて押しのけようとして……。窓の向こうで車が通り過ぎると、静寂のなかで蚊の羽音が聞こえてきて、それでどういうわけか彼は子どもの頃夜遅くに寝かしつけてもらった時のことや、溢れ出る光のなかで形を失ったランプ、とっくの昔に亡くなった双子の妹の髪を思い出した。「可愛い人」彼は言葉を繰り返すと、鼻を擦りつけて巻毛をくしゃくしゃにして、冷たいネックレスが巻かれた熱っぽい絹のような首筋を触れることなしに味わった。それから彼女の顳顬《こめかみ》に手をやると、その目が長く半分開くようにして、少し開いた唇に、歯にキスをしてみた——彼女はゆっくりと指先で口を拭うと、頭を彼の肩に預け、瞼の隙間に日没の光沢を見せながら、すっかり眠ってしまった。

ドアがノックされた——彼は激しく身震いした（ベルトに掛けていた手はさっと引っ込めた——どうしたら外すことができるのか、てんで分からなかったのだ）。「起きなさい、降りておいで」彼は言い、素早く彼女を揺すると、彼女の方は虚ろな目を見開いて、小さな丘からずり落ちた。「どうぞ」彼は言った。

老人は顔を覗かせ、下に降りてくるよう言われている旨を伝えた。地元の警察の方がお見えです。

「警察？」彼は当惑に顔を顰《しか》めながら尋ねた。「警察だって？……わかりました。お先にどうぞ、すぐ行きますから」そう付け加えながらも、彼はまだ立ち上がろうとはしない。ドアを閉め、洟をかみ、煙越しに目を細めながらハンカチをきちんと折り畳んだ。「いいかい」と部屋を出る前に彼は言った。「ほら、君の鞄だよ。開けておくからね。必要なものはここから取りなさい。着替えてちょっと寝てたらいい。トイレは出て左側だよ」

「どうして警察が？」忌まわしげに照らされた階段を下りながら彼は考えた。「何の用だ？」

「用件は？」玄関に降りると、彼は乱暴な口調で問いただした。見るとそこには立ちっぱなしの警官、クレチン病者のような目と顎をした黒い巨人の姿があった。

「お分かりでしょう」と、自発的な答えがそれに続いた。「署までご同行願います――ここから遠くありませんから」

「遠い近いはどうでもいい」と、柔らかな静止のあとで旅人は話し始めた。「もう真夜中だ、こっちはせっかく横になれたところだったのに。ましてや、いくら頭を捻ってみたところで、こんなにも大掛かりなことなら尚更に、これまでの思考の流れに追いついていない者の耳にしてみれば、森を歩いていて急に悲鳴が聞こえたようなものだ。要するに、鉱物学の話をしているのに、相手がそれを動物学の話と受け取ってしまうこともあるんですよ。ところがこの観光客《グローブトロッター》ときたら、あなた方の親切な街にやって来たのはこれが初めてなものでして、パーティーのお誘いにこんな夜更けを選ばれた理由を知りたいのはやまやまなのですが――地元の風習か何かでしょうか――でも今晩のお誘いは御免です。僕は一人じゃありません、くたくたになった娘も一緒なんです。いや、ちょっと待ってください――話はまだ終わっていない……。裁判所が法の影響に講釈を垂れた上で、その根拠として持ち出されるのが当の法だなんて、そんな馬鹿な話がどこにあるというのでしょうか？　証拠が出るはずです、通報を待ってください。さしあたりは隣の部屋の客も壁越しだと何も見えませんし、運転手に他人の心など読めるわけがない。だから結論としては――これがたぶん、一番お伝えしたかったことですが――僕の身分証を調べていただけませんか」

頭の鈍い奴は調べてみた――すると我に返り、不運な老人の耳を引っ張り始めた。似通った姓を取り違えていただけならまだしも、被疑者がいつどこへ向かったのか、どうにも説明できなかったのだ。

「分かっていただけて何よりです」旅人の口調が穏やかだったのは、先を急ぐこの相手のおかげで、忌々しく思えて仕方なかったこれまでの遅延の憂さ晴らしができたからだった――内心では己の非の打ち所のなさを誇っていたのだが（彼女が後部座席に座っていなくてよかった、キノコ狩りのできない六月でよかった――それから、雨戸がしっかりしたものであったことも）。

階段を駆け上っている途中、彼は部屋の番号を控えておかなかったことに思い当たり、どうしたものかと立ち止まって、吸いさしをぷっと吐き出した……気持ちの焦りからか、戻って問い合わせることもできない――いや、必要ない――廊下のドアの並びは覚えていた。部屋を見つけると素早く舌舐めずりをして、ノブに手を掛け、それから……。

ドアには鍵が掛かっていた。吐気が込み上げてくる。もしあの子が自分で鍵をしたのなら――それはつまり、彼を避けているということで、だとすれば――疑われたのだ、キスが余計だったのだ、脅かしてしまったのだ、何やら感づいてしまったのだ――あるいは、理由はもっと馬鹿げて単純なのかもしれない。別の部屋で寝るものと無邪気に納得したのだろう、他の誰かと一緒の部屋で寝るなんて思いもよらずに――どのみち他人なのだが――自らの不安や苛立ちの力の全容をまだ把握しないまま、彼はドアをノックしてみた。

途切れ途切れになった女の笑い声が、マットレスのスプリングが上げるみっともない叫びが、それから素足が引《ひ》っ叩《ぱた》かれる音が聞こえてきた。「誰だ?」男の声が腹立たしげに尋ねた。「えっ、間違い? 勘弁してくださいよ。仕事中なんですよ、若いのに仕込んでるところでね、こんなふうに割り込んでこられると……」奥の方でまた爆笑が起こった。

月並みな勘違い——それ以上でも以下でもない。彼は廊下に沿って突き進んだ——このあたりではないことはすぐに分かった——引き返し、角のところまで戻り、壁の表示に、蛇口から水が滴り落ちている流しに、ドアのところに置かれた誰かの黄色いブーツに目をやった——またしても逆戻り——階段はどこに行ってしまったんだ! ようやく見つけた階段もまた別のものだった。そこを降りていくと薄暗い物置部屋に迷い込んだのだが、そこには衣装ケースが置かれており、その一角ではキャビネットに掃除機、くたびれた丸椅子、そしてベッドの枠が、謎めいた雰囲気を漂わせていた。小声で悪態を吐きながら、こうした障害物に苛まれていると訳が分からなくなってきて……。奥のドアを押し開けた彼が鴨居に頭をしたたかぶつけながら出てみると、そこは玄関ロビーで、ぼんやりと明かりが灯った隅の方では老人がごわついた頬髯を掻きながら黒い台帳に目を通しているところで、側の長椅子では警官が鼾をかいていた——まるで詰所にいるかのようだ。必要な情報は数分で手に入った——老人の詫びの言葉がなければもっと早かっただろうに。

彼は部屋に入った。彼は部屋に入ると、まずもって目の遣り場に困り、こそこそと背を丸めて、錠に差し込んで硬くなった鍵を二度回した。それから、洗面台の下にガーターのついた黒いストッキングの片方を見つけた。それから、鞄が開いているのを見つけたが、中身はぐちゃぐちゃになっていて、ワッフル地のタオルが半分だけ引っ張り出されていた。それから、衣類や下着の塊が安楽椅子に置かれているのを見つけたが、ベルトやもう片方のストッキングもそこにあった。そうしてようやく、彼はベッドの孤島に向き直った。

彼女は真新しい毛布の上に仰向けになり、左手を枕の代わりにして、下の方が開いたガウンを着ており――パジャマが見つからなかったのだ――ランプシェードの赤みがかった灯りの傍ら、靄の先に、室内の蒸し暑さの先に、大腿骨の無垢な隆起の間に狭く窪んだ腹が覗いていた。トラックが大砲の一斉射撃のような音を立てて夜の底から浮上し、大理石のテーブルに置かれたコップがカタカタと鳴り始めても、不思議なことに彼女の魔法にかかった夢は破られることなく、あらゆるものを真っ直ぐに通り抜けていくのだった。

明日になれば必ず、よく考えたとおりゆっくり段階的に始めることにしよう。でも今君は眠っているし、それどころではないのだから、大人の邪魔をしちゃいけない、そう、これこそが我が夜、我が仕事なんだ――服を脱ぐと、彼は微かに身体を揺らしている捕囚の左側に身を横たえ、じっとして、気付かれぬように息を吐いた。かくして。無我夢中のまま四半世紀が過ぎ、時は来たり。だが、彼は至福の雲に搦め捕られ、凍えてしまいそうだ。ガウンの鮮やかな色彩は溢れ出て広がり、彼女の美がもたらす啓示と混ざり合いながら、見る者の目には水晶のごとく複雑な漣を立てて打ち震えていた。彼には幸福が仕掛けた目の錯覚を見破ることなど出来ず、どこから取り掛かるべきかも、どれなら手を触れていいのかも、どうすれば彼女を静かにさせたままこの時を堪能することができるのかも分からなかった。かくして。実験をする時のような慎重な手つきで彼は白内障を患った時間を手首から外し、彼女の頭の後ろにあるナイトテーブルのところ、輝く水滴と空っぽのコップの間にそれを置いた。

かくして。眠れる少女、油彩――かけがえのない原物《オリジナル》。あちこちに広がり縺《もつ》れ合った巻毛の柔らかな巣に埋もれた顔、乾いた唇はひび割れ、微かに煌く睫毛の上の瞼には特徴的な皺があり、灯りに照らされ赤茶けた薔薇のような色を透かし見せる頬、自ら微笑みを浮かべたフィレンツェ風の輪郭。眠れ、我が愛しの君よ、聞き耳を立ててはならない。すでに彼の視線（彼自身は断頭台もしくは深淵の一点を見つめる視線のように感じていた）は彼女の下の方を這い始めており、左手は旅に出かけたのだが――その途端に彼がたじろいでしまったのは、視界の隅で部屋のなかにいた誰かが微かに動いたのが見えたからで――それが戸棚の鏡に映った自分自身であることはすぐに分かった（影のなかへと後退していく彼のパジャマのストライプ、ニスが塗られた木がおぼろげに映し出す像、彼女の薔薇色の踝の下にある黒いもの）。彼はいよいよ腹を括って彼女に軽く触れると、撫でられた脚は長く僅かに伸ばされ、僅かにべたつき、爪先にいくほど冷たくざらついていて、付け根に向かって真っ直ぐに燃え盛っていた――狂喜に打ち震えていると、ローラースケートや太陽、マロニエの木々、あらゆる事物が蘇ってくる……。震えながら指先で軽く撫でつつも、わずかな柔毛に覆われたふくよかな岬を横目で見やる――それは勝手気儘に、だが親密さをもって、彼女の唇や頬から滲み出て凝縮されたもの――もう少し上の方では枝分かれした静脈が浮き出ており、そこでは蚊が彼女の生き血を存分に味わっていた。それで彼が嫉妬を覚えて追い払うと、邪魔で仕方なかったガウンの裾がはらりと落ちてしまい、するとほらあれだ、ほら、あの奇妙に盲目的な胸の膨らみが二つの腫物《おでき》のように現れた――そして今では細く、まだ子どもらしく張り詰めた筋肉に沿って、五、六本の分岐した絹のような黒い線が引かれた腋の下の乳白色の窪みが露わになっている――そこに金色のネックレスが斜めに垂れ下がっていて――十字架かロケットでも付いているのだろう――気付けばまたもや更紗に、急な角度に投げ出された腕の袖口に辿り着いた。今度のトラックは大群で唸りを上げ、部屋は振動で満たされた――そこで彼が巡回をぎこちなく中断して屈みこんでみると、思わず凝視で彼女のなかへ押し入ってしまったようで、その肌の子どもらしい匂いが亜麻色をした髪の香りと混ざり合い、そのせいで彼の血液のなかに痒みがひろがったような気がした。どうしてやろうか、どうしてやろうか……。少女は夢のなかで溜息をつき、臍はご開帳、そしてゆっくりと、くうくうと呻くような声を上げて呼吸しており、先程までの茫然自失のなかを泳ぎ続けていくにはこれで十分だった。彼は潰れてしまった黒い帽子を彼女の冷たい踵のしたからこっそりと引き出した——顳顬《こめかみ》が疼き、鈍い緊張で心臓を高鳴らせながら、彼はまた動きを止めた——あの強《こわ》ばった乳首に、黄ばんだ爪をしたあの長い足の指に、意を決して口付けることもできないまま——一心不乱に見つめたそのスエードの割れ目も、彼のプリズムのごとき視線に晒されると元気を取り戻したようで——だが、何か見過ごしているのではないか、彼女の夢が誇るおとぎ話の強度を利用し尽くすことができないのではないかと不安が首をもたげ、どこから手をつけるべきなのかは今も分からないでいる。部屋の蒸し暑さと彼の興奮は耐え難いほどになり、彼は腹に食い込んでいたパジャマの紐をわずかに緩めると、腱を軋ませ、彼女の脇腹に覗く痣にほとんど触れていないぐらいに唇を滑らせた……しかし気分が悪い、暑いな……血が一ヶ所に集められ、不可能なことを要求している。そこで彼は徐々に魔法を使い始め、彼女の身体の上、その肌に触れるか触れないかといったところで魔法の杖を振り動かし、彼女に引き寄せられながらもその近さを実感して、魅惑の物差しで測られたばかりの裸の少女の夢に許された幻想と引き比べながら、己を苛んだ。その間も彼女は微かに動いてはいるが顔は背けず、夢のなかで舌を鳴らしているのがかろうじて聞き取れるくらいで——再び全てが静止すると、そこで彼が認めたのは褐色の髪の間から見える赤紫色をした耳の輪郭で、投げ出された掌は以前の位置に忘れられていた。その先へ、その先へ。意識の括弧のなかで、まるで忘却の前に置かれたかのように、儚い暗示が見え隠れした——どこかの橋の下を疾走する列車、どこかの窓ガラスのなかの小さな気泡、僅かにへこんだ自動車のフェンダーの他にも、ついさっきどこかで見かけたワッフル地のタオルといったものが。そうこうしているうちに彼はゆっくりと息を潜めて近付き、全神経を集中させて獲物にぴったり寄り添って狙いを定める……脇腹の下では用心深くスプリングが動き、ベッドを軽く軋ませている慎重な右肘は支えを求めて、一点を見つめる視線は秘密の靄に遮られ……。均整の取れた彼女の太腿の炎が感じられると、もう我慢の限界だ、もう全部、全部どうにでもなれという気がしてきた――彼の体毛と彼女の腿の間に悦楽が湧き出すにつれて、ああ、楽園のような無邪気さを与えられた生がどれほど解放の喜びに震えたことか――それでもまだ考える余裕はあった。いけません、お願いです、まだこのまま――そのとき、彼女がはっきりと目覚め、後脚で立った己の裸体を身の毛もよだつような目つきで見つめているのを彼は見た。

シンコペーションはたちどころに崩れ去り、彼はこの光景が彼女の目にどう映っているのかを理解した――何たる奇形、何たる奇病――あるいは、彼女はすでに分かっていたのかもしれない――あるいは、こうしたことが全部当てはまるのかもしれない――彼女は見つめながら大声で叫び立てたが、恐怖に耳をつんざかれた魅惑者にはその絶叫が届かず、跪いて襞を引っ張り、紐を摑んでは、抑え込もう、隠そうとしていたのだが、歪《いびつ》な痙攣に身体は鼓動がメロディを奏でるようになるほど無意味に音を立てて震え、抑え込もうにも隠そうにも時間切れで、溶けた蠟が無意味に流れ出てしまった。彼女はベッドからずり落ち、今も喚きちらして、赤い頭巾を被ったランプは逃げ去り、窓の外で響く轟音が夜を打ち砕き、その息の根を止め、全てを、全てを壊していく。「静かにするんだ、大丈夫、お遊びだよ、よくやるだろ、静かにしてくれよ」懇願した彼は中年で汗にまみれ、ふと目に留まったレインコートで身を隠し、震えて、服を着ようとしても上手くいかない。彼女は映画に出てくる子どものように物陰に隠れて鋭く肘を張り、逃げ出そうとしては無意味に泣き喚いたままで、すると誰かが静かにせよと壁を叩いてきたが、そんなものは無理な相談だった。彼女は走って部屋を出ようとしたがうまく鍵が開かず、彼には何も、誰も捉えられない。彼女は体重を失い、摑み所がなく、捨て子のようで尻は藤色、まだあどけない顔を恐怖に歪めて——蹂躙《じゅうりん》されたのだ——敷居から子ども用ベッドへ、子ども用ベッドから向き直って荒々しく蘇った母親の胸めがけて這っていく。「こっちに来て落ち着くんだ」彼は怒鳴った（振動に、終止符に、不在に向けて）。「わかった、出ていくよ、さあこっちへ……」ドアをやっつけてしまうと、彼は外に飛び出し、後ろ手にとんでもない音を立てて鍵をした——まだ聞こえてくる。鍵を握りしめ、裸足のまま、レインコートの下に寒さの染みをつけて、彼は立ち尽くし、沈んでいった。

だが、すでに近くの部屋からガウンを着た二人の老婦人が出てきていた。一人は白髪の黒人《ニグロ》を思わせるがっしりとした体格で、瑠璃色のズボンを穿いており、海の向こうの人がするように咽びながら抑揚をつけて——動物愛護団体か婦人クラブだろう——命令をくだすと——今すぐ《アット・ワンス》、ドアから離れなさい、今すぐに《エ・トゥ・ドゥ・シュイット》——彼の手を引っ掻き、機敏な動きで鍵を床にはたき落とした——しなやかな数秒の間、両者は押し合いへし合いをしていたが、やがてそれもお開きとなり、方々から出てきた頭が列を成し、どこかで呼び鈴が響き、ドアの向こうから聞こえてくる声は朗々とおとぎ話を読み終えようとしていた——ベッドで眠る白い牙、銃を構えた兄弟たち——老婦人が鍵を横取りすると、彼は素早く平手打ちを食らわせ、べたついた階段を騒々しく駆け降りた。こちらに向かって勢いよく上ってきたのはパンツ一丁で顎鬚を短く刈り込んだ黒髪の男で、その後ろでは痩せこけた娼婦が身をくねらせていた——彼は通り過ぎていく。その先には黄色いブーツを履いた幻が起き上がり、またその先にはがに股の老人と貪欲な警官の姿があった——彼は通り過ぎていく。手摺り越しに招待の飛沫をあげてしなやかに差し伸べられた、リズミカルな無数の手を後に残して——彼は爪先旋回《ピルエット》で通りに出る——全て終わってしまったのだから。どんな方法を使っても、どれほど身体が震えてこようが、無益で先の見えた愚劣極まりない世界とはお別れをしなければならず、その最後のページには街灯がぽつんと立っていて、猫の足元がぼんやりと照らされていた。自分がすでに崩れ去って別のものになってしまっているということを剝き出しのまま感じながら、灰色の歩道を駆けていく彼はすでに遅れを取った心臓の足音に後をつけられていて、奔流でも、断崖でも、鉄道路でも、とにかくどこかへ向かおうとするその思いは、今わの際に過去の地勢《トポグラフィー》に切実に呼びかけた——何だっていい——でも今すぐに。前方では道路脇の盛土の向こうに見えたものが次第に大きくなり、上り坂を越えて夜を内側から食い破ると、二つの楕円形の黄色い光はすでに下り坂を照らし出して、滑落の準備を整えていた——それからダンスをしているかのように、そのダンスの旋律に突き動かされているかのように、彼は舞台の中央に躍り出る——膨張、薄ら笑い、民族舞踊《クラコヴィヤーク》、雷のごとき鉄塊、映画は苦しみの一瞬を映し出す——さあ、こいつを引きずり込め、八つ裂きにしてやれ——平たく潰れた顔になってしまう——なあ、ぐるぐる回ってる、あんまり焦らさないでくれないか、なあ、もっと優しく刻み込んでくれよ、もう十分だろう——稲妻の準備運動、落雷の瞬間を切り取った分光写真《スペクトログラム》——そして生のフィルムが引き裂かれた。

作品解説

『ロリータ』作品解説

若島正

本書は、ナボコフの英語期の代表作である『ロリータ』に、ナボコフ自身の手になるロシア語版で見られる異同を注のかたちで付け加えたものである。底本としては、オリジナルの英語版は一九七〇年に出た改訂版である、アルフレッド・アペル・ジュニアの編注による『注解ロリータ』を、そしてロシア語版は二〇〇〇年にロシアで出たシンポジウム版を用いた。また、『ロリータ』の翻訳については、後で少し説明するように、新潮文庫に収めたものに多少手を加えた。

『ロリータ』のロシア語版は、初版が一九六七年にニューヨークのフェードラ出版から出た。このロシア語版の初版で、英語版とのいちばん大きな違いは、第二部第3章の「他に記憶している衝撃は……」で始まり「……瞼を閉じてぴくぴくさせた。」で終わる第11段落が、まるごと省略されていた点だった。この事実に最初に気づいたのは、ナボコフの著作全体におけるロシア語版と英語版の比較研究を一九七七年にいち早く行ったジェイン・グレイソンで、彼女の解釈によれば、警察の尋問を恐れる場面がその前にも書かれているので、繰り返しになるからナボコフが削除した可能性もあるとした。この省略は、二〇〇〇年にロシアのサンクト・ペテルブルグで出たシンポジウム版でもそのままになっていた。
このロシア語版『ロリータ』の欠落部分が初めて世間の話題になったのは、二〇〇三年に日刊紙「イズヴェスチア」で「発見」として報道されたときのことである。記事を書いたロシア人ジャーナリストのアレクサンドル・スヴィリーリンから連絡を受けた、ナボコフの一人息子であるドミトリイ・ナボコフは、それまでに出たロシア語版を草稿と突き合わせ、この段落まるごとの欠落がナボコフの訳し忘れという単純なミスによるものだと結論した。その結果、二〇〇七年以降に出ているシンポジウム版およびアズブカ古典叢書の版では、こうした事情の説明が補足として付けられ、問題の段落も補塡されているが、それがどの程度にドミトリイ・ナボコフの訳なのか、あるいはスヴィリーリンの訳なのかは判然としない。
本書では、ナボコフ本人のテクストということで二〇〇〇年のシンポジウム版を底本に用いているが、そのような経緯を頭の片隅に置いてほしい。

一九六四年一月号の〈プレイボーイ〉誌に載った、アルヴィン・トフラーによるインタビューで、ナボコフはインタビューが行われた時点（一九六三年三月）で取り組んでいる仕事について、次のように語っている。

ある日、日本語とか、フィンランド語とか、アラビア語といった、私には読めない言語に訳された『ロリータ』の色とりどりの背表紙を眺めていて、ふと思いついたのは、こうした十五か二十の版にはとんでもない誤訳があるのはやむをえないが、それをぜんぶ集めてやると、どの版よりも厚い本が一冊できるなということだった。フランス語訳は点検したが、基本的によくできた翻訳ではあるものの、私が訂正しなかったら、やむをえない誤りだらけになっただろう。しかしポルトガル語とかヘブライ語とかデンマーク語なら、私にはどうにもならない。そこで私はべつのことを考えた。いつか遠い未来に、誰かが『ロリータ』のロシア語版を出すかもしれない、と想像してみたのだ。遠い未来のその時点に心の望遠鏡を合わせてみると、落とし穴がポツポツ空いているどの段落も、おぞましい誤訳にさらされているのが見えた。あくせくと働く翻訳者の手によって傷つけられると、『ロリータ』のロシア語版は低俗な言い換えやとんでもない誤訳ですっかり貶められ、無様なことになる。そこで私は自分の手で翻訳しようと決心したのだ。

ナボコフはこの時期、『アーダ』にとりかかるかたわらで、妻ヴェーラの協力も得て、『ロリータ』のロシア語訳を一九六四年三月の終わりに完成させた。

このロシア語訳に対する評価はまちまちである。すでに名前を出したジェイン・グレイソンは、『ロリータ』のロシア語版を「原作にかなり近い翻訳」だとして、あまり大きな関心を注がなかった。大冊のナボコフ評伝を書いたブライアン・ボイドも、中立的な態度を取りながらも、「ほとんどの部分では、ナボコフの他の翻訳と同じくらいに直訳的」であり、「多くのロシア人の意見では、この翻訳がぎこちなくて堅苦しい」とした。このような評価に真っ向から対立するのは、ロシア語版に見られる興味深い書き換えを丹念に拾い上げ、いくつかのパターンに分類したゲナディ・バラブタルロで、彼はこのロシア語版を「独立した作品として見ても、ロシア語で書かれた散文の傑作」であると絶賛した。そしてナボコフ研究の碩学であるアレクサンドル・ドリーニンは、こうした高低のある過去の評価を総括して、ロシア語版にも欠点はあることを認めながらも、「きらめくようなオリジナルの色あせたコピーではなく、ロシア語と英語、そしてロシア語圏の文化と英語圏の文化にまたがる、『ロリータ』の第二の化身《アヴァター》だと評している。

『ロリータ』のロシア語版が、ロシア語の散文としてどう評価できるのかという問題については、わたしにはなにも言えない。ただ、二つの版の異同を調べてみた立場からすると、バラブタルロやドリーニンの意見に同意せざるをえない。ナボコフがロシア語版で行った書き換えは多数にのぼるし、そのなかには興味深いものも見られることは間違いないのである。ここでは、バラブタルロによる書き換えパターンの分類を参考にしながら、その特徴についていくつか説明しておく。

作品世界のロシア化

『ロリータ』は、ナボコフがアメリカ作家になろうとした作品であり、西欧生まれのハンバート・ハンバートという設定をはじめとして、ロシアの痕跡は表面的にはほとんど拭い去られている。おそらく唯一と言っていい痕跡は、ハンバートが最初に結婚したヴァレリアという女性の不倫相手が、パリでタクシー運転手をしている亡命ロシア人だったというエピソードだろう。

ところが、ロシア語版では、ハンバートがあたかもロシア文学にも堪能であるかのような事態になっている（彼はフランス文学が専門で、英語圏の文学にもくわしいが、それにしても、である）。その最も顕著な例が、第二部第27章の＊4（これを今後2・27＊4のように略記する）で、〈H公爵夫人がオネーギンと一緒にイタリアへ旅立つということもけっしてない。〉という純粋な加筆は、プーシキンの『エヴゲーニイ・オネーギン』とトルストイの『アンナ・カレーニナ』を混ぜ合わせたものである。『エヴゲーニイ・オネーギン』はナボコフにとって大切なテクストで、英訳を自らの手で行い、さらに膨大な注釈を加えた四巻本をボーリンゲン叢書から出したことがあるほどだ。『オネーギン』への言及は他にもあり、2・35＊13の〈今銀行にはさほど預金はないが、まあいい、借金暮らしをしてやろうじゃないか、彼の親父さんみたいにな、詩人の言葉を借りれば。〉という個所は、英語版ではシェイクスピアの『マクベス』のもじりであったものが、ロシア文学の古典の借用に化けている。さらに、この言葉はクィルティの台詞なので、ハンバートのみならずクィルティもロシア文学に通じていることになり、キャラクターの設定とはおかまいなしに作者ナボコフがこうしたテクストの表面に顔を出していると考えなくてはしかたがない。ロシア文学へのひそかな言及が追加されている例は、他にもまだまだあるが、それは注を参照してほしい。

さらに、英語での言葉遊びがロシア語での言葉遊びに移植されたケースも多々ある。一つだけ挙げるとすれば、モナ・ダールがロリータに宛てた手紙の中で、こっそりと「クィルティ」の名前を忍び込ませている2・19＊4の個所。英語版ではそれがフランス語の文章の中に紛れ込んでいたが、ロシア語版ではЧто́ предпочесть: тос**ку иль ти**шь и гладь измены. で、太字になった部分に**Куильти**（＝クィルティ）が紛れ込む。これも、ロシア語、英語、そしてフランス語を操る作者ナボコフの影を考慮に入れないと説明のつかない現象である。さらには、英語版で頻繁に出てくる、ナボコフの文体上の癖である頭韻も、ロシア語版ではロシア語の頭韻によって音が揃えられている場合が多い。

出典の明示

『ロリータ』はさまざまな文学作品が織り込まれたテクストであり、ナボコフ研究の初期には、文学作品からの引用の出典探しが行われた。ところが、ナボコフはロシア語訳の中で、英語圏の文学作品に疎い読者を慮ってか、その出典のほとんどを明示している。とりわけ目につくのは、ハンバートの手記の冒頭で言及される1・1＊2の「海辺の公国で」の個所に〈(ほとんどポウに出てくるみたいに)〉とカッコ書きで付け加えたのをはじめとして、1・1＊3、1・5＊4、1・11＊19、1・25＊4、2・3＊3でも名前を出されるようになったエドガー・アラン・ポウと、これも『ロリータ』の基本的なサブテクストである「カルメン」の作者として、2・22＊3、2・29＊20で強調されるプロスペール・メリメである。

アメリカニズムの説明

ナボコフは「『ロリータ』と題する書物について」というあとがきの中で、「アメリカを発明する」という課題を達成するために「風俗的成分」を取り入れたと述べている。そうしてナボコフはアメリカニズムを言葉としても積極的に採取したが、ロシア語版を作る際には、アメリカの風俗になじみのない読者のために、そのアメリカニズムをときには過剰なまでにくどくどと説明している。その典型的な見本は、2・20＊3で「アメリカン・フットボールのチアガール」を〈短いスカートに厚手のセーターという恰好で、みんなで歓声をあげて跳ねまわり、アメリカン・ラグビーの選手を応援する、足を剝き出しにした女の子たちのジャンプ〉と書き換えている個所である。その他にも、1・11＊17の「ブロンクス・チアー」に〈(不快感を表す太い音)〉、2・34＊4の「ドライブイン・シアター」に〈野外の映画館だ〉と書き加えた例や、1・13＊2の「ボビーソックス」を〈短い白の靴下〉、1・18＊7の「ソーダ・ファウンテン」を〈ミルク・バー〉、1・19＊1および＊2の「ネッキング」を〈長いキス〉、「ソープオペラ」を〈ラジオのメロドラマ〉、1・25＊3の

「スロットマシン」を〈ネヴァダのゲーム機〉と書き換えた例など、ナボコフの苦労の跡が偲ばれる。

また、2・22＊12の「髪はぴかぴかにブラシがかけられ」という個所に〈髪はアメリカの女の子がやるようにぴかぴかにブラシがかけられ〉と加筆したケースに見られるように、ナボコフの観察によればアメリカ特有の風俗だが、英語版ではそれが明示されていなかったものを、ロシア語版ではっきりさせた場合もしばしばある。

もちろん、こうした説明的な書き換えは、文章のぎこちなさを生んでいると指摘する向きも多い。

クロノロジーの強調

ロシア語版では、たとえば2・1＊1の「そのときから、」に〈一九四七年八月に、〉と加筆したケースに見られるように、小説内の時間を念入りに強調しようとする意図がうかがえるような加筆もしくは書き換えが頻繁にある。テクストに与えられている情報から類推できるものが明示されている場合もよくある、こうしたクロノロジーの強調が最も問題になるのは、それが結末をめぐる従来からの論争に関係してくる点である。

ジョン・レイ・ジュニアの序文によれば、ハンバートは一九五二年一一月一六日に獄中で死亡した。そしてハンバート自身は、『ロリータ』の最終章で、手記を書き始めたのが五六日前であり、場所は最初は「鑑定用の精神病棟」だったと明かしている。しかし、一九五二年一一月一六日から五六日を引き算すると、手記を書き始めた日付が九月二二日になるはずだが、その日は第二部の第27章でロリータからの手紙が届いた日なのだ（その日付は、第28章で「(今日は九月二二日)」とカッコ書きで挿入されている部分から確認できる)。だとすれば、ロリータからの手紙が届いた日に、ハンバートは精神病棟に入り、そこで手記を書き出したことになり、ロリータとの再会やクィルティの殺害といったそれ以降の出来事が起こらなかったという矛盾が生じる。この矛盾は、はたしてハンバートの(そしてナボコフの)見落としだったのか、それともナボコフが意図的に仕掛けたトラップだったのか、というのがこれまでしばしば議論されてきたわけだ。

ところが、ナボコフはロシア語版において、2・27＊3で「九月下旬のある朝」となっていたのを〈九月二二日の朝〉に直した。そして第28章の「(今日は九月二二日)」というカッコ書きを削除した。つまり、第28章にこっそり書かれていた日付を、第27章へ明示的に移動させたわけだ。

ロシア語版が出版された時期には、ナボコフは『注解ロリータ』のためにテクストの見直しを行っており、そこでふたたび小説内のクロノロジーを点検している。そういう事実や、ロシア語版での九月二二日という日付の処理を見ても、これがナボコフの見落としだったとは考えにくい、というのがドリーニンをはじめとする論者たちの意見である。

隠されていた獣性の暗示

ハンバートは手記の中で、「私はいわゆる『セックス』には一切関心がないのだ。そういう動物じみた要素は誰でも想像できるではないか」と言っている。しかし、この言葉を額面どおりに受け取ってはならない。ハンバートは自己弁護のために、セックスに関する直接的な言及は意図的に避けているが、その隙間から、ロリータをいかに獣じみた欲望の対象として扱ったかがちらちらと見え隠れする。そしてロシア語版では、隠されていたものが見える部分がより大きくなっている。その最もはっきりした例は、2・7＊1でロリータに小遣いを渡す条件が「基本的な義務を果たす」ことになっていたのが、〈基本的な義務を一日に三度果たす〉と加筆されている個所だろう。つまり、ハンバートとロリータの関係があからさまな性的虐待であったことが、ここで明らかになっている。

ハンバートのレトリックを、英語版よりわかりやすいかたちで加筆したのが1・32＊2の例だ。ここは、ホテル〈魅惑の狩人〉で、ハンバートがロリータと初めて性行為を行った直後の場面である。ラムズデールでの異性体験はどうだったかというハンバートの問いに対して、ロリータはこう答える。

> そうね、ミランダさんとこの双子は何年もずっと同じベッドで寝てたし、学校でいちばん頭の悪い男の子のドナルド・スコットは、叔父さんのところのガレージでヘイゼル・スミスとやっちゃったし、それにケネス・ナイトも、いちばん頭のいい子なんだけど、いつでもどこでも機会さえあったらあそこを見せびらかすし、それから――

この次の段落は、まず英語版ではこうである。

> 「キャンプQの話にしないか」と私は言った。そしてまもなく、事のすべてを知った。

これがロシア語版では、次のように書き加えられた。

「キャンプQの話にしないか」とスポーツマンのハンバートは言った。「でも、まず一休みだ」

そして一休みしてから、私は事のすべてを知った。

「スポーツマンのハンバート」という、己の強壮ぶりの誇示、そしてハンバートが一休みするという加筆から、ここでハンバートがロリータと少なくとも二度目のセックスを行なっていたことは明らかだ。そのセックスが荒々しいものであったこともまた、想像の範囲内に入るだろう。

以上、ロシア語版『ロリータ』の特徴について簡単に眺めてきたが、全体的な傾向として言えるのは、英語版オリジナルよりも読者にとってわかりやすくなっているという点だ。暗示的な部分が明示的になっている。そのために、英語版を読んでいてもよくわからなかった（あるいは気がつかなかった）ことが、ロシア語版を読むとよくわかる、ということがしばしばある。これは訳者のわたしにとってもそうだったので、ロシア語版を読んで初めて気づいたことはいろいろあり、注に出さずに、翻訳を手直しすることで処理したケースもいくつかある。ここでは、その一例を挙げておこう。

第二部第9章で、ロリータが通っているビアズレー校でどんなふるまいをしているのかを、たまたま家にやってきた級友のモナ・ダールという女の子から聞き出そうとして、曖昧な返事しか得られなかった後で、話の流れから見ればいささか唐突に、ハンバートはこう語る。

階段の曲がり角にある、蜘蛛の巣が張った小さな開き窓の、格子で区切られた四角形の一つにルビー色のガラスがはまっていて、無色な矩形の中にまじったその生傷と、非対称的な位置（てっぺんの八列目からナイトの動きで六列目へ）がいつも妙に気になるのだった。

これで第9章は閉じられる。なんとも気になる描写である。べつにどうということはなさそうな格子窓の模様が、なぜハンバートの心をこれほどまでにかき乱したのか。「いつも妙に気になる」という最後の部分の、「妙に」という言葉がとりわけ気になる。これはナボコフ愛読者ならおなじみの、この個所に注目せよというナボコフからのひそかな指示、すなわちナボコフ的マーカーの典型だからである。ここでハンバートは、なぜ格子窓の模様を見て胸騒ぎをおぼえるのか、その理由を説明できない。それはハンバートの意識に浮上しない、心理の深層部に隠されている。しかし、丹念に小説を読む読者なら、その理由をハンバートに代わって説明できるはずなのだ。それを明らかにしてみなさい、というのがナボコフの示唆なのである。それは、この引用個所が章のまさしく終わりに置かれているという、読者の目につきやすい配置からも推測できる。気になることは他にもまだある。一枚嵌っているルビーガラスを、「無色な矩形の中にまじったその生傷」という、あからさまにフィジカルな感触を与える比喩で描写しているところだ。どこからそのような比喩が出てくるのか、そこにもハンバートの深層心理が何らかのかたちで投影されているのではないか。そう思えば、ますますこの場面には深いものが隠されているような気がしてくる。

そこで、わたしは第二部第9章以前に出てくる、赤色（ルビー色とは赤色のことである）を探してみた。そして、この個所につながるような細部をなかなか見つけられずにいた。答えをようやく発見したのは、ロシア語版を参照しながら『ロリータ』を再読していたときのことである。

第一部第21章で、鍵の付いた抽斗の中に秘密の日記を隠しているハンバートのところに、いったい何をしているのかとシャーロットが訝しんでやってくる。そこでハンバートは、『少女大百科』

という事典をめくっているようなふりをする。次の引用は新潮文庫版から。

彼女は癪にさわるあの傷ついた牝鹿のような表情を見せ、それから、私が本気なのかどうか判断をつけかねてか、どうやって会話を保たせたらいいのかわからなくてか、私がゆっくりと数ページ（カナッペ、カヌー、カフェテリア、カメラ）読むのを我慢しながら、窓の外を見るというよりは窓ガラスを見つめ、アーモンド色と薔薇色の尖った爪でそれをトントンと叩いていた。

　ここを格子窓の個所とつなげて読むことに思い至らなかった大きな原因は、「アーモンド色と薔薇色の尖った爪」という部分にある。ここはオリジナルの英語版では、sharp almond-and-rose fingernails となっている。このハイフンでつながれた almond-and-rose を、あまり考えもせずに、一まとまりとして色だと考えてしまったのが間違いだった。ロシア語版を見ると、ここは острыми, карминовыми, миндалевидными ногтями となっている。миндалевидными とは英語で言えば almond-shaped、そして карминовыми のほうは文字どおり carmine である。すなわち、原文の almond は形を、rose は色を表していたのだ。そういうわけで、この機会にその個所を「アーモンド形をして薔薇色の尖った爪」と訂正させていただいた。お許し願いたい。

　英語原文の薔薇色は、ロシア語訳を参照することによって、ピンク色がかった淡い色合いではなく、血のような濃い赤の色合いをナボコフが想定していたことがわかり、「生傷」との照応関係をさらに強める。そして、そのことを確認するように、前記の引用個所には「傷ついた牝鹿のような表情」という形で「傷」も現れているのだ。洋紅色のマニキュアをした爪で窓ガラスをトントンと叩くシャーロットのしぐさ、彼女の傷ついた牝鹿のような表情、それが生傷のようなルビーガラスが嵌った格子窓にハンバートの注意を惹きつけた、遠い原因だったのである。思えば、シャーロットがハンバートの部屋を訪れる場面は、運命の歯車がまわりだすきっかけとなったのだった。そのときに鍵が付いている抽斗を目にしたことで、シャーロットは後にハンバートの秘密の日記を読み、家の外に飛び出したところで車に轢かれて死ぬ。さらに、このときにシャーロットが〈魅惑の狩人〉というホテルの名前を口にしたことで、ハンバートがそれを記憶にとどめ、後にロリータと一緒にそこに宿泊し、一夜を過ごすことになる。そういう出来事の連鎖で、ハンバートは先ほどの場面を、鈍い罪悪感のうずきとして記憶しながら、それを意識下に抑圧していたのである。

わたし自身の失敗話を例に出したが、いずれにせよ、『ロリータ』の英語版とロシア語版を読み比べることは、みのり豊かな体験であることは間違いない。このナボコフ・コレクションのしめくくりにあたって、そのことだけは強調しておきたい。

最後に。不得手なロシア語とひたすら格闘することになった今回の仕事は、つらくもあったが、楽しい仕事でもあった。ロシア語版をめぐるさまざまな情報や、ロシア語版の細部の解釈、どの個所に注を付けるかという選択の問題など、本書併載の『魅惑者』の訳者である後藤篤さんにいろいろ教えていただいた。ここに記して感謝したい。

『魅惑者』作品解説

後藤篤

二つのロシア語小説

一九四〇年五月、ナチス・ドイツによる侵攻前夜のフランスを逃れたウラジーミル・ナボコフは、ユダヤ系の妻ヴェーラと六歳になったばかりの一人息子ドミトリイを連れて合衆国の土を踏む。母国語であるロシア語での創作を続ける傍ら、一九三九年を迎えた時点で処女英語長篇小説『セバスチャン・ナイトの真実の生涯』をひとまず脱稿していた作家にとり、この渡米が作品の執筆に用いる主要言語を転換する重大な契機となったことはつとに知られる。だが実は当時、一家とともに大西洋を渡ったトランクのなかには、失われゆくヨーロッパ時代の忘れ形見とでも言うべき二種類のロシア語作品の草稿が大切に仕舞い込まれていた。

一つは、『孤独な王《ソールス・レックス》』と名付けられた長篇小説《ロマン》の断片。すでに書き上がっていた冒頭二章のうち、第二章にあたる部分（「孤独な王」）は渡航直前の一九四〇年四月に、『ルージン・ディフェンス』

の連載以来ナボコフが常連寄稿者となったパリのロシア語文芸誌『現代雑記《サヴレメンヌイエ・ザピースキ》』に発表されていた。「北の果ての国《ウルティマ・トゥーレ》」と題する第一章もまた、一九四二年に今や亡命ロシア文化の新たな中心地となったニューヨークで創刊された『新雑誌《ノーヴイ・ジュルナール》』に掲載の運びとなる。ところが、ひとたび中断された執筆作業が再開を見ることはなく、あとには続く第三章にまつわる僅かなメモだけが残された。通説では『賜物』第二部の構想から派生したとされるこの未完の作品は、「孤独な王」と「北の果ての国」の英訳版に付した端書のなかで晩年のナボコフが振り返ったところでは、もし完成していたならばそれまでのロシア語作品とは「劇的に一線を画す」ものになるはずだったという。

そしてもう一つが、今回訳出した『魅惑者』である。とある植物園の猿にまつわる新聞記事に着想を得て一九三九年の十月から十一月にかけて書き上げられたというこの中篇小説《ポーヴェスチ》（研究者のなかには長めの短篇小説《ラスカース》と呼ぶ向きもある）は、ポルノグラフィーと見紛うその露骨な性的主題が編集陣のお眼鏡に適わなかったのか、先に挙げた「孤独な王」の場合とは異なり、頼りにしていた『現代雑記』からすげなく掲載拒否を言い渡された。そこでナボコフは、当時ブリュッセルでペトロポリス社を共同経営していたアブラム・カガンにすぐさま出版を打診するが、折しも第二次世界大戦の勃発直後、そうした交渉自体が先に持ちかけられていた『賜物』の単行本化の話とともに立ち消えになってしまう。五十五ページからなるタイプ原稿はその後いつしか行方不明となり、他の資料に埋もれていたところを一九五九年になってようやく発見されたわけだが、結局のところ――ナボコフから草稿を直接に見せられた初代伝記作家アンドルー・フィールドが、その著作にわずかな抜粋を英訳で引用したのを唯一の例外として――作家の生前に陽の目を見ることはなかった。一九七七年のナボコフの死から十年が経とうとしていた一九八六年にはドミトリイの手になる英訳版が世に問われたが、ロシア語原文が満を持して一般公開の運びとなったのはソ連崩壊のさなか、文芸誌

『星《ズヴェズダー》』に全文が掲載された一九九一年のことである。

ここで重要なのは、これら二つの幻のロシア語小説がその後のナボコフの筆に色濃く影を落とすことになったということだ。前者のタイトルは渡米後に書かれた初の長篇小説である『ベンドシニスター』の仮題にも用いられたが、来世の可能性をめぐる形而上学的思索や架空の王国に張り巡らされた陰謀といったその主題は、『プニン』に登場するヴィクター・ウィンド少年の夢想に明らかな痕跡を残したのち、『淡い焔』に見られるジョン・シェイドの自伝的瞑想詩とチャールズ・キンボートのゼンブラ幻想に見事に結実した。他方、後者が『絶望』のゲルマン・カルロヴィチや『密偵』の胡乱な語り手の衣鉢を継ぐ主人公の内的独白を随所に織り交ぜた三人称形式で紡ぎ出す小児性愛者《ペドフィル》の物語は、本書収録のエッセイ「『ロリータ』と題する書物について」のなかでナボコフ自身が認めているように、饒舌なハンバート・ハンバートの肥大した自意識を誇示する告白手記の一人称語りに着実に溶け込んでいった。

『ロリータ』が瞬く間に全米ベストセラーリストの頂点を極めた一九五〇年代末、ナボコフは不意にもたらされた富と国際的な名声を手にヨーロッパへの帰還を決意する。一人の名もなき移民作家としてスタートした、新天地におけるその約二十年間の歩みとはつまるところ、ロシア語作家時代の残滓たる『孤独な王』と『魅惑者』が――あたかも蛹から蝶が羽化するかのように――それぞれ全く別の英語小説に変容する過程でもあった。

少女愛の系譜

ところでナボコフが『ロリータ』で採用した主題は、『魅惑者』以前の創作のうちにもその片鱗を認めることができる。最初期のものとして挙げられるのは、『マーシェンカ』の出版年に当たる一九二六年に書かれた「おとぎ話」だ。この短篇小説の物語には、十四歳くらいの少女と連れ立って歩く年配の詩人が不意に顔を覗かせる。のちに同作を自らの手で英語に翻訳する際、老境に入った作者は、若き日の自作にすでにニンフェットに付き添われたハンバートの姿が書き込まれていたという事実に戦慄を覚えたという。

『キング、クイーン、ジャック』と同じ一九二八年に発表された「リリス」についても、ナボコフ研究者の間ではこの詩と『魅惑者』との類似性を指摘する声は少なくない。「顔を隠し、煌く太陽に向けて赤褐色の腋の下を見せる」少女の訪問を受け、夢見心地でその身体を貪り始める語り手であったが、自らが楽園にいると感じていたのも束の間、気付けば独り埃まみれの野外で立ち尽くしている。その彼が「卑猥な獣じみた声を上げる若者たち」に見つめられながら「苦悶に身を捩って種をぶちまけ」、突如として己がいたのは地獄であったことを悟るという結末は、確かに『魅惑者』の主人公の末路と明瞭に響き合っている。

あるいは、『カメラ・オブスクーラ』のブルーノ・クレッチマーは十六歳のマグダ・ペータースへの盲目の恋で身を滅ぼしてしまう中年の美術鑑定家であり、『ワルツの発明』の主人公の狂気も少女を我が物にすることを夢見ていたが、バーバラ・ワイリーもそのナボコフ伝のなかで指摘するように、こうしたロシア語作品に共通して見られる主題はロシア文学史の観点からすれば特段目新しいものではない。したがって、例えば『罪と罰』や『悪霊』の破棄された異校《ヴァリアント》に見られる「スタヴローギンの手記」といった少女陵辱にまつわるエピソードを含んだドストエフスキイの作品は、「おとぎ話」から『魅惑者』にいたるナボコフのロシア語小説の——ひいては、『ロリータ』から最晩年の『見てごらん道化師《ハーレクイン》を！』や『ローラのオリジナル』に至る英語小説の——重要なサブテクストと見なしうる。はたまた、そうした先行作品の系譜に、作家の父V・D・ナボコフの蔵書でもあったフョードル・ソログープの『小悪魔』のような、いわゆる「銀の時代」の文学的遺産を加えることもできるだろう。ナボコフがその作家人生において執拗に描き続けた小児性愛《ペドフィリア》の主題とは、その意味で象徴主義文学に代表されるロシア・モダニズムから受けた影響の証でもあるのだ。

かつて『ロリータ』のヒロインの先駆けとして『処刑への誘い』のエンモチカ（『断頭台への招待』のエミー）や自伝『記憶よ、語れ』が描く初恋の少女コレットを挙げた英国作家キングズリー・エイミスは、そうした評言のせいでナボコフの激怒を買ってしまい、のちに『アーダ』のなかでその名を切り刻まれて辱めを受けることになった。しかしながら、『ロリータ』と他の作品を比較するような読みを禁じる作家の「強硬な意見《ストロング・オピニオン》」に対して、読者は必ずしも耳を貸す必要はない。「ナボコフ・コレクション」のこれまでの四巻をあらためて繙けば、『賜物』のなかにも娘を手に入れるべくその母親に近付く男が登場することなど、『魅惑者』に収斂し『ロリータ』へと華麗なる変態《メタモルフォーゼ》を遂げた無数のモチーフが見つかるだろう。では、本書に収められた二つの小説の間には、具体的にいかなる反復と差異を見出すことができるのか。

『魅惑者』から『ロリータ』へ

『魅惑者』の主人公は時計宝石商と思しき四十男。上品そうな見た目を持ちながらも、その胸のうちには下劣な少女愛の炎が燃え盛っている。とはいえ欲望に身を任せることもできず悶々と過ごしていたある日、公園でローラースケートを履いて走り回る無邪気な少女の姿に心奪われたのをきっかけに、彼の人生は一転する。聞くところによれば、少女の母親は夫に先立たれており、自身も長らく病に伏していることから経済的に困窮しているらしい。ここぞとばかりに母親に接近した主人公は驚くべきスピードで結婚を成立させ、父親として気兼ねなく少女に触れることができるとほくそ笑む。だがその矢先に母親は急死、知り合いの家に預けられていた少女は、義父になって間もない見知らぬ男と自動車で海辺の街を目指す。出発の日の夜を過ごすことになった怪しげなホテルの一室で二人きり、疲れて眠りこけた義理の娘の身体を誰にも邪魔されることなく堪能せんと鼻息を荒らげる主人公だが、ふと目覚めた少女の絶叫に動揺して部屋を飛び出した彼には凄惨な最期が待ち構えている。

　このように物語を要約しただけでも、『魅惑者』が『ロリータ』の（とりわけ第一部の）原型《プロトタイプ》であることは一目瞭然だろう。主人公と少女との出会いはパリ時代のハンバートの日常のなかで――いささかコミカルな調子を加味して――再演されているが、フェティッシュな語り手の眼差しから浮かび上がる少女の外見はどことなくロリータことドロレス・ヘイズを彷彿とさせるし、ナボコフが言うところの俗物《ポシリャーカ》として造形された母親の性格はシャーロット・ヘイズを思わせなくもない。クライマックスを飾るホテルの場面はもちろん、ハンバートとロリータが迎えるあの運命の一夜の青写真だ。先に名前を挙げたカガンに宛てた手紙のなかで、ナボコフは本作をジョヴァンニ・ボッカッチョやピエトロ・アレティーノの流儀《スタイル》で書かれた作品と紹介していた。この二人の作家と同じくイタリア・ルネサンス期を代表するサンドロ・ボッティチェッリの絵画への仄めかしもまた、ガヴリエル・シャピロが論じているように、両作品に共通する特徴的な文彩《フィギュール》と見なして差し障りない。

　その反面、『魅惑者』にはハンバートにとってのドロレスの「前身」たるアナベル・リーにあたる登場人物は現れず、クレア・クィルティのような主人公の行く手を阻む手強い宿敵も見当たらない物語は些か動きに欠ける。「『ロリータ』と題する書物について」で明かされる具体的な構想とは裏腹に、結果としてほぼ全ての登場人物が名指されることなく、小説の時空間も抽象化されたその物語は、戦後アメリカの文化的風土を如実に反映した『ロリータ』のダイナミズムと比べればやはり見劣りする。そうした欠点を補うかのように極端なまでに様式化された結果だろうか、まだ推敲の可能性を残した文章は強張り、時に読者を拒むかのような韜晦に満ち溢れている。フィールドに代わるナボコフの伝記作家として有名なブライアン・ボイドを筆頭に、本作を「前《プレ》『ロリータ』」としてのみ価値を持つ失敗作と見る手厳しい意見が出たこともなるほど合点がいく。

それでもなお、『ハムレット』や『ロビンソン・クルーソー』、『ガリヴァー旅行記』、「モルグ街の殺人」といった英米文学の古典的作品に加え、プーシキン、ゴーゴリ、レールモントフからトルストイ、チェーホフを経てアレクサンドル・ブロークやアンナ・アフマートヴァに至る数多のロシア文学への引喩《アリュージョン》が随所に縫い込まれた『魅惑者』の物語が、小振りながらも色鮮やかな〈引用の織物〉であることは疑いえない。スーザン・エリザベス・スウィーニーに倣ってその紋様《パターン》の下絵に「赤頭巾」や「眠れる森の美女」に代表される数々のおとぎ話《フェアリー・テール》を透かし見るならば、本作はシャルル・ペローに親しんだナボコフが送る〈暗黒童話〉とさえ呼べるのではないだろうか。

さらに思い出したいのは、ナボコフがアメリカの大学で行った文学講義のなかで次のように主張していたことだ。

> 作家についての見方は三点ある。語り部であり、教師であり、かつ魅惑者である、と考えてみるのはどうだろう。一流の作家はこの三つ——語り部・教師・魅惑者——を兼ね備えているが、作家を一流たらしめる卓越した要素とは、その内なる魅惑者なのだ。(「よき読者とよき作家」)

このようにナボコフにとって「魅惑者《エンチャンター》」が作家の謂いであったとすれば、創作用語を暗示する語彙が随所に鏤められた『魅惑者』の物語は、やはり他の多くのナボコフ作品と同様、濃縮した形で読者に差し出された〈書くことをめぐる小説《メタフィクション》〉であるとも考えられる。これまた「『ロリータ』と題する書物について」のなかで述べられているように、ナボコフは戦時下のパリで本作を友人たちに向けて朗読した。この伝記的事実を踏まえたとき、例えば物語の結末近く、主人公がホテルの別の部屋の前を通り過ぎる場面のうちに、彼を作品の最終ページ、すなわちその生の終局へと追い立てる作者の影を読み込んでみるのも一興だろう。そこで他ならぬ「おとぎ話」を朗々と読み終えようとしている声を耳にした悪しき魅惑者は、現実と虚構の界面たるドア一枚を隔てて、もう一人の高次の魅惑者の存在を朧げに感じ取っていたのかもしれない。

*

本文の訳出にあたっては、シンポジウム版ナボコフ著作集に収められたテクスト（*Набоков В.В.* Волшебник // *Набоков В.В.* Русский период. Собр. соч. в 5 т. СПб Симпозиум, 2008. Т. 5）を底本とし、ドミトリイによる英訳（Vladimir Nabokov, *The Enchanter*. 1986. Trans. Dmitri Nabokov. Vintage, 1992）と出淵博氏によるその邦訳（『魅惑者』、河出書房新社、一九九一年）を適宜参照した。本解説は、ここまでに名前を挙げたフィールドやワイリー、シャピロ、ボイド、スウィーニーをはじめとする高名なナボコフ研究者たちの著作を念頭に置きつつ、とりわけ英語圏においていち早く本作を積極的に評価してみせたゲナージー・バラブタルロの論考と、この小説を「狂人の心理を通して見た狂気の研究」と呼ぶドミトリイの詳細な訳者解説「『魅惑者』と題する書物について」を参考に書かれたものである。

ちなみにドミトリイの英訳では読者の便宜を図ってか、ロシア語の原文には見当たらない改行や一行スペースの追加が随所に施され、物語の展開に応じてセクションの区切りが設けられており、小説全体に独特なリズムが生まれている。最晩年のナボコフは『ある日没の細部、その他の短篇』に続く新たな短篇集（『櫃底』）のなかに『魅惑者』を組み入れるつもりだったらしいが、そこでかつてのロシア語作品の英語翻訳の下訳を数多く手掛けた息子との間に作品の翻訳方針についての前相談があったかどうかは定かではない。

ともあれ今回の新訳ではドミトリイ版『魅惑者』の体裁を踏襲した既訳との区別化を図り、言葉の塊を投げつけてくるようなロシア語原文の構成をそのまま残すことにした。蛇のようにうねりなかなかピリオドが来ない本作の文体の特異な雰囲気を可能な限り保存するよう努めたが、それに拘泥するあまり、日本語としての読み易さを犠牲にせざるをえなかった箇所も少なくない。この点に関しては、襟を正して読者の批判を待つばかりである。

なお、本コレクションの各巻末に置かれた「ウラジーミル・ナボコフ略年譜」に記載のとおり、本作のロシア語原題は直訳すれば「魔法使い《ヴォルシェーブニク》」となる。しかしながら、ナボコフ自身が作品の英題として*Enchanter*を考えていたことや、それが『ロリータ』の重要なトポスであるホテルの名称、または作中劇のタイトルとして用いられた、「魅惑の狩人（Enchanted Hunters）」という印象的なフレーズと呼応した訳語の選択であったことに鑑み、この翻訳も出淵訳を引き継ぎ『魅惑者』と題することにした。言うまでもなく、この立場は本作をナボコフの代表作のラフスケッチとしてばかり捉えてきた先行批評の議論の域を脱するものではない。ハンバートのロリータ幻想のうちに生身のドロレスの残像を探すように、『ロリータ』の栄光という名の魔法に魅惑された本作の実像に目を凝らすこと——拙訳と本解説がそうした新たな読みの試みの足掛かりとなれば、訳者としてはそれにまさる喜びはない。

翻訳に際しては、新潮社の佐々木一彦氏と前田誠一氏に編集面でたいへんお世話になった。特に、遅筆極まりない訳者を辛抱強く見守り、温かく励ましてくださった前田氏には、最大限のお詫びと感謝を。そして、経験の浅い訳者にとってこの上なく貴重な機会を賜ったことについては、本コレクションの監修者である沼野充義先生と若島正先生に心からお礼申し上げる。

1940（41 歳）	5 月、フランスを離れ、アメリカに移住。アメリカ自然史博物館で鱗翅類研究にとりかかる。
1941（42 歳）	ウェルズリー大学、スタンフォード大学などで講義。12 月、『セバスチャン・ナイトの真実の生涯』刊行。
1942（43 歳）	ハーバード大学比較動物学博物館の指定研究員となり、以降 4 年間は文学作品以上に鱗翅類研究に勤しむ。
1947（48 歳）	6 月、『ベンドシニスター』刊行。
1948（49 歳）	肺疾患に罹る。コーネル大学でロシア文学の教授に就任。
1952（53 歳）	ハーバード大学スラヴ文学科で客員講師。4 月、**『賜物』**のロシア語完全版が初めて単行本として出版される。
1953（54 歳）	12 月、**『ロリータ』**脱稿。
1955（56 歳）	アメリカの出版社に**『ロリータ』**刊行を拒否されたため、ヨーロッパへ原稿を送る。9 月、パリのオリンピア・プレスから出版される。
1956（57 歳）	12 月、フランス政府は**『ロリータ』**を発禁とする。
1957（58 歳）	5 月、『プニン』刊行。
1958（59 歳）	8 月、アメリカでもようやく、パトナム社から**『ロリータ』**刊行。3 週間で 10 万部を売る。
1959（60 歳）	9 月、息子ドミトリーとの共訳で**『処刑への誘い』**出版。10 月、フランス語版**『ロリータ』**刊行。11 月、イギリス版も出版。
1962（63 歳）	4 月、『青白い炎』刊行。9 月、スイスのモントルーに居を定める。
1963（64 歳）	5 月、英語版**『賜物』**刊行。
1964（65 歳）	9 月、英語版『ディフェンス』（ロシア語版原題は**『ルージン・ディフェンス』**）刊行。
1965（66 歳）	英語版『目』（ロシア語版原題は**『密偵』**）刊行。
1966（67 歳）	2 月、戯曲**『ワルツの発明』**英語版刊行。
1967（68 歳）	1 月、『記憶よ、語れ』刊行。8 月、ロシア語版**『ロリータ』**刊行。
1968（69 歳）	4 月、英語版**『キング、クイーン、ジャック』**刊行。
1969（70 歳）	5 月、『アーダ』刊行。
1970（71 歳）	9 月、英語版『メアリー』（ロシア語版原題は**『マーシェンカ』**）刊行。
1971（72 歳）	息子ドミトリーとともにロシア語短篇の英訳を始める。
1972（73 歳）	10 月、『透明な対象』刊行。
1974（75 歳）	2 月、映画脚本**『ロリータ』**刊行。8 月、遺作となる『見てごらん道化師を！』刊行。11 月、ロシア語版**『マーシェンカ』**『偉業』がアーディス社から再出版される。以降、同社がナボコフの全ロシア語作品を再出版することになる。
1977（78 歳）	6 月末、気管支炎発症。7 月 2 日、ローザンヌ病院にて死去。

ウラジーミル・ナボコフ略年譜

（太字は本コレクション収録作品）

1899（0歳）	4月22日、サンクト・ペテルブルグの貴族の長男として生まれる。父は帝国法学校で教鞭をとり、母は鉱山を所有する地主の娘。 3歳からイギリス人家庭教師に英語を学び、7歳からはフランス語も学ぶ。10歳からトルストイ、フローベールをはじめ、英語、ロシア語、フランス語で大量の詩や小説を読む。
1911（12歳）	テニシェフ実業学校の2年生に編入。
1915（16歳）	夏、ヴァレンチナ・シュリギナと恋に落ちる。
1917（18歳）	10月、テニシェフ実業学校を卒業。11月、クリミアに逃れる。
1919（20歳）	赤軍の侵攻を受け、4月、クリミアを脱出。ギリシア、フランスを経由してロンドンに着く。10月、ケンブリッジ大学トリニティ・カレッジに入学。当初は動物学とロシア語、フランス語を専攻。
1920（21歳）	8月、一家はベルリンへ移住。
1922（23歳）	3月、父がロシア人極右に撃たれ死去。6月、大学を卒業しベルリンへ移住。スヴェトラーナ・ジーヴェルトと婚約する（翌年破棄される）。12月、詩集『房』刊行。
1924（25歳）	多くの短篇のほか、映画のシナリオや寸劇を書く。
1925（26歳）	4月15日、ヴェーラ・スローニムと結婚。
1926（27歳）	3月、**『マーシェンカ』**刊行。秋、戯曲『ソ連から来た男』執筆。
1928（29歳）	9月、**『キング、クイーン、ジャック』**刊行。
1930（31歳）	9月、**『ルージン・ディフェンス』**刊行。
1932（33歳）	10月から11月にかけてパリ滞在。朗読会を行いながら多くの編集者、文学者、芸術家らと交わる。11月、『偉業』刊行。
1933（34歳）	12月、『カメラ・オブスクーラ』刊行。
1935（36歳）	6月から翌年3月にかけ「現代雑記」誌に**『処刑への誘い』**を連載。
1936（37歳）	2月、『絶望』刊行。
1937（38歳）	4月から翌年にかけて「現代雑記」誌に**『賜物』**を連載。6月、フランスへ移住。
1938（39歳）	3月、戯曲**『事件』**パリで初演。自ら英訳した『暗闇の中の笑い』（『カメラ・オブスクーラ』改題）がアメリカで出版される。9月、戯曲**『ワルツの発明』**執筆。**『密偵』**刊行。11月、**『処刑への誘い』**刊行。
1939（40歳）	10月から11月にかけて、「魔法使い」（邦題**『魅惑者』**）執筆。

本作品中には、現代においては差別表現と見なされかねない表現が含まれているが、著者が執筆した当時の時代背景や文学性に鑑みて、原文を損なわない範囲で翻訳している。

Владимир Набоков
Избранные сочинения

ЛОЛИТА

ВОЛШЕБНИК

ナボコフ・コレクション

ロリータ

魅惑者《みわくしゃ》

発　行　2019年10月30日

著　者　ウラジーミル・ナボコフ

訳　者　若島正《わかしまただし》　後藤篤《ごとうあつし》

発行者　佐藤隆信

発行所　株式会社新潮社
〒162-8711　東京都新宿区矢来町71
電話　編集部　03-3266-5411
　　　読者係　03-3266-5111
https://www.shinchosha.co.jp

印刷所　株式会社精興社

製本所　加藤製本株式会社

ISBN978-4-10-505610-0 C0397